A STORY OF POLICEMAN

朝阳警事。①

卓牧闲 著

上海文艺出版社

第一章　欲哭无泪

这才7月初,燕阳市气温就在36度上下徘徊,高温酷暑,让人难以忍受。

昨天好不容易下场雨,本以为温度会骤降,结果不仅没降,湿度反而增加了,人们纷纷从烤肉变身为蒸锅里的包子!今天更是达到38度,上午九点钟整个城市便像蒸笼似的热得人喘不过气,炎热的空气仿佛只要一点火星就会被引爆。

高温天越来越多,"火炉"城市排行榜看样子要重新洗牌。

韩朝阳骑着电动车,载着找不着家打110求助的老太太,顶着炎炎烈日汗流浃背地往陈庄集方向赶。

"奶奶,您老再想想,是不是陈家集?"

"小伙子,想起来了,就在前面,就是陈家集,我家在路边,门口有个卖麻将桌的店,你看见卖麻将桌的地方就到了。"

"想起来就好,想起来就好。"知道她家住哪儿,韩朝阳终于松了口气。

如果她想不起来就麻烦了,民政部门不一定会管,带到所里不太现实,既然出了警又不能不闻不问。自己养自己都养不活,难道把她带回去好好孝敬,带回去养老送终?

正庆幸老太太恢复了记忆,老太太又道起谢:"小伙子,你真是好人啊!要不是你,我真不知道该怎么办。你说我这记性,怎么就想不起来了呢,自个儿家在哪儿都想不起来,老了,真没用。"

"您千万别这么说,谁都有老的时候,再说我是警察,本来就应该为人民服务。"

"警察好,警察好,一打110你就到了。"

老太太千恩万谢，到家门口硬拉着进去喝水，看见左邻右舍逢人便夸，帮助别人的感觉真好，韩朝阳真有那么点职业成就感。

水是不能喝的，不是不渴，而是没时间。

所里警力紧张，如果不尽快赶回去所长又要发飙。

火急火燎往回赶，快到中山路时突然发生状况，刚才光顾着送迷路的老太太回家，忘了开的是分局配发的社区警用电动车，不是加满油能跑几百公里的110警车，跑太远，半路上没电了！

不需要的时候总能看到快速充电器，需要的时候一个都看不到。路边随便找个商铺都可以充，关键出来时没带充电器。没办法，只能推着走。

推到所里已是午饭时间，浑身全湿透了，韩朝阳热得头晕脑涨，把车停放进车棚，插上充电器，便冲进开着空调的值班室找水喝。

所里有厨房没食堂，办案队、社区队的几个民警正同内勤陈秀娟一起围坐在值班室里吃饭。

陈秀娟抬头看了一眼，不无好奇地问："音乐家，怎么搞到这会儿？"

"陈姐，我不是给你汇报过嘛，报警的是个老太太，这么热的天不好好在家待着，跑出来热晕了，想不起来家在哪儿，只能带着她在附近打听有没有人认识她，幸亏她后来想起来了。"

"陈家集是吧？"

"你怎么知道的！"

陈秀娟噗嗤一笑，差点喷饭。

一个社区民警也忍不住笑了，放下饭盒问："她家门口是不是有个卖自动麻将桌的店？"

"是啊，陈家集好像就一个卖自动麻将桌的。"只在电话里说过送人，没说往哪儿送，他们怎么知道的，韩朝阳一脸茫然。

一个办案队的民警凑过来，似笑非笑地问："老太太是不是特感激，千恩万谢，一个劲儿夸你？"

"嗯，她是挺感激的。"

韩朝阳话音刚落，众人顿时爆笑起来。

"你们笑什么，这有什么好笑的？"

陈秀娟笑得前仰后合，眼泪都笑出来了，边笑边上气不接下气地说："老太太姓桂，叫桂二妹，是个烈士遗孀，丈夫在抗美援朝时牺牲的，有两个女儿，全出嫁了，她一个人在陈家集过。每隔一两月都要去市六院看病拿药，每次都是乘村里的顺风车来，每次看完病拿完药就记不得家在哪儿了，就随便拉着一个人请人家帮她打110。"

"她，她骗我！"韩朝阳反应过来，哭笑不得地问，"她报假警就是想让我送她回家？"

"哈哈哈。"众人又是一阵哄笑。

想到上午受的罪，韩朝阳欲哭无泪。

看着他们捧腹大笑的样子，韩朝阳下意识问："她骗我，你们也骗我，你们明知道她报假警还安排我去！"

"音乐家，饭可以乱吃，话不能乱说，我可不知道是她报的警。指挥中心的派警单就在那儿，不信你自己去看，报警人不光想不起来家在哪儿，连姓什么叫什么名字都想不起来。"

"那你怎么知道陈家集的？"

"我就是随口一问，没想到真是她。"说到这里，陈秀娟又忍不住笑了。

送都送了，推都把车推回来了，还能说什么，只能自认倒霉。

韩朝阳正准备去厨房打饭，师傅突然推开门出现在眼前："朝阳，刘所和教导员找你问点事，在楼上会议室。"

"刘所找我？"韩朝阳倍感意外。

"别磨蹭了，快点！"

师傅脸色不对，不用问就知道没好事。韩朝阳心里咯噔了一下，回头看看众人，只能硬着头皮跟师傅一起上楼。

事实证明，果然没好事！

一走进会议室就迎来劈头盖脸的质问，韩朝阳宁可顶着似火骄阳去街面巡逻，也不愿意待在这间开着空调的会议室里面对刘所。

"头抬起来，给我站好！"所长牙齿咬得"咯咯"作响，眼里闪着一股无法遏制的怒火，像是一头被激怒的狮子。

他平时总是拉着张脸，谁见谁怕。

发起飙来更可怕！

韩朝阳吓得心惊肉跳，急忙昂首挺胸，站得笔直。

"站没站相，坐没坐相，走路都像跳舞，看看你这熊样，怎么混进公安队伍的？"一看到韩朝阳，一想到韩朝阳所学的专业，一想到韩朝阳过去几个月的工作表现，所长就是一肚子火，怒不可遏地吼叫着，声音像沉雷一样滚动着，传得很远。

同在会议室的教导员面无表情，分管社区队的许副所长阴沉着脸一声不吭，韩朝阳的师傅警长老杨一根接着一根抽闷烟，想帮徒弟说几句话又不知道如何开口。

因为该发生的早晚会发生，该爆发的早晚要爆发。

第二章　不想干滚蛋

"老实交代，有没有这事？"

韩朝阳不敢撒谎，忐忑不安地说："有。"

"一个公务员，一个国家干部，一个公安民警，居然干私活，竟然跑娱乐场所给人家弹琴，上班打混，下班打工，简直乱弹琴！"

"是咖啡厅是西餐厅，不是娱乐场所。"韩朝阳忍不住辩解道，语气小心翼翼。

"我说是就是！"所长怒睁着眼，额角的青筋随着呼呼的粗气一鼓一张，顺手拿起一本《公务员法》往韩朝阳面前一摔，"看看，看看第五十三条！"

他让看就要看，不看他真可能动手。

韩朝阳拿起《公务员法》，耷拉着脑袋翻看起来。

"念！"

"第五十三条：公务员必须遵守纪律，不得有下列行为：十四，括弧，从事或者参与营利性活动，在企业或者其他营利性组织中兼任职务。"

念个法律条款都念不好，还括弧，什么乱七八糟的，这样的人能当警察？所长越想越窝火，又扔来一份市局的红头文件，"再念念这个！"

"……严禁民警到公共娱乐场所唱歌，确需到娱乐场所的，一律向纪委、督察报备；严禁民警在公共浴室洗澡进包厢，确需按摩保健的，一律在营业大厅。"

这份文件上个月学习过，是市局在考评办法里特别增加的"三条铁规"，领导认为社会上一些歌厅、舞厅难免藏污纳垢，在特定环境下，意志薄弱的民警可能会"失态"，从而破坏人民警察的良好形象。

对于违反三项铁规的民警，只要被发现一次，年终等级化考核奖扣除一半；发现两次全部扣除；发现三次，其公务员考核作"不合格"处理。

考虑到这些规定可能不太人性化，为满足部分民警的需要，领导又要求各分局开放活动室，让爱好唱歌的民警去分局唱。

去分局唱歌，开什么玩笑？

绩效考核如同一道紧箍咒，打击任务的硬指标压得基层所队喘不过气，天天加班都忙不过来，谁敢去分局唱歌。谁真要是敢去，他的直接领导估计就干到头了，本人的日子一样不会好过。

韩朝阳忐忑不安念完，小心翼翼说："刘所，您听我解释，我……我没干私活，只是给朋友救个场，而且是下班时间，没穿警服，他们不知道我是警察。"

"救场，到这个分上还狡辩，老实交代，有没有收人家钱？"

"收了，那是帮同学收的，我一分没拿。"

"收了就是收了，谁知道有没有落你口袋，就算没落你口袋，群众会怎么看，会怎么认为？要是被上级知道，如果被媒体曝光，被群众拍个照片发网上，影响多恶劣？"

所长砰一声猛砸了下桌子，指着他鼻子咆哮道："什么叫下班时间，影响休息就是影响正常工作！要发财就不要做公务员，喜欢吹拉弹唱就不要当警察，只要在公务员序列里，只要穿这身警服，就必须遵守上级规定！"

帮师兄救场救出这么多麻烦，韩朝阳追悔莫及。

可是越想越又觉得憋屈，这样不能那也不行，难道跟办案队的吴伟一样吃在所里住在所里，难道真以花园街派出所为家？没朋友，甚至连家都不要了，像他那么活着有什么意思？

再说公务员就是一职业，家里又不只是自己一个公务员。

老爸在镇里当干部，老妈在镇中学当老师。

老家经济发展得不太好，财政紧张，政府没钱，老爸老妈工资被拖欠多少年，要不是老爸利用业余时间承包鱼塘，要不是老妈寒暑假办补习班，如果真像所长说的除了工作什么都不能干，自己别说上大学，估计早被饿死了。

帮师兄救场而已,这相当于家里开个小店,下班之后帮着看会儿店,这也上纲上线,让不让人活了!

要是真管这么严,那些家在农村、家人全是农民、家里有七八亩地的公务员又怎么办,下班回家就不能干活了,只能坐在家里眼睁睁看着老爸老妈锄禾日当午?

韩朝阳想想不服气,欲言又止。

教导员负责思想工作,不能再保持沉默,干咳了一声,语重心长地说:"小韩,刘所的话有些重,但你要理解领导的心情。我知道你有想法,对生活有自己的规划,也承认公务员上班是工作,下班就是普通公民。

"照理说有发挥特长、追求兴趣,甚至通过劳动获得收入的权利,凭什么不能让公务员在业余时间干自己的事,凭什么不许公务员在业余时间挣钱养家?

"但是呢,上级不许公务人员从事工作之外的职业,这么做有其合理缘由,上级制定法律法规时肯定权衡过利弊,当然取利大的,所有政策出台都不可能完美,作出的依据应当是当前实际。"

现在警察真是"弱势群体",一个不慎就会被群众投诉乃至被检察院叫去喝白开水。

如今社会上有一种怪现象,似乎一提到公务员,尤其警察,不责骂上那么两句就不符合潮流,什么事只要一粘上警察就似乎很有看头。自己虽然没做错什么,但帮师兄救场的事真要是搞得沸沸扬扬,所里的日子肯定不会好过。

韩朝阳多少能理解点所长的心情,只是非常反感他这种开口就骂的粗暴作风,抬头偷看了一眼:"教导员,我错了。"

"错了,你以为这是什么地方,你以为你是小学生!"不等教导员开口,所长砰一声又拍了下桌子,"混吃等死磨洋工的我见过,但没见过你这样的!不想干是吧,不想干趁早滚蛋,别占着茅坑不拉屎!"

细想起来小伙子也没那么不堪,所长之所以一见他就来气,一是先入为主,不喜欢他的专业背景。一个学音乐的,通过公考跑来当警察,在警力如此紧张的派出所,远不如一来就什么都能干的警校生或政法干警那么受欢迎;

二是他真把警察只当成一个职业,不像警校生和政法干警那样把成为一名公安民警当成一个终极追求,让干什么他就干什么,没主观能动性,没集体荣誉感。

他又没成家,新同志应该多干点,应该像同时分来的吴伟一样住在所里,结果他做过好几次工作如同对牛弹琴。他就是不愿意住在所里,而是住在光明区他那个开琴行的同学家,宁可每天来回跑。

别人下班之后所里要是同时遇到几个警情,值班民警忙不过来,带班所长打个电话立马回来加班。

带班所长打电话让他回来加班,他不是有这样的事就是有那样的事,偶尔赶回所里,时间又全在路上浪费掉了,赶到所里时该干的事其他同志已经干完。

干工作一点不积极,如假包换的不求上进!

不过话又说回来,他再积极一样没上进的机会。

首先,在考公务员时他签过协议,在基层有服务年限;其次,他既不是党员,专业又不对口,文不文武不武,机关根本不会要他。何况基层民警想晋升、想调到机关本就很难,工作比他认真、业务能力比他强不知道多少倍的同志都没机会,怎么也轮不着他这个还在见习期的新人。

所里各项工作太多,警力太紧张,不可能养闲人。尽管他来之后一直算不上闲,事实上工作时间比其他单位的公务员要长很多。

因为他的事,所长不止一次找过分局。

领导说得很清楚,不要可以,其他派出所需要,但把他调走之后别指望局里再安排民警过来。既然换人的事别想了,那么,多一个人总比少一个人好。

但有一点很明确,不能让他再这么下去。

"刘所,抽根烟,消消气。"教导员权衡了一番,先给所长递上支烟,旋即转身道，"小韩，你来所里时间也不短，很清楚所里各项工作压力有多大，人手有多紧张，你自己想想，你的工作态度有没有问题？"

谁没点脾气，活二十多年还是第一次受这委屈。

韩朝阳真想来一句"老子不干了"，可想到老爸老妈的期望，只能忍着，只能很不情愿地点点头。

考公务员不容易，开除一个公务员同样不容易，而且要说错他真没犯什么大不了的错误。教导员举起烟点上，提议道："刘所，小韩承认错误了，要不再给他个机会，看看接下来的工作表现。"

"这个机会怎么给？"刘所长狠瞪了韩朝阳一眼。

"局领导总批评我们的几个警务室没人，其他几个警务室好说，朝阳警务室是不能再只有一块牌子，要不调整下小韩的工作，让小韩去朝阳警务室，负责朝阳村、527厂和东明社区的治安。"

第三章　麻烦的差事

出来工作谁不希望混好点，谁不希望受到上司器重，谁不希望与同事和睦相处？作为一个出生成长于"干部家庭"、如假包换的"官二代"，韩朝阳并非不懂人情世故。

虽然大学毕业前从未想过有一天会当警察，但在找不到合适工作下决心报考公务员，看到简章上那么多招考职位时，他毫不犹豫报考的是警察。不是因为相比其他职位警察公务员好考，也不是因为警察待遇有多高，事实上早在念中学时他就知道警察是公务员群体中最苦最累升迁也最难的。

之所以报考，完全是因为潜意识里有个"制服梦"，作为一个男孩谁没崇拜过军人和警察。

好不容易考上了，接受完三个月培训被安排到花园街派出所，兴冲冲来所里报到。

他不仅没眼高手低，不仅没嫌基层艰苦，反而怀着满腔热血准备扎根基层大展抱负，结果因为专业背景不受待见。第一次见面，所长竟当那么多人面毫不掩饰地表示不欢迎，甚至当场给分局政治处打电话要求换人。

所长当时说过的那些话，当时的语气，当时那满脸不高兴甚至不屑的神色，直到现在仍历历在目。

人要脸，树要皮。

不受待见成这样，难道还能死皮赖脸地去巴结？

好的开端是成功的一半，糟糕的开端是悲剧的开始。

第一天报到被泼一盆凉水，韩朝阳的积极性彻底被打击没了，暗想不就是一份工作吗，你只是上司又不是手握"生杀大权"的老板，你瞧不起我，我还看不起你呢，把分内事干好，让你逮不着把柄，你能奈我何？

事情就是这么简单，没想到还是被揪住了把柄。

领导的话就是命令，理解要执行，不理解一样要执行。何况人家说了，这是给你的一个机会。想到要去的是朝阳警务室，韩朝阳头皮就发麻！

在所里干了近六个月，几乎天天出警，有时一天要出几次警，对辖区大致情况可以说比较了解。

花园派出所辖区位于城乡结合部，西边是市区，东边是高速出口，燕阳市区的主干道中山路从辖区穿过，现在叫中SD路，以前叫中山路东延长线。

即将管辖的朝阳社区警务室正好在中SD路上，辖区面积1.3平方公里，西起朝阳河，东至东明街，南至人民东路延长线，常住人口7000多人。

527厂紧挨朝阳河，是一个曾经很红火的军工企业，效益最好时有3000多名职工，有自己的医院、电影院、幼儿园和子弟小学。

经过一次又一次改制和重组，人越来越少，能走的全走了，能改行的全改行了，现在变成一家跟物业似的"东阳公司"，主要靠出租厂房、出租仓库和出租沿街门面维持，家属院儿里只剩下老弱病残。

曾经的国有企业，而且是军工企业，保卫科迄今没撤销，厂区治安总体比较好，没必要为527厂担心。

东明社区只是一个叫法，事实上这个社区早不存在了，在行政规划上并入现在的朝阳社区，领导所说的东明社区其实是东明新村，是开发商五年前开发的一个住宅小区。物业费不便宜，保安也不少，到处有摄像头，出入要刷卡，在安全防范上一样没多大问题。

最让韩朝阳头疼的是夹在527厂和东明新村中间的朝阳村！

如假包换的城中村，200多户村民聚居在中山路南侧，东边的地被开发商征用了，东明新村就是建在朝阳村的地皮上。南面还有一大片耕地，据说燕阳火车站要搬迁过来。

建火车站要征地，市里乃至外地的大开发商也看上这块风水宝地，具体怎么规划的韩朝阳不知道，平时忙得焦头烂额也不关心这些，只知道村里人为获取更多补偿，或疯狂违建，或因为田埂被挖了一尺等鸡毛蒜皮的事三天两头发生邻里纠纷。

连最老实的村民都没闲着，找工人回去装修，有人甚至在家门口竖根电线杆装路灯。

总之，机会难得。

现在投入一点，将来评估时就不是一点两点那么简单了。

他们怎么要征地补偿和拆迁补偿不关公安的事，但因此引发的纠纷公安却不能不管，何况区里不会眼睁睁让他们这么搞，城建和规划部门的执法人员经常去拆违。

一家盯着一家，一碗水要端平，拆我家的为什么不拆他家的？遇到这种事所里都要出警，最长的一次和师傅在村里守过三天三夜。

光这些已经够头疼了，但朝阳村还有更让人头疼的事。

市区寸土寸金，房价高，租房子的费用自然水涨船高，许多进城务工人员、小商小贩和一些刚参加工作的大学生在村里租房，外来人口多，流动性大，想搞清外来人员的底数不是一件容易事，除非你天天盯在那儿。

村里又习惯"靠山吃山"，因为收取外来人员的卫生和外来商贩的摊位费，不止一次发生过纠纷，有好几次甚至大打出手。巡警只巡到朝阳桥，再往东就不管了，所以遇到这种事一样要花园派出所出警。

朝阳警务室的牌子挂在朝阳社区服务站门口，有一间刷有蓝白公安标识、悬挂110灯箱的办公用房，里面有一间休息室。但花园派出所就这么多正式民警，要负责的辖区那么大，不可能安排民警在警务室常驻，经常大门紧锁，每次遇到事都找不着人，街道领导很不高兴，后来安排一个协勤常驻。

协勤工资就那么点，不可能要求人家24小时在岗，所以晚上警务室依然没人。

市局领导怎么不巡查，要巡查肯定查中山路、人民路、建设路等主干道，每次晚上经过警务室门口不是黑灯瞎火就是大门紧锁，自然不会满意。

早知道要安排人过去，没想到这差事落自己头上！

韩朝阳被打了个措手不及，跟着杨警长走进办公室，愁眉苦脸地说："师傅，我不是叫苦叫难，不就是搬家吗，搬过去住也没什么，但我不是正式民警，还在试用期，连执法权都没有。"

杨涛暗想就知道你小子会找理由，不喜欢当警察为什么考警察公务员？

领导已经决定了，没任何讨价还价余地，杨涛把帽子往桌上一搁："你有没有入职？"

"入职了，岗前培训时就办了入职手续。"

"既然入职了，既然参加过岗前培训，你就是正式民警。"

杨涛坐到椅子上，捧着茶缸语重心长："朝阳，相比别人你算很幸运的。管稀元跟你一样是普通高校的大学生，跟你一样考的警察公务员，就因为比你早三年，当时市里没钱，他们那一批全是先培训后入职，培训期间一分钱工资都没有。

"你现在虽然没工作证，没执法权，但至少给你配发警服，佩戴一级警员警衔。再干几个月去考试，合格之后就定职定级，就上报省厅给你授衔。

"管稀元那一批有什么，分到所里连警服都没有，整整干了一年'便衣警察'，见习期一个月只有600多块。什么加班工资、福利工资等等都没有，还一天到晚加班。"

老管运气是不太好，不过还有更倒霉的。

第四章　辅警许宏亮

不出韩朝阳所料，杨涛又说起同一批分到花园街派出所的吴伟。

"你大学一毕业就参加公考，一考就考上了，就变成国家干部。你看看人家吴伟，高中毕业考警校，好不容易考上了，上四年警校又不给安排工作，要跟你一样参加公考。结果他们那一批报考的人太多，没考上，没办法，响应国家号召去参军。

"大学生士兵，说到底还是个士兵，在部队干了两年，别说提干，连考军校的机会都没有。他们那个部队又不缺士官，只能退伍。我也当过兵，在部队干十几年，他们这些士兵真是去时敲锣打鼓一片风光，回来时冷冷清清一片凄凉。"

杨涛轻叹口气，不无惋惜地说："他上警校时学的是治安专业，在部队摸爬滚打，没一技之长，又考公务员，结果学业因为参军耽误了，又没考上，只能退而求其次报考政法干警。这次倒考上了，不过又要上两年警校。

"你算算，警校四年，部队两年，考上政法干警又上两年警校，他整整穿了八年制服、整整过了八年军事化管理的生活，才实现当警察的理想，才成为一个正式民警。"

作为所里最不受待见的人，韩朝阳对最受所领导乃至师傅另眼相待的吴伟实在没什么好感。

31岁才找到份工作，这还是国家照顾，在招考政法干警时放宽"四类服务人员"报考的年龄限制。大好青春就这么没了，有手有脚去哪儿找不到口饭吃，想想他脑子真是有病。

第四章 辅警许宏亮

更让韩朝阳窝火的是，昨晚去光明区典尚咖啡厅帮同学救场的事，所长和教导员是怎么知道的？

花园派出所距那儿十几公里，分别隶属于两个分局，所长和教导员的家也不住那边，除了昨晚去过典尚咖啡厅的吴伟，还有谁知道这件事，还能有谁会给领导打小报告？

想表现是吧，有本事去破几个大案，抓几个嫌犯，打小报告算什么本事！

韩朝阳越想越窝火，忍不住问："师傅，是不是吴伟打的小报告？"

"跟你谈工作，你问这个，现在问这些有意义吗？"

杨涛也不喜欢别人看见屁大点事就往领导那儿捅，但许多事是不能解释的，顿时话锋一转："去警务室要干哪些工作，回头我给你列一份清单。中午没什么事，先去你同学那儿收拾东西吧，我跟朝阳社区吴主任打过招呼，行李收拾好直接搬到警务室。"

去朝阳警务室要干些什么需要列清单吗？

社区民警工作职责就挂在墙上，一条条一款款看上去很多，想真正落到实处没那么容易，但总结起来也就是社区人口管理、社区安全防范、社区治安管理、情报信息收集和服务群众。

韩朝阳腹诽了一句，无精打采地走出办公室，连饭也不想吃了，直接去值班时住的宿舍洗澡换衣服，把换下的警服塞进塑料袋，收拾好一切开门准备下楼，眼前突然出现一张灿烂的笑脸。

"朝阳，今天我休息，送你回去拿东西。"

许宏亮，22岁，本地人，同吴伟一样是警校生，毕业时自知不一定能考上警察公务员，就通过公开招聘进了城东分局，被安排到花园派出所当辅警，一边工作一边复习，准备参加明年的公考。

名副其实的"拆二代"，据说他家拆迁时不光给了三套房，还给了200多万现金补偿！

有房有钱，人长得不难看，独生子女，没人跟他争家产，干什么不好，偏偏跑来当在老百姓眼里跟临时工差不多的辅警。他在所里拿到的那点工资,估计只够他开车上下班的油钱。

这个单位的人都不正常,不过眼前这位无疑属于不讨厌的不正常人。

"别跟我走这么近,我现在是破罐子破摔,破鼓众人捶,跟我走太近领导看见会怎么想。"韩朝阳边走边不无自嘲地提醒道。

许宏亮上警校时去另一个派出所实习过,现在又是花园派出所的辅警,算算在派出所已经干近两年,什么事都遇到过,什么人都见过,唯独没遇到没见过韩朝阳这么倒霉的。

他回头看看身后,不动声色地说:"你又不是不知道,我跟他们不一样,干辅警只是权宜之计。明年再考一次,能考上最好,考不上立马辞职,我才不会当一辈子辅警,才不会跟吴伟那样为穿身警服折腾到三十多岁。"

"明智!"这就是共同语言,韩朝阳禁不住笑了。

开宝马上班太张扬,所长看见会非常不高兴。

许宏亮每天上班把车停远远的,韩朝阳跟着他走到斜对过的银行门口,拉开车门把塑料袋扔进后排,旋即拉开副驾驶门问:"宏亮,昨晚相亲了?"

"你怎么知道的?"半天暴晒,车里估计有50度,许宏亮没急着进去,先点着引擎打开空调,同韩朝阳一起走到银行大门处的空调风机下,递上支烟。

"昨天出警时听老徐跟我师傅说的。"

"他消息倒挺灵通,可能是在值班室接电话时被他听见了。"

派出所就是一个小社会,什么样的人都有,有喜欢拍领导马屁的,有为表现打小报告的,比如吴伟。

一样有喜欢八卦的,尤其那些工资不高,工作强度也不高的辅警和协勤。

谁人背后没人说,谁人背后不说人。

韩朝阳有自己的理想和追求,不在乎甚至不屑这些,懒得评论四十多岁一事无成只能在派出所当协勤,那点工资连养家都困难还自我感觉良好的老徐,而是不无好奇地问:"相得怎么样,姑娘好不好看,有没有感觉?"

"没戏,本来我就不打算去,这是被我妈逼得没办法才去的。"

"不好看,没感觉?"

"人长得倒是蛮好看的,身材也好,工作也不错,所以人家有种优越感,很现实的,瞧不上我。"感觉车里应该没么热了,许宏亮掐灭烟头招呼韩朝阳上车。

"你家条件多好,你又一表人才,她凭什么瞧不起你?"韩朝阳觉得有些不可思议,因为身边这位各方面条件真是太好了。

许宏亮系上安全带,苦笑道:"她在银行上班,看不起我这个辅警,饭没吃完就跟她妈说不合适,说我连份正式工作都没有。"

"辅警不是正式工作吗,你也是有编制的,再说你又不靠辅警这点工资活。"

"你让我怎么跟她解释?"许宏亮拍拍方向盘,不无沮丧地说,"我总不能跟她说辅警和协勤不一样,不是你想象中的那种临时工。我是区委区政府批给分局的编制,是经过笔试、面试、体能测试和政审招聘进来的,基本工资和社保走区财政,财政局直接打卡上,发放时间和其他事业单位同步。"

"为什么不能说?"

"你是站着说话不腰疼,我这样的虽然看上去挺正规,和人社局签过合同,工作证在省厅报过备,还有省厅制作发的执勤证,但说到底还是个临时工,不是行政编制,也不是事业编制,而是编外临聘。"

编制有那么重要吗,我还不想干呢,只是暂时没找到更好的去处。

韩朝阳暗暗嘀咕了一句,鼓励道:"这只是暂时的,好好复习,明年好好考,考上之后看谁还敢瞧不起你。其实所里没人瞧不起你,他们是羡慕你妒忌你,他们真正瞧不起的是我。"

"朝阳,既然说到这儿我就不跟你来虚头巴脑的那一套,"许宏亮突然话锋一转,"上午的事我听说了,你要去朝阳警务室。我找过教导员,他同意我跟你一起去。你学习好,又有经验,一考就考上了,指点指点兄弟,拉兄弟一把。"

17

他什么都不缺，就缺一份正式工作。

可是为什么非要一份所谓的正式工作，坐在价值50多万的宝马轿车里谈一份累死累活才拿那点工资并且很难获得晋升的工作，韩朝阳觉得很荒唐，但还是一口答应道："没问题，我用过的那些培训教材全在，知识点全标注过，你先看，有什么看不懂的尽管问。"

"谢谢。"

"自己兄弟，说谢有意思吗？"

第五章　鸡肋的专业

所领导和所里同事全以为韩朝阳住同学家，其实不是住在哪个小区，而是住在燕阳师范大学西门斜对过的博艺琴行二楼。

康苇也不是同班同学，而是韩朝阳在东海音乐学院时的同校同学，确切地说是师兄，是学长。

今天不是周末，不是法定节假日，没人来买小提琴、中提琴、圆号、小号等乐器，一样不会有望子成龙、望女成凤的家长送孩子们过来培训。琴行里冷冷清清，只有一个漂亮的女孩坐在钢琴前托着下巴发呆。

"玲玲，苇哥呢？"

眼前这位一样是同学，不过是同校同届同学，在东海音乐学院时不在一个班，学得也不是同一个专业。许宏亮像没见过漂亮姑娘一样肆无忌惮地盯着看，韩朝阳用胳膊肘捅了捅，招呼他一起上楼帮着收拾东西。

谢玲玲缓过神，脸上露出会心的笑容，跑到楼梯边仰头笑道："八一加油站对面的部队要在建军节那天搞歌会，有个军官认识苇哥，请苇哥去指导他们单位搞合唱团，刚走不大会儿。"

"有钱吗？"韩朝阳回头问。

"没有，纯属义务劳动。"谢玲玲不无好奇地打量着许宏亮，一脸不好意思地解释道，"不过也不会白帮忙，那个部队挺大的，好多军官成家了，就当打广告，说不准人家会把孩子送咱这儿来学琴。"

生活艰难，师兄很不容易。想到师兄在如此困难的情况下，老师一个电话，他依然毫不犹豫地收留自己和玲玲，韩朝阳心里一酸，迟疑了好一会儿才轻声道："玲玲，这是我单位同事许宏亮，送我回来收拾东西的，我不能再住这儿,要搬到城东去住。"

偌大的燕阳,举目无亲。

男朋友本来在对面的师范大学读研究生,前段时间作为交换生出了国,在这个陌生的城市就剩师兄和韩朝阳两个熟人,韩朝阳要搬走,本就很寂寞的谢玲玲心里变得空荡荡的,微皱起黛眉问:"你要搬走,苇哥知道吗?"

"等会儿给他打电话。"

"一定要搬?"

"不搬不行,再不搬饭碗都保不住。"

"好吧,我帮你去天台收衣服。"这是什么工作,还要搬到单位去住,谢玲玲腹诽了一句,郁郁不乐地跑上天台。

这姑娘挺好,也不知道有没有男朋友。

许宏亮看得有些发痴,看着谢玲玲背影喃喃地说:"朝阳,我发现学音乐的就是好,你们这些音乐家就是有气质。"

"好什么好?"

东西本就没多少,韩朝阳懒得使唤他,一边麻利地收拾,一边头也不回地说:"我们学的是器乐,就是演奏乐器的。好多人总以为演奏家就是音乐家,其实不一样,两者根本就不在同一个水平线上。"

"怎么不一样,不都玩音乐的吗?"许宏亮没音乐细胞,别说玩乐器,连唱歌都五音不全,很羡慕既会玩乐器歌又唱得好的,尤其羡慕韩朝阳这种会弹钢琴、会拉小提琴的人,觉得很高雅。

韩朝阳不觉得这有多高雅,反而觉得学这些很苦逼。

把书码好塞进纸箱,他回头道:"想成为一个演奏家不难,只要你稍微懂一点乐理,最初有一个好老师,再加上有正确的谱子,加上刻苦训练,只要你不傻就完全可以成为演奏家,说白了就是一个熟能生巧的手艺。

"音乐家不一样,想成为真正的音乐家首先必须是一个演奏家、指挥家、作曲家,真正的音乐大师甚至还是一个哲学家。所以把演奏家理解为音乐家是完全错误的,但所有的音乐家一定是演奏家,总之,音乐家不是随便叫的。"

第五章 鸡肋的专业

"反正我觉得你们很厉害。"

"厉害个毛线！"

这小子真是身在福中不知福，韩朝阳给了他个白眼，没好气地说："器乐专业估计是最鸡肋的专业，以前有好多乐团，现在不是解散就是揭不开锅，几乎不招新人。想留校更难，早饱和了。几年前还有机会去中小学当音乐教师，现在师范生那么多，人家在教育方面比我们更专业，去学校当教师的难度不比考公务员小。"

"这么惨？"许宏亮将信将疑。

"从小到大你听过几场音乐会？"

"没有，一场没听过。"

"这就是了，现在是市场经济，市场说了算。"韩朝阳一边叠着衣服，一边接着道，"我是学西洋器乐的，我已经很惨了。玲玲是学民族器乐的，比我更惨，你说哪个单位哪个公司会招只会弹古筝、吹笛子、拉二胡的人？"

"想想也是，你们这专业是有点鸡肋。"许宏亮反应过来，似笑非笑地点点头。

"学器乐花钱比学其他专业多，随便一件乐器都是上千乃至上万，结果学生一毕业就失业，学校老师也着急。所以联系在外面混得比较好的学生，发动能发动的所有人脉资源，甚至提供资助，让我们这些毕业生出来开琴行、卖乐器、搞培训。"

"你们老师真好。"

"那是，比我们所领导有人情味多了。"

收拾好行李，给"相依为命"的师兄打了个电话，跟噙着泪水的师妹道别，看着她依依不舍的样子，韩朝阳心里特难受，再三强调一有时间就回来，她心情才稍稍好了一些。

办正事要紧，说不定所领导已经到了朝阳社区。

许宏亮也顾不上打听谢玲玲有没有男朋友，和韩朝阳一起马不停蹄驱车赶到朝阳社区服务站。果不其然，分管社区队的许副所长和警长杨涛已经到了,正站在服务站门口跟朝阳社区党支部书记兼社区主任苏娴说话。

服务站大门朝南,警务室不在大门口,而是在最里面。警务室的后门其实是前门,正对着中山路,不像社区服务站窝在里面,别说外地人,许多本地人不打听都不一定能找到。值得一提的是,前年设朝阳警务室,街道办事处给的不是现在这两间办公用房。因为沿街全是商铺,租给人家开店一年能收好几万租金,给派出所一分钱没有,还要倒贴水电费。街道办事处主任开始坚决不同意,最后是分局领导亲自出面才解决的。不过这事如果搁现在,街道办事处主任说了都不算。

区里注册成立了一个类似于国企的资产经营投资公司,把各街道、各社区居委会能出租的房产全收走了,不管收多少租金或能卖多少钱全与街道和社区居委会无关。也正因为如此,本应该早撤销、早并入朝阳社区居委会的朝阳村迄今依然存在。

如果并入社区,村委会的那些房子就不是集体所有,村民们就分不到钱。他们说他们有土地,是农村户口,并且第二轮土地承包合同还没到期,总之他们是村民不是市民,也不愿意变成市民。村干部们既担心并入社区之后职务很难保住,又担心并入之后无法跟之前一样享受集体所有制的福利,涉及实实在在的利益,他们对此也不积极。

换作其他村,换作以前,区里会想方设法把问题解决掉,毕竟这涉及很严肃的行政区划,不可能让朝阳社区居委会和朝阳村委会同时存在。但朝阳村不是其他村,现在也不是以前,一切要为全市的经济建设让路,要确保燕阳火车站搬迁工作顺利进行。涉及征地,涉及拆迁,上上下下全忍着,全哄着,甚至从区里和街道两级抽调了三十多名干部,组建工作组进驻朝阳社区和紧邻社区服务站的朝阳村委会,专门做朝阳村两百多户村民的工作。

区里都派工作组来了,区委张副书记亲自兼任工作组长,公安不能不当回事,必须全力配合,韩朝阳就是在这个大背景下被派到朝阳警务室来的。

第六章　走马上任

"苏书记，这位就是小韩，从今天开始他就常驻警务室。"许副所长原来打算顺便介绍一下同时常驻的辅警和协勤，见许宏亮一身便服，还开着一辆拉风得不能再拉风的宝马，干脆当没看见一般。

"认识认识，许所，我们和小韩打过交道，而且不止一次。"

"苏主任好。"社区书记不是村支书，是街道派来的副科级干部，韩朝阳虽然潜意识里没把自己当体制内的人，但过去大半年不是白培训白见习的，急忙立正敬礼。

"小韩，欢迎欢迎，有你在，我们社区今后的工作就更好开展了。"

把人送到，让正在楼上的区领导知道花园街派出所对朝阳社区的工作很重视就行了，许副所长和苏主任寒暄了几句便打道回府。

杨涛没走，同韩朝阳、许宏亮及协勤老徐一起从后门来到警务室，里里外外看了一下，掏出一张"任务清单"。

"师傅，这……这些事不在我的职责范围内吧！"韩朝阳仔仔细细看完，抬起头来哭笑不得地问。

"怎么不在，记不记得社区民警职责的最后一条？"

看着师傅煞有介事的样子，韩朝阳猛然意识到问题出在哪里，居然忘了社区民警职责的最后一条：完成上级交办的其他工作！似乎什么没说，其实就是一个大箩筐，什么事都可以往里装。麻烦大了。

接下来要干好本职工作不谈，还要兼"河长"，负责朝阳河527厂段的环境卫生，每天都要巡逻，防止单位或个人往河里倾倒垃圾，防止小孩下河游泳时不慎溺亡。兼任"河长"就算了，大不了抽时间去河边转转，最让人头疼的是精准扶贫，要帮助三个低保户脱贫。韩朝阳暗想我还是穷人呢，拿点工资只够平时开支，连房都买不起，谁来帮我脱贫！

换作其他刚分到所里的年轻民警，杨涛肯定不会放心，担心小伙子血气方刚，一时控制不住情绪一个不慎被人家揪住把柄，真要是发生什么事，被处分是轻的，搞不好会丢饭碗。

韩朝阳虽然一样是小伙子，但从他身上看不出有哪怕一丁点血性，更不用说嫉恶如仇。这样的人能出什么事，就算出事也是被人家揍。何况许宏亮那么机灵，老徐那么稳重，有他俩在遇到点事应该能应付。再退一步讲，朝阳警务室辖区真要是发生什么大案，别说警务室，派出所一样要靠边站，分局刑警大队乃至市局刑警支队会接手。可以说有他没他这个人并不重要，重要的是朝阳警务室需要一个正式民警，不然没法向分局乃至区委区政府交代。杨涛实在没什么不放心的，交代完任务跨上电动车打道回府。

送走师傅，韩朝阳里里外外看了看这个接下来要住很长一段时间的地方，其实没什么好看的，外面办公室里一张办公桌，一把椅子。里面一张钢丝床和一把当床头柜用的椅子，连个挂衣服的柜子都没有。

电视机、电脑、空调这些不用奢望，条件就是这么简陋。

装备同样如此，一辆踏板式的电动车，蓝白涂装，大灯上面有一个警徽，下面有醒目的"公安"二字，后面的储物箱边装有一盏警灯，最高时速40公里，如果忘记充电或跑太远把电用没了只能推回来。就这两个轮子的"警车"还非常来之不易，是城东分局上半年按照市局的统一部署，为推进平安社区建设、深化社区警务改革，特别向区委、区政府申请专款购置的。一共购置200辆，配发给各派出所。为此，还举行过隆重的社区警用电动车发放仪式。

分局领导在仪式上要求各派出所把新配发的社区警用电动车转化为实实在在的战斗力，真正把每一辆警用电动车变成"便民车、爱民车、平安车"，为建设"平安燕阳"、"美丽燕阳"作出新的更大的贡献……

没配发电动车的时候工作就没干，配发电动车社区民警就会下社区？

所里总共那点人，如果每个警务室都派一个民警，所里就没人了，连

第六章 走马上任

所长教导员都要下社区，其他工作也别干了。再说什么时代了，谁家没辆电动车，谁又买不起辆电动车。看着今后的座驾，韩朝阳觉得很搞笑。

至于武器装备，不是没有，只是比较磕碜。无敌大粪叉一个，去年最重视反恐时配发的。伸缩警棍一支，橡胶警棍两支，白色头盔两顶，手铐一副。橡胶警棍和头盔是配发给许宏亮和老徐的，执勤时必须要戴。枪就别想了，所里就所长和办案队的人能摸枪。执法记录仪是标配，其他什么都可以没有，这个必须要有，不然遇到胡搅蛮缠的真会让你流血又流泪。

"朝阳，我们这个班怎么排？"老徐绝对是老油条，走到哪儿都有熟人，在后院里跟几个社区干部聊完天，叼着烟从后门走了进来。

韩朝阳暗想里面这间是我以后的宿舍，你这样走来走去我有没有隐私可言，面无表情地说："你和宏亮商量着办，反正是轮班，一人12个小时。"

许宏亮掏出手机看看时间，抬头道："老徐，你家事多，要不你值夜班吧。"

两个临时工轮流值班，正式民警不用，听上去似乎不公平，但事实上很合理。出警必须是正式民警，换句话说韩朝阳从现在就要开始24小时值班备勤，一有警情就要第一时间赶赴现场。如果有群众来警务室报警，一样要他这个正式民警做笔录。除此之外还有大量工作，要管理警务室辖区人口，要发动和组织社区各方面力量搞安全防范，要组建信息员和治安耳目搞情报信息收集，要检查辖区内的公共复杂场所、娱乐场所、特种行业、出租屋搞治安管理。要建立治安巡逻工作登记簿、暂住人口登记簿、社区民警工作日志和市局的"五簿一册"等台账。周一上午要去所里开会，每周要去所里值一个24小时的班，不可能跟他们一样轮流值班。

夜里没什么警情，可以靠在椅子上或趴在办公桌上打瞌睡，老徐觉得这么安排不错，嘿嘿笑道："也行，我先回去了，晚上8点来接班。"

"等等。"不等韩朝阳开口，许宏亮又说道，"老徐，你看这地方能住人吗？热得要死，连个电风扇都没有。你先和朝阳在这儿盯着，我回去拿两个电风扇过来，还有台不用的电视机也一起拿过来。"

值班的时候可不能跑社区服务站去蹭空调，老徐反应过来，连连点头：

25

"这么热的天是没法儿待,赶快回去拿吧,这儿我和朝阳盯着。"

好兄弟,没得说!

韩朝阳把许宏亮送到门外,叮嘱道:"路上开慢点。"

"没事,对了,你晚饭在哪儿解决?"

"村里那么多小饭店,随便吃点就行,教导员说过,每个月给我们补贴300块钱伙食费。"

"不在所里吃,当然要补贴,"涉及自身利益,老徐一下子来了精神,禁不住追问道,"朝阳,这300是我们一个人300,还是三个人加起来300?"

"一个人300,想得倒美。"

辅警和协勤平时只在所里吃一顿,想想是不太可能一人补贴300,老徐不无失望地说:"有补贴总比没补贴好,你们算算以后怎么吃,我不在外面吃,我自己带饭。"

不就是想折现嘛!韩朝阳和许宏亮彻底服了,相视而笑,没再说什么。

送走许宏亮,韩朝阳收拾起东西,正准备出去买脸盆洗澡盆之类的东西,警务通手机突然响了,一看到来电显示是所里值班室的固定电话,韩朝阳立马意识到有警情,有活儿干了。

"小韩,我陈秀娟,东明新村有群众打110报警,说在3号楼发现一条蛇,不知道是不是毒蛇,大人小孩全吓坏了,你们赶快去看看,报警人的电话这就给你发过去。"

蛇,我也怕!一想到那恐怖的冷血动物,韩朝阳就毛骨悚然,但这是警情,这个电话是命令,只能硬着头皮答应道:"是,我们这就去。"

"小心点,别给蛇咬着,"陈秀娟一如既往的尖酸刻薄,又补上一句,"你被蛇咬伤事小,朝阳警务室没人事大。"

第七章　大蛇（一）

"抓蛇而已，以前我什么蛇没抓过！"

一提到蛇，韩朝阳心里直发毛，老徐则兴高采烈，跑到后院管社区干部找来一编织袋。看样子不但想亲手抓，还打算把蛇带回来。

这样最好，韩朝阳稍稍松下口气，哗啦一声拉下防盗门，把警务室大门锁好，跨上警用电动车，把"油门"拧到最大，火急火燎地往东明新村赶去。

老徐一样是电动车，不过是他自己的，不是踏板式的，是那种电没了可以用脚蹬的，看上去电瓶应该不大，结果跑得比韩朝阳的"警车"还快。

"朝阳，怎么样，刚换的电瓶！"老徐一边摁着喇叭，一边得意地炫耀他的车速。

走起来有风，自行车道有树荫，比警务室凉快多了。更重要的是有老徐这个"捕蛇专家"，解决了怎么才能把扰民的蛇控制住的后顾之忧，韩朝阳心情无比舒畅，不禁笑问道："换电瓶花多少钱？"

"在王二那儿换的，以旧换新，再给他160块。"

"挺好，这电瓶看上去就有劲儿。"

"那是，我让他换最好的。"

韩朝阳嘴上同老徐说说笑笑，心里则在暗想被发配到警务室也不错，虽然今后很长一段时间别指望正常休息，但天高皇帝远，不用再天天看所长、教导员、许副所长和师傅的脸色，更不用再天天面对吴伟那个小人。

不知不觉，东明新村到了。

二人抄近路从西门进小区，韩朝阳开着"警车"，载着大檐帽，肩膀上别着执法记录仪。老徐一身协勤制服，头上是带有"治安巡逻"字样的白色头盔，腰里还挂着根橡胶警棍，一看就知道二人是派出所的。

小区保安立即打开供行人通过的闸口，一边小跑着在边上带路，一边气喘吁吁地说："你们是为3号楼的蛇来的吧，就在前面，楼长和我们队长都在下面。"

小区挺大，三十多栋楼。

韩朝阳放缓车速，看着3号楼方向问："什么蛇啊，有多长，这些应该是你们小区物业的事，你们自己处理不了吗？"

"警察同志，那是条大蛇，不是小蛇。"

老徐觉得有些好笑，忍不住问："有多大？"

"三米多，估计有四米长，真有碗口那么粗。"人高马大的保安显然一样怕蛇，表情非常之丰富。

四米，有碗口那么粗，这是什么概念？

韩朝阳发现问题比想象中严重，老徐也意识到即将遇到的不是他曾抓过的那种蛇，不过现在顾不上那么多了，3号楼二单位就在眼前，楼下聚满小区居民，男女老少全有，正交头接耳相互议论。

"让一让，请大家让一让，我们是花园街派出所的，刚才谁打的110？"韩朝阳把车停好，打开储物箱取出文件夹，同老徐一起挤进人群。

"警察同志，我报的警，是我打的110。"

"什么情况，蛇在什么地方？"

"蛇在我家！"

报警人是一个五十多岁的妇女，搂着显然受到过惊吓的小女孩，心有余悸地说："今天不是热吗，我就没出门，带孩子在家看电视，看着看着窗户那边传来'咝咝'的声音，回头一看，魂儿都被吓飘了。一条大蛇顺着窗户游进我家客厅，我吓得浑身发抖，赶紧抱上孩子跑出来，跑到楼下用陈大姐的手机打110。"

"蛇还在你家？"

第七章　大蛇（一）

"出来时我把门锁上了，应该在。"

"你家住几楼？"

"1102。"

十一楼，蛇怎么爬那么高！

韩朝阳觉得有些不可思议，再次检查了一下执法记录仪，招呼老徐和小区保安一起进电梯，站在电梯门口问出最后一个问题："一条大蛇，到底有多大？"

王阿姨紧张不已地说："好大，真大，头游到茶几，尾巴还在阳台！"

"钥匙给我，我们上去看看。"

"哦，我家不用钥匙，我家用卡。"

"好的，谢谢。"韩朝阳接过卡，又探头道，"其他人都散了吧，这么热的天聚这儿干什么，不就是条蛇吗，蛇有什么好看的。"

"各位业主，都听警察同志的，回去吧，回去吹空调。"楼长反应过来，急忙帮着维持秩序。

乘电梯来到十一楼，只见几个胆大的业主正在走廊里看热闹，见警察来了不约而同靠边，让出一条通道。

即将要对付的是大蛇，老徐不再自告奋勇，连打算装蛇的编织袋都没带上来，他刻意跟在后面，韩朝阳没办法，只能硬着头皮刷卡，紧抓着防盗门把，小心翼翼打开一道缝隙。

透过缝隙往里一看，顿时吓出一身冷汗。

王阿姨没夸大其词，小区保安也没危言耸听，真是一条大蛇！

它盘踞在茶几下面，头抬得老高，正吐着信子，身体比头大，棕褐色的，头背处有棕色箭头状斑纹，躯干上满布不规则棕色云状大斑，看上去要多恐怖有多恐怖。

这家伙估计有几十斤，如果没看错应该是蟒蛇，虽然不是毒蛇但一样不好对付。

韩朝阳紧握着门把侧开身："老徐，你看看。"

"哦。"老徐缓过神，凑到门缝处往里面看去，边看边不无紧张地说，

"朝阳，这蛇我们抓不了，还是打119让消防队来吧。"

"只能这样了。"

韩朝阳掏出警务通先给值班室汇报，陈秀娟将信将疑："三四米长的大蟒蛇，我们燕阳怎么会有这么大的蟒蛇！"

干这一行有个不成文的规定，能解决的尽可能自己解决，别去烦上级。

但现在面临的问题确实解决不了，韩朝阳急切地说："陈姐，不信我给你拍个照片传过去，真是大蟒蛇，我琢磨着不是业主饲养的就是从动物园跑出来的。"

不止一次听说过有人养黄金蟒，把蛇那种冷血动物当宠物，陈秀娟不再怀疑，沉吟道："我帮你联系消防队，你先看住蛇，顺便问问以前有没有人见过这条蛇，是不是小区业主养的。"

"行，你快点啊，万一它跑了就更难抓了。"

"警察同志，我们以前真没见过，不过您说得有道理，蛇怎么能爬那么高，燕阳怎么会有这么大蛇，肯定是人当宠物养的。"

"养什么宠物不好，非要养蛇，谁这么没公德心，蛇跑出来咬伤人怎么办？"

"用得着咬吗，吓也把人吓死了！"

消防队要一会儿才能到，韩朝阳和老徐简单分了一下工，老徐负责监视盘踞在1102室的大蛇，韩朝阳负责"破案"，负责走访询问搞清蛇是从哪儿来的。

小区居民你一言我一语，从接受询问变成声讨，唯一能确认的是他们之前谁也没见过1102的那条不速之客。

动物园在西郊，距东明新村二十几公里，中间隔着两个区，而且是闹市区，大蛇想从动物园跑到这儿的可能性几乎为零。

之前谁也没见过，并且爬那么高，种种迹象表明3号楼既是3号楼业主的家，一样是大蟒蛇的家，它的主人肯定住在3号楼，估计楼层还挺高。

韩朝阳不想耽误时间，回头道："张经理，3号楼业主电话你们应该全有，挨个打电话问问。"

"好的，我去办公室打。"

"等等，这是我电话，一有消息及时联系。"

韩朝阳从口袋里摸出一张警民联系卡，物业公司张经理刚接过，外面传来消防的警笛声。

一辆消防车随着刺耳的警笛越来越近，一直开到3号楼下。

一名少尉带着三名身着消防服的战士跳下车，大蟒蛇随时可能潜逃，韩朝阳顾不上自我介绍，一边招呼四人进电梯，一边介绍起情况："四位，不是危言耸听，我亲眼所见，确实是一条大蟒蛇，这会儿正在1102室的客厅，千万别让它跑了，要是让它跑了整个小区的居民今晚都睡不着。"

"放心吧，只要蛇还在客厅，保证它跑不掉。"武警少尉觉这个年轻的片儿警有点搞笑，拍拍韩朝阳胳膊摆出一副胸有成竹的样子。

"你们也小心点。"

"没事，摁住它头就行了。"

你们说行就行，剩下的事就交给你们了。

援兵来了，韩朝阳如释重负，刚陪四人乘电梯赶到十一楼，手机突然响了，物业公司经理打来的。

"韩警官，我是物业公司张大军，被您猜中了，那条蟒蛇是1204业主养的宠物，她正在往回赶，让我们别伤着蛇，说那条蛇很温顺不会咬人，而且那条蛇价值十几万，谁伤着蛇她就要让谁负责！"

养蛇做宠物，而且养那么大一条蛇，1204业主到底是什么心态？

韩朝阳实在无法理解，但有一点很明确，这事不能就这么完，现在全小区业主都知道小区里有一条大蟒蛇，不是每个人都喜欢蛇的，谁不怕，尤其有孩子的家庭。更重要的是，那么大一条蛇能跑第一次就能跑第二次、第三次，再跑出来怎么办，难道三天两头跑过来给她抓蛇？

"回来得正好，她不回来我还要去找她呢。"

第八章　大蛇（二）

　　韩朝阳话音刚落，屋里传来一阵急促的吼叫声，"摁住，摁住，摁紧了！小钱快拿袋子，先把头套上！"

　　"好啦好啦，它动不了，它奶奶的劲儿挺大还想缠我！"

　　"稳住稳住，好好好，别使太大劲儿……"

　　公安消防队救火不收费，没想到抓蛇也如此专业，见三名消防战士抬着一个大袋子走出1102室，韩朝阳露出会心的笑容。韩朝阳只是没执法权，并非没工作证。武警少尉低头看看他的胸牌，笑问道："朝阳同志，事办完了，你打算这么处理这条蛇？"

　　"你们以前是怎么处理的？"

　　"以前只处理过马蜂窝，没抓过蛇。"

　　"你们也第一次。"

　　"凡事总要有个第一次嘛，"武警少尉笑了笑，指着大袋子接着道，"我们带回去也没法处理，总不能养着它吧，要不帮你们把它送西郊动物园，联系森林分局也行。"

　　蛇肯定要带走，让1204业主继续养，绝对会造成全小区居民的恐慌，问题是《治安处罚法》上面好像没关于养蛇的条款，公安好像没这个权。

　　韩朝阳权衡了一番，苦笑着说："不好意思，刚搞清楚这条蛇是楼上业主养的宠物，养什么宠物不好，偏偏要养蛇。还给她，其他业主不答应，把蛇带走又没法律依据，她说了，值几十万，很麻烦很棘手。"

　　"那是你的事，我们只负责抓，你尽量搞快点，我们没时间在这儿帮你看蛇。"

第八章 大蛇（二）

还是那句话，能不麻烦上级的就不麻烦上级。对你来说这件事很麻烦，对上级而言既没人受伤又没造成财产损失真是一件小事，韩朝阳想了想，同匆匆赶回来的物业公司经理说："张经理，麻烦你组织保安先把蛇转移到物业办公室，让消防队的同志先回去。我先给报警人做了个笔录，等会儿就去你们办公室。"蛇装在袋子里，袋口扎得严严实实，应该没什么危险。

张经理一口答应下来，招呼几个保安同老徐一起从消防官兵手里接过袋子，韩朝阳先给森林公安分局打了个电话，旋即走进1102室给刚回家仍心有余悸的王阿姨做笔录。

做完笔录，安慰几句，向王阿姨及闻讯赶回来的王阿姨的女儿女婿再三保证公安机关不会坐视不理，这才收拾东西来到物业公司办公室。

门口停着一辆白色奔驰轿车，远远就听见一个女的在里面大吵大闹。

算算时间森林公安分局的人应该到了，韩朝阳没急着进去，在门口等了三五分钟，好不容易劝走几个追过来看热闹的业主，一辆警车出现在眼前，缓缓停在小区大门口。

"韩朝阳同志吧，刚才通过电话的，我是森林分局姜长贵，这位是张兵。"

"姜队好，不好意思，麻烦二位了。"

"蛇呢，蛇在哪儿？"

"在里面，养蛇的业主也在里面，"韩朝阳指指奔驰轿车，再指指物业办公室，咬牙切齿地说，"养什么不好，偏偏养蛇，还养那么大的蛇！把整个小区搞得鸡犬不宁人心惶惶，气焰还那么嚣张，你们看看是不是国家保护动物，如果是就把蛇带走。"

"好，我们先进去看看。" 1204业主说大蟒蛇价值十几万，这肯定是夸张，但把蛇养这么大估计要花不少钱。就算是国家保护动物，就算有相应的法律法规支持，如果就这么让森林分局的人把蛇带走，她百分之百会闹！毕竟说到底蛇是她养的宠物，包括自己在内的大多人觉得她脑子有病，但她跟她养的大蟒蛇可能真有感情。并且养蛇做宠物说小影响不小，说大真算不上什么大事。燕阳市是省会城市，有森林公安分局，换作一些没有设森林公安的小城市或许真没人管。

有钱人脾气大，有钱人事儿多。快进门时韩朝阳想想停住脚步，请森林公安的两位同行先进去，自己则走到一边打起手机。

"楚主任，你好，我警务室小韩。"

"朝阳啊，什么事？"

韩朝阳简单介绍完情况，看着白色奔驰轿车不无担心地说："楚主任，业主是个女的，看上去很有钱，我担心这个思想工作不太好做。如果做不通，如果蛇带不走，或者带走了她又养一条，问题依然得不到解决，小区居民依然不得安宁。"

维护社会治安不是公安一家的事，同样是社区居委会的职责。

正在接电话的是朝阳社区居委会楚副主任，负责小区业主委员会筹建及管理、安全、司法综治、信访、民事纠纷调解、消费者协会等工作，这件事在他的分管范围之内，韩朝阳很希望他能够过来帮着调解。

让韩朝阳倍感失望的是，楚主任不假思索地说："朝阳，要是连你们公安都解决不了，我们居委会去更解决不了。既然森林公安分局的人在，那就按法律法规办。我正在搞拆迁，一大堆事，回头再联系。"

韩朝阳急了，正准备强调一下问题的严重性，手机里已经传来嘟嘟的忙音。没办法，现在是一个典型的陌生人社会，居委会、村委会等侧翼部队纷纷撤离，居民或村民之间有什么纠纷，他们从来不管，历来的态度是打110吧，实在不想报警，那你们自己解决，打起来不还是要报警嘛！

看样子只能自己解决，韩朝阳深吸了一口气，收起手机走进物业办公室。

"干什么，别吓着我家岩岩，吓着岩岩我跟你们急！"

1204业主看上去二十七八岁，身材高挑，五官精致，化着浓妆，她甩甩披肩长发，死死揪住口袋，不许森林公安的人碰她的宠物。这样的人谁敢碰，姜长贵二人束手无策，只能站在一边。

就知道会很麻烦，但问题终究要解决，韩朝阳再次检查执法记录仪，确认电池和内存都够，把执法记录仪摘下来交给老徐，请老徐帮着拍。

"嚷嚷什么！"师傅不在身边，韩朝阳只能硬着头皮上，把文件夹往会议室上一摔，厉声道，"你是1204业主吧，我姓韩，叫韩朝阳，是城东分局花园派出所民警，有问题解决问题，你这是干什么，再这样就是妨碍公务。"

一下子来三个警察，有森林公安分局的，有花园街派出所的，"蛇美人"愣了一下，振振有词地说："韩警官，哪条法律规定不许养蛇的，我家岩岩温顺着呢，今天跑人家去是意外，而且也没咬人伤人。"

"但吓着人家了，王阿姨有心脏病，要不是楼下业主家备有速效救心丸，真会出大事！"韩朝阳不是一个喜欢摆架子的人，之所以如此严厉是今天这事确实令人愤慨，一边示意她坐下，一边冷冷地说，"而且人家有小朋友，都被吓哭了，不是吓唬你，这件事真会给孩子造成心理阴影。"

"岩岩跑人家去，吓着人家了，我承认我有责任，我去跟人家赔礼道歉。"

"道歉是应该的，但光道歉是远远不够的。"韩朝阳打开文件夹，拿起笔问，"姓名？"

"陶慧。"

"身份证有没有带？"

"驾驶证行不行？"

"驾驶证也行。"

韩朝阳如此严肃，"蛇美人"意识到对着干不行，很不情愿地坐到会议桌边，有问必答，态度还算配合。在韩朝阳做笔录的空档，姜长贵二人已在保安帮助下小心翼翼地打开袋口，确认到底是什么蛇。

"姜队，你说几句吧。"

姜长贵再次看了一眼袋里的蛇，回到桌边说："陶慧同志，你养的这条蛇是缅甸蟒，岩岩这个名字取得倒是贴切，因为这也叫缅甸岩蟒，是世界上最巨型的六种蛇类之一，身长最长可达七米，体重可达八九十公斤。"

"我知道。"陶慧把手机放到一边，心不在焉地敷衍道。

"那你知不知道它为什么跑出来？"

"为什么？"

第九章　神经病

"它饿了！"姜长贵不无庆幸地说，"缅甸蟒成长迅速，你肯定是跟以前一样投食，结果它吃不饱，于是自己跑出来觅食。这种蛇一般来说皮肤比较光亮，因为要蜕皮，所以它的皮肤有些粗糙，行动也比较迟缓，如果不在蜕皮期，它真会伤人。"

"我家岩岩很温顺，不会伤人。"

"缅甸蟒是相对比较温顺的蟒类，但巨大的个体带来的安全问题不可忽视，它的危险不仅仅是会造成非常严重的咬伤，它擅长缠绕和绞杀捕猎，对小孩甚至是成人的生命也会造成威胁。"

姜长贵见过养蟒蛇的，没见过把蟒蛇养这么大的，啪啪啪连拍几下桌子："蛇不管你怎么养，它终究是冷血动物。美国曾经发生过多起儿童被家中饲养的缅甸蟒攻击甚至杀死的惨剧。""蛇美人"觉得这是在吓唬，正准备开口，姜长贵接着道，"在我国，缅甸蟒属于国家一级保护动物，只有在科学研究、驯养繁殖、展览或其他特殊情况，并办理许可证的情况下可以饲养。要作为宠物，是绝对不可以的。"

原来是一级保护动物，韩朝阳乐得心花怒放，禁不住问道："姜队，这么说买卖这个行为本身就是违法的？"

"违法，百分之百违法。"

被公安逮着把柄这就麻烦了，"蛇美人"同样意识到很麻烦，突然道："不让养我放生行不行？"

"不行！"姜长贵用坚决的语气不假思索地说，"不是所有地方都适合放生的，比如我们燕阳就不适合缅甸蟒的生存，你放生它肯定活不了。

而且，蟒蛇也不能随便放生，会对自然生态造成危害，也会对本地群众造成影响。"

"你们想怎么样？"

"只有两个办法，一是送到动物园，那里有温房，有专业的饲养人员，缅甸蟒可以存活；二是送到东广、南海等温暖的地方，找到适合蟒蛇生存又不影响当地老百姓的地方。"姜长贵顿了顿，继续道，"相对第二个方案，第一个方案显然更合适。考虑你是初犯，我们可以考虑不追究你的责任，不对你进行处罚，但蛇我们肯定要带走。"

森林公安要把蛇送走，"蛇美人"果然急了！她顿时嚎啕大哭起来，边哭边打电话，找在政府部门工作的亲朋好友，甚至声称要找律师。

韩朝阳火了，转身道："张经理，这不只是我们公安、也不只是你们物业的事，把能联系上的业主委员会代表都请过来，或干脆开个业主大会，东明新村是业主共同的家园，请大家伙儿坐下来讨论讨论，小区里到底能不能养蛇！"胡搅蛮缠是吧，看你怕不怕左邻右舍的舆论压力。

张经理反应过来，立马站起身："行，我这就去让前台给业主们打电话。"

对付这种没公德心的人，光小区业主的舆论压力是不够的，韩朝阳掏出手机，一边装着翻找电话号码，一边接着道："《燕阳晚报》记者前几天正好去我们所里采访过，请我们提供新闻线索，这也算一个热点，可以请记者过来采访。"

韩朝阳唱红脸，姜长贵很默契地唱起白脸，语重心长地说："陶小姐，我建议你别把事情搞大，搞大对你真没好处，到时候不光要接受处罚，还要承受巨大的社会舆论压力，不值当，真不值当。"

派出所又没权处罚，真要处罚那也是森林公安分局的事。

老徐也不想这么僵持下去，举着执法记录仪说："陶小姐，蛇是你从小养大的，有感情，我知道你舍不得，但养蛇确实违法。听我一句劝，送动物园吧，送动物园挺好，有人帮你照顾，有时间你还可以去动物园看它。"

"是啊是啊，你想什么时候去看就什么时候去看，真没必要把事搞那么大。"物业公司是靠收物业费维持的，张经理不想得罪业主，再次坐到桌边打起圆场。

舆论压力真会逼死人，"蛇美人"意识到再胡搅蛮缠不会有好结果，只能擦干眼泪哽咽地问："韩警官，姜警官，把岩岩送到动物园我真可以去看？"

"当然，我可以帮你跟动物园打招呼。"

事情终于得到解决，做完所有笔录，让当事人签完字，韩朝阳终于松下口气。为这破事搞了三个多小时，执法记录仪的内存几乎用完了，回到警务室天色已大暗。按规定下午的视频要保存起来，防止当事人过段时间想想不服气又胡搅蛮缠。去所里存太麻烦，而且耽误时间，韩朝阳干脆把视频先存到自己的笔记本电脑里。

存完视频用手机上传今天的笔录，刚上传到一半，许宏亮回来了。人家是送电风扇和电视机来的，没电风扇晚上会热死，没电视晚上会闷死，老徐非常积极，不用韩朝阳开口就跑出去帮着搬。光有电器不行，还要有拖线板。

许宏亮提议道："朝阳，搞好没有，搞好一起去吃饭吧，顺便买两个拖线板。"韩朝阳刚抬起头，老徐突然问："买拖线板，怎么报销？"

这是一个很现实的问题，分局把派出所的经费卡得特别死，所里没"小金库"，警车加油用油卡，去外地查案或抓捕用公务卡，警车坏了需要维修必须去分局指定的汽修厂，先打报告，接着是所长签字，然后分局装财科乃至分管领导签完字，所有手续办完汽修厂才给修，修完直接跟分局结账，与派出所没关系。

韩朝阳只是一个社区民警，现在还不是很"正式"，根本没资格拥有公务卡，就算有公务卡，用公家的钱去买拖线板，报销起来也没那么容易。

他权衡了一番，沉吟道："老徐，要不你去后面看看，问问社区服务站有没有闲置的拖线板。"

"也是啊，我去问问。"

"靠山吃山"，社区警务室遇到什么困难当然要找社区，老徐前脚刚迈出后门，警务通手机又响了。

第九章　神经病

"音乐家，朝阳村南街的川味饭店有群众打110报警，报警人说了一大堆都没说清楚怎么回事，指挥中心让我们去现场看看，那是你辖区，赶紧过去看看吧。"

又是陈秀娟，又有警情！晚饭一时半会儿吃不成了，韩朝阳应了一声只能拿起装备招呼老徐一起出警。

朝阳村就在社区服务站前面，村里道路四通八达，最热闹的当属南街、北街和东街、西街，虽然不知道川味饭店的具体位置，但也不是很难找。

二人开着电动车赶到现场，只见饭店门口聚满看热闹的村民和租住在村里的人。一个身材娇小、容貌秀丽的女孩儿正噙着泪跟一个五大三粗的男子理论，一听口音就知道女孩是南方人。男子说的是本地话，显然是本地人，一看他的衣着就知道是这个饭店的老板。

"110来了，公安来了，二虎，别骂了。"

"骂怎么了，我就骂了，不要脸的小婊子，从哪个犄角旮旯冒出来的，当我江二虎是谁，当我们朝阳村是什么地方！"饭店老板挥舞着胳膊，吐沫横飞。女孩儿站在门边楚楚可怜，但丝毫没退却的意思。

韩朝阳挤进人群，大声道："江二虎是吧，我是花园街派出所的，有话为什么不能好好说，为什么要骂人？"

"警察同志，不是我要骂人，是她找骂！"

"警察同志，这个店面是我的，他既不交房租也不搬走，还骂我，还说要找人打我，您要给我做主啊！"女孩的泪水滚滚而流，真有那么点我见犹怜的味道。

一个南方人居然跑到这儿管本地人收房租，韩朝阳觉得这事有些蹊跷，一边示意老徐维持秩序，一边问："是你打的110，是你报的警？"

"嗯。"

"你叫什么名字。"

"张贝贝，这是我身份证。"

"警察同志，你看看她的身份证，明明是江省人，跟我们朝阳村八竿子打不着，突然跑过来说我这房子是她的，要管我收房租，要我搬走，天天来,一到饭点就来,不让我做生意,你给评评理,你说我气不气。"

过去几个月不是白见习的,韩朝阳回头狠瞪了江二虎一眼:"我问你了吗,先进去,一个一个说。"

"警察同志,她真是神经病!"

第十章　不归公安管

江二虎情绪激动，你让他等会儿说，他非要抢着说。你说一句，他说三句，说着说着又破口大骂。张贝贝从南方跑这儿来管江二虎收房租的事虽然蹊跷，但她终究是报警人，当然要先问她。看热闹的村民和租住在村里的外来人员越来越多，这么下去可不行。

韩朝阳一把推开正指着张贝贝破口大骂的江二虎："有完没完！大庭广众之下侮辱他人，还公然威胁，知道这是什么行为？本地人，本地人就高人一等，本地人就可以凌驾于法律之上？"

小警察火了，跟他一起来的老协勤掏出手机准备打电话，一个三十多岁的妇女急忙挤进来，拉着江二虎胳膊："虎子，别骂了，有话好好说。"

"是啊，你这样算什么？"相熟的村民七嘴八舌规劝，但立场和态度却一边倒地支持江二虎。有这么多父老乡亲支持，江二虎不仅不收敛，嗓门反而更大了："我就骂了，她活该！想钱想疯了，要钱是吧，要钱去做小姐去卖啊，裤子一脱，两腿一张就有钱。"

越说越难听，张贝贝气得泪水直流，围观的村民们却哄笑起来。

韩朝阳实在看不下去，立马抬起胳膊，指着他厉声道："江二虎，你眼里有没有公安，当我面侮辱他人，再骂一句试试？"

江二虎愣住了，韩朝阳趁热打铁地警告道："给我听清楚了，根据《治安处罚法》第四十二条规定，像你这样公然侮辱他人的，我们派出所有权处你五日以下拘留或者五百元以下罚款。不听警告，当我面变本加厉侮辱他人，情节更严重！"

"警察同志，别生气，这事真不能怪二虎，他就这个臭脾气，他正在气头上,别跟他一般见识。"

"来,抽根烟。"

几个村民又帮着打起圆场,韩朝阳推开他们递上的烟,冷冷地说:"江二虎,在这儿既影响交通也影响你做生意,跟我走吧,去警务室。"一帮村民看似打圆场,其实是在拉偏架,在这儿根本处理不了。老徐反应过来,立马转过身:"张贝贝是吧,一起走,去警务室慢慢说。"

"去就去,谁怕谁!"

江二虎不认为小警察真敢拘他,跟店里的服务员和厨师交代了几句,拿上手机和香烟一边和村民们说话,一边跟推着电动车的韩朝阳大大咧咧往警务室方向走去。张贝贝擦干泪水,紧搂着小包,默默地跟在老徐身后。

走到社区服务站门口,老徐很默契地停住脚步,停好电动车,拦住一路跟过来的村民。警务室地方小,两个人一起进去又会吵起来。

韩朝阳掏出钥匙打开后门,示意张贝贝先进去,又回头道:"江二虎,一个一个来,你先在院儿里等着。"

"韩警官,你不能光听她的一面之词。"

"急什么急,有你说话的机会。"韩朝阳狠瞪了他一眼,跟进房间反锁上防盗门。孤男寡女共处一室不合适,先打开电风扇,招呼报警人坐下,又掏出钥匙从里面打开警务室前门。

"好啦,说说怎么回事。"这连治安案件都算不上,显然是民事纠纷,韩朝阳不想让脾气暴躁的江二虎在后院等太久,坐到办公桌前直入正题。

"韩警官,那个店面真是我的。"

张贝贝深吸一口气,从包里取出一个塑料文件袋,拉开拉链,抽出一叠律师起草的遗嘱、加盖有公证处印戳的材料,以及身份证、户口簿等复印件,噙着泪哽咽地说:"我叫张贝贝,我妈叫余秀莲,我大舅叫余秀水,我大舅两个月前去世了,他没孩子,就把村里的房子和南街的店面留给我了。您看,这是我大舅临终前立的遗嘱,律师帮着写的,去公证处公正过,立遗嘱时请村里人作过见证,这件事村干部全知道。"

准备挺充分,而且说村干部都知道,看样子不像有假。韩朝阳看着报警人提供的材料问："既然手续齐全，既然村干部都知道，你应该通过法律途径维护你的合法权益。这属于民事纠纷，不归我们公安管。"

"韩警官，不是有困难找警察吗，您不管谁管？"

"有困难是可以找警察，但要看什么困难。要不这样，你去门口等会儿，我让江二虎进来，听听他怎么说，再看看能不能帮你们调解。"

张贝贝暗想我难道不知道这种事应该去法院，可是找法院有用吗？何况现在已经够麻烦了，想收回店面只有通过这种方式。她对江二虎会不会接受眼前这个小警察的调解根本不抱信心，只是想折腾，闹得江二虎的饭店开不下去。今晚之所以报警一是想把事闹大，二是见江二虎急了有点怕，人生地不熟的担心吃亏。

韩朝阳不明所以，目送她走出警务室，起身来到里间打开后门。

"进来吧，把香烟掐掉。"

"哦。"

"别随地乱扔，那边有垃圾桶。"

不就是个片儿警，事还挺多！江二虎腹诽了一句，俯身捡起刚踩灭的烟头，跑过去扔进垃圾桶，这才跟着韩朝阳走进警务室。

已经确认是民事纠纷，韩朝阳简单问了下姓名、年龄、身份证号码、家庭住址，再次回到正题："江二虎，人家刚才拿出一堆文件证明店面归她所有，如果一切属实，不交租金，又不搬走，这就是你的不对了。"

"韩警官，事情不是这样的。"

"那是什么样的？"

"韩警官，你被她骗了！她肯定只跟你说过余秀水，没跟你提过江长青。"

"江长青是谁？"

"我叔！"

江二虎理直气壮，韩朝阳糊涂了，下意识问："江长青跟那个店面又有什么关系？"

"店面是我叔的，不是余秀水的。"

"你叔呢？"

"死了。"

"死了？"

"死好多年了，"江二虎掏出烟想点上，见桌上摆着"禁止吸烟"的牌子，又悻悻地放下烟，"余秀水是什么人，一个要饭的！我叔死得早，我婶……我婶儿不守妇道，就收留他，就这么名不正言不顺地一起过，过了七八年才领的结婚证。"

"你婶儿呢？"

"也死了，我叔就我爸这个哥哥，两个姑娘早出嫁了，嫁出去的姑娘泼出去的水，江家的房子肯定留给江家人，我是合法继承人，不光店面是我的，那个臭婊子现在住的院子也是我的。"

"怎么说脏话，怎么又骂人！"

"好好好，不说了，反正她是胡搅蛮缠，她不找我麻烦我还要找她呢。"

这个关系不是一两点复杂，韩朝阳画了一张人物关系图才搞清楚怎么回事，张贝贝的大舅余秀水说白了就是倒插门，大舅妈跟她大舅是二婚，她大舅妈的前夫是江二虎的亲叔叔……

现在朝阳村的房子乃至地皮值钱了，带来一系列财产纠纷。理论上这不归公安管，但你不能真不管，如果人家报警你却不闻不问，将来升级到刑事案件也就是常说的"民转刑"会很麻烦。

韩朝阳沉思了片刻，循循善诱地说："江二虎，既然余秀水和你婶领了结婚证，那他和你婶就是合法夫妻，你婶不在了，那么他对夫妻共同财产就有支配权。也就说他临终前想把房产留给谁就留给谁，跟你死去多年的叔叔关系不大，跟你更没关系。"

"韩警官，你这是偏袒她！"江二虎急了，蓦地站起身，"你知道余秀水是在什么情况下立的遗嘱，都病得不行都快死了，神志不清，她和她妈搞的那些文件不算数。再说余秀水以前征求过我婶儿的意见吗，就算我婶儿当时鬼迷心窍全听他的，我婶儿也应该问问我爸的意见。"

虽然不知道拆迁补偿标准，但可以肯定那个店面至少价值上百万。涉及巨额经济利益,这种民事纠纷根本没调解的可能性。到现在都没顾上吃晚饭,韩朝阳饥肠辘辘,不想再做无用功,示意老徐把张贝贝叫进来,面无表情地说:"张贝贝,江二虎,你们的事不光我管不了,我们花园街派出所一样管不了。建议你们自行协商解决,如果协商不成走法律途径解决,去法院看法官怎么判。"

江二虎和张贝贝横眉冷对,一声不吭,显然不打算协商。

意料之中的事,韩朝阳看看二人,话锋一转:"但是,有两点必须说在前面,首先,在协商结果出来或法院判决下来之前,张贝贝你不能再去影响江二虎做生意,否则就是扰乱社会秩序,妨碍他人正常经营;江二虎同样不得去找张贝贝,更不许再像今晚这样侮辱人,否则别怪我公事公办。"

第十一章　身不由己

深夜十一点多，花园街派出所依然灯火通明。

一小时前，所里根据社区民警管稀元提供的线索，组织值班民警和加班的办案队、防控队民警、辅警及协勤，成功捣毁一个地下赌场，缴获赌资四十多万元，带回参赌人员十九名。办案队人手不够，值班民警全在各自办公室询问被带回来的赌徒，羁押室里还关了好几个。

现在虽然没依法创收任务，但有破案指标。

刚刚结束的行动战果很大，为下半年的工作开了一个好头。

刘所很高兴，看着把一个赌徒带进办公室询问的吴伟，抱着双臂笑道："老关，管稀元算锻炼出来了，再过几年应该能独当一面。吴伟这小子也不错，要不是他动作够快，跳窗的那个不知道跑多远了。"

"老顾大意，出发前我还问过他有没有后门，有没有窗。"教导员递上支烟，掏出打火机帮所长先点上。

"智者千虑必有一失嘛，不管怎么样，该抓的全抓回来了。"刘所今晚心情不是一两点好，如果换作平时，不管带队的老顾是不是副所长，他一样会大发雷霆。

教导员笑了笑，转身道："时间不早了，明天上午你还要去区里开会，先回去休息吧，这儿我盯着。"

"不着急，不回去了，晚上就住所里。"刘所一连吸了几口烟，又问道，"老关，韩朝阳晚上怎么没参加行动？"

"朝阳警务室辖区发生两起警情，其实也算不上警情，先去东明新村帮人家抓蛇，紧接着又去朝阳村调解民事纠纷，抽不开身，我就没让秀娟通知他。"

"帮人家抓蛇，抓到没有？"

"抓到了，听秀娟说是条大蟒蛇，有四米长，碗口那么粗，是一个女业主养的宠物，可能是没关好，跑人家去了，把一个老太太差点吓出心脏病。不过蛇不是韩朝阳抓的，他哪有这个胆。"

意料之中的事！对于抓不上手、粘不上墙的韩朝阳，刘所根本不抱任何期望，下意识问："那是谁抓的？"

"除了消防队还能有谁，"教导员反问一句，轻叹道，"多一个人总比少一个人好，如果他不在朝阳警务室，因为这两件屁大点事我们至少要派出一台车和一个民警过去。"

"不提他了，一提就来气。"

就在所长和教导员议论韩朝阳之时，韩朝阳正同老徐一起在朝阳河边巡逻。兼任"河长"其实没什么，天这么热，警务室又没空调，根本睡不着，与其说是巡逻，不如说是出来纳凉。

在河边跳广场舞的大妈们已经回家了，吹拉弹唱的大爷们也回去休息了，河滨路上看不见几个人，只有停在路边一眼看不到尽头的私家车。

"朝阳，你高考时怎么想起报考音乐学院，怎么想到去学音乐的？"老徐对身边这位上司还是比较满意的，很好说话，非常好打交道，不像之前跟的那位，明明不是领导却搞得像领导似的。

"也算不上有多爱好音乐，主要是我妈担心我考不上好大学，想让我跟她一样当教师，艺术生的分数线比较低，我从小又是在学校长大的，跟隔壁宿舍的音乐老师学过音乐，也算有点特长，就这么报考了。"

"那你怎么不去当音乐教师？"

"此一时彼一时，等我毕业人家已经不要音乐学院的毕业生了，只招师范生，还要有教师资格证。反正要学要考，我又不想回老家，就这么稀里糊涂考了警察公务员。"

想到正在念大三的儿子，老徐禁不住问："你是怎么考上的？"

韩朝阳回头看看身后，轻描淡写地说："买了点培训材料，报了个公考培训班，学了几个月就去考，就这么考上了，没那么容易但也没那么难。"

"我是说招考时对专业难道就没有要求？"

"有啊，所以我没报对专业有要求的职位，不信你去打听打听，我们这一批非公安专业的人多了，有学中文的，有计算机的，还有学设计的。"

原来公安局也招非公安专业的毕业生，老徐想想又问道："你接下来有什么打算，在燕阳工作，有没有想过在燕阳买房？"

这是一个很现实同样很沉重的问题，韩朝阳暗叹口气，五味杂陈地说："凭我这点工资肯定买不起，我爸我妈想买，他们让我看看有没有便宜点的，有没有合适的，想帮我先凑个首付，剩下的慢慢还。"

可怜天下父母心。想到人家的父母，想到自己一样有儿子，老徐突然觉得很不是滋味儿。他正不知道该怎么往下说，韩朝阳的手机突然响了，这次不是警务通，而是他个人的手机。

"苇哥，这么晚了，怎么还没睡？"

"刚回来，晚上跑了个场。"

听到师兄的声音，韩朝阳心情一下子好了许多，不禁笑问道："去哪儿了，跑什么场？"

"婚宴，拉了几个曲子，吹了会儿萨克斯，人家挺满意，还留我们吃饭，以前光看着人家吃，没想到今天还混了顿饭，吃了顿大餐。"

大半夜的，康苇没事不会打这个电话，跟师弟也无需绕圈子，直言不讳地问："朝阳，周末有没有时间？婚庆公司说周末还有一个婚宴，我分身乏术，你能不能帮我再去救个场。"

师兄太不容易了，韩朝阳很想帮忙，但现在不是以前，只能无奈地说："苇哥，我真走不开，天天待在警务室，都不知道要待到什么时候，不知道什么时候能休息。"

"实在没办法？"

"没办法,除非辞职。"

"走不开就算了,千万别辞职,考上公务员有份正式工作多难,好好珍惜吧。我这儿是小事,大不了去师范大学找个人。"

第十二章　瞎话不能乱说

韩朝阳睡得很晚，醒得却很早。

不是精力充沛不需要多睡会儿，而是被外面吵醒的。

警务室在中山路上，穿过门前的人行道和自行车道就是一个公交站牌，有六条路线的公交车从门前过，许多第一次来燕阳市不熟悉公交线路的人，一下车就会找人问路。问别人很麻烦，问警察既不麻烦又靠谱儿，所以在外面值班的老徐一大早就接待了七八个问路的人。

韩朝阳在后院的水池边洗完漱，换上警服走到老徐身边："夜里怎么样，所里有没有打电话，有没有群众来报警？"

"所里没来电话，"老徐伸了个懒腰，呵欠连天地说，"报警的倒是遇到一个，理工大学的学生，不好好念书，大晚上跑去上网，手机丢了，到学校门口才发现，见我们这儿门开着灯亮着，就跑来报警。"

市局领导之所以对朝阳警务室一直没人非常不满，不只是因为朝阳村事情多，也因为警务室在中山路上。

往东二点一公里是城东客运站，马路对过是燕阳理工大学和燕阳市第四人民医院，平时人流量大、车流量大，这里又位于城乡结合部，特巡警支队鞭长莫及巡不到这儿，所以局领导认为朝阳警务室应该发挥出作用。

领导考虑得非常有道理，但分局有分局的辖区，派出所同样有派出所的辖区。中山路上发生交通事故归交警管，有人在公交车上发生失窃或丢失东西事件归公交分局管，马路隔离带对面发生治安案件或一般刑事案件应该归新园街派出所管。

网吧全在马路对面，理工大学一样在马路对面，连失主都是理工大学的学生，想到这些，韩朝阳忍不住笑问道："你打发他去新园街派出所了？"

"又不在我们辖区，不打发他去新园派出所打发他去哪儿？如果多管闲事，别说办案队会跟你急，甚至刘所都会找你算账。"

老徐不是在推诿，也不是在危言耸听。因为这直接涉及花园街派出所辖区的发案数，影响到花园街派出所的破案率。也正因为如此，辖区到处张贴有社区民警的照片、联系方式和所里的报警电话，社区民警见人就发警民联系卡，请辖区群众如果遇到什么事最好打他的电话，或拨打所里的电话报警，不要动不动就打110。

韩朝阳对老徐如此处理很满意，正准备说请他吃早饭，远在三百多公里外的老妈打来电话。在辖区群众眼里你是个警察，在老妈心目中你永远是个孩子。当老徐面接不合适，韩朝阳歉意地笑了笑，拿着手机跑到后院来接。

电话里传来朗朗的读书声，听上去好熟悉好亲切，韩朝阳一边跟来社区卫生服务站换班的一个医生举手打招呼，一边笑问道："妈，这么早打电话有什么事？"

"没事就不能给你打？"

"我不是那个意思，爸呢，是不是上班去了。"

"这段时间下村，一大早就走了，你怎么样，工作累不累，领导有没有批评？"

家里问起这边的情况当然报喜不报忧，韩朝阳不假思索地编起瞎话："不累，没什么事，所领导对我很关心，师傅对我也很关心，同事们都挺好相处的。"

"领导关心你，你更要尊敬领导，不要偷懒，遇到什么工作要抢着干……"

"放心吧，我会尊敬领导团结同事的。"

"工作是一方面，个人问题也要上点心，差不多就行了，眼光别那么高，我看玲玲就不错，你们是同学，又都在燕阳。知根知底，有共同语言，走到一起多好，你说是不是？"

"妈,我不是跟你说过吗,她有男朋友,她就是为男朋友来燕阳的。"

"有男朋友?"

韩朝阳这次没撒谎,解释道:"她男朋友是师大的研究生,老家不只是一个县,也是同一个镇,初中、高中的同班同学,真正的青梅竹马,感情深着呢。"

那么好的姑娘居然有男朋友,韩妈倍感失落,正准备再说几句,韩朝阳急忙道:"妈,我要上班了,晚上再打。"

"好吧,我等你电话。"

"阿姨打来的?"韩朝阳挂断手机转过身,许宏亮出现在眼前。

"你怎么知道的。"

"全听见了,"许宏亮禁不住笑道,"所领导很关心,师傅很关心,同事好相处,这瞎话编得,我听着都替你害臊。朝阳,我不是吓唬你,现在瞎话说多了,将来你想圆都圆不过来,我就不信你妈不来燕阳看你。"

这确实是一个让人头疼的问题。老妈和老爸肯定是要来的,来了之后肯定要去拜访所领导,肯定会拜托所领导和所里同事,所领导和所里同事应该会说几句场面话,不太可能当人父母面说你儿子不行,但万一他们说漏嘴呢?而且老妈老爸是什么人,一个教三十多年书,一个当三十多年干部,虽然没见过大世面,但察言观色还是没问题的。

韩朝阳不怕丢人,而是担心含辛茹苦把自己培养成人的老爸老妈失望,轻叹道:"走一步算一步吧。"

眼前这位活儿没少干,只是因为专业背景和加班不够积极在所里不受待见,许宏亮觉得他很冤,由衷地说:"朝阳,想改变所领导和所里人对你的看法其实不难,破几个案子,干出点成绩,帮所里争点光,刘所和教导员对你的看法肯定会改变。"

"破几个案子?"韩朝阳哭笑不得地问。

"嗯。"

"兄弟,别开玩笑了,我一个片儿警,还不是正式的,连执法权都没有,能破什么案子,就算有线索也轮不到我韩朝阳办。"

"搜集到线索也行啊。"许宏亮不想看着他破罐子破摔，禁不住说，"来的路上老丁给我打了个电话，他说昨晚所里有大行动，端掉一个赌窝，现场缴获赌资几十万，一共抓了十九个人，刘所很高兴，在食堂吃饭时当众表扬管稀元。"

第十三章　朝阳群众（一）

许宏亮不只是调侃，也是在提醒。

正如他所说，老爸老妈不仅要过来看宝贝儿子在省城的工作生活环境，还打算过来帮着买房，如果让老爸老妈知道自己在单位混这么惨绝对会很担心。他们最迟国庆节过来，房价蹭蹭往上涨，他们不敢等，绝对不会拖到元旦。

只剩下两个半月，在单位处境的问题必须在两个半月内解决，不然兴冲冲跑过来给自己买房、希望自己能在省城成家立业的老爸老妈会有多担心、多着急、多失望。

现在的问题怎么解决，难道买点东西晚上去所长家？这显然不是一个好办法，且不说自己干不出来这样的事，就算干得出来你送去人家甚至不一定敢收。就算收了，所里还有那么多人，难道个个送。更重要的是，真要是这么干，他们嘴上可能会说点好话，但心里会更瞧不起。

想来想去，韩朝阳发现许宏亮的提议不错。如果能干点成绩，哪怕收集几条犯罪线索，他们不可能不另眼相待。关键犯罪线索怎么收集？

这方面不得不服气管稀元，同样是社区民警，从未见过他下社区，以为他为应付上级检查，搞的关于社区的那些材料全是假的，没想到他对社区情况还挺了解，居然知道哪里有赌窝，有多少人在聚赌。

吴伟那个小人就不提了，据说昨晚也露了脸。

韩朝阳边走边想，赫然发现自己有自己的不足，同样有自己的优势。其他社区民警都变成治安民警甚至刑警，不是值班备勤接处警，就是帮办案队办理各种案件，不是在分局跑审批，就是在跑审批的路上，忙得焦头烂额，一个月也下不了一次社区。相比他们，自己才是真正的社区民警。

培训时教官不止一次说过，依靠群众是公安机关的一大法宝，既然有机会直面群众，那就要把这个机会利用起来。如果我能把朝阳村乃至整个朝阳社区的群众变成"朝阳群众"，那我的线索来源不是比他们广多了！

韩朝阳越想越有道理，赫然觉得警民联系卡带得太少。

不知不觉，已走到527厂东门外的小公园。往南几十米是527厂东大门，马路对面是朝阳村的农贸市场，大清早来买菜的人特别多，自行车、电动车、摩托车乃至汽车，把马路两侧几乎停满了，几个开着三轮电动车过来卖瓜和卖小百货的商贩，正开着高音喇叭在招揽生意。

只见两个穿城管制服的村里人，提着包在市场门前挨个收摊位费，几个小贩显然嫌收太多，正跟他们讨价还价。

这个市场是十几年前附近农民和小贩自发聚集过来形成的，占用的是村里的地方，不归区市场服务中心管，而是归村里管。

环卫部门也只管主干道的环境卫生，所以村里有自己的清洁工队伍，甚至从区物价局搞到一份文件，可以合理合法地管来此经营的商贩和租住在村里的外来人员收卫生费。因为三五块钱的摊位费和每人五块的卫生费，这里不止一次发生过纠纷，而且每次发生都是这个时候。

正因为如此，韩朝阳吃完早饭就一个人来到市场。警务室不能没人，老徐下班了，许宏亮要待在警务室值班。正准备提醒村里的两个"城管"态度好一点，有话跟人家好好说，身后传来一个熟悉的声音。

"小韩，你怎么来这儿？"

"王阿姨早，萱萱呢，怎么就您一个人？"原来是差点被大蟒蛇吓出心脏病的王阿姨，韩朝阳乐了，回头寒暄起来。

"去她爷爷奶奶那儿了，孩子真被吓坏了，不换个环境她睡不着。"提起昨天下午的事，王阿姨仍心有余悸。

韩朝阳干脆不进市场了，一边陪着她过马路，一边关心地问："楼上那个女业主有没有去给您道歉？"

"去了，还提了点东西，我没收，一样没收，也没给她好脸色。"

"俗话说远亲不如近邻，既然她知道错了就给她个机会。"

"我倒是想给，小韩，你是没见她那个样子，没听她的语气，她哪是去给我道歉，简直是去示威的，居高临下，有钱了不起？"

王阿姨没去拿电动车，反而走到小公园里，把刚买的菜放到花坛上，跟一帮正在晨练的老头老太太打起招呼："王厂长，徐姐，张老师，给你们介绍一下，这位是小韩，我们社区刚来的片儿警，昨天小韩帮我大忙了，要不是他及时赶到，我家要出大事。"

片儿警是个耳熟能详的警种，但这些年真正见过片儿警的却不多，尽管社区民警的照片、姓名和联系方式张贴得到处都是。正在摆弄二胡的老爷子乐了，抬头笑问道："小伙子，你正式的还是临时工？"

"正式的，公务员编制，不过还在见习期，再过几个月就更正式了。"

王阿姨称呼他王厂长，晨练的老头老太太似乎对他很尊敬，尊老爱幼是中华民族优良传统，何况人家退休前应该是领导，韩朝阳不敢拿架子，抱着公文包微笑着坐到他身边。

"见习期，这么说你这个片儿警干不了几天？"

"王厂长，您怎么会这么想？"

"别人不知道你们公安，我还不知道？"老爷子把二胡放到一边，端起大茶杯老气横秋地说，"你们以前叫片儿警，现在换了个称呼，叫什么社区民警，其实有名无实。什么依靠群众，什么社区工作，说起来重要，做起来不要，反正这些年我是没见过片儿警。"

"是啊，王厂长您这一说我想起来了，以前有个姓魏的片儿警，三天两头来我们527厂，大高个儿，一脸麻子，从他之后就再没见过。"

老头老太太们兴高采烈地回忆起往事，很怀念当年的公安，怀念当年那个满脸麻子的片儿警，对现在的公安显然不太满意。

韩朝阳被搞得很尴尬，王阿姨急忙道："王厂长，小韩跟别的公安不一样，他常驻朝阳社区警务室，随叫随到的。"

"有什么不一样,他还在实习,再过几个月等转了正一样会走。"王厂长喝了一大口浓茶,又感叹道,"现在的公安不比当年,个个坐办公室,没事谁愿意下基层,有事也不愿意,全让临时工去干。"

第十四章　朝阳群众（二）

这老爷子对公安的误解可不是一两点深，尽管韩朝阳对所领导没什么好感，与所里同事的关系也实在算不上有多融洽，但还是忍不住解释道："王厂长，各位叔叔阿姨，我承认我们这些派出所民警平时下社区比较少，有点脱离群众，但我们没闲着，不是您老说的那样个个坐办公室。"

"那你们平时在做什么？"

上级要求社区民警开展"拉家常"活动，增强与居民的交流，拉近与居民的距离，加深与居民的感情，取得居民的信任，为开展工作打好坚实的群众基础；要求社区民警定期向辖区群众汇报所里开展巡逻防范、打击违法犯罪活动等工作取得的成绩，听取群众意见。

韩朝阳觉得这是个机会，侃侃而谈起花园街派出所的分工。"王厂长，各位叔叔阿姨，我们花园街派出所应该算大所，包括所长、教导员和副所长在内的正式民警一共二十五人，按工作性质分为执法办案、社区管理、巡逻防控和综合信息四个警组，我们内部叫办案队、社区队、防控队和内勤。"

"二十几个人，这还不包括临时工，以前花园街派出所才几个人？"

"好像五六个人。"

"对对对，大家说得对，以前人少，现在人多。但以前是什么治安环境，以前辖区多少人口？"韩朝阳笑了笑，指指527厂老办公楼，再指指朝阳村委会方向，"而且以前基层组织多强大，527厂有保卫科，朝阳村有治保主任，当然现在一样有，但会像以前一样管事吗，遇到什么事他们第一句话就是打110。"

"这倒是,以前没这么多人,也没这么多事,许多矛盾在厂里村里就解决了。"老厂长虽然对公安有点意见,但在这个问题上还是比较公道的。

他显然是527厂老头老太太们的"领袖",影响力甚至辐射到了东明新村,韩朝阳认为有必要跟他搞好关系,干脆放下公文包,拿起他的二胡,一边熟练地试着调音,一边接着道:"办案队就是办案的,既办治安案件,也办案值不大、情节也不是很严重的刑事案件,我们辖区常驻人口几十万,一天要发生多少起治安案件和刑事案件,七个人根本忙不过来,社区队的社区民警全要帮忙。"

行家一出手,便知有没有。韩朝阳试着拉了几下,拉了个《梁祝》的开头,优美的旋律从手缝里流淌,王厂长不禁露出笑容:"可以啊,没想到没想到,你这样的年轻人也会拉二胡!"

"我本来就是学演奏的,不过学的是钢琴和小提琴,二胡只是会点,拉得不好。"

"原来是专业的,挺好挺好。"

专业的事等会儿再聊,先聊职业。韩朝阳放下二胡从包里掏出一叠警民联系卡,一边分发着一边解释道:"刚才说的办案队、社区队、防控队只是一个工作分工,而且是大致的。办案队忙不过来,社区队要帮忙,遇到围追堵截逃犯或重大活动,办案队、社区队要全去给防控队帮忙。

"我们派出所跟医院一样,24小时不关门的,所以又涉及一个值班的问题,所领导有值班安排,几个队的民警一样有值班安排,一值班就是24小时,都很累。别人一年最多上365天班,我们把值班和加班时间算上,肯定超过365天……"

原来警察不是个个坐办公室,虽然平时看不见他们,原来并不是闲着。

一个老爷子明白过来,想想又问道:"小伙子,防控队平时做什么?"

"防控队负责白天夜间治安巡逻、堵控伏击、卡口值勤,白天主要在客运站一带巡逻,晚上巡治安状况比较复杂的一些道路,有时候要协助社区队查建筑工地和朝阳村这样的地方,查外来人员的居住证。"

"内勤呢?"

"内勤两个人,一个负责户籍,负责办户口簿身份证这些。一个负责案件材料、所里的财务和后勤。如果同时发生几起警情,人手安排不过来,他们一样要接处警,平时一样要值班。"

"所里工作那么忙,这么说你早晚是要回去的?"老厂长沉吟道。

"我情况比较特殊,确切地说朝阳社区情况比较特殊,警务室在中山路上,附近有学校、医院和客运站,朝阳村又在搞拆迁,事情比较多,朝阳警务室不能没人。如果不出意外,我要在警务室待很长一段时间,说不定要一直待到新火车站建成使用。"

"待基层挺好,"王厂长对派出所的事不太感兴趣,对拉二胡非常感兴趣,突然笑问道,"小韩,晚上有没有时间?"

"有啊,晚上我一样要巡逻,我现在兼任'河长',每天晚上都要在朝阳河边儿转转,防止有人往河里倾倒垃圾,防止小孩下河游泳。"

"晚上我们也在河边,陈老师上午没时间,晚上肯定要来,他跟你一样是学音乐的,只要不刮风下雨,每天晚上都来拉琴,晚上记得过来,我给你们介绍介绍,一起玩玩,我们吹拉,你王阿姨她们唱,很有意思的。"

想拉近与居民的距离,加深与居民的感情,首先要取得居民的信任。

韩朝阳岂能错过这个机会,一口答应道:"行啊,算我一个,我带琴来。"

527厂业余乐队需要新鲜血液,何况眼前这位是专业的,老厂长很高兴,竟掏出手机笑问道:"有没有微信,有微信加一个。"

哇,你们不是应该用屏大、字大、声音大的老人机吗?

老厂长掏出的不仅是智能机,而且是最新款的苹果手机,韩朝阳倍感意外,连忙掏出自己的手机:"有,我扫您,还是您扫我?"

"我扫你吧,"老厂长戴上老花镜,熟练地点开手机,先把韩朝阳加上好友,在标签备注一栏还加上一括弧,注明是片儿警,旋即自言自语地说,"干脆把你拉进群吧,我遇到什么事来不了,他们一样可以叫你。"

真与时俱进,老头老太太们不仅有微信,居然还有微信群。

韩朝阳凑过来一看,老厂长有七八个群,有老同事的,有亲友的,有527厂家属院的,正把自己往里拉的是527厂广场舞群。

"进来没有？"

"进来了。"韩朝阳缓过神，强忍着笑改起群马甲。

"拉人要发红包，我发个红包介绍一下。老余，你给小韩拍个照，让大家伙看看我们社区新来的片儿警长什么样。"

第十五章　重点人口

照片上传，赢得一片喝彩，各种"感谢老板发红包"和"欢迎新人"的表情开始刷屏，难道他们不知道这是非常耗流量的吗！

"各位街坊邻居，小韩跟别的片儿警不一样，他不待在派出所，他常驻朝阳警务室，就是社区服务站后面，蛋糕店隔壁的那个警务室。"打字太麻烦，老厂长娴熟地使用起语音。

"知道了，不就是收快递的隔壁。"

"对对对，就在那儿，以后有什么事不用跑派出所，直接去警务室找小韩，也可以在群里说。"

老厂长的语音发出去不大会儿，又是一波欢迎的表情。

大爷大妈们太时髦了，韩朝阳觉得很好笑，急忙输入一行文字："花园街派出所民警韩朝阳，认识各位叔叔阿姨很荣幸"，也加上一个抱拳的表情。

"小韩挺精神，有没有谈对象？"一个大妈用语音问，看样子她们比较喜欢语音。"谢谢阿姨关心，暂时没有。"打字确实挺麻烦，韩朝阳一样用语音回。不等提问的阿姨开口，又一个大妈紧跟着问："小韩今年多大了，家在什么地方，你父母做什么工作的，你有没有兄弟姐妹？"

老厂长、王阿姨和余大叔等在现场的大爷大妈们忍俊不禁，最搞笑的当属王阿姨，指着手机一个劲儿示意他回复。

韩朝阳被搞得啼笑皆非，想到这是人家的一番好意，自己又确实需要一个女朋友，干脆一脸不好意思地举起手机回道："阿姨，我今年22，我不是燕阳人，老家在庆山县的一个乡镇，我妈是中学教师，我爸在乡政府上班,独生子女,没兄弟姐妹。"

"庆山县,挺远的。"

"从农村考到燕阳,小韩蛮有志气的。"

好评如潮,只是第一个问有没有谈对象的阿姨语气带着几分失望,估计她家有个待嫁的女儿,很想帮女儿介绍个对象,结果发现门不当户不对,不太喜欢来自农村的小伙子。群里比较活跃的另外几个阿姨倒是很热情,得知小伙子打算在省城买房,大包大揽地声称要帮着介绍对象。

"谢谢杨阿姨,介绍对象的事咱回头再说,我现在该工作了。"

"忙去吧,年轻人,就应该以工作为重,我先帮你问问,有合适的去警务室找你。"

"好好好,就这样了。"韩朝阳不是推脱,而是确实有正事要干,好不容易遇到个527厂的老前辈,干脆放下手机从包里取出笔记本,不动声色地问:"王厂长,您老认识赵杰吗?"

片儿警管什么,不就是管辖区内的常住人口、外来人口和重点人口嘛。

老厂长担任过那么多年领导,岂能不知道韩朝阳想了解什么,抱着大茶杯笑道:"认识,不光认识他,还认识他爸,那个不省心的小混蛋,我是看着他长大的。"

正如老厂长所料,韩朝阳问的这个赵杰正是具有危害社会治安嫌疑、由公安机关重点管理的人员。因涉嫌盗窃、聚众赌博和故意伤人不止一次被处理过,前年假释出狱的,现在既是街道司法所的社区矫正对象,也是花园街派出所重点关注的对象。考虑到重点人口管理是公安机关内部掌握的基础工作,严禁对外泄露。所以韩朝阳只是把他的名字记在小本上,之前犯过什么事等情况没写,而是记在心里。

"他现在住家属院吗?"韩朝阳回头看看开始晨练的王阿姨等人,低声追问道。

那样的人渣公安盯着点好,老厂长同样低声道:"不住家属院,平时很少回来,不知道在什么地方鬼混。我琢磨着那小混蛋出来之后没干什么好事,他那样的人哪个单位会要,又没个正式工作,每次回来还开辆车,抽的是大中华，你说他的钱能从哪儿来？"

这个情况必须引起重视，管理重点人口是社区民警的主要工作之一，如果那家伙又犯什么事你却不知道，这是很严重的失职。韩朝阳想了想，又问道："王厂长，他每次回来时是一个人，还是几个人？"

"我就见他回来过两次，不，三次，第一次带着个女的，化妆化得像鬼似的，那么冷的天还穿裙子，超短裙，大腿全露在外面，不是什么好女人；第二次回来是一个人，赵贵明60岁，回来给他老子祝寿的，那次也请了我。"老厂长喝了一大口水，接着道，"第三次是回来吵架的，他妈在家属院的花坛里种菜，那是搞绿化的地方，街道要检查的，保卫科就把菜拔了种上花草。其实他小时候挺好的，挺好一个孩子，后来走上犯罪道路跟他妈有一定关系。因为种的菜被拔掉了，他妈跑到保卫科大吵大闹，徐科长知道她是什么人，开始好言相劝，后来她越闹越凶，没控制住说了几句重话。她急了，当场给儿子打电话，赵杰一接到电话就跑回来了，带了四个人，一看就知道全不是好人，有大光头，有个胳膊上有文身。"

"后来呢？"

"徐科长吓坏了，想打110又怕他报复，就请我和老吴去打圆场。别看那小混蛋在外面无恶不作，只要我在他不敢翻什么泡，说了他几句，事情就这么不了了之了。"

这个家伙的近况必须搞清楚，韩朝阳权衡了一番，再次抬头看看四周，一脸期待地问："王厂长，您老德高望重，能不能帮我从侧面打听打听，他现在到底住什么地方，到底在干些什么？"

"多大点事，交给我吧。"

"这就拜托了，侧面打听，不要让他家人起疑心，我们也会替您老保密。"

"你小子，知道我以前做什么的吗，回去问问你们分局退休的老干部，他们谁不知道527厂王德海。这是现在，搁二十年前你们分局领导见着我都得客客气气。"

"我信，527厂以前是国营大单位，您老不是跟我们分局领导平级，是跟市领导平起平坐。"

"这话说在点子上,以前我们归国防科工委管,后来归总装备部管,军代表常驻厂里。别说市里,省里都管不到我们……"老厂长回忆起当年的辉煌,眉飞色舞。

被发配到朝阳警务室之前,韩朝阳不止一次来过朝阳社区,不止一次听人家说过527厂当年有多火,据说当年朝阳村的村民天天盼着527厂征地,能成为527厂的"土地工"。然而,三十年河东,三十年河西。曾经红极一时的527厂没落了,朝阳村现在变得炙手可热。

村民们再也不羡慕527厂的干部职工,甚至有些瞧不起,以前希望女儿能嫁进527厂,现在打死也不同意,而是希望女儿能在村里找个合适的。

听着老厂长回忆当年,看着马路对面的朝阳村民房,韩朝阳突然想起上级交代的一项令人哭笑不得的工作,村里还有两个低保户等着自己去扶贫!

他们现在没钱不等于将来没钱,他们全是未来的百万富翁,土地一征,房子一拆就是几百万。相比他们,自己才是如假包换的穷人。

正大发感慨,警务通手机突然响了。不用看来电显示就知道是所里打来的,有警情。

"音乐家,朝阳三队有群众打110报警,报警人称有人闯进她家闹事,她报警时没说清楚,不知道是拆违还是动迁,你赶快去现场看看。这种事你不是第一次遇到,到现场别急着介入,搞清楚情况再说。"

第十六章　又是她

　　三组位于村中央，距村委会不远。韩朝阳从西街进入村里，一路小跑到村委会办公室门口，许宏亮已经开着"警车"到了。
　　朝阳村民大多以务农、做小生意、干木工瓦工等手艺活以及出租房屋维生，不需要朝八晚五地上班。而且政府正在动迁，三天一大会、一天一小会，涉及切身利益，家家户户都有人，让他们出去他们也不会出去的。今天村里没开会，村办公室大院里没几个人没几辆车，而前面巷口却聚满人，几十个男女老幼在看热闹，远远便能听见里面的吵闹声。
　　"我们是派出所的，请让一让。"
　　"有什么好看的，把路都堵死了，影响交通知不知道，这是谁的电动车，挪到边上去。这辆轿车谁的，村办公室外面那么大地方不停，为什么停这儿！"韩朝阳别上执法记录仪挤进人群，许宏亮很默契地先维持起外面的秩序。
　　村民们挪车的挪车，靠边的靠边，不过丝毫没散去的意思。
　　他们反正闲着没事，遇到热闹能看到天黑。
　　韩朝阳早习以为常，擦了一把汗，走进一个砌有大门脸的院子，只见院子里同样站满人，两个三十多岁的妇女正指着死死守住堂屋大门的一个女孩破口大骂，院子里的人显然是两个妇女带来的，七嘴八舌地跟在后面起哄。见警察来了稍稍消停，不约而同靠到一边。
　　怎么又是她！
　　韩朝阳一眼便认出守在堂屋门口的张贝贝，跟昨晚一样噙着眼泪，跟昨晚一样楚楚可怜。

第十六章 又是她

"有事说事,吵什么吵?"

现场人太多,必须板起脸,语气必须严厉,不然控制不住局面,韩朝阳指指仍在骂骂咧咧的两个妇女,再指向她俩带来的人:"我姓韩,叫韩朝阳,是花园街派出所民警,你们这是干什么?"

"韩警官,她们一大早闯进我家,开口就骂,还打人!"

"你家,你个臭不要脸的狐狸精,这儿怎么成你家了!警察同志,你去附近打听打听,看街坊邻居怎么说,问问这到底是谁家!"

"警察同志,你要为我们做主啊,这南方人坏着呢,一肚子坏水。她是诈骗,她想抢我们的财产,这儿是我家,我从小长大的地方,怎么可能变成她家!"

两个妇女一个比一个胖,情绪一个比一个激动,说着说着就要上去打张贝贝,许宏亮眼疾手快,冲上来拦住二人,用警棍指着她们身后那些蠢蠢欲动的男人。

张贝贝头发乱了,上衣被扯破了,脸上有明显的淤青,右臂有两道抓伤,看样子刚才吃了不小的亏。

先是江二虎,现在又冒出两个妇女。来龙去脉几乎不用问,她俩绝对是张贝贝大舅妈与前夫生的女儿,亲爹死得早,亲妈也不在了,继父把房产留给一个对她们而言完全不相干的人,她们肯定不服气。

明明是她们出生成长的地方,一夜之间变成别人的家,换作谁也无法接受,何况这涉及上百万的拆迁补偿。

她们的心情可以理解,但动手打人可不行。

不等张贝贝开口辩解,韩朝阳便厉声问:"好了好了,我们一码归一码,这个家到底是谁的回头再说,先说说谁先动手的,谁动手打人的?"

"警察同志,你听我解释。"

"解释什么,打人有理了?"外面看热闹的村民越来越多,俩女人带来的人有骚动迹象,韩朝阳不敢拖泥带水,冷冷地说,"这里不是说话地方,走,去村办公室。"

"去就去,谁怕谁啊。"

"站住，跑什么跑，"韩朝阳猛地跑到大门边，拦住一个想开溜的小年轻，"事情搞清楚之前谁也不许走，看见没有，这是执法记录仪，在场的人全拍进去了，想跑是吧，我让你跑得了和尚跑不了庙！"

"一、二、三、四……十六，朝阳，一共十六个，包括报警人在内十七个。"许宏亮点点人数，紧握着警棍像门神般守在门口。

刚才要动手的妇女居然很有担当，竟振振有词地说："警察同志，一人做事一人当，这个狐狸精是我打的，跟他们没关系。"

关系到好几百万呢，她俩能来第一次就能来第二次，今天不给她们个下马威，以后别想安生。韩朝阳可不想每天都往这儿跑，用锐利的目光环视着众人，严厉地说："到底有没有关系，问完之后才知道。走，排好队，全去村办公室。宏亮，你在前面带路，我在后面盯着。"

"走啊，愣着干什么。"

本来就没多大事，只是在吵架过程中发生了一点肢体冲突。

俩妇女不认为自己有多大错，甚至觉得很委屈，气呼呼地走在最前面，她俩带来的人同样觉得没什么好担心的，骂骂咧咧地跟了过去。

"韩警官，我拿一下东西，锁一下门。"

韩朝阳面无表情地问："拿什么？"

张贝贝捂着脸，咬牙切齿地说："证据！"

"证据，昨晚不是给我看过吗？"

"不是那些，是她们打人的证据。"张贝贝下意识抬起头，韩朝阳顺着她的目光看去，赫然发现门框上装着一个小摄像头。

防范意识挺强，看样子是有备而来，真有那么点不是猛龙不过江的意思，韩朝阳彻底服了，不禁笑道："有证据，有证据最好，弄快点。"

"马上。"

第十七章　隐情

村干部不管事，但把双方当事人带到村办公室他们不能不帮忙。

村支书张国忠还是有点威信的，扯着嗓子吼了几句，江小兰、江小芳姐妹和她们从婆家带来的人不敢再骂骂咧咧，有的在院子里抽烟，有的坐在会议室等着问话。

公安只能处理打人的问题，擅闯民宅不太好过问，毕竟房子的归属存在争议。

清官难断家务事，但对这个家务事又不能视而不见，不然天知道接下来会发生什么，韩朝阳岂能错过这个机会，干脆把张支书和分管综治、民事调解的村委会委员解军拉到一楼左侧办公室，一起断这个令人头疼的家务事。

按惯例，先问报警人。

张贝贝似乎对村干部不是很信任，犹豫了一下才说道："她们一大早就带人闯进我家，百般辱骂，逼我搬走，说房子是她们的。房子明明是大舅留给我的，她们让搬就搬？我没答应，她们硬往堂屋里冲，我堵着门不让进，江小兰就动手了……"

她不光带来证据，连播放证据的笔记本电脑都带来了。

高清摄像头，画面很清晰，江小兰、江小芳姐妹动手打人的情况，堪称事实清楚，证据确凿。

韩朝阳做完笔录，回头看看两位村干部，目光再次转移到她身上："张贝贝，她们骂人打人肯定是不对的，不只是不对而且是违法。但冤家宜解不宜结，我们可以换位思考一下，如果换作你，发现出生长大的地方一夜之间变成别人的家，你急不急？"

"韩警官，您这是帮她们说话？"

"我是想问问有没有和解的可能性，同时也是在为你着想。"

韩朝阳可不想被她误会乃至被她投诉，循循善诱地说："你一个人孤身在外，人生地不熟，面对这么复杂的财产纠纷，如果处理不好真可能吃大亏。当然，如果发生比今天更严重的事，我们公安肯定不会坐视不理，但那是事后救济。"

"我不会原谅她们，不会跟她们和解的。"张贝贝深吸口气，态度非常之坚决。

"既然你不愿意和解，那我只能公事公办，"韩朝阳抬头道，"伤严不严重，要不要去做伤情鉴定。说了你别生气，我看你这伤不是很严重。江小兰和江小芳是动了手，但情节显著轻微，我们只能对她们罚点款，够不上采取强制措施，更不用说追究她们的刑事责任。"

"小张，听一句劝吧，韩警官真是为你好。你非揪住不放，韩警官只能罚她们的款，几百块钱是小事，罚款本身对她们来说是大事，她们会更气，肯定会变本加厉，到时候你怎么办？"

张支书话音刚落，解军也语重心长地说："我是看着她们长大的，她俩都不是省油的灯，把她们逼急了什么事都干得出来。得饶人处且饶人，放她们一马，也是为你自己着想。"

"张支书，解主任，您二位觉得我原谅她们，她们就不会再来闹事？"

这个问题把两位村干部问住了！这不是一般的家庭纠纷，这涉及上百万的房产继承权，江小兰、江小芳姐妹岂能善罢甘休。

张支书点上根烟，紧盯着张贝贝问："小张，你大舅是立了遗嘱，临终前是把房子留给了你，但这房子是你大舅和你大舅妈的共同财产，你大舅妈不在了不等于就没她的份儿，所以在房子的归属这个问题上，我建议你考虑考虑，给她们一点，省得她们胡搅蛮缠。"

"只要你愿意做出让步，我们村里可以帮你调解。"

要的就是这个效果，韩朝阳抬头看向窗外，继续保持沉默。

第十七章 隐情

让他倍感意外的是，张贝贝居然毫不犹豫摇摇头："张支书，解主任，我的就是我的，一分也不会给她们，我不会在这个问题上妥协。"

"你这孩子，怎么就不听劝呢！"

"这不只是我个人的意思，也是我大舅临终前的交代。"

张贝贝把笔记本电脑转过来，点点鼠标，调出一张张照片，再次转到三人面前，恨恨地说："我大舅妈是什么样的人，韩警官不清楚，您二位不可能不知道。她好吃懒做，连家务活儿都不干的，认识我大舅之前，日子真是过不下去，房子破破烂烂，江小兰和江小芳穿得像叫花子。"

"你大舅妈是不太勤劳……"

"我大舅跟她结婚之后，没享过一天福，农忙时在家种地，农闲时去工地做小工，晚上回来洗衣做饭干家务，现在的房子是他盖的，江小兰和江小芳是他拉扯大的，不光累死累活、省吃俭用把她们培养成人，还倒贴十几万风风光光让她们出嫁。

"结果呢，结果我大舅妈生病时家里没钱，她俩不管不问，甚至都不去医院看的。我大舅没办法，只能回老家管兄弟姐妹借。亲妈都不管，何况后爸！我大舅的病不是什么不治之症，结肠癌，做个手术就能治愈，还是因为没钱，又不好意思再管老家的兄弟姐妹开口，就是这么拖到晚期的！"

张贝贝越说越激动，泪水滚滚而来。原来有这么多隐情，难怪她坚决不让步。韩朝阳暗叹口气，示意她接着说。

"她们装着不认识我，其实我早认识她们，我小时候来过燕阳，她们小时候也去过我家。我大舅和大舅妈当时的条件您二位是知道的，可以说村里数她们家最穷，我家虽然在农村，但在沿海地区，家庭条件比她们家好多了。

"她们每次去，都是大包小包的往回带。我妈每次来，不光给她们带衣服带吃的，还给她们钱。我妈图什么，当时谁能想到朝阳村的地和房子会被征用，真是把她们当亲戚，希望她们将来能孝敬父母，给我大舅妈和大舅养老送终。"

张贝贝擦了一把眼泪，哽咽地说："其实，我大舅和大舅妈结婚时是有生育能力的,这边计划生育管得没我们江省那么严,我大舅为什么不要一个亲生的,就是觉得家里本来就很困难,如果再要一个会影响她们。

"他风里来雨里去,省吃俭用,累死累活,恨不得把心窝子掏出来,结果含辛茹苦地拉扯大两个白眼狼,自始至终没尽过哪怕一点赡养老人的义务。如果换作您二位,您二位会不会把房子留给她们?"

"老余是挺不容易的。"

张支书轻叹口气,沉吟道:"小张,我理解你的心情,但过去的事已经过去了,我们要向前看。如果你愿意作出一点让步,作出一点妥协,在经济上你不会有任何损失,拆迁补偿只会比现在更多。这番话是关着门说的,出了门我不承认。"

韩朝阳糊涂了,忍不住问:"张支书,您这话是什么意思?"

"很简单,土地集体所有,小张只继承了她大舅的房子,宅基地不好继承。她不是我们朝阳村的村民,所以拆迁补偿标准不一样。同样的房子,村民能拿到三四百万,她只有一百多万,只算房子,不算宅基地。"

"江小兰和江小芳是村里人?"

"户口在六队,虽然在市区买了房,但户口一直没迁走。"

只要是村里人就好办,何况江家姐妹战斗力那么强悍,韩朝阳觉得村支书的提议不错,回头道:"张贝贝,张支书都说到这个份儿上了,你认真考虑考虑,跟谁都可以过不去,为什么非要跟钱过不去,这对你只有好处没坏处。"

本来你只能获得一百多万拆迁补偿,如果和江家姐妹和解,至少能分到一半。

原以为她会同意,没想到她居然不假思索地说:"韩警官,对不起,这不是钱的问题,她们既然不赡养老人,那她们就要为自己的行为付出代价。"

"你这孩子,怎么一根筋呢。"张支书气得不知道该说什么好,干脆起身走出办公室。

解军见支书走了也想走,韩朝阳急忙一把拉住:"解主任,江二虎是怎么回事?"

"江小兰江小芳虽然胡搅蛮缠,但不管怎么说也有胡搅蛮缠的理由,江二虎纯属浑水摸鱼,他爸跟江小兰姐妹的生父以前关系就不好,分家时闹得不可开交,甚至打过架。虽然是亲兄弟,分家之后老死不相往来,房子不管怎么分也轮不着他家。"

解主任顿了顿,又补充道:"他现在占的那个铺面以前是小学,后来小学并走了,村里就改造成统一停放农机的地方。种地不赚钱,用机器的人也不用了,余秀水就把那几间房子买下来,添置手扶拖拉机、播种机之类的农机,给村里人打田播种。"

韩朝阳脑海里浮现出一个任劳任怨的农民形象,沉默了片刻,凝重地说:"张贝贝,毫无疑问,你大舅是一个好人,两个养女让他寒心甚至绝望。把房子留给你,说明他非常疼爱你,希望你能过得更好。作为晚辈,你不应该让他老人家的在天之灵担心。再考虑考虑张支书的提议,给她们仨瓜俩枣,省得她们再胡搅蛮缠。"

第十八章　胡搅蛮缠

韩朝阳说那么多甚至拉着村干部一起做工作，不是想当和事佬，不是遇到点事就想息事宁人。

《公安机关办理伤害案件规定》和《治安处罚法》有明文规定，对于这样的民间纠纷引起的殴打他人或故意伤害他人身体的行为，情节较轻不够刑事处罚的，公安机关要先依法调解处理。

相比单纯的处罚，调解更易化解矛盾，所以调解原则上只有一次，但必要时可以增加一次。

不管怎么调解，必须以双方当事人同意为前提。

张贝贝断然拒绝村支书的提议，坚决不妥协。

调解不了，韩朝阳只能走程序，让她看一下笔录，在笔录上签字摁手印，完了给师傅打电话汇报，确认办案队这会儿有人也有空，让她赶紧去所里找办案民警开伤情鉴定委托书，去指定的鉴定机构进行伤情鉴定。

事实证明，她拒绝调解有拒绝的道理。

江家姐妹情绪激动，铁了心要把包括南街店面在内的所有房产收回来，获得拆迁补偿之后两姐妹平分。

分歧太大，张贝贝就算愿意做出妥协愿意接受调解也是一厢情愿。

"嚷嚷什么？"对于这两个从未尽过哪怕一点赡养义务的不孝女，韩朝阳自然不会给她们好脸色，"都什么时候了，还没意识到自己的错误！你们让我向左邻右舍打听房子到底是谁的，我打听了，不光打听到房子到底是谁的，也打听到你们的继父是怎么对你们，你们又是怎么对待你们继父的！"

第十八章 胡搅蛮缠

警察声色俱厉，解主任一脸恨铁不成钢。

江小兰和江小芳被吓住了，耷拉着脑袋不敢再撒泼。

"关于余秀水把房产留给张贝贝，你们不服气可以去法院提起民事诉讼。使用暴力、威胁手段进入他人住宅，侮辱甚至殴打他人这是什么行为，这是侵犯人身权利、财产权利的行为！"

韩朝阳拿出《治安处罚法》，翻到第四十三条，转过来给她们看。

"警察同志，我看不懂，我不是有意的。"江小兰别过头，仿佛看了就是认罪。

江小芳比姐姐脾气大，竟一把推开《治安处罚法》，蓦地站起身："警察同志，你不能看她长得好看就偏袒她！什么叫进入他人住宅，那是我家好不好，家里进了贼，我正当防卫！"

韩朝阳火了，立马掏出警务通手机："还胡搅蛮缠，好，你说那是你家，拿出证据啊！你拿不出来，我可以帮你查户籍资料，看看户主是谁，看看户口簿上有没有你。"

"我嫁出去了，户口迁到六队，户口簿上没我，但户口簿上一样没她！"

"但人家有户主生前请律师立的遗嘱，遗嘱上不光有三个见证人签字，还经公证部门公证过。"

"她们娘儿俩假惺惺伺候，整天花言巧语，余秀水鬼迷心窍上了她们娘儿俩的当，而且已经病得不行了，神志不清，什么遗嘱什么公证不能算数！"

居然振振有词，见过不要脸的，没见过如此不要脸的。

韩朝阳彻底服了，厉声问："还好意思说人家假惺惺伺候，说人家整天花言巧语，我倒要问问你继父生病时你们在干什么？你继父去世后你们又做过什么？江小兰，江小芳，做人要讲良心，到这会儿还一口一个余秀水，你们晚上睡得着觉吗，你们的良心哪儿去了？"

看见这蛮不讲理的两姐妹，解主任气也不打一处来，禁不住来了句："人在做，天在看！"

江小芳显然属于那种一碰就跳的主儿，不仅没认识到她的问题，反而咬牙切齿地说："解主任,你怎么也帮外人!余秀水住院我是没去看,死了我是没管,不是我江小芳不孝顺,是他没把我江小芳当闺女,开口闭口都是张贝贝,没见他临死都要把房子留给他外甥女。"

"小芳,你这话就有点不讲理了,老余到底有没有把你和小兰当闺女,村里人全看在眼里。不是他没把你们当闺女,是你们没把他当爸,你们做的那些事,真让人寒心!"

解主任再也忍不住了,指着她们训斥道:"老余对你们怎么样放一边,毕竟说起来他是你们的后爸。你妈呢,她不可能不把你们当亲闺女吧。朝阳村就这么大,瞒得了别人吗,她生病那会想管你们借点钱,你们是怎么说的?"

"我们不是不借,是余秀水有钱,舍不得拿出来给我妈看。"

怎么说都是她们有理,没有理都能编出个理。

再跟她们动之以情晓之以理纯属浪费时间,韩朝阳不想再跟她们磨嘴皮子,指着笔录说:"好啦,一码归一码,先看看笔录,没有出入就签字摁手印。"

"我不看,别指望我签字画押。"

"我也不看。"

头一次遇到这样的当事人,韩朝阳越想越窝火,紧盯着她们问:"想清楚了,到底看不看?"

"不看又怎么样?"

"不看就去所里。"

"什么所里。"

"去派出所。"

"去派出所做什么?"

"你们殴打他人,你说去派出所做什么?"不给她们点颜色瞧瞧这工作做不下去,韩朝阳抬头喊道,"宏亮,打电话叫车,顺便请陈姐开两张传唤证。"

"等等,我看还不行啊。"

第十八章　胡搅蛮缠

以为你们不怕呢，韩朝阳暗骂了一句，一边示意她们赶紧看，一边准备红色墨泥。

形势比人强，不老实就要去派出所。

江家姐妹不敢再胡搅蛮缠，仔仔细细看完，在韩朝阳指定的位置签字摁手印。

"解主任，现在可以走了吧？"江小兰擦干手指，小心翼翼地问。

"别问我，问韩警官。"朝阳村怎么会出现这么不孝这么不讲理的人，解主任都替她们害臊，语气不加掩饰地带着几分不屑。

"韩警官，那我们就……就先走了。"

"打完人就想这么走，天底下哪有这样的好事？"韩朝阳一边整理笔录材料，一边冷冷地说，"下周四下午两点，去派出所找杨警官接受处理，如果不去，后果自负。"

"处理！"

"学生不做作业还要罚站呢，殴打他人当然要接受处理，"韩朝阳收拾好笔录，接着道，"江小兰、江小芳，给我听清楚了，在此期间你们不得再来寻衅滋事。如果你们再来闹事，再辱骂乃至殴打张贝贝，到时候可不会像今天这么处理，别怪我对你们不客气。"

"我的房子呢，这个家是我们的！"

"房子的事刚才不是说过吗，不服气上法院，法官判给你们就是你们的，判给人家就是人家的，再不服气还可以上诉。如果判给你们，她不搬，你们可以申请强制执行。"

警告完江家姐妹，和江家姐妹带来的人，处理好这起"警情"，上午半天没了。

村里正在动迁，各种矛盾纠纷层出不穷。

张国忠既要执行上级交代的任务，又不想被乡亲们戳脊梁骨，这个村支书不太好当，想到接下来少不了要麻烦韩朝阳这个新来的片儿警，硬拉着韩朝阳和许宏亮去他家吃饭。

韩朝阳一样想跟村干部搞好关系,欣然前往。

"张支书,上级要求警务室24小时有人,所里能安排我们三个人过来已经很不容易。三个人看上去不少,可是要值班要接处警,警务室不可能做到24小时不关门。村里不是设有治安联防队吗,您能不能安排两个人同我们一起值班。"

走进张支书家,韩朝阳直言不讳地提出要求。

张支书打开空调,坐下来苦笑道:"朝阳,村里是有联防队,不过那是纸面上的。上级要求各村组建义务联防队,什么叫义务,就是一分钱经费没有,没钱你说能办什么事,只能整一份名单交上去。"

其他村没钱,朝阳村不可能没钱。

摊位费、卫生费和村里那些沿街商铺的租金,一年至少上百万。

警务室现在确实需要人手,没人什么事都干不了,想查查外来人员的居住证都忙不过来,韩朝阳不想错过这个机会,微笑着说:"张支书,我不是第一次来村里,对您这儿的情况多少知道一些。帮帮忙,就两个人,以后您这儿遇到什么事我随叫随到。"

虽然眼前这位只是一个小小的片儿警,但这个面子还是要给的。

张支书权衡了一番,突然笑道:"朝阳,既然你开了这个口,我没办法也要帮你想办法,两个是吧,回头我跟朱主任他们议议,想想办法应该没多大问题。不过这么一来其他工作必然会受影响。要不这样,我们把征收卫生费与办理居住证挂钩,外来人员再去你那儿办居住证,先让他出示缴纳卫生费的收据,一站式办公,所有问题全解决了。"

搭车收费!

韩朝阳被搞得啼笑皆非,考虑到这个问题很敏感,一脸无奈地说:"张支书,您这是想砸我饭碗。现在警察有多难干您不是不知道,如果遇上像江小兰江小芳这样人,因为帮你们收三五块卫生费这屁大点事,我真可能被扒警服。"

第十九章　束手无策

没同意搭车收费，张支书并没有不高兴。毕竟朝阳村面临拆迁，村委会即将成为历史，卫生费根本收不了几天。

至于安排两个人参与治安巡防的事，张支书一口答应了，只是涉及工资由谁发、人去了警务室到底归谁管等很现实的问题，村里需要研究研究，不是说在嘴上就能拿在手上的。

好的开端是成功的一半，韩朝阳很高兴，举一反三地想到社区居委会。

朝阳社区虽然没朝阳村有钱，但朝阳社区是真正的基层组织，社区党支部书记兼主任是街道派来的副科级干部，两个副主任和几个委员不是公务员就是事业编制，还有好几个社区工作者，而且担负着综合治理、人口管理、民事调解等职责。按照区政法委、区综治办的要求，村里要组建义务联防队，社区一样要组建义务治安联防队。

回头可以找找苏主任，就算没相应经费组建不了联防队，也要想方设法让她安排两个人。完了再去找找527厂保卫科和东明新村物业，一家安排两个人，一支治安联防队不就有了！

只要有人，就能彻底清查辖区内的外来人口。把辖区内的外来人口底数和情况搞清楚，同时加强对出租屋的管理，"以房管人"，不仅能完成人口管理的任务，或许能在清查过程中收集到一些违法犯罪的线索。

管稀元能做到，我为什么做不到？想到这些，韩朝阳热血沸腾，正打算借这个机会去村里的几个重点人口家看看，警务通手机突然响了。

难道又有警情，整天忙着接处警，社区民警的本职工作要不要干了？韩朝阳暗暗嘀咕了一句，摁下通话键举起手机。

"音乐家，说实话，你到底有没有谈女朋友？"

"陈姐，你怎么会想起问这个。"韩朝阳倍感意外，下意识停住脚步。

花园派出所内勤陈秀娟看着分局政治处刚下发的文件，不耐烦地说："有就是有，没有就是没有，快点，我正忙着呢。"

"没有，真没有。"

"没有正好，周日上午九点御庭酒店二楼有个相亲活动，区团委组织的，我帮你把名报上，所里除了你还有管稀元和吴伟，到时候记得去。"

相亲！韩朝阳觉得很搞笑，不过有机会去看看美女也不错，但想到吴伟那个小人也会去，立马道："陈姐，我倒是想去，可我走得开吗？警务室不能离人，真要是去了，领导不知道又会怎么批评。"

"这是上级安排的活动，不是无故请假，刘所不会说什么的。至于警务室，让宏亮和老徐盯着就行了，真要是有警情，不是有值班的人嘛。"

韩朝阳不能再推脱，一口答应道："行，我准时去。"

"祝你抱得美人归，我们等着吃你喜糖呢。"

她嘴上祝福，语气却带着几分调侃，摆明了瞧不起人。搞对象又不是干别的，就管稀元那形象，就吴伟那三十出头的年龄，占有压倒性优势的我难道搞不过他们？韩朝阳暗暗发笑，刚挂断警务通，自己的手机又传来微信提示音。

掏出手机一看，找自己的是早上刚加的527厂广场舞群的一个群友。先是一张照片，一个三十多岁的男子坐在一个皮筏里电鱼，紧接着是语音。

"小韩，河里有人电鱼！从北边一路电过来，大鱼小鱼一条不放过，这不是竭泽而渔、杀鸡取卵吗？河里鱼本来就不多，他这么一电让我们以后钓什么，你是'河长'，这事你管不管……"

通过微信报警的老爷子情绪激动，能想象出他老人家正坐在河边的树荫下喝着茶、叼着烟，优哉游哉地钓鱼，结果照片上的这个男子采用电鱼器这样的"大杀器"。不光让他今天钓不成，而且以后也别想钓到。

这个问题很严重，至少对他老人家这样的垂钓爱好者而言很严重。

"河长"职责里好像有防止有人电鱼、毒鱼这一条，电鱼、毒鱼是一种"断子绝孙"的捕捞方式，不仅会导致生态环境遭到破坏，还会间接对水体质量产生不良影响。"朝阳群众"找上门，这件事不能不管。

韩朝阳不能推脱，立即举起手机道："大爷，您老别急，您先盯着他，我马上到。"

"快点啊，他又电了好几条！"

"马上马上，最多三分钟。"

韩朝阳接过电动车，让许宏亮回警务室继续值班，风风火火赶到朝阳河边，几个戴着太阳帽的老爷子正在同河中央的男子对骂。

"电鱼犯法，你们钓鱼就合法？看见没有，桥上写着呢，禁止垂钓。"

"小兔崽子，还嘴硬，有种你给我上来！"

"老不死的，老子电鱼关你屁事，有种你们下来。"

"你个小畜生，看我砸不死你！"一个矮矮胖胖的老爷子火了，扔下鱼竿到处找砖头瓦片。

韩朝阳急忙停好车跑下去一把拉住，侧身吼道："谁允许你在这儿电鱼的，知不知道电鱼是违法行为！我是花园街派出所民警韩朝阳，也是这个河段的'河长'，别电了，把筏子划到边上来，快点！"

几个老混蛋居然真报警！电鱼男子看看韩朝阳，放下电鱼器一边往北划，一边谄笑着说："警察同志，这上面只写着禁止垂钓，没写禁止电鱼，我不知道不许电鱼，我不电了行不行？"

"往哪儿划，你跑得掉吗你，刚才的话没听清楚吗，立即靠边。"

"不就是电鱼么，多大点事，我也要上班了，再见。"

这混蛋，居然对警察的话充耳不闻。

他在河里，韩朝阳在岸上，河面二十几米宽，又找不到其他船，虽然他划得并不快，韩朝阳却只能干着急，眼睁睁看着他扬长而去。

第二十章　线索

"哎呦，你怎么让他跑了！"

"邰大爷，他在河里，我在岸上，您老让我怎么追？"

"他不可能总漂在河里，总归是要靠岸的！"邰老爷子很激动，气得直跺脚，恨不得年轻的片儿警立马跳进河里抓电鱼的小兔崽子。

钓鱼的和电鱼的干上了，韩朝阳探头看看，强忍着笑说："邰大爷，他划到桥那边去了，河对岸不归我管，桥那边也不归我管。"

"他是跑到那边去了，但他在这边电过鱼啊。小韩啊小韩，如果有一个罪犯在燕阳杀了人，跑其他地方去，难道你们公安就不管。"

"是啊，现在追还来得及！"

三个老爷子你一言我一语，韩朝阳被搞的焦头烂额，回头看看身后，跟哄孩子般地说道："邰大爷，徐大伯，您三位消消气，听我解释。我现在追是能追上，可追上之后又能拿他怎么样？"

"罚他呀，没收他的电鱼器！"

"罚他，您老说得倒轻巧，没法律依据，您老让我怎么罚？"

"罚不了？"

"他违反的是渔业方面的法律法规，这事应该归农业局的渔政执法人员管，我们公安没权罚他的款，甚至没权没收他的电鱼器。"韩朝阳顿了顿，接着道，"而且就像他刚才说的，朝阳河禁止垂钓，我要是逮着他，他死咬着您三位不放，非要一碗水端平，逼着我公事公办，我是没收您三位的鱼竿，还是罚您三位的款？"

邰老爷子反应过来，悻悻地说："禁止垂钓，谁下的规定！"

第二十章　线索

"您问我，我也不知道，既然有牌子在那就要遵守是不是？"韩朝阳一边招呼他们来树荫下乘凉，一边慢条斯理地说，"钓鱼是个爱好，我在老家时也经常钓，不过这条河不管有多少鱼，请我钓我都不会钓。您老看看，多脏啊，不知道有多少单位和个人偷偷往河里排放污水。您老好不容易把鱼钓上来，扔掉舍不得，但带回去吃对身体真不好。"

细想起来是这么个道理，三位老爷子不吱声了。

"昨天上午我去过陈家集，看见一条河，水很清，肯定有鱼，周围又没什么企业，估计也没人放养。您三位完全可以去那儿钓，坐608路，早上去中午回来，钓到的全是野生的鱼，既没污染也不是养殖的。"

"陈家集有野河？"

"有，离这么近，您老没去过？"

"没事谁去那儿。"

"以前没去，现在可以去。要么这样，明天早上我送你们去，我正好认识村里一老太太，渴了还能有个地方找口水喝。"

"明天早上陪我们去，你说的！"

韩朝阳权衡了一番，确认道："我说的，我陪您三位去。不过我只能把您三位送到地方，8点前必须赶回来。"

"好，就这么定，我们坐头班车，5点45在你们警务室门口集合。"

"行，就5点45。"

韩朝阳确认这边没什么事了，正准备跟他们道别，矮个子老爷子冷不丁问："小韩，咱这一片儿是不是全归你管？"

"是啊，您老有什么事。"

"办假证的你管不管？"

踏破铁鞋无觅处，得来全不费功夫。

正琢磨着怎么才能收集到违法犯罪线索，线索居然主动找上门了，韩朝阳按捺住激动，坐下道："管啊，您老是不是知道什么。"

矮个子老爷子抬头看看四周，捧着茶缸神神秘秘地说："我们厂老钱两口子去东广带孙子去了，走前把家属院的房子租给几个外地人。我不是楼长嘛，有一次去问点事的，瞧见屋里堆满空白的毕业证、工作证、租房子的两个小年轻和一个妇女鬼鬼祟祟，一看就知道是办假证的。"

"他们在几号楼？"

"2号楼，楼梯上去左手第一家。"

韩朝阳下意识看看手机，又看看他的微信马甲，欣喜若狂地说："雷大伯，您老提供的这条线索太重要了，我这就带人去看看，我们也会替您老保密的。"

"保不保密无所谓，527厂是什么地方，在厂里我还能怕他们。"老爷子点上香烟，一脸不在乎。

韩朝阳正准备再道道谢，邰老爷子突然笑道："小韩，我们举报犯罪线索，你们派出所有没有奖励？"

"是啊，有没有奖励？"

"邰大爷，雷大伯，这个……这个我得问问领导，不怕您三位笑话，这是我收到的第一条线索。"

"跟你开玩笑呢，我们有退休工资，看病有医保，谁在乎那点奖励，"雷大伯放下茶缸，嘿嘿笑道，"你刚参加工作，还在试用期，没遇到这种情况很正常。物质奖励就不管你要了，不让你为难，带我们去陈家集钓鱼的事要放在心上。"

"一定，陈家集那条河如果没鱼，我帮您老再找有鱼的河。"

"忙去吧，不过这会儿那三个办假证的不一定在家，他们一般是早出晚归。"

"谢谢雷大伯，我先带人去盯着，等他们回来给他们来个人赃俱获。"

办假证的不是很危险，用不着给所里打电话，要么不干，干就要干出点成绩让他们大吃一惊！韩朝阳再次感谢了一番，先给白天休息的老徐打了个电话，让老徐赶紧回来加班，随即跨上电动车风风火火地往警务室赶，准备跟许宏亮先研究行动计划。

"这小子，有点意思。"看着他猴急的样子和离去的背影，邰老爷子忍不住笑了。

第二十一章　逮着大鱼了

不管民警还是辅警，只要穿这身制服谁不想干出点成绩？

办假证那是刑事犯罪，不夸张地说抓一个办假证的相当于处理十几、二十起鸡毛蒜皮的民事纠纷。

许宏亮一样兴奋，查阅着外来人员管理台账不无激动地说："他们是两男一女，我们也三个人，我俩对付两个男的，老徐对付女的，问题应该不大。"韩朝阳换上T恤衫，探头道："万一他们狗急跳墙呢，我觉得还是稳妥点好。"

"给所里打电话？"

"机会难得，能解决我们当然自己解决，"韩朝阳想了想，走出来笑道，"等老徐到了我俩先去摸摸情况，确认目标，观察好地形，再去东明小区找几个保安。张经理人不错，肯定会帮忙。"

"借几个保安也行，他们全是退伍兵，关键时刻能帮上忙。"

"查到没有，他们有没办理居住证。"

"没有，没办居住证，没租房记录。"许宏亮合上台账。

"527厂保卫科整天在干什么，"韩朝阳一边示意他赶紧进去换衣服，一边喃喃地说，"明天必须去找苏主任，外来人口管理漏洞太大，她们忙着动迁不把这当回事，我们不能不当回事。"

社区居委会一样要登记外来人口，区里为加强综合治理，甚至招聘了一批网格员，安排到各个社区和各村进行网格化管理。专门负责各自网格内的信息采集、综治维稳、劳动保障、计划生育等工作。

刚查阅的外来人口台账就是社区网格员录入的，韩朝阳这个社区民警正式上任之后，自然而然地成为朝阳社区的网格管理员。

外来人口底数不清、情况不明很麻烦，就算外来人员中没逃犯没犯罪嫌疑人，被上级抽查到一样要扣分。

绩效考核不是开玩笑的，月考排名、季度初评、年终总评，履职尽责和工作绩效占60分，这儿扣几分，那儿扣几分，稀里糊涂几十分就没了。

上级依据年度绩效考评成绩，把民警分为一级、二级、三级、四级四个等级。评为一级必须达到90分以上；评为二级必须达到80分以上；评为三级必须达到60分以上；60分以下为四级。

之后根据绩效考核结果对民警实行奖惩，以年度目标个人奖金为基数，被评为一级的民警再奖励500元；被评为二级的民警按基数发给；被评为三级的民警扣发奖金500元；被评为四级的民警不发目标奖。500块钱是小事，如果被评为三、四级就会被退回培训，退回培训期间的管理及相关事项按照《民警退回培训制度》规定执行，培训期间费用全部自理。

就在韩朝阳下定决心要在近期内搞清辖区外来人口底数和情况之时，老徐骑着电动车到了。"朝阳，宏亮，什么时候行动？"

"先进来，进来说。"

"好的，我先换衣服。"

老徐停好电动车，取出从家带来的拖线板，先把充电器插上充电，随即提着方便袋跑进里间换制服。

"宏亮，你怎么换便服？"见许宏亮换上一条宽松的大短裤，老徐一下子愣住了。

"现在只有线索，你在警务室盯着，我和朝阳去查证。"

"知道了，你们去吧，有什么事打电话。"老徐一样兴奋，一屁股坐到钢丝床上换起制服。

不管以前关系怎么样，现在三个人是一个集体，一荣俱荣，一损俱损。

更重要的是，分局不仅对民警进行绩效考核，还根据得分发放民警月精细化管理考核津贴。对辅警协勤一样实行精细化考核，实行"基本工资+绩效工资"的基本制度。月度绩效考核与月度绩效奖金挂钩，年度考核

第二十一章　逮着大鱼了

按年内月度考核总成绩排名分为优秀、称职、基本称职和不称职，如果被评为不称职不是拿不到绩效考核工资的问题，而是会不会被辞退的问题。

考勤情况、警容风貌、内务卫生和日常生活这些考评内容全是扣分选项，想加分只有靠治安勤务，查处一起治安案件加2分，行政拘留一个嫌疑人加3分。如果能打掉一个犯罪团伙，除按抓获嫌疑人人数加分外，另加5分！查获赃物和违禁品同样可以加分。比如查获被盗抢的车辆每辆加5分，收缴毒品每起加5分，收缴管制刀具每批加5分。如果能查获枪支弹药那就厉害了，每支枪加20分，每10发子弹加10分，而且不够10发的按10发计算，一样加10分！

老徐因为老婆生病请过几次假，考勤被扣了几分。

老徐很想把扣掉的分拉回来，禁不住说："朝阳，宏亮，你们别轻举妄动，一定要摸清楚情况，他们说不定有同伙。先看看，实在不行我们轮流盯，能多抓一个是一个。"

"放心吧，我们不会打草惊蛇的。"

韩朝阳笑了笑，等他换好制服，同许宏亮一起头也不回地走出警务室。

二人点上烟，说说笑笑，很快来到527厂北大门。

门卫是一个六十多岁的老人，正躺在传达室门口的树荫下听着收音机打瞌睡，对进出厂区的车辆和行人不闻不问。

厂区的主干道两侧，摆满卖瓜果和一些廉价百货的小摊，就这么过去容易引起嫌疑人警觉，韩朝阳干脆买了一个大西瓜。许宏亮正好渴了，跑对面小店买了两瓶冰镇的矿泉水，二人就这么喝着水、提着西瓜大摇大摆地来到2号楼。

这是一栋青砖红瓦的苏式筒子楼，墙上一片绿油油的爬山虎，虽然有了年头，但极具历史感，感觉住这儿要比住那些新建的高层建筑舒服。

门洞在楼中间，站在楼前抬头仰望，二楼左手第一间窗户关着，安装在窗台边上的空调外机没动静，这么热的天，窗户紧闭却没开空调，说明里面应该没有人。

韩朝阳二人装着来走亲访友，径直钻进阴暗的门洞，一口气爬到二楼。

许宏亮是本地人，很默契地上去敲门。

原以为屋里没人，结果刚敲了两下，里面传来一个女人的声音："谁啊！"

"我啊，姨奶奶在家吗，我是宏亮，我和我哥来看你了。"许宏亮用带着本地口音的普通话回道。

门吱呀一声从里面打开，但只是打开一道缝隙，只见一个三十岁左右的女人露出半张脸，她显然刚睡醒，呵欠连天地问："你认错门了吧？"

"没错啊，以前我经常来，你是谁，我姨奶奶呢？"

"你找房东的吧，他们早搬走了。"

"搬走了？"

"你去厂门口问保安吧，问传达室隔壁的中介也行，这房子我们是从门口中介那儿租的，中介那儿应该有房东电话。"

"他们应该去东广我表哥那儿了，搬走没跟我们说，我们不知道。不好意思，我去门口中介那儿问问他们现在的电话。"

"去吧，没事。"

老式筒子楼，连门牌号都看不清，这个老家属院又几乎不设防，认错门很正常。何况掌握户主的不少情况，说得有鼻子有眼，屋里的女人应该没起疑心。

二人不动声色地下楼，先去厂门口的传达室转了一圈，然后沿厂区左侧的林荫小道绕回家属院，来到5号楼楼道拐角处的窗边，透过玻璃早没了的窗户观察对面的情况。

"朝阳，刚才我光顾着跟她扯淡，没往里面看，你有没有看到什么？"

"看到了，客厅里堆满纸箱，茶几上全是假证，还有打印机复印件，绝对是个假证窝点，我们逮着大鱼了。"韩朝阳越想越激动，下意识掏出手机看时间，琢磨着两个男嫌疑人什么时候回来。

许宏亮提议道："要不我在这儿盯着，你去东明小区找张经理借人？"

"也行，我先回去，有什么情况打电话。"

第二十二章　借人借车

韩朝阳提着西瓜一口气跑回警务室，考虑到穿便衣开"警车"影响不好，把西瓜交给老徐，骑上老徐的电动车风风火火赶到东明小区。

夏日蚊虫多，张经理正忙着指挥保洁工给小区里的花草树木打药，听门口执勤的保安在对讲机里喊，立马摘下口罩开四个轮子的电动车回到物业办公室。

韩朝阳很羡慕他的车，不只是比自己的"警车"多两个轮子，而且前后两排包括驾驶员在内能坐四个人，车顶有遮阳遮雨的玻璃钢棚子，棚子上有警灯，同样蓝白涂装，甚至有醒目的"治安巡逻"字样。

"张经理，你这车充满电能跑多远？"

"没出过小区，能跑多远我还真不知道，不过说明书上说充满电跑80公里没问题，"张经理拔下钥匙，跳下车指指座位，"这下面好几组电瓶，我们平时充一次电能跑一两个星期。"

小区就这么大，小区里就那么点事，我的车充满电一样能跑一两个星期。

韩朝阳越看这车越喜欢，爬上驾驶座这儿摸摸那儿看看，酸溜溜地说："现在的电动车越来越先进，汽车底盘、独立悬挂、大景观高强度钢化玻璃，还可以跟我们的110警车一样喊话，不错，真不错。"

"这本来就是警用电动巡逻车。"

张经理递上支烟，微笑着解释道："我们这车跟火车站、人民广场、博物馆广场巡逻的电动警车是同一款，同一个厂家生产的。就是上面贴的字不一样，你们那是公安，我们这是治安。"

"这车多少钱?"

"三万九千,我们买三辆,一共花了不到十二万。"

"有钱!"

"这也是为了维护小区治安,白天停在门口,晚上开着转转,小偷不敢进来,业主们看了也有安全感。"

张经理一脸得意,韩朝阳暗想你有钱是真的,但绝对没那么慷慨,还不是羊毛出在羊身上,花的全是小区居民交的物业费,又不是你自己掏腰包。

跟他走进办公室,韩朝阳站在空调出风口下凉了凉,接过装满水的一次性纸杯,开门见山地说:"张经理,今天过来找你有两件事,一是给你提个醒,二是想请你帮个忙。"

"什么醒,帮忙谈不上,有什么事你尽管开口。"个个说物业很强势,业主很弱势,其实物业没那么好干,今年有好几个小区的业主炒了物业公司的鱿鱼,张经理一样想跟派出所搞好关系,又递上一支烟。

"先说第一件事,你们这儿有多少保安?"

"15个,本来16个的,有个嫌工资低昨天辞职不干了,我正打算让人明天去人才市场再招几个。"

"去分局治安大队报备过吗,有没有上岗证?"

"保安吗?"

"嗯。"

"没有,朝阳,我们自己招的保安,又不出小区,这用去你们分局报备吗?"

"就知道你们没有,这个人情你欠大了!"

韩朝阳脸色一正,很认真很严肃地说:"前几天,光明分局对全区17家小区物业公司进行暗访检查,发现有6家物业公司擅自招收50多名保安,没去治安大队备案,按规定进行处罚,并责令限期整改。"

"处罚,怎么罚?"张经理大吃一惊。

"罚款呗。"

"可我们不知道啊。"

"去看看《保安服务管理条例》和《燕阳市物业管理暂行规定》就知道了。这是现在，你们可以自行招聘保安。换作以前，你们要把保安费交给保安服务公司，由保安服务公司安排保安过来执勤。"

"光明分局查了，城东分局马上也要查？"

"查肯定是要查的，听市局的朋友说治安支队要在全市范围内集中开展清理整治保安服务市场的专项行动，对没经过培训就让保安无证上岗和逾期拒不备案的单位予以严处。"

谁没事去学那个条例和那个什么规定，事先没下通知，然后拿什么条例和规定跟你说事，这不是不教而诛吗？

不过跟公安是没法儿讲理的，张经理很庆幸能获得及时提醒，紧握着韩朝阳的手诚恳地说："朝阳，谢谢，太感谢了，要不是你提醒，我指不定哪天就稀里糊涂被治安大队罚了，等会儿就去分局，问问怎么培训怎么报备的。"

"别这么客气，我是社区民警，我的工作离不开你们支持，你们的事我一样要放在心上。"

张经理猛反应过来，连忙问："对了，你刚才不是说还有件事吗，尽管开口，只要我能做到绝不会有二话。"

跟聪明人打交道就是好，韩朝阳慢条斯理地说："张经理，估计你平时没少去社区开过治安防范方面的会，上级要求我们分清职责，用好辖区资源，结成联盟共同做防范，提升社区防范能力，说白了就是组建义务治安巡逻队，对人流量较大、治安较复杂的场所和地段展开治安巡逻。"

"义务就是没钱，现在人生活压力多大，就算愿意当志愿者也没时间和精力干这个。退休的老头老太太倒是有时间，但他们的体力和精力跟不上，这么热的天，如果在巡逻时倒下那这个麻烦可就大了。"

市区那边好像也是这样，让各单位出人参与治安巡逻。

出人而已，又不用出钱，反正对那些保安实行的是军事化管理，重新排一下班，轮流安排几个保安跟他出去转转，实在算不上什么事。

不等韩朝阳开口，张经理立马笑道："人啊，我这儿有的是，要几个，大概什么时候巡逻？"

"平时两个，有大行动时四个，张经理，你看怎么样？"

这种事就是一阵风，以前不是没遇到过，能坚持一个月算不错了，张经理一口答应道："没问题，什么时候去警务室报到你给我打电话。"

"谢谢张经理，你真是帮了我大忙。"

"说谢就见外了，又不是你个人的事，安全你我他，治安靠大家嘛。"

人家同样姓张，比朝阳村的张支书爽快多了。

韩朝阳忍不住看了一眼窗外，一脸不好意思地问："张经理，帮人帮到底，能不能把外面这辆巡逻车也借我用几天？"

张经理此刻最担心的是自行招聘的保安没按规定培训、没去分局治安大队报备的事，想着跟眼前这位搞好关系，万一分局治安大队不好说话，花园街派出所可以帮着说几句话，很痛快地掏出钥匙："一辆车而已，没问题！"

第二十三章　团伙（一）

"朝阳，他们可能真有同伙，那个女的出门了，先在527厂南门边上代发代收快递的小店寄了一个快件，现在又骑电动车直奔市区，我拦了一辆三轮跟在后面，看她到底去哪儿，到底要见什么人。"

离开东明小区物业办公室，刚到警务室门口，许宏亮打来电话。

现在追不一定能追上，韩朝阳权衡了一番，低声道："你先跟着，如果她跟谁接头或交易，就跟那个接头或交易的人。至于她，跑得了和尚跑不了庙，确认她回来了再打电话，让老徐去小区盯着。"

"也行，我先看看情况，如果只是交易，接头的只是买假证的，就给你打电话，到时候你再赶过来取证。"

"就这样吧，我去那个代收代发快递的小店，看看她到底寄的是什么。"

总共三个人，想查个案子都忙不过来。

好不容易掌握条线索，韩朝阳顾不上怨天尤人，跟老徐交代了一下，忙不迭换上警服，跨上电动"警车"急匆匆赶到527厂南门。

这是一家烟酒店，门口摆着一块"兴达快递"的牌子。里面开了空调，玻璃门关着。韩朝阳推开走了进来，一个三十多岁正在柜台里上网的老板娘急忙起身相迎。

"警察同志，什么事？"

"您好，我是花园派出所民警韩朝阳，也是朝阳社区的社区民警，"韩朝阳举起挂在胸前的工作证，"老板娘，您贵姓？"

"免贵姓吴，老板娘谈不上，就是做点小生意混口饭吃。"老板娘很热情，走出柜子搬来一张塑料凳。

"不坐了，别这么客气。"韩朝阳抬头看看摄像头，开门见山地说，"老板娘，无事不登三宝殿，我要找你了解点情况，接下来要谈的事要严格保密。"

公安找上门了解情况，还要严格保密！

老板娘吓一跳，急忙道："韩警官，您放心，不该说的我一句不会说，我嘴严着呢，不是那种喜欢乱嚼舌头的人。"

"谢谢。"

"您问吧，您要了解什么？"

"刚才是不是有一个三十出头的外地妇女在您这儿寄过快递？"

刚刚发生的事公安都知道，看样子不是小事。老板娘不敢惹麻烦，更没必要帮那个外地女人隐瞒，连忙从货架上翻出一个刚封上不大会儿的文件袋，"是有个外地人来寄过快递，就是这个。"

快递和邮件是一回事，别说社区民警，就算刑警没相关手续也不能拆开检查，韩朝阳掏出警务通手机拍了个照，低声问："老板娘，往里装的时候您有没有看寄的是什么东西？"

"看了，不光看看，还要拍寄件人的身份证。"老板娘从柜台里拿出快递公司定制的手机，娴熟地翻出一张照片，"韩警官，这就是那个女人的身份证，她寄的好像是一个什么证，没出省，只收了她八块钱。"

"太好了，谢谢。"

韩朝阳接过她的手机，把身份证照片转发到警务通手机里，又问道："老板娘，这个叫黄秋菊的女人以前在您这儿寄过东西吗？"

"寄过，她经常来。"快递业竞争激烈，527厂和朝阳村这一片有五六家收发快递的，小店位置偏僻，没527厂东门和沿中山路的那个快件收发点生意好，老板娘对经常来寄快件拿快件的客户印象深刻。

"有没有记录？"

"有。"

不查不知道，一查吓一跳！光刚刚过去的六月份，这个叫黄秋菊的女

第二十三章　团伙（一）

子就在这儿寄过 89 份快件，如果没猜错应该全是假证。

抓人容易取证难，办案队的人又那么忙，韩朝阳不敢只是提供线索，干脆坐到柜台边掏出纸笔，给老板娘做起笔录。

问完所有情况，请老板娘在笔录上摁下手印签完字，把寄快递的记录先用警务通拍下来，再去隔壁打字复印店复印了一份儿，把所有能取的证全取了，再次叮嘱了一番要严格保密，才跨上电动"警车"回警务室。

许宏亮到现在没消息，老徐急得团团转。

一看见韩朝阳便急切地问："朝阳，宏亮会不会跟丢？"

"应该不会吧，宏亮多机灵。"韩朝阳话音刚落，一辆电动巡逻车从东边逆向缓缓驶了过来，开车的是一个二十来岁的小伙子，穿着一身保安制服，副驾驶上还坐着一个二十出头满脸雀斑的女保安。

"韩警官，我李晓斌啊，前天您去我们小区抓蛇时见过的，这是我们保安队刚来的陈洁，张经理让我俩过来报到，顺便把巡逻车送过来。"

正缺人，真是来得早不如来得巧。

韩朝阳示意小伙子停好车，热情地把二人招呼进警务室，一边示意二人坐，一边笑道："正式认识一下，我姓韩，叫韩朝阳。这位是姓徐，叫徐成山，还有一位出去办事了，要晚点才能回来。"

"韩警官好，徐哥好。"姑娘不仅不拘束，反而上前立正敬礼，保安制服很合体，看上去真有那么点英姿飒爽。

李晓斌禁不住解释道："韩警官，陈洁是司法警官学院毕业的，正在参加自学考试，拿到本科文凭就去考公务员。"

"原来是警校生，欢迎欢迎。"

"谢谢韩警官，张经理说了，从现在开始我俩全听您的，要做什么您下命令吧。"

"等等，"老徐不明所以，下意识问，"朝阳，我们这儿是缺人，可小李和小陈过来这工资谁发，吃饭住宿怎么解决？"

不等韩朝阳开口，李晓斌便忍不住笑道："徐哥放心，我们只是义务巡逻，我们经理说了，工资还是公司发，吃饭还是回公司食堂。"

"义务巡逻,挺好,来喝口水。"多一个人总比少一个人好,老徐想给二人倒杯水,找了半天却没找到杯子。

看着他手足无措的样子,陈洁忍不住笑了。

韩朝阳不无尴尬地笑了笑,说起正事:"晓斌、陈洁,你们今天先熟悉下情况,以后巡逻不是老徐带队就是宏亮带队,巡逻时应该注意些什么,遇到突发情况应该怎么处理,老徐等会儿慢慢跟你们交代。"

"是!"

"对了,俗话说名不正言不顺,既然是朝阳社区义务治安巡逻队,我们就要有治安巡逻队的样子,等会儿你们去附近找个照相馆,拍两张两寸的免冠照片,回头我找社区苏主任给你们办个证,以后就可以持证上岗。"

人家是义务来帮忙的,警务室连饭都不管,不能再让人家自己掏钱去拍照片。韩朝阳想了想,接着道:"拍照片的钱你们先垫着,记得管照相馆老板要发票,实在没发票收据也行,到时候我给你们报销。"

老徐嘴里不说心里想,给报销,说得倒轻巧,你怎么给人家报?

韩朝阳不仅不知道他在想什么,反而觉得报销这点钱应该没什么问题,不光要找苏主任报销拍照片的钱,还要找苏主任多多少少要点经费,毕竟组建义务治安巡逻队本来就是社区的工作。

正琢磨着怎么跟苏主任开口,警务通手机突然响了,一看来电显示果然是许宏亮打来的。

"宏亮,什么情况?"

"朝阳,那个女的到了兴燕村,在村口把一叠假证交给几个租住在村儿里的妇女,有抱着孩子的,还有孕妇。她收完钱就走了,应该是回去了。我跟到那几个妇女租住的地方,听口音全是她们老乡。"

"这么说这是一个团伙,她是搞批发的,那几个妇女负责零售?"

"应该是,有一个孕妇出门了,我先跟着,看她去哪儿,有情况再给你打电话。"

第二十四章　团伙（二）

　　李晓斌是退伍兵，陈洁是警校生，都很年轻，比所里那几个低保治安员强多了。有了人，分工要作一下调整。

　　韩朝阳想了想，让二人赶紧回东明小区拿便服，让换上便服的李晓斌和自己一起去527厂等送完假证回来的嫌疑人黄秋菊，让便服拿过来却没换上的陈洁和老徐一起在警务室值班。

　　安排好一切，赶到527厂已是下午4点37分。韩朝阳没再去5号楼，而是带着李晓斌直奔东阳公司保卫科所在的老办公楼，保卫科的几个门卫全是老弱病残，但技防搞得还是比较好的，东西南北四个门全装有摄像头，厂区里面也有，连老家属院的筒子楼门洞上都装了。

　　东阳公司副经理兼保卫科长徐光荣早接到朝阳社区来了个片儿警的通知，对于韩朝阳二人的到来分外热情。

　　"小韩，别看我们的门卫年龄比较大，但其他安全防范措施，包括消防设施还是很健全的，你看，坐这儿点点鼠标，厂区里里外外的风吹草动全在掌握中。这套监控系统是去年按照分局要求装的，花了好几十万。"

　　光有监控系统有什么用，又没专人盯着看，唯一的作用是出了事之后可以来调看。

　　韩朝阳只是一个小片儿警，不能指责527厂的安全防范搞得有多不好，何况今天有更重要的事办，接过烟笑道："徐经理，您是领导，如果连您都信不过我还能相信谁，实不相瞒，我们是为一个案子来的，家属院里有三个犯罪嫌疑人，我要借用您这儿监视他们。"

　　"小韩，你没开玩笑吧，我们厂里怎么可能有犯罪嫌疑人！"

"这么大事我敢跟您开玩笑吗?"韩朝阳指指显示器,很认真很严肃地说,"三个南河人,两男一女,就租住在2号楼。"

保卫科有管理厂区人口尤其外来人口的义务,一直自认为厂里治安非常好,没想到会发生这样的事。徐副经理意识到问题的严重性,装出一副气呼呼地样子说:"老杨整天在干什么,有外人进来租房都不知道。小韩,监控室你们随便用,我要去找老杨说道说道。"

"徐经理,您先别急,亡羊补牢为时未晚,加强厂区外来人口管理的事回头再说,当务之急是要保密,少一个人知道比多一个人知道好。"

"行,听你的,我回头再收拾他。"

"那就这么说定了,我们在这儿盯着。"

"你们忙你们的,我让小古给你们拿几瓶饮料。"

"徐经理,用不着这么客气。"

"应该的应该的,你们第一次来嘛。"徐副经理不仅让人去拿饮料,还把剩下的大半盒软中华扔桌上,让韩朝阳二人别客气。

跟派出所的民警干比在小区看大门有意思多了,李晓斌兴奋不已,正研究527厂的监控系统跟东明小区的监控系统有什么不同,韩朝阳突然道:"晓斌,嫌疑人回来了!"

"在哪儿?"李晓斌一愣。

"这儿,在北门。"

顺着韩朝阳手指的方向望去,李晓斌果然看到左侧的显示器里,有一个三十岁左右穿着碎花连衣裙的女子,把电动车停在一个水果摊前,正在挑西瓜,看样子正边挑边跟摊主讨价还价。

"宏亮,嫌疑人回来了,你在什么位置,你那边有没有情况。"韩朝阳紧盯着显示器,举着警务通打起电话。

"回去了就好,我刚到科技大学东门,那个孕妇在燕北路中行附近的公交车站,把一本假证交给了一个戴眼镜的年轻人,收完钱后坐公交车来这儿。这边人流量挺大,她竟公然招揽起生意,嘴里喊着办证办证。"

显而易见,这是一个分工明确的制贩假证团伙。假证贩子,之前没少抓,

第二十四章 团伙（二）

但大多是许宏亮此刻正监视的小鱼小虾，不是带着孩子的妇女，就是孕妇，能缴获的假证也不多，抓了放，放了再抓，拿她们真没办法。

运气不错，没想到能找到她们的上家，摸到制贩假证的窝点。

韩朝阳从未如此激动过，沉吟道："你小心点，千万别被她察觉，等她收工跟着她回去，看看还有多少同伙。搞清她们的落脚点，观察好地形，为下一步的收网做准备。"

"放心吧，她不会察觉的。"许宏亮点上支烟，站在树荫下远远监视着卖假证的孕妇不动声色地说，"刚才交易时的视频我拍下来了，离太远，不是很清楚，等会儿给你发过去。"

"回来之后再发，别浪费流量。"

"也行。"许宏亮想了想，又说道，"朝阳，这案子越查越大，嫌疑人越来越多，尤其这些小贩子，全不在我们辖区，到时候怎么收网，怎么行动？"

这确实是一个问题，如果嫌疑人在朝阳警务室辖区，虽然自己这个社区民警还不是很正式，但只要事实清楚、证据确凿，抓就抓了。要是人手不够，大不了管张经理再借几个保安。

现在的问题是好几个嫌疑人不仅不在自己辖区，甚至不在分局辖区，你连执法权都没有，怎么能跑人家分局辖区抓人。

就这么移交给办案队，韩朝阳怎么想怎么不甘心，低声道："我们抓我们能抓的，你干脆就在那边盯着，搞清那边的情况。我这边一收网就向所里汇报，到时候带办案队的人去跟你汇合，再抓你那边的小鱼小虾。"

"这样也好，不过我手机快没电了，早知道这样应该把车开过来的。"

"开着宝马盯梢，开什么玩笑，"韩朝阳笑骂的一句，不假思索地说，"等着，我有充电宝，我让人给你送过去。"

"老徐？"

"老徐走不开，他一走警务室就没人了，我安排其他人。"

第二十五章　计划不如变化

夜幕降临，朝阳村西街再次热闹起来。

在市区工作了一天或做了一天生意的人们，陆续回到租住的地方，有的忙着上街买菜回去做饭，有的干脆在路边的小饭店吃，有的吃完饭热得实在睡不着，带着同居女友或同样租住在村里的朋友一起逛夜市。

临街的"钱大棋牌室"一样热闹，这才晚上7点半，十几张自动麻将桌就坐满了麻友，钱大忙着给麻友们沏茶，钱大媳妇帮刚坐下的一桌整理筹码。两台柜式空调已经开到最大，最里面的一桌还喊热。钱大放下开水壶，忙不迭进去搬电扇……

计划不如变化，本以为傍晚能收网，结果盯了一下午，两个男嫌疑人始终没回527厂。

女嫌疑人黄秋菊一个人吃完晚饭，洗完澡换上一件宽松的睡裙，脖子里挂着手机，手里拿着小包，和等在527厂门口的一个老太太说说笑笑来到这个麻将馆。

从钱大媳妇刚才打招呼以及同里面第二桌麻友们谈笑风生的样子看，她应该是这儿的常客，混得很熟，许多老头老太太认识她。

这要盯到什么时候？

一路跟到夜市的韩朝阳心急如焚，背对着麻将馆给雷大伯发起微信。

"没回来，是不是回老家了？"雷大伯不知道他此刻正在现场，作为一个普通的退休老人也想不到这些，依然用语音回复。

韩朝阳示意李晓斌在门口盯着，跑进小巷子里说："雷伯，她是和厂里的一个老太太一起来的，跟打牌的几个好像都认识，那几个人您应该也

第二十五章　计划不如变化

认识，您能不能再帮我一个忙，过来坐会儿，探探她口风，问问那两个小年轻什么时候回来。"

"以为多大事呢，马上到，这事包我身上。"

"旁敲侧击，不要让她起疑心。"

"放心吧，我吃过的盐比你吃过的饭多，你能想到的我会想不到？"

"对对对，您老经验多丰富。"

"等着吧，等我信儿。"

雷大伯来得很快，端着大茶杯，摇着芭蕉扇，大摇大摆走进麻将馆。

他认识的人果然不少，在这条街上甚至能"刷脸"，一进门个个跟他打招呼，光香烟就接了七八支。

没位置，钱大媳妇一个劲儿道歉，他老人家也不是为打麻将来的，摆摆扇子装出一副很大度的样子，在一个老太太的热情招呼下坐到女嫌疑人那一桌的边上。

朝阳群众很给力，韩朝阳没什么好担心的，正准备坐下来把刚才叫的板面吃完，手机突然响了，师妹打来电话。

"玲玲，什么事？"

"朝阳，你在派出所还是在朝阳村？"

"在朝阳村，正忙着呢，到底什么事。"下午去527厂敲过门，女嫌疑人很可能记得自己的样子，韩朝阳生怕女嫌疑人突然跑出来，再次起身跑到小巷子里。

"琳姐回来了，做好多菜，让给你送点儿。我上公交车了，你在朝阳村我等会就转616路。"

原来师兄的女朋友回来了，没机会跟以前一样聚，韩朝阳真有那么点遗憾，下意识问："你晚上没事？"

"今天又不是周末，能有什么事。"

"人家跟牛郎织女似的难得团圆，你应该去典尚咖啡厅啊。"

"你当我傻呀，我说了要去的，他们不让，说他俩一起去。再说咖啡厅多浪漫,弹完琴,喝点咖啡,多有情调!"

"也是,你直接去警务室吧,一下车就能看见,里面有人,放下东西就回去,我在外面有点事,顾不上招呼你。"

"这么晚了有什么事?"

"真有事,就这样了,听话。"

刚挂断师妹的电话,微信又来了,527厂的老厂长在微信群里,说拉琴拉二胡吹笛子的伙伴们全到了,问他去不去河边一起玩。

老厂长堪称"朝阳群众"的领军人物,其影响力不是雷大伯能比拟的,韩朝阳很想跟他搞好关系,很想过去跟他们一起玩,但这会儿确实走不开,想到刚结束通话的师妹,顿时眼前一亮。

"王厂长,我在外面有点事,一时半会儿过不去,我让我同学先过去,刚从东海音乐学院毕业的小姑娘,学民族器乐的,二胡、琵琶、笛子、古筝、葫芦丝,几乎没她不会的,真正的专业水准。"

"是吗,赶紧让她过来,她知道怎么走吗?"

"她正在过来的路上,一到我就让人送她过去。"

"行行行,你搞快点!"

人以类聚,雷老伯和邰老爷子喜欢钓鱼,老厂长他们喜欢吹拉弹唱,想跟他们搞好关系就要投其所好。

韩朝阳急忙给师妹打电话,连哄带骗说了一大堆好话,再给在警务室值班的老徐打,刚安排好一切,雷老伯竟在李晓斌的带领下摇着扇子出现在面前。

"雷伯,她怎么说?"

"说是出差了,明天下午回来。他们能出什么差,但明天下午回来应该不会有假。"

回来就行,就怕他们不回来。

韩朝阳再次感谢了一番,再次确认明早5点45在警务室门口集合,送他们去陈家集钓鱼,一直把老爷子送到527厂门口,才拨通许宏亮手机。

"两个男的明天回来,对我们还是比较有利的,毕竟时间太仓促,许多情况都没搞清楚。有一天时间，我们至少能搞清他们有多少下家。"

"我这边掌握了13个，其中一个中年妇女好像是个头儿，晚上全去她租住的院子，刚才又进去几个，有男有女，不知道是不是一伙儿的。有一天时间是能多搞清点情况，关键我分身乏术，只能跟一个，跟不了这么多。"

"晚上没什么好盯的，你等会儿先回来，明天留一个人在527厂盯着，其他人一大早全过去，能盯几个人算几个，专门盯那些具有代表性的。"

"东明小区的保安干这个行吗？"许宏亮不无担忧地问。

"做点准备，突击培训，应该没多大问题。我给张经理打电话，再管他借几个人，你负责培训，我走不开，盯梢的事就靠你了。"

生怕好兄弟误会，韩朝阳又补充道："宏亮，线索是朝阳群众提供的，我们不能做一锤子买卖，我等会儿去河边陪他们吹拉弹唱，跟他们搞好关系以后有的是线索。"

许宏亮忍不住笑了："我说朝阳，你这专业还真对口，我这就往回赶，你陪他们吹拉弹唱、跳广场舞去吧。"

第二十六章　音乐会

　　谁也不知道晚上会不会有警情，韩朝阳赶回警务室换上警服，拿上小提琴，招呼正跟老徐说话的师妹上巡逻车，一起赶到河滨路。
　　朝阳村西街天一黑就变成热闹非凡的夜市，极具市井生活气息。
　　河滨路同样热闹，路边停满电动车、三轮车和自行车，沿河公园里灯火通明，远远望去全是人。
　　由南往北，大致可分为六个团体。
　　靠朝阳桥这边的是"武术队"，大爷大妈们穿着各式练功服，在空灵的音乐声中打太极拳、练太极剑或练刀练枪，一位精神矍铄满下巴全是白胡子真有那么点道骨仙风的老爷子时不时指点，"弟子们"神情专注，动作一丝不苟。
　　尽管他们练得很认真，动作也很漂亮，但围观的人并不多。
　　紧挨着"武术队"的"老年健身队"，相比练武术的和南边那些吹拉弹唱或跳广场舞的，他们显然属于真正的老年人，老头老太太老态龙钟，走路都不利索，就这么听着欢快的音乐，围着花坛绕圈。
　　一个跟着一个，步伐很小，往前走一步原地踩几步，下肢运动上肢也在做运动，就是抬抬胳膊拍拍手之类的。
　　他们绕来绕去，全是慢动作，中间有位老爷子胳膊腿在动，眼睛却是闭着的，像是睡着了，观赏性不强，同样没什么人围观。
　　越往南越热闹，"527厂广场舞队"、"527厂合唱团"、"朝阳村广场舞队"、"东明小区广场舞队"一个挨着一个。相比有组织的527厂代表队，朝阳村和东明小区代表队一看就"不正规"。

第二十六章　音乐会

服装不统一，穿什么的都有，有几位大妈穿着睡衣就过来了。

"王厂长，陈大伯，不好意思不好意思，我们来晚了。"韩朝阳拉着谢玲玲挤进人群，一个劲致歉。

"没关系没关系。"

小伙子说来就来，还带来一个专业人士，王厂长很高兴，放下二胡走到伙伴们面前，热情洋溢地介绍道："各位团员，各位队员，各位街坊邻居，再介绍一下，这位精神的小伙子就是我们朝阳社区新来的片儿警小韩，不，现在应该叫社区民警。

"什么警不重要，重要的是小韩是学音乐的，东海音乐学院的高材生！在我的热情邀请下，小韩答应以后会经常来指导我们排练，请大家以热烈的掌声欢迎小韩老师，呱唧呱唧！"

一阵经久不息的掌声响起，搞得挺像那么回事。

韩朝阳觉得很是好笑，看着"合唱团"边上中西合璧，既有拉二胡的也有拉小提琴的，既有吹笛子的也有吹长号的"乐队"，谢玲玲也忍不住笑了。

韩朝阳正准备感谢一下，一个胖乎乎的阿姨突然问："小韩，你不是在群里说没女朋友吗，这位漂亮的姑娘怎么回事，亏我还到处帮你打听。"

"小韩，这就是你的不对了，身为人民警察，作风绝不能有问题。"

"余阿姨，您误会了，我介绍一下，这位是我同学谢玲玲，在光明区的博艺琴行工作，主要搞演奏培训，以后谁家有小朋友想学演奏又不嫌远可以找她。对了，玲玲有男朋友，师大的研究生，前段时间刚出国交流。"

"原来是同学，谢老师，欢迎欢迎。"

一下子来两个专业人士，老厂长兴高采烈，把"乐队"最中间的位置让给二人，韩朝阳带了小提琴，谢玲玲没带乐器，又让拉得不怎么样的一位老爷子把二胡给谢老师，让那位老爷子进"合唱团"。

从来没遇到过这么搞笑的事，谢玲玲坐在师兄身边笑得合不拢嘴，换作其他女孩可能会害羞，她经常登台演奏，不存在害羞怯场的问题。

"王厂长，是不是余阿姨她们唱，我们伴奏？"韩朝阳翻看了一下乐谱，不无好奇地问。

"对对对，我们正式开始，下一个节目《洪湖水浪打浪》，谢老师，你要不要先熟悉下谱子？"

"我没问题，不耽误大家时间，开始吧。"太小儿科了，谢玲玲扶着二胡嫣然一笑。

果然很专业！

老厂长当仁不让接指挥权，回头看看围观的观众和听众，再看看乐队，确认一切准备就绪，举起双臂像模像样地指挥起来。

这首歌小时候没少唱，后来也没少演奏。

韩朝阳压根不用看乐谱，闭着双眼拉了起来，婉转优美的旋律响起，谢玲玲很默契地紧跟而上，他俩没怯场，后面的乐队成员刚才还时不时拉两下、吹两声试试音，听到如此专业的演奏突然没了动静。

有音乐就行，后面好多人看着呢，顾不上那么多了，老厂长有力地挥起胳膊，余阿姨和王阿姨同样很默契地放声高唱起来。

"洪湖水呀浪呀嘛浪打浪啊，洪湖岸边是呀嘛是家乡啊，

"清早船儿去呀去撒网，

"晚上回来鱼满舱！

"四处野鸭和菱藕啊，

"秋收满畈稻谷香……"

乐队不专业，主唱的两位一开口便震惊全场！

余阿姨声音甜美极富情感，王阿姨的歌声雄壮豪迈，富有声调节奏的音乐美感，能去参加"好声音"，堪称专业水准，赢来一阵阵热烈的掌声。

接下来的合唱有模有样，显然排练过很多次。

从报考公务员到现在，韩朝阳不是忙着学习，就是封闭式培训，紧接着是没完没了的值班备勤，只是偶尔帮师兄去救个场，俗话拳不离手曲不离口，这么长时间没拉，技术都有些生疏了。

韩朝阳渐渐进入状态，仿佛回到了上大学时，一曲接着一曲，拉得不亦乐乎。

警察拉小提琴，警察给老头儿老太太们伴奏，这绝对是一件稀罕事，围观的人越来越多，连东明小区代表队和朝阳村代表队的队员们都不跳广场舞，全围过来听音乐会。

合唱团不光唱老歌，一样有新歌。

当唱到《走进新时代》时，一辆110警车从南边缓缓驶了过来。

沿河公园其实是沿河绿化带，在河滨路下面，从路边过下面的景象一览无遗，花园街派出所防控队民警老胡不无好奇地往下看了看，一眼就认出穿着一身警服在拉小提琴，正拉得如醉如痴的韩朝阳。

"这小子，总算找到组织了，玩得挺投入！"

"真是韩朝阳，哎哟，瞧他那摇头晃脑的样儿，哈哈哈，我算服了，他不应该考我们燕阳市公安局的公务员，应该去报考香港警察。"

"报考香港警察，什么意思？"

"香港有警察乐队，乐队的头儿好像是高级警司，穿白衬衫，在警队地位很高的。"

"一个学音乐的，当什么警察。"

不在其位不谋其政，老胡既不是领导也不是社区队的人，懒得管这事，催促道："走吧走吧，有什么好看的，继续巡逻。"

干着同样的活，却同工不同酬，防控队辅警小葛早就看韩朝阳不顺眼，觉得韩朝阳是占着茅坑不拉屎，禁不住嘀咕道："这是被我们看见的，要是被刘所看见，非得扒了他皮。"

"管好自己就行了，管那么多事干吗，老陈，开快点。"

第二十七章　欠收拾

大爷大妈们玩得太高兴，一直搞到深夜11点才散场。回到警务室，许宏亮突击培训完明天参加盯梢行动的保安们，已经从东明小区回来了。知道谢玲玲也在，他大献起殷勤，特意管晚上值班的社区干部借用有空调的会议室，买饮料，叫外卖，屁颠屁颠地请谢玲玲吃夜宵。

蹭他这样的土豪，韩朝阳从来没心理压力，叫上师妹欣然赴宴，老徐更是跑去买来一瓶冰镇啤酒，跟着大饱口福。

师妹的那个男朋友韩朝阳只见过一次，对她男友的印象并不好，觉得那小子有些盛气凌人，只是一直放在心里没说出来罢了。

许宏亮虽然没明说，但韩朝阳能看出他对师妹有意思，吃完嘴里的菜，顺水推舟地说："玲玲，等会儿别打车了，让宏亮送你回去。"

"用不着这么麻烦，打车挺方便的。"

"不麻烦，我正好顺路。"许宏亮不无感激地看了韩朝阳一眼，开口编起瞎话，他家在北边，光明区在西边，根本不一个方向。

师兄的同事是绝对可信赖的，谢玲玲不明所以，一脸不好意思地问："真顺路？"

"顺路，不信你问朝阳。"

"宏亮不送我也要送，这么晚让你一个人回去谁放心，就这么定。"

"好吧，我饱了，你们慢慢吃，我帮你们把这儿收拾一下。"

"不用了，别弄脏你衣服，这儿让老徐等会收拾，我也饱了，我们走吧，车就在院儿里。"

送走二人，老徐边收拾边忍不住问："朝阳，这么漂亮一姑娘，你怎

第二十七章 欠收拾

么就没点想法呢？"

韩朝阳乐了，起身笑道："换作刚认识，宏亮才没机会送玲玲回去呢，我跟玲玲认识时间太长，对她太了解，她对我也太了解，所以我们只能做朋友。"

"了解有什么不好，知根知底多好，真不懂你们这些年轻人。"

韩朝阳不想再聊这些，立马岔开话题："老徐，我不能离开辖区，明天你辛苦点，跟宏亮他们一起去城西盯那些卖假证的。跟嫂子打个招呼，等忙完这事我们调休。"

"她没事，我打过电话了。"

老徐一心想把扣掉的分赚回来，对加班并不排斥，而是似笑非笑地问："朝阳，你搞这么大，管张经理借四五个人，明天人家吃饭和交通费怎么解决，总不能让人家掏吧？"

没钱什么事都干不了，这确实是个问题。

韩朝阳紧锁着眉头问："宏亮晚上有没有跟晓斌他们提经费的事？"

"不是提了，是垫了，他自己今天花的不算，回来前给明天参加行动的保安一人两百，收据全在我这儿呢。他家是有钱，但这是公家的事，哪有让他个人掏钱的道理，而且他跟你不一样，他又不是正式民警。"

好兄弟，果然给力！

他不声不响把事办了，其实全是在帮自己，韩朝阳很是感动，沉吟道："只要能破案，一切都好说，等收网了，我去找许所，许所解决不了找教导员，如果教导员也解决不了就去找刘所，我就不信他不给我报销。"

"如果刘所不签字呢？"

"刘所不签字我去分局找局领导，不光要报销办案经费，还要帮提供线索的群众要奖金。"

"你有这个决心我就放心了，我加班的伙食费也要算进去，这不是不要白不要，这是我们应得的。"

他说起来是花园派出所的协勤，其实是低保治安员，家庭条件确实困难，老伴儿身体不好，三天两头去医院，整个儿一药罐子，还要供儿子上大

109

学,要不是这样他也不会这么斤斤计较。

韩朝阳点点头:"行,算进去。"

第二天一早,晚上没回家的刘所长跟往常一样下楼检查院儿里的环境卫生,刚走到一楼楼梯口,所里的"3号车"回来了。

办案队民警老丁推门下车,社区民警老吴从右侧下车拉开后门,只见两个辅警把一个戴着手铐的嫌疑人押了下来。

老丁一边示意三人把嫌疑人押进羁押室,一边笑道:"刘所,总算逮着这小子了。蹲守了好几天,以为他不回来的,没想到他还是回来了。"

作为所长,民警的去向刘所非常清楚。

他们刚刚抓获的这小子,前几天因为车被人家剐蹭,明明车有保险还大打出手,打断人家几根肋骨,打成重伤之后还畏罪潜逃!

事主躺在医院里,打人时好几个群众看见了,事实清楚,证据确凿,这个案子堪称办得干净利落,一大早就有这么一个好消息,刘所很高兴,转身笑道:"辛苦了,赶紧去吃饭,吃完饭洗个澡抓紧时间休息。"

"下半夜是真困,眼睛都睁不开,这会儿反而不困了。"老丁递上支烟,先帮所长点上,再给自己点上,边陪着所长往值班室走,边笑道,"刘所,回来路上你知道我们看见了谁?"

"谁?"

"韩朝阳。"

"在哪儿看见的?"

"陈家集,过陈家集大桥时看见的,刚开始以为看错了,我还专门把车停在桥上看了一会儿。"

"他跑陈家集去干什么?"一想到那个工作不积极的新人,刘所不禁皱起眉头。

"钓鱼,跟几个老头儿在河边钓鱼,家伙什挺全,鱼竿、搁鱼竿的架子、捞鱼的网、装鱼的鱼包,连小板凳都带了,很专业。"

老丁话音刚落,昨晚参加巡逻的防控队辅警小葛从屋里走了出来,冷

第二十七章 欠收拾

不丁来了句:"刘所,昨晚我们巡逻时也看见过韩朝阳。"

刘所脸色立马变了,冷冷地问:"在哪儿看见的?"

"在河滨路的沿河公园,跟一帮老头老太太吹拉弹唱,穿着警服,不光我看见了,胡警长他们全看见了。"

"这小子,这是变本加厉!"

刘所长越想越窝火,猛吸了一口烟正想着是去朝阳警务室抓他个上班时间擅自离岗的现行,还是直接打电话让他滚回来,内勤陈秀娟突然从值班室跑了出来。

"刘所,姜主任通知您去分局开会。"

"什么会?"

他正在火头上,语气当然好不了,陈秀娟吓一跳,小心翼翼地说:"打击'两抢一盗'专项行动的总结会,材料早报上去了。"

这个会议很重要,不能让别人去。

刘所下意识整整警服,一边回办公室拿包,一边冷哼道:"我先去开会,回来再跟那小子算账!"

陈秀娟被搞得一头雾水,等所长背影消失在楼道里,才低声问:"老丁,刘所要跟谁算账?"

"除了韩朝阳还能有谁。"

"韩朝阳又怎么了?"

"等刘所回来你就知道了,整天不务正业,占着茅坑不拉屎,那小子欠收拾!"

第二十八章　猎狐行动（一）

陈家集的野河里果然有鱼。

选了几个容易下钩也容易起钩的地方，先下饵料，再绑鱼线，往鱼钩上串红虫。马扎放好，架子支好，一切准备妥当，下饵料的河面已经开始冒泡。

好久没钓鱼，韩朝阳童心大发，用邰老爷子的备用鱼竿钓十来分钟，放下去就有鱼咬钩，浮标猛地往下一沉，拉上来就是一条鲫鱼！

这边一会儿一条，雷大伯和邰老爷子他们那边一样不断有收获，虽然个头不大，最大的不超过二两，但全是野生的，而且吃鱼不如钓鱼乐，要的就是起竿那一瞬间的成就感。

雷大伯大呼来对了地方，邰老爷子决定今天不钓够五斤不收兵，他们钓得不亦乐乎，韩朝阳不能在这陪他们，再次叮嘱他们钓鱼的时候和回去路上注意安全，在河边洗干净手，跑马路边搭乘公交车打道回府。

去得早，回来得也不晚。

回到警务室还不到 8 点，社区居委会的干部和社区卫生保健室的医生才陆续过来上班。

社区治安防范不是公安一家的事，上级明确要求各社区居委会要建立起社区居委会、社区民警和辖区内的物业公司等单位构成的"三位一体"的管理小组。

居委会是安全防范的领导、宣传和协调部门，派出所是安全防范的指导部门，物业公司等企事业单位是安全防范的具体落实部门。

今天人手太紧张，韩朝阳找到刚上班的苏主任，请她让网格员或安排

第二十八章 猎狐行动（一）

一个社区工作者在警务室坐一天班，确保警务室门开着、警务室里有人。

朝阳警务室有民警常驻，其他社区的警务室可没有，不仅没正式民警，有的连协勤都没有，请社区干部或村干部帮着盯一两天再正常不过，苏主任不想让第一次求她的片儿警失望，一口答应了。

解除掉后顾之忧，韩朝阳踌躇满志地展开行动。

谁也不知道卖假证的小贩子什么时候起，什么时候出门，许宏亮和老徐已带着李晓斌、陈洁等五名东明小区保安出发了，但这不意味着作不成战前动员。

韩朝阳换上警服，带上所有单警装备，开着巡逻车从527厂南门来到位于老办公楼二楼的保卫科监控室，与等候已久的徐副经理会合。

公安要抓犯罪分子，这不是什么时候都能遇到的。

徐副经理真有那么点小激动，一边招呼韩朝阳吃早点，一边兴高采烈地说："小韩，我6点就来了，一直帮你盯着呢，她没跑，就在屋里，那几件衣服就是她刚洗好晾上的。"

"谢谢徐经理。"

"应该的应该的，快点吃，再不吃就凉了，老秦家的包子可是远近闻名，皮儿薄馅儿多。这是现在，以前他在我们厂劳动服务公司蒸包子，职工们每天早上和下午都要排队，不是本厂职工根本买不到。"

"是挺好吃的。"跑了一早上，韩朝阳真饿了。

狼吞虎咽一连吃了三个包子，抽出两张纸巾擦干手，喝了一大口矿泉水，拿起自己的手机点开昨晚刚拉的微信群。

"猎狐行动组"，群名很霸气！

群成员不多，包括韩朝阳在内一共八个人。

徐副经理觉得挺好玩，掏出手机笑道："小韩，我也参加了行动，把我也拉进去呗。"

"行啊，我们先加个好友。"

案子越查越大，嫌疑人越来越多，自己这边的力量严重不足，韩朝阳当然欢迎，把他拉进群，想想先发了个10块钱的红包，随即输入一行文字：

"各位兄弟姐妹，我到527厂了，徐经理也参加行动，请汇报各自位置，汇报最新情况！"

谈的是很严肃的事，结果因为一个红包搞得很不严肃。

红包瞬间被抢完，紧接着是一波"谢谢老板"之类的表情，老徐的表情比较老套，一个人毕恭毕敬的鞠躬敬礼，东明小区女保安陈洁的表情最搞笑，居然是"谢谢老板，有机会一起睡"。

"我也来一个。"

一进群就有红包抢，徐副经理觉得很好玩，竟顺手发出一个100元的大红包，不愧为领导，就是豪气、敞亮、耿直！

许宏亮手速最快，第一个抢的，18.66！

韩朝阳手速没他快，但运气比他好，第五个抢的，竟然是运气王，48.88，居然抢了近一半。

又是一波感谢的表情，当看到别人比自己多，而且不是多一两点时又是一波抓狂乃至喷血的表情。

"这么大包，我竟然连平均数都没抢到！"

"这是什么手气，哭晕在厕所。"

"第一个抢的是首富，运气王是韩警官，你们都是有钱人，为什么要抢我们穷人的红包，还嫌基尼指数不够大？"

"9494。"

陈洁这死丫头太搞笑了，韩朝阳举起手机发起语音："别怨声载道了，等会儿我借花献佛，把刚抢到的这个大包吐出来，先说正事，宏亮，你先来汇报情况。"

"对，说正事，我跟的是昨晚说的那个头儿，这会儿刚到火车站北出口的天桥，她不光办假证还卖发票，在桥头见人就问要不要办证，要不要发票，看见穿制服的就躲。"

许宏亮汇报完最新情况，立马发上几张照片和一段小视频。

手机的科技含量越来越高，网络服务商的技术也好得令人发指，相比既能传输文字、语音乃至能够群视频的微信，分局的电台、对讲机真是落伍了。

韩朝阳点开看看女嫌疑人照片，点名道："老徐，你那边呢？"

"我跟的是一个孕妇，刚到长途汽车站，也是既办假证也卖发票，刚才拍的几张照片不清楚，等会儿再拍，拍好发群里。"

"有机会就拍，没机会就算了，不要打草惊蛇。"

不等韩朝阳点名，李晓斌便急切地说："韩警官，我跟的这个妇女肯定是办假证的，她走一路偷偷贴一路小广告，电线杆上、公交站牌，只要人流量大的地方她都贴，原来城市牛皮癣就是她们搞出来的。"

有照片，有视频，小伙子干得很漂亮。

有这些证据，到时候看她怎么抵赖！

等参战的辅警、协勤和保安们挨个汇报完，韩朝阳举着手机道："各位，请你们辛苦一下，坚持一天，在不引起嫌疑人警觉的前提下，尽可能多搜集证据。坚持到下午，等她们收工，搞清楚她们的落脚点，我们的任务就完成了，回头我请大家吃饭，等案子破了，我还要帮大家争取奖金。"

第二十九章 猎狐行动（二）

事实证明真不能离开警务室辖区。

10点21分，朝阳村发生一起警情，一个在朝阳村东街隆福饭店干了三个月的厨师，因工资总是被拖欠与饭店老板及老板娘发生争执，从口角激化发展到动手。

饭店老板是本地人，人多势众，厨师吃了点亏，但伤势不是很严重。

韩朝阳赶到现场了解情况，老板意识到拖欠工资还打人是不对的，厨师要工资心切也不愿意把事闹大，双方同意接受调解。愿意调解就好办，让老板按事先约定把工资一分不少给人发了，再额外补偿500块钱。

让双方当事人在调解书上签完字，对饭店老板进行了一番批评，韩朝阳刚回到527厂又接到所里电话，一个在市六院照顾病人的家长光顾着排队交费，4岁的小男孩在医院大厅走失了！

谁也不知道是不是被拐，总之这不是一件小事。

市六院不是花园街派出所辖区，但与花园街派出所只隔着一条中山路，分局指挥中心要求花园街派出所与新园街派出所一起帮着寻找。

孩子的爸爸急得团团转，孩子妈妈差点昏过去，正在市六院接受治疗的孩子外婆，都心急如焚地拔掉输液器针头跑下来找。

调看监控，组织医院保安寻找，那是新园街派出所的事。

韩朝阳负责马路这边，一路帮着找，请沿街商铺老板老板娘代为留意，在527厂广场舞群里发信息，总之，能想的办法都想了，能做到的全做了，一直寻找到下午3点多也没找到。

再找下去就是做无用功，就在韩朝阳准备收兵之时，新园街派出所那边终于有了消息。

"陈姐，孩子找到了。"

"在哪儿找到的？"那个家长太大意，要是找不到怎么办，作为一个孩子妈妈，陈秀娟真有那么点心有余悸。

韩朝阳爬上巡逻车，一手扶着方向盘缓缓往527厂南门开，一手举着警务通："原来小家伙觉得保洁工推的小车好玩，钻进小车里面，保洁阿姨不知道，把小车锁进了杂物间，小家伙又稀里糊涂睡着了。直到新园街派出所和医院保卫科的人确认小家伙没出医院，组织力量仔细搜寻医院里的死角，打开杂物间才找到仍在酣睡的小家伙。"

"谢天谢地，找到就好。"

"跟你汇报一下的，我挂了。"

"等等。"

"还有什么事？"

陈秀娟抬头看看院子，忍不住问："音乐家，你昨天干吗了？"

"没事值班备勤，有事接处警，你说我能干吗？"韩朝阳不明所以，脑子里又净想着警务室的"猎狐行动"，心不在焉，根本没在意。

"没干吗？"陈秀娟将信将疑。

"骗你干什么，我正忙着呢，没事就挂了。"

结束通话，顺便去警务室拿上笔记本电脑，赶到527厂保卫科已是下午4点，徐副经理很帮忙，不过话又说回来，他这个副经理也没什么事，一直在监控室帮盯着。

韩朝阳正准备开口问问有没有情况，徐副经理便带着几分兴奋地说："小韩，两个小年轻回来了，不是两个，还有个年龄稍大的，一共三个人。提着包，拖着拉杆箱，从北门下的出租车。"

"全在屋里？"

"女的出去了，不过没走远，正张罗晚饭呢。"

徐副经理点点鼠标，把监控信号切换到厂区东门的摄像头，只见女嫌疑人正在东门边的一家卤菜店门口买熟食,手里提着两个塑料方便袋,看上去挺沉,依稀能看出是西瓜和几瓶啤酒。

回来了就别想走!

韩朝阳权衡了一番,点开"猎狐行动组"群,举起手机发起语音:"同志们,我是韩朝阳,两个男嫌疑人回来了,不,一共来了三个。女嫌疑人正在张罗晚饭,他们今晚估计不会走。大家再坚持一下,按原计划行动。"

"收到收到,按原计划行动。"

"韩警官放心,最后两三个小时,我这不会打草惊蛇的。"

通报完消息,韩朝阳打开笔记本电脑,插上数据线,把参战人员今天发的照片和视频全部存进新建的文件夹。再调看527厂的监控记录,截取下午露面的三个男子的照片。

"小韩,你刚才说按原计划行动,原计划是什么计划?"徐副经理递上支烟,不无好奇地问。

"等那些小贩子全归了巢,老徐在那边盯着,其他人坐宏亮的车回警务室换制服拿装备,一切准备妥当就收网,先抓这边的四个嫌犯。"

"你们抓,不从所里调人?"

"办假证的,又不是杀人犯,再说所里忙着呢,用不着麻烦别人。"

"城西的十几个怎么办?"徐副经理追问道。

"那边的嫌犯让办案队去抓,我们这边一收网,立即给所里打电话。城西离这儿多远,完全可以打个时间差,不会打草惊蛇的。"

考虑得挺全面,徐副经理沉吟道:"你是民警,全听你的,我给老吴打个电话,让他等会儿别急着下班,多一个比少一个人好,至少能帮你看着点。"

"也行,您给他打电话吧。"

时间一分钟一分钟过去,等待真是一种煎熬。

那些个小鱼小虾太"敬业",直到天黑才陆续返回她们租住的燕北村,韩朝阳既担心2号楼的四个嫌疑人突然出门,又担心所里突然来个电话让出警,直到许宏亮把"大部队"从城西带回来,换上制服、戴上头盔或保安的大檐帽，拿着橡胶警棍赶到527厂保卫科集合，韩朝阳才稍稍松下口气。

"宏亮，那些小假证贩子的落脚点，老徐都记清楚了没有？"

"记清楚了，我们挨个带他去看的，不光记在脑子里，也记在小本子上。而且她们住的地方离得不远，这是回来前画的地形图。"

"好，我们先分下工，分完工就采取行动。"

韩朝阳也画了一张地形图，指着地图不无激动地说："嫌犯租住的房子有窗户，狗急跳墙他们不一定敢，跳窗逃跑完全有可能。晓斌，你和徐经理、杨队长在楼下蹲守，如果有嫌犯跳窗，一定要果断控制住。"

"韩警官放心，有我在他们跑不了。"

"你的军事素质我是放心的，但抓捕时一定要注意，既不能被嫌犯伤着，也不能伤着嫌犯，万一把嫌犯搞伤了也很麻烦。"

"好的，我们会注意的。"等了一天就等这一刻，徐副经理正想着抓犯罪分子呢，显得有些不耐烦。

这是穿上警服以来第一次真正的抓捕，韩朝阳不敢当儿戏，接着道："小顾、小陈、小方，你们跟我和宏亮一起冲进去，注意他们的双手，一定要控制住他们的双手，绝不能给他们狗急跳墙的机会。"

"是！"

"小陈，你对付女嫌疑人，我们这些男的不方便动手，所以你的任务比较重。"

"没问题。"

"好，开始行动！"

第三十章　猎狐行动（三）

527厂老家属院的2号楼，不同于现在新建的单元楼。

楼梯上去是一条东西走廊，南边是一户户一室一厅的套间，走廊北边是厨房和水房，厕所是公用的，还有一个堆放煤球等杂物的储物间。

嫌疑人租住的这户一共有两套，据雷大伯说里面打通了，也就是说要堵住两个门。韩朝阳带着许宏亮等人摸到二楼，小方很默契地按计划往前走，守住东边的房门。

第一次"带队"执行抓捕任务，韩朝阳既紧张又兴奋，再次检查执法记录仪，旋即给站在门边的陈洁使了个眼色。

一切按计划行动，陈洁抬起胳膊敲门："有人吗，有人在家吗？"

"谁啊？"

"我是东阳公司后勤科小钱，你们平时不注意关水龙头还是怎么回事，你们二楼这几家上个月用70多吨水，这也太夸张了，几家共用的，到时候这水费怎么算！"

"怎么可能用这么多？"女嫌疑人话音刚落，门吱呀开了。

等的就是这一刻，韩朝阳猛地一推，只听"哎呀"一声尖叫，女嫌疑人一个踉跄被门撞到垒在小客厅的一堆纸箱上。

韩朝阳顺势冲进客厅，坐在沙发上正对着门的两个男嫌疑人一时间没缓过神，抬起头傻傻地看着他及紧跟着冲进来的许宏亮、小顾、小陈等人，年龄较大的男嫌疑人背对着门，也正扭头看。

"不许动，坐在原地不许动，我们是派出所的！"韩朝阳厉喝一声，一把掐住中年男子的脖子，右手从腰间掏出手铐。

第三十章 猎狐行动（三）

"干什么？"

"你说干什么？"许宏亮跨过茶几，一把摁住要起身的矮个子嫌疑人。

与此同时，陈洁死死攥住刚回过神来的女嫌疑人左臂，使劲儿反扭到嫌疑人背后，标准的擒拿动作，干净利落。

"蹲下，给我老实点！"四个嫌疑人全在面前，韩朝阳丝毫不敢懈怠，一边把中年嫌疑人的左手铐到矮个子嫌疑人的右手上，一边喊道，"小方，进来！晓斌，徐经理，你们也上来。"

一下子冲进来这么多人，还没反应过来就被铐住了，中年嫌疑人不敢轻举妄动，苦着脸解释道："警察同志，你们搞错了，我跟他们只是老乡，他们叫吃饭我就过来了，他们的事跟我没关系。"

"闭嘴，到底有没有关系我们会查清楚的。"

"警察同志，不关我事，我什么不知道，我没上过学连字都不认识，我就是一个做饭的。"女嫌疑人一边挣扎着一边嚷嚷起来。

不认识字，快递是谁寄的，快递单上的地址是谁写的。

他们事先显然约定过出事之后该怎么说，显然约好事情由谁来扛，韩朝阳暗骂了一句，命令刚跑上来的李晓斌："把他们控制起来，捆严实点。"

"是！"

"猎狐行动组"装备太寒碜，居然只有一副手铐，只能铐两个人。

剩下的两个嫌疑人只能采用别的办法，李晓斌取出早准备好的透明胶带，在小方的帮助下，把女嫌疑人和另一个年轻嫌疑人的双手用胶带绑上，缠了一圈又一圈，粘得严严实实。

"警察同志，一人做事一人当，这里的东西全是我的，房子也是我租的，不关他们的事。"

高个子嫌疑人真有"担当"，居然想一个人扛下来。

直觉告诉韩朝阳，看似老实巴交的中年男子才是真正的"老板"，冷冷地说："我问你了吗，给我闭嘴，到了所里有你说话的时候。晓斌、小方，把他们押到墙角，让他们蹲下。"

"起来，老实点！"

在东明小区整天看门有什么意思，小伙子们士气高昂，把四个嫌疑人架起来押到墙角。为确保万无一失，按计划抽掉他们的裤腰带，然后搜身，确认没匕首之类的凶器，才责令他们沿墙根儿蹲下。

"韩警官，手机全在这儿，这是他们的身份证。"

接下来就不关自己这个小小的社区民警的事儿了，韩朝阳顾不上出示工作证表明身份，也顾不上看到底缴获了多少假证和假印章，示意众人看好四个嫌犯，走到卧室阳台掏出手机给所里打电话。

结果刚解开手机锁，手机突然响了，一看来电显示，居然是刘所！

他怎么会亲自打电话，韩朝阳倍感意外，不过他打过来最好，韩朝阳刚摁下通话键举起手机，就听见刘所在电话那头咆哮道："韩朝阳，你在什么位置？"

"刘所，我在527厂……"

不等他说完，刘所就看着大门紧锁的警务室，紧握着手机大发起雷霆："让你来朝阳警务室之前是怎么跟你交代的，警务室不能离人，警务室不能离人，跟你交代过多少次，你脑子里整天在想什么？不想干是吧，行，我就不信了，我还治不了你这个刺儿头！"

"刘所，您听我解释。"

"解释什么，在527厂跟退休的老头儿老太太吹拉弹唱是吧？没问题，行啊，我可以负责任地告诉你，你以后有的是时间吹拉弹唱！就你这工作表现，用不着再继续试用了，收拾不了你我把刘字倒着写！"

换作以前，听他这么说，韩朝阳肯定会很担心很害怕。

但现在不是以前，刚刚抓获四个犯罪嫌疑人，缴获满屋子假章假证和制假用的打印机复印机，还有十几个嫌疑人等着去抓。

韩朝阳底气十足，一点不紧张，强忍着笑问："刘所，您是不是在警务室？"

"是又怎么样，给我立即滚回来！"

交代过无数次，警务室不能没人，结果他不在就算了，连辅警协勤都不在，大门紧锁，万一局领导巡查到这边怎么办。刘所长正在火头上，一起来的教导员也很生气,靠在警车边琢磨着怎么处理这个抓不上手粘不上墙的新人。

"刘所,我回不去,要不您过来吧,"韩朝阳不敢再故弄玄虚,不无得意地说,"我这边刚抓了四个嫌疑人,刚捣毁一个制贩假证的窝点,缴获了一屋子假证假章和一堆制假所用的作案工具。"

说得跟真的一般,刘所表示严重怀疑,正准备开口,韩朝阳又说道:"如果只是这些我倒是能应付,把人和赃物押到所里移交给办案队。但这是一个团伙,现在抓的这四个绝对是主犯!"

"还有从犯?"刘所将信将疑。

"初步掌握十九个从犯,从昨天到现在整整盯了她们两天,嫌疑人的照片、作案时的视频,包括她们的落脚点全掌握了,在城西的燕北村,我让老徐在那儿盯着她们。我没执法权,跑城西抓人不太合适,而且我这边人手也不够,您看是不是让办案队跑一趟?"

说得有鼻子有眼,应该不会有假。

可包括他在内朝阳警务室总共三个人,怎么可能查到这么大的案子,刘所抱着宁可信其有的态度,冷冷地问:"报一下你的确切位置,我们马上到。"

"527厂家属院2号楼,您从东门过来近点,我让人下去接您。"

"别让人接了,看好嫌犯。"

"是!"

第三十一章　个人英雄主义

为了让所长更直观地了解案情，韩朝阳请527厂保安队长老杨赶紧去保卫科把笔记本电脑拿来。

许宏亮也没闲着，在他接电话的时候就打开隔壁两个房间的灯，发现里面比外面更"壮观"，一个个纸箱堆积如山，里面全是空白的假证。整个一仓库，只有一条勉强能下脚的走道和两张钢丝床。

不是收集不到证据，而是证据太多，多得令人眼花缭乱！

韩朝阳进来看一眼，立马请徐副经理帮忙，一个纸箱里取出一两本假证，整整齐齐摆在刚收拾干净的小客厅茶几上。可惜茶几太小，应该是假证种类太多了，茶几根本摆不下，只能往餐桌上摆。结果餐桌上也摆不下，不得不抱来几个纸箱摞起来作为赃物的展示台。

"好家伙，这有几百枚吧！"许宏亮从里间的钢丝床下抱出一沉甸甸的纸箱，里面赫然是各种印章。

"放这儿。"

韩朝阳回头看了一眼，继续搜查女嫌疑人的卧室，不搜不知道，一搜吓一跳，居然从衣柜里搜出一个大塑料整理箱，里面整整齐齐码着估计有上千张快递单底联，还有账本和一本厚厚的电话簿。

人赃俱获，四个嫌疑人蹲在墙根耷拉着脑袋不敢吱声。

韩朝阳接过老杨拿来的笔记本电脑，刚搁在一个纸箱上打开，外面传来一阵急促的脚步声。

"怎么回事，嫌疑人呢？"

"刘所，嫌疑人全这儿，"韩朝阳急忙挤到门边，指着蹲在墙根儿里的嫌疑人汇报道,"这三个是今天下午回来的,我们等了他们两天,回来之后又等了几个小时才收网的。"

原来是真的,居然不声不响搞出这么大动静。

刘所和紧跟进来的教导员看了一眼四个嫌疑人,又不无好奇地看了看李晓斌、陈洁等东明小区的保安,注意力随即转移到这满屋子假证假章上。

国内各大学的毕业证,高中毕业证、初中毕业证,各种学位证,英语四六级证和各种从业资格证,营业执照、税务登记证、经营许可证、卫生许可证、消防许可证。

居住证、签证、护照、户口本、军人证、团员证、党员证、港澳通行证、出生医学证明、结婚证、房地产权证、新闻记者证……令人叹为观止。

不夸张地说,只要你能想到的证件,在这里几乎都能找到。一个人从出生到死亡的证件,他们几乎都能一手包办!

假证贩子所里没少抓,一年没一百个也有八十个,但这样的假证贩子真是头一次见。

太"壮观"、太震撼、太让人震惊,刘所看了好一会儿才缓过神,把此行真正的来意早忘得一干二净,让教导员在屋里盯着,把韩朝阳叫到门外,面无表情地问:"里面的保安怎么回事?"

"东明小区的保安,不是退伍兵就是警校生,政治可靠军事过硬,完全值得信赖。而且我跟小区物业的张经理说好了,社区要组建义务治安巡逻队,他们都是志愿者,将来都要参加治安巡逻的。"

没看出来,更没想到,这小子居然在短短几天内拉起班底。

刘所不置褒贬地点点头,又问道:"从犯呢?"

"全在燕北村儿,老徐正盯着呢。也不能说全在,从我们掌握的情况看他们应该是批发,刚才又从卧室衣柜搜出上千张快递单和账本、电话簿等证据,如果没猜错那些收货人也应该是下家。"

里面估计有几万本假证,上千枚假章,想把这些证据运回去要用卡车拉,凭落网的四个嫌疑人一本一本卖,要卖到猴年马月?

刘所也觉得他们下面不止一个小团伙，立马掏出手机给值班室打起电话。

"老许，我刘建业，让值班民警和辅警协勤立即来 527 厂集合，所里留两个人坐班就行了。通知休息的人全部回来加班，不要回所里，直接来 527 厂，动作一定要快！"

这个窝点捣毁了，城西小窝点的嫌犯随时有可能潜逃。

刘所想想又强调道："跟同志们说清楚，紧急任务，有警车坐警车，警车坐不下开私家车，自己没车的打车！现在是 7 点 48，我在这儿等着，所有人员 8 点半前必须赶到，这是命令。"

城西那边有十九个嫌犯，如果把没掌握的和嫌犯的亲属算上，可能超过三十个，一下子要抓捕那么多人，所里必须倾巢而出。

韩朝阳正想着自己要不要跟着去，刘所突然脸色一沉："这么重要的线索为什么不汇报，你以为派出所是什么地方，你以为你是谁？自以为是、个人英雄主义，差点坏事知不知道！"

不破案你看我不顺眼，破了案你又看我不顺眼，我招你惹你了，怎么就这么难伺候！

韩朝阳郁闷到极点，很不服气地嘟囔道："就是几个办假证的，又不是杀人犯。再说之前只是怀疑不敢确认，晚上查居住证才查实的。"

之前只是怀疑，真是睁着眼睛说瞎话。

刘所越想越火，咬牙切齿地问："还狡辩，就你聪明，当别人都是傻子？"

以前被骂得狗血喷头只能听着忍着，现在有了底气韩朝阳不想再忍气吞声，嘀咕道："所里不是忙嘛，我只要负责朝阳警务室辖区，所里就我最闲，所以想着能多干点就多干点，不给领导和同事添麻烦。"

"说得比唱得都好听，韩朝阳，你的思想有问题，你这是彻头彻尾的个人英雄主义，今晚先忙正事，回头再跟你算账！"刘所狠瞪了他一眼，头也不回地跑下楼。

韩朝阳算明白了，自己不管干出多少成绩，也别指望他能另眼相待。

同样一件事，别人干是功劳，自己干连苦劳都没有。

第三十一章　个人英雄主义

无所谓，老子不在乎。

你只是所长，又不是局长，还找我算账，我倒要看看你怎么算。

从来没奢望过他能跟对待吴伟一样对待自己，想通了韩朝阳不再郁闷，反而油然而生起一股畅快，以前只能忍气吞声、逆来顺受，以后再也不用了，可以直起腰杆说话。

正琢磨着是不是找教导员说说报销经费的事，教导员突然走了出来。

"小韩，挨批了？"

"嗯。"

你小子让刘所自己打自己脸，让刘所把刘字倒着写，不挨批才怪，教导员强忍着笑，点上支烟问："今天早上你是不是去陈家集了？"

相比所长，教导员相对好说话一些，何况有求于人，韩朝阳承认道："去过。"

"去陈家集做什么？"

韩朝阳探头看看他身后，低声道："线索是厂里的一位退休老人提供的，人家没别的爱好，就喜欢钓钓鱼。朝阳河禁止垂钓，我既要有点表示，又兼任什么'河长'，527厂河段的事又不能不管，就给他老人家找了条河，送他们过去钓鱼。"

原来是这样的，必须承认这事办得挺漂亮。

教导员点点头，又问道："昨晚干什么了？"

"在沿河公园跟群众玩了几个小时，教导员，是不是又有人打我小报告了。我这都是为了工作，不跟辖区群众打成一片，怎么能获得群众信任，群众又怎么会给我提供线索？"

从一个社区民警的角度出来，这小子真没错。

关键所里有社区民警吗？

说起来有，不光有社区民警还设有社区队，但整天疲于奔命，社区的事管得真不多。

警力紧张，这是一种无奈。

教导员不知道该表扬他还是该批评他，猛吸了一口烟，语重心长地说：

"小韩，刘所的批评你要虚心接受，这么重要的线索不上报，擅自行动，不是个人英雄主义是什么。不许再跟刚才那样顶嘴，明白吗？"

"明白。"

"进去吧，进去看好嫌犯。对了，你找的这几个保安不错，想搞好社区治安就要整合社区资源，发动一切能发动的力量，回头找找社区主任和村支书，尽快把治安巡逻队搞起来。"

"是。"就知道只要能破案你们就不会真拿我怎么样，韩朝阳觉得很好笑，禁不住说，"教导员，还有件事。"

"什么事？"

"查这个案子我们花了点钱，我还答应案子破了之后给人家发点奖金。"

你小子不是很能耐吗，有本事别提这些。

教导员越想越好笑，不动声色地问："花多少钱，答应给人家发多少奖金？"

"其实没多少，主要是盯梢期间产生的交通费和伙食费。奖金具体多少我没提，至少一人200吧，低于200也拿不出手，2000应该够了。"

刚捣毁的是一个如假包换的团伙，缴获的假证假章和制假的工具要用卡车拉，能缴获的赃款估计也不会少，申请2000元奖金绝对没问题，但必须让他长长记性，认识到花园街派出所是一个集体。

教导员故作沉思了片刻，微皱着眉头说："小韩，2000块钱问题不大，总不能让人家给公家办事自己还要贴钱，但申请经费是要走程序的。先打一份申请，写清楚情况，然后找你师傅，你师傅是警长，管你们几个社区民警，你师傅签完字之后再找许所，一级一级来。"

"教导员，这也太繁琐了，等钱批下来要到猴年马月？自己垫钱给公家办事，报销反而要跟求人似的，这太让人寒心了！"

"财务有制度，有制度就要执行，再说这能怪别人吗，只能怪你自己，如果及时上报线索，不要搞个人英雄主义，能有这么多事。"

第三十二章　盘查时发现的

防控队有车有人在附近巡逻,他们来得最快。

刘所毫不犹豫接过"猎狐行动组"的指挥权,命令防控队的辅警看押嫌疑人,考虑到嫌疑人中有一个女的,用不容置疑的语气让陈洁协助看押,让熟悉情况的许宏亮带防控队民警先过去观察地形并同在村里蹲守的老徐一起盯住嫌疑人,等大部队到了再统一收网。

"2号"车出发不大会儿,许副所长带着值班民警和辅警到了。

情况紧急,时间不能浪费在这儿,简单通报完情况,又让东明小区的保安李晓斌带他们去。

陈秀娟的家比较远,一接到命令就扔下丈夫和孩子开着她的红色高尔夫火急火燎往527厂赶。

相比男同志,女同志在花园派出所的工作压力还是比较小的。主要是整理案卷、上报材料、整理发票、打扫卫生以及干一些修电脑、刻光盘、录音录像,给对讲机、相机、摄像机、执法记录仪充电,领补助、发衣服、帮忙点外卖之类的杂事。正常情况下不要出外勤,顶多是看看女嫌疑人,或化妆成女朋友出去抓人,但这样的情况极少。

大晚上让去527厂,527厂能有什么事,527厂那是韩朝阳的辖区。

陈秀娟越想越奇怪,边开车边打开车载蓝牙拨通值班室电话,疑惑地问:"老陶,许所让我去527厂,三言两语就挂了,电话里没说清楚,到底怎么回事,是不是韩朝阳出事了。"

"他能出什么事,他是不声不响办了件大事!带着一帮保安捣毁了一个制贩假证的窝点,抓了四个嫌疑人,还有近二十个嫌疑人在城西,再不去抓就跑掉了。"

韩朝阳能破案，还捣毁一个窝点？

陈秀娟觉得有些匪夷所思，将信将疑地问："真是制贩假证的团伙？"

"教导员刚才又打过电话，教导员亲口说的不只是团伙而且是大案，现场缴获假证至少有五万本，假章上千枚，让我赶紧找一辆箱式货车去拉。那小子走狗屎运，捣毁的是窝点，抓的是主犯。"

"以前没少打击，但抓的全是小鱼小虾，掌握的证据不多，只能抓了放，放了再抓，那些假证贩子总能死灰复燃。机会难得，这次肯定要打链条，肯定要一鼓作气抓上家打下家。"

不得不承认，韩朝阳那小子真是走狗屎运。

陈秀娟觉得一切是那么地不真实，喃喃地问："老陶，这么大案子我们派出所办得了吗？"

值班民警老陶抬头看看大厅里张贴的民警照片，意味深长地说："换作半年前，这样的案子我们肯定不会办，也轮不到我们所里办。现在不是半年前，刘所更不是万所，我估计他不会这么轻易把案子移交给刑警大队。"

就在陈秀娟与老陶通电话之时，刘所已让刚赶到的办案队民警和几个辅警把嫌疑人押上了警车，一边示意教导员叫上一个东明小区保安率领紧随而至的两个民警和几个辅警去城西，一边命令道："韩朝阳，燕北村那边的情况你不熟悉，你就不用去了，赶紧上楼给办案队移交证据，动作快点，移交完回警务室值班备勤。"

办案队全是精英，负责办理所里的一切刑事及治安案件，相当于花园街派出所的"重案组"。

韩朝阳早知道接下来没他什么事，对补充侦查、对整理没完没了的材料既不是很懂也不太感兴趣，并没有觉得桃子被人摘了，应了一声赶紧跑上楼。

嫌犯押走了，看热闹的人太多，徐副经理和杨队长在楼下维持秩序，屋里只剩下三个人在忙碌。

第三十二章　盘查时发现的

办案队民警梁东升以前是刑警，市局对基层派出所推行"三队一室"警务改革时调到花园街派出所的，据说特别厉害，在所里地位很高，刘所跟谁都拉着张脸，只有跟他说话时才会和颜悦色。因为调过来前担任过刑警中队副中队长，所以大家伙对他都以"梁队"相称。

他总是忙着办案，总是神龙见首不见尾，韩朝阳跟他并不熟悉，记忆中好像只说过一句话，并且只是问好。不过对他的徒弟是吴伟，韩朝阳不仅非常熟悉，而且印象非常之恶劣。

他俩一个坐在沙发上研究四个嫌疑人的手机，一个像很懂很专业似的在研究嫌疑人的账本和电话簿，显然打算先做足功课再回去审讯嫌疑人。

最忙的当属办案队辅警周鹏，刚才忙着拍照摄像，现在正忙着分拣并清点假证，全部要登记造册，屋里的假证堆积如山，凭他一个人估计到天亮也干不完。

居然在背后打小报告！

仇人见面，不分外眼红就不错了，韩朝阳才不会搭理吴伟，从包里取出一叠材料："梁队，这是我给收寄快递的那个老板娘做的笔录，这些是过去两个月女嫌疑人寄快递的记录。"

"放这儿吧。"梁东升看嫌疑人的微信似乎看得很专注，头都没抬一下。

真是有什么样的徒弟就有什么样的师傅，韩朝阳下意识看了看吴伟，又掏出一个U盘："梁队，这里面是城西那些嫌疑人贩卖假证的照片和视频。"

"也放这儿吧。"

"U盘是我个人的。"

"照片和视频多不多？"抓获四个嫌疑人只是开始，想打掉整个链条动作必须快，梁东升正忙着研究嫌疑人的微信、QQ及短信，想着怎么才能在最短时间内撬开他们的嘴，哪有心思管这些鸡毛蒜皮的小事，语气带着几分不耐烦。

韩朝阳暗想叫你梁队你就是队长，有什么了不起的，再说你又管不到我，不卑不亢地说："不是很多，也不少。"

"所里的微信群你应该加了吧，吴伟的微信你应该有吧，发给吴伟就是了。"

"行，我回去发。"

吴伟突然抬起头，欲言又止，韩朝阳装着没看见一般揣起U盘，头也不回地走出房间。

刚走到楼下门洞口，只见又来了几辆警车。

所里的五辆警车全去了城西，群众总认为警察喜欢公车私用，机关到底有没有这个情况韩朝阳不知道，其他派出所有没有韩朝阳也不知道，只知道花园街派出所不存在公车私用的情况。

辖区这么大，人口那么多，既要办理辖区内的治安案件和案值不大、性质不是很严重的刑事案件，又要负责110接处境，五辆警车根本不够用。所以许多民警开分局配发的社区警用电动车出警，遇到急事警车又不在甚至"私车公用"，开自己的车出去办案。

毫无疑问，刚来的这三辆警车是分局的。

这个案子再大也只是个制贩假证的团伙，怎么可能惊动分局，正纳闷，车上下来六七个女警，刘所跟带队的一个穿便衣的中年人握了下手，又跟刚才一样通报起案情。

原来是考虑到即将抓捕的十九个嫌疑人全是女的，其中既有带孩子的，甚至有孕妇，所里的女警和女协勤加起来也没几个，特别从分局搬的救兵。

领导讲话，韩朝阳自然不会往前凑，省得人家以为是去邀功的。

站在门洞口等了一会儿，刘所并没有跟她们一起走，而是让社区队的前辈管稀元和她们一起出发，旋即和中年人一起往门洞方向走来。

能躲就躲，韩朝阳急忙上楼，一口气跑到二楼杂物间。

脚步声越来越近，只听见中年人说："老刘，照你这么说这应该是一起涉案人员众多、分工明确的特大制贩假证案。"

"冯局，您进去看看就知道了，不是应该是，而是绝对是！"

原来是分局刑侦副局长，韩朝阳大吃一惊，生怕鬼鬼祟祟地躲在这里被两位领导发现，急忙靠到门后隐住身形。

接下来发生的一切差点让韩朝阳爆笑出来，冯局进屋转了一圈，回到走廊里埋怨道："老刘，你们太操之过急，这样的案子要打就打链条，应该顺藤摸瓜把情况全查清楚，然后把握时机同时收网，把上下线一举连根拔起。你把这个窝点端了，接下来的工作怎么做？"

"冯局，您批评我花园所其他工作没做好，我刘建业不光要虚心接受还要整改，但在这个案子上我花园所理直气壮。"

"理直气壮？"

"我们是在盘查外来人口时发现这个窝点的，您让我怎么办，难道跟嫌疑人说你们不要怕，该干什么就干什么，我们当着没看见？我们就算这么说，嫌疑人也不会相信啊！"

"盘查时发现的，这就没办法了，只能争分夺秒。"

"冯局，这个案子说小不小，说大也不大，让我们所里办吧。刑警大队有那么多大案要办，我们自己能办的案子就不给他们添乱了。"

"你们办，开什么玩笑！"

"冯局，您是不信任我刘建业，还是不信任我们花园所的战斗力？再说线索是我们掌握的，嫌疑人是我们抓的，窝点是我们捣毁的，我们最熟悉情况。"

"不行，刚才我看见了，快递单上的地址天南海北，要投入大量警力，这个案子你们办不了。"

"冯局，您这话我不爱听，我也是从刑警队出来的，所里的刑警也不少，再从社区队和防控队抽调点警力，成立专案组，只要经费有保障，怎么就办不了？"

刘所很激动，为争取案件管辖权，甚至急切地说："案子都办到这个份上，突然让移交给刑警大队，苦活儿累活儿我们干，立功受奖是人家的事，您让我怎么跟同志们交代，这个队伍您让我以后怎么带？"

第三十三章　成就感

趁所长送冯局走的空当，韩朝阳悄悄溜到保卫科楼下，开上电动巡逻车，从527厂北门回警务室。

真的不能在527厂久留，不只是因为朝阳警务室不能黑灯瞎火大门紧锁，而且花园街派出所此刻警力空前紧张，所里只有两个民警一个辅警和一个协勤值班，如果同时发生两起警情，必然会通知他出警。

可是警务室这边只有一个人，很多情况下一个人根本控制不住局面。

教导员和几位副所长正组织力量在城西抓捕，刘所这会儿估计也很忙，师傅一样在城西，韩朝阳不敢给他们添乱，只能再次给张经理打电话，又从东明小区借来两个保安。一而再、再而三。换作平时，张经理再好说话也会有想法。

但现在不是平时，东明小区物业自行招聘保安既不按规定培训也没去分局报备。下午去分局，见到的那个治安大队副大队长非常不好说话，张经理只能扯虎皮当大旗。声称招聘保安的事花园街派出所不仅知道，而且招聘的保安全是花园街派出所朝阳警务室义务治安巡逻队的队员，说白了就是物业公司出钱招人帮你们公安维护社会治安。

涉及花园街派出所，那位副大队长态度明显松动，让他先回来，说这事等向花园街派出所了解完情况再决定处不处罚。

正因为如此，张经理恨不得韩朝阳多借几个人，下午从分局回来的路上甚至买了十几个"治安巡逻"的红袖套让保安们戴上，以此证明他们既是小区保安也是朝阳社区义务治安巡逻队的队员！

事实证明，借人完全有必要。刚让匆匆赶到的两个小伙子坐下，刚去

第三十三章　成就感

买了一盒方便面准备烧开水泡，值班室打来电话，让赶紧去河滨路与春风东路交叉口附近的一个饭店增援。火急火燎赶到现场，原来是六个男子在店里醉酒滋事。

老陶带着辅警和协勤赶到现场，好声好语地劝他们回家睡觉，他们不仅不听劝阻，还口出狂言骂警察算个屁，甚至围住老陶和辅警小段，恶语相向，动手推搡，在推搡过程中一个四十多岁的醉酒男子居然打了老陶一巴掌！三个人搞不定六个醉汉，老陶极力维持现场秩序，呼叫支援。

韩朝阳带着援兵及时赶到，费尽九牛二虎之力，将六个家伙捆上警绳全部控制住，叫了三辆出租车强行把他们带回派出所，带进办案区，进行人身检查，让刚才同老陶一起出警的辅警协勤看守。

敢打民警，这不是小事！

老陶的左脸真肿了，警服也被撕破了，胳膊上还有抓伤，韩朝阳和另一个值班民警一起帮老陶把身上拉扯的、弄脏的、脸上被打的、胳膊被抓的部位拍照片，等明天治安大队的人到了再走法律程序，送这几个家伙进拘留所。

一切忙完，饥肠辘辘，正准备找点吃的，"大部队"回来了，警车、私家车一辆接着一辆缓缓开进院子，在刘所的指挥下，一个个嫌疑人被押下车，有男有女，女嫌疑人骂骂咧咧地挣扎着，男嫌疑人一个个灰头土脸。

最令人头疼的一幕果然出现了，从最后几辆车上押下来的女嫌疑人，其中不仅有孕妇，还有两个抱着小孩，孩子经不起折腾，正嚎啕大哭。

陈秀娟等女民警和女协勤又是哄又是逗，同时要协助看押女嫌疑人，被搞得焦头烂额。

许宏亮的车今晚也被征用了，破天荒地开进院子，正站在车边远远地朝这边举手打招呼。韩朝阳跟他们微微点点头，走到杨涛身边低声问："师傅，警务室没人，我是不是可以回去了？"

杨涛缓过神，转身笑道："回去吧，许所那儿我帮你跟他说。"

"行，那我们先走了。"

"小韩，干得漂亮，"杨涛不仅很难得地表扬了一句，还一路送到门口，扶着电动巡逻车笑道,"这车不错,从哪儿搞的?"

"管东明小区物业借的,师傅,这算不算违反纪律?"

"治安巡防,应该不算。回去开慢点,宏亮,你也开慢点。"

"杨警长再见。"

一下子抓几十个嫌疑人,光靠办案队的人肯定忙不过来,能够想象到他这样的老民警等会儿全要参与审讯,韩朝阳不想给他添乱,报销经费的事回头再说,叫上"猎狐行动组"成员打道回府。似乎知道他有话要跟许宏亮说,李晓斌很默契地爬上治安巡逻车,开着车跟在宝马后面。

韩朝阳坐在副驾驶,回头笑道:"陈洁、小方,辛苦了。晚上我给所领导汇报过,奖金的问题基本敲定了,明天打申请,批下来就给你们发,一人200。只有你们有,我、宏亮和老徐都没有。"

陈洁嫣然一笑:"谢谢韩哥。"

"不客气,这是应该的。"

"韩哥,怎么我们有,您和宏亮哥却没有?"小方忍不住问。

"我是警察,这些是本职工作。宏亮和老徐虽然不是民警,但这些一样是他们的工作。虽然我们没奖金,不过在考评时会加分,捣毁一个团伙,再按嫌疑人人数累加,算算这次能加不少分。"

"破案跟工资奖金挂钩?"

"差不多。"

有幸参与捣毁这么大一个制贩假证的团伙,而且在捣毁过程中发挥过重要作用,虽然接下来没他什么事,但许宏亮依然兴奋,不禁提议道:"朝阳,我们都快饿死了,要不找个地方,自己给自己搞个庆功宴?"

虽然刘所对自己还是不待见,但教导员和师傅的态度明显有变化,连老陶和值班民警老姜晚上说话的语气都不太一样,韩朝阳今晚是真高兴真有成就感,欣然笑道:"行啊,今晚我请客!"

第三十四章　管杀不管埋

"老板娘，早！"

"韩警官早，韩警官您昨晚没走啊？"

"我宿舍就在警务室，不住这儿能去哪儿。"

新的一天，全新的开始。本以为要按原来的安排，早上8点赶到所里值一个24小时班。结果刚起床，值班室打来电话让不用去了，因为朝阳村的征地工作进入紧要关头，工作组上午要召集全村的党员干部开会，下午是村民小组长和村民代表的会议，按部就班推进，最后再召开村民大会。涉及切身利益，村民们个个想参加，个个想进会场旁听，如果真让他们进入会场说不定还要发言。

火车站搬迁是多大的事，派出所的事再大也是小事。所以不需要回所里值班，等会儿要去朝阳村委会大院维持会场秩序。

会议9点召开，现在去太早。韩朝阳开着巡逻车去西街菜市场转了转，在菜市场边上的早点摊儿吃了个早饭，顺便陪正在马路对过晨练的王厂长聊了一会儿，又回到警务室和陆续开门做生意的左右邻居打起招呼。

跟蛋糕店老板娘没什么好说的，跟打字复印兼代收代寄快递的老板娘要提个醒。

韩朝阳整整腰带，走进店铺，指着柜台里的一叠快递单问："老板娘，从你这儿寄出去的快件都登记了吗？"

"登记了，登记簿在架子上。"老板娘忙着打印一份文件，噼里啪啦敲着键盘，没时间接待他这位邻居。

社区民警职责里没有关于检查快件邮寄是否登记的条款，但"其他上级交办的工作"里有，以前不止一次突击抽查过。

这个代收代寄快递的点就在警务室隔壁，韩朝阳不想被人家来查到有寄出去的快件没登记，不想她家变成"灯下黑"，干脆拿下登记簿，抽出那一叠快递单，一份一份比对检查起来。

"老板娘，不对啊，这个快件是昨天寄的，登记簿上怎么没有？"

"不可能吧，拿给我看看。"

"你看，日期是昨天，登记簿上根本没有。"

老板娘显然对登不登记不是很重视，探头看了一眼，若无其事笑道："这是西边五金店王老板寄的，不是外人。"

不查不知道，一查吓一跳。

昨天寄出去的快件几乎全没登记，韩朝阳追问道："这个呢？"

"这是居委会小刘寄的！"

韩朝阳彻底服了，放下快递单说："老板娘，既然干这个就不能不当回事，别说熟人，也别说居委会的人，就算我韩朝阳寄快件一样要登记。你懒得写，没时间写，可以先看一下身份证再让客人自己写，不就是快递单号、姓名、身份证号码和电话号码么，不是很麻烦！"

老板娘一脸不耐烦地说："行行行，以后让他们自己写。"

"千万别不当回事，被查到真要罚款的，到时候你千万别找我说情，因为找我也没用。"

"好啦好啦，放心吧，不会让你为难的。"

韩朝阳对她的保证深表怀疑，正准备再强调一下，身后传来一个熟悉的声音："老板娘，我的东西打印好没有，小韩也在？"

"马上马上。"

"苏主任早。"原来是社区书记兼主任，韩朝阳急忙转身问好。

苏主任今天穿得很精神，上身一件白衬衫，下身一条深蓝色长裤，甩甩短发，一边看着老板娘帮她打印文件，一边笑道："小韩，等会儿一起去朝阳村吧？"

"好啊，我正准备去呢。"

第三十四章 管杀不管埋

"现在是征地，征完地又是拆迁，今年有得忙。区领导提出要求，要我们大干 200 天，节假日都别指望正常休息，估计你也一样，这边的工作完成之前别想回派出所。"

回派出所有什么好的，领导一开始说让常驻朝阳警务室，脑子里只想着朝阳村的事很麻烦，来了之后又不能跟之前一样正常休息。其实应该反过来想，在所里难道就不麻烦？什么事都要干，说让加班就要加班。

而且昨晚在所里听老陶说，刘所新官上任时没烧三把火，现在站稳脚跟开始烧了，要推行"住所制"，打算要求全体民警辅警和协勤从八月份开始全住在所里，每个星期只能回家住两个晚上。

换言之，这个家早晚是要搬的。

与其在所里没日没夜地干还不受待见，不如躲在"天高皇帝远"的朝阳社区，虽然要干的活一样不少，但至少不要再看别人脸色。

再说句不夸张地话，社区民警不是谁想干就有机会干的！

现在"享受"的相当于即将退休的老民警的待遇，只不过所领导给这个待遇的初衷并非照顾，而是觉得自己没用，留在所里也帮不上什么忙。

没用就没用吧，横向对比一下，韩朝阳很满意当片儿警的现状。

想到这个"美差"很快会变得炙手可热，韩朝阳觉得不能占着茅坑不拉屎，必须干得让领导挑不出刺儿才能继续享受这待遇，急忙道："苏主任，这两天一直忙这忙那，没顾上向您汇报工作，您今天有没有时间，我想给您汇报下对于社区治安防范的一点想法。"

小伙子很阳光很帅，据说是学音乐的，一表人才，苏娴早想把街道财政所的小黄介绍给他，不禁笑道："小韩，别来你们派出所那一套，我就是一居委会大妈，千万别提汇不汇报，有什么事直说，现在就有时间。"

"苏主任，区里和街道包括我们分局都要求各社区加强人口管理，搞好治安防范，组建义务治安联防队或义务治安巡逻队。以前警务室只有一块牌子没人牵头，现在我来了，这个治安巡逻队不搞没法向上级交代，而且我们朝阳社区的情况确实复杂，确实需要加强治安防控力量。"

上级是有这方面要求，只是之前忙着创建全国卫生城市，现在忙着征地动迁，并且正如他所说没人牵头一直没顾上，只能搞一份名单报上去交差。征地很麻烦，拆迁更麻烦。派出所能安排一个民警常驻警务室已经很不容易了，如果能成立一支巡逻队确实有利于接下来的工作。

苏娴微微点点头，走到门口问："小韩，你有没有计划，或者好的想法？"韩朝阳简单说了一下自己的设想，又一脸无奈地说："人的问题不是很大，关键是经费。天气这么热，总要备点藿香正气水吧，志愿者们巡逻渴了总要给人家买两瓶水，巡逻到半夜总不能让人家饿着肚子回家，巧妇难为无米之炊，没钱真是什么都干不了。"

这是一个很现实也很让人头疼的问题。

苏娴沉吟道："小韩，分局对你们派出所的财务卡得很死，街道对我们社区的财务管得一样不松，居委会的工作经费纳入街道年度财政预算，办公经费一年不到10万，平均到每个社区干部头上不到3000，只够水电煤、电话、网络、有线电视、饮用水等运行费用，平时的办公用品购置、报刊订购、零星小额修理等支出都捉襟见肘。"

"没办法？"

"办法也不是没有，"苏娴苦思冥想了片刻，突然笑道，"街道对社区流动人口管理有一项补助资金，流动人口在500人以下的，补助3000元；500—1000人的，补助5000元；1000—5000人的，补助10000元；5000人以上的社区，补助15000元。但要求各社区必须配备流动人口专职管理员，流动人口在1000人以上的社区，必须配备两名以上的专管员，对社区内的出租私房和暂口人数要做到底数清、情况明、验证全，要建立流动人口管理档案，并实行月报制度。"

"我们社区外来人口肯定超过1000！"

"等会儿杨书记和顾主任都来，我找个机会汇报下，问问这个政策和这笔专项经费现在有没有，如果有，我们努力争取。"

"太好了，谢谢苏主任。"

"别谢了，这也是我们居委会的工作。"

第三十四章 管杀不管埋

与此同时,熬到凌晨5点多只睡了两个小时又被叫起来上班的管稀元,端着刚从厨房打的稀饭,拿着两个包子呵欠连天地走进办公室。

"老吴,你一直搞到现在?"

"不光我,我师傅他们都没睡。"吴伟坐到他面前,举起包子咬了一口。

"拿下几个了?"

"七个。"

"可以啊!"

"以前拿她们没办法是因为没证据,这次不一样,我们先各个击破拿下四个主犯,掌握她们进过多少本假证的证据。她们文化程度都不高,许多假证的内容都是主犯帮着填的,主犯手机里有这些信息,她们想抵赖也抵赖不掉。"

虽然很困,虽然接下来还要继续审讯,但提起案子吴伟还是很兴奋。

他整个一工作狂,管稀元早习惯了,放下筷子唉声叹气:"我们现在受的全是韩朝阳的罪,他是如假包换的'管杀不管埋',走狗屎运捣毁个窝点,抓几个嫌犯,露个脸就拍屁股走人,让我们帮他擦屁股,甚至不知道要擦到什么时候。"

管杀不管埋,这个形容挺贴切。吴伟忍不住笑道:"稀元,他是管杀不管埋,不过你我受的不是他的罪,这案子本来是要移交给刑警大队的,刘所想想不服气,硬是从冯局那儿争取到和刑警大队联合侦办。"

"联合侦办,那刑警大队的人呢?"

"这我就不知道了,可能人家不是很积极,正在研究抽调哪些人跟我们联合侦办。"

第三十五章　是非（一）

管稀元和吴伟边吃早饭边闲聊，左手第三间办公室里，许宏亮正坐在陈秀娟对面的办公桌前，用韩朝阳的警号登录燕阳市公安局局域网，进入市局精细化管理考核系统，在系统个人管理栏个人工作日记中，对照手边的工作日志，帮韩朝阳录入过去三天的详细工作情况。

日考核、月考核、年度考核！

按规定每天都要将详细工作情况录入系统，审核人网上审核，遇扣分情况，由审核人直接扣分。但朝阳警务室没有内网，就算有内网也不能用个人的笔记本电脑登录，警务室不能离人，韩朝阳不可能每天回来干这个，属于特殊情况，可以在三个工作日内录入。

按规定要由民警本人录入，但计划总是不如变化，韩朝阳本以为今天要回来值一个24小时班，打算在值班时录入的，结果要去朝阳村维持会场秩序，只能让许宏亮把工作日志送到所里代为录入。

"朝阳的录好了，还有我和老徐的。"许宏亮退出民警的精细化管理考核系统，又开始登录辅警的。

"别嫌麻烦，这次能加多少分，你小子偷着乐吧。"在所有辅警乃至民警中，出手阔绰为人也无可挑剔的"拆二代"许宏亮绝对是最受欢迎的人，陈秀娟忍不住调侃了一句，又埋头整起材料。

"加分，老徐是挺在乎的。"

"也是，当辅警对你许大少爷而言只是权宜之计，加多少分在你许大少爷眼里都是浮云。"

"又来了，黑我这个临时工有意思吗？"许宏亮笑了笑，说起正事，

第三十五章 是非（一）

"陈姐，昨晚铐两个主犯的手铐等会儿我要带回去。刚才去羁押室看了看，那两个家伙好像不在，人是在办案队，还是送看守所了？"

"送去体检了，体检完再送看守所，不就是手铐么，等会儿我给你找一副。"

"能不能多给两副，一副不够用。"

"哎呦，你们这是尝到甜头准备再接再厉，再立新功！"

"陈姐，您这样让我们以后怎么一起愉快地玩耍？我是说正事，一副手铐真不够用。"

"好好好，等会儿找找，看能不能找到。"

一大早来所里不只是往系统里录入三个人的工作情况那么简单，也不只是来拿手铐，许宏亮回头看看门口，低声问："陈姐，昨晚刘所和教导员怎么会突然想起来去警务室查我们的岗？"

不该说的不能乱说，陈秀娟抬头看着他，反问道："什么叫突然想起来，领导查岗不是很正常吗？"

事情没那么简单，领导查的不只是韩朝阳，也有自己和老徐。

许宏亮最见不得那些喜欢在背后嚼舌头打小报告的，很认真很当回事地说："陈姐，所里总共这几个人，您不告诉我，我一样能打听到。"

不分青红皂白就给领导打小报告，陈秀娟同样不齿，犹豫了一下，压低声音说起来龙去脉。

户籍窗口对面的辅警值班室里，辅警江一飞透过玻璃窗看着停在院子里的宝马，幸灾乐祸地说："宝华，你这次是把韩朝阳往死里得罪了，知道许宏亮来干什么的，一来就打听刘所和教导员去朝阳警务查岗的事。不光他在打听，刚才吃饭时老包也接到过电话，老徐打给他的。"

辅警和民警干同样的活，却同工不同酬。葛宝华心理一直不平衡，觉得民警有什么了不起的，不就是比自己会考试？以前只是经常跟几个辅警协勤一起发牢骚，韩朝阳分到花园街派出所之后，这个心理反差更大了，打心眼里瞧不起韩朝阳，觉得韩朝阳根本不配穿那身警服。

本以为这次能给韩朝阳点颜色瞧瞧，就算不能让他滚蛋，也能多扣他点绩效考核分。工作任务拖延推诿要扣分，工作态度受到群众和民警投诉要扣分，查岗缺勤缺岗要扣分……结果分没扣到他的，他走狗屎运捣毁了个制贩假证的窝点，抓了个犯罪嫌疑人，接下来还要给他加分！

葛宝华越想越郁闷，冷冷地说："知道又怎么样，我还会怕他？"

"他是正式民警，你我是临时工，他现在是拿你没办法，不等于将来不会给你小鞋穿。"

"将来的事将来再说，这里不留爷，自有留爷处，老子大不了不干了。"

"工作不好找，生意很难做，不干辅警你还能干什么？"

正说着，外面传来一阵脚步声。

抬头一看，只见许宏亮背着包，拿着两副手铐打开办案区的防盗门，快步走进大厅，在值班室窗口前停住脚步，用手铐敲敲玻璃，似笑非笑地说："葛宝华，真没看出来，你小子居然跟刘所说得上话。"

"说上话又怎么了，关你屁事！"葛宝华既看不起韩朝阳，一样看不起许宏亮，暗想不就是运气好遇到拆迁吗，要是他家没被拆迁没拿到那么多补偿，还不是跟自己一样，甚至不如自己。

这小子总感觉怀才不遇，有本事你去考公务员，要么去做生意当大老板，总在背后煽风点火、落井下石算什么？

许宏亮冷哼了一声，放下手铐紧盯着他双眼："还真关我事，不光关我事也关老徐的事！今天要赶回去值班，等有了时间我和老徐要找你好好说道说道。"

"你想怎么样？"

"你说呢？"许宏亮反问了一句，头也不回地走出大厅，拉开车门钻进宝马转眼间消失在视线里。

第三十六章　是非（二）

村委会大院，里面正在开小会，外面正在开"大会"。

工作组显然早预料到村民会蜂拥而至，正不失时机地在外面做围观村民们的工作，动员村民们积极响应上级号召，在征地补偿协议上签字。

不知道从哪个单位抽调来的几个事业干部，拉着长绳守在会议室门口，阻拦并苦口婆心地劝村民们别往里挤。韩朝阳佩戴上所有单警装备，静静地站在一边旁观。让来维持会场秩序，主要起一个威慑作用。只要没人闹事，没发生肢体冲突，韩朝阳是不会傻乎乎介入的。现在个个有手机、个个会上网，你要是跟群众发生冲突，哪怕只是争执，都可能被发到网上。你说的每一句话，甚至每一个表情都会被无限放大。真要是影响到公安形象，领导才不会管你为什么说那句话，为什么会有那样的表情，就算不处分也会批评。

太阳越来越辣，一个个热得汗流浃背。

有钱，谁会怕热？村民们不怕热，韩朝阳怕，不想再站在门口炙烤，装作一副巡逻的样子在人群里转了一圈，转到村委会门口的小商店买了一瓶冰镇矿泉水，喝了几口来到大院东南角的树荫下。

正琢磨这个会要开到什么时候，前面传来一阵争吵声。

挤进去一看，原来全是"熟人"，江小兰、江小芳姐妹正指着她们的堂弟江二虎破口大骂。

"你个臭不要脸的东西，竟敢霸占我的房子！江二虎，老娘把话撂这儿，下午5点前不搬，看老娘会不会砸你的店！"

"见过不要脸的，没见过你这么不要脸的。你算什么东西，你们一家全不是好东西。我家人还没死绝呢，南街店面怎么也轮不着你江二虎！"

"嫁出去的姑娘泼出去的水，你们现在还算江家人吗？"当这么多人面被辱骂，江二虎气得面红耳赤，指着她们咆哮道，"再说店面不是从你们手上接的，是余秀水给我的，不服气去找余秀水。"

"臭不要脸的东西，财迷心窍了你，好意思往死人身上推，余秀水给你的，拿个凭证给我看看！"

"不是他给我的，我能开这么多年店？"

"那是租给你的，江二虎，既然你连脸都不要了，老娘也不会跟你客气，不光要搬，还要算房租，一分别想少，敢少我一分房租跟你没完！"

她们跟张贝贝的事还没完，堂兄妹之间又闹起来了。

韩朝阳从来没遇到过如此不要脸的人，同样没遇到过如此令人头疼的事，见一个领导模样的人走出会议室朝这边看，立马呵斥道："干什么干什么，也不看看这是什么场合，这是你们吵架的地方吗？"

"韩警官，我家的事你是知道的，他江二虎算什么东西，凭什么霸占我家的店面！"

"韩警官，店面是余秀水给我的，饭店不是开一天两天……"

他们的事太复杂，但不能就这么让他们大闹会场，韩朝阳顿时脸色一沉："少废话，全跟我走，去警务室慢慢说。"

"我不走，就在这儿说，请街道干部和街坊邻居帮着评评理。"

"江小兰，你知道里面正在开什么会、你知道你这是什么行为吗？你这是寻衅滋事，这是扰乱党和国家工作机关的秩序，不走是吧，不走去派出所，上次打人的事还没完呢，信不信给你来个新账老账一起算！"

想到下周还要去花园街派出所找杨警官接受处理，江小兰不敢再撒泼，头发一甩，气呼呼地走在前面。江小芳生怕姐姐吃亏，立马追了上去。

江二虎自知理亏，站在原地不挪步，韩朝阳狠瞪了一眼，他深吸了一口气只能硬着头皮跟了出去。

闹事的人被民警带走了，问题解决了，街道领导扫了人群一眼，走进会议室带上门继续开会。

把人带到警务室能怎么处理，他们之间的矛盾不只是无法调解，而且不能乱调解。真要是责令江二虎搬走，把店面交给江小兰江小芳姐妹，张贝贝肯定不会服气，甚至会投诉社区民警滥用职权。

韩朝阳把三人带到警务室，跟起身想问什么情况的许宏亮对视了一眼，转过身冷冷地说："江小兰、江小方、江二虎，事不辩不明，理不辩不清，你们继续，只要不动手，吵到什么时候都行，渴了这儿有水。"

"韩警官，我家被那个狐狸精占了，店面被这个臭不要脸的抢了，都说有困难找警察，你不能袖手旁观！"

"姓韩的，你这是不作为，信不信我投诉你！"

"投诉啊，来，这是我们派出所的监督电话，这是我们分局的监督电话，打哪个都行，请便。"韩朝阳指指墙上挂的海报，把执法记录仪摘下来放到办公桌上。

许宏亮反应过来，慢条斯理地说："你们的事真不归韩警官管，想要人给你们做主很简单，要么去街道司法所，交点钱请司法所给你们调解。要么直接去法院，看法官怎么判。"

"上法院就上法院，江二虎你个臭不要脸的，咱们上法院说理去！"

"江小兰，别蹬鼻子上脸，你再骂一句试试！"

"别激动，江小兰，你也不许再骂人，"韩朝阳一把拉开江二虎，面无表情地说，"你们的事就应该走法律程序，江小兰你可以和你姐先去，法院受理了自然会给江二虎发传票，到时候他不去也要去。"

"法院在哪儿知道吗，就在新源小区斜对过，"许宏亮不失时机地说，"要去赶紧去，现在去还来得及，再不去人家下班了。"

"去就去，谁怕谁啊，老娘连那个狐狸精一起告！"江小兰拉着江小芳气呼呼地走了，江二虎站门口看她俩真往法院方向去，急忙掏出手机跑到远处的树荫下频频打电话，不知道是找关系还是找律师。

韩朝阳懒得再搭理他，回到警务室关掉执法记录仪，轻叹道："这算什么事，没完没了！"

许宏亮合上公考培训资料，带上门咬牙切齿地说："刘所和教导员昨晚来查岗的事搞清楚了，果然有人在背后打我们小报告。"

"谁？"

"丁仁友和葛宝华，丁仁友从陈家集抓完人回来，看见你和527厂的几个老头子在钓鱼，一到所里就跟刘所打你的小报告。人品有问题！"

丁仁友人品确实有问题，喜欢拍领导马屁，尽管活儿没少干，案子没少破，嫌犯没少抓，但所里民警几乎没人瞧得起他。

韩朝阳暗骂一句，追问道："葛宝华怎么回事，我没得罪过他。"

"他就是一个彻头彻尾的小人，我们村儿的杨勇和他一起去当兵的，他在部队时就喜欢搬弄是非。杨勇本来有机会转士官，他跑去跟领导说杨勇跟驻地的一个女的谈恋爱，就因为这事杨勇没转成。"

"损人不利己？"

"林子大了什么鸟都有，宁可得罪君子也不能得罪小人，我早上没控制住，忍不住怼了他几句，以他那睚眦必报的性格，就算我们不找他麻烦，他都不会善罢甘休。"

"他奶奶的，难道我韩朝阳会怕他？"怎么净遇上这些小人，韩朝阳越想越郁闷。

"反正我们以后注意点，不要给他搬弄是非的机会。"

许宏亮想了想，嘴角边勾起一丝笑意："他一个月工资才多少，掏出来全是好烟，三天两头在朋友圈晒照片，不是下这个馆子就是去那个饭店，连手机都是苹果的，我倒想知道他的钱是从哪儿来的。"

领导不待见就算了，连葛宝华那个辅警都在背后打小报告，韩朝阳脾气再好也无法容忍，沉吟道："以后留意留意，就算发现什么也别声张，要么不出手，出手就要一巴掌拍死他，省得打蛇不死反被蛇咬。"

第三十七章 有钱，有人

征地有征地的经费，苏主任打电话说中午管饭。

工资本就不高，能省一点是一点，韩朝阳立马叫上许宏亮，赶到朝阳村委会领盒饭。

两荤两素，一人一瓶矿泉水，领导和普通干部一个标准。唯一不同的是街道工委书记、街道办事处主任和工作组的几位正副组长，在环境比较好的活动室吃，其他人只能在大会议室吃。

朝阳村虽然没正式并入朝阳社区，但许多工作已经归口到社区，比如村卫生室去年就撤销了，村民们看病拿药都要去社区卫生保健室。作为未来的"大朝阳社区"党支部书记兼主任，苏娴有资格也有必要在活动室陪领导们用餐。

"杨书记，顾主任，去年光忙着创建卫生城市，天天扫大街铲小广告，清理卫生死角，今年又忙着征地动迁，政法综治尤其社区治安防范方面的工作没做好，我是党支部书记，我有责任，要向您二位深刻检讨。"

机会难得，苏娴三口两口吃完，抓紧时间汇报起工作。

杨书记倍感意外，暗想正忙着搞征地呢，她怎么会突然提起这个。

顾主任非常清楚社区工作有多难做，放下筷子笑道："苏娴，这两年各项工作压力确实很大，社区工作存在不足可以理解，等朝阳村的征地拆迁搞完，等所有关系理顺，再把之前没搞好的工作抓起来，毕竟饭要一口一口吃嘛。"

"杨书记，顾主任，我知道轻重缓急，一直也是这么认为的，直到现在才意识到对综治工作的重要性认识不足。搞征地拆迁，难免会遇到各种突发情况，公安又指望不上，别看分局领导在大会上信誓旦旦，事实上不到万不得已他们不会轻易介入。"

苏娴回头看看工作组的几位正副组长，趁热打铁地说："要不是您二位上次在会上拍桌子，估计分局到现在都不会安排专人常驻我们社区。不过派来的小伙子确实不错，年轻人，刚参加工作，有干劲儿，对社区尤其征地动迁工作很支持，真是随叫随到。"

"就是早上那个把闹事的几个村民带走的民警？"

"对对对，就是他，小伙子姓韩，叫韩朝阳，这名字挺有意思的，社区民警韩朝阳维护朝阳社区治安，您二位说巧不巧？"

"韩朝阳维护朝阳社区治安，是有点意思。"杨书记忍俊不禁。

征地动迁最怕有人闹事，只要有人煽风点火，就会有一批不明所以甚至利欲熏心的人跟着起哄。

顾主任只知道早上有几个人在会场外闹事，不知道闹的是什么事，对小伙子早上堪称"坚决果断"的处置很满意，与杨书记对视了一眼，饶有兴致地问："苏娴，你是不是有什么好的工作思路？"

等的就是你这句话，苏主任连忙汇报起关于组建义务治安巡逻队的设想，汇报起组建义务治安巡逻队存在的困难。

生怕两位领导不给钱，苏主任又强调道："杨书记，顾主任，我们之前只考虑到村民，没考虑到租住在村里的外来人员。人数比村民还多，他们同样面临一个搬迁的问题。尤其那些在沿街租房做生意的，租房合同没到期，到时候肯定会很麻烦。"

拆迁补偿只针对村民，对于租住在村里的外来人员没有补偿方案，也不可能给他们提供补偿。

如果有一支随时拉得出打得响的治安巡逻队，虽然不一定能从根本上解决问题，但至少能控制住局面，确保矛盾不至于激化。

杨书记权衡了一番，沉吟道："外来人口超过1000，符合申请15000的专项经费的标准。但实际需要的不是一支义务治安联防队，而是一支真正的治安联防队，15000能干什么，显然不够。"

"从征地动迁经费里再挤 20000？"顾主任低声问。

"既然要搞就要搞出个样子，就要有战斗力，人数不能低于 10 个，服装和必要的装备要配齐，再算上人员工资，至少要 25 万。"

社区没钱，街道经费一样紧张。25 万不是个小数字，顾主任若有所思地说："靠我们是解决不了，这要向区里申请。"

"不行，还是要靠我们自己想办法解决，"杨书记敲敲桌子，淡淡地说，"如果向区里申请，涉及征地动迁，区里应该会同意，但区里肯定会把一件事当成两件事办，招十来个低保治安员，到时候你要还是不要？"

不得不承认，书记的顾虑非常有道理。

区领导才不会管低保治安员有没有战斗力，只会想着你要人我给你人，同时又能一定程度上解决几个就业问题，完成几个扶贫任务。

治安联防队是要发挥大作用的，关键时刻要能顶上。

顾主任同样不想招来一批年龄偏大、工作不积极甚至身体还有病的低保户，苦思冥想了片刻，突然笑道："杨书记，征地动迁只是第一步，接下来要平整土地，要拆除民房，要搞建设，我们是不是可以跟拆迁、拆除公司及建设方谈谈。我们街道出一点，他们三家各出一点，问题不就解决了。"

"这个主意不错，但还有一个问题，以什么名义组建？"

"今年是朝阳村，明年还不知道是哪个村，城市在往我们这边发展，以后这样的事会越来越多。干脆先由朝阳社区出面，注册成立一个保安服务公司，省得以后再求人。"

现在是政企分开，街道不能再搞三产，让社区居委会搞最合适。

杨书记觉得这个办法可行，不禁笑道："行，就这么办。苏娴，拆迁公司、拆除公司、建设投资方和承建方的工作我和顾主任帮你们去做，保安服务公司的具体筹建工作你负责，启动资金明天到位，但动作一定要快，争取一星期内把队伍拉起来。"

领导就是给力，苏娴禁不住笑道："既是保安，也是治安联防队员？"

"名不正则言不顺，不是治安联防队，而是义务治安联防队或义务治安巡逻队。叫什么不重要，重要的是必须拉得出打得响，队伍管理必须到位，绝不能搬石头砸自己脚。"

"杨书记放心,只要能搞起来,队伍和人员管理绝不会出问题。军事化管理,军事化训练,住集体宿舍,落实请销假制度,让小韩具体负责。"

"让民警管着比较放心,你让小韩同志过来一下,我要跟他谈谈。"

"好的,您稍等。"

韩朝阳吃完饭,刚打发许宏亮回警务室继续值班。说是值班,其实是让他回去复习。正准备掏出手机看看有没有微信,苏主任突然出现在大会议室门口。

"苏主任,领导怎么说?"韩朝阳一愣,急忙迎了出来。

"答应了,超出我们的预期,"苏娴回头看看不约而同朝这边看来的工作组干部,强按捺住兴奋不动声色说,"走,杨书记和顾主任要见你,要跟你谈谈。"

街道工委书记是区委常委,官比分局局长还大,韩朝阳从来没见过这么大的领导,忐忑不安地问:"杨书记要见我?"

"别担心,好事!杨书记其实挺好说话的,一点架子没有。"

"杨书记找我谈什么?"

"工作啊,除了工作还能谈什么?"

"哦。"

韩朝阳紧张地跟苏主任走进活动室,里面坐着好几位领导,不知道谁是杨书记谁是顾主任,只能立正敬礼:"花园街派出所民警韩朝阳前来报到,请各位领导指示!"

第一印象真的很重要,杨书记对韩朝阳早上"坚决果断"维持会场秩序的表现非常满意,觉得小伙子很精干,一边示意他坐下,一边微笑着问:"小韩同志,看警衔你是刚参加工作,还没定职定衔?"

"朝阳,这位就是我们街道工委杨书记,这位是我们街道办事处顾主任。"苏娴不失时机地介绍领导身份。

韩朝阳很是感激,再次抬起胳膊敬礼:"杨书记好,顾主任好,报告二位领导,我是去年考的警察公务员,参加完入职培训就被安排到花园街派出所,在所里工作四个月了,再过五个月就正式授衔。"

"刚参加工作好,初生牛犊不怕虎,要的就是这股干劲!"

"谢谢杨书记表扬,我刚参加工作还有许多不足,请杨书记批评。"

"批评谈不上,我们不是你的直接领导,就算工作中存在不足,也轮不着我和顾主任批评。别紧张,渴不渴,先喝口水。"

"不渴。"

"那我们言归正传,苏主任刚才提到社区治安防范存在的一些不足,结合朝阳社区的实际情况,提出关于组建社区义务治安巡逻队的设想。这个设想非常好,非常有必要……"

杨书记说了很多,顾主任也补充了不少,总结起来就两个意思。

一是社区治安防范要搞好,二是一切要以大局为重,所有工作都要以确保征地拆迁工作顺利进行为前提。他们对即将注册成立的朝阳保安服务公司和即将组建的朝阳社区治安巡逻队期望很高,要求韩朝阳全力协助苏主任干好这方面工作。

既有钱,又有人,而且是专职的!

韩朝阳欣喜若狂,急忙保证道:"请二位领导放心,我坚决服从街道工委和街道办事处的指示,坚决完成二位领导交办的任务,保证带好队伍、维护好社区治安,为征地动迁工作保驾护航。"

"好,好好干,等朝阳村的征地拆迁工作圆满完成,我给你们王局打电话,帮你请功。"

第三十八章　拉得出打得响

有钱，有人，韩朝阳有干劲儿。

整整维持了一下午会场秩序，搞得一身臭汗、腰酸背痛。

苏主任开一下午会，坐得也很累，却兴致勃勃，丝毫没下班回家的意思。

走进居委会大院，她一边活动着腿脚，一边不无兴奋地说："小韩，明天我让老刘把东边这间腾出来给你当宿舍。警务室这两间，外面还是警务室，里面这间作为保安服务公司的办公室，到时候在门口挂块牌子。"

前门挂警务室的牌子，后门挂保安公司的牌子，韩朝阳觉得有些好笑。

不过能把宿舍搬到居委会一楼最东边的这间办公室绝对是一件好事，不仅有空调，还装有暖气，这个夏天不用再挨热，冬天也不会挨冻了。

不等韩朝阳开口，苏主任又抬起胳膊指指紧挨着卫生保健室的库房："明天安排几个人把这间收拾出来，买几个架子床，买几个衣柜，再从二楼搬两张办公桌，拿几张椅子，作为保安们的集体宿舍，别说住十个人，二十个人都能住下。"

韩朝阳真被热怕了，不想即将招聘来的保安们中暑，低声道："苏主任，住是能住下，可这房子只有一个窗户，太闷太热，没法儿住人。"

街道领导为什么让社区出面注册成立保安服务公司，是因为居委会本来就要按规定开展便民利民的社区服务活动，兴办一些服务事业和公益事业。在办理公益事业时所需的费用，可根据自愿原则向居民筹集，也可向本社区的受益单位筹集，也就是说社区居委会是可以开展有偿服务活动的！

苏娴这个社区党支部书记只是暂时的，有点类似于机关干部下基层，社区主任只是兼任，等朝阳村正式并入朝阳社区要重新选举，等朝阳社区的工作走上正轨,连这个党支部书记都要卸任。

任期不会太长,顶多两年,苏娴是真想干点事。

她权衡了一番,说道:"等启动资金到账,先去买三个空调,两个壁式的一个柜式的,把警务室、保安公司办公室和集体宿舍全装上。吃饭问题……吃饭问题也好解决,东明小区物业不是有食堂吗,可以跟他们搭伙。"

注册成立保安服务公司也好,组建社区义务治安巡逻队也罢,公安只是"指导"。

经费从哪儿来,到底怎么花,韩朝阳不会发表意见,何况这是好事。

见他点点头,苏娴突然话锋一转:"小韩,朝阳村的一些干部为什么对并入社区不太积极,原因很简单,村可以说是有一级财政的,社区没有,社区什么都没有,但是却承担了大量的行政职能,付出和回报不能成正比。"

说这些干什么,韩朝阳糊涂了,只能洗耳恭听。

"在村里,连居民小组长都有工资,逢年过节都有钱发。可是社区呢,要什么没什么,几个社区工作者不光没编制,而且工资待遇极低,甚至连保险都交不全。工资待遇低,工作却很繁重,不是创建就是调查,不是调查就扩面。说起来527厂和东明小区有楼组长,但只是空设的位置,有其名无其人,别说给人家发工资,连个水果都没有,也不好意思老叫人家做事,所以这些工作全是我们几个干部和几个社区工作者在干。"

社区工作者工资不是低,而是非常低!据说招聘时要求挺高,必须是大学生,党员优先,还要有工作经验,先笔试后面试,搞得跟公考似的。许多人以为将来能解决编制,争先恐后报考,结果别说解决事业编制,连最基本的"五险一金"都被打了折扣,只按最低标准缴养老和医疗保险,其他一概不缴。把个人应缴纳的部分扣除,到手只剩下一千六百多。

韩朝阳反应过来,下意识问:"苏主任,您打算安排几个社区工作者进保安公司?"

"老金、小钟、小郭在社区干了四五年,尤其小钟和小郭,全日制高校毕业的,大好青春全奉献在一线,于情于理都要替他们考虑考虑。"

不为部下考虑的领导不是好领导,眼前这位比刘所长不知道体恤下属多少倍，韩朝阳很是感动，连忙道："苏主任，我没意见。"

"那就这么定，让老金担任经理，小钟负责业务，小郭本来就是学财务的，让她负责财务后勤。"

"先把架子搭起来，这样最好。"

"小韩，你别什么都好好好，你虽然是指导，但将来的工作还是以你为主。一定要管理好，要把队伍带好。刚才说小钟负责业务，主要是指经营方面的，既然注册公司，我们就要利用这个优势把保安业务开展起来。"

想到朝阳社区保安服务公司未来的前景，苏主任走到公示栏前，指指橱窗里的规划图，禁不住笑道："靠山吃山靠水吃水，这就是我们的优势。等征地拆迁工作完成，等施工队进场，哪个工地不需要保安？"

真是穷则思变！韩朝阳乐了，举一反三地说："苏主任，527厂的门卫形同虚设，也可以跟东阳公司领导谈谈，研究研究怎么加强厂区尤其家属院的安保力量。"

"这个主意不错，527厂看门的几个老爷子全是退休职工，这么大年纪该颐养天年。杨书记说得很清楚，要么不搞，搞就要搞出个样子，要有战斗力。首先要体现在人员上，必须是退伍士兵或警校毕业生；其次是服装和装备，你们公安局的特警不也有许多临时工么，就按照那个标准来。"

"那是特勤，其实就是辅警。"

征地拆迁工作刚刚开始就遇到那么多事，天知道接下来会不会发生群体事件，街道领导为什么全力支持加强治安防范力量，就是为应对将来有可能发生的各种突发情况。

苏主任像换了个人一般，掷地有声地说："特警特勤不重要，重要的是能拉得出打得响，防爆的盾牌、头盔、防刺的手套、背心，该装备的全装备上。拉出去要有气势，要能镇得住局面。这方面你比我懂，先打听打听这些服装和装备从哪儿能采购到，大概需要多少钱。"

第三十九章　暗潮涌动

警车缓缓开进大院，站门口等了十几分钟的教导员关远程迎上来拉开车门，紧握着刚下车的刘建业的手，由衷地说："刘所，辛苦了。"

"挺顺利的，不算辛苦。"

刘建业一身便服，衬衫皱巴巴的，衣领和衣袖上全是污渍，眼睛里全是血丝，一看便知道这几天一直在路上奔波，没吃过一顿好饭，没睡过一晚好觉。

不等他下命令，等候已久的社区民警管稀元和两个协勤，很默契地从随所长一起去外地抓捕的战友同事手里接过两名三十来岁的嫌犯。

过去四天，绝对是花园街派出所最忙的四天。

抽调进专案组的十四个民警和辅警，与刑警大队的刑警们一起兵分九路，开车、乘火车甚至坐飞机奔赴五个省市执行抓捕任务，刘建业亲自率领的抓捕小组是第二批回来的，梁东升、吴伟那一组已经抓完三个嫌犯回来又出发了。

关远程不无好奇地回头看了一眼押往羁押室的嫌疑人，转身道："刘所，先吃饭，吃完饭好好休息一下。"

战机稍纵即逝，下半年的刑拘、移诉指标能不能提前完成在此一举。

刘建业哪顾得上休息，一边往大厅里走，一边说道："还有几个窝点要去端，刑警大队抽不出人，只能我们自己去。火车票订好了，下午两点的，吃个饭，洗个澡，换身衣服就去火车站。"

机会难得，想捣毁犯罪团伙、想一下子完成几十个刑拘指标真是可遇不可求。

关远程也希望多抓几个，打开办案区的防盗门说："刘所，火车票订了可以退，现在重新订应该来得及，这一趟我去吧。"

"老关，异地抓捕我比你有经验，这一趟还是我带队去，你继续在所里坐镇。"

"好吧，我看好家，让你没后顾之忧。"

所长一行劳苦功高，午饭准备得很丰盛，甚至专门去外面小店买了几瓶冰镇的雪碧。关远程一边招呼刘所和老丁等人吃饭，一边抓紧时间给刘所汇报起过去四天的工作。

从上级有什么指示，去分局开过几次会，所里办过几个案子，一直说到朝阳社区发生的事。

"韩朝阳在捣毁527厂的假证窝点时不是管东明小区物业借过几个保安吗，那个姓张的经理就想以此逃避处罚，说他们的保安是我们派出所的义务治安员，俞大打电话问到底有没有这事。"

"逃避什么处罚？"

"刚开始以为他们只是自行招聘保安，没按规定培训，没按规定去分局报备，后来一查才发现他们连保安服务许可证都没有。"

又是韩朝阳，要不是他瞎猫碰上个死耗子，走狗屎运捣毁了个制贩假证的窝点，早收拾他了。

刘所怎么可能为他欠治安大队一个人情，何况东明小区物业连保安服务许可证都没有，这也不是去说情的事，没好气地说："一码归一码，那小子答应人家的奖金，尽快把申请打上去，等钱批下来尽快给人家发了。至于东明小区物业的事，跟我们派出所没关系。"

"那我就这么回复俞大？"

"不这么回复还能怎么回复，总不能违反原则吧。"

也不知道那小子有没有给人家瞎承诺，刘所甚至怀疑韩朝阳可能收了人家好处，想想又问道："韩朝阳这几天在干什么？"

"协助街道征地动迁，白天维持会场秩序，晚上和工作组的干部在田间地头巡逻，挺忙的，大前天值班我都没让他回来。"

"去田里巡什么逻?"

"朝阳村的那些人精明着呢,家里搞好开始搞地里,有的突击种植中草药,有的突击种树,有好几块地一夜之间变成了果树林,这么下去还得了。工作组发现之后立即清点地里的农作物,以前种的是什么,田间地头有几棵树,全部登记造册,全部拍照摄像取证,同时组织干部轮流看守,防止村民们再钻空子。"

想到朝阳村这几天发生的稀罕事,关远程又忍不住笑道:"种树种高附加值的中草药算不上什么,还有村民正忙着找野坟荒坟,想方设法认祖宗。韩朝阳昨天出了一个警,就是两户村民为抢一个祖宗大打出手。"

"找野坟荒坟?抢祖宗?"刘所觉得很不可思议。

"征地不只是征收土地,地面的农作物要给补偿,地下埋的棺材一样有补偿。以前是迁坟,现在往哪儿迁,连朝阳村前几年建的那个专门安置骨灰的纪念堂都在拆迁范围内,所以在推行殡葬改革之前土葬的那些全要挖出来火化。"

"有标准的,挖一口棺材,火化一具骸骨,给补偿多少钱?"

"用村民的话说这是刨祖坟,不给钱谁会答应!"

公安工作不好干,遇到征地拆迁,街道干部的日子一样不好过。

想到这只是开始,接下来不知道还会发生多少麻烦事,刘所沉吟道:"不管他了,就让他协助街道搞拆迁。反正不安排他去也要安排别人去,不然不光我们没法儿跟分局交代,分局都没法儿跟区里交代。"

"我也是这么想的,多个人总比少个人好。"

所领导在楼上谈论韩朝阳,被韩朝阳责令来所里接受处理的江小兰、江小芳姐妹,正灰头土脸地走出一楼东侧的一间办公室。

真是倒霉到极点!

家被张贝贝那个狐狸精霸占了,公安不仅不给做主,反而一人罚款500,一人赔偿那个狐狸精300元的医药费、误工费,还要给狐狸精道歉。如果不缴罚款,不给赔偿,不给狐狸精道歉,就要被拘留。

江小兰越想越窝火,暗想跟那个狐狸精和江二虎的官司一定要打赢。

走出派出所大院,正准备跟妹妹商量去哪儿请个厉害的律师,一个穿着制服的小伙子突然追了上来。

"又怎么了,我这就去银行缴罚款,你们还想怎么样?"看见派出所的人江小兰就来气。

派出所的人回头看看身后,一边继续往前走,一边不动声色地问:"你们是朝阳村儿的吧,五队的姜桂平你们认不认识?"

"认识啊,说起来还沾亲带故。"

"姜桂平是我姨奶奶。"

"姜桂平是你姨奶奶,大兄弟,你姓什么?"

"我姓葛,叫葛宝华,以前经常去你们五队。"

"我说怎么这么面熟呢,你家是不是在凤凰村,你妈以前是不是在527厂门口摆过摊?"

"是啊,不过早不摆了。"

"哎呦,真是大水冲了龙王庙,一家人不识一家人。要是早认识你,早知道有这关系,我们能受这冤枉!"江小兰相信这个世界上只要有熟人就没办不成的事,一下子来了精神。

"姐,这里不是说话地方,我们去巷子里说。"

"好。"

有了关系江小兰顿时油然而生起希望,边走边唠叨起姜桂平家的事,走进巷子又诉起苦,两姐妹一把鼻涕一把眼泪,骂死了的余秀水,骂张贝贝,骂江二虎,骂看狐狸精长得好看就偏袒狐狸精的韩朝阳。

江一飞说得对,自己只是辅警,姓韩的是民警。

如果不整死他,不让滚蛋,总有一天他会报复自己。

葛宝华过去几天吃不好睡不香,一直在琢磨怎么收拾韩朝阳,等的就是这个机会,探头看看巷外,神神叨叨地说:"大姐,二姐,处理你们的民警杨涛是韩朝阳的师傅,姓韩的怎么说他肯定怎么信,裁决书都下来了,现在说什么都晚了。"

第三十九章 暗潮涌动

"那怎么办,就这么服输我咽不下这口气!"

"他为什么偏袒那个狐狸精,不是收了狐狸精的好处,就是见狐狸精长得好看,跟狐狸精有一腿。"

"肯定是,我见他俩的眼神就不对!"江小芳深以为然,一脸义愤。

"可惜没证据,如果有他收过狐狸精好处,或者有他跟狐狸精单独在一起的证据,拿到纪委和督察那儿举报,他保准完蛋,连不分青红皂白就处罚你们的杨涛都要被处分。"

现在是征地,马上就要拆迁。

江小兰心急如焚,想到就算官司打赢了也不一定能赶上,立马咬牙切齿地说:"既然他们偏袒狐狸精,既然他们不让我回家,那就别怪我江小兰对他不客气,不就是证据吗,从现在开始我天天盯着他!"

"光盯着没用,要有证据。"葛宝华趁热打铁地提醒道。

"拍照,我懂,我又不是没手机。"

狐狸精不一定会去找姓韩的,姓韩的忙着协助街道搞征地动迁,也不一定会去找狐狸精,葛宝华想了想又来了句:"实在没证据一样可以举报,不要去分局,直接去市局,如果督察支队不管就去纪委。"

"行,就这么办,就要举报这种害群之马。"

"举报时千万别提我,我在所里也帮你们留意着。"

"放一百个心,我们什么关系,我们是亲戚,是一家人,不会连累你的。"想到收回房子比收拾姓韩的更重要,江小兰又一脸期待地问,"宝华兄弟,能不能帮我们找找你们所长,房子的事你知道的,真不能拖。"

江小芳虽然不孝顺,但不意味着一点不通人情世故,低声补充道:"你放心,该怎么打点就怎么打点,需要怎么打点怎么疏通你跟我们说一声。"

第四十章　趁火打劫

领导支持，工作就有干劲。

刚刚过去的四天，韩朝阳白天维持会场秩序，晚上和工作组的干部们一起在村里或田间地头巡逻，防止村民搞违建，同时防止村民突击在地里种中草药或各种树木，处置突发情况，接到所里指令还要出警。

虽然不是工作组成员，竟在工作组领导要求下进了工作组的微信群，不仅认识了好几位正处级、副处级领导，还交上许多平时根本没机会交的区里各局委办、街道各站所的朋友。

不知不觉一下午又过去了，工作组干部"三班倒"，值班人员要继续严防死守，跟过去几天一样到村委会领盒饭。韩朝阳不是"三班倒"，而是24小时值班备勤，算上夜宵一天四顿都在工作组吃。不光自己吃，上白班的许宏亮和上晚班的老徐一样在这儿吃。

把许宏亮的那一份放边上，准备等会儿带警务室去，刚打开自己的饭盒拿起筷子吃了几口，区农业局的王大姐突然好奇地问："小韩，听苏主任说你明天上午要去御庭酒店相亲？"

"单位让去的，不去不行。"

"我们单位小陈也去，她是去年参加工作的，可能比你大一两岁，挺文静的一姑娘，我把她微信号推送给你，加个好友，明天好好聊聊。"王大姐越想越好笑，拿起手机推送起微信号。

这是第四个还是第五个？

苏主任介绍的那个黄莹加上好友已经三天了，一直没顾上聊；区总工会杨主任、区信访局李科长介绍的两个姑娘也是这两天加的，一样没时间聊。韩朝阳真有那么点尴尬,翻看着手机一脸不好意思地说:"谢谢王姐。"

"男大当婚女大当嫁,有什么不好意思的。先见见,先聊聊,觉得合适就谈,不合适就当交朋友。"

"好的。"

"吃完饭回去准备准备,理个发,刮刮胡子,搞精神点。"想到单位的小陈颜值不是很高,王大姐又说道,"小陈一般人,不难看也算不上有多漂亮,其他单位去的说不定有大美女,好好把握机会,主动上去搭讪,千万别不好意思。"

"行,我听您的。"想到苏主任也是这么说的,韩朝阳忍不住笑了。

东海音乐学院也算艺校,美女资源是不输任何一所大学的。论漂亮姑娘,不夸张地说真是见多了,已经有了免疫力。

韩朝阳不认为明天能见到让人觉得惊艳的美女,三口两口吃完饭,收拾好饭盒,跟工作组的干部们道别,带上许宏亮的晚饭开着巡逻车赶到居委会大院。

刚进门,曾经的社区工作者、未来的朝阳保安服务公司经理金大宝拿着一叠简历从办公室里跑出来,兴高采烈说:"朝阳,这是今天报名的,有退伍兵,有司法警官学院的警校生,你看看行不行,行的话我明天就不去人才市场了,直接通知他们明天下午来面试。"

苏主任开始说让他出任经理时,以为只是对他们的一种关心。直到昨天下午才知道这样的人员调整,也是为朝阳村并入朝阳社区做准备。

村干部说起来是干部,其实不是国家干部。人家干这么多年,没有功劳也有苦劳,接下来要撤销村委会,自然要给人家出路。

村干部一样是朝阳村的人,征地拆迁一样有赔偿,他们不仅不缺钱甚至很有钱,不在乎工资多少,要的只是一份他们觉得比较稳定的工作。

苏主任借成立保安服务公司的机会,让老金他们来保安公司,把社区工作者的位置腾出来安置村干部。并且村干部之前干的事,跟社区工作者没什么区别,既不会影响居委会的工作,新人老人的诉求又全能满足,堪称两全其美。

总之，这件事办得很漂亮，街道杨书记非常满意，中午来检查时说等保安服务公司成立他要亲自来剪彩。

能被任命为保安公司经理，说明眼前这位不仅是苏主任信任的人，说不定也深受街道领导信任。韩朝阳本来就没架子，更不会跟他摆架子，接过履历笑道："行，金经理，一起进去吧，我们一起看。"

"哎呦，瞧我这记性！"

"怎么了？"

"这是给宏亮带的饭吧，你在工作组吃了吧？"金经理指着韩朝阳手里提着的盒饭和矿泉水问。

"是啊，刚吃过。"

"朝阳，我们接下来要在一个锅里搅马勺，想着晚上找个地方坐坐，叫上小钟、小郭、宏亮和老徐一起吃顿饭的，上午光顾着招聘，下午光顾着跑保安公司的手续，忘了给你打电话。"

"没事，以后有的是机会。"

"明天吧，定在明天晚上。"

走进警务室，冷气扑面而来，前天下午装的空调效果不错，不仅制冷强劲，而且噪音很小。

正准备招呼复习了一下午的许宏亮吃饭，一个熟悉的面孔出现在眼前。

"张经理，你也在！"

"朝阳，我等你一下午了，知道你跟工作组在一起搞征地动迁，接电话不方便，找过去影响更不好，只能在这儿等。"

"什么事？"

许宏亮不是外人，老金认识这么多年了同样不是外人，张经理散了一圈烟，愁眉苦脸地说："还不是为自行招聘保安的事，现在查得真严，治安大队下午在凤凰新村对物业公司的保安逐一检查，发现十几个无证上岗的，听凤凰新村物业的汪经理说治安大队要罚他五万。"

韩朝阳点上烟，故作糊涂地说："你主动去过治安大队，再说他们又没去查你们。"

"我这边是证据确凿,他们不用来查。"

接下来要干保安这一行,干一行就要钻一行,老金忍不住问:"张经理,这么说治安大队也要罚你们?"

"我们跟凤凰新村的情况不太一样,他们招的保安只是无证上岗,只是没培训没报备。我以前不知道有那么多规定,没办《保安服务许可证》。昨天听朋友说,光明区有个人没《保安服务许可证》开保安公司,给两个老住宅区派保安,提供门卫服务,被治安支队行政拘留还要罚款。"

"现在怎么办,他们是怎么跟你说的?"

"等电话,听候处理。"

"拘留,说明那家伙违法经营。你跟他不一样,你招的那些保安又没出小区。罚点款就罚点款呗,把该办的手续全补办上不就行了。"

"话是这么说,但现在不是罚不罚款的事,其他手续都好办,主要是《保安服务许可证》,分局和市局都办不了,要上报到公安厅批。"张经理轻叹口气,接着道,"我打听过,分局这边是15个工作日,一级一级报到公安厅,等公安厅批下来不知道要等多长时间,正好又在查这个的专项行动的风头上。处罚的事放一边,说治安支队要抽查的,治安大队让我在一个星期内整改。证一时半会儿办不下来,让我怎么整改,我总不能去办假证的吧?"

眼前这位人不错,韩朝阳很想帮忙,可这个忙实在帮不上。

就在他不知道怎么开口之时,老金突然笑道:"多大点事,至于把你为难成这样?我倒是有一个办法,就看你有没有壮士断腕的决心。"

"什么办法?"你只是一个比临时工好那么一点点的社区工作者,张经理对老金到底有没有办法表示严重怀疑。

"解散保安队,把保安整编制移交给我们,由我们给你们小区提供保安服务,所有问题不都解决了。"

"移交给你们?"

"我们社区正在筹建保安服务公司,申请《保安服务许可证》的材料已经交到分局了,最迟两个月就能批下来,许可证一下来就去办营业执照和税务登记证。虽然现在手续不全,但我们同样是街道综治办批准成立的朝阳社区义务治安巡逻队,完全可以以治安巡逻的名义维护小区治安。"

这不是趁火打劫吗,难怪苏主任让他出任保安公司经理。韩朝阳彻底服了,跟神情同样精彩的许宏亮对视了一眼,继续保持沉默。

张经理回头看看韩朝阳,目光再次回到老金身上,苦着脸问:"老金,你是让我把保安服务外包给你们?"

"张经理,我们认识多少年,我还能赚你钱?再说保安公司是居委会的实体,公益性的,赚多少钱也不会落我金大宝口袋。把你当朋友才出这个主意的,换作别人我根本不会提。"

"我们只是物业公司,这么大事我说了不算。"

"做做业主工作,实在不行请苏主任出面,去开个业主大会,又不会让业主们多掏一分钱物业费,问题应该不大。"

业主们是不用多掏钱,但这么一外包物业公司就会少赚钱!

张经理想想又说道:"保安队的事是解决了,小区也不会因为没《保安服务许可证》没人看门,但我的事和以前的事还没解决,治安大队正让我听候处理呢。"

征地动迁工作现在最缺的就是一支拉得出打得响的维稳力量,如果能收编东明小区保安队,不光保安公司的力量能够得到加强,而且能多多少少赚点保安费维持保安公司运营。

老金相信苏主任和街道领导会帮着想办法,胸有成竹地说:"只要你有壮士断腕的决心,其他事社区乃至街道会帮你想办法。如果治安大队一点不通融,非要罚你的款,他们罚多少我将来给你补多少。"

"你给我补?"张经理将信将疑。

韩朝阳强忍着笑确认道:"张经理,老金现在负责保安公司筹建,等所有手续批下来就是保安公司经理,同时兼任朝阳社区义务治安巡逻队队长。街道杨书记、顾主任对这项工作很重视,对金经理期望很高,金经理说行基本上应该没多大问题。"

第四十一章　开房

分局治安大队下了"最后通牒",没有《保安服务许可证》就不能提供保安服务,没有国家保安员资格证的保安就不能上岗,而东明小区又不能没有保安!

想过眼前这一关,只有从具备《保安服务许可证》的保安公司找有保安员证的保安。

公安正在整顿保安服务市场,今天查这家,明天查那家,许多物业公司与东明小区物业存在同样的问题,证照齐全的保安服务公司变得炙手可热,这个时候找他们肯定会漫天要价。

张经理没有更好的选择,只能接受老金的提议。

考虑到分局正让他"听候处理",说出去的话就要兑现,老金立马给苏主任打电话,苏主任果然对此很感兴趣,刚到家又匆匆回到居委会,和张经理商谈"收编"事宜。

说是商谈,其实是讨价还价。

一边是领导,一边是朋友,韩朝阳自然不会掺和。

"太好了,朝阳,这么一来我们就多出十几号人。东明小区保安队的装备也齐,有三辆巡逻车,对讲机好像也有十几部,而且熟悉,晓斌、陈洁和小顾他们既听话又能干,等新保安招聘过来,让晓斌他们当班长!"刚到警务室换班的老徐听到这消息,兴高采烈,眉飞色舞。

韩朝阳一边翻看着手机,一边笑道:"是挺好的,但并过来之后他们还是以维护小区治安,服务小区业主为主。"

"这么说他们以后要接受保安公司、治安巡逻队和小区物业的三重领导？"

"差不多。"

韩朝阳笑了笑，抬头道："老金什么人，他以前也当过兵，退伍回来之后干五六年民兵营长，在村里干过治保主任，后来被抽调到街道帮忙，再后来又被安排到居委会，工作经验丰富，这些关系绝对能理顺。"

"老金是挺厉害的，不然能想到借这个机会收编人家的保安队？"

老徐意犹未尽，点上支烟，絮絮叨叨，憧憬起警务室的未来。

韩朝阳不想跟吴伟一样与这个世界脱节，先点开微信朋友圈，挨个儿给今天发朋友圈的好友们点赞，完了查收微信留言。

不看不知道，一看吓一跳。

短短几个小时内，居然有六个私聊信息。

第一条是师兄的，说他女朋友明天下午走，问明天中午有没有时间一起吃顿饭。24小时值班备勤，哪有时间去光明区吃饭，韩朝阳没办法，只能表达歉意。

第二条是老妈发来的，问有没有打听到位置不错、质量较好、得房率较高、价格又比较合适的房子。

一直没顾上去看房，不过可选择的楼盘倒是不少。好兄弟许宏亮把这事放在心上，托他那些在房地产公司上班的朋友打听过，先后拿来十几张带有户型图和报价的售楼广告。

然而现在混得太惨，在单位不仅没地位甚至不受待见，现阶段是绝对不能让老爸老妈来的，只能谎称暂时没找到合适的。

再就是几位同学的问候，同样只能报喜不报忧。

最后一条有点意思，是苏主任介绍的街道财政所黄莹三分钟前发来的，问明天去不去御庭酒店相亲，几点去，怎么去。

人家女孩子主动问，不能不回复，韩朝阳飞快输入一行文字："不去领导不高兴，我大概8点半左右坐公交车去。"

等了大约半分钟，黄莹有了回复："怎么不开车？"

"拜托，我是穷人，哪有钱买车！"韩朝阳想想跑到门边，拍了一张

第四十一章 开房

照片,发过去补充道,"单位倒是配了一辆'警车',虽然是两个轮儿的,但一样不能公车私用。"

手机屏上出现捂嘴轻笑的表情,不一会儿又出现一行文字:"我去接你吧,我一个人不好意思去。"

韩朝阳禁不住点开头像,再次看看黄莹朦胧的头像,回到对话栏:"行啊,香车美女,求之不得!"

"我不是美女,真要是美女能单到现在?"文字信息后面是一个哭泣的表情。

朋友圈一张照片没有,头像那么朦胧或许都不是本人的,颜值可能确实不高,韩朝阳一时间不知道该如何回复。

"被吓到了?"

"没有,我正在警务室值班,刚才有点事。"

"你忙吧,明天见,记得到时候给我发个定位。"

"好咧,谢谢。"

名牌财经大学毕业,燕阳市区人,有房有车,又是公务员,条件好得令人发指。如果老妈知道绝对会非常喜欢,她只想有个儿媳妇,只想宝贝儿子在省城能成家立业,对姑娘的颜值要求真不高。

回想起曾经的女友,韩朝阳暗叹口气,正准备起身去后院看看苏主任和张经理谈得怎么样,手机又传来微信提示音。

"小韩,晚上有没有空,有空赶紧过来排练吧!"527厂老厂长,一如既往地使用语音。

韩朝阳举起手机无奈地说:"王厂长,我等会儿要去巡逻,今晚真没时间,真去不了。"

"巡逻,那就算了。"

"明天晚上怎么样,明天晚上没时间我都要抽时间去。"

"没关系,年轻人以工作为重。对了,提起工作,你托我打听的事有眉目了,你先忙,明天晚上来了再跟你说。"

托他打听的事有了眉目!

韩朝阳一下子有了精神,急忙道:"王厂长,您老都说了应该以工作为重,我马上过去,带琴过去。"

现在有时间了,就知道你小子会来。

王厂长跟余阿姨等人做了个狡黠的鬼脸,不无得意地笑道:"那你搞快点,我们马上开始了。"

"行行行,最多3分钟。"

开着巡逻车赶到沿河公园,眼前的一切让韩朝阳倍感意外,大爷大妈们居然没跟往常一样唱歌跳舞,竟围着几个临时摆的桌子四周,听几个穿着白衬衫、打着领带的年轻男女讲什么。

"王厂长,他们这是做什么?"韩朝阳找到正在拉二胡的老厂长,看着人群不无好奇地问。

"保险公司的。"老厂长放下二胡端起茶杯,若无其事地笑道,"经常有人来搞推销,有保险公司的,有卖保健品的,有旅行社的,连银行都有人来拉存款。"

"真会跑业务!"韩朝阳感叹道。

"那是,你以为我们这身衣服哪儿来的,全是人家赞助的。明天早上7点去向阳街听课,一人发一斤鸡蛋,只要去的人都有。"

"听什么课?"

"保险公司的课,放心吧,不是骗子。"

这些卖保险的真是无所不用其极,韩朝阳觉得这事没这么简单,暗暗决定明天让老徐跟着去看看,不动声色地问:"王厂长,刚才您说赵杰的事有了眉目,他平时都在什么地方落脚,都在干些什么?"

这是正事!

老厂长警惕性极高,下意识回头看看四周,俯身道:"说是跟别人合伙开什么文化传媒公司,其实干的事跟带小姐差不多,在大新街一个大厦租了几间办公室,里面隔成一间一间的,让那些女的在里面对着摄像头搔姿弄首。"

"搞直播?"

第四十一章 开房

"对对对,好像就是直播。"

这个算不上正行,但只要那些女主播不脱也算不上违法,顶多算低俗,韩朝阳正准备解释一下直播是怎么回事,老厂长突然用更低的声音接着道:"光干直播就算了,还经常带女的去宾馆开房。"

"王厂长,现在跟以前不一样……"

"小韩,我知道现在人开放,我说得不光是他跟女的去开房,还叫好多男的一起进去。十几二十个男的,一个女的,肯定不会有好事!"

这就比较可疑了,韩朝阳急切地问:"您老是怎么打听到的?"

"他经常去开房的宾馆,是我们厂老古家三小子开的。老古媳妇经常去帮忙,今天回来时遇上了,无意中谈到的。"

"什么宾馆,开在什么地方?"

"鹏程快捷酒店,就在中山路上。有生意当然照顾自己人,所以我家来个亲朋好友全住那儿。"

经常从中山路过,老厂长说的鹏程快捷酒店韩朝阳有点印象,虽然不在警务室辖区,但离这儿并不远,而且在花园街派出所辖区内。

"行,我知道了,回头查查他到底在干什么。"

"老古是党员,退休前是省级劳动模范,思想觉悟绝对没问题,要不要我帮你跟老古打个招呼,让他帮你留意留意?"

"谢谢王厂长,这样最好了,请老古帮我盯着,赵杰什么时候再去开房就什么时候通知我。"

"包我身上,走漏风声我负责。"

老厂长拍拍胸脯,旋即起身道:"小吴小钱,好啦好啦,该买的早买了,没买的也不会买你们的保险,今晚就到这儿,你们早点回去吧,我们开始排练!"

第四十二章 相亲（一）

果不其然，没有更好选择的张经理，终于下定"壮士断腕"的决心，同意把东明小区的安保外包给未来的朝阳社区保安服务公司，至于费用方面韩朝阳懒得去打听。

韩朝阳不关心，不等于业主们不关心。

保安费用在物业费里占很大比重，尽管物业公司很强势，但业主们才是东明小区真正的主人。

为避免不必要的麻烦，也为了尽快把义务治安巡逻队搞起来，苏主任和社区几个干部一大早便赶到东明小区，与张经理等物业公司管理人员，召集小区楼长和业主代表们开会。

考虑到业主代表们可能会心存疑虑，苏主任决定给他们一颗定心丸，硬是要求韩朝阳列席。

"各位业主，事情的来龙去脉说复杂也复杂，说简单就是这么简单，可以说这是没办法的办法。在此，我代表居委会、代表社区义务治安巡逻队向大家保证，保安队只是换一块牌子，在服务业主方面以前什么样，以后还是什么样，在治安防范和服务态度上甚至会比以前更好。"

"不涨物业费，我没什么意见。"

"苏主任，张经理，我也没意见。"

"谢谢各位理解，既然开的是业主代表会议，我们就按程序举个手，举手表决一下。"

"老王，开会呢，玩什么手机？"一个业主代表捅捅身边的伙伴，第一个举手同意。

第四十二章 相亲（一）

朝阳村的村民一个比一个精明，东明小区的业主也很厉害。

对面的这几位刚才不是在玩，而是在"现场直播"，他们有业主群，每栋楼有每栋楼的微信群，涉及物业的事个个都很关心，作为代表他们都很称职，苏主任相信刚才所说的一切，在家的业主几乎个个知道。

不管怎么样，最后一个程序走完了。

从现在开始，东明小区的十六个保安摇身一变为社区义务治安巡逻队员，不久的将来又会变成朝阳社区保安服务公司的保安员。

人逢喜事精神爽，苏主任很高兴，正准备宣布散会，一个业主突然道："苏主任，韩警官，5号楼8004养了一条狗，有半人高，天天坐电梯下来溜，到处拉屎撒尿就不说了，光吓也把人吓死！往电梯里一钻，张着嘴吐着舌头往人身上凑，这事你们管不管？"

"您看，真有半人高，业主们都有意见，尤其家里有老人小孩的。"一位女业主举起手机，给众人翻看大狗的照片。

刚接手小区的安保工作，事情就来了！

苏主任下意识看向张经理，张经理回头看看老金，再看看韩朝阳，一脸无奈地说："这事业主们不止一次反映过，其实养狗的不止8004这一家，以前小区里狗更多，还有外面跑进来的野狗，经常跑到儿童游乐场那边。万一咬到人怎么办，我组织保安抓过一次，用钢丝做的圈儿套，结果套出事了，11号楼有个业主说狗是她家的，跑这儿来跟我大吵大闹，最后没办法，赔了她两千块钱。"

"狗死了？"

"晓斌去套的，小伙子下手有点重，一不小心把狗勒死了。"

养蛇是坚决不允许的，养狗不太好处理。

苏主任权衡了一番，说道："各位业主，8号楼有业主养大型犬的事我知道了，不管治安巡逻队还是我们居委会都不会坐视不理，给我们三天时间，三天之后给大家一个答复。"

"苏主任，您不能跟张经理一样，今天拖明天，明天拖后天。"

"这位美女，请相信我苏娴，请相信我们居委会，说三天就三天。今天是星期日，许多工作不好开展，我们的社区民警韩朝阳同志等会儿还有事，今天先到这儿，三天之后如果还没处理，你们可以去居委会找我，也可以去警务室找韩警官。"

能怎么处理，只能查查那个业主有没有办理养狗证。这是居委会的事，让人家到时候去警务室找我干什么，韩朝阳被搞得啼笑皆非。很显然，苏主任使的是权宜之计、缓兵之计。

送走十几位业主代表，打发老金跟张经理去办交接，提着包走到小区西大门，见路边停着一辆白色丰田轿车，回头调侃道："小韩，可以啊，这才介绍你们认识几天，小黄都过来接了！"

刚才偷偷发微信说这边正在开会，不知道要开到什么时候，让黄莹先去，没想到她居然还是来了。

不等韩朝阳开口，车上下来一个穿着白色连衣裙的女孩，抬起莲藕般的胳膊拢拢秀发，朝这边莞尔一笑，明眸皓齿，宛如一株矗立在田野之中的向日葵，明媚而亮丽。

要脸蛋有脸蛋，要身材有身材，要气质有气质！

这么漂亮，她是黄莹吗？

自认为对美女早有免疫力的韩朝阳，一时间竟看呆了。

"苏主任，刚散会？"黄莹被看得有些不好意思，急忙拉开后门，取出一瓶水递了过来。

"不好意思，硬拉着小韩过来开会，耽误你们相亲，"苏娴接过纯净水，回头笑道，"小韩，愣着干什么，正式认识一下呗，什么时代了，难道真要我这个居委会大妈给你们介绍。"

"韩朝阳，认识你很高兴。"韩朝阳缓过神，连忙伸出右手。

黄莹噗嗤一笑："我们认识三天了吧，只是没见过面。"

"对对对，三天。"

"这就对了嘛，你们继续，我还要去工作组，就不在这儿给你们当电灯泡了。"

"苏主任，我送送您。"

第四十二章 相亲（一）

"不用了，就几步路，小韩，照顾好莹莹。"

苏主任摆摆手，小跑着穿过马路走了。

面对眼前这位仙女儿似的大美女，韩朝阳真有那么点拘束，正不知道该说点什么，黄莹突然问："韩警官，您就这样去？"

"这样不行吗？"

"不回去换身衣服？"

衣服真准备了，结果被拉来开会，要穿警服。

韩朝阳掏出手机看看时间，无奈地说："8点50了，回去换衣服来不及，就这么去吧，反正对能不能相上我也不抱希望。"

"那就走吧，上车。"

女孩子的车就是不一样，干干净净，不像许宏亮的车，拉开车门就是一股扑鼻的烟味儿。

韩朝阳坐进副驾驶，系上安全带，一股淡淡的幽香从身边传出，丝丝缕缕地钻入鼻孔中，闻着清爽宜人。

"你比照片上黑多了，要不是站苏主任身边，我不一定能认出来。"黄莹率先打破沉寂，回头看了一眼，忽闪着长长的睫毛，脸上带着令人心悸的微笑。

"协助工作组征地动迁，天天在太阳下暴晒，不黑才怪。"韩朝阳很快调整好心态，顺手拉下遮阳板，对着遮阳板背面的镜子照了起来。

"别臭美了，其实黑点好，晒黑点才像警察。"

"你是说我以前不像警察？"

"以前什么样不知道，只知道朋友圈那些照片上的你不像，白白净净，斯斯文文，拉着小提琴，像个小白脸。"

"现在的女孩不都喜欢小白脸小鲜肉吗？"

黄莹忍不住笑道："你以为个个都是颜值控，当然，颜值也很重要，吃藕的那种没法儿带出去见人。"

这丫头不仅比想象中漂亮一百倍，而且性格很开朗。

韩朝阳油然而生起一股好感，笑道："某人昨晚还说自己很丑，嫁不出去，没办法只能一直单着。骗人有意思吗，还是想给我一个惊喜？"

"给你惊喜，韩警官，别自作多情了，不过我会把刚才这番话当作恭维。"

"不是恭维，确实很漂亮。"

"再漂亮也没你朋友圈照片里那些女生漂亮，音乐学院，帅哥美女云集，老实交代，谈过几个？"

"你这么漂亮，上大学时肯定有好多男生追，你谈过几个？"

"我先问你的！"

"你先说。"

"不说拉倒。"黄莹对韩朝阳真没什么想法，真是不愿意一个人去相亲，而且苏主任极力牵线，才鬼使神差提出顺路接上他一起去的。韩朝阳不愿意说她也不在意，指指身后："刚才忘给你拿，自己动手，后排有水。"

"谢谢。"

自己什么条件自己知道，韩朝阳本来对相亲就不抱期望自然谈不上失望，顺手拿起一瓶水，一边喝着一边心不在焉地跟她闲聊起来。

第四十三章　相亲（二）

紧赶慢赶，还是迟到了。御庭酒店二楼宴会厅外的签到台已经撤了，厅门大开着，里面黑压压的全是人，外面同样有许多人围观。

集体相亲，多热闹的事！外面不仅有酒店工作人员，也有许多前来相亲的男女青年的家人，里面站不下，只能待外面，现场乱哄哄的。

"青年朋友们，在这个美丽的季节，伴着那一双双期待的目光，我们如约相聚在御庭大酒店。

"由燕东区团委、燕东区文化局、燕东区妇联共同主办的燕东区企事业单位单身青年联谊会，将为大家提供更加愉悦的交流机会。真诚祝愿大家能够在这个浪漫的环境里、清新的空气中，找到属于你的情缘！

"今天的活动共分三个板块，首先进行的是第一板块——'亮出你自己、真实不保留'！这个板块包括初结良缘和真情告白两个环节，刚才大家在入场的时候，我们的工作人员已经给每个人发了一个数字号牌，我们把号牌上的数字称为'缘分的编号'，简称编号，活动过程中，我们将通过自行结合和随机抽取编号的方式，确定参加各项活动的人员，请大家把自己的编号贴在身上比较显著的位置，记住印象最佳的异性的编号，主动出击，增进交流。"

虽然迟到，但不算特别迟，活动刚刚开始。踮起脚跟看看，搞得挺像那么回事，一男一女两个主持人在台上抑扬顿挫，不断煽情。有记者摄像，有记者拍照，台下人也纷纷举起手机在拍，只是人太多，找了好一会儿也没看到管稀元和吴伟的身影。

韩朝阳正琢磨着是不是进去找工作人员签个到证明自己来过，再顺便管工作人员要个"编号"，一个穿着白衬衫，打着领带，戴着眼镜，脖子里挂着一工作人员胸牌的年轻人挤了出来，一出来便问道："莹莹，你怎么才到？"

"路上堵车。"

"这是编号，其实你要不要无所谓，进去吧，我留了位置。"

原来他们认识，韩朝阳正准备走个后门先把到签上，年轻人突然转身问："是分局让你来的吧？"

"嗯。"难道他也认识我，韩朝阳被问得一头雾水。

"我姓单，区委办的，也是主办方的工作人员，你来得正好。刚开始以为没几个人报名，没想到一下子来这么多，你就在这儿守着，维持好秩序，无关人员别让他们进。"

居然发号起施令，你知道我是谁，你以为你是谁？

韩朝阳被搞得很郁闷，正准备开口，黄莹强忍着笑解释道："单秘书，他是花园街派出所的……"

"不管分局还是派出所，只要来人就行，我们先进去吧。"不等黄莹说完，单秘书就拉着她手挤进宴会厅。

什么人，真当自己是领导。

韩朝阳越想越郁闷，正打算扭头回去，又跑出来一个胖乎乎的女工作人员，递上一瓶水，气喘吁吁地问："你姓什么？"

"姓韩，韩朝阳。"

"来维持秩序也算工作人员，童书记让你把这个胸牌挂上。对了，中午有饭，到时候一起吃饭。"

童书记，区委的还是团委的？

不管是区委的还是团委的，只要是书记就是领导，就这么拍屁股走人不合适，万一将来查到让你维持秩序你却跑了，到时候又要挨批评。韩朝阳被搞得哭笑不得，只能硬着头皮接过胸牌挂上，站在门边维持起秩序。

警察太没人权，是个领导都能指挥你。韩朝阳追悔莫及，暗想早知道

第四十三章 相亲（二）

这样就不来了，或者换身衣服再来。不过这样也挺有意思的，不用参加主持人搞的那些活动，可以以旁观者身份看热闹。

这时候，里面的相亲活动进入高潮。

男主持人抑扬顿挫地说："下面进入'真情告白'环节，我们已经初结良缘的青年经过刚才在台前的初步交流，已经相识了！那么，现在就给你们一个表白的机会，你想对他说什么，一定要说你现在最想说的话……"

如雷般的掌声再次响起，紧接着又是一阵起哄。韩朝阳垫起脚跟想看看谁跟谁告白，一个熟悉的面孔出现在面前。"朝阳，你怎么站这儿？"准备去洗手间过烟瘾的管稀元，见韩朝阳穿着一身警服，挂着工作人员的胸牌，像门卫一样守在门口，被搞得一头雾水，觉得很不可思议。

"我倒是想进去，童书记不让，非要我在这儿帮他们维持秩序。"生怕他不信，韩朝阳煞有介事地举起胸牌。

管稀元一愣，将信将疑地问："区委童副书记？"

"区里有几个童书记？"韩朝阳故作认真地反问道。

"区委就一个童书记，朝阳，你认识童书记，童书记认识你？"

韩朝阳暗想我只认识区委常委、花园街道工委杨书记，童书记别说不认识，甚至听都没听说过，但还是若无其事地说："我也不知道他怎么认识我的，一来就让我在这儿维持秩序，还说中午一起吃饭。"

这小子，原来有背景有靠山，真人不露相啊。管稀元笑了笑，没再说什么，掏出香烟朝洗手间方向比划了一下，头也不回地走了。

第四十四章　倒霉蛋

区里对这个相亲活动很重视，区领导都亲自来了，天知道区团委回去之后会不会对名单，所以说签到这件事很重要。

相亲活动一结束，韩朝阳把胸牌交还给胖乎乎的女工作人员，从她手里接过午餐券，借故帮着一起收拾会场，悄悄找到签到簿在分局那一栏下面把名字签上。

就几个女孩子在干活儿，其他人全走了。姓陈的姑娘待人很热情，一个劲儿致谢，韩朝阳不好意思就这么走，干脆帮她们收拾完。不知不觉已经12点多，赶回去也领不上工作组的盒饭，何况在大酒店吃饭的机会实属难得，韩朝阳抱着纸箱，同小陈一起下楼来到自助餐厅。

不看不知道，一看大吃一惊。

本以为黄莹早跟那个牛哄哄的单秘书走了，没想到她不仅在餐厅，而且和区委童副书记、团委周书记、妇联白主席坐一桌。

只见她端起杯来抿了一小口，把果汁当作酒一样喝，动作优雅，一颦一笑都让人如痴如醉。颜值高，人又开朗，真是鹤立鸡群，独领风骚，堪称整个餐厅最受瞩目的明星。

来头不小，居然认识区领导，居然跟区领导谈笑风生！

韩朝阳倍感意外，不动声色放下纸箱，背对着她找了个盘子去找吃的。结果刚夹上一点菜，就听她笑道："朝阳，怎么搞到这会儿？"

转身一看，领导们的目光全集中在自己身上，表情都很精彩，韩朝阳不无尴尬地说："我，我在上面帮着收拾了一下。"

"韩朝阳同志吧，你先取餐，取好坐这边，正好有个位置。"

上午跟老管吹牛认识童书记，没想到现在真认识了，童书记不仅认识自己，还能叫出名字，韩朝阳感觉像是做梦，不无紧张地说："童书记好，各位领导好，我坐那边就行，那边好多空位。"

"让你坐这儿就坐这儿，今天活动没组织好，现场一片混乱，让你这个来相亲的同志维持了半天秩序，我代表主办方给你道歉。"从来没遇到如此搞笑的事，说到这里，童书记忍不住笑了。

团委周书记和妇联白主席全是女同志，不仅同样没遇到如此搞笑的事，甚至从来没见过如此倒霉的人，实在控制不住笑得前仰后合。

"韩朝阳同志，不好意思，我以为你是分局派来维持秩序的辅警。"

区领导都说活动没组织好，单秘书觉得有必要道个歉，特意起身解释了一下，想想还指指韩朝阳的警衔。

亏他还是在区委办上班的，对公安也太不了解，辅警会佩戴这样的警衔？韩朝阳暗骂了一句，再次感谢几位领导，在黄莹的催促下继续取餐。

取完餐，又在童书记的要求下坐到他对面，团委书记和白主席居然还没笑完。本已经不笑了的黄莹，又忍不住笑了，边笑边说道："朝阳，陈书记和白主席说今天让你受委屈了，让你错过一次找到意中人的机会，决定对你进行补偿。"

"对对对，必须补偿。"

"七夕情人节，市团委也会搞一个相亲活动，到时候我跟主办方打个招呼，挑条件好的女生优先给你配对，不合适再配，直到配上为止。"

白主席话音刚落，众人又是一阵哄笑。

配对，再配，配上为止。

这是哪儿跟哪儿，到底是相亲还是"配种"！

看着众人捧腹大笑的样子，白主席意识到说错了话，捂住脸也笑了起来，笑得上气接不上下气。

玩笑可以开，但餐厅里有许多人，显然不是开玩笑的场合。

童书记顾忌影响，摆摆手，举起筷子感叹道："各位，像小韩这样的同志现在真不多，用任劳任怨来形容不为过。明明是来参加相亲活动的，小单一句话，小韩同志就毫无怨言地维持起会场秩序。"

"童书记，对不起，我工作没做好，事先没预料到会有这么多人。"

"准备不充分放一边，接着说小韩，活动结束之后包括你单小明在内的许多同志一窝蜂全走了。就你饿，别人不饿？看看人家小韩，主动留下来帮小陈她们收拾会场，从这个细节上就能看出一个同志的工作态度。"

真是搬石头砸自己脚，早知道不让这小子维持秩序。

领导批评，单秘书追悔莫及，脸色一下子变了，耷拉着脑袋低声道："童书记，我错了，我检讨。"

"这既是工作态度，也体现出你们平时的工作作风！"

想到上级关于机关干部下基层扶贫的文件，一直拿不定主意让谁下基层的童副书记，轻描淡写地说："单小明同志，归根结底，你是缺少锻炼，长期在机关工作，缺乏基层工作经验，自然而然就脱离了群众。从干部培养的角度出发，本着对你负责的态度，我建议你主动报名下基层。"

有没有搞错，这就让我下基层！单秘书，确切地说是单副科长，顿时傻眼了，迟疑了好一会儿很不情愿地点点头："童书记批评得是，在平时工作中我确实有些脱离群众，我愿意下基层。"

"就应该有这个觉悟，好，继续吃饭。"

现在下基层跟以前下基层不一样，不是去哪个街道或乡镇挂职，而是下村搞精准扶贫，当驻村干部，完不成任务别想回来。

刚才还捧腹大笑，谁能想到会发生这样的事？众人面面相觑，再也笑不出来了。韩朝阳不仅笑不出来，甚至觉得这事似乎因自己而起，看着单副科长那张铁青的脸，意识到好像稀里糊涂得罪人了，而且是往死里得罪的那种。这算什么事，真是没有最倒霉，只有更倒霉！

一顿饭吃得索然无味，送走童副书记、陈书记和白主席等领导，韩朝阳钻进黄莹的轿车问："大姐，你认识单科长？"

"认识。"黄莹也觉得他是这个世界上最倒霉的人，禁不住暗叹口气，想想又来了句，"也只是认识。"

冤家宜解不宜结，韩朝阳追问道："怎么认识的？"

第四十四章 倒霉蛋

"还能怎么认识,别人介绍的呗。"

"他也是单身?"

"嗯。"

"他这么年轻就副科,前途无量。"

"韩朝阳,你到底想说什么?"

"刚才的事跟我没关系!"

"有关系又怎么样,你在公安局,他在区委办,别说马上要去包村,就算不下村他一样管不到你。"

"这倒是。"

"不过你也真够倒霉的,我怀疑童书记早想让他下基层,结果人家瞌睡你送上一枕头。"想到单小明下村之后不可能再像之前一样三天两头往街道跑,自己再也不用被单小明纠缠,黄莹禁不住笑了。

"莫名其妙得罪个人,我已经倒霉成这样了,你居然笑得出来!"韩朝阳越想越郁闷,下意识掏出烟。

"车内禁止吸烟。"

"哦。"

黄莹觉得这事跟她多少有点关系,很同情身边这个小倒霉蛋,顺手摁下车窗:"算了,让你破一次例,想抽就抽吧,别把烟灰掉车里就行。"

"谢谢。"韩朝阳是真郁闷,需要烟草麻痹,再次掏出烟点上。

"韩朝阳,韩警官,我说你倒霉不只是今天这事。说了你别生气,如果没猜错,你在单位估计混得也不怎么样。"

"你怎么知道的?"

"这不明摆着嘛,协助征地拆迁是什么差事,你们公安规矩又多,现在又非常注重形象,如果搞出点什么事,别说挨处分,可能饭碗都不一定能保住。你们所领导为什么不安排别人去,为什么偏偏让你去,自己好好想想吧。"

不出事最好,真要是出点事,刘所肯定让自己背锅。

韩朝阳反应过来,拍着额头愁眉苦脸地说:"我这是招谁惹谁了,真是人倒霉时喝凉水都塞牙！"

"肯定是坏事干多了，现在开始招报应。"

"大姐，我现在需要的是安慰，您能不能别落井下石。"

"安慰我不会，建议有一个。"

"有建议也行，说来听听。"

"去明慧寺烧烧香，捐点香油钱，请住持帮你念念经，求求菩萨，看能不能让你转运。"

韩朝阳被搞得啼笑皆非，嘟囔道："我虽然不是党员，但我一样是无神论者，一样信仰共产主义，让我去求菩萨，开什么玩笑。"

整天在财政所上班很枯燥乏味，遇到这么个倒霉蛋想想挺有意思的，黄莹噗嗤笑道："那我就爱莫能助了，你自求多福吧。"

"大姐，认识就是缘分，我们是朋友，你不能见死不救。"

"你让我怎么救？"

"你不是认识童书记吗，帮我跟童书记说说，看能不能帮我换个单位。"

这下轮到黄莹啼笑皆非了，回头笑道："韩朝阳啊韩朝阳，你也真看得起我，如果有这关系，我还能在街道上班，早调区财政局甚至区委区政府了。"

"童书记他们不是挺器重你的吗？"韩朝阳将信将疑。

"我真是服了，跟你明说吧，我也是今天刚认识他们的。单小明一厢情愿，逢人就说我是他女朋友，硬是拉着我去餐厅，当么多人面又不能让他下不来台，就这么勉为其难去了，结果被他介绍给童书记、周书记和白主席。"

第四十五章 有人了

回到居委会，一下车宛如钻进一片热浪中。

经过一上午暴晒，水泥地面估计有50度，在炎炎烈日下指挥黄莹倒车，目送她把车开出大院，只见斜对过民房的遮阳处有十几个小伙子，有的蹲在地上抽烟，有的靠在墙上喝矿泉水，一个个热得满头大汗。

这样会中暑的！

韩朝阳快步走到大门口问："你们是来面试的吧？"

"是。"抽烟的小伙子急忙扔掉烟头站起身，早注意到居委会里来了一个警察的其他小伙子，也不约而同围到大门前。

"电话里约的是几点？"

"三点。"

现在不到两点，他们提前一个多小时就来了。

不过也正常，燕阳市这么大，朝阳社区又相对偏远，有些人可能之前从未来过这边，不知道要在路上花多长时间，早些过来保险点。

"外面太热，跟我进来吧。"韩朝阳不想他们热出病，掏出苏主任昨天给的钥匙，把众人带到一楼会议室，打开柜式空调，一边示意他们随便找个位置坐下，一边笑道，"我姓韩，叫韩朝阳，是花园街派出所的社区民警，金经理应该快上班了，你们先坐会儿，等金经理到了就面试。"

肩膀上一道拐，以为是辅警，没想到是正式民警。

一个毕业于司法警官学院的小伙子羡慕地看看他袖子上的"公安"臂章，起身道："谢谢韩警官。"

"韩警官，抽烟。"

"不用谢,不抽了,我还有点事,等会儿见。"

全是身强力壮的小伙子,其中好像有五个退伍士兵是党员,身份证信息履历里全有。为确保万无一失,昨晚还用警务通挨个核对了一下,以防犯罪分子或前科人员混入朝阳社区义务治安巡逻队。

这边要招十五个,算上刚收编的东明小区保安队,再算上老金、小钟、小郭和警务室三个人,维护社区治安的力量就有三十多人。

有三十多号人,有经费保障,有街道和社区居委会支持,什么事干不成?

上午的不快随之烟消云散,韩朝阳来到走廊尽头,掏出另一把钥匙打开防盗门,走进昨天下午刚换上"社区民警办公室"门牌的宿舍。

确实是办公室,有办公桌椅,有文件柜,有一张实木沙发,墙角里摆着一张钢丝床,有空调有暖气,有电话有网线,条件比之前不知道好多少倍。

韩朝阳很满意现状,打开空调舒舒服服地半靠在椅子上,回想起黄莹在路上说的那些话。

协助征地拆迁,的确不是什么美差。但公安怕出事,难道街道领导和工作组的干部就不怕出事,人家一样是公务员。工作终究要有人去干,如果个个都怕事,火车站还要不要搬迁?当然,火车站搬迁是领导们考虑的事。

对自己而言朝阳社区是个好地方,不只是无需跟之前一样天天受人脸色,而且在这儿能受到前所未有的尊重,你只要好好干,街道领导乃至区领导能看得见。

苏主任就更不用说了,人家是真关心,真照顾,真帮忙!

韩朝阳、朝阳社区、朝阳村……

从来不相信命运的韩朝阳,赫然发现冥冥之中自己的名字和这些地名可能存在某种联系,朝阳社区包括朝阳村应该是自己的"福地",只有在这儿才能混得风生水起,要是去其他地方绝对会倒霉。

有些事宁可信其有,不可信其无。

正琢磨着要不要抽个时间去明慧寺烧烧香,手机突然响了,老金打来的。

"朝阳,我金大宝,你回警务室了吗?"

"刚回来,金经理,面试的人到了,来了十几个,我见外面太热,就让他们先在会议室坐会儿,你什么时候过来。"

"我和苏主任在527厂,一时半会可能回不去,我让小钟先回去,要不你和小钟先给他们面试。"

面试实在算不上多大事。

铁打的派出所流水的协勤,保安公司也差不多,工资待遇不高,又没升职加薪的机会,根本留不住人。招一批干几天跑了,然后再招,周而复始,就这么循环。

韩朝阳有这个心理准备,而且保安不是什么技术岗位,对接下来的面试并不是很看重,而是追问道:"你们去527厂干什么?"

在走廊里打电话的金经理,探头看看东阳公司总经理办公室,不无兴奋地说:"527厂在安全防范上存在许多不足,苏主任决定一鼓作气,跟黄总和徐经理谈谈保安的事,黄总原则上没什么意见,接下来谈细节,我明天可能还要去人才市场。"

哇,效率挺高!

早上刚收编东明小区保安队,现在又准备拿下527厂的安保业务。

谁会嫌人多,谁又会嫌钱多,韩朝阳乐了,立马起身道:"行,你们忙,这边交给我了,小钟一到就开始面试。"

"朝阳,现在最缺的就是人,来几个留几个,工资待遇参照东明小区物业,这些事小钟和小郭知道。"

"明白了,放心吧,来几个留几个,一个不让走。"

小钟和小郭回来得很快,俩人先跑到楼上办公室拿来一叠表格,同韩朝阳一起走进会议室,像开大会一样往台上一坐,开始了别开生面的"集体面试"。

韩朝阳是三人中唯一的公务员,也是"指导"义务治安巡逻队的民警,当仁不让地先发言，先介绍起朝阳社区义务治安巡逻队及正在筹建中的朝阳社区保安服务公司的情况。

"同志们，昨晚我看过各位的简历，吴俊峰在不在？"

"到！"

"请坐。"

韩朝阳微笑着示意他坐下，侃侃而谈道："吴俊峰同志有保安工作经验，曾在新远保安服务公司工作过，从履历上看不仅在银行执过勤，还在省委党校执过勤。但我们接下来的工作，跟吴俊峰以前的工作不太一样。"

"因为我们首先是花园街道综治办批准成立的社区义务治安巡逻队，是花园街道工委和街道办事处建立的一支社会治安防范及维稳力量，要在朝阳社区居委会领导下和花园街派出所指导下开展各项工作。"

"虽然是义务治安巡逻队，其实与派出所、交警队、刑警队的辅警协勤没什么区别。我们接下来要配发的服装和装备，将参照特警支队特勤的标准，作训服、防刺背心、防刺手套、防爆头盔、防爆盾牌这些全要装备。"

能来应聘的几乎个个有一个警察梦，想到有可能和特警支队的特勤一样威风，个个喜形于色。

韩朝阳顿了顿，接着道："之所以要注册保安服务公司，主要是出于用工政策及劳动法规考虑。同时，我们也确实承担着维护几个住宅区安全保卫工作的任务，至于将来让谁在小区执勤，让谁协助我们警务室街面巡逻，等人员确定下来会排一个值班表……"

义务治安巡逻，既然带个"义务"就意味着没钱。

吴俊峰反应过来，大胆地问："韩警官，您是说保安公司是给我们发工资的，但我们主要是协助您维护社区治安？"

"差不多，可以说这是一种变通。"

"工资呢？"一个小伙子忍不住问。

"钟经理，你给大家介绍一下。"

"好的。"

第四十五章 有人了

小钟干咳了两声,清清嗓子,微笑着说:"同志们,关于薪酬待遇方面,金经理应该在人才市场跟大家说过,我们的招牌海报上也写得很清楚,既然有人问,我再介绍一下。我们朝阳社区保安服务公司是居委会的实体,是公益性的也是非营利性的,给大家的薪酬绝对比其他保安公司好,而且好很多。刚才韩警官介绍过,公司正在筹建阶段,《保安服务许可证》还在申请办理中。现阶段我们参照东明小区保安队的薪酬标准,单位缴纳五险后每月工资2000元,包三餐,提供食宿。"

"钟经理,我不是燕阳人,在这边交保险没用。"

"这个我们也考虑到了,如果有人不想在燕阳缴纳保险,我们会把单位缴纳的部分及应扣除个人缴纳的部分,以工资形式发放给大家。"

小钟回头看看韩朝阳,继续道:"等保安服务公司正式挂牌成立后,会重新制定薪酬标准,肯定只涨不降,至于涨多少现在不好说,但可以明确地告诉大家,届时每人每月工资不低于2600元,这是缴纳完五险之后的。除此之外,有加班补贴和绩效奖金,工作表现出色的还有额外奖励。干满一年涨200元,两年涨400元,表现出色被任命为班长的有班长补贴。相比其他行业,这个薪酬待遇不算高,但相比区里统一招聘的社区工作者和网格员,包括大学生村官,我们给出的待遇绝对是可以的。"

小郭不失时机分发关于薪酬方面的细则材料,正如小钟所说,社区给出的薪酬待遇比上不足比下有余。

现在工作多难找,来应聘的大多没一技之长,学历也不是很高。

不出所料,来面试的无一例外地决定在这儿干。

第四十六章　义务治安巡逻大队

花园街道办事处，书记办公室。

杨书记再次看看苏主任发来的微信，随即点开号码簿，翻到高区长的手机号拨打过去。等了十几秒钟，电话通了。

杨书记问了一声好，汇报起工作："高区长，前天跟您汇报过的义务治安巡逻队搞起来了，苏娴同志和驻朝阳社区民警很努力，当成一件很重要的工作在做。有了这么一支生力军，我打算让工作组一心一意搞动迁，把同志们从防止违建和防止村民在地里搞小动作的任务中解放出来。"

工作组的人员全是从局委办和街道各站所抽调过去的，这段时间不仅责任到人，每个人负责做几户村民的工作，还要在村里和田间地头"严防死守"。虽然谁也不敢有怨言，但总这么下去不是事，这么热的天拖也会把人拖垮。

高区长下午去现场检查过，知道工作组的人员有多累，下意识问："这么快就搞起来了，现在有多少人？"

工作组的人员不敢公然抱怨，但暗地里个个怨声载道。

将心比心，不是人家工作不积极，而是征地拆迁任务太艰巨，已经搞了一个多月，不知道什么时候是个头，好多人吃在村里睡在村里，两三个星期回不了家，这么下去会影响干部队伍士气。

杨书记暗叹口气，解释道："人员不少，有三十多个，但能投入巡逻的暂时只能抽出十二个，不是退伍士兵就是警校生，全是身强力壮的小伙子。再从居委会抽调几个社区工作者，从村里抽调几个党员干部，基本上能应付。"

"能应付就行,老杨,你看着重新排个班,搞这么多天,是该在条件允许的情况下让同志们轮流休息一两天。"

"好的,我这就安排。"

"对了,经费是怎么解决的?"

"能怎么解决,只能多方筹集。建设投资方、拆迁公司和拆除公司承诺出一部分,苏娴同志也想方设法承接了两个住宅区的安全保卫业务,这就相当于有了根据地,能不能创造经济效益放一边,至少能养人。"

"工作就应该这么干,要会变通。"

"说白了还是有没有魄力的问题,苏娴同志有能力、有水平、有魄力,真是巾帼不让须眉,可惜她终究是要回原单位的。"

那么多机关干部下基层,能真正扎根基层并干得有声有色的真不多,高区长对苏娴印象同样不错,不无惋惜地说:"别说花园街道,我们燕东区这个庙都太小了,留不住她这样的干部,挂职期满肯定是要走的。"

"高区长,就不能做做工作,争取争取?"

"人往高处走,水往低处流,这种事怎么做人家工作,怎么争取?"高区长反问了一句,又回到原来话题,"老杨,年轻人血气方刚容易冲动,我们不能搬石头砸自己脚,那个巡逻队一定要管理好,绝不能出事。"

"高区长放心,有民警常驻社区,巡逻队的训练、日常管理和勤务方面,主要还是由社区民警小韩负责,小伙子不错,很年轻很能干。"

"好,这我就放心了。"

高区长一边翻看着文件,一边沉吟道:"老杨,既然有这么一支生力军,就要让他们发挥出更大作用,你不是总抱怨综合执法力量不够吗,在查处影响市容环境卫生、无证无照经营、夜间占道烧烤和违建时,完全可以让他们以协管员的身份参与。"

上面千根线,下面一根针。

小区内有人私设地锁归谁管?发现黑诊所、黑网吧非法营业,找谁反映?发现有人偷采地下水,找谁举报?现在推行街镇行政改革,群众可以直接向街道举报,不用再担心会遇到互相推诿、扯皮的状况。

这不是简单地把区里的综合执法权下放到街道，而是以综合执法事项为基础，甚至还授予街道水务、环境保护、劳动保障、殡葬、房屋安全、公安消防、卫生、食品安全、商务、文广、安监、民政等方面的部分行政处罚权，共33类291项！街道是"扩权"了，但街道总共就这些人，综合执法队就是一块牌子，人还是原来那些人，根本管不过来。

杨书记眼前一亮，觉得这个建议非常好，不禁笑道："高区长，这确实是一个办法，关键巡逻队的力量现阶段只能协助征地拆迁，等朝阳村的征地拆迁工作顺利完成，到时候就可以让巡逻队发挥更大作用。"

"说到底还是经费，有经费就有人，老杨，你们已经做到这一步，为什么不再往前走几步？"

"高区长，您能不能说具体点，我有点当局者迷。"

"你真是当局者迷，苏娴都想到承揽住宅区的保安业务，打下一片根据地养人，你为什么不能顺水推舟帮她们把根据地搞大一点？其他不说，街道办事处需要保安吧，街道的那些单位需要保安吧，钱给那些保安公司赚了，他们还不会说你一声好，不如交给朝阳社区的巡逻队，至少你一个电话就能调到人。"

"我怎么就没想起来呢，高区长，这个办法好，我等会儿就跟老顾研究研究，也跟公安一样整顿下街道的保安服务市场。"

基层工作难做，尤其综合执法，搞不好就被投诉。

高区长可不想搞出一堆麻烦，权衡了一番又提议道："队伍壮大之后，管理一定要跟上，我觉得可以参照综合执法队的模式组建并管理，要搞就搞个大队，让苏娴同志兼任义务治安巡逻大队教导员，让常驻社区的民警兼任大队长，加强政治学习，如果有党员甚至可以建立一个党支部。之前没这方面的先例，你们可以把这作为一个试点，边摸索边干。如果确实可行，并且能干出一番成绩，将来可以在全区各街道推广。这只是我个人的建议，有时间你可以向康书记、童书记和马书记他们汇报汇报。"

第四十七章　拿分局的工资替街道干活儿

新同志很积极,"集体面试"完就回各自住的地方拿行李。

小钟和小郭的后勤工作很到位,新同志拿上行李再次赶到居委会,他们就开始分发紧急采购的黑色特警短袖T恤衫、作训裤和作训靴。

全是非制式的,在燕阳这样的省会城市卖这些的不要太多。打个电话,报一下衣服的大小号和作训靴的鞋码,人家就开着面包车送货上门。

东明小区保安队同时换装,小钟、小郭和匆匆赶回来的老金全换上了,韩朝阳、许宏亮、老徐也一人搞了两套。

大院里一下子多出十几个"特警",在李晓斌组织下走起队列,不是退伍士兵就是警校生,走两个来回就形成了默契,令行禁止,整齐划一,连"一二三四"都吼得中气十足,引来许多附近的居民和中山路上的商铺老板围观。

不是像模像样,而是很正规很正式!

苏主任很满意很高兴,走到队列前挨个握手欢迎,询问新同志的老家在什么地方,在部队服几年役,有没有入党,现在有没有女朋友之类的,甚至和新同志们一起在会议室吃东明小区物业送来的饭。

领导一点架子没有,新同志们对新单位竟有了几分归属感。

现在不光私人企业不养闲人,政府一样不养闲人。

吃完晚饭,所有人开始上岗,老金为了让新同志尽快融入这个集体,也为了避免拉帮结派,对义务治安巡逻队进行"整编"。

任命李晓斌、顾长生、古新华为班长,从东明小区抽调八名保安到"总部",安排六名新同志去东明小区执勤。抽调过来的八名保安中,唯一的女保安陈洁被安排到警务室，和"大队内勤"郭欣宜及辅警许宏亮、协勤老徐一起轮流坐班，确保警务室24小时有人。其他男同志分为两组，一组在分管综治的社区副主任及社区网格员带领下去朝阳村巡逻，防止村民为获取更多拆迁补偿大半夜偷偷违建；一组在居委会委员老向和朝阳村的大学生村官小邵带领下去田间地头巡逻。

警务室有人值班，村里和地里有人巡逻，韩朝阳不需要再跟前几天一样什么事都亲力亲为，去沿河公园参加527厂合唱团的排练，10点散场，回宿舍睡觉，从来没睡这么香过。

一夜无事，第二天一早去所里参加例会。

刘所在外省抓捕，教导员主持会议，学习中央文件精神，传达市局和分局的指示，总结过去一周的工作。

总结是根据绩效考核情况来的，扣分的要批评，加分的表扬。

制贩假证的案子没办结，韩朝阳的绩效分一时半会儿加不上，既没挨批评也没被表扬，坐在最后一排，还是最角落的位置，整个一小透明。

安排完本周工作已经10点多，教导员宣布散会，许多前辈还有工作要汇报，韩朝阳一直等到11点半才拿着师傅和许副所长签过字的"情况说明"和经费申请，请教导员审核签字。

2000块钱不算多，但想拿到钱没那么容易。

个个说老百姓没钱，政府有钱。事实上政府现在比私人老板还抠，每次报销都跟求人似的。本以为会很麻烦，没想到教导员看了一眼，痛痛快快签上大名。领导签了字，就可以拿到陈秀娟那儿，让陈秀娟去分局拿钱。

韩朝阳心中的石头终于落下，趁机汇报起工作。

"教导员，朝阳社区义务治安巡逻队算是成立了，居委会要注册成立一家保安公司，借治安大队整顿保安服务市场的机会，收编了东明小区物业的保安，还要接手527厂的安保，义务治安巡逻队的志愿者就是这些保安。"

换汤不换药，跟没成立又有什么区别？

关远程对各村的义务治安联防队和各社区的义务治安巡逻队不抱任何

第四十七章　拿分局的工资替街道干活儿

希望，觉得跟以前、跟其他社区的巡逻队一样"有名无人"，上报材料中有，现实中不存在。

如果上面查落实情况，打几个电话叫几个人过来应付一下，毕竟这是"义务"的，领导就算知道造假也会睁一只眼闭一只眼。

"成立了好，成立了就要发挥作用。"关远程一边审核陈秀娟刚才送来的发票，一边心不在焉地敷衍道。

韩朝阳偷偷看看时间，接着道："教导员，苏主任打算今天下午两点搞个授旗仪式，也就是成立仪式，您下午有没有时间，她想请您出席。"

一半民警在外地抓捕假证贩子，连他这个教导员都要值班备勤接处警，已经五天没回过家，哪有时间去参加社区义务治安巡逻队的什么授旗仪式，关远程不耐烦地摇摇头："帮我跟苏主任道个歉，所里工作太多，实在抽不开身。"

"许所呢，您没时间许所能不能抽空去一趟？"

"你说呢？"关远程抬起头，敲敲桌子，"所里忙成什么样你又不是不知道，管稀元跟你一起相亲回来到现在就睡了三个小时，许所那边一样一大堆事，所里就你最闲，你在那儿就行了。"

没时间就没时间，去不了就去不了呗。有话不能好好说，为什么跟我发火，我只是一个传话的！

韩朝阳很郁闷，悻悻地说："好吧，我就跟苏主任说您去不了，您实在抽不开身。"

"走吧，授旗仪式，肯定很隆重，你早点回去帮着准备准备。"关远程这些天真是累坏了，想到别人一个比一个忙，眼前这位比所有人都闲，语气不太好，甚至忍不住嘲讽了几句。

韩朝阳碰一鼻子灰，也不想在这儿自取其辱，顺手帮教导员反带上办公室门，把"情况说明"和经费申请交给陈秀娟，一刻不想久留，午饭都没在所里吃，就骑着两个轮子的警车返回自己的"福地"。

没想到一进居委会大门，就见两辆公车停在院子里。一辆是喷有"公务用车"标识和中共燕阳市纪委及燕阳市监察局举报电话的桑塔纳，举报电话还两个，一个是白天的，一个夜间的。

一辆是喷有"综合执法"字样、车顶装有红色警灯的皮卡，一看就知道是城管的。

两点才举行授旗仪式，难道街道领导现在就来了。

韩朝阳觉得有些奇怪，把电动车停到车棚里，打开后备箱插上充电器，走进大厅一看，苏主任正在会议室门口跟老金说话。

"小韩，不就是个例会吗，怎么开到这会儿？"

"所里工作多，不知不觉就开了一上午。"韩朝阳探头往里面看了一眼，会场已经布置好了，主席台上已摆好领导的名字牌。

苏主任拍拍他胳膊，笑问道："你们所长来不来？"

"哦，差点忘了跟您汇报，我们刘所出差了，所里事太多，教导员和许所他们也来不了，教导员让我代他给您道歉。"

"不来就算了，反正这是我们社区的巡逻队，又不是派出所的。"

苏主任走到门厅，指指门口的两辆车，不无兴奋地说："小韩，告诉你一个好消息，杨书记和顾主任对我们的期望比以前更高，对我们的支持力度也比之前更大。这两辆车从今天开始归我们使用，油钱、维修费用不需要我们操心，连司机工资都是街道发。"

"这么好！"居委会都没公车，义务治安巡逻队居然配两辆，韩朝阳暗想太阳是不是从西边出来了，一脸不可思议。

"车不是白给的，杨书记和顾主任要求我们今后要以协管员身份参与街道的综合执法，我们主要是协助，维持好现场秩序，保证执法人员的人身安全。"

难怪街道领导如此大方，这是想让义务治安巡逻队既帮街道维稳，又要让义务治安巡逻队帮街道干城管的活儿。

韩朝阳被搞得啼笑皆非，正不知道该说点什么好。

苏主任抱着双臂又笑道："领导很清楚没钱就没人，没人什么事都干不了，所以正在想方设法帮我们扩大根据地，街道办事处和街道一些单位无证上岗的保安和门卫，一星期内全部清退，由我们派保安去接管。配这

第四十七章　拿分局的工资替街道干活儿

两辆车，就是想提高我们应急机动的能力。"

什么应急机动，就是遇到什么事，领导打个电话，我就要带人去！

韩朝阳彻底服了，不禁笑问道："苏主任，我这算街道干部还是派出所民警？"

"这重要吗，反正是干工作。"想到他将来要干的事，苏主任忍不住笑了。

"要不您跟领导说说，把我调街道得了。"

"工作调动哪有这么容易，而且你调过来反而会影响工作，你的民警身份对我们接下来的工作非常有利，别说没那么容易调，就算很容易也不会把你调过来，现在这样最好。"

"苏主任，这不成了我拿着分局的工资，替街道干活儿。"

"你这孩子怎么就转不过弯呢。"苏主任跟强忍着笑的老金对视了一眼，煞有介事地说，"市公安局要在市委市政府领导下开展工作，分局要接受区委区政府领导，你们派出所一样要接受街道工委和办事处领导，连你们所长都在替街道干活，计较这些有意思吗？"

第四十八章　韩大

下午两点，朝阳社区义务治安巡逻队成立大会暨授旗仪式正式召开。

街道工委杨书记、街道办顾主任、分管综治的陈副主任、综治办蔡主任等街道领导全来了。台下坐的不只是居委会干部和义务治安巡逻队员，还有朝阳村的党员干部和村民小组长，东明小区物业张经理、东阳公司（527厂）徐副经理，以及十几位业主代表、沿街经营户代表。台上台下加起来近百人，会议室被挤得水泄不通。

苏主任主持会议，请领导讲完话后，街道综治办蔡主任宣读批准巡逻队设立的文件，分管综治的街道陈副主任宣布人事任命，任命朝阳社区居委会党支部书记苏娴同志为朝阳社区义务治安巡逻大队教导员，任命花园派出所民警韩朝阳同志为大队长，任命金大宝同志为副大队长！

韩朝阳事先并不知情，被打了个措手不及，哭笑不得。

暗想这就当上大队长了，担任这个大队长有什么好处，行政级别不提一级，工资不涨一分，街道的红头文件所里根本不会认，分局更不会认，这不是逗人玩吗？

但现在正召开很严肃的大会，不能走神更不能发牢骚，急忙在蔡副主任的要求下和苏娴一起上台，先给各位领导敬礼，再给台下的队员和嘉宾敬礼，然后从顾主任手里接过印有"朝阳社区义务治安巡逻队"字样的红旗。

一个街道干部和一个社区工作者忙不迭拍照，热烈的掌声经久不息。很隆重很热闹，在台下坐得笔直的队员们很受鼓舞。

职务最高的领导永远是压轴的，杨书记最后讲话，从总书记关于政

第四十八章 韩大

法综治的精神,一直讲到花园街道工委及办事处综合治理尤其综合执法的现状。原来他一样在"队里"有职务,亲自担任街道综合行政执法大队政委,顾主任是大队长,陈副主任是常务副大队长,相关副主任和综治办蔡主任担任副大队长,负责组织实施全街道的综合行政执法工作。旋即话锋一转,正式对台下的保安们提出既要做好各小区的"保安员",也要做好朝阳社区的"治安员",还要做好协助街道综合执法的"协管员"的要求!

干得越多,错得越多,韩朝阳压力山大。台下的保安们却不怕事多,只嫌事少。街道领导如此重视,从领导话中甚至能隐隐听出将来有可能"转正",有可能成为一名编制内的综合执法队员的希望,连老徐都觉得给街道干比给派出所干有前途,一个个像打了鸡血似的拼命拍巴掌。

最后一个议程在室外进行,苏主任热情邀请各位领导和来宾观看巡逻队员们走队列,打军体拳。

尽管顶着烈日,晒得冒油,领导和来宾们却看得兴高采烈,队员们也走得很起劲儿,打得很漂亮。

看完队列训练和军体拳表演,领导们兴致勃勃参观集体宿舍的内务,一切都是按照部队来的,被子叠得像豆腐块,所有东西摆放得整整齐齐,能让人感受到什么是令行禁止、整齐划一。

杨书记很满意,抬头看着上午刚挂到墙上的规章制度,低声道:"小韩队长。"

"到!"

"队伍带得很好,管理得不错,有没有纪律性,有没有战斗力,一看这内务就知道。"

队员们全是刚来的,根本没来得及带、没来得及正儿八经地管,韩朝阳暗想这应该是部队和警校的功劳,但还是厚着脸皮笑道:"谢谢杨书记表扬,我们今后会坚持不懈地加强队伍管理,保证不辜负各位领导的期望,坚决不给各位领导添麻烦。"

最后一句话是重点!

"现在看好自己的门、管好自己的人比什么都重要，杨书记微微笑了笑，又看着摆在书桌上充电的一部对讲机问："小韩队长，队容队貌还是可以的，队员们士气也很高昂，但装备是不是没全部到位？"

"报告杨书记，装备财务是金大宝同志负责的，要不让金大宝同志汇报。"

"分工明确，挺好，老金，说说怎么回事。"

老金急忙挤到前面，整整穿在他身上有点小的特警T恤，像模像样地立正汇报道："报告杨书记，防爆盾牌、防爆头盔、防刺背心、防刺手套、橡胶警棍、执法记录仪、警戒带等协助执法所需的装备和用品，我们货比三家，全部询过价，等经费到账，立即采购，立即装备。"

"原来是经费没到位，我也帮你们催催。"

领导们又顺便去警务室转了一圈，转完纷纷打道回府。

领导们一走，张经理、徐副经理和几个认识的业主代表、经营户代表不约而同围上来祝贺。徐副经理最讲究，还带来一面锦旗。

挨个感谢完，韩朝阳注意到一个三十多岁穿着城管制服的人没走，正站在大厅里跟苏主任说话，不时往这边看。

"朝阳，认识一下，这位是街道综合行政执法队的汤队长。"

原来是以前的花园街道城管中队汤中队长，堪称派出所的常客。

不是他被人打，就是他的部下被人打，要么是制服被人家撕坏了，也有群众打110报警说他们打人，但基本上都查无实据。现在城管也很正规，执法都要带执法记录仪，调看一下执法视频就知道了。

被发配到朝阳社区来之前，不止一次因为他出过警，刚才人太多，他又坐在后面，一眼没认出来。韩朝阳主动伸出右手，一脸歉意地说："汤队，不好意思，刚才真没注意到你也来了。"

"韩大，别这么客气，今天是你们挂牌成立的日子，我却两手空空，说不好意思的应该是我。"

"什么韩大，汤队，这个玩笑不能开，如果传到我们刘所耳里，我不

第四十八章 韩大

死也要脱层皮。"

"朝阳,你这话我就不爱听了。"苏主任脸色一正,打开文件夹,翻出盖有街道工委和办事处大印的红头文件,"看看,白纸黑字印得清清楚楚,在派出所你是普通民警,但在我们社区乃至街道,你就是朝阳社区义务治安巡逻大队大队长。"

"苏主任,您饶了我吧,杨书记还是街道综合执法大队政委呢,有谁称呼他杨政委,不都称呼杨书记嘛。"

派出所太不给面子,杨书记和顾主任都来了,他们居然一个都不来,苏主任对派出所多少有点意见,决定给派出所的领导添添堵,微笑着说:"亏你还是公务员,怎么称呼当然紧职务高的来。韩大,以后就叫你韩大,韩大多大气,汤队你说是不是。"

"是,称呼韩大好。"

韩大,比刘所还大,开什么玩笑。

韩朝阳被搞得焦头烂额,正准备求他们不要开这样的玩笑,汤队长突然一脸诚恳地说:"韩大,苏主任,以后还要请你们二位多关照,知道你们今天很忙,这个周末我做东,请二位务必赏光。"

"汤队,别这么客气,没这个必要,杨书记都说了,要我们以后协助你们执法,这是我们治安巡逻队的工作之一,是我们分内的事。"

领导要求是一回事,你们答应是一回事,到底能不能做到则是另一回事。

相互推诿这种情况太多,随便找个借口就可以不去。

汤队长很羡慕治安巡逻队强大的阵容,很需要治安巡逻队给他"撑腰",苦着脸说:"韩大你可能不太清楚,苏主任肯定知道,我们街道综合行政执法大队说起来拥有执法队员、协管员160多人,但其中有130多个停车管理员。剩下的30多人中有一半是领导,领导不可能参与一线执法,真正做事的就我们中队,在组织架构里我只是一个小小的中队长,要我来牵头协调其他12个部门如何联合行动,这行得通吗?"

公安工作是很难干,但相比他们真算不上什么,韩朝阳很理解甚至很同情。

汤队长掏出烟，给韩朝阳和刚走过来的老金、小钟等人散了一圈，接着诉苦："我们一个月受理投诉 600 多宗，平均每天接收各类群众投诉和其他部门转办案件 20 多宗。而我们只有 13 名执法人员，光受理投诉就忙不过来，更不用说其他工作。忙点累点放一边，社会舆论对我们还不理解。比如群众投诉有人占道经营影响交通，再比如群众投诉有人露天烧烤搞得乌烟瘴气，你不能不管，不管群众就要投诉我们。可是去管就有风险，现在人连你们公安都不怕，能怕我们？经常遇到暴力抗法，光上个月，我们就遭到暴力抗法 12 次，包括我在内的 13 个人全不同程度受过伤。"

"理解，你们确实不容易。"韩朝阳点点头，一脸感同身受。

"市里在清理整治时有公安参与，市公安局还有个城管支队，我们街道行政执法人员有什么，你们派出所根本不会管的，只有等打起来你们才会出警。有些地方的同行逼得没办法，搞什么'微笑执法'甚至'下跪执法'！我们一样是执法人员，秉公执法应该理直气壮，为什么要给人赔笑脸，为什么给人下跪？可以说我们一直是理直气不壮，以后好了，有你们巡逻队协助，我们就能理直气壮。"

第四十九章　大清查（一）

送走汤队长，召开巡逻队成立之后的第一次会议。主要研究巡逻队今后怎么管理，保安公司今后怎么发展。

老金当过多少年干部，从村里干到街道，再从街道干到社区，什么事没遇到过。而且当过兵甚至带过兵（担任过民兵营长），管理保安公司对他来说真算不上什么。

小钟和小郭在社区干了几年，户籍、治安、计划生育、征兵、民政优抚、爱国卫生、退休、就业保障……基层工作没他们没干过的，跟公务员和事业干部唯一的区别只是没编制。

论工作和社会经验乃至领导能力，韩朝阳自愧不如，把位置摆得很正，别以为街道综治办封个大队长你就是大队长，人家要的只是你正式民警的身份。这跟所里必须落实民警带班制度、杜绝辅警协勤单独执法是一回事。一方面义务治安巡逻队的队员不具备执法资格，由正式民警带队，队员协助民警执法，在执法程序上才符合相关规定。另一方面队员们有民警"照看"，接受正式民警监督，能有效地防止问题发生，所以韩朝阳不是"好好好"就是"我没意见"。

老金最担心遇到什么不懂却喜欢指手画脚的，韩朝阳摆明要当甩手掌柜，他能够尽情施展才能，非常高兴，说到管理上的最后一个问题。

"苏主任，韩大，我觉得我们也要搞一套精细化的绩效考核系统，跟街道考核我们社区、公安局考核民警辅警一样进行日考核、月考核、季度考核、年度考核，业绩与工资挂钩，把工资分为基本工资和绩效工资两部分，得分高的工资高，得分低的工资低，考核成绩不及格的解聘。"

刚才的日常管理规定和岗位职责已经够细了，比如队员外出不仅要请假，而且不许穿制服，不许带工作证。又比如每星期要组织一次思想政治学习和一次业务培训，学习培训完之后要考试，现在又打算搞精细化考核系统！

苏主任觉得有些好笑，但想到摊子越来越大，接下来的人和事越来越多，又觉得很有必要，侧身问："韩大，你看呢？"

提起考核韩朝阳就头大，想着一转眼三天又过去了，今天还要去一趟所里，把过去三天的工作情况输入市局的民警精细化考核系统。

很讨厌很烦人！

不过换位思考，如果你是领导你怎么管理队伍，怎么知道下面人有没有干事，到底干得好不好？想想有些好笑，许多事真是屁股决定脑袋。

"我没意见。"韩朝阳强忍着笑点点头，拿起笔在本子上记了一下。

"韩大，你不能总是没意见，你是主官，总得说点什么吧。"别人给你面子，你一样要给人家面子，老金态度诚恳，搞得真像下属。

"是啊，说说。"苏主任深以为然，摆出一脸不说不行的表情。

"苏主任，金经理，我真没什么意见，既然非让我说，我就想知道考核内容和考核方式。"

"老金。"

"哦，关于考核内容和考核方式，我先说一些不成熟的想法，考核内容参照派出所对辅警协勤的条款细则，只需要在勤务方面稍作修改，把勤务分为'保安'、'治安'和'协管'三块。"老金显然早有准备，翻看着事先列的提纲，胸有成竹地说，"实际情况决定了我们无法给队员们定岗定职，所以在考核时要灵活，队员在小区执勤时就按'保安'的条款对其进行考核；在执行治安巡逻任务时就按'治安'的条款对其进行考核；在协助街道综合执法和协助社区工作时，就按照'协管'的考核条款对其进行考核。"

"我感觉这个办法不错，韩大，你认为呢？"

"挺好，金经理考虑得很全面。"

"也谈不上全面，我只是借鉴了街道对我们社区，派出所对辅警协勤和物业公司对保安的考核条款。"

老金不好意思地笑了笑，接着道："至于考核方式，我见好多单位新上的考核系统，很科学先进也很方便。在电脑上可以登录，在手机上也可以登录，有个专门的什么P，下载到手机上就可以输入。"

"APP。"

"对，就是那个APP，队员个个有手机，在手机上输入一下就能上传进系统，不需要写什么材料搞那么麻烦。"

"是挺方便的，想想我们公安局太落伍了，如果也有这样的APP，我就不用总往所里跑。"

政府部门很多年前就推行无纸化办公，但开到会还是要用纸笔做记录，你要是抱个笔记本电脑去参加会议，领导保准不会高兴。

苏主任觉得有些讽刺，想想追问道："由谁每天对队友们进行考核扣分或加分？"

"大队内勤，让小郭和小陈负责，她俩有事就让小郭顶上。让别人来考核不合适，我们的考核内容那么多，人员也多，不了解情况打不了分。"

"行，就这么定，回头问问上一套系统要多少钱。"

管理和经费研究完，研究接下来的工作。

这个韩朝阳是要发言的，抬头道："苏主任，金经理，我们是既拿了上级外来人口管理的专项经费，又担负着外来人口管理的职责。以前人手不够没办法，现在有了人，接下来人会更多，是不是组织一次大清查。"

"这项工作确实不能拖，不光要摸清外来人口的底数和情况，还要对辖区内的所有出租房屋进行登记备案。事实上这项工作也关系到接下来的拆迁，那么多外来人员租住在村里，摸清底数好提前动员他们搬家，否则突然赶人家走，一时半会间让人家去哪儿租房。"

"苏主任，我们动员不一定管用。"老金不无担忧地说。

"为什么？"

"我们说要拆迁，村民说一时半会儿不会拆。搬家既麻烦，又很难找到比朝阳村更靠近市区、租金更便宜的房子，那些外地人肯定会继续观望，不会因为我们动员就搬。"

进城务工人员也不容易，可是城市要建设要发展，大势所趋，不搬家不行。

这个硬骨头必须啃下来，不能给不久之后的拆迁留下隐患。

苏主任权衡了一番，面无表情地说："相比之前拆迁的几个村，朝阳村的补偿标准是最高的，但还是有部分村民不顾大局。光劝光哄不行，该硬的时候就要硬，几乎家家户户有房出租，一户住十几甚至几十个外来人员，又有几家来办理过出租房屋备案登记，租住在他们家的外来人员，又有几个办理过居住证？出租房屋必须登记备案，外来人员必须办理居住证，这方面的宣传我们没少做。街道综治办的、社区的和派出所的通知文件，几乎贴满大街小巷，既然他们不听，那就别怪我们公事公办！"

"一查到底，没办居住证的要罚，出租房屋没备案登记的也罚？"韩朝阳下意识问。

"没办居住证的先限期办理，房东不跟他们客气。"

居住证要办就是一年，朝阳村肯定不会拖到一年之后再拆，更重要的是想办理居住证需要房东配合，而出租房屋登记备案是要交税的，房东肯定不愿意交，这个居住证还是办不下来。

这就是变着法催租住在村里的外来人员搬家，反正早晚是要搬的，韩朝阳同意道："我要先给所里汇报一声，一下子要处罚那么多房东，所里不能没有准备。"

"你先汇报，社区这边也要做准备，清查行动定在明天晚上怎么样？"

"早了不行，早了许多人没回来，放在明晚11点吧。"

第五十章　大清查（二）

巡逻队成立仪式一结束小郭就坐街道配发的公车去了人才市场，刚才打电话回来说已经有 12 个人报名。一星期内要进驻 527 厂，要去接管街道办事处和街道几个单位的门卫室，据苏主任说街道领导正在帮着与几个施工单位协调，接下来可能还要接管几个工地的安保。义务治安巡逻队至少需要 80 个人，能想象到未来的朝阳保安服务公司会成为花园街道规模最大、人数最多的保安公司！

有了人，韩朝阳底气十足。

明晚可以对警务室辖区内的外来人口进行一次拉网式清查，对辖区人口做到底数清、情况明，完成社区民警职责中最重要的一项任务。

叫上刚编入巡逻队的司机赵旭，坐他开的皮卡赶回所里。所领导全不在家，师傅也出去处警了，韩朝阳先用社区队办公室里的电脑，登录市局精细化考核管理系统，输入过去三天的详细工作情况。录完自己的，刚退出来打算帮许宏亮和老徐录入，杨涛和管稀元推门走了进来。

"朝阳，什么时候回来的？"

"刚到，师傅，你们出警了？"

"新民小区发生失窃，一个业主的电动车被盗，在小区里里外外转了几圈，调看了几个监控，一直搞到现在，都快热晕了，还是屋里凉快。"杨涛端起杯子喝了一大口凉开水，站到空调出风口下。

"逮着小偷没有？"

"监控调到了，但一时半会儿去哪儿抓，回头移交给办案队。"

杨涛话音刚落，管稀元不无好奇地问："朝阳，你坐城管的车回来的？"

"嗯,楼下那个司机也是治安巡逻队的志愿者。"

"厉害了,发展城管当义务治安员。"

治安巡逻队的事太复杂,一言半语解释不清楚,师傅正忙着呢,韩朝阳不想耽误师傅的时间,连忙说起正事:"师傅,我准备明天晚上查一下朝阳村的外来人口,苏主任挺帮忙的,居委会和朝阳村的干部都会参与,但查身份证主要还是靠我们,所里明晚能不能安排两个人帮几个小时忙?"

杨涛愣了一下,坐下道:"人口管理是你的工作,一样是社区队的工作。朝阳村外来人员那么多,底数不清,情况不明,早应该查了,可以说查是好事,只是这个时机不对。"

"没人,真没人,连辅警协勤都抽不出来。"生怕他不相信,管稀元一脸无奈地确认道。

没人就没人吧,所里这段时间人手紧张,韩朝阳能够理解,想想笑道:"师傅,没人我可以自己想办法,没装备我真是没办法,能不能帮我管防控队借他们的巡逻盘查终端用一个晚上。"

朝阳社区警务室又没内网,在警务通上倒是可以查询身份证信息但效率太慢,杨涛一口答应道:"借盘查终端应该没什么问题,防控队这几天全要接处警,全要办案,反正也没时间去巡逻。"

"谢谢师傅。"

"他们也只有三个,要不跟陈秀娟说一声,把那两台旧电脑搬去,电脑是旧的,光盘是刚下发的,虽然麻烦点,但一样能查。"

"这也行,宏亮和老徐都会操作。"

这是他参加工作以来第一次盘查外来人口,而且查那么大一个城中村,杨涛想想不太放心,沉吟道:"你先做准备,到明晚我再看看有没有时间,如果有时间就过去帮忙。"

"太好了,我等您电话。"

借旧电脑不是借其他东西,陈秀娟很大方,翻出钥匙打开走廊尽头的杂物间,让韩朝阳自己搬。把电脑搬上车,再上楼借新下发的追逃光盘,拿师傅帮着管防控队借的巡逻盘查终端，想到朝阳村那么多外来人口，很难说会不会查到几个违法犯罪人员，又管陈秀娟借了两副手铐。

管稀元站在窗边，看着城管的皮卡缓缓开出院子，不禁笑道："还借手铐，搞得挺像那么回事。朝阳村大巷小巷四通八达，查个两三家估计全村都知道了，且不说不一定有犯罪分子，就算有也被吓跑了。"

明知道村里鱼龙混杂，为什么一直没查，归根结底还是警力不足。

杨涛轻叹口气，回头道："如果明晚有空你也一起去，朝阳村要查，你包的那几个村有时间有条件也要查。"

"是。"

第二天一早，韩朝阳接到一个好消息。

只要有利于动迁的事街道领导和工作组领导就会全力支持，考虑到对出租房屋不备案登记的处罚权房管部门也下放到了街道，杨书记要求街道综合行政执法大队参与行动。同时考虑到对房屋租赁不备案进行处罚执行有点难，又要求工作组的干部们再加一个班，参与行动，给即将被查处的村民解释法律法规。

下午2点，清查指挥部正式成立。

为防止走漏消息，原打算通知的朝阳村干部一个没通知，除了苏主任和工作组的两位副组长，就韩朝阳、老金、小郭、许宏亮、老徐和汤队长。

"小韩，你是公安，查外来人口你最有经验，今天没上下级，你怎么说我们怎么干，我们会全力配合。"

"是啊，你看着安排吧。"

两位副组长全是五十多岁的正科级干部，退居二线前一位是区民政局长，一位是东丰街道办事处主任，他们这么说韩朝阳真有那么点受宠若惊。但现在不是客气的时候，晚上要办的也不是客气的事，确实要以公安为主。

韩朝阳点点头，指着摊在会议桌上的地图，说道："各位领导，我是这么想的，全村共有十六个大小出口，10点55分，我们的人员必须到位，封锁住所有出口。一个路口安排四个人，一个巡逻队员，两个工作组干部，一个晚上临时通知参与行动的村干部、党员或村民小组长。"

"可以，是应该先把口子扎住。"

"考虑到清查行动不能影响村民及租住在村里的外来人员出行，我打算在三队和六队各设一个身份证盘查点，让晚上要出去的人先去盘查点出示身份证，确认他们没问题之后给一张路条。"

"考虑得很全面，就这么办。"任副组长微笑着点点头，示意韩朝阳继续说。

"我们一共有三个巡逻盘查终端，可以分为三组同时盘查，考虑到上级对执法有严格规定，我们就不兵分几路了，从一队开始，一排一排的来，让持终端的治安员在门口刷身份证，我在外面都能看到，就这么从南往北推进。"

公安规矩多，不就是个巡逻盘查终端么，还不放心别人用，非要亲眼看着，苏主任觉得有些好笑。

韩朝阳不知道领导是怎么想的，接着道："社区干部和综合执法队员的入室登记和出租房屋登记与身份证盘查同时进行，同时由南往北推进，我们查完一排登记完一排，李晓斌这一组要及时跟上，缩小包围圈，防止没查到的外来人员跑到我们查过的地方。"

"是！"

"汤队，到时候你们的执法车和我们巡逻车全部停到中街的大小路口，打开警灯，营造出正在盘查的气氛，震慑住有可能租住在村里的犯罪嫌疑人甚至在逃人员。"

"没问题，我们的四辆车晚上全过来。"

"金经理，不是有一笔经费上午到账了吗？谁也不知道村里到底有没有犯罪分子或穷凶极恶的在逃人员，我们必须确保同志们的人身安全，要不下午先采购一部分装备。"

"先采购三十套怎么样？"

"三十套应该够了，动作一定要快，争取天黑前到位。"

第五十一章　大清查（三）

深夜10点36分，居委会大院里灯火通明。

车辆和人员下午6点半就完成集结，工作组的三十多名干部有的在各办公室里休息，有的聚在社区活动室打升级，有的聚在卫生保健室里聊天。汤队长带来的十三名综合执法人员和六名协管员全在会议室，有的在玩手机，有的趴在会议桌上休息。包括今天刚入职的四十五名巡逻队员，有十二人跟过去几天一样分为两组在村里和田间地头巡逻，剩下的三十三人一吃完晚饭就被要求抓紧时间休息。晚上有大行动，小伙子们激动兴奋，谁也睡不着，几乎全躺在床上玩手机。

"韩大，我顾长生，夜市没收摊儿，还有好多人，陆续回村的外地人也不少。"

"继续巡逻，等候命令。"

"是！"

如果在天寒地冻的隆冬，10点半已经很晚了，路上很难见到几个行人。但这是炎热的夏夜，许多人睡不着，喜欢在外面闲逛纳凉。

韩朝阳放下手机，抬头问："蔡主任，苏主任，要不把行动延后到11点半？"

"延后就延后，不差这半小时。"大晚上专门赶来的街道综治办蔡主任，抬头看看韩朝阳，继续翻看手机。

对韩朝阳来说接下来的行动是清查辖区人口，对街道和工作组而言接下来的行动是能在一定程度上促使村民不要搞事、尽快在拆迁补偿协议上签字的一个重要举措。

村民们为什么狮子大开口，为什么一天一个想法，隔三岔五提出各种新要求？

就是因为他们清楚地明白拆迁是大势所趋，该他们的补偿款一分不会少，现在每拖一天不仅能多收一天房租，而且还试图通过拖延逼政府让步，以达到获取更多补偿款的目的。

今晚搞个大清查，对出租房屋不备案登记的行为进行处罚，让他们无法继续出租房屋，让租住在村里的外来人员尽快搬家。等村里只剩下村民，变得冷冷清清，看他们慌不慌！

所以街道和工作组对晚上的行动很重视，参与行动人员的夜宵都是工作组管，花多少钱都纳入征地动迁经费。

苏主任掏出手机看看时间，起身道："蔡主任，您稍坐，我去跟谷局长和翁局长说一声。"

"我也去通知下汤队长和金经理。"

"去吧，别管我。"

下楼通知参战人员行动延后，刚跟老金说完，本应该在警务室坐班的郭欣宜和陈洁跑了过来，郭欣宜满是期待地说："韩大，让我们也参加吧，盘查外来人员宏亮和老徐最有经验，让他们敲键盘比对身份证真是大材小用。"

"韩大，以前实习时我干过这个，在汽车西站查了半个月身份证。"

"我也会，我用过你们公安的比对系统，"郭欣宜急切地说，"去年搞'一标三实'，搞基础信息采集录入，光靠网格员一个人忙不过来，还要给你们派出所帮忙，给外来人员办居住证，用的就是你拉来的电脑。"

"一标三实"是指"标准地址"、"实有人口"、"实有房屋"、"实有单位"，是由公安部门主导，规范标准地址，将人口、房屋、单位的详细情况录入信息系统，实现信息共享互通，为施政提供信息支撑的一项工作。工作量极大，光靠公安一家几乎是一件不可能完成的任务，所以许多政府部门尤其基层干部参与过。

她们全用过前科人员、在逃人员检索比对系统，她们的话也确实有一定道理。战斗打响之后要入户调查，巡逻队员们身强力壮、装备齐全，能起到威慑作用，甚至能及时控制住有可能藏匿在村里的犯罪分子，但论察言观色肯定远不如许宏亮和老徐。

韩朝阳权衡了一番，同意道："好吧，你们参加行动，让小钟在警务室坐班。"

"太好了，谢谢韩大。"

"注意安全，真要是比对出犯罪嫌疑人千万别紧张，一定要保护好自己。"

"放心吧，盘查点又不光我们，不是有巡逻队员嘛。"

"那也要小心，去准备吧。"

"是！"

俩丫头不是一两点积极，早换上黑色特警作训服。

大夏天穿长袖也不怕热，不过穿在她们身上真有那么点英姿飒爽。

时间一分钟一分钟过去，不知不觉已是深夜11点20分。

蔡主任和苏主任陪同两位工作组副组长走下楼，见蔡主任微微点点头，韩朝阳立即掏出早准备好的哨子吹哨集合。

哨声一响，早等不耐烦的队员们跑出集体宿舍，在老金和李晓斌的组织下列队。

在外面巡逻的队员依然戴便帽、穿黑色短袖T恤衫和黑色作训裤，他们则"全副武装"，堪称武装到牙齿！

头戴防爆头盔、身穿防刺背心，手上戴着防刺手套，或手持防爆盾牌，或手持"无敌大粪叉"，背心上和盾牌上全有显目且荧光的"特勤"或"防爆"字样。

三十多人，排整整齐齐。

相比之下，街道综合执法大队的执法队员和协管员实在不够看。

这是街道的维稳力量！

作为义务治安巡逻队的顶头上司，综治办蔡主任很满意，跟工作组两位副组长和苏主任对视了一眼，命令道："同志们，按计划行动，出发！"

"是！"

随着领导一声令下，参战队员和工作组干部立即按计划有的步行、有的上车，大部队倾巢而出，警灯闪烁，也换上特警作训服的苏主任心潮澎湃，情不自禁掏出手机拍起照。

韩朝阳坐在第二辆电动巡逻车的副驾驶，举着对讲机命令道："巡逻组巡逻组，请你们立即按计划前往预定地点设卡盘查，请你们立即按计划前往预定地点设卡盘查。"

"巡逻组收到，巡逻组收到，完毕！"刚带队巡逻到西街路口的顾长生，大手一挥，带着队员们往西街几个路口跑去。

大部队在居委会门口兵分两路，一路往东，一路往西，然后再同时往南行进。

每经过一个通往村里的路口，就有一个装备齐全的巡逻队员和两名干部留下，队员左肩上别着不断闪烁的小警灯，右肩上别着执法记录仪，一到路口就在一个干部的帮助下拉警戒带，另一个干部则按计划打电话联系村里的党员干部或村民小组长过来一起盘查。

韩朝阳、蔡主任、苏主任和工作组两位副组长代理行动组从中街进入。

紧随其后的李晓斌立即组织队员拉警戒带封锁村中央的这条南北主干道，一辆电动巡逻车停在路中央，六名巡逻队员一字排开，已进入村里的两辆电动巡逻车和五辆综合执法车继续往前行驶，每隔几十米停下一辆，全停在村里的十字路口。

一时间到处都是警灯，到处都是穿制服的"特警"，连空气中似乎都弥漫着一股紧张的气氛。

第五十二章　大清查（四）

"蔡主任，谷局长，你们这是干什么？"

朝阳村的张支书和解主任接到通知，骑着电动车火急火燎赶到朝阳一组第一排居民区与中街交叉口，一路上到处闪烁着警灯，路口全是工作组干部、"特警"和城管，以为是拆违但又看不到推土机挖掘机，被搞得一头雾水，张支书连电动车都顾不上停好就急切地问。

许多村民和租住在村里的外来人员跑出来看热闹，一些村民以为是强拆，举着手机拍照准备发上网，现场一片混乱，蔡主任没时间跟他慢慢解释，抬头胳膊直接下达起命令："昌坚同志，你熟悉情况，负责叫门。解军同志，中街要设两个盘查点，人员已经到位，查身份证的电脑和桌椅全带来了，你去协调一下，帮着拉根电线，解决电源。"

查身份证，大半夜查什么身份证？

解军觉得有些莫名其妙，但还是一口答应道："好的，我这就去。"

这么大行动事先居然没通知，摆明了不信任村委会，张支书多多少少有些意见，低声问："蔡书记，叫什么门？"

"挨家挨户叫门。"

"叫门做什么？"

"公安和综合行政执法大队联合执法，执行命令，哪来这么多为什么！"

蔡主任话音刚落，韩朝阳已检查完各路口的封锁情况回到一队。

见围观的村民和外来人员越来越多，韩朝阳立马举起巡逻车上的话筒："各位村民，各位租住在村里的居民，我是花园街派出所民警韩朝阳，正在进行的是花园街道综合行政执法大队和花园街派出所的联合执法行动！请大家回到各自家中或各自租住的民房，准备好身份证、户口簿及出租房屋备案登记手续等候检查，请大家准备好身份证、户口簿及出租房屋备案登记手续等候检查！"

"房子都快拆了，查什么出租房屋的手续。"

"是啊，这不是脱裤子放屁嘛！"

不出所料，一听说要查有没有去办理出租房屋备案登记，村民们顿时炸开锅。

查外来人员的身份证要紧，韩朝阳没时间跟他们解释，把话筒交给迎面而来的苏主任，带着摩拳擦掌的行动组直奔一队第一排最东侧的几户居民家。

巡逻车的扬声器里，传来苏主任抑扬顿挫的声音："各位村民，各位租住在朝阳村的居民，我是朝阳社区居委会主任苏娴，根据《中华人民共和国治安处罚法》及《燕阳市房屋租赁管理办法》之相关规定，按照上级要求，今晚对朝阳村进行外来人员及房屋租赁情况进行大检查……"

工作组的六名干部和两名巡逻队员很默契地开始按计划规劝，许多村民不愿意就这么回去，一些租住在村里的小年轻也磨磨蹭蹭不走赖这儿看热闹。

村民想问个清楚，可以，工作组的干部们就做这些工作的，掏出早准备好的《治安处罚法》《燕东省流动人口信息登记办法》和《燕阳市房屋租赁管理规定》等法律法规文件，用手机照着跟他们解释。外来人员留这看热闹可以，但必须先去前面的盘查点查验身份证。

往回走也可以，往外走不行，想出村必须先去查验身份证，拿到郭欣宜或陈洁开具的路条，李晓斌等执行封锁任务的巡逻队员才会放行。

苏主任不仅解释、规劝，而且语气一变，在扬声器里很严肃地警告谁要是闹事就是妨碍公务，谁要是妨碍公务就要追究谁的法律责任。看热闹的外来人员谁也不想惹麻烦，相继散去。现场只剩下村民，并且越来越多，

第五十二章 大清查（四）

但现场秩序要比之前好。

与此同时，行动组的三支执法队已在村支书的配合下叫开第一排最东边三家的大门。

"老戴，把院子里的灯打开，租在你家的人有记录吧，把登记簿拿出来。"

"有什么好查的，让不让人睡觉。"

"少发牢骚，快点开灯。"

张书记带着综合执法队员走进客厅，准备检查他家有没有办理出租房屋备案登记，许宏亮和社区网格员史立军一起带着四名巡逻队员开始盘查租住在这家的外来人员。

"我们是花园街派出所的，开门开灯，把身份证居住证拿出来。"

"查身份证居住证，快点，快把门打开。"

"来了，正在穿衣服。"

这是一个盖满小房子的"四合院"，房东家的二层楼坐北朝南，东西两侧和南侧的平房里住的全是外来人员，一间挨着一间，共有十二间。

小窗户陆续出现光亮，小门陆续从里面打开。

靠水井边的房间里走出两个四十多岁的中年人，一个穿着汗衫，一个光着膀子，递上身份证嘀咕道："只有身份证，没暂住证，现在不是不需要办暂住证吗？"

"我们没查你的暂住证，我们查的是居住证。"

许宏亮接过身份证看看上面的照片，再看看他们的相貌，随即在巡逻盘查终端上刷了一下，确认他们不是在逃人员，又探头看看小房间，发现里面乱七八糟摆放着一堆木工用具，顺手把身份证交给史立军登记。然后转过身，看着二人说："现在不需要办暂住证，但要办居住证，没有居住证一样要处罚，考虑到你们可能不太清楚，今晚就不罚你们了。给你们十天时间，同房东一起去社区服务站办理居住证，如果十天之后还没有，并且被我们查到，到时候只能公事公办。"

"同志，办居住证要交钱吗？"

"只收工本费，只要交三十块钱。"

三十块钱真算不上多，光膀子的男子笑道："行，明天就去社区服务站办。"

收费是不多，但办证需要房东配合，不仅房东本人要一起去，还要带出租房屋备案登记手续，换言之他们想顺顺利利办到居住证没那么容易，至少在朝阳村很麻烦。

这些事许宏亮是不会跟他们解释的，一边往第二间走去，一边接着道："请你们再配合一下，举着身份证站房间门口拍个照。"

"拍什么照？"

"执行公务，配合一下，马上就好。"巡逻队小景掏出手机，让二人举着身份证站好，咔嚓咔嚓连拍两张。

现在讲究人性化执法，街道领导和工作组领导考虑得很全面，想让人家搬家就要想方设法解决往哪儿搬的问题，搬到新地方同样需要对他们这些外来人口进行管理。为此，工作组专门建了一个微信群。社区网格员史立军登记好身份证和电话号码，掏出手机笑问道："焦师傅，陈师傅，你们有微信吗？"

"有啊，现在谁没微信？"

"来，扫一下，加一下。"

"加微信干什么？"焦师傅一脸疑惑地问。

"我是朝阳社区的网格员，办理居住证你们要找我，如果你们在村里乃至在市里遇到其他事，比如别人拖欠你们工资，我们社区也会想办法帮你们讨要。既然租住在我们社区，我们就要为你们服务，上级对劳动保障尤其民工工资很重视的。"

"这么好！"

"到底好不好，加了就知道，来，我帮你，备注一下名字，备注一下租住在哪家。"

外来人员还是很通情达理的，虽然深更半夜查身份证居住证，又是登记又是拍照又是加微信群这么麻烦，但人家并没有因为没居住证而被罚款,都客客气气,很配合。

相比之下,房东就不太好说话了!得知要罚款,而且要罚两个款,顿时拍桌子大骂。

"嚷嚷什么?"

韩朝阳不能继续在外面巡视,走进院子指着一个房东呵斥道:"知不知道把房子租给外来人员要去社区服务站或派出所报备,就算临时容留外来人员居住一样要报备。相关的通知文件贴满大街小巷,村里和社区不止一次找过你,不听警告,不当回事,你还有理了你!"

房东不怕工作组的干部,坐在家里更不怕"城管",看到公安还是有点怕的,一下子语结了。

"你家住二十多个外来人员,一个没去社区或派出所报备,连你自己家的登记簿上都没登记全,严重违反《治安处罚法》和《燕东省流动人口信息登记办法》的相关规定,今晚没时间给你做笔录,明天下午两点准时去社区警务室接受处理,如果不去,后果自负!"

"不就是租房子么,多大点事,我现在报备行不行?"

"晚了。"

"韩警官,您通融通融。"

"这不是通不通融的事,要查处的也不是你一家,记住了,明天下午两点!"

韩朝阳头也不回走出院子,公安就是有威慑力,汤队长不无羡慕地看了一眼,趁热打铁地说:"戴胜利,韩警官跟你说的是外来人员没报备的事,我们继续说出租房屋没备案登记的问题,笔录写好了,过来签一下字。"

"我不签,你们城管这是趁火打劫!"

"我们是街道综合行政执法大队,不是城管!"汤队长被搞得很郁闷,下意识摸摸别在肩上的执法记录仪,警告道,"你不签是吧,不签后果自负。"

房东回头看看,一把攥住村支书,急切地问:"张支书,你家也有房子出租,你签不签?"

"我家是有房出租，不过我去备案登记了。"

"不签又怎么样？"

搞这么大阵仗，说明街道这次是动真格，张支书苦笑道："不签不认罚就要被起诉，到时候不光一样要缴罚款，还要被行政拘留。"

就在张支书在里面帮着做工作之时，韩朝阳的对讲机里传来一阵急促的呼叫声。

"韩大韩大，我这儿发现一个可疑人员！"

"别急，慢慢说。"韩朝阳心中一凛，下意识爬上巡逻车。

"刚才有一个人不去查验身份证不拿路条就想出去，被我们拦住了，他说肚子疼，急着要去医院，我和安科长说再急也不急一两分钟，让他出示身份证，我们帮他把号码报过去让郭姐优先查，结果他又说没带，还记不得身份证号。再后来我们问他姓名和家庭住址，他突然说肚子疼得厉害，要去上厕所，转身就跑了。"

"往哪个方向跑了？"

"往五队，路口就我一个巡逻队员，没敢追太远，不过我见他好像跑进了路口西边第三家。"

"你继续在路口盘查，我马上到。"

第五十三章　大清查（五）

"新华，上车，把装备带上！"

对讲机用的是同一个频率，古新华岂能不知道要去干什么，把防爆盾牌和甩棍往巡逻车上一扔，喜形于色地说："好咧。"

小伙子退伍前是侦察兵，现在仍坚持锻炼，单手俯卧撑一分钟能做几十个，韩朝阳回头看了一眼，左边握着方向盘继续往前开，右手举着对讲机喊道："晓斌，长生，我韩朝阳，五队有情况，你们各带两个人过来，速度一定要快。"

"是。"

"马上到！"

朝阳村就这么大，三个班长全在中街主干道上，并且早通过对讲机知道发生了什么事，立即抽调巡逻队员驱车赶到五队路口。

"小陈，你去换王兵。"

"韩大，让我参加行动吧。"到了地方却没机会参加行动，小伙子愁眉苦脸。

"王兵见过那个形迹可疑的家伙，你见过没有，站你面前也不认识，服从命令，不许耍小孩子脾气。"

"为什么不让他们去换？"

"有完没完，服从命令听指挥！"

"好吧。"小伙子没办法，只能悻悻地放下装备跳下车，往东边的小出口跑去。

不一会儿，发现形迹可疑人员的队员王兵到了，不需要韩朝阳下命令，很默契地带着众人来到路西第三个院子。李晓斌也不需要韩朝阳多说,没跟过来,而是开着巡逻车绕到后面一排,防止形迹可疑的人跳窗从后面跑。

刚才在查身份证那个路口的蔡主任、谷局长等人也意识到这边有情况。

他们是领导,没必要跟其他干部一样入户,说是在路口指挥,其实是在闲聊,见韩朝阳叫了六七个巡逻队员往这边来了,也不约而同钻进公务车,一直追到这边。

一队在查身份证居住证,查各家有没有去办理过出租房屋备案登记。

消息传得很快,村民们几乎个个知道,这一排的村民正聚集在巷子里议论,一致认为这是征地动迁指挥部的"阴谋"。

正在研究对策,突然来几辆电动警车,又来两辆喷有公车标识的轿车,过来五六个"特警"和工作组的干部,众人面面相觑,正寻思要不要找干部打听打听,只见管这一片的年轻片儿警指着大开着的院门问:"这是谁家?"

"我家,什么事?"

"你家住了几个外地人?"

"十五个还是十六个的,反正就十五六个。"一个中年妇女忐忑不安地走到门边。

"一起进来。"

韩朝阳说话的工夫,顾长生和古新华已带着队员们走进院子,一个带领部下打着手电搜查死角,一个很默契地挨个敲门,边敲边喊道:"派出所查身份证居住证,开灯开门,把门都打开。"

"准备好身份证居住证,动作快点!"

"来啦。"

"马上马上,正在穿衣服呢。"

平房的门一扇接着一扇打开,租住在这家的大多是年轻男女,相继拿着身份证走到院儿里。这时候,女房东也把院子里的灯打开了,韩朝阳一眼就注意到西北角的第二间既没开门也没亮灯。

"开门,我们是派出所的,听见没有。"古新华一马当先,跑过去啪

第五十三章 大清查（五）

啪啪砸门。

没动静！

韩朝阳转过身，见王兵微微摇摇头，意识到院儿里这些人一个都不是，立马道："你们都先回房间，等会儿再检查你们的身份证居住证。"

"又要查，又说不查，我明天还要上班呢，您能不能搞快点。"一个戴着眼镜的女孩儿气呼呼地问。

"不好意思，影响你们休息了。请先配合我们的工作，回头再给你们道歉。"

"先进去，先进去，配合一下。"

"小韩，怎么回事？"蔡主任被搞得一头雾水，走过来低声问。

"租住在这间的人有问题。"韩朝阳指指门始终关着的房间，转身问，"房东，有没有备用钥匙？"

"有。"

"赶紧去拿。"注意到她家的防盗门刚才好像开着的，韩朝阳又说道，"长生，你和小钱进去看看。"

女房东不乐意了，回头问："韩警官，我家有什么好看的！"

"请你也配合一下我们的工作。"

想到把房子租给外地人却没去报备，接下来可能会被罚款，甚至不知道要罚多少，女房东不敢再多说，很不情愿地回屋拿备用钥匙。

王兵看得很清楚，那小子就跑进了这家。顾长生才不会管房东及房东家的人高不高兴，一间一间推开房门检查。一楼没有，二楼也没有。

他们搜到二楼时，平房的门也用备用钥匙打开了，里面只有一张床和一个用木板钉的书桌，床上铺着凉席，地上有一双拖鞋，墙角里有几个塑料方便袋。不仅没锅碗瓢勺，连个人物品都没几件。

太可疑！

韩朝阳看看书桌上的半个馒头和吃剩的小半包榨菜，转身问："房东，租这间的是什么人，姓什么叫什么，有没有看过他身份证？"

"是个小年轻，二十岁出头，好像姓谭，叫什么名儿我忘了。"刚才好像见那小子匆匆跑回来的,难道真有问题,他真要是问题那这个麻烦可就大了,女房东苦着脸不知道该怎么往下说。

王兵下意识问:"他个头是不是比我矮点儿,上身穿一件有几个英文字母的白色T恤衫,下身穿灰色大短裤?"

"好像是。"

"韩大,就是他!"

"搜,仔细搜!"房间里什么都没有,看见穿制服的就想跑,肯定有问题,韩朝阳想想又举起对讲机,"各卡口注意,各卡口注意,我是韩朝阳,请你们留意一个二十岁出头、身高一米六五左右,上身穿带英文字母的白色体恤、下身穿灰色大短裤的年轻男子,发现其行踪立即汇报。"

"一号卡口收到,一号卡口收到。"

"二号收到,二号收到。"

对讲机里还没传来第三个卡口的回复,外面突然传来顾长生的吼声:"下来,给我下来,我们看见你了,你跑不掉的!"

众人跑出来一看,只见蔡主任等人正用手电照着房顶。

没看见人,韩朝阳四处找楼梯位置,又听见顾长生喊道:"韩大,逮着了,兔崽子真会躲,居然跑房顶上来了。老实点,看清脚下。"

韩朝阳欣喜若狂,刚跑进客厅,就见顾长生和小钱押着一瘦削的年轻男子走下楼。与其说是押着,不如说是架着。他吓得浑身像筛糠般颤抖,满头大汗,脸色煞白,别说走路,恐怕站都站不稳。看见警察怕成这样,绝对没干过好事,绝对不是什么好人。

韩朝阳毫不犹豫掏出手铐,先把他双手铐上,一边示意古新华搜他身,一边托起他下巴问:"叫什么名字,什么地方人,为什么跑?"

嫌疑人连牙齿都吓得直磕,嘴唇颤抖着不敢吱声,耷拉着脑袋不敢直视。让人所有人更意外的是,他的大短裤突然湿了,吓得小便失禁,尿顺着大腿流到房东家一尘不染的地砖上。

真是胆小如鼠,就这心理素质能犯什么事!

韩朝阳越想越奇怪,正准备再问,古新华突然道:"韩大,有身份证。"

第五十三章 大清查（五）

韩朝阳接过身份证看了看，掏出警务通一边输入身份证号码进行查询，一边冷冷地问："你姓谭，叫谭科？"

"是。"嫌疑人偷看了一眼，如丧考妣地承认道。

查询结果更让人意外，他不仅不是在逃人员，至少在逃人员数据库里没有他，而且身份证信息显示他是集体户口。

韩朝阳放下警务通，不动声色地问："谭科，你说你一个大学生，不好好上学，反而干违法犯罪的事，对得起含辛茹苦生你养你供你上大学的父母吗？"

警察知道这么多，看样子已经上网了。

谭科悔之不及，依然耷拉着脑袋一声不吭，但脸上全是泪水，连鼻涕都流下来了。

韩朝阳几乎可认定他犯过事，只是没被上网追逃，顺手从房东家的茶几上抽出几张纸巾，帮他擦擦脸，趁热打铁地问："都落到这份儿上了，你还能抱什么侥幸心理？你是大学生，应该懂点法，应该知道我们的政策是坦白从宽，抗拒从严，现在态度决定一切，是要我对着内网上的信息一句一句问，还是你主动说？"

"我说，我交代。"

谭科真被吓坏了，哭丧着脸说："我，我鬼迷心窍，一时冲动，跟吴至安一起抢劫，抢了一个人。"

韩朝阳装模作样看看警务通，追问道："抢的什么人？"

"小姐，在帝豪KTV上班的一个小姐。"

"抢了多少钱？"

"就抢了一部手机，没抢到多少钱，全零钱，不到100。"

"有没有伤人？"

"没有，只是用水果刀吓唬了她一下。"

"在什么地方抢的？"

"E族网吧西边的巷子里。"

原来是一个持刀抢劫的犯罪嫌疑人，尽管他很倒霉没抢到多少钱，但抢劫本身就很严重。

吴伟，你不是很厉害吗，有本事抓个抢劫犯给我看看！

韩朝阳越想越激动，越想越兴奋，强按捺下激动兴奋追问道："吴至安在什么地方？"

"不知道。"

"你们一起抢劫的，他去哪儿了你能不知道！"

谭科早吓得六神无主，哪里顾得上分析警察到底有没有掌握什么，用颤抖的语气魂不守舍地说："抢完我们一起绕了一圈回宿舍的，说好第二天一起去卖手机，中午吃完饭见你们警察找到宿舍门口，我害怕，我就跑了。"

韩朝阳突然意识到有一个非常重要的问题没问，摸摸鼻子又问道："什么时候抢的？"

"好像是6月21号晚上，不是21号就是22号。"

"星期几记得吗？"

"记得，星期六。"

从来没见过如此胆小的抢劫犯，当然，胆大的一样没见过。

韩朝阳越想越好笑，甚至能想象到他抢完劫之后的经历，几乎可以肯定被抢的小姐没报案，那几个警察可能是因为其他事去他们宿舍的，不然早上网追逃他了。

不管怎么样，逮着一涉嫌持刀抢劫的犯罪嫌疑人是好事，而且是一件大大的好事。

韩朝阳示意顾长生他们把嫌犯押出去，转身走到女房东面前，冷冷地说："刚才都听见了，这就是不去报备的后果。你也进过他房间，见过他晚上吃的是什么。穷凶极恶，说的就是他这种人，别见他被我们控制住尿都吓出来了，对别人他胆子一点不会小，能持刀抢劫在KTV上班的小姐，一样能抢你！"

"韩警官，我错了，我知道错了。请您相信我，以后再有人来租房肯定去报备。"

第五十四章　大清查（六）

办案队的人几乎全扑在制贩假证案上，社区队和防控队的老民警不得不承办所里的其他治安案件和一些案值不大、性质不是特别恶劣的刑事案件。

涉嫌刑事犯罪的嫌疑人不能超期羁押，治安案件也要在规定时间内办结。

杨涛下午去分局跑审批，晚上搞另外几个案子的材料，9点半的时候接到分局指令出警，一直忙到深夜11点半才吃上晚饭。想到不只是徒弟也是社区队民警的韩朝阳正在清查外来人口，不太放心，三口两口吃完饭，跟教导员说了一声，拉上正准备回宿舍休息的管稀元一起驱车赶往朝阳村。

或许潜意识里多少抱着点看看韩朝阳到底干得怎么样的想法，杨涛出发时没打电话，路上一样也没联系。

杨涛开着110警车从中山路拐进朝阳西街，只见通往村里的大小巷子口全拉着警戒带、全有一个全副武装的"特勤"执勤，警戒带和"特勤"防刺背心上的字荧光，车灯一照格外显眼。杨涛越看越糊涂，连坐在副驾驶上打瞌睡的管稀元都大吃一惊。

"杨警长，这是特警！"

"特警支队怎么可能派警力协助他查外来人员的身份证居住证？"

"前面还有好几个，不光有特警好像还有城管。"

"先进去看看。"

到处是"特警"，警戒带随处可见，通往村里的大小巷口警灯闪烁，里面隐隐约约也有警灯，整个朝阳村竟被封锁了，如假包换的大行动，杨涛越想越糊涂，不知道从菜市场这个口能不能把警车开进去，轻踩油门继续往前走，打算从中街进。

快到中街入口，手机突然响了。

管稀元帮他拿起来一看，回头道："韩朝阳的。"

"接！"

"哦，"管稀元坐直身，举着手机问，"朝阳，我们到村口了，你在什么位置，外面这些特警特勤怎么回事？"

"没特警也没特勤，他们全是朝阳社区义务治安巡逻队的队员，你们进来之后直接往北走，我看见警车就看见你们了，我就站在路口。"援兵到了韩朝阳很高兴，暗想可以把刚抓获的抢劫犯交给师傅和管稀元，好回一队继续清查。

手机声音大，刚刚的通话杨涛听得清清楚楚。

这时候，几个全副武装的"特勤"见来了一辆110警车，急忙撩起警戒带放行。

外面"特勤"多，里面的"特勤"更多，不光有全副武装的"特勤"、街道综合行政执法大队的执法人员和协管员，还有许多工作组的干部，甚至有跟在火车站、人民公园及博物馆广场巡逻的电动110警车别无二致的治安巡逻车，有综合执法大队的执法车，全开着警灯，看上去好不壮观。

杨涛彻底服了，禁不住笑道："这也太夸张了，臭小子用得着我们帮忙吗？"

花园街派出所民警、辅警和协勤倾巢而出也拉不出这阵容，管稀元简直不敢相信自己的眼睛，一边默默数算着村里村外有多少"特勤"，一边喃喃地说："这哪是义务治安巡逻队，这些保安明天不用上班吗？"

警车从设在三队路口的盘查点擦肩而过，杨涛回头看了一眼坐在电脑前的陈洁和三个全副武装的男巡逻队员，忍不住笑道："防爆装备该有的全有，不光有对讲机，还有执法记录仪，比我们装备精良。"

"保安公司有这么大气？"

第五十四章　大清查（六）

想到韩朝阳昨天说过的话，杨涛沉吟道："不一样，他们是社区的保安。这里正在搞拆迁，村民三天两头搞事闹事，上级舍得往这些保安身上砸钱。"

"这就难怪了，这小子运气也太好了。"

正说着，警车已开到五队路口。

公安刚抓获一个抢劫犯，消息在今夜注定无眠的村民们中间传得特别快，村里的大人和睡不着的小孩以及一些外来人员不约而同跑过来看热闹，黑压压的全是人，把路堵得水泄不通。

杨涛二人推门下车，正准备让围观的人让让，围观的群众从里面往外自动散开自动让出一条路，只见两个"特勤"在前面开路，他们身后的两个"特勤"架着一个双手被铐住的嫌疑人。

"公安抓犯罪分子，有什么好看的？都回去吧，回去准备好外来人员登记簿、身份证户口簿和出租房屋备案登记手续等候检查。"韩朝阳一边同队员们押着嫌犯往外走，一边疏散起群众。

蔡主任岂能错过这个机会，边跟着走边扯着嗓子喊道："看见没有，一逮一个准！不办理出租房屋备案登记，房子租给谁不去社区报备，不协助房客办理居住证，处罚你们还不服气，现在服气了吧？这是窝藏逃犯知不知道？"

"蔡主任，韩警官，您听我说，我真不知道他是逃犯！"

"你的事回头再说，现在说什么都晚了。"

居然真抓获一个犯罪嫌疑人！

杨涛既感到意外又觉得在情理之中，像这样外来人员聚集的城中村真是鱼龙混杂，顾不上问具体情况，先跟街道干部和工作组领导打招呼。

"蔡主任，太感谢了，感谢您这么支持我们派出所工作。"

在征地动迁工作中，派出所没发挥出应有的作用。不仅不积极主动，而且每次都是等出了事再来。义务治安巡逻队成立那么重要的活动，杨书记和顾主任都亲自出席，派出所连个副所长都没露面，蔡主任和苏娴一样对派出所多多少少有点意见，两位工作组副组长对派出所意见更大，自然不会给杨涛什么好脸色。

"不用谢，群防群治，维稳处突，这也是我们的工作。"

蔡主任看着正往警车上押的嫌犯，不无得意地说："其实你们来不来无所谓，不就是一个抢劫犯嘛，别说一个，再来两个我们也能对付。正准备安排几个队员把抢劫犯扭送去派出所，结果你们来了，真是来得早不如来得巧，时机把握得不错。"

话里有话！

杨涛暗想你对派出所有意见，可以去跟我们领导说，跟我说这些算什么，但还是嘿嘿笑道："蔡主任，这说明在您领导下的义务治安巡逻队有战斗力。"

"再有战斗力也没你们有战斗力，你们是公安嘛。"想到杨书记曾说过要把朝阳社区义务治安巡逻队作为一个加强社区安全防范，协助街道维稳处突，协助街道综合行政执法的试点，蔡主任觉得不能就这么把抢劫犯交给公安。

他看看正迎面而来的苏娴，立马道："苏主任，小韩，过来一下。"

"蔡主任，您有什么指示。"

"蔡主任，来了。"

"小韩，让队员们把抢劫犯从车里押出来。苏主任，用你手机拍个照。"

"拍照？"

"这是你们社区的成绩，将来是要整理材料上报的，以后只要逮着犯罪嫌疑人全要拍照，提供线索协助公安抓获几个嫌疑人，捣毁几个团伙也要让办案单位开个证明，这样才有说服力。我手机不行，你手机晚上拍照效果好，搞快点。"

这确实是社区的成绩！苏主任乐了，应了一声立马跑警车边组织队员们摆拍。韩朝阳被搞得啼笑皆非，但这是领导要求只能让苏主任拍。

幸好大清查刚刚开始，一队才查一半，还有五个半队没查，拍完照就把嫌疑人再次塞进警车，工作组的二位领导连招呼都没跟杨涛打，就同蔡主任、苏主任一起步行回一队路口。

"朝阳，车里这小子怎么回事？"

第五十四章 大清查（六）

"涉嫌持刀抢劫，心理素质太差，一看见我们就跑，结果被我们在前面路西第三家逮了个正着……"韩朝阳简单汇报完情况，又禁不住笑道，"如果不出意外，被抢的人应该没报警，同案犯应该还没跑。师傅，要不您带几个人去科技大学看看，如果在就把他逮回来。"

街道抢功让他们去抢，反正跟派出所没关系。

但像这样的案子，杨涛是不想就这么移交给办案队的，他权衡了一番，笑道："也行，你继续在这儿组织清查。安排三个保安协助稀元把嫌疑人押回所里，再安排三个人跟我去科大。"

"没问题。"露脸的机会可不多，韩朝阳不无兴奋地举起对讲机，"启荣启荣，我韩朝阳，听到请回答。"

"韩大韩大，我正在7号卡口，请指示。"

"把公务车开过来，和晓斌一起协助管警官把嫌疑人押送到派出所。"

"是，马上到。"

"晓斌，金成，你们协助管警官把嫌疑人送到派出所。长生，王兵，小陈，你们跟我师傅去科大抓同案犯。"

"是！"

同案犯的姓名、性别、年龄、外貌全查到了，警务通里全有。住在科大哪栋宿舍楼，几层几零几，哪张床，如果不在宿舍有可能去哪些地方，刚落网的嫌疑人也交代得一清二楚。

战机稍纵即逝，杨涛一刻不敢耽误，打电话向教导员汇报一下，似笑非笑地拍拍韩朝阳胳膊，带着顾长生、王兵和小陈三个队员开警车连夜赶往科大。

别说嫌犯腿都软了，就算想跑他也跑不掉。

管稀元没急着走，把韩朝阳拉到一边，神神叨叨地问："朝阳，刚才他们叫你韩大？"

"嗯，叫着玩的，你别当真，也别跟所里人说。"韩朝阳回头看看身后，一脸不好意思。

"这也能叫着玩，说说呗，到底怎么回事？"

"他们不是巡逻队员吗，社区不是有巡逻队吗，街道领导比较重视，给我们授旗，下红头文件，任命苏主任担任义务治安巡逻大队教导员，我担任义务治安巡逻队大队长，这个'韩大'就这么叫开的，就在社区叫叫，在所里我还是普通民警。"

"哇靠，大队！"

"义务的，不能当真。"

装备比正式民警精良，人数比派出所多，还配有公务车、巡逻车，这能是"义务"的？

人家是"挂羊头卖狗肉"，他们这是"挂狗头卖羊肉"，管稀元觉得没他说得这么简单，觉得手下有多少人就有多大权，不无羡慕地问："朝阳，跟哥说老实话，这个大队长是怎么当上的。"

"街道综治办任命的，就是一张纸，上面敲个萝卜章，反正是义务的，又不需要组织人事部门承认。"韩朝阳很想继续显摆，但现在真不是嘚瑟的时候，指指一队方向，打了个招呼就爬上巡逻车走了。

肯定是区委童副书记发过话，不然这个"实权大队长"能轮着他！管稀元扶着车门沉思了片刻，暗想今后有必要跟韩朝阳搞好关系。至于其他人，让他们继续瞧不起人家吧。区委副书记比分局局长大，有这关系人家不在乎你们是不是瞧得起。

第五十五章　大清查（七）

"怕缴税，税能有几个钱？许镇川倒是把税钱省了，结果家里窝藏逃犯，不光要缴罚款，要按最高标准罚，说不定缴了罚款还要追究责任。"

二队路东第三家的院子里，工作组干部正在给房东做工作。

见房东欲言又止，接着道："这不只是交多少钱的问题，也不是罚多少款的事，这既涉及人口管理，对你也是一种保护。缴税备案之后，出租房屋发生什么事你可以免责。"

"免什么责？"房东板着脸问。

"凤凰村有个村民把房子租给人家没去备案登记，结果租房子的外地人死在他家，人亲属跑过去闹，最后要赔偿人家亲属一大笔钱。不知道什么原因死的，也不是被杀的，反正对方不肯尸检，连打官司都打输了，所以说不能占小便宜吃大亏，如果当时登记了就没这些事，有出租屋管理中心承担。"

"这样很麻烦，就算现在的房客同意税由他缴，如果以后的房客不愿意缴税不是要我自己去缴，这不是等于我给自己减房租？"

房东话音刚落，房东老婆插进来振振有词："我去登记备案那里就有我家记录，你们每年都会来催我缴税！"

本来就应该你缴，把税转嫁到人家身上，居然说得理直气壮，工作组干部暗骂一句，耐心解释道："没那么麻烦，房子停租可以通知街道暂停交税，什么时候重新出租，再开始缴税。"

抓获一个胆小如鼠的抢劫犯只是小插曲，但意义重大。

前车之鉴摆在那儿，出租房屋要去社区备案登记，把房子租给外来人员要去社区或派出所报备的重要性一下子体现出来了，谁也不知道自家的房客中有没有犯罪分子，村民们的抵触情绪没之前那么大，清查工作的阻力比之前小多了。

三组人挨家挨户查要查到什么时候？蔡主任接过指挥权重新部署，把工作组干部、社区干部、治安巡逻队和街道综合行政执法大队的人编成十几个小组，三人一组，先入户登记身份证居住证、先查房东家有没有办理出租房屋备案登记，如果没备案就现场取证、现场做笔录。许宏亮、老徐和刚下午任命的巡逻队班长吴俊峰只需要持巡逻盘查终端刷身份证。为提高效率，让离路口较近的外来人员去盘查点查验身份证。

刚查完几个租住在村里的摊贩的身份证，对讲机里传来吴俊峰的声音。

"韩大韩大，这有一个人没身份证，您能不能过来一下！"

"马上到。"

吴俊峰入职之前既当过保安，也曾在光明分局的一个派出所干过一年协勤，巡逻盘查的经验一样丰富，所以下午"破格提拔"他担任班长。没身份证的外来人员，过去半小时遇到好几个，全是不慎丢失的。

虽然没身份证，但能报出身份证号码，就算记不得身份证号码也不可能记不得姓名、年龄和家庭住址，只需要用警务通查查这些信息，调出照片看看是不是本人就行了。吴俊峰非让去，说明他刚查到的那个没身份证的人比较可疑。

韩朝阳一刻不敢耽误，开着电动巡逻车赶到他们所在的院子，只见一个四十多岁的中年男子，站在一间平房门口一声不吭。

"韩大，他说他是门崖人，但口音明显不对。"吴俊峰指指同样赶过来不久的一个队员，"常健凯就是门崖人，我可能会听岔，健凯不可能。"

拿不出身份证的男子看上去老实巴交，甚至一点不紧张。

韩朝阳上下打量了他一眼，走进他租住的房间，锅碗瓢勺一应俱全，墙角里堆满水电木瓦油的工具，靠床的位置停着一辆旧电动车正在充电。与大多进城打零工的人一样，实在看不出有什么可疑。但拿不出身份证，

第五十五章 大清查（七）

说不清家庭住址，这就是最大的可疑。

韩朝阳回到门口，紧盯着他双眼问："姓什么，叫什么名字？"

"姓丁，丁振江。"

"家庭住址！"

中年男子下意识偷看了一眼手持甩棍的常健凯，用带着口音的普通话不是很有底气地说："门崖县大阜乡饶庄村。"

"是这个阜吗？"

韩朝阳掏出警务通，输入名字和家庭住址，输入完之后让他确认，让众人觉得更可疑的是，中年男子竟然来了句："我不识字。"

"韩大，就这个阜，我们县就这么一个大阜乡。"常健凯忍不住凑过看看警务通，用肯定的语气确认道。

查无此人！韩朝阳放下警务通，再次探头看看房间，厉声道："不识字，不认识买那么多晚报干什么，睁着眼睛说瞎话。老实交代，到底叫什么名字，到底是什么地方人！"

中年男子斜看着水井，开始装聋作哑。

"健凯，小徐，看好他。"前言不搭后语，现在又装聋作哑，没问题就见鬼了，韩朝阳狠瞪了他一眼，打开执法记录仪，开始同吴俊峰一起搜他的身，搜完身搜他租住的民房。

结果令人意外，既没搜到身份证，也没搜到任何疑似赃物的东西，只搜查一部屏大字大声音大的老人机，翻看电话簿和通话记录，全是王老板、李老板、杨老板之类的与干活有关的联系人。既没证据显示他是犯罪嫌疑人，又不能就这么让他继续"黑着"，更何况他确实可疑。韩朝阳示意常健凯和小徐把他带到灯光下，举起手机连拍几张照片，随即走出院子拨通管稀元的电话。

"老管，我朝阳，这边查到一个没身份证的，形迹比较可疑，听口音应该是门崖周边几个县的，你对门崖县应该比较熟悉，我把照片发过去，你帮我上网查查。"

换作以前，管稀元遇到这样的求助不会很积极。但现在不是以前，正想着跟"实权大队长"搞好关系呢，立马让两个协勤把正在接受审讯的嫌疑人谭科关进羁押室，边打开电脑插入数字证书登录内网，边笑道："没问题，这就帮你查。"

"他年龄大概在四十至五十岁之间，身高一米六五左右，体型偏瘦，国字脸，左耳下面有一颗显目的黑痣。"

"好的，你稍等。"管稀元噼里啪啦敲击键盘，不断根据韩朝阳提供的体貌特征进行检索，查询了五六分钟一无所获，想想又拿起手机查询电子地图，以门崖县为圆心，一个县一个县地查该县公安局的上网追逃人员。

连续查了几个县依然一无所获，本以为一时半会儿查不出头绪，一条网上追逃信息出现在眼前。管稀元简直不敢相信自己的双眼，拿起手机点开韩朝阳发的照片，与通缉令上的照片进行比对，越看越像，只是通缉令上的照片是嫌疑人年轻时拍的，被当地公安局找到之后上传进系统，像素不高，看不清左耳下面到底有没有黑痣。

"朝阳，你可能逮着条大鱼了！"管稀元激动得无以复加，紧握着手机、紧盯着电脑显示器，激动不已地说，"你查的这个人非常像一个涉嫌故意杀人的通缉犯，姓计，叫计庆云，原府县洪堡乡人，算算今年应该四十六岁，十二年前因情感纠纷跑到门崖县杀了两个人。"

"杀人嫌犯？老管，你没开玩笑吧？"

"我能跟你开这种玩笑，我把追逃信息发过去，你自己看吧。"

里面那家伙居然可能是涉嫌杀害两人的通缉犯，韩朝阳既紧张又兴奋，看看管稀元发来的信息也觉得很像，定定心神回到院子，冷不丁厉喝道："计庆云！"

中年男子心中一凛，下意识抬起头，神色尤其眼神格外慌张。

就是他，错不了。韩朝阳欣喜若狂，猛地抓住他手，咔嚓一声给他戴上早准备好的手铐，旋即紧攥着他胳膊，咬牙切齿地说："你跑啊，能跑哪儿去，天网恢恢疏而不漏，改名换姓也没用！"

第五十六章　大清查（八）

"杀人嫌犯，能不能确认？"

"韩朝阳说一喊出名字那家伙不但有反应而且很慌张，缓过神又开始装疯卖傻，韩朝阳吓唬他说已经跟门崖县公安局和原府县公安局联系上了，两个县公安局的人正连夜往燕阳赶，最迟明天中午，不，应该是今天中午就能到，等人一到一认就能认出来。"

管稀元暗想杀人犯是韩朝阳抓的，一样是我想尽办法比对出来的，站在教导员宿舍门口眉飞色舞地说："燕阳没人认识他，老家有！嫌犯的侥幸心理就这么被彻底打消了，老老实实承认他是计庆云，承认十二年前在门崖县杀过人。"

那小子不声不响又放一颗卫星！

关远程乐了，忙不迭穿着衣服，急切地说："涉嫌杀害两人是重犯，还站这干什么？让老徐在所里值班，其他人全部去朝阳村。先给韩朝阳打电话，让他给我看好嫌犯，跑了拿他是问，自伤自残一样要拿他是问！"

"教导员，他手下好多人，嫌犯肯定跑不掉。"

"手下好多人，他哪来个手下！"

说了你也不信，管稀元干脆不说了，立马跑去通知住在所里的人准备出发。

所里对民警要进行绩效考核，把打击指标分派到每个民警头上，分局对派出所一样要进行绩效考核，法制大队、治安大队、刑警大队、国保大队、禁毒大队……只要是个大队都要来考核，连交警大队都开始让派出所帮着抓交通违法嫌疑人。

抓获一个涉嫌故意杀害两人的在逃犯，可不止完成一个刑拘指标那么简单。

关远程越想越激动，一边往楼下跑，一边给远在八百公里外的所长打电话，可能是睡着了没听见，连续嘟了十几秒没打通，干脆先给分局的值班副局长汇报。

与此同时，涉嫌故意杀人的计庆云已被队员们押上刚送抢劫犯从派出所回来的桑塔纳，把他塞进后排，吴俊峰坐在左边，李晓斌坐在右边，一人攥住计庆云一只胳膊，把计庆云死死地夹在中间。

韩朝阳同紧急调来的四个队员守在车外，用手电照着配合苏主任拍照。

最高兴的不是韩朝阳，而是综治办蔡主任。他举着晚上拍照效果不是很好的手机咔嚓咔嚓连拍了几张，一边示意社区干部、工作组干部和村干部们维持好秩序，不让围观的村民挤进警戒线，一边给领导打电话汇报。

"杨书记，我蔡鑫阳，这么晚给您打电话是要汇报一个好消息。"

"什么好消息？"杨书记睁开蒙眬的双眼，呵欠连天地问。

"清查行动战果很大，一小时前刚抓获一个抢劫犯，现在又逮着一个杀人嫌犯！真是杀人嫌犯，他自己都承认了，不是杀一个人，是杀了两个人！他已经被控制住了，我让小韩和几个队员把他关在车里。"

"杀人嫌犯？"杨书记困意全无，下意识爬起身。

"连续抓了两个，不止两个，刚刚又查到一个有吸毒前科的，小韩说等派出所的人来要把她带去验尿验血，看她近期有没有吸过毒，另外菜市场东边那个收废品的可能涉嫌销赃，在他租住的小院里查获五辆电动车，他支支吾吾说不清来源。"

早知道朝阳村鱼龙混杂有问题，没想到问题这么严重。

杨书记揉揉眼睛，沉吟道："老蔡，既然查出这么多这么严重的问题，说明接下来查处出租房屋不备案登记的问题不存在太大阻力。"

"不存在，现在他们全吓坏了，谁敢阻扰执法！"

"就他们可以狮子大开口，就他们可以三天两头提出各种无理条件。

第五十六章 大清查（八）

既然存在这么多问题，问题这么严重，我们就可以理直气壮地开罚单。跟房管局的同志说清楚，算了，我还是亲自去一趟，依照法律法规，从严从重查处。"

"杨书记，您来最好，派出所的人马上到，犯罪分子是我们抓的，这应该算扭送，应该是我们街道的成绩。"

提到派出所杨书记就不太高兴，遇到点事他们总是推诿。尤其刚来的派出所所长刘建业，就知道建他的功立他的业，找到他不是在查这个案子就是忙那个案子，街道开个会不是缺席就是让关远程代他参加，眼里只有分局，对街道工委很不尊重。

机会难得，杨书记决定给派出所点颜色瞧瞧。

听到书记的指示，蔡主任乐得心花怒放，连连点头道："是是，我怎么就没想起来呢，杨书记放心，保证完成任务，绝对不会出问题。"

韩朝阳不知道蔡主任在跟谁通电话，只知道今后可以扬眉吐气。

正脑补刘所知道这个消息会是什么表情，正琢磨着吴伟那个小人会有什么反应，蔡主任突然走过来说："小韩，不用等派出所的人了，直接把嫌犯人扭送分局。"

"扭送分局！"

"执行命令，你坐副驾驶，我坐捷达给你们开道。苏主任，你坐执法车，小汤，再叫几个人和苏主任一起给我们殿后。"

在场的所有干部当中蔡主任行政级别不是最高的，工作组两位副组长全是正科，他只是副科，跟苏主任一个级别。但他是综治办主任，是今晚的行动总指挥。在场的所有人只有韩朝阳一个公安，其他人全是端街道的饭碗，自然听街道干部的话，连治安巡逻队的队员们都是这么认为的，对公安、对花园街派出所根本不存在哪怕一丝归属感。

随着他一声令下，巡逻队员、综合行政执法大队的队员纷纷登车。

韩朝阳急了，跑到捷达车边苦着脸问："蔡主任，我们教导员马上到，就这么把嫌犯扭送分局不太合适吧？"

"有什么不合适的，服从命令听指挥，立即出发，别浪费时间。"

"可是……"

"没那么多可是,你实在不想去就在这儿继续组织清查,我们扭送,如果嫌犯在路上出什么问题我蔡鑫阳负全责!"

你负全责?

韩朝阳暗想我不知道没关系,但我不仅知道而且嫌犯是我抓的,如果不跟嫌犯在一起,上级非得扒了我的皮不可,这是原则性问题,不能当儿戏。

现在的问题是他掌控主动权,所有人全听他的!

见他示意汤队长上押解嫌犯的公务车副驾驶,韩朝阳不敢再犹豫,急忙道:"我去,我跟您一起扭送。"

"这就对了嘛,赶紧上车。"想到派出所的人正往这儿赶,蔡主任又探头喊道,"启荣、小汤,我们走东街,全开双闪,一定要跟紧了!"

第五十七章　大清查（九）

手里有重犯，蔡主任心中不慌。看看后视镜，确认派出所的人没追上来，一边示意司机再开快点，一边拨打起手机。

"您好，这里是110……"

"别您好了，我是燕东区花园街道综治办主任蔡鑫阳，我们在组织社区干部和社区义务治安巡逻队入户采集基础信息、登记外来人口时抓获一个畏罪潜逃十二年的杀人嫌犯，姓计，叫计庆云，原府县人，十二年前在门崖县杀的人，一共杀害二人，他对犯罪事实供认不讳。"

110指挥中心每天都会接到数以百计群众的报警，接警员什么警情没遇到过，唯独没遇到过这样的警情。她一边飞快地做记录，一边急切地问："蔡主任您好，请问您在什么位置？"

"我正在把杀人嫌犯往你们分局扭送的路上，刚过东明路口，刚进入人民路，请你立即向你们领导汇报，准备接手嫌犯。"

"好的好的，请您注意扭送途中的安全。"

涉嫌杀害两人的嫌犯，这可不是一件小事！接警员结束通话立即向值班副主任汇报，值班副主任大吃一惊，急忙调看交通和治安监控，液晶大屏里出现三辆车，前面两辆打着双闪，后面一辆执法车不光打着双闪还开着警灯，意识到这不是恶作剧，不是无效警情，一边让一个民警查询有没有计庆云这个通缉犯，一边拿起电话回拨过去。

"喂，您好，请问是花园街道综治办蔡主任吗？"

"对对对，我就是蔡鑫阳，请问您哪位。"

"蔡主任好，我是分局110指挥中心邢洪昌，我通过交通监控看到你们了，请你们协助我们看押好嫌犯，注意扭送路上的安全，前面第二个路口有我们的民警巡逻，我立即通知他们，让他们一路护送你们来分局。"

"好好好，太好了，让他们给我们开道。"

一切安排妥当，给值班副局长汇报。

正在办公室里等消息的杜副局长糊涂了，举着电话问："洪昌，花园街道综治办扭送过来的嫌疑人也叫计庆云？"

"杜局，难道有几个叫计庆云的通缉犯？"

"怎么可能有几个，我是说花园街派出所刚打电话汇报他们在清查朝阳村外来人口时成功抓获涉嫌杀害两人的嫌犯计庆云。"

邢副主任糊涂了，喃喃地说："如果是他们抓的，嫌犯怎么会在花园街道综治办手里，怎么又会被花园街道综治办扭送来分局！"

杜副局长沉思了片刻，啪一声拍了下大腿，咬牙切齿地说："这个关远程，好大喜功，就知道抢功报功！先通知刑警大队准备接收嫌犯，花园街派出所的账回头跟他们算，我倒要看看他们怎么收场。"

听领导的口气，应该是花园街派出所也知道花园街道综治办在入户采集基础信息、登记外来人口时逮着一个杀人嫌犯，顿时欣喜若狂，还没去现场接管嫌犯就急不可耐地向局里汇报。

他们想立功，街道综治办一样想立功。人家为什么要把嫌犯交给派出所，想露大脸、立大功当然要往分局送，而且不管义务治安巡逻队也好，治安联防队也罢，遇到犯罪分子都有权往公安机关扭送。

邢副主任意识到花园街派出所这个乌龙搞大了，不仅会被局领导骂个狗血喷头，甚至会成为全分局的笑柄，对刘建业和关远程表示无限同情，但也只是同情，因为现在有更重要的事办。

与此同时，火急火燎赶到朝阳村中街与五队路口的关远程，顾不上跟工作组的两位副组长打招呼，举着手机急切地问："韩朝阳，你在什么位置，嫌犯在什么地方？"

街道领导太坑了！是福不是祸，是祸躲不过，事已至此韩朝阳能说什

第五十七章 大清查（九）

么，只能硬着头皮道："教导员，我……我……我快到分局了，嫌犯就坐在我身后，我们正在把他往分局扭送的路上。"

"扭送？"关远程懵了。

"我本来是打算等您过来的，结果蔡主任非要扭送，工作组、社区、综合行政执法大队和巡逻队的人全听他的，我实在是没办法。当那么多村民的面，我总不能往车前一躺，跟他们说想扭送就从我身上压过去吧？"

这，这是釜底抽薪！

十五分钟前刚给局领导打电话报喜，结果嫌犯被街道直接扭送去分局了，这不是自己打自己脸吗，关远程气得暴跳如雷，啪啪啪砸着警车的引擎盖，咆哮道："韩朝阳，你知道你在干什么，你到底是不是我花园街派出所民警，你到底有没有最起码的集体荣誉感……"

工作组谷副组长从来没见到过如此搞笑的事，想到派出所在朝阳村征地动迁期间总是推诿顿时一阵畅快，不禁走过来笑道："关教导员，发什么火，嫌犯交给你们派出所跟交给你们分局有什么区别，不都是为了干工作么。"

"谷局长，您别落井下石，这事没您想得那么简单。"

"也没那么复杂，"谷副组长点上支烟，故作神神叨叨地说，"听我一句劝，别再跟小韩发火，蔡鑫阳就坐在他身边，要是这些话被蔡鑫阳听见，被蔡鑫阳误解，到时候可不是往分局扭送的事了。综治办干出点成绩容易吗，搞不好会往市公安局送，甚至往公安厅送，反正又不远。"

罪魁祸首是韩朝阳，肯定是那小子的个人英雄主义又犯了，想去分局邀功，估计也有以此报复所领导的想法。但现在已经不只是跟那个小王八蛋的事，街道卷进来了，这件事很麻烦，搞得所里很被动。

关远程很快冷静下来，立马转身拉开车门："老胡、老丁、管稀元，你们留下组织清查。老陈，我们一起去分局。"

"是！"

关远程钻进警车，一边忙不迭拨打所长手机，一边催促道："老陈，开快点，抄近路，争取追上他们，护送他们把嫌犯安全扭送到分局。"

"好的。"从来没遇到过这样的事,老陈暗想韩朝阳这下不光把所长教导员害惨了,所里人估计全要跟着倒霉,现在所能做的只有补救,一刻不敢耽误,拉响警笛,猛踩油门火急火燎往分局赶去。

第五十八章　大清查（十）

车队浩浩荡荡开进分局，刑警大队的值班民警和六个刚被叫起来的机关民警一拥而上，接管嫌犯。

今夜发生的怪事够多了，杜副局长不想也搞出个乌龙。

亲自下楼迎接，让一个值班民警用手机点外卖，非要请蔡主任等扭送犯罪嫌疑人来分局的同志们吃夜宵。给刑警大队争取时间，让刑警大队确认嫌疑人身份，同时利用这个机会搞清事情的来龙去脉。

蔡主任和苏主任刚被热情无比的杜局邀请上楼，分局指挥中心也就是分局办公室邢副主任就让另外几个民警请汤队长、李晓斌、吴俊峰等人去会议室，他则使了个眼色，把韩朝阳带到一楼左侧的一间办公室。

分局今年没来几个新人，眼前这位的情况又比较特殊。

花园街派出所所长刘建业干工作是一把好手，但毛病同样不少，以前当刑警中队长时瞧不起女同志，现在当所长又不喜欢眼前这个学音乐的新人，不止一次找过局领导想换人。

基层主官确实不好干，他的心情可以理解，但哪有那么多一分来就什么都能干的警校生、政法大学毕业生或经过两年系统培训的政法干警？

总之，邢副主任对眼前这位印象深刻，顺手带上门问："韩朝阳是吧，学音乐的，去年考的警察公务员，前不久分到我们分局的？"

"是！"

"别紧张，坐下说，说说怎么回事。"

能够想象到杜局绝对在楼上问蔡主任和苏主任，局机关的干部这会儿肯定也在问汤队长和李晓斌他们。韩朝阳暗想问是好事，就怕你们什么都不问。摘下别在肩上的执法记录仪,一五一十地汇报起夜里发生的一切。

就在韩朝阳刚打开话匣子之时,关远程匆匆赶到分局。

一下车,一个民警就跑过来说:"关教导员,杜局让您在值班室稍等。"

"嫌犯呢?"

"在刑警大队,席大也是刚到的,正在亲自审讯嫌疑人。"

紧赶慢赶还是晚了一步,关远程深吸口气,看着停着办公楼门厅前的两辆公务车和综合执法大队的皮卡,追问道:"花园街道的蔡主任和我们所的韩朝阳呢?"

"蔡主任和朝阳社区的苏主任在杜局办公室,杜局正在表示感谢,要请他们吃夜宵。你们所的那个新民警在邢主任办公室,邢主任正在了解情况。"

"我去邢主任那儿看看。"

"别,千万别,杜局有交代,您千万别让我为难。"值班民警一把拉住他胳膊,一脸无奈。

"局领导这是什么意思,不信任花园街派出所?"

关远程又气又急,正不知道该说点什么好,值班民警一边招呼他去值班室稍坐,一边解释道:"关教导员,花园街道这是有备而来,估计天一亮,他们抓获一个杀人犯扭送到我们分局的事就会上报到区综治办,区综治办和区政法委合署办公,两块牌子一套班子。现在不问清楚,明天区领导问起来让局领导怎么说?"

"小毕,别人不相信我关远程,难道连你都不相信?天地良心,嫌犯真是我们抓的,不光是我们抓的,也是我们比对出来的!"

"我信有什么用,关键领导信不信。"

"不行,我等会儿一定要跟杜局汇报清楚。"

小毕嘴里不说心里想嫌犯真要是你们抓的,又怎么会落到街道综治办手里,街道综治办又怎么会如此大张旗鼓地"扭送"来分局。一想到"扭送"这个词,小毕就觉得好笑。

现在人一个比一个怕事,看到违法犯罪唯恐避之不及,顶多拨打个

110，能挺身而出、见义勇为的实属凤毛麟角，能把犯罪分子控制住并扭送到公安局的更少，至少他当这么多年警察没遇到过。

一楼左侧办公室里，韩朝阳简明扼要汇报完经过，指着执法记录仪又强调道："邢主任，不光我有执法记录仪，治安巡逻队的队员们也有，从清查行动开始到把嫌犯扭送到分局全程录像，您随便调看几个人录下的视频就知道了。"

事情说复杂也复杂，说简单也简单。

有执法视频在，邢主任相信韩朝阳没说假话，想到街道、社区、工作组的干部和花园街道综合行政执法大队及装备夸张到极点的朝阳社区义务治安巡逻队，仍在朝阳村清查外来人口，在查处一直没办理出租范围备案登记的违法行为，起身道："韩朝阳同志，事实证明你是一个恪尽职守且能顾全大局的好同志，你们的清查行动很成功，你们夜里干得也很漂亮，希望你不要有太多顾虑，也希望你再接再厉、再立新功。考虑到朝阳村的清查行动仍在继续，你现在可以先回去，执法记录仪暂时放我这儿，你们社区的治安巡逻队不是有很多么，回去之后先管别人借用一下。"

"是！"

韩朝阳立正敬礼，走到门边又忍不住回过头。

看着他欲言又止的样子，邢主任岂能不知道他担心什么，摆手笑道："走吧，你刚立下大功，有什么好担心的，你们所领导那儿我帮你解释。"

"谢谢邢主任，拜托邢主任了。"

"就这样了，回去路上注意安全。"

还是机关的领导通情达理、有水平，邢副主任答应帮着解释，韩朝阳稍稍松下口气，整整警服，叫上在门厅里等候的鲍启荣，钻进停在门口的桑塔纳公务车就往回赶。

关远程在值班室里看得清清楚楚，韩朝阳没注意到他，也想不到他会在值班室等，从门口一经而过，关远程叫都来不及，顿时怒火中烧，想打电话问问他眼里有没有自己这个领导，又怕局机关的人笑话，干脆揣起手机打定主意回去再收拾他。

事实上韩朝阳也想给他打个电话解释一下，可想到现在不管怎么解释也解释不清，干脆不打电话不解释。暗想反正已经不受待见成这样了，再糟糕还能糟糕到哪儿去，你们只是所长教导员，又不是局长政委，就算是局长政委，想开除一个人也没那么容易。

关远程不知道韩朝阳是怎么想的，正琢磨着是不是出去给所长打个电话，蔡主任和苏主任出来了，杜局和席大亲自相送，甚至跟巡逻队员们挨个握手，一直把他们送上车，目送他们的车驶出分局大院儿。

"杜局，席大，我……我……"关远程跑到两位领导面前，很想把事情说清楚，但张开嘴又不知道该从何说起。

"上楼，去我办公室说。"

"是！"

硬着头皮跟两位领导走进二楼办公室，邢副主任悄悄走进来跟杜局耳语了几句，旋即静静地站到一边。

杜局板着脸看了他一眼，坐下问："关远程，你们抓的那个计庆云呢？"

"杜局，事情不是您想的那样，肯定也不是他们说的那样，计庆云真是我们所里民警抓获的，也是我们所的民警比对出来的，街道综治办可能对我们派出所有成见，故意把嫌犯扭送到分局，故意让我们难堪。"

事情经过了解得清清楚楚，他说得对也不对。

杜局点上支烟，紧盯着他双眼冷冷地说："关远程，别找理由了，你这是断章取义！整件事要全面客观地去看，如果没有街道组织的大清查行动，嫌犯就不可能落网。为全面彻底地清查朝阳村的外来人口，清查朝阳村共有多少没去备案登记的出租屋，街道组织了多少干部，投入了多少人员，你花园街派出所又去了几个人？"

"三个民警、一个辅警和一个协勤。"

"还强词夺理！"

杜局火了，砰一声拍案而起："什么三个民警，明明只有一个，还是一个正在试用期的新同志，另外两个民警是人家查获一个涉嫌抢劫的犯罪嫌疑人才去的，而且在清查现场待了不到十分钟，一个去科大抓同案犯，一个把嫌疑人押回所里,考虑到你们只有两个人,人家既给你们安排车,还给你们安排了六个巡逻队员!"

"杜局,我们这是没办法的办法,我们警力不足。"

"就你花园街派出所警力不足,其他派出所警力都很充裕?"

提起警力不足杜局就来气,指着他怒斥道:"你这个教导员是怎么当的,你和刘建业一样好大喜功!等刘建业回来之后,你们要深刻反省,好好的花园街派出所怎么会在你们手里变得警力不足。本职工作、基础工作都没做好,居然想着去破大案,你们是派出所,不是刑警队!"

毫无疑问,领导是说所里争取参与侦办制贩假证案的事。

如果当时不争取案件管辖权,不争取跟刑警大队联合侦办,所里的警力无疑会比现在充裕,关远程无言以对,脸涨得通红,站在杜局办公桌前一声不吭。

第五十九章　大清查（十一）

由于有管稀元等民警加入，清查效率一下子提高了几倍。韩朝阳赶到村里时，清查行动已接近尾声。

所里同事和街道的参战人员又接连取得两个战果，先是在五队查获两个涉嫌盗窃的小偷，从其租住的民房缴获手机二十多部；紧接着又在六队抓获一个交通违法嫌疑人，停在其租住的民房门口的面包车共有672次违章，交警队一直在找他一直没找到。

战果不小，但这些战果与花园街派出所没任何关系！

辛辛苦苦熬到凌晨四点多，不仅没功劳也没有苦劳，甚至之前所干的一切都前功尽弃。局领导对所里工作非常不满，所长、教导员和几位副所长要深刻反省，普通民警都跟着倒霉。

一切都是因韩朝阳而起，连一向待人最和气的老陈对韩朝阳都是一肚子意见，走时当着那么多人面不加掩饰地嘲讽。

从分局再次赶到村里的关远程反而什么没说，同样没搭理韩朝阳，就像所里没他这个人似的，确认六队的最后几家已经查完，跟工作组的两位副组长打了个招呼，就让所里民警和辅警协勤们押着嫌犯打道回府。

尽管早知道会这样，但一切变为现实韩朝阳还是很难受很失落。

作为花园街派出所的一员，竟然稀里糊涂成了所里人的"公敌"，既没做错什么事，也没说错什么话，怎么会搞成这样？

论当公务员，韩朝阳一直自认为还是有点优势的。

老爸是乡干部，老妈在当教师之前曾干过两年妇女主任，也算出生成长于"干部家庭"，党委政府的人和事见多了，感觉能够处理好能理顺所有关系，可真正实践起来怎么就这么难！

韩朝阳百思不得其解，无精打采地步行回警务室。

别人不理解，许宏亮能理解。相处时间虽然不长，但老徐多多少少也能理解。

二人就这么跟他并肩而行，边走边劝慰。

"朝阳，别往心里去，俗话说不遭人嫉是庸才，他们这是嫉妒你。"

老徐点上支烟，呵欠连天地说："他们不在自己身上找原因，怪你一个刚参加工作的民警算什么。刘所和教导员就应该检讨，我们是派出所，又不是刑警队，把自己的事干好就行，非要去办什么大案，搞得所里警力不足这能怪谁，这应该是谁的责任？"

今夜搞出的乌龙太大，消息传得很快。

教导员还没从分局回来，消息灵通的民警老胡已经知道局领导是怎么批评教导员的。

许宏亮暗叹气，喃喃地说："老徐，也不能全怪刘所和教导员，我们确实是派出所，确实不是刑警队，可上级下达打击指标时不是这么说的，要求派出所跟刑警队一样破案，要不能有那么多刑拘指标、移诉指标？"

"领导怎么说怎么有理？"

"所以说官大一级压死人。"

"宏亮，你到底是在帮谁说话，朝阳都成这样了，你也不帮着想想办法。"

"让我想办法，老徐你也太瞧得起我了。"

想到是应该劝慰劝慰好兄弟，许宏亮又转身道："朝阳，别垂头丧气，你现在应该高兴。谁入职不到一年就能抓获杀人犯，谁入职不到一年就能立大功？刘所和教导员怎么看你不重要，所里其他人的话更不用理会，只要局领导对你没意见就行。"

"对对对，他们说什么就当没听见。"

正说着，前面的路变得格外亮。

回头一看，一辆汽车缓缓开过来，三人靠到路边，汽车突然停了下来，只见蔡主任从副驾驶探出头，兴高采烈地说："小韩，上车！"

韩朝阳缓过神，指指前面不远处的居委会大门："蔡主任，就这几步路，没必要坐车，天快亮了，您早点回去休息吧。"

"刚才有点困，现在反而不困了，上车，有话跟你说。"

"好吧。"

"蔡主任，朝阳，那我们先回去。"

韩朝阳拉开车门钻进轿车，原来苏主任也坐在后排。

不等他开口，蔡主任便扶着椅背回头笑道："小韩，我知道扭送杀人犯去分局把你搞得很被动，让你在派出所的处境有些尴尬，但凡事都有正反两面，关键是你怎么去看待，怎么去对待。"

说得比唱得都好听，韩朝阳禁不住嘀咕道："蔡主任，您这次真把我给害惨了。"

"什么叫把你害惨了，担心刘建业和关远程会给你小鞋穿？"

蔡主任递上支烟，一脸不屑地说："有街道工委和街道办事处给你撑腰，有什么好担心的，何况他们现在是泥菩萨过河自身难保。我和苏主任都不回去休息，等会儿就整材料，天一亮就上报区政法委，帮你请功。而且刚才在分局，我和杜局在一些问题上已经达成了共识。"

"什么共识？"

街道绝对是今晚的"大赢家"，既立了大功又落了"实惠"。

想到在分局的"谈判"，苏主任不禁笑道："主要是在如何上报这一问题上达成了共识，我们会在材料里肯定公安在抓获杀人犯过程中发挥的作用，毕竟杀人犯确实是你亲手抓的，也确实是你们派出所民警比对出来的。"

毫无疑问，街道"肯定"公安在抓获杀人犯过程中发挥了作用，那么分局就要答应街道提出的一些条件。

不在其位不谋其政，韩朝阳对这些并不关心，心不在焉地问："这跟我又有什么关系？"

"肯定公安发挥了作用就是肯定你韩朝阳，还有肯定帮你比对出杀人犯身份的那个民警。"

蔡主任接过话茬，不无得意地说："立功就要受奖，这是理所当然的事，也是你韩朝阳应得的，我们街道跟你们派出所不一样，不会让踏踏实实干事的同志寒心。其实我要告诉你的是另一件事，上级不是在搞星级警务室评选吗，朝阳社区警务室一定要参加评选。苏主任看过评选标准，软件上基本能达标，硬件稍有不足。杜局代表分局答应支持警务室建设，会尽快责成相关部门与电信协调，帮你把公安内网接上，给你配备一台能上内网的电脑，另外再给警务室配一辆警车。对了，还有那个刷身份证的什么终端，到时候也给配一个。"

韩朝阳一愣，旋即反应过来。

什么内网、什么巡逻盘查终端，他根本不会在乎的，他真正想要的是一辆警车！

无论出于朝阳村征地动迁的维稳考虑，还是从街道的综合行政执法出发，街道都需要一辆警车"撑场子"。派出所"不太听话"，不出事不会出警，干脆利用这个机会以搞警务室建设为名直接管分局要一辆，而分局为统一上报口径又只能答应。

韩朝阳彻底服了，苦笑着说："蔡主任，您这是醉翁之意不在酒。"

"什么叫醉翁之意不在酒，我这全是为了工作。"

蔡主任诡秘一笑，接着道："我们等会儿去整材料，你回去之后抓紧时间休息，明天下午有得忙，要处罚一个村，要开两百多张罚单。执法大队要对那些村民进行处罚，你们公安一样要对那些村民进行处罚，考虑到你一个人忙不过来，我跟你们杜局说好了，明天分局治安大队和你们派出所都会派人来，去朝阳村委会和我们一起现场办公，现场处罚，你的主要任务是维持好秩序。"

第六十章　有困难找警察

清查行动搞到快天亮，韩朝阳本以为可以睡到中午。结果九点半接到师傅的电话，让赶紧整理夜里清查时收集的证据，为下午开罚单做准备。

师傅在电话里只传达上级指示，其他什么都没说。韩朝阳心里很不是滋味儿，洗完漱准备出去吃点早饭，结果发现汤队长和社区网格员史立军等人全红着双眼在会议室整理材料。户主是谁，家里有几间民房出租，有没有去派出所申领过《暂住人口登记簿》，把房子租给了哪些人，一共出租了多少时间，租金多少，承租人的身份证复印件……

一共要整理两百多份，好在街道综合行政执法大队要处罚的性质与公安不同，但要整理的材料没多大区别，人多力量大，并且早在清查时就考虑到了这些，两个半小时搞完，会议桌上整整齐齐码了八大摞，几乎把警务室隔壁打字复印店里的A4纸全用完了。

老板娘乐得心花怒放，点了一遍又一遍，捧着计算器算了近十分钟，在专门为居委会准备的账本上记录下来，跑楼上去找苏主任签字，到月底时跟之前打印的材料一起跟居委会结账。

作为义务治安巡逻队大队长，多多少少还是有点"隐性福利"的。以前是去领工作组的盒饭，巡逻队成立之后一直在巡逻队吃。东明小区物业做饭的阿姨每天早中晚都骑着电动三轮车送饭过来，早上是稀饭、馒头、咸菜，中午和晚上是盒饭，每个人一个塑料饭盒，里面装着饭菜，荤素搭配，味道还可以。饭盒上贴着名字，自己拿自己的，既不会搞错也比较卫生。

吃完饭，不需要去东明小区执勤的队员们再次在院子里集合。

全副武装，呈两列纵队喊着"一二一"步行去村委会大院，街道干部和工作组干部是坐车去的,众人一到就在蔡主任指挥下帮忙干活。

支遮阳棚,摆办公桌。拉警戒带,搞得跟布置安检通道一般,设置了八条排队接受处罚的通道。

街道准备得比想象中更充分,甚至找广告公司紧急喷绘了十张大海报,沿院墙摆放在院子里,上面全是诸如《中华人民共和国治安处罚法》《中华人民共和国刑法》《燕阳市出租房屋管理规定》《燕东省流动人口管理和服务规定》和《燕阳市个人出租房屋税收征收管理办法》等关于处理涉及出租房屋违法犯罪行为的法律知识。

一切准备妥当,街道的宣传车开始在村里转,用车上的大喇叭宣传法律法规,通知村民准时过来接受处罚,要求村民过来之后自觉遵守"会场秩序"。考虑一些村民有可能听到广播通知却不来,社区干部和村干部开始挨个打电话……

事实证明这些担心是多余的,罚款能罚多少,征地拆迁补偿款又是多少,村民们担心政府会从补偿款里直接扣,担心多扣或扣什么滞纳金,两点不到几乎全来了,只要有树荫的地方全是人。

四十多名巡逻队员严阵以待,"会场秩序"没什么好担心的。

韩朝阳汗流浃背地巡视到一位老爷子面前,凑到他耳边大声问:"廉大爷,您老怎么来了,您儿子和儿媳妇呢?"

老爷子耳背,反应也比较迟钝,韩朝阳又问了一遍,才扯着嗓子喊道:"他们上班去了,俩孩子一个要上学,一个也要上班,家里就剩我。"

"您儿子是户主,户口簿和您儿子的身份证带了吗?"

"带了,在这儿呢。"老爷子从旧皮包里掏出一叠证件,韩朝阳接过看了看,确认该带的全带了,指着会议室方向说:"廉大爷,外面太热,会议室里有空调,您老先进去坐会儿,轮到您家我让人去会议室叫。"

"能进去?"

"会议室不大,全进去坐不下,老人小孩儿可以进去,年轻人不行,尊老爱幼嘛。"

"那能不能少罚点?"老爷子一把拉住韩朝阳胳膊,一脸期待。

韩朝阳被搞得啼笑皆非，一边示意离最近的一个队员扶他去会议室，一边笑道："廉大爷，其他事可以尊老爱幼，处罚这种事不行。法律面前人人平等，那边海报上写着呢，有法可依，有法必依，违法必究，执法必严。"

"什么执法必严，你们就知道罚款。"

"您老可不能这么说，什么叫就知道罚款，罚多少钱又不落我个人口袋。"

执法既要人性化更不能出事，里里外外转了一圈，把等候处罚的老弱妇孺全安排到会议室吹空调，区房管局、分局治安大队和所里的人到了。教导员没来，许副所长、老胡和杨涛一起来的。韩朝阳很想上去打个招呼问个好，可想到院子里有这么多街道干部、社区干部、村干部和等候处罚的群众，万一他们不仅不给个好脸色反而冷嘲热讽几句，那会多难堪多没面子，干脆装着没看见一般继续在人群里巡逻。

"韩警官，大概要罚多少钱？"前面一个太阳伞突然放下了，一张既精致又熟悉的面孔出现在眼前。原来是张贝贝，不知道是恢复得快还是妆化得好，脸上的淤青不见了。

韩朝阳下意识环顾四周，结果没看到江小兰、江小芳姐妹和江二虎，扶着武装带说："具体罚多少我不是很清楚，但肯定是要接受双重罚款的，不过对你们这样的土豪来说算不上多大事。"

"土豪，拜托，我现在很穷，穷得要吃土了。"张贝贝噘着小嘴，一脸不快。

"如果连你都要吃土，那我连西北风都喝不上。"

"我没跟你开玩笑，我真没钱。"

你没钱，没钱你能站这儿？不夸张地说，院子里这些村民全是未来的百万富翁。想到自己还在啃老，韩朝阳被伤害到了，给了她个白眼，不再搭理她。

没想到她竟追上来，愁眉苦脸地说："韩警官，我没跟你开玩笑，我正在打官司，同时打两个官司，那点房租根本不够律师费，还管家里要了

第六十章 有困难找警察

点钱。我认罚，但能不能通融通融，等拿到拆迁补偿再去交罚款。"

"原来是青黄不接。"

"我忙着打官司，忙着拆迁的事，根本没时间去找工作，就算找到工作也没法正常上班，真是青黄不接，韩警官，帮帮忙，求你了。"

她虽然即将成为百万富翁，但她也确实不容易。韩朝阳相信她说的话，但这种忙怎么帮，爱莫能助地摇摇头："张小姐，不好意思，我只是一个普通民警，只负责维持现场秩序，处罚的事不归我管。"

"都说有困难找警察，你怎么一点同情心都没有！"

"你有困难找我这个小警察，我有困难去找谁？"

"找组织，找上级。"

"组织上能借钱给我买房？别在我这儿哭穷了，别拿我们穷人寻开心。你有那么多固定资产，这点罚款算什么，肯定有办法的。"

"帮我大舅看病，帮我大舅办后事花好多钱，我不能再管家里开口，韩警官，我真是没办法！"

看样子她应该是真被这点罚款难住了，急得泪水在眼眶里打转。

一个大学刚毕业的女孩儿，在人生地不熟的燕阳遇到这么多事，不仅面临诉讼，之前还被俩泼妇殴打，韩朝阳心一软，停住脚步说："罚款肯定是要交的，而且不能拖，不然要收滞纳金。要不我个人先借五千给你，等拿到拆迁补偿再还我。"

张贝贝只想着请他去求求情，没想到他会借钱，一下子愣住了。

好多群众正往这边看，领导又全在前面，继续跟她这么个如花似玉的姑娘纠缠影响不好，韩朝阳边往院外走边不动声色说："我手机号你有的，手机号就是微信号，你加一下我，等会儿转五千给你，回头记得给我打个欠条。"

都说有困难找警察，但遇到这种情况真正能帮忙的警察又有几个，毕竟警察就那么点工资，警察一样是人，一样有家庭，一样要过日子。

张贝贝很是感动，噙着泪水哽咽地说："谢谢韩警官，人穷志短，我就不跟您客气了，等拿到补偿款就还您，连本带息归还。"

第六十一章　小民警、大作为

"五百！警察同志，您有没有搞错，怎么可能罚这么多。"

"现在知道多，早干什么去了！"

治安大队民警翻开手边的《治安处罚法》，抬头道："看见没有，房屋出租人将房屋出租给无身份证件的人居住的，或者不按规定登记承租人姓名、身份证件种类和号码的，处二百元以上五百元以下罚款。"

知道这次要被罚，没想到会罚这么多。正接受处理的村民急了，正准备开口争辩。治安大队民警又翻开《流动人口服务和管理规定》，指着上面的条款道："再看看这个，流动人口应当按照下列规定进行暂住登记，并由登记责任人或者单位在登记后三日内，向当地公安机关或者通过街道办事处、乡镇人民政府向公安机关申报。不及时申报流动人口暂住登记的，由县级人民政府公安机关责令限期改正；逾期不改正的，处以两百元以上五百元以下罚款。"

"对啊，两百至五百，为什么不罚两百，非要罚五百？"

"罚你五百还多，想想你租出去几间房，有多少房客没去社区报备？租出去十四间，二十六个人没报备，如果按人头算，可以罚你一万三！"

与此同时，综合执法大队也在协助区房管局的执法人员对村民进行处罚。相比之下，这边罚起款才多才厉害。未按规定登记备案并且未在限期内改正的，个人将处以一千元至一万元罚款！

由于基数比较高，考虑到执行存在难度，取个中间数，只要没去办理出租房屋备案登记的，每家会收到一张五千元的罚单。

这是家里没查出问题的，昨夜查出问题的要从重查处。

第六十一章 小民警、大作为

把房子租给杀人嫌犯的那一家，房管局执法人员毫不犹豫开出一张万元罚单。把房子租给抢劫犯、盗窃犯和吸毒人员的，把老房子的院子租给收废品的，全部罚款八千元。这只是罚款，此外要追缴之前偷逃的税和滞纳金。征地补偿款没拿到，居然先收到几千元的罚单。村民们急了，一时间怨声载道。

街道早有准备，蔡主任严肃警告他们谁敢妨碍公务就追究谁的法律责任。对公安机关和房管部门的处罚有疑义，可以按程序申请行政复议，也可以直接去法院起诉公安局和房管局。

夜里确实抓了好几个，不仅有抢劫嫌犯甚至有杀人嫌犯！更重要的是，街道、派出所、社区和村委会事先不止一次通知提醒过，甚至下达过责令限期整改通知书，这个官司怎么打也打不赢。如果不听警告，公安局就要按没去社区报备的房客人头计算罚款金额，房管局就要按出租房屋的间数进行处罚！第一批接受处罚的村民不敢再争辩，很不情愿地在处罚书上签字。

好的开端是成功一半，只要有人认罚接下来的工作就好做，村民们不再骚动，一个个垂头丧气地盘算这次要出多少血，院子里变得鸦雀无声。

最担心的事没发生，负责维持现场秩序的韩朝阳终于松下口气。

见关系不错的村干部解军也阴沉着脸，韩朝阳意识到他家出租房子一样没去备案登记，租住在他家的房客估计也没去社区报备。

正打算走过去悄悄问问按前面的处罚标准，他家一共要被罚多少钱，蔡主任握着手机匆匆跑过来，凑到他耳边说："小韩，区领导、市房管局领导和媒体记者马上到。走，开巡逻车跟我一起去村口迎接。"

韩朝阳想想不太放心，回头跟老金、小钟交代了一下，这才跑到门口爬上电动巡逻车。

蔡主任拧开瓶盖猛灌了一口矿泉水，胳膊肘搁在车窗上，不无兴奋地说："你不知道正在进行的处罚意义有多重大！不夸张地讲，从房屋租赁管理规定颁布施行到现在，全市房管部门开出去的罚单加起来没我们一下午多，罚款金额更不用说了。"

"以前没怎么罚？"

"不是不想管也不是不想罚，是执行起来太难。房管局是房屋租赁的主管部门，但房管局总共才几个人，根本管不过来，取证也非常困难。另外根据规定出租房屋要缴税，但这些年能征收上来的税收极其有限，需要房东主动申报，如果房东不申报，税务部门很难掌握……"

正在处罚的是一个村，总罚金加起来超过一百万，确实意义重大。

韩朝阳彻底服了，暗想这是财大气粗的朝阳村，换作其他村能这么罚吗，处罚起来能有这么顺利？

蔡主任不知道他在想什么，又回头道："差点忘了，你们分局领导也要来。虽然现在没罚款任务，不要你们依法创收，但能罚到款一样是本事。你小子这次露大脸了，你们局领导肯定会表扬。"

想想也是，尽管现在说起来是"收支两条线"，但罚款最终还是会按比例返还的。韩朝阳禁不住笑道："工作又不是我一个人干的。"

"工作确实不是你一个人干的，但领导只会记得你韩朝阳，这就是机遇懂不懂，等会儿好好表现，争取给你们局领导留下一个好印象。"

平心而论，身边这位虽然有点坑，但对自己还是很照顾的。

韩朝阳不知道应该埋怨他还是应该感谢他，心不在焉地敷衍着驱车赶到村口，等了大约六分钟，领导们的车队到了。

蔡主任果然拉着他上前迎接，陪同领导们前来的街道杨书记，拍拍他胳膊微笑着介绍道："马书记，鑫阳您再熟悉不过，我就不介绍了。这位小伙子必须介绍一下，他就是常驻朝阳社区警务室，发动朝阳群众，维护朝阳社区治安的花园街派出所民警韩朝阳同志。"

"这么多朝阳，快被你绕晕了！"

区政法委马书记跟街道杨书记调侃了一句，旋即紧握着韩朝阳刚敬完礼放下的手："小韩同志，没想到早上刚在材料里看到你的事迹，下午就见到庐山真面目。韩朝阳维护朝阳社区治安，你真是来对了地方。像你这样朝气勃勃的年轻民警，就应该深入社区、扎根基层，事实也证明在基层工作一样大有可为，希望你在以后的工作中再接再厉，再立新功，再创

第六十一章　小民警、大作为

辉煌！"

韩朝阳不知道眼前这位是区政法委书记，只知道是领导，不无激动地说："谢谢马书记表扬，谢谢马书记鼓励，其实工作不是我一个人干的……"

"很谦虚啊，年轻人就应该不骄不躁。"

花园街派出所教导员关远程显然收到领导们要来的消息，正好开着警车赶到村口，急忙停车跑过来给马书记和分管治安的分局洪副局长立正敬礼。杨书记回头看了他一眼，又来了一句："马书记，洪局，小韩同志确实不错，分到朝阳社区没几天就干出这么多成绩，真是小社区、大社会，小民警、大作为。"

"这十二个字好，洪政同志，你们分局完全可以把杨书记总结的这十二个字，作为激励社区民警的宣传语。"

政法委领导这既是在表扬眼前这位看上去有些腼腆的小伙子，一样是在表扬分局。

而且小伙子的确能干，不然能抓获涉嫌杀害两人潜逃十二年之久的犯罪嫌疑人？分局治安大队能一下子开出十几万罚单？

洪副局长对韩朝阳印象不错，觉得给朝阳社区警务室配一辆警车不亏，笑道："小社区、大社会，小民警、大作为！马书记，杨书记这十二个字总结得既朗朗上口又非常贴切，堪称我们基层民警工作生活的真实写照，我回去就让政治处把这'两小两大'作为激励社区民警的宣传语。"

"好，不能再耽误焦局长的宝贵时间，我们去处罚现场看看，小韩同志，请你给我们带路。"

"是！"韩朝阳再次爬上电动巡逻车，打开警灯给领导们的车队开道。

关远程只能跟在后面，紧握着方向盘气得咬牙切齿，暗想工作是那么多人干的，功劳怎么能全算到他一个人头上？再想到刚才马书记和洪局始终没正眼看过自己，关远程越想越憋屈，越想越内疚，不知道该怎么跟明天回来的刘所解释过去24小时发生的一切。

第六十二章　果然很倒霉

领导们并没有蜻蜓点水般转一圈就走，不仅接过话筒给正在接受处罚的村民讲流动人口服务和出租房屋管理的重要性，讲解相应的法律法规，还在现场接受市电视台、市报社和市人民广播电台记者采访。

记者采访完领导，随机采访了几个被处罚的村民。

罚都被罚了，村民能说什么？并且这是要上电视的，对着镜头承认法制意识单薄，没把这方面的法律法规和街道、派出所、社区及村委会的提醒、警告当回事，愿意接受处罚并痛定思痛，保证今后绝不犯同样错误。

直到洪局接受记者采访，韩朝阳才知道市里有一个"流动人口服务和出租房屋管理办公室"的常设临时机构，简称"流管办"，与市综治办合署办公。区里和街道一样有，洪局就是区流管办的三位副主任之一。

不管哪个单位，上面都有一个领导部门或业务指导部门，下面开展的各项工作同样如此。从领导们的讲话和接受记者采访时所说的话中能听出，夜里的大清查和下午的大处罚全属于流动人口服务和出租房屋管理工作，街道流管办要总结经验整理材料上报区流管办，区流管办要上报市流管办，能够想象到市区两级流管办要对花园街道的流管工作进行表彰。

但那是领导们的事，韩朝阳脑子里浑浑噩噩，不知道接下来该何去何从。轰轰烈烈的大处罚顺利结束，市房管局领导、区领导和分局领导走了。教导员、许副所长等所领导和所里同事也走了，韩朝阳主动给他们送行，甚至跑上去帮着开车门，结果人家跟昨夜一样当作没看见一般，始终没正眼看一下，更不用说打招呼。

彻底被孤立了，县官不如现管，今后的日子该怎么过，韩朝阳越想越

第六十二章 果然很倒霉

不是滋味儿，越想越郁闷。老金社会经验那么丰富，岂能不知道他此刻的心情。

"打扫战场"这些事不需要他再操心，让许宏亮和李晓斌先开车送他回居委会休息，组织巡逻队员们把村委会院儿的东西收拾完，走到苏主任身边不动声色说："苏主任，韩大的心情好像不太好。"

苏娴回头看看四周，一边跟他并肩往院子外走，一边苦笑道："神仙打架，小鬼遭殃。杨书记和蔡主任这是把他架在火上烤，街道越是器重他，他在派出所的日子越难过。"

"刘建业和关远程不至于连这点度量都没有吧。"

"公安跟我们不一样，他们非常注重荣誉，涉及集体荣誉，别指望他们宰相肚里能撑船。何况因为夜里的事，据说关远程被分局领导劈头盖脸训了一顿，对他们的工作非常不满，要求他们深刻反省。"苏娴轻叹口气，接着道，"如果只是这些也就罢了，关键这么一来花园街派出所上半年的成绩全没了！那些民警三天两头加班，没日没夜、累死累活地干，结果全因为这事跟着倒霉，既没功劳也没苦劳。从领导到同事甚至连辅警协勤都认为他应该对此负责，你说他以后在派出所的日子会不会好过。"

"这事闹得，这不成我们害了他吗？"

"不关我们的事，他想怨只能怨街道。塞翁失马焉知非福，对他来说也不完全是坏事，至少在分局领导那儿露了脸，给分局领导留下了深刻印象。"

"这么说刘建业和关远程不会也不敢为难他。"

"现在肯定不会，将来就难说了。"

将来的事将来再说，当务之急是让小伙子振作起来，接下来还有许多工作需要他去做呢。

苏娴沉思了片刻，掏出手机翻出一个号码拨打过去。

"苏姐，您有什么指示？"

"我一个居委会大妈哪有资格指示坐办公室吹空调的你，莹莹，姐这几天忙得焦头烂额，一直忘问上次的亲相得怎么样，对小韩到底有没有感觉。"

正准备下班的黄莹乐了，噗嗤笑道："苏姐，您别开玩笑了，那个倒霉蛋，我对他能有什么感觉！"

如果只论个人条件，这俩人真是挺般配，站一块儿堪称郎才女貌。但现在的人很现实，生活压力这么大也决定了人们不得不现实，尤其婚姻大事，确实要讲究点门当户对。黄莹虽然不是什么"官二代"或"富二代"，但家庭条件还是不错的。并且有学历，长得漂亮，又有一份稳定的工作，完全可以找一个各方面条件更好的。而韩朝阳只是一个从农村考到省城工作，既没房也没车，可预见的未来甚至不可能获得提拔的基层小民警，想想他是真配不上人家。

然而现在顾不上那么多，苏娴轻笑道："谈不成对象总可以做朋友，不管那些所谓的情感专家怎么说，反正我是相信异性之间能有纯洁的友谊。"

"苏姐，您怎么想起说这些？"

"你说的那个倒霉蛋现在又遇到件倒霉事，街道昨夜搞那么大动静，你不可能不知道。他是立了功，不光抓了个抢劫嫌犯还抓获一个杀人嫌犯，结果杀人嫌犯被蔡主任直接扭送去了分局。公安局、派出所的那些弯弯道道你应该清楚，总之他现在的处境很尴尬。"

不愧为倒霉蛋，果然霉运笼罩！

黄莹笑得花枝乱颤，边笑边说道："夜里的事我听说了，搞那么大行动，能去的全去了，害我在单位值一夜班。他是够倒霉的，真被蔡主任给坑惨了。我以后得离他远点，不然沾上他的霉运，连我都会跟着倒霉。"

"你怎么能幸灾乐祸，黄莹同志，别忘了你也是街道干部。"

"坑他的是领导，关我一个财务什么事。"

"你也是街道的一员，应该发挥点作用。"

"让我发挥作用，有没有搞错！"

"莹莹，姐没跟你开玩笑，朝阳村的征地动迁工作进入攻坚阶段，他既要维稳又要协助街道综合执法，在这个关键时刻绝不能掉链子。你们都是年轻人,有共同语言,帮我开导开导他,就当帮姐的忙,回头姐请你吃饭。"

一个人怎么会倒霉到如此程度!

黄莹越想越好笑,不禁想看看小倒霉蛋垂头丧气、如丧考妣的样子,故作犹豫了一下说:"你请客,不许反悔!"

"请,地方随你挑。"

"我要吃火锅,新平街刚开一家火锅店,听说味道不错。"

"没问题。"

"就这么说定了,本姑娘就勉为其难帮你去看看他,帮你开导开导他,防止他一个想不开自寻短见。"

"你一个姑娘家怎么能这么尖酸刻薄,矜持点行不行。"苏娴忍不住笑骂道。

"我又不是淑女,为什么要矜持,"黄莹反问了一句,背上小包,把手机夹在脖子里,一边锁办公室门一边嘻笑着问,"对了,倒霉蛋在不在你们居委会,您刚让我矜持,让我做淑女,总不能让我主动约他吧?"

这丫头,真是古灵精怪。苏娴忍俊不禁地问:"主动就主动呗,上次还开车来接人家一起去相亲,反正你又不是第一次。"

"人艰不拆,有您这样的吗?"

"不开玩笑了,他就在居委会,赶紧过来吧。"

"你呢?"

"我一夜没睡,今天又搞了一天,实在扛不住,先回去好好睡一觉。你办事我放心,有你帮着开导,相信明天一上班又能看到一个活蹦乱跳的韩朝阳。"

"现在知道本姑娘的厉害了,放心吧,帮你给他灌十吨鸡汤,十吨不够二十吨,保证他明天一上班像打了鸡血似的继续给你卖命。"

"什么叫给我卖命,我这也是为了工作。"

第六十三章　打不死的小强

黄莹驱车赶到朝阳社区居委会大院，只见两个穿着特警T恤衫和作训裤的女孩，正在一楼最东边一间的窗外听墙根儿。换便衣外出的三个巡逻队员正蹑手蹑脚往外走，一个穿着制服的队员正从后门进警务室，开门关门时的动作一样小心翼翼。

黄莹暗想他遇上倒霉事，怎么搞得巡逻队也人心惶惶！

倒霉又怎么了，生活本就不容易，哪能没点坎坷，一个大男人，也太经不起挫折了。

她暗暗腹诽了一句，轻轻推开车门，没想到车门一开，外面竟传来哀怨、缠绵、婉转、凄美，但又很动人心弦的音乐声。是一首小提琴曲，有钢琴伴奏。

优美的琴声如一位轻吟的女高音歌手，低声咏叹出一串串隐忍倾诉的旋律，匀称悠长、徐缓平静。犹如柳丝随风摇曳，温和中带有几分凄清的韵味；又如往事缤纷，回忆穿梭。小提琴的旋律与钢琴的旋律反复激扬交融，像情感的浪涛拍击心岸，淋漓尽致演绎着人间爱情心心相印的缠绵。很叙事、很抒情，很动听！

随着优美的旋律，黄莹脑海中浮现出一幅情侣间柔情蜜意、细语呢喃的画面，让人心弦震颤，欲罢不能。尤其乐曲进入哀怨时那种痛彻心扉的忧伤，像一张无形的网，你越想挣脱它越把你死死缠绕，越裹越紧，真是如泣如诉，让人的思绪在音乐里起起伏伏。

"您好，您找谁？"正听得入迷，听墙根儿的两个女孩子中扎马尾辫的跑了过来。

"韩朝阳，"黄莹缓过神，指指有乐声的办公室，"他是不是在里面

第六十三章　打不死的小强

听音乐？"

陈洁好奇地打量她，不无得意地说："韩大不是在听，是在演奏。"

"演奏，怎么可能，这不止一种乐器的声音，谁会给他伴奏！"

"真是在拉小提琴，他在拉，用音箱在放伴奏，已经拉一个多小时了，刚才送饭时我亲眼看到的。"大队长多才多艺，陈洁很骄傲，一脸不信你自己去看看的表情。

受人之托，忠人之事。

黄莹油然而生起一股责任感，背着小包边往大厅里走边嘟囔道："拉什么曲子不好，非要拉这个要死要活的，听着跟哀乐差不多，我去看看。"

这个漂亮女人从哪儿来的，陈洁小跑着追上来说："小姐，韩大不想被别人打扰！"

"我又不是别人。"

"您是……"

"我是他女朋友行不行？"

黄莹诡秘一笑，陈洁愣住了，没敢再阻拦。

黄莹走到门口，本以为要砸门，结果发现防盗门是虚开着的，干脆推门走了进去。

只见韩朝阳上身穿着一件T恤衫，下身一条大短裤，正背对着门，摇头晃脑、如痴如醉地拉琴。床边果然有一个自动带功放的音箱，上面插着一个指示灯不断闪烁的U盘，正播放着既哀怨又优美的钢琴伴奏曲。

人家是借酒消愁，你这是拉小提琴消愁？

黄莹觉得有些好笑，回头环顾四周，从床上拿起大檐帽，上前倒着往办公桌上一放，哗一声拉开小包的拉链，从包里摸出几个钢镚儿，往大檐帽里一扔。旋即坐到椅子上，跷起洁白修长的腿，顺手拉拉裙子盖住膝盖，托着下巴笑看着他说："拉得不错啊，真不错，真好听！"

韩朝阳以为是陈洁来收拾饭盒的，睁开双眼一看，没想到是她，再看看帽子里的钢镚儿，不禁笑道："谢谢打赏，不过这是不是有点少。"

有没有搞错，你不是应该如丧考妣，应该要死要活吗，怎么可能笑得出来!

黄莹觉得有些奇怪,拿起大檐帽掂掂里面的几个钢镚儿,噗嗤笑道:"有人打赏不错了,别那么贪心。"

"大姐,您怎么有空来我这儿?"韩朝阳同样奇怪,把琴小心翼翼放进琴盒,俯身关掉音箱。

"顺路。"

"难得您能记得我,还顺路来看我,有没有吃饭?"

"没呢,不过现在不饿,下午同事买了个十四斤的大西瓜,我一个人吃了一半。"

"厉害!"音乐能排解烦恼,能陶冶人的情操,美女同样能人愉快起来,韩朝阳拉过当床头柜使的椅子坐到她对面,毫不犹豫竖起大拇指。

既然笑得出来,应该没什么事。

黄莹觉得苏主任有些杞人忧天,一边不把自给儿当外人似的翻看他的东西,一边地嘻嘻笑道:"韩警官,您还真是多才多艺,小提琴拉得真好!我要是有您这才艺,立马辞职回家开直播。靠脸吃饭,靠才艺吃饭,才不会在单位看领导脸色,那点工资还不够花。"

韩朝阳乐了,忍不住调侃道:"当女主播不一定要才艺,会撩就行。如果再适当露一点,效果会更好。"

"暴露了吧,这么专业,显然没少看,真对不起你这身警服。"黄莹指着挂在墙上的警服,笑得花枝乱颤。

"我是鉴黄,是监督。"

"你就装吧你,对了,刚才那首要死要活的曲子叫什么名,听着有点耳熟。"

又是一个不懂欣赏的,韩朝阳早习惯了,耐心解释道:"什么要死要活,那是德国作曲家格鲁克的《旋律》。"

"旋律?"

"嗯,《旋律》。"

"废话,我也知道是旋律,我问的是这个旋律叫什么名,总得有个名字吧。"

韩朝阳彻底服了，不得不更耐心地解释道："大姐，刚才拉的旋律就叫《旋律》，原来是格鲁克所作的歌剧《奥菲欧与优丽狄茜》第二幕第二场中的一首管弦乐，后来发现用小提琴演奏更优美，就这么变成一首脍炙人口、广为流传的小提琴经典曲。"

让你看账本你能看懂吗，你一样看不懂。

隔行如隔山，黄莹不觉得这有多丢人，若无其事笑道："别说《旋律》，连奥菲欧与那个什么茜我都没听说过，只听说过《罗密欧与朱丽叶》。"

"《奥菲欧与优丽狄茜》。"

"是歌剧？讲的是什么？"

"跟《梁祝》差不多，讲述的是一个感人的爱情故事。"

"有多感人？"

"非常感人。"来了就是客，韩朝阳从床头摸出一瓶昨晚买的矿泉水放到她面前。

"这不是废话嘛，给姐科普科普，大概讲的是一个什么故事。等下次再听到这个《旋律》，姐就可以跟那些不懂行的装出很懂的样子。"

"这有什么好装的，不过故事确实挺感人。奥菲欧因为爱妻优丽狄茜之死痛不欲生，真情感动了爱神阿莫尔，爱神允许他进入地狱把优丽狄茜带回人间，再三嘱咐他在渡过冥河之前不得回头看优丽狄茜。"

黄莹喃喃地说："德国的鬼故事跟我们中国差不多，冥河不就相当于黄泉么，人死了进阴曹地府就是走黄泉路，要过奈何桥。"

真会联想！

韩朝阳被搞得啼笑皆非，禁不住问："大姐，你要不要听爱情故事？"

"不好意思，继续。"

"奥菲欧到地府之后的凄楚悲歌引得所有女鬼同情，准许他把妻子带回人间。奥菲欧在前面走，优丽狄茜在后面追，不断呼喊丈夫的名字，丈夫却不回头看，优丽狄茜以为奥菲欧变心了，悲痛不已，痛不欲生，奥菲欧情不自禁回头看了一眼，结果因为违反爱神的禁律，优丽狄茜化为一缕青烟,魂飞魄散。"

"后来呢?"黄莹追问道,这次是真感兴趣。

"奥菲欧痛悔不已,爱神出于对他的怜悯,让优丽狄茜再度复活,奥菲欧与爱妻终于得以重返人间。"

"这个大结局比《梁祝》好。"

"我也是这么认为的,化成蝴蝶算什么,为什么不让有情人终成眷属,"韩朝阳深以为然,想想又一脸义愤地说,"《梁祝》作者太操蛋,搞那么虐,虐完男主虐女主,然后男主女主一起虐,太对不起观众了,不知道骗了多少人的眼泪。"

还挺逗!

黄莹差点笑岔气,笑完突然话锋一转:"韩警官,听说您昨晚立了大功,露了大脸,抓获一个抢劫嫌犯不过瘾,又一鼓作气逮着一杀人嫌犯。"

她在街道财政所上班,这些事根本瞒不过她。

韩朝阳轻叹口气,不无自嘲地说:"是露了大脸,不过也倒了大霉,这次真被你们蔡主任给坑惨了。"

能坦然面对,应该不会有什么事。

男子汉大丈夫就应该能屈能伸,黄莹暗赞了一个,打趣道:"你被蔡主任坑惨了,你也把所里人得罪光了。县官不如现管,何况表扬你的'县官'也只是表扬一下,说不定过几天跑他们面前都想不起你韩朝阳是谁,以后你在单位怎么混?"

"是啊,所以说被蔡主任给坑惨了。"韩朝阳点点头,一脸无奈。

"我是问你接下来有什么打算,难道重操旧业,辞职拉小提琴?"

"我倒是考虑过,不当警察我一样能靠手艺养活自己,关键这么一来我爸我妈会非常失望。所以不能辞职,还得继续干。"

考公务员容易吗?

来的路上真担心他会一气之下辞职。韩朝阳明确表了这个态,黄莹终于松下口气,想想又调侃道:"把单位领导和同事全得罪光了,你以后怎么干?我看不如干脆辞职,干你喜欢干的事,既能天天拉小提琴,又能养活自己，还能骗骗小姑娘，多好！"

韩朝阳乐了，顺手拿起桌上的小镜子，很自恋很嘚瑟地说："大姐，你有没有搞错，像我这么高大威猛、英俊帅气的帅小伙能找不到对象，需要去骗吗？"

"打住，再说下去我会吐！"

"你不喜欢有得是人喜欢，"韩朝阳狡黠一笑，放下镜子说，"至于以后怎么混，怎么可能会难倒我。领导放一边，至少同事问题不大。现在他们可能对我有所误解，但我很快就能跟他们冰释前嫌，只要团结住大多数，领导就算想给我小鞋穿，他们也拿我没辙。"

"这么有信心？"

"我是谁，我是朝阳社区义务治安巡逻队大队长韩朝阳！小社区、大社会，小民警、大作为，说的就是我！等着瞧吧，本警官很快会转运的，这点小事能难住我，开什么玩笑。"

自恋自大，浑身充满自信，这是需要开导劝慰的人吗？

黄莹倍感意外，哧哧笑道："我去，领导夸你几句就忘了自己是谁了，我倒要看看你接下来怎么混，倒要看看你是不是打不死的小强！"

第六十四章　发动群众

"苏姐，没打扰你休息吧？"

"没有，我也是刚到家，你在不在居委会。"

黄莹越想这事越奇怪，扶着方向盘噘着小嘴说："我刚从居委会出来，苏姐，你是不是又在乱牵红线乱点鸳鸯谱？让我去开导他，他精神着呢，头动尾巴摇，尾巴都快翘天上去了，哪像义务治安巡逻队的大队长，搞得比刑警大队长还牛，用得着人开导吗？"

"怎么可能，他下午从村委会走的时候愁眉苦脸、垂头丧气，真像霜打的茄子，蔫不拉几。"苏娴比她更奇怪，跟正在厨房做饭的丈夫打了个出去接电话的手势，信步走到阳台。

"反正我见着的时候他活蹦乱跳，还有闲情逸致拉小提琴。"

"会不会被刺激到了，精神有点……有点失常。"

"不太像，再说他一个大男人不可能连这点挫折都经不住。"

难道小伙子很乐观，或者是没心没肺？苏娴百思不得其解，想想又问道："莹莹，你怎么这么快就出来了，你一大美女大老远跑去看他，难道他连顿饭都不请？"

"他倒是想请我吃饭，关键我没时间，接到闺蜜电话，她男朋友临时有事出差，在网上订的电影票又退不了，我要赶过去跟她一起吃饭，然后一起看电影。"

"好吧，谢谢啦，你路上开慢点。"

与此同时，韩朝阳已换上警服精神抖擞地走进了警务室。

第六十四章 发动群众

精神面貌与下午判若两人,正同陈洁说话的老徐倍感意外,下意识问:"朝阳,你昨夜没睡好,怎么不赶紧睡觉。"

"不困。"

陈洁才不会管也不会去想顶头上司在派出所的处境,起身让开位置,一脸坏笑着很好奇很八卦地问:"韩大,刚才那位是您女朋友?"

"人家眼光高着呢,哪看得上我这个土鳖。"韩朝阳一屁股坐下来,把警务通和自己的手机放到办公桌上。

"她说她是您女朋友!"

"她真是这么说的?"韩朝阳觉得难以置信。

陈洁点点头,窃笑着确认道:"真的,真是这么说的。"

想到黄莹那古灵精怪的性格,韩朝阳禁不住点点戳戳着她脑门:"亏你还是巡逻队员,她说是就是,她是拿你寻开心,也是在拿我寻开心!城里人套路深着呢,我一男的无所谓,被套路了也吃不了多大亏。你以后得注意点,遇到甜言蜜语的,一定要擦亮双眼。"

那女的多漂亮,你真要是被"套路",便宜占大了你!

陈洁实在控制不住,咯咯娇笑起来。

年轻就是好,老徐不无羡慕地笑了笑。

韩朝阳拍拍桌子,转身道:"不开玩笑了,说正事。陈洁,给李晓斌、顾长生、古新华和吴俊峰发个微信,让他们过来一下,我们开个小会。"

"好的。"

"老徐,前几天不是让你下班时顺便去看看527厂那些老爷子和老太太去参加什么培训吗,这几天忙着清查一直没顾上问,你有没有顺便去看看?"

"看了,确实是卖保险的,不过培训他们的不是保险公司的人,是一个保险代理公司的。忽悠老头老太太去旅游,跟团出去玩,不要花钱,车旅费和食宿费全部由他们公司承担,不光有527厂的老头老太太,也有朝阳村的和东明小区的。"

老徐顿了顿,又补充道:"这种事我见多了,他们属于高级骗子,利用老人们的子女不在身边缺少关爱的机会，陪老人们说话，陪老人们游山玩水，嘘寒问暖，甚至伺候老人们吃饭，帮老人们洗脚，大打温情牌。最后搞得老人们实在过意不去，本来不想买的都会买他们几万乃至几十万保险。"

"那帮家伙不仅是高级骗子，而且是合法的骗子。"

韩朝阳权衡了一番，轻描淡写地说："保险是个好东西，但应该卖给需要的人。今晚没时间，明晚我们跟他们一样去沿河公园摆两张桌子，给老爷子和老太太们讲讲他们惯用的套路，加强老人们的防范意识，避免上当受骗。"

"严格意义上他们并没有违法，这么做会不会得罪人？"

"我们干的就是得罪人的活儿，先宣传保险，再宣传电信诈骗、医疗保健品诈骗之类的，明天一早让宏亮去所里找点这方面的宣传材料，实在没材料就收集点这方面的案例，好好宣传一个夏天，我倒要看看哪个骗子能骗到我们警务室辖区群众的血汗钱保命钱。"

这是越挫越勇，这是准备真跟分局领导说的那样深入社区扎根基层！

老徐紧盯着他看了十几秒，确认他不太像得了魔怔才点点头。

"韩大，徐叔，我们来了，开什么会？"说话间，李晓斌等四个班长鱼贯走进警务室。

韩朝阳一边示意他们坐下，一边举起手机道："昨夜大清查时，工作组和居委会建了几个微信群，有2400多个外来人员加了群。明天你们也加一下，跟他们聊聊，然后利用我们巡逻队员大多来自全省各市县的优势，建几个老乡群，把老乡们全拉到小群里。考虑到有一些外来人员来自外省，老乡关系不太好拉，可以建几个职业交流群，把他们全拉进来，早上问个好，晚上问问有没有安全回到租住的地方，平时宣传宣传法律法规和安全防范知识，人家要是遇到困难，我们就在不违反原则和力所能及的前提下提供一些帮助。总之，要通过微信拉近与群众的关系，跟群众交朋友。"

大队长这是怎么了，李晓斌等人被搞得一头雾水，陈洁更是忍不住问："韩大，然后呢？"

"什么然后？"

"交上朋友之后呢？"

"我们把人家当朋友，人家自然而然会把我们当朋友，要是遇到违法犯罪的事或形迹可疑的人，自然而然会告诉我们，会给我们提供线索。"

原来埋伏打在这儿，李晓斌乐了，不禁笑道："没问题，明天就办，拉近与群众的距离，跟群众交朋友。"

想跟所里同事冰释前嫌，想团结所里的大多数，需要大量违法犯罪线索！光靠527厂的老爷子老太太以及现在仍租住在朝阳村的两千多外来人员是远远不够的，必须广辟线索来源，韩朝阳想了想，突然拿起手机翻出一个号码拨打过去。

"汤队，我韩朝阳，有没有睡，不好意思，打扰你了。"

"谈不上打扰，我也是刚躺下。"汤队长立马坐起身，紧握着手机问，"韩大，找我什么事，我们现在是一家人，有什么事尽管开口，只要老哥能做到绝不含糊。"

综合行政执法大队需要朝阳社区义务治安巡逻队帮忙的地方更多，韩朝阳相信他说的是肺腑之言，左手摸摸鼻子，右手举着手机笑道："汤队，你上次不是说你们综合执法大队有100多个协管员其实是停车管理员吗？"

"是啊，一共136个，在主干道上能看到的收费停车场和停车位，基本上全是他们在管。"

"我想请你帮个忙，这两天等你有时间，带我去那些停车场和停车位转转，介绍我认识一下，跟他们交个朋友。你知道的，我们有打击任务，有指标。他们天天在街面看车，136个人就是136双眼睛，而且对各自管理的停车场周边环境比较熟悉，能发现一些我平时根本发现不了的违法犯罪线索。"

"我说什么事呢，包我身上，这样吧，我把你拉进他们的群，先介绍一下。"

第六十五章　洗地

这天气越来越热，管稀元顶着似火骄阳回到所里，热得头晕脑涨，把湿漉漉的警服脱下来真能挤出水。

"小鲁，刘所有没有回来？"他停好电动车，走进大厅敲敲户籍窗口玻璃。

辅警小鲁怀孕了，扶着桌沿凑到窗口边提醒道："早回来了，跟你一样跑一上午。这会儿在办公室跟教导员说话，你上楼时轻点，千万别撞枪口上。"

"知道了，谢谢。"管稀元做了个很怕怕的鬼脸，夹着包蹑手蹑脚走过去，输入密码轻轻打开通往办案区的防盗门。过去几天发生太多事，领导心情不好，没出去办案的民警全小心翼翼，谁也不想在这个时候触霉头。

正如他们所担心的一样，刘建业此刻心情非常非常不好！

辛辛苦苦把嫌犯抓捕并安全押解回来，结果一回来就接到上级命令，让把嫌犯和案件材料移交给刑警三中队，之前所做的一切全打了水漂。光移交就算了，在分局还被领导劈头盖脸训了一顿，让深刻反省，让回来写检查。

"问题显然出在街道，要不是街道对我们有意见，光凭韩朝阳那小子掀不出这么大风浪。我甚至怀疑把嫌犯扭送分局是杨书记和顾主任授意的，蔡鑫阳只是马前卒。"关远程点上支烟，面色凝重。

刘建业掐灭烟头，阴沉着脸问："对我们有意见，就因为以前没安排民警协助他们征地动迁？"

"可能不止。"

第六十五章 洗地

"还能因为什么。"

"说起来都怪我,朝阳社区义务治安巡逻队成立时没当回事,不知道他们是'挂狗头卖羊肉',想不到会招那么多队员,想不到这个巡逻队其实是为街道服务的,就没去也没让老许他们跑一趟,杨书记和顾主任可能不太高兴。"

"通知过你?"

"哪有什么通知,就苏娴让那小子给我带个话,我当时忙得焦头烂额根本没在意。"

事情基本上搞清楚了,刘建业紧锁着眉头说:"不管他们是'挂羊头卖狗肉',还是'挂狗头卖羊肉',这个什么巡逻队终究是社区的,不是街道的。成立仪式也好,授旗仪式也罢,全是社区居委会的活动,街道自然不会通知。"

"所以说我大意了,当时应该去一趟的。"

"这不能怪你,现在说这些也没用。"

"巡逻队就巡逻队呗,还弄个什么大队!刘所,知道那些人怎么叫那小子吗,叫他'韩大',真是牛逼大了!"

"几十号人,训练有素,装备精良,说是义务的,其实就是专职的。大队就大队吧,我们如果不低头不服气,人家能整个支队出来!反正是'义务'的,怎么搞都行。"刘建业又点上支烟,接着道,"当务之急是把本职工作做好,从今天开始我们哪儿都不去,其他什么都不管,就抓绩效考核。"

"也只能这样了,先让那小子嘚瑟几天。"

"洪局不是让他深入社区扎根基层么,不管他,由他去,就当没他这个人。"

关远程一愣,旋即反应过来,正准备表示赞同,外面传来敲门声。

"进来。"

"是!"

陈秀娟真不想敲这个门,但不敲不行,只能硬着头皮走进办公室,小心翼翼放下四张报销单据:"刘所,这些被严大姐打回来了,说不符合标准,不好报销。"

"不符合标准？"刘建业脸色一变。

"嗯。"

民警出去执行任务乘坐什么交通工具是有相关规定的，按里程算，近的只能坐硬座，远的可以买卧铺票。飞机也不是完全不许坐，但必须是特殊情况。

刘建业反应过来，看看单据，旋即拿起手机拨通冯副局长的电话。

"冯局，我刘建业，上次去前湖市抓捕制贩假证的嫌犯，因为时间紧急，买不到火车票，您不是让我们把握战机坐飞机去吗，现在财务说不符合标准，不给我们报……"

他话没说完，电话里就传来领导的反问声："我说过吗？"

"您说过，那天晚上在527厂您点过头的。"

"怎么可能，我自己带队出省抓捕都按规定坐火车，怎么可能会让你们坐飞机？"

有没有搞错，那天晚上是你亲口说的。

刘建业气得咬牙切齿，又不能再强调领导说过让坐飞机的事，只能苦着脸恳求道："冯局，现在坐都坐了，那个窝点被我们捣毁了，嫌犯也安全押解回来了，就算没功劳也有苦劳，您能不能帮我们跟财务打个招呼，让严大姐高抬贵手给我们报了。"

"财务有财务规定，这种事你让我怎么打招呼，这不是违反原则么。"

"可我们也是为了工作。"

"谁不是为了工作，自己想办法。"

"冯局，所里又没什么经费，更没什么小金库，四张机票六千多，这个办法您让我怎么想？"

不管怎么说他也是老部下，冯局权衡了一番，低声道："好吧，我帮你们跟杜局说说，到底能不能报不打保票。你最好写一个情况说明，最好去火车站和汽车站请人家开个证明，证明那两天去前湖的火车票和汽车票确实卖完了。"

第六十五章　洗地

去火车站和长途汽车站请人家开证明！

刘建业彻底服了，挂断电话坐下来气得脸色铁青。如果花园街道综治办没把杀人犯扭送分局，局领导能让所里把制贩假证案的嫌犯和材料移交给刑警三中队，这四张机票报销起来能有这么难？这个家没看好，没看好自己的门，管好自己的人。

关远程很内疚，起身拿起报销不掉的单据："刘所，我去吧，这事交给我。"

陈秀娟看在眼里急在心里，轻轻反带上门回内勤室，经过社区队办公室见管稀元正同老胡、吴伟等人窃窃私语，忍不住走了进去。

"把门关上。"有人进来，老胡吓一跳，见不是领导才松下口气。

"说什么呢，搞这么神秘。"陈秀娟回头看了一眼，不无好奇地问。

"能说什么，还不是韩朝阳。"

"说有什么用，人家立大功、露大脸，手下有人有车，听说局里还要给他拉内网配警车，指不定哪天就组织我们学习他的英雄事迹。这试用期还没满就'韩大'了，如果不是在试用期，我们估计得称呼他'韩局'！"

"还小民警大作为，他奶奶的，这算什么事！"

你一言我一语，像"开声讨会"一般声讨起韩朝阳。

管稀元始终没开口，见众人不约而同朝他看来，禁不住来了句："搞成现在这样是跟韩朝阳有点关系，但不能全怪他。"

"稀元，差点忘了嫌犯是你比对出来的，你一样立了大功，露了大脸。"

人家有背景有关系，你们在这儿发牢骚有用吗？别说你们发牢骚没用，所长教导员都拿他没辙。锦上添花不如雪中送炭，管稀元决定帮韩朝阳说几句话，紧盯着老胡问："老胡，你这话什么意思？"

"没什么意思。"

"没什么意思，好吧，既然你说到我身上，我就说说这件事。"管稀元抬头看看陈秀娟，直言不讳地说，"你们怪朝阳当时没拦住街道的人，你们后来也去过现场，当时有多少村民在围观？有人拍照，有人摄像，有人发朋友圈，有人发微信群，真是在现场直播。朝阳要是拦住不让扭送，跟街道干部闹起来，被围观群众拍下来发网上，影响会有多恶劣？"

"拦不住归拦不住，但往分局扭送时总可以给所里打个电话吧。"

老胡话音刚落，陈秀娟冷不丁插了句："他如果能及时汇报，教导员就可以直接去分局，在他们去分局的路上拦住，不会把时间浪费在去朝阳村，又从朝阳村去分局的路上。"

"拜托，那是押解涉嫌杀害两人的重犯！"管稀元敲敲桌子，很认真很严肃地说，"杀人偿命，何况杀两个人，计庆云又不是傻子，肯定清楚等待他的只有死路一条，谁也不知道他会不会在路上发疯。前几年西南不是出过事么，几个民警和协勤抓获一嫌犯，在押回单位的路上嫌犯发疯，开车的民警猝不及防，车冲进河里，结果几个民警协勤全部牺牲，全被嫌犯拉着同归于尽。"

前几年确实发生过这个悲剧，众人一时间不知道该怎么反驳。

管稀元深吸口气，继续道："换作我，我一样不敢分心，所以这件事一样不能怪他。再退一步说，他到底怎么了，招谁惹谁了？没发生这事前，还不是一样个个跟他像有深仇大恨似的。怎么说也是一个单位同事，光顾着说别人，不在自己身上找找原因。"

"这地洗的，可惜他只是社区义务治安巡逻队的大队长，不是治安大队长，不然你管稀元上调机关指日可待！"

"别阴阳怪气，我是就事论事。"

话不投机半句多，老胡似笑非笑地看他一眼，第一个起身走出办公室，陈秀娟冷哼一声也走了。吴伟话不多，想说点什么又不知道该怎么开口，挠挠头，拿起帽子跟着走出办公室。

管稀元突然觉得有些后怕，正琢磨刚才这番话会不会传到所长教导员耳里，手机突然响了，韩朝阳打来的。

"兄弟，我以后日子估计也不会好过。刚才忍不住帮你说了几句公道话，结果……结果一个个看我的眼神全变了，估计很快就会传到刘所和教导员耳里。"

患难见真情，韩朝阳真有那么点感动，下意识问："他们怎么说我的？"

"还能怎么说,不提这些了,找我什么事。"

"谢谢。"

"谢什么谢,有事赶紧说,我这边说话不方便。"

刘所回来了,所里此刻的气氛绝对很紧张。

韩朝阳反应过来,急忙道:"老管,我这儿有一条线索,我们警务室辖区的假释犯赵杰,经常带一两个女的去你辖区的一个快捷酒店开房。不光带女的去,每次还有十几个男的,大多是白天,我琢磨着绝对没干好事。"

付出就有回报,而且回报来得如此之快。

管稀元欣喜若狂,激动兴奋地说:"不是聚赌就是聚众吸毒,也可能是聚众淫乱!"

"不管这帮人在搞什么,反正我已经请群众帮盯着了。他们如果再去我会第一时间给你打电话,人手不够给你安排十几个巡逻队员,车我这儿也有,到时候给他们来个人赃俱获。"

"好兄弟,感谢的话哥就不说了,现在说话也不方便。要不下班之后我去找你,好好研究下怎么给他们来个人赃俱获。"

第六十六章　巡查

晚上 10 点，中山路上依然车水马龙。

一辆黑色轿车缓缓驶到市六院门口，车尚未停稳，下来一个年轻人飞奔到大厅外，掏出手机对着门厅边的新园街道市六院警务室咔嚓咔嚓拍了几张照，旋即跑回来拉开车门钻进副驾驶。

司机很默契地打方向盘掉头，坐在后排的赫然是一位身穿制服的三级警监，他透过车窗玻璃遥看着医院警务室问："有没有人？"

"有一个辅警，正趴在办公桌上睡觉。"

"记下来。"

"是！"

轿车行驶到朝阳桥头打着转向灯缓缓掉头，又回到市六院门口，只不过停在马路南边，停在公交站牌下。

坐在副驾驶上的年轻人再次推门下车，跑到警务室门口见一个穿着"特勤"字样制服的女协勤和一个同样身穿带"特勤"字样的男协勤坐在办公桌边，不禁拉开玻璃门问："你们是哪个单位的，警务室有没有民警？"

"您好，我们是朝阳社区义务治安巡逻队的，我们警务室有民警，韩警官在沿河公园搞宣传，请问您有什么事？"今晚值班的郑欣宜抬起头，想想又打开别在肩上的执法记录仪。

义务治安巡逻队，没听说过。搞得挺正规，居然有执法记录仪。

年轻人既没出示证件表明身份，也没有说什么事，一边举着手机拍照一边问："大晚上搞什么宣传？"

这人是谁！牛哄哄的，搞得跟领导一般。

第六十六章　巡查

郑欣宜暗骂了一句，但还是笑盈盈地说："请问您是哪个单位的，找常驻我们警务室的韩警官什么事？"

你们的警务室，有没有搞错。

年轻人被搞得啼笑皆非，想到跟两个义务治安巡逻队员实在没什么好说的，干脆收起手机转身拉门走了出去。

"等等，你这人怎么这样啊！"

郑欣宜和今晚值班的队员小许追到门口，年轻人已经跑到路上钻进始终没熄火的轿车。

穿白色警察制服的中年人透过玻璃看着她们，疑惑地问："怎么回事，她们是哪个单位的？"

"于书记，她们说她们是社区义务治安巡逻队的。没打瞌睡，看上去还挺正规，说驻警务室民警在沿河公园搞宣传。大晚上能搞什么宣传，我估计十有八九不在岗，她们是在帮那个民警打掩护。"

"小施，去河边看看。"

"是。"司机应了一声，抬脚松开油门，打开转向灯，放缓车速准备转弯。

轿车缓缓行驶到河滨路，由于沿河公园在坡下面，下面的情景坐在车上就能一览无余。

夏日的公园晚上很热闹，许多老人在公园路健身、跳广场舞或唱歌，也有许多年轻人在公园里纳凉。中年警监一眼就看到南边的小广场上摆着几张桌子，一个年轻民警和一个四十多岁的协勤正跟围观的老人讲解什么。确认警务室的两个义务治安员没说假话，正准备让司机掉头去下一站，下面那个年轻民警居然从一个老人手里接过一把小提琴，同拿其他乐器的老人坐到一边，看样子像是给正在整队准备唱歌的老头老太太们伴奏。

中年警监忍不住笑道："大晚上搞法治宣传这个时间点选得好，白天年轻人要上班，老年人要帮着带小孩，而且白天那么热，进小区搞宣传谁会去听，搞来搞去全是形式主义。晚上就不一样了，晚上个个有时间，不仅不是形式主义，并且效果会非常好。"

一个警察居然会拉小提琴，坐在副驾驶上的年轻人也觉得好笑，拿起小本子一边做记录一边笑问道:"没看出来,他还多才多艺。于书记,算他在岗吧?"

"什么叫算,这不是在岗,这是在工作。"

中年警监想想拍拍司机的肩膀,示意司机停车,看着下面的小公园跟坐在副驾驶的年轻人说:"基层民警工作多压力大,大晚上能出来搞宣传已经很不容易了,能与群众打成一片更不容易。小吕,下去打听打听他姓什么叫什么,刚才搞的什么宣传,再顺便拍几张照。"

"是!"

一拉起小提琴,韩朝阳像是换了一个人。

双眼情不自禁闭上,整个人沉浸在旋律中,拉得如痴如醉,哪知道市局督察在人群里拍照,更不知道也想不到市公安局纪委书记兼督察支队长大晚上会亲自出来巡查。

王阿姨、俞阿姨她们唱完一首又一首,他拉了一曲又一曲,引来阵阵热烈的掌声,如果不睁开双眼看看,真有股在大剧院登台给合唱团伴奏之感。

一曲结束,正准备拉下一首。

老徐走过来俯身道:"朝阳,汤队来了,他们晚上有行动,想请我们协助。"

这个点儿能有什么行动,肯定是整治占道烧烤。

韩朝阳反应过来,收起小提琴走到"指挥"面前,一脸歉意地说:"王厂长,不好意思,今晚只能到这儿了。"

小伙子能来拉这么长时间已经很不错了,而且随着他的加入,乐队演奏水平有了明显提高。老厂长岂能拉住不让走,紧握着他手笑道:"没关系没关系,忙去吧,明晚有时间再来,到时候我给你发微信。"

"王厂长,免费旅游暗藏推销陷阱的事您老记得帮着宣传宣传,毕竟晚上出来玩的是少数,在群里说他们不一定信,还有许多人不会用智能手机没微信没加群。"

"放心吧，开始是不知道，现在知道了谁会上当受骗。你说得对，天上不会掉馅儿饼，天底下没免费的午餐，要不是你及时提醒，连我都会因为占小便宜吃大亏，以后是要加强防范意识。"

"不是您老想占这点小便宜，主要是骗子的手法太高明，让人防不胜防。明天晚上我肯定来，明天晚上跟大家讲讲怎么防范电信诈骗。"

"好，是应该讲讲，我明天通知一下，让平时不出来的都来听听。"

"这就麻烦您老了，王阿姨、俞阿姨，各位叔叔阿姨，先走一步，咱们明晚见。"

第六十七章　那小子果然有问题

有二十多名全副武装的巡逻队员参与，有韩朝阳这个公安在，有两辆警灯闪烁的治安巡逻车，晚上清理整治无证经营占道烧烤的行动很成功。

一路清理掉十六个摊点，暂扣一大车烧烤炉和桌椅板凳，没发生哪怕一起暴力抗法事件，综合行政执法队的执法人员和协管员很安全，从来没有过今晚这样的安全感。

汤队长很高兴很感激，让副队长带队把暂扣的东西送回单位，非要请韩朝阳去中山路上24小时营业的湘菜馆吃夜宵。穿警服开巡逻车出来吃饭影响不好，又盛情难却。韩朝阳干脆先回居委会换便服，再和老金一起骑电动车"赴宴"。本以为只有汤队长和把暂扣的东西送回单位又赶过来的吕副队长，结果推开包厢门一看，里面摆两大桌，围坐着十几个穿城管制服或便衣的人。

"各位，这位就是治安巡逻队的韩大，这位是巡逻队的老徐。"

汤队长热情地走到韩朝阳身边，指着不约而同起身相迎的众人挨个介绍道："韩大，认识一下，这是管华阳路一片停车场的老吴，以前也在你们派出所干过；这位是老聂，负责台谷路的停车位管理收费；这位必须隆重介绍，我们街道环卫所的万副所长……"

"各位好各位好，不好意思，让各位久等了。"

韩朝阳岂能不知道汤队长的良苦用心，很感激地回头看了一眼，再次转过身一边跟众人挨个握手，一边不好意思地说："不怕各位笑话，托汤队请各位帮忙，我真不是想破多大案、立多大功、升多大官，我既不是军转干部，也不是警校生，连党员都不是，现在还在试用期，想进步没那么容易，就是因为人生地不熟，想完成任务比较难。"

"理解理解，我们一样有任务指标。"

"韩大，坐，坐下聊，我们边吃边聊。"

"其实我们跟你们公安有合作，"一个五十多岁戴着眼镜的停车管理员，从韩朝阳手里接过烟，嘿嘿笑道，"跟派出所打交道少，跟交警队打交道多，五大队的交警经常找我们。"

许多事是只可意会不可言传的，韩朝阳笑道："他们一样是为了完成任务。"

越扯越远了，你一个临时工跟正式民警摆什么老资格！汤队长被搞得很没面子，等吕副队长帮所有人斟完酒，再次站起身："各位，你们可能不太清楚，韩大在派出所是普通民警，但在街道他就是治安巡逻队的大队长，手下几台车，几十号人。要不是韩大帮忙，我们执法队晚上的整治行动绝对不会这么顺利。韩大为人豪爽，这个朋友我交定了，他把我当哥，我把他当兄弟，他的事就是我汤均伟的事。刚才跟各位说过，拜托过，现在再说再拜托一次，请各位以后多帮着留留意，发现违法犯罪行为或形迹可疑的人及时给韩大打个电话，如果占线直接打给我。"

说完之后，先干为敬。而且不是一杯，是连续干了三杯！

众人不约而同送上一阵掌声，汤队长放下酒杯抱拳作揖，再次拜托，搞得韩朝阳不知道该如何感谢。在别人眼里汤队长是城管，其实一样是公务员。不只是公务员，还是副科级。

领导们在执法大队只是挂个名，执法行动全是他具体组织协调并实施的，可以说他才是花园街道综合行政执法大队真正的"大队长"，对编制都没有的停车管理员而言他是领导，对事业编制的环卫所干部而言他一样是领导。他自掏腰包请大家伙吃夜宵，甚至连敬三杯，这个面子堪称给足了。

环卫所万副所长端起酒杯，起身道："汤队，韩大，你们的事同样是我万玉华的事，环卫这一块包我身上，明天就跟负责清扫各主次干道的班长们交代，让他们别光顾着扫大街清理垃圾，工作时多留个心眼儿，帮着留意留意。"

"谢谢万所长，您坐，这杯我敬您。"

"一样一样，来，感情深一口闷。"

停车管理员夜里不一定上班，环卫工大多是凌晨甚至深夜就出动，许多侵财案件就是这个时间段发生的，而环卫工这个时间段又正好在清理全街道的垃圾，有他们帮忙将来肯定能有线索。韩朝阳很高兴很感激，一饮而尽，顾不上吃菜喝汤压压，就忙不迭掏出手机问电话号码加微信。

高科技就是好，现在不光个个有手机，个个有微信，几乎每个单位都建有"官方"或"非官方"的工作群，万副所长是真当回事，不仅加微信，甚至把韩朝阳直接拉进环卫所的微信群。

风头被环卫所抢了，一个带班的停车管理员站起举着杯子说："韩大，你的事一样是我赵为群的事，其他地方不敢说，闸观路上不管有什么风吹草动绝对瞒不过我赵，我干了，你随意。"

"老赵，韩大刚喝一杯，这杯我帮韩大喝行不行？"警务室是一个集体，老徐真后悔没叫两个能喝的小伙子过来，担心韩朝阳被灌醉，急忙起身挡酒。

"行，我们先走一个。"

汤队长和吕副队长自然而然加入警务室的阵营，频频敬酒或回敬。中国是人情社会，许多事在酒桌上比在办公室好谈。几杯酒下肚，气氛达到高潮。

一个喝饮料的女停车管理员突然问："韩大，传销你们管不管？"

"管啊！"

"我们村儿，就是我家前面第二排，有一帮外地人在那儿整天上课。睡大通铺，吃得也简单，菜里连点油都没有，整天还搞得像干什么事业似的，反正一看就知道是搞传销。"

有线索，有点喝高的韩朝阳一下子清醒过来，追问道："袁大姐，您家住哪个村？"

"凤凰村，凤凰三队。"

第六十七章 那小子果然有问题

"葛宝华你熟不熟？"

"熟，他跟我一个队，我看着他长大的。韩大，你这一说我想起来了，他好像也在你们派出所上班。"

"是在我们派出所，是我们派出所防控队的辅警。"

女停车管理员犹豫了一下，想想还是说道："韩大，你千万别让他知道传销这事是我告诉你的，把房子租给搞传销的那个房东就是他大伯。他在你们派出所好像混得不错，很多事都能帮人摆平，经常有人去找他帮忙。要是让他知道我说的，非得去我家闹不可。"

葛宝华，你不是喜欢给我打小报告么。辅警协勤也是派出所的一员，明知道亲戚把房子租给搞传销的却不汇报，这就是知情不报！

韩朝阳按捺住激动，不动声色问："他一般帮人家摆平什么事？"

"捞人，除了捞人还能有什么事。"

现在管理多严，别说他一个辅警没权放犯罪嫌疑人，就算办案队的正式民警也不敢轻易放人。韩朝阳意识到那小子有蹊跷，当这么多人面再问又不合适，立马转移话题。

汤队长岂能不知道这事很敏感，跟着打起哈哈。

直到酒足饭饱散席，他才刻意把袁大姐拉到一边，跟韩朝阳使了个眼色，借故去送其他人，让他继续问。袁大姐同样意识到这件事搞不好会引火烧身，苦着脸忐忑不安地说："韩大，我也是听别人说的，你千万别当真，千万不能让他知道。"

"袁大姐，您放一百个心，我会绝对保密。"韩朝阳回头看看身后，接着问，"他是怎么帮人家去所里捞人的？"

"这我就不知道了，不过他真捞出好几个。一队康兴志家的二小子偷东西被抓，康兴志老婆知道他在派出所上班，去找他帮忙，他就帮着把康兴志家二小子保出来了。"

"还有吗？"

"有个开饭店的西川人，住我们四队，不知道为什么跟人打架，把人家打伤了，那个西川人的老婆也是找的他，他也帮着把人保出来了。住在五队的一个外地人，不知道犯什么事被你们抓了，那个外地人的老婆一样去找过他，但那个外地人没保出来。"

"他不会白帮忙吧。"

"怎么可能白帮忙，既然都说了，我就跟你明说吧，他的事我们村好多人知道，不然能有那么多人去找他帮忙？听说他做事挺讲究，能帮就帮，帮不上的就不帮，可能看要捞的人犯的是什么事。刚才说的那个外地人没捞出来，他后来又把钱退给那个外地人的老婆，你说讲不讲究。"

"退钱的事您是怎么知道的？"

"那个外地人的老婆喜欢打麻将，天天泡在麻将馆，我婆婆经常跟她一起打麻将，我婆婆回家说的。"

许宏亮早发现那小子有问题，没想到真被猜中了。不仅有问题，而且问题严重。

韩朝阳权衡了一番，觉得这事必须有证据，现在绝不能轻举妄动，再三保证会帮袁大姐保密，同老徐一起骑电动车把袁大姐送到村口才回警务室。

第六十八章　打击报复

第二天换班，老徐很默契地没走，同刚换上辅警制服的许宏亮一起走进"社区民警办公室"。就知道他们一样对葛宝华上次打小报告的事耿耿于怀。

韩朝阳招呼二人坐下，凝重地说："老徐，宏亮，我想了一夜，所里出了内鬼，这不是一件小事，我觉得应该立即向上级汇报。"早想收拾那小子，苦于一直没机会。

许宏亮岂能错过这个千载难逢的机会，理所当然地说："那还等什么，赶紧汇报呗，出内鬼这么大事，怎么能姑息养奸。"

"关键你让我向哪个上级汇报？"

"这确实是个问题。"

老徐点上支烟，抽丝剥茧地分析道："他一个辅警怎么捞人，如果昨晚那个袁秀芬说的话属实，那他可能只是一个中间人。问题不是出在办案队，就是出在……出在那些人身上。"

什么那些人，不就是所领导么。

许宏亮醍醐灌顶般明白过来，事情没查清楚之前所领导和办案队民警一样有收受贿赂、知法犯法的嫌疑，换句话说，要汇报只能向分局纪委汇报。

而眼前这位在所里的处境已经很尴尬了，如果将来查出所领导没问题，并且都知道是他越级汇报的，那么他在花园街派出所绝对没法儿待了。

"写封举报信，匿名举报怎么样？"许宏亮低声问。

"匿名举报上级不一定会重视。"

"算了，我去举报，我一个辅警有什么好怕的。"

"你去跟我去有什么区别？"韩朝阳摇摇头，一脸无奈。

警务室是一个集体，不管谁去实名举报结果是一样的。这不是一般的违法犯罪，这涉及职务犯罪，你现在不动声色查，将来就是知情不报，何况你根本没权查。

明明有线索，却不知道该怎么向上级汇报。三人一时间竟难住了，正不知道该怎么办，外面传来一阵急促的脚步声，紧接着是砰砰的砸门声。

"韩朝阳，开门！"

谁啊，在社区居委会的地盘上，谁敢怎么嚣张。

韩朝阳觉得有些匪夷所思，打开防盗门一看，居然是一个三十多岁的女警和两个戴着白头盔的督察！最前面的女警亮出证件，厉声问："韩朝阳同志，我是分局纪委邹竞男，上班时间你为什么不在岗？"

刚在研究怎么去分局举报所里出了内鬼，结果纪委和督察找上门了，而且听语气好像成了被查的对象。

韩朝阳觉得这事太巧太荒唐，抬起胳膊指指她头顶上的门牌："报告领导，这就是社区民警办公室，我在办公室跟辅警许宏亮同志、协勤徐成山同志谈工作，怎么就成不在岗了？"

光顾着找他，没注意门牌。

邹竞男意识到这个指责有些站不住脚，不过没关系，本来就不是来查岗的，冷冷地说："韩朝阳同志，我们找你了解一些情况，请你积极配合。"

"没问题，请进。"

"不是在这儿，请你跟我们走一趟，去分局说。"

有没有搞错，搞得电视剧里纪委"双规"贪官似的。韩朝阳被搞得一头雾水，禁不住问："领导，您到底想找我了解什么情况，在这儿不能说吗？"

"韩朝阳，你当纪委是干什么的！"一个熟悉的声音从外面传来，探头一看，原来教导员也在。

本以为你们会给小鞋穿，没想到居然纪委和督察搬出来了！韩朝阳意识到这不止查岗那么简单,想到身正不怕影子斜,干脆立正敬礼:"各位领导,对不起,我刚才只是觉得很突然,觉得有些奇怪,我错了,我服从命令,积极配合,我愿意跟您走。"

"走吧,车停在警务室门口。"

"是!"

小伙子一表人才,刚参加工作,刚立过大功,政治处正在整材料,准备上报市局给他评功评奖,结果被人举报徇私枉法,邹竞男真替他惋惜。

关远程的心情则比较复杂。一方面韩朝阳不管怎么说也是花园街派出所的人,如果查出他有问题,那就是队伍没带好。另一方面由于他喜欢出风头,一而再再而三搞个人英雄主义,把所里搞得很被动,一时半会又不能把他调离朝阳社区。如果纪委和督察查出他确实有问题,不仅这个义务治安巡逻大队长他是干不成了,估计试用期都会提前结束。

老徐和许宏亮默默跟在他们身后,一直跟到警务室门口,眼睁睁看着韩朝阳上了督察的车。许宏亮几次想上前说话,几次都被老徐拉住。直到教导员让紧随而至的杨涛接管警务室,匆匆赶来的杨涛又匆匆赶回所里交接工作,许宏亮这才看着杨涛离去的背影问:"老徐,你为什么总拦着我。"

"着什么急,搞清楚情况再说。"

"打击报复,绝对是打击报复!我真是看错他们了,以前对他们还那么尊敬,没想到他们心眼这么小。"许宏亮越想越郁闷,越想越窝火,实在控制不住一拳砸向路边的树。

老徐也觉得这是打击报复,想到警务室是一个集体,三个人一荣俱荣,一损俱损,转身道:"你这是干什么,我们在这儿只能干着急。走,一起去找苏主任。"

"对,事情全是她们搞出来的,她不能袖手旁观,街道领导一样不能坐视不理。"

刚上班就遇到这事,苏主任愣住了,简直不敢相信自己的耳朵。

"苏主任，我们相处时间虽然不长，但朝阳是什么样的人您不可能不了解。他只是一个连案子都没资格办的小民警，培训三个月不能算，真正参加工作到现在满打满算不到四个月，您说他能有什么问题，纪委和督察又会因为什么查他？"

"宏亮，你先别激动。"

苏娴不认为刘建业和关远程会用这种方式为难韩朝阳，放下刚拿起的电话，沉吟道："你们刚才不是说过吗，纪委和督察是找他了解情况。真要是什么大事，来的就是检察院反渎局甚至反贪局的人，你们分局纪委和督察可能真是了解情况，不太可能是调查。"

好兄弟被打击报复，许宏亮怎么可能不激动，急切地说："苏主任，这恰恰说明这事有问题！朝阳能知道什么情况，朝阳知道的我和老徐全知道，为什么纪委和督察偏偏只找朝阳却不找我和老徐！"

"纪委和督察是关远程带来的，朝阳刚被督察带走，他就让杨涛接管警务室，说不定这会儿已经去街道找蔡主任重新任命巡逻队的大队长了。"老徐冷不丁补充了一句，就差在脸上写着这是一个阴谋。

"情况都没搞清楚，就让人接管警务室，未免太急了吧。"苏主任冷哼一声，面无表情地说，"你们放一百个心，他也只能接管警务室。治安巡逻队换不换不大队长，他关远程说了不算。"

"苏主任，您是不是给蔡主任打个电话。"

"不需要，蔡主任怎么可能凭他关远程的一面之辞就换人，况且重新任命大队长这么大事蔡主任一样说了不算，需要杨书记和顾主任点头。"

第六十九章　韩朝阳被抓了

"杨头，韩朝阳到底怎么了，纪委和督察为什么找他。"

"你们问我，我问谁去？"杨涛一回到所里，刚走进社区队办公室，老胡、老丁和陈秀娟等人便跟进来打听。

参加工作二十多年，先后带过五个徒弟，最出息的一个已经当上副大队长，被纪委和督察调查的这还是第一个。尽管潜意识里从来没当韩朝阳是徒弟，对韩朝阳甚至都不是很了解，但终究有个"师徒名分"。杨涛匆匆赶到朝阳社区警务室时很震惊，匆匆赶回来的这一路上却越想越疑惑。

那小子参加工作不到半年，平时只接处警，只负责干一些鸡毛蒜皮的杂事小事，甚至只学过《治安处罚法》和《治安处罚法释疑》两本法律书籍，根本没资格也从来没真正办过案，他能有什么问题，他又能出什么事？

老胡、老丁尽管装作若无其事，但眼神完全出卖了他们，显然是在幸灾乐祸。陈秀娟的神情一样精彩，刚才上楼时她甚至在偷笑。

杨涛不知道该怎么说他们好，跟老丁简单交接完，拿上帽子又匆匆下楼往朝阳社区警务室赶。杨涛前脚刚走，老胡就拉住刚从外面回来的管稀元问："稀元，韩朝阳一大早被纪委和督察带走了，你知不知道因为什么事？"

这绝对是爆炸性新闻，在楼下时就听说了。韩朝阳能出什么问题，说句不恰当的话，他根本没资格出问题。管稀元对韩朝阳充满信心，反问道："我哪知道，你知道吗？"

"我是不知道才问你的。"

"干吗问我，想知道应该去问刘所和教导员啊。"

事实上不光他们不知道，刘建业和刚带分局纪委督察去朝阳社区居委会找韩朝阳的关远程一样不知道。对关远程来说事情真是简单得不能再简单，一大早接到分局纪委和督察室电话，问韩朝阳在什么位置，让带他们一起去，然后就回来了。

他俯身打开饮水机下面的柜门，取出纸杯接凉水，端起来喝了一大口，擦干嘴角说："无风不起浪，纪委和督察不可能无缘无故找他，就算问题不是很严重，也不能让他继续常驻朝阳社区警务室。考虑到警务室不能离人，我暂时让杨涛去那儿盯着。社区的那个巡逻队，肯定是要接受我们指导的，那个什么大队长肯定要换人。但现在去跟街道提不太合适，不然杨书记和顾主任真会以为那小子被纪委和督察带走是我们搞出来的。"

一切来得太快太突然！刘建业不知道该高兴还是该郁闷，紧锁着眉头问："他能出什么事？"关远程无奈地摇摇头："不知道，邹竞男嘴多严，不管我怎么问，她愣是一点口风不漏。"

"会不会跟社区搞的那个治安巡逻队有关，几十号人的服装和装备值不少钱，他是大队长，在装备采购上有发言权，那些个老板做生意又舍得给回扣。"

"可能性不大。"

"不说他了，反正早晚会知道。等会儿治安大队来检查，我们还是抓紧时间准备一下吧。"

事一件接着一件，刘建业被搞得焦头烂额，猛吸了一口烟，恨恨地说："纪委和督察刚从我这带走一个人，治安大队又要来检查，这不是墙倒众人推，破鼓众人捶么！"

"刘所，忍忍吧，忍过眼前这一阵子就好了。"

刘建业一连做几个深呼吸，突然转身走到窗边，遥望着街道办事处方向说："老关，这几天破事烂事是一件接着一件，但越是这个时候我们越要冷静，不能自乱阵脚。不光不能自乱阵脚，还要化被动为主动。"

"怎么化？"关远程疑惑地问。

"这些事是那小子搞出来的，但问题的根子还是出在我们自己身上。

第六十九章 韩朝阳被抓了

以前一是考虑到警力不足，二是担心协助街道搞拆迁吃力不讨好，担心万一民警在现场与村民发生争执被人拍下来发到网上影响不好，导致杨书记和顾主任对我们有看法。吃一堑长一智，不能在同一个地方跌倒，我去街道找杨书记和顾主任汇报工作。你在所里做准备，如果陈大亲自过来你帮我道个歉。"

关远程一愣，忍不住提醒道："刘所，汇报工作没问题，朝阳社区义务治安巡逻队的事今天就不要提了吧。"

刘建业拿起包，胸有成竹地说："你就是考虑得太多，那小子是纪委和督察带走的，不用解释他们也知道跟我俩没关系。怪只能怪那小子自己，他真要是没问题，纪委和督察能找他？"

朝阳村的行动不光是街道组织的，还有征地动迁工作组协助，而所里接下来清查其他村只能靠自己的力量，街道不可能再像清查朝阳村那么积极，工作组更不可能参与。如果能接管朝阳社区义务治安巡逻队，接下来的清查无疑会容易得多。

想到这些，关远程微微点点头，没再说什么。

刘建业步行来到街道办事处，一口气爬到三楼，书记办公室的门关着，主任办公室里也没人，拉住一街道干部打听了一下才知道杨书记在区委开会，顾主任去参加一个4S店的奠基仪式了。

"杨书记，我刘建业，刚回来刚回来，我在办事处，准备向您汇报工作的，没事没事，上午不忙，我在二楼等，综治办好像有人。"

现在知道汇报工作，早干什么去了。

杨书记想起苏娴刚才发来的短信，看着区委办李主任朝会议室指了指，又举起手机打个先打个电话再进去的手势，走到走廊尽头翻号码打电话。

第七十章　跟张贝贝有关

警车缓缓停在分局门厅前，韩朝阳在分局机关民警诧异的目光中，被邹竞男和两个男督察带到二楼左侧的督察室。

"坐这儿。"

"是。"

韩朝阳很配合地坐到办公桌前，一路上不管怎么问他们始终不说，绞尽脑汁想又想不出个所以然，干脆什么都不想了，不无好奇观察起这间充满神秘色彩的办公室。

其实并不神秘，陈设很简单，两张办公桌，三个文件柜，几把椅子。

高个子督察从文件柜里取出摄像机，麻利地安装三脚架，支好打开对焦，确认电满的，确认正在拍摄，这才拿起笔和一个文件夹坐到他面前。

邹竞男出去了一下，再次进来时手里多了一个文件夹，显然是去纪委办公室拿东西。

"韩朝阳同志，知道我们为什么找你吗？"

"不知道。"

"参加工作没几天，反侦查意识挺强！"男督察啪一声猛拍桌子，紧盯他双眼厉喝道，"韩朝阳，请搞清楚这是什么地方，正在进行的是什么性质的询问，自己好好想想，无缘无故我们能找你了解情况，能把你带到这儿来？"

哇靠，真把我当害群之马了！韩朝阳很想笑，又不敢笑。

民警办案要遵守法律法规和办案程序，有证据就抓，没证据必须放人，不然就是超期羁押，就会被检察院请去喝茶。纪委和督察对民警的内部调

第七十章 跟张贝贝有关

查虽然一样有程序，但就算不按程序来你也没办法，难道真去告他们，除非不想在分局混了。

韩朝阳不是吓大的，而且很坦荡，再次确认道："对不起，我真不知道。"

邹竟男暗想他这是有恃无恐，轻轻敲敲桌子，提醒道："韩朝阳同志，党纪国法面前人人平等，别说你只是抓获几个嫌犯，就算行政级别和职位很高的领导干部违法违纪，组织上一样会发现一个查处一个！给你一个机会，是你自己主动说还是让我们问，如果让我们问那这个性质就不一样了。"

"我真不知道，再说我怎么可能会违反党纪国法？"

"你这是什么态度！"

"对不起，我有些激动，我真不知道您二位想问什么。"

"不说是吧，行，我们有得是时间，先汇报你被安排到朝阳社区警务室以来的工作情况，事无巨细，一件一件说。"

"这些工作日志里有，绩效考核系统里也有，我们在基层跟你们在机关不一样，睁开眼睛就是事，从早忙到晚。我不是从早忙到晚，我是24小时值班备勤，您让我一件一件汇报，一时半会儿怎么想得起来那么多。"

"敢情我们在机关就天天没事干？"男督察狠瞪他一眼，用不容置疑地语气说，"让你汇报就汇报，哪来这么多废话，想起什么汇报什么，快点，别浪费时间。"

"好吧。"

韩朝阳闭着眼睛想了想，一五一十地说："我是7月4号下午1点多去的警务室，刚安顿下来就接到指令出警，先去东明小区抓了一条大蟒蛇，其实是消防队抓的，四米多长，有碗口粗，我从小怕蛇，我哪敢抓。因为是业主养的宠物，后来又通知森林分局……"

驻警务室时间不长，大多数事还是有印象的。

韩朝阳就这么边回忆边说，邹竟男边听边看民警绩效考核系统，督察边听边看早上从警务室拿来的工作日志，对他所说的话和系统里录入的工作情况及工作日志里的记录继续进行验证。

"好像就这些，应该没什么遗漏。虽然尽力了，但我的工作仍有许多不足，请二位领导批评。"

社区民警连官都算不上，要管要干的事却不少。韩朝阳不知不觉竟说到11点多，说得口干舌燥，办公室里明明有饮水机，居然连水都没给喝一口，说完之后摸摸发干的嘴唇，下意识看向饮水机。

高个子督察装着没看见，暗想什么批评，你是想让我们表扬吧。你很累，很辛苦，干了许多工作，别人就不累不辛苦，别人就没干工作？正在试用期态度就这么恶劣，等试用期满定职定衔，你尾巴还不翘上天。高个子督察更相信举报人，抬头看了他一眼，翻翻工作日志，冷不丁问："韩朝阳同志，你跟那个张贝贝接触过几次？"

"关张贝贝什么事！"

韩朝阳糊涂了，一脸不解地说："就见过两次，第一次是她去江二虎饭店闹事，带到警务室调解的。第二次是她被江小兰、江小芳姐妹辱骂殴打，我把她们带到村办公室请张支书和解主任一起调解的。结果双方分歧太大，都不退让，不愿意接受调解，只能走程序。"

"好好想想，到底接触过几次？"邹竞男猛地抬起头，目光前所未有的严厉。

"想起来了，应该是三次，后来治安大队和房管局一起处罚朝阳村违反暂住人员管理和出租房屋管理规定的村民，我跟她在处罚现场见过一次。她不是继承了她舅舅的房子么，她也是房东也被罚了。"

"罚多少钱？"

"不清楚，全村两百多户好像就张支书、王村长和家里有人在区里上班的陈阿姨家没被罚，其他人都被处罚了，双重处罚，我就记得第一批接受处罚的两个村民被罚了多少钱。"

邹竞男紧盯着他看了十几秒钟，又问道："不知道没关系，先说说你是怎么按程序处理江小兰、江小芳姐妹殴打张贝贝，怎么对她们辱骂殴打张贝贝的违法行为进行处罚的。"

"我还在试用期，连执法权都没有，我怎么处罚她们？"

第七十章 跟张贝贝有关

难道是那两个泼妇在搞事，韩朝阳想想又说道："我跟她们说房子是房子的事，打人是打人的事，一码归一码，房子到底应该由谁继承，有争议可以通过法律途径解决，让她们去法院打官司，这不归我们公安管。但辱骂并殴打张贝贝我们公安不能不管。就按程序给她们做笔录，让她们签字摁手印，完了打电话向我师傅也就是我们社区队警长杨涛汇报，让张贝贝先去所里找办案队开证明去做伤情鉴定，让江小兰、江小芳过几天去所里找杨警长接受处理。"

"为什么找杨涛处理，治安案件不是应该移交给执法办案组吗？"

"是应该归办案队管，那几天所里忙着到处抓假证贩子，办案队忙不过来，别说社区队，连防控队的民警都要办案。"

"杨涛是怎么处罚的？"

"这我就不知道了，把笔录材料和张贝贝提供的视频证据送到所里之后我就没问。"

"笔录材料和视频证据交给谁的？"

"内勤陈秀娟，那天我师傅不在。"

"有没有就这起治安案件跟你师傅说过什么。"

"没有，我忙他更忙，笔录上写得清清楚楚，还有江小兰江小芳打人的视频，事实清楚、证据确凿，也没什么好说的。"

第七十一章　真相大白

他们的眼神越来越不对劲，韩朝阳意识到今天这事肯定与张贝贝有关。不太可能是江二虎，肯定是江小兰、江小芳姐妹。她们想把张贝贝赶走，结果不仅被拦住，还因为殴打张贝贝被派出所处罚，绝对是怀恨在心，以为自己偏袒张贝贝于是跑分局来诬告。

韩朝阳再傻也明白了，急切地说："二位领导，我整天忙得焦头烂额，哪有时间跟张贝贝接触，就接触过这三次。您二位如果不信，我愿意接受测谎。"

看上去不太像，难道真是诬告。邹竞男正准备开口，外面传来敲门声，她起身开门走出办公室，在外面不知道跟谁低语了几句，又回来坐到韩朝阳面前。

"韩朝阳，你和张贝贝有没有金钱往来？"

"有。"

"说说金钱往来的事。"

"她的情况我很清楚，刚才跟您二位汇报过的，她一个女孩子孤身在燕阳，举目无亲，为继承她舅舅留给她的房产，为维护她的合法权益，先是被江二虎辱骂，紧接着又被江小兰、江小芳姐妹辱骂乃至殴打，后来因为出租房屋没备案登记和把房子租给外来人员没去社区报备被处罚，同时又面临两起民事诉讼。因为房子的事她根本没时间去找工作，房租是她唯一的收入来源，但那点房租连打官司的律师费都不够，手头上比较紧，没钱缴治安罚款和房管局的罚款。想请我去求情，问能不能缓缴，等拿到拆迁补偿再缴。这个情让我怎么求，当时心一软，就借了五千给她，微信转账的。"

高个子督察显然对此感兴趣,紧盯着他双眼问:"她是你处理的案件当事人,你怎么能借钱给当事人?"

"不能借?"韩朝阳下意识问。

这反而把高个子督察问住了,细想起来有民警不能管当事人借钱的规定,真没有不允许民警借钱给当事人的规章制度。事实上类似情况在工作中经常遇到,比如分局唯一的全国公安系统二级英模、东风街派出所民警老顾,就经常借钱甚至捐钱给一些经济困难的案件当事人,总不能说老顾做得不对吧。

邹竟男接过话茬,低声问:"你总共接触过她三次,就借钱给她,而且一借就是五千?"

"换作别人我当然不会借,我又不是有钱人,万一不还怎么办,我还要攒钱买房呢。她跟别人不一样,房子一拆就是百万富翁,有偿还能力。而且我本来就在协助工作组征地动迁,她什么时候能拿到钱,我甚至会在她前面知道,不怕她不还。"

看着他们将信将疑的样子,韩朝阳又强调道:"五千对我来说不是个小数字,之所以借这么多给她,是因为借少了不顶事。房管局罚起来比治安大队厉害,五千起步,一下午开出一百多万罚单。"

"就这么简单,就因为同情?"

"她当时确实可怜,就这么简单,就是因为同情。您这一说我想起来了,借钱过程有视频,不信您二位去警务室调看,我存在巡逻队的电脑里。"

高个子督察刚才没出去,不知道另外几个督察了解到的情况。相比韩朝阳,他更相信举报人。在他看来以借贷名义收受贿赂不是稀罕事,完全可以没借钱给人家却让人家先打张欠条,再让人家"归还",以借贷为名行索贿受贿之实。至于微信转账,完全可以线上转账,线下再给你,到时候给的可不止五千。

他对韩朝阳的话深表怀疑,用玩味的语气问:"韩朝阳,你借钱给她的时候还拍视频？"

"我开始没想过要借钱给谁，更不可能因为借钱拍视频。那天下午不是现场处罚吗，治安大队和房管局一下午开出四百多张罚单，这不是一件小事，搞不好村民会集体抗法闹出群体事件的。我负责维持现场秩序，执法记录仪一直开着。"

有视频最好，视频最有说服力。

邹竞男意识到今天这情况了解得有些丢人，一开始直入正题多好，结果浪费一上午时间，暗想真可能患上职业病，总是疑神疑鬼，看谁都像"吃完原告吃被告"。

她摸摸鼻子，不动声色问："视频存在哪个盘里？"

"D盘，有一个专门的文件夹，我们巡逻队的内勤郑欣宜和陈洁都知道。"

"好吧，你先在这坐会儿，渴了自己动手拿杯子接水，等会儿让人帮你去食堂打份饭送过来，就在办公室吃。"

邹竞男扔下韩朝阳回到纪委办公室，给正在找张贝贝了解的督察小林打电话，让小林去朝阳社区警务室调看视频。视频最具说服力，等了十几分钟，电话到了，一切真相大白。

邹竞男没急着让韩朝阳走，又去隔壁办公室跟督察大队费副大队长研究了一会儿，等督察小林把视频从朝阳社区警务室拷贝回来，把U盘插到电脑上仔仔细细看了一遍，这才同费副大队长一起带着材料和U盘来到三楼郭书记办公室。

郭书记是局党委副书记、纪委书记，主持纪委工作，同时分管督察、监察、审计和消防工作。一看见他们就问："情况搞清楚了，到底有没有问题？"

"没问题，可以确定是诬告。"

前天还说"小民警大作为"，昨天小民警就被人实名举报。如果查出有问题，那这个笑话可就闹大了。郭书记松了口气，起身道："没问题就好，政委和杜局正在等消息，一起去政委办公室。"

304

"是。"

黄政委和杜局真在等消息。

韩朝阳早上刚被纪委和督察带到分局,花园街道办事处顾主任就打电话来了解情况,说街道明天要召开综治工作会议,刚成立不久的朝阳社区义务治安巡逻队教导员和大队长要参加。说从明天下午开始工作组要对朝阳村即将被征用的农田上的农作物进行评估,需要韩朝阳率领巡逻队去现场维持秩序。

街道的综治工作会议很重要,工作组的评估更重要。现在评估多少,将来就要补偿多少钱,涉及实实在在的利益,谁也不知道村民们会不会搞事,但街道领导显然是醉翁之意不在酒。

黄政委没急着让邹竞男汇报,等杜副局长走进办公室坐到郭书记身边,才回头道:"竞男同志,说说怎么回事。"

"报告政委,报告杜局,情况搞清楚了。"

邹竞男递上一份材料,简明扼要地说:"举报人举报的两个问题都站不住脚,首先韩朝阳同志就算不在试用期,花园街派出所暂时也不可能让他抱卷办案,办理这起治安案件的是花园街派出所民警杨涛同志,并且作出的处罚无论在程序上还是在法规上都没任何瑕疵。再就是韩朝阳同志与这起案件当事人的经济往来,不是举报人所说的受贿,而是反过来借钱给当事人,整个过程都是在处罚朝阳村两百多户村民违反流动人口管理和出租房屋管理等违法行为的现场发生的。"

"既然是韩朝阳借钱给当事人,那么举报人是怎么知道五千块钱的事的?说得有鼻子有眼,数目又能对上,到底是借钱给当事人还是索贿受贿?"

"可以肯定是借,不是受贿更不是索贿。"

邹竞男掏出一个U盘,解释道:"小林在询问当事人时了解到一个情况,当事人因为经济紧张,与一个拖欠房租的房客发生过争吵,提到因为出租房屋没备案登记受到处罚,为交罚款管警察借五千块钱。吵得比较厉害,左右邻居全知道,其中一个邻居和举报人关系不一般,一直帮举报人留意当事人的一举一动。结果听错了,把管警察借五千块钱,听成给警察五千块钱,并把这事悄悄告诉了举报人。"

"查实了?"

"查实了,小林不光找房客和那个邻居核实过,还从朝阳警务室调出借钱时的视频。"

"有视频?"

"有,借钱时我分局治安大队和区房管局正在对违法村民进行处罚,韩朝阳负责维持现场秩序,执法记录仪一直开着,我让小林把执法视频调出来拷贝了一份。"

现在反腐力度多大,既不能出现带病提拔的事,同样不能出现带病评功评奖的情况。

黄政委不看看不放心,起身让开位置,指指办公桌上的电脑:"放一下。"

"是。"

第七十二章　巡逻队是居委会的

局里只有分管治安的洪局陪同市房管局、区政法委领导去过现场，几位局领导只知道治安大队一下午开出两百多张罚单，没想到处罚现场如此"壮观"。黄政委和杜局不仅通过视频搞清楚了小民警借钱给当事人的过程，对装备精良的朝阳社区义务治安巡逻队也留下深刻印象。

杜局看着视频，回想起那天夜里扭送杀人嫌犯来分局的情景，说道："政委，郭书记，对我们分局来说这小子只是一个正在试用期的普通民警，对街道来说他真是巡逻大队长，难怪街道领导会亲自过问。"

"巡逻队就巡逻队吧，还搞个大队。"黄政委越想越好笑，一反常态地在办公室里点上支烟。杜局掏出香烟也点上一支，边看边笑道："就怕再闹出笑话，现在可以放心了。"

"老郭，既然查实没问题就让他回去吧。"

"行，"郭书记正准备给邹竞男下命令，突然想起昨天来分局的两个举报人，回头问，"政委，诬告韩朝阳同志的两个妇女怎么办？"

黄政委权衡了一番，说道："我们认为她们是诬告，人家会说这是监督，这种事能怎么办。告诉她我们调查过，但查无实据，如果她们胡搅蛮缠就批评教育。"

"好的，小邹，这件事你负责到底。"

"是。"

"等等。"

杜局既是分局党委副书记，也是分管指挥中心（办公室）、警务保障室、法制大队，协助局长分管"绩效办"工作，同时联系花园、新园派出所，联系武警中队、消防中队的副局长，是分局排名第三的副局长。想到那天夜里答应过花园街道综治办蔡主任的事，杜局抬头道："政委，要不让那小子开辆车回去。"

这事黄政委知道，低声道："这也算支持花园街道工作，关键现在哪有车。"

"我是答应给朝阳社区警务室配一辆警车，但没说配什么车。"

纪委郭书记反应过来，忍俊不禁地问："杜局，你是说警务保障室刚修好的那辆？"

"花园街道不会在乎车好赖，对他们来说有辆警车就行。征地动迁时往现场一停，综合执法时能跟上能起到威慑作用，反正就在街道转，又不会跑远。"

"也行，让他顺便把车开走。"

在街道办事处等了近两个小时的刘建业，跟着刚从区委开完会回来的杨书记，走进位于三楼的书记办公室。杨书记岂能不知道他的来意，放下包，一边招呼他坐，一边笑道："建业同志，你不来下午也要通知你，明天下午两点要开一个综治工作会议，主要研究部署如何加强街道流动人口管理和房屋租赁管理方面的工作。前几天针对朝阳村的清查行动很成功，也暴露出许多问题，区政法委、综治办、流管办对此非常重视，要求我们对其他社区及行政村来一次全面彻底的大清查。"

"杨书记，分局也对我们提出了同样要求。"

"你们分局应该重视，如果这些基础工作做不好，再过几天又抓获几个逃犯甚至杀人嫌犯，那我们街道不成贼窝了？"杨书记拍拍大腿，话锋一转，"可是街道总共就这几个干部，本职工作不能耽误，还要综合执法，下大决心整治'五乱'，又要把朝阳村征地动迁这块硬骨头啃下来，所以流动人口管理尤其清查外来人员主要得靠你们派出所。"

街道现在工作确实很多，任务确实很重。领导的话没毛病，领导说的全是事实。刘建业不认为杨书记这是推诿，重重地点点头，保证完成任务。

表完态，又一脸诚恳地说："杨书记，我调到花园派出所这几个月，一直忙着所里的工作，对街道的工作不是很上心，该配合的时候没积极配合，该协助的时候没主动协助，我已经认识自己的错误，意识到工作中的许多不足，我要向您检讨，请您批评。"

杨书记不置褒贬地点点头，示意他接着说。

"杨书记，可能您已经知道了，今天早上分局纪委和督察把我们所民警韩朝阳同志带走了解情况。纪委和督察口风很严，到现在都不知道因为什么事。"

"苏娴同志给我汇报过，我实在想不通，他一个小民警能有什么问题？"

"我一样百思不得其解，但纪委和督察找他肯定有找他的原因，如果真查出什么问题，我这个所长要负领导责任。"

"一岗双责，所以说我们都要看好自己的门，管好自己的人。"杨书记又点点头，不过刚说的这番话等于什么都没说。

刘建业不想再绕圈子，一脸为难地说："杨书记，韩朝阳同志被纪委和督察带走了，各项工作不能因此被耽误。考虑到朝阳社区义务治安巡逻队既要协助街道和工作组征地动迁，又要协助街道综合执法，街道这边是不是重新任命一个大队长？"

这是你的真正来意吧！如果过几天提，杨书记或许会答应，毕竟巡逻队不能没大队长，而且最好是正式民警，但现在提杨书记就很不高兴了。情况没搞清楚你就急着接管巡逻队，巡逻队到底是街道的还是你派出所的？杨书记微皱着眉头沉默片刻，轻描淡写地说："各项工作是不能因此耽误，但巡逻队终究是社区居委会想方设法组建的，而居委会又是城镇居民的自治组织，不是街道的派出机构，对居委会我们街道工委只能给予指导、支持和帮助。"

"杨书记，韩朝阳那个大队长不就是街道任命的吗？"

"是街道综治办任命的，但也是居委会推荐的，所以在这个问题上要充分尊重居委会的意见，要不你先去跟苏娴同志谈谈。"

第七十三章　挽回影响

韩朝阳在督察室吃完饭，从警务保障室的一个民警手里接过车钥匙，跟着邹竞男走楼下，来到一辆有了年头的昌河面包车前。这绝对是分局使用时间最长的警车，与其说是警车不如说是货车。如果没记错它应该是警务保障室用来拉东西的，只有驾驶室和副驾驶两个座椅，后面两排座椅拆掉了，可能警务保障室的人都不知道后排座椅扔在什么地方，想找都不一定能找到。

不过韩朝阳此刻想的不是车，而是今天发生的事。

纪委和督察办事太不讲究了，不分青红皂白就跑居委会"抓人"，当那么多人面像嫌犯一样被带上督察的车，被带到局里反复盘问一上午，现在又像什么没发生一般让你走人。

韩朝阳越想越委屈，越想越不服气，转身问："邹科长，我被您当那么多人面从社区带到局里调查，影响已经造成了，人言可畏，您是不是给我一个说法，是不是帮我恢复一下名誉？"

居然敢跟纪委要说法！邹竞男被搞得一肚子郁闷，暗想且不说纪委和督察本来就是监督你们的，并且刚结束的调查可以说全是为你小子好，这边把问题调查清楚，政治处就可以整理材料上报市局给你小子评功评奖，将来立功受奖不就是最好的说法？

邹竞男彻底服了，像看怪胎似的看着他问："要什么说法？"

"您早上搞那么大动静，个个以为我韩朝阳有问题，您不给我一个说法，不帮我恢复名誉，我以后怎么在所里干，怎么在社区混！"

"怎么在社区混，你是混子？"

"邹科长，我不是这个意思，我是说这事确实对我个人名誉造成了恶劣影响。"

纪委和督察干什么的，就是监督你们的。如果找你了解点情况，还要给你道歉，那纪委和督察以后的工作怎么开展，谁还会怕纪委和督察。自己在工作中不注意小节，被人家举报居然振振有词。邹竞男禁不住瞪了他一眼，冷冷地说："韩朝阳同志，你虽然不是党员，但你是公务员，既然是公务员就要接受监督，上级监督你怎么了，上级难道都不能找你了解情况？"

"可是，可是对我个人的恶劣影响已经造成了！"

"什么恶劣影响，都说了是了解情况。早点回去吧，别耽误工作，第一次摸这车，路上开慢点，注意安全。"

"邹科长，您不能这样，我更不能就这么回去。"

不依不饶了，邹竞男真是头一次遇到这样的事，紧盯他问："非要我给你一个说法？"

"不是我非要一个说法，而是您应该给我一个说法。"

"行，我给你一个说法——有则改之，无则加勉！"

有则改之无则加勉，这算什么说法？韩朝阳不是矫情，而是见过类似的事。

老家一个干部被纪委叫去了解情况，没查出他有问题也没给一个说法，结果回乡里之后个个以为他有问题，走到哪儿都被人指指点点，不光他自己，连他家里人都抬不起头。

韩朝阳不想走到哪儿都有人议论，暗想你们不给我说法，不给我恢复名誉，我自己给自己一个说法，自己给自己挽回影响。顾不上那么多了！他深吸了一口气，看着邹竞男很认真很严肃地说："邹科长，实不相瞒，就算您今天不去居委会找我，我一样要来分局找您汇报情况。事实上您和督察去找居委会找我时，我正在跟辅警许宏亮同志、协勤徐成山同志商量这件事。"

事挺多，邹竞男不耐烦地问："什么事，什么情况？"

"我们在工作中发现一条线索,我们花园街派出所可能出了内鬼……"

下午3点,黄莹坐在花园街道财政所办公室心神不宁,从早上听到消息到现在一直心不在焉。倒霉蛋果然很倒霉,居然被分局纪委和督察带走了,他一个正在试用期的小民警能有什么问题,十有八九是派出所的领导在收拾他。但收拾的方式有很多种,搬出纪委和督察未免太夸张,这可不是扔小鞋,这分明是拍板砖,是往死里拍的节奏。

想到纪委和督察调查是一件很严肃的事,黄莹又觉得不太可能是派出所领导干的。正百思不得其解,手机突然响了,是苏主任打来的。办公室里有一位很八卦的同事,在这儿接听不太方便,她拿起手机跑到院里的树荫下,摁下通话键问:"苏姐,是不是有消息?"

"很紧张啊!"

"不管怎么说也是朋友,朋友出事能不紧张,苏姐,都什么时候了,你还有心情开玩笑。"

苏主任抬头看看许宏亮和老徐,一边娴熟地转着笔,一边笑道:"杨书记说情况基本搞清楚了,他好像是在执法过程中得罪过人,被处理过的人心存不满,跑分局纪委举报他以权谋私收受贿赂。说得有鼻子有眼,纪委和督察当然要重视,所以把他带到分局了解了一上午情况。"

"有没有这事,他到底有没有收人钱?"

"刚才还说是朋友,怎么对朋友一点信心都没有?"

"这么说是诬告。"

"嗯。"

"没事了?"

"没事,应该很快就回来工作,以后还是我们社区治安巡逻队的大队长。"

黄莹终于松下口气,禁不住嘀咕道:"还真是打不死的小强!"

"听语气你好像挺失望。"

"我是看不惯他那嘚瑟的样,纪委应该多关他两天,省得他再得意

第七十三章 挽回影响

忘形。"

打是亲骂是爱,还说对小韩没感觉。苏主任越想越好笑,正准备调侃她几句,外面传来汽车引擎声,凑到窗边往下一看,立马道:"宏亮,老徐,你们所长来了,赶紧去隔壁躲躲。"

刘所来干什么?

许宏亮和老徐大吃一惊,不想被所长撞见,急忙起身跑出办公室。

刘建业很清楚杨书记对派出所依然不太满意,让来找居委会是在打太极拳,但为了接下来全面彻底清查辖区外来人口,回去接待完去所里检查工作的治安大队的人,想想还是硬着头皮来了。他一路小跑着上楼,敲敲虚开着的门:"苏主任,忙不忙?"

"哎呦,原来是刘所长,您可是贵客,请进请进,欢迎欢迎。"

"苏主任,我不渴,别这么客气。"

刘建业拦住正准备倒水的苏娴,放下包,坐到办公桌前一脸痛心地说:"苏主任,韩朝阳被分局纪委和督察带走的事你是知道的,虽然不知道到底因为什么,但作为所长我有很大责任,平时对他不够关心,管得不够严。"

原来你还不知道韩朝阳的"问题"已经搞清楚了!

苏娴反应过来,不动声色问:"刘所长,这么说小韩确实犯了错误,确实有问题?"

"不管他有没有问题,有一点不能回避,说到底还是我刘建业的责任,不应该让他这个正在试用期的新同志常驻社区,如果当时安排一个经验丰富的老同志来警务室,肯定不会发生这些事。"

"刘所长,您工作那么忙,亲自跑我们社区……"

"苏主任,我就不跟你绕圈子了,无事不登三宝殿,今天登门就是想谈谈你们社区义务治安巡逻队的事。韩朝阳被纪委和督察带走了,各项工作不能耽误,杨书记也认为应该重新任命一个大队长,我想先征求下你的意见。"

还"杨书记也认为",这桃子摘得未免太急了吧。别说现在已确认韩朝阳没问题,就算查实韩朝阳违法违纪,这个治安大队长也不可能任命你派出所的人。事实上就这一问题,她上午与蔡主任已达成共识,也给杨书记打电话汇报过,杨书记既没同意一样没反对。至于工作,反正你们派出所要安排民警常驻警务室,不管有什么行动拉着他参加就是,为什么一定要任命民警担任大队长,让驻警务室的民警按规定"指导"就可以了。

苏娴越想越好笑,禁不住问:"刘所长,如果你们分局纪委和督察确认韩朝阳同志没问题呢?"

"没问题也不适合再常驻社区。"

刘建业的语气不容置疑。

苏娴猛然意识到现在不是高兴的时候,县官不如现管,他是所长,怎么调配所里的民警他说了算。更何况韩朝阳确实是个新同志,不适合常驻警务室这个理由够充分,就算杨书记也不好干涉。

第七十四章　所里出事了

无风不起浪，如果韩朝阳能成熟一点，不借钱给那个女的，能有那么多事？说到底还是他自己不谨慎！怎么办？

苏娴实在想不出有什么办法能把韩朝阳留下，正不知道该怎么开口，刘建业手机响了，他歉意地笑了笑，掏出手机接听起电话，嘴上"嗯嗯嗯"，脸色渐渐变了，变得越来越怕人。

"苏主任，不好意思，所里出了点事，我先回去。"

"出什么事？"

参加工作这么多年，刘建业直到今天直到此刻终于真正明白什么叫"多事之秋"。他深吸口气，回头道："具体情况我也不是很清楚，不好意思，先走一步，刚才的事回头再谈。"

来也匆匆，去也匆匆，到底搞什么。苏娴被搞得一头雾水，一直把他送到楼下，一直目送警车开出居委会大院。正准备回办公室，刚转过身，就见许宏亮"噔噔噔"跑下楼，一脸兴高采烈。

"宏亮，刘所长说所里出事了，你知不知道什么事？"

"知道。"许宏亮回头看看紧跟下楼的老徐，掏出手机在她眼前晃了晃，咧着大嘴嘿嘿笑道，"朝阳反击了，早上教导员带纪委和督察来这儿抓他，他现在带纪委和督察回所里抓内鬼。局纪委郭书记亲自去的，刚逮着一个，纪委和督察正在审讯内鬼调看案卷、询问办案队的人。"

"内鬼？"

"林子大了什么鸟都有，出一两个害群之马不奇怪。"

"朝阳带纪委和督察去所里抓的？"苏主任追问道。

"好像是，这会儿所里可热闹了。"

苏主任反应过来，哭笑不得地问："这不是大闹天宫么，他这么搞以后怎么在所里混？"

"难道姑息养奸？"

"害群之马当然要抓，关键他为什么要掺和？就算知道什么情况，向上级汇报一下，然后有多远躲多远，为什么非要出这个风头？换作我是你们所领导，我一样不会喜欢他。"

"苏主任，您是不知道朝阳受过多少委屈。要是换作我，这口气憋不到今天。"许宏亮唯恐天下不乱，非常想回去看看热闹。老徐似笑非笑，一脸幸灾乐祸的表情。

正如他们所预料，花园街派出所此刻真的很"热闹"。

纪委和督察正在询问室审问防控队辅警葛宝华，领导葛宝华的民警老胡正在防控队办公室接受纪委和督察询问，在家的办案队民警全被责令放下手头上的工作，全在二楼几个办公室和三楼宿舍接受询问，随纪委和督察一起来的法制民警和刑警正在会议室调看案卷材料。

郭书记站在所长办公室里，紧盯着关远程和三个副所长问："说说吧，你们这些所领导到底是怎么干的？"

关远程从来没如此郁闷过，想到这些天发生的事，忍不住辩解道："郭书记，情况还没搞清楚，就算葛宝华有问题，也不代表所里民警有问题。"

"辅警出问题，你关远程和刘建业就不需要负领导责任？"

"郭书记，我不是这个意思。"

下午的调查跟上午不一样，是等邹竞男带队去凤凰村找到几个违法犯罪嫌疑人及嫌疑人亲属了解完情况，拿到证据，确认防控队辅警葛宝华涉嫌违法犯罪才来的。

出"内鬼"这个问题已经很严重了。整个凤凰村的人包括租住在村里的许多外来人员都知道犯了事只要花钱就能疏通，就能从花园街派出所把人捞出来，社会影响极为恶劣，严重危害分局乃至全市公安民警的形象。正在市局开会的郭局震怒，打电话指示彻查。

第七十四章 所里出事了

下面出这样的事,郭书记同样愤怒,指着他声色俱厉:"那是什么意思?就算查实民警没卷进来,光花园街派出所这段时间接二连三暴露出的一系列问题,就足以说明你们平时的工作存在多大问题!"

这个时候怎么能跟领导顶嘴,关远程意识到刚才没控制住情绪,急忙道:"郭书记您批评得是,我们平时光顾着业务,忽视队伍管理,我是教导员,应该负主要责任。"

那些治安案件和刑事案件大多是办案队办理的,社区队只是帮忙,平时与防控队辅警葛宝华也没什么交集。辅警和能干的民警全在接受询问,管稀元和韩朝阳则"顶起大梁",在一楼坐班。管稀元探头看看通往办案区的防盗门,捧着电话记录簿不动声色地说:"就知道你不可能有问题,就知道你不会有事。"

"谢谢。"

"这有什么好谢的,不过今天这事你干得有点……有点张扬,有点嚣张。"

越级汇报,带着纪委、督察和刑警回来把所里搞得风声鹤唳、人心惶惶,想想是有点张扬嚣张。可这是没办法的办法,如果不转移话题、不转移矛盾,个个会以为我韩朝阳真有问题,以后怎么抬头怎么见人,不过这些话只能放在心里。"什么张扬嚣张,这跟我又有什么关系?"韩朝阳一脸无辜。

管稀元哪里会相信,俯身道:"纪委督察上午找你,下午就来查内鬼,要说跟你没关系谁会相信?可笑老胡上午还落井下石,以为你韩朝阳完蛋了,结果高兴太早,下午麻烦就来了。"

一直感觉老胡人不错,没想到他居然也会落井下石,这也说明自己在所里的人缘确实不怎么样。虽说"内鬼"肯定是要抓的,但搞成现在这样韩朝阳心里也不好受,轻叹道:"希望他没卷进去。"

"他是葛宝华的直接领导,就算没卷进去一样要负领导责任。"

管稀元抬头看看办案区方向,又神神叨叨地说:"葛宝华算什么,他凭什么捞人,他有什么权力放人?葛宝华背后肯定有人,不是老胡就是别人,纪委和督察早把那个人揪出来早好,不然我们这些民警个个有嫌疑,以后谁的日子都不会好过。"

317

第七十五章　紧急任务

刘所回来了，冲进大厅打开防盗门就往楼上跑，没注意也顾不上看值班室。防盗门"哐当"一声关上，韩朝阳稍稍松下口气。

尽管刚才坐得笔直，看似坦坦荡荡，其实感觉像犯过多大错似的真有那么点心虚。事实上害怕的不只是他，管稀元一样忐忑不安。

他下意识抬起头，低声问："朝阳，葛宝华背后的那个人到底是谁，千万别说你不知道。"

"我真不知道！"

"不知道，不知道纪委和督察为什么找你了解情况。"

"可能因为我是今年刚分来的。"

"这话什么意思？新来的，没那些乱七八糟的关系，没跟我们这些干了几年的同流合污？"

"你怎么会这么想。"

"你不就这个意思么，"管稀元想了想，接着道，"不对！今年分来的又不光你，纪委和督察为什么不找吴伟，为什么偏偏找你？说这事跟你没关系连鬼都不会信，我管稀元能想到别人一样能想到。把计庆云扭送分局的事还没完呢，你小子又搞这一出，这不是把所有人往死里得罪吗？"

想想好像是这么回事，可不这么干以后的日子会更难过。韩朝阳深吸口气，暗暗劝慰自己在所里的处境已经够糟糕了，再糟糕又能糟糕到哪儿去？得罪一次是得罪，得罪两次一样是得罪，债多不愁，将来慢慢还就是了。当然，这些话一样只能放在心里。正琢磨将来怎么才能跟战友同事们搞好关系，手机响了，527厂老厂长打来的。

第七十五章　紧急任务

今晚哪有时间和心情去沿河公园陪他们玩，韩朝阳真不愿意接这个电话，但又不想让之前所做的努力前功尽弃，还是摁下通话键把手机举到耳边："王厂长，我在所里值班，晚上可能回不去……"

"值班啊，值班好，小韩，我不是找你玩的，是有正事。"

"什么事？"

老厂长用带着几分激动、几分兴奋的语气献宝似的说："赵杰那小子又去开房了！鹏程酒店 2017 房间，进去两个女的，十四个男的，连他一共十七个，老古看得清清楚楚，多一个少一个我负责。"

警情就是命令，但这个警情来得太不是时候。所领导在楼上挨训，内勤陈秀娟和办案队民警正在接受纪委和督察询问，防控队民警和辅警要么在接受询问，要么被责令待在办公室或宿舍不许出门，师傅和老丁他们刚出警，所里现在能出警的就剩下值班室这两个人。

韩朝阳愣了一下，起身道："谢谢王厂长，我这就向上级汇报。您老再帮个忙，请古大伯帮我盯住他们，有什么动静及时给我电话。"

"放一百个心，老古是党员是劳模，绝对可以信任。"

"谢谢您老，我们马上到。"

"等等。"

"您老还有什么要交代的？"

"小韩，有句话要跟你说在前面，你跟你们领导也要说清楚。赵家老二带那么多人去开房，前台的小丫头管他们要过身份证，他说是开个房间跟朋友们谈事，谈完就走，不在酒店过夜，还给了几张身份证让登记，这事不能怪酒店，你们别到时候连老古家儿子一起罚。"

"怎么可能连他一起罚，群众提供线索，我们表扬还来不及呢。"

"表扬就算了，这事就我、你和老古知道，别跟别人说。"

管稀元听得清清楚楚，韩朝阳一挂断手机，便指着防盗门说："朝阳，兵贵神速，我去找车钥匙，你去汇报。"

"我去汇报，拜托，那是你辖区！"

所领导这会儿全在挨训，或许正在"过堂"，管稀元可不敢上楼，一边收拾单警装备,一边急切地说"都什么时候了,我汇报你汇报有什么区别,快点,别浪费时间。"

"我们走了谁来值班?"

"你先去汇报,领导知道了肯定会安排。"

管稀元跑得比兔子都快,话刚说完就跑出值班室。

韩朝阳没办法,只能硬着头皮打开防盗门,一口气跑上楼,站在教导员办公室门口一连做了几个深呼吸,调整好状态这才大声喊道:"报告!"

里面没动静,再喊一声,隔壁会议室门开了。

"什么事?"郭书记阴沉着脸走出会议室。

由于角度的关系,只能看见许所和顾所,二人坐在会议桌前,神色凝重。

韩朝阳不敢再偷看,定定心神,立正敬礼:"报告郭书记,刚接到群众举报,我辖区一个重点人口刚带着两个女的和十几个男的在鹏程快捷酒店开了一间房,具体在房间里做什么不太清楚,但肯定不会有好事。"

两个女的,十几个男的,不是聚赌就是聚众吸毒。

郭书记反应过来,不假思索地说:"既然有线索就去查,愣着干什么。"

"我去?"

"杀人嫌犯你都抓了,这点小事解决不了?"

"郭书记,我……我不是那个意思,我是说光我和管稀元两个民警可能不够,他们十几个人,万一跑掉几个怎么办。而且我和管稀元如果全去,楼下值班室就没人了。"

"内鬼"的问题没查清楚之前,上了纪委和督察名单的人一个不能走。

郭书记权衡了一番,冷冷地说:"韩朝阳同志,你不是朝阳社区义务治安巡逻队的大队长吗,有几十个巡逻队员,怎么会人手不够?你们先去,楼下我安排人值班。"

"是!"韩朝阳一刻不敢久留,又一口气跑到楼下。

管稀元已找到车钥匙,正坐在110警车驾驶室里朝楼梯张望。

"走,郭书记让我们去。"

"值班室呢?"

第七十五章　紧急任务

"郭书记说会安排人值班。"韩朝阳系好安全带,掏出手机立即拨通老金电话,"金经理,我韩朝阳,有紧急任务,通知不需要执勤的队员佩戴齐装备在会议室待命,我马上到社区,我一到就出发。"

"什么任务?"老金下意识问。

"电话里说不清楚,见面再说。"

"好的,我立即通知。"

"王厂长,我小韩,酒店那边情况怎么样?"

"我刚给老古打过电话,他说里面没什么动静,不吵不闹,不像在聚赌。"

"只要他们在里面就行,您老帮我再跟老古说一声,不要继续听墙根了,以免打草惊蛇。"

"好的好的,我给他打电话,你也要搞快点。"

在分局领导面前露脸的机会可不多,管稀元既激动又有那么点失落,暗想刚才应该上楼汇报的。

不过这个念头只是一闪而过,想到所领导此刻的处境,他扶着方向盘问:"朝阳,在楼上有没有看到刘所和教导员?"

"没有。"

"不在教导员办公室?"

"全在会议室,"韩朝阳挠挠脖子,很不是滋味儿地说,"我就偷看了一眼,就看见许所和顾所,好像在写检查,郭书记看着他们写。"

"写检查!"

"也可能是在写材料。"

所领导全在写检查,搞不好这只是刚刚开始,管稀元回头看了他一眼:"朝阳,听哥一句劝,找找童书记,赶紧调走吧。"

童书记,我是认识人家,不过人家现在不一定记得我。真要是能跟区委副书记说上话,真要是有办法调走能等到今天?韩朝阳不知道该怎么解释,想想干脆来了句:"我为什么要调走,小社区大社会,小民警大作为,我还要扎根基层干一番事业呢。"

第七十六章　艺术家

烦心事归烦心事，工作是工作，不能因为烦心事影响工作。

二人驱车赶到居委会，只见这些天一直穿"特勤"制服的老金正站在门厅里跟苏主任说话，已经接到命令的许宏亮和老徐正站在巡逻车前跟李晓斌、顾长生和吴俊峰交代着什么。

正准备打招呼，苏主任就气呼呼地问："朝阳，你知道你在干什么，你到底想干什么？"

许宏亮肯定全告诉她了，韩朝阳岂能不知道她想问什么，一边示意老金让队员们出来集合，一边苦着脸说："苏主任，对不起，我现在有紧急任务，上午和中午的事回头再跟您解释。"

"什么任务？"

"查一家酒店，具体查什么我也说不清楚，现在只有一条线索。"

听老金说他要调动巡逻队，苏娴真担心他是不是又发什么神经，又要搞什么事，特意守在门厅等他，打算问个清楚。毕竟巡逻队是社区居委会的，如果搞出什么事就是居委会的责任。不过看到不是他一个人回来的，花园街派出所姓管的民警也来了，还是开着110警车回来的，苏娴让开身体："好吧，你先忙，忙完早点回来，我要跟你好好谈谈。"

"谢谢苏主任关心。"

人家是真关心，韩朝阳这一声谢谢发自肺腑。

不过现在不是感慨的时候，等队员们在公务车、执法车和电动巡逻车前整好队，韩朝阳走到众人面前，异常严肃地说："同志们，接下来要请大家协助管警官突击检查一家酒店，确切地说是查一个房间里的十七名可疑人员。由于情报有限,我们只掌握人数,只知道其中一名可疑人员的身份,知道十七人中有两名女子。换句话说,他们到底是不是在房间里从事违法犯罪活动,到底有没有武器,到底有没有危险,现在一无所知。也正因为如此,请大家在行动时一定要服从命令听指挥,一定要注意自身安全。"

"是!"大队长不仅平安无事,而且一回来就有大行动,包括陈洁在内的三十四名队员士气高昂,一个个喜形于色。

"我先布置下任务,一班和二班随管警官及我上楼检查;三班分为两个小组,第一组由老徐带队,在楼下维持秩序;第二组由吴班长带队,从停车场进入后院,防止有人跳窗潜逃。"

"是!"

"上车,出发。"

随着韩朝阳一声令下,队员们不约而同开门上车。

包括许宏亮和老金在内三十七八个人,一辆警车、一辆桑塔纳公务车、一辆皮卡和三辆电动巡逻车坐不下,何况有那么多装备,能挤的拼命往车上挤,实在挤不下干脆爬上皮卡车厢,老徐干脆开所里原来配给韩朝阳的警用电动车,还带了一个队员。

有这么多人什么事办不成?

何况人家左一个"协助管警官"右一个"协助管警官",态度非常之明确,这是"管警官"的行动,不管他韩朝阳还是朝阳社区义务治安巡逻队全是协助。

管稀元不无感激地看了韩朝阳一眼,钻进驾驶室便猛打方向盘倒车,一马当先,在前面开道。尽管这支车队什么车都有,但阵容和气势一样强大,浩浩荡荡,有模有样。

"古大伯,我小韩,我们马上到,您那应该有备用的房卡吧?"

"有,我早准备好了,只要里面没挂链子,一刷就能开。"

如果赵杰等人确实在里面从事违法犯罪活动,很可能把链锁挂了。万一他们在聚众吸毒,想争取时间销毁证据,愣是不开门那只能把门撞开,到时候就要赔偿人家的门。

但现在顾不上那么多了，韩朝阳举着手机看看管稀元，若无其事地说："谢谢古大伯，您把房卡放吧台上就行，我们到了之后拿房卡直接上楼，您老不要露面，我们也不会跟他们提您老，反正这事跟您老没关系。"

"行，这样最好。"

老古挂断手机从杂物间走到前台，跟服务员耳语了几句，准备好房卡刚走到门前准备开电动车出去转转，派出所的"车队"浩浩荡荡开到了酒店门口。

韩朝阳推门下车，根本顾不上也不方便和老古打招呼，径直冲进酒店大堂，从看上去有些紧张的服务员手里接过房卡，同管稀元一起率领紧随而至的队员们冲上楼梯，直奔二楼。

之前"侦查"过，地形很熟悉。从下车到一口气跑到2017房间门口，前后用了不到半分钟。运气不错，没遇到出门或回房间的客人，走廊里又铺着厚厚的地毯，二十多人冲上楼居然没搞出多大动静，屏住呼吸听听，房间似乎也没什么动静。

韩朝阳回头看了一眼，确认队员们全跟上了。

或许这门的隔音效果好，管稀元把耳朵贴门上一样没听出什么，干脆不听了，冲韩朝阳微微点点头，旋即举起右手，做了个随时准备往里冲的手势。

"滴答"一声，门锁上的指示灯亮了一下。

韩朝阳放下房卡，管稀元猛地一摁门把，厚重的实木门居然一把推开了！

这是一个豪华大床房，只见里面全是人，全围在大床边，由于门口是洗手间和衣柜，只看见他们的背影，不知道他们在干什么。

管稀元愣了一下，里面的人反应过来，纷纷回头看，紧接着是一声惊叫，女人的惊叫。

"派出所查房，站在原地不许动！"

韩朝阳不敢耽误，立马走进房间，将一个神色慌张的中年男子往边上一推，眼前的一切让他懵了。

第七十六章 艺术家

两个二十岁左右、身材不错、脸蛋也挺漂亮的女人，一丝不挂地盘坐在大床上，双手抱着胸，双腿并得紧紧的，耷拉着脑袋吓得瑟瑟发抖。十几个衣冠楚楚，神色却一个比一个慌张的男子居然一人捧着一相机，而且是很专业的那种长焦镜头的单反相机。大床正对面，甚至支装着很专业的支架、摄影灯和柔光箱，看上去是在搞传说中的人体摄影。

"我们是派出所的，干什么，说你呢，把相机放下！"

"赵杰，往哪儿躲，给我过来！"

"你们两个，把衣服穿上。"这算不算违法犯罪，管稀元也不是很清楚，但来都来了，不能就这么回去，同韩朝阳一起呵斥起来。

"警察同志，你们这是干什么，我们是在搞摄影，这是艺术！"赵杰挤到二人面前，振振有词。

人体摄影确实是摄影众多表现形式的一种，但到底是艺术还是色情一直争议不断。

有人拍，有人愿意被拍，有的上传到网上，有的甚至制作成画册出版发行，一直徘徊在艺术与色情之间的灰色地带，缺乏规范，好像没听说过有人因为这个涉嫌违法。但有一点可以肯定，眼前这个脖子里挂着大金链子，胳膊上文着龙的大光头，不是什么艺术家，而是一个正在接受社区矫正的假释犯。

托朝阳群众盯他这么长时间，为了他甚至劳师动众，韩朝阳不想就这么鸣金收兵，冷冷地说："嚷嚷什么，到底是不是艺术，我们会搞清楚，有你说话的时候。"

"身份证，把身份证全拿出来。"管稀元同样不想就这么收队，取出巡逻盘查终端，开始查验起身份证。

两个女的连内衣都顾不上穿，手忙脚乱地先把上衣和裙子套上。

陈洁回头瞪了几个总往这儿偷看的男队员一眼，指着地板上的两个包问："这是你们的吗，赶紧拿身份证，动作快点。"

查身份证能查出什么，韩朝阳转身看看魂不守舍的"艺术家"们，侧头道："宏亮，去楼下找 20 个方便袋，再找一支水笔。"

找方便袋干什么？

许宏亮糊涂了，但还是毫不犹豫跑了出去。

"都看清楚了，也给我听清楚，我是花园街派出所民警韩朝阳，这位是花园街派出所民警管稀元，我们怀疑你们在这儿从事违法犯罪活动，请你们跟我们回去协助调查。积极配合公安机关办案是每个公民的义务，请你们不要妨碍公务。"

"韩警官，你们也看见了，我们真是在摄影，没违法犯罪！"

"公安同志，哪条法律不许拍摄人体的，我们就是拍一下，又没传播，再说这真是艺术，你们到底懂不懂？"

"我不懂有人懂，到底是不是艺术会搞清楚的，现在请你们积极配合。"

韩朝阳指着一个正准备删照片的年轻"艺术家"厉喝道："干什么，别试图销毁证据！全部靠墙，给我站好，把相机和手机全放到脚下，放到自己面前，谁的就是谁的，不许搞乱。"

原来让许宏亮下去找方便袋是装相机和手机的，管稀元反应过来，立马抬起胳膊："有没有听清楚，动作快点。"

第七十七章　精明强干

"艺术家"们的摄影器材价格昂贵，如果弄坏或弄丢将来会很麻烦。

韩朝阳先让巡逻队员盯着他们把相机和镜头装进摄影包，再把摄影包和手机装进许宏亮找来的方便袋，让他们自己用水笔在方便袋上写上各自的名字。几个执法记录仪同时开着，全程摄像，确保将来不会因为财物问题被反咬一口。想想真有点心酸，一个执法人员要时时刻刻防止"执法碰瓷"。一旦被牵扯上什么事或遇到胡搅蛮缠的，有视频才有真相！如果平时不注意保护自己，那就等着流血流汗又流泪吧。总之，江家姐妹"举报"的事给韩朝阳上了一课。

等所有方便袋全部扎好，又让人找来一个看上去比较结实的大纸箱，当着"艺术家"们的面把方便袋放进纸箱，再像打包快递包裹一样用塑料胶带封箱，缠了一道又一道，把所有接缝贴得严严实实。

"宏亮，晓斌，把箱子抬上车，小心点，千万别磕着碰着。"

"韩大放心，出了问题我负责。"

"这里面价值几十万，你负责，你负得起这个责吗？小心轻放，别不当回事。"

韩朝阳负责收集和固定证据，忙得不亦乐乎。管稀元负责人，大纸箱刚抬出房间，便转身道："你们的身份证全在我这儿，相机手机也在我这儿，去所里把事情说清楚就可以拿身份证和相机手机回家。我们的车坐不下，楼下正在叫出租车，跟我们的队员走，依次下楼，三个人一辆车，我们的队员坐副驾驶，你们坐后排，路上不许交头接耳。"

"管警官，你不懂艺术总该懂法吧，美院一样画人体拍人体，为什么不去美院抓？"

"你们这是知法犯法！"

"手机还给我，我要打电话。"

"让你们去一趟派出所就是知法犯法了？"

"知不知道我是谁，一个小警察有什么了不起的，我们走着瞧！"

一个三十来岁、戴着眼镜的"艺术家"情绪激动，竟掏出一张印刷精美的名片，韩朝阳凑过来一看，果然有点来头，原来是一家什么科技公司的CEO。他们在这儿搞人体摄影到底涉不涉嫌违法暂时无法判定，但一看这些参与的人就知道都不简单，至少都比较有钱。搞不好就会被他们投诉，管稀元心里直打鼓，禁不住回头看了韩朝阳一眼。

"嚷嚷什么，CEO怎么了，CEO一样要积极配合公安机关办案！"

韩朝阳虽然心里一样没底，但总觉得这事公安应该管，刚才看过一部相机里的照片，里面有几十张两个女模特的私处特写，这算什么艺术？何况组织这场私拍的是一个前科累累的假释犯，并且两个女模特一看就不专业，很难说有没有介绍卖淫、卖淫及嫖娼等违法行为。必须当机立断，不能拖泥带水，更不能被他们唬住。

韩朝阳深吸口气，抬起胳膊指着门外："投诉也好，起诉也罢，那是你们的权利，但现在必须积极配合，走吧，再不走就是妨碍公务。"

"你算什么警察，警官证呢？"

"我是花园街派出所见习民警韩朝阳，这是我的工作证。"

原来是见习的，赵杰一下子有了底气，探头喊道："你又不是正式警察，连警官证都没有，凭什么抓人？"

"赵杰，给我老实点！"对假释犯管稀元可没么客气，厉喝一声再次亮出证件，"韩警官没有我有。"

"长生，带他们下楼。"

"是！"

一个假释人员竟然敢在这儿叫嚣，韩朝阳火了，立马掏出手铐。

队员们没那么多顾忌，见大队长火了，不再束手束脚，攥住身边"艺术家"的胳膊就往外走,陈洁负责两个女模特,就这么把他们带下楼,塞进老金等人叫好的出租车。

电动巡逻车在前面开道,110警车殿后,总算把他们带到了派出所。

门厅前停着两辆警车,一看便知道又有局领导来了,回来的路上跟管稀元商量过,正准备按计划把"艺术家"们和为艺术献身的女模特先关进羁押室,内勤陈秀娟、户籍内勤吴亚飞和户籍窗口的女辅警迎了出来。

"稀元,怎么回事?"

"一时半会儿说不清楚,有两个女的,你们在正好,先帮我看住她们。"

"行。"陈秀娟应了一声,同两个女辅警一起从陈洁手里接管两个模特。

吴亚飞也很默契地开始帮忙,让李晓斌等巡逻队员押着"艺术家"们跟他走,把人全关进羁押室又让许宏亮和老徐守着,直到打发走巡逻队的人才回到值班室。

他们始终没正眼看一下,韩朝阳早有心理准备,站在门边指指大纸箱:"老管,接下来没我什么事了吧,你的案子,你看着移交还是怎么办,工作组那边一大堆事,我上去问问领导能不能先回警务室。"

"别!"

"还有事?"

"人是我们一起带回来的,你不能就这么走。"不知道该怎么处理,现在又不能跟以前一样直接移交给办案队,管稀元真没了主意,不仅喊住韩朝阳,又回头问,"秀娟,你是法制员,你觉得这事和这些人该怎么处理?"

这个法制员陈秀娟本来就是兼的,对韩朝阳本来就是一肚子气,哪会给什么好脸色。她下意识瞄了韩朝阳一眼,气呼呼地说:"没法律依据,怎么处理?你们想立功想疯了,什么事都敢管,什么人都敢往所里带。请神容易送神难,你们自己想办法收场吧。"

"什么叫想立功想疯了,知道你有气,干嘛往我身上撒。"

"我是就事论事。"陈秀娟冷哼一声,甩门而去。

管稀元被搞得一肚子郁闷，嘟囔道："不管就算了，你不管我找能管的人管。"这种事怎么管，吴亚飞轻叹口气，转身走进户籍办公室。

管稀元拿起剪刀，打算拆开纸箱看看，想想抬起头："朝阳，要不你再上楼汇报一下，顺便看看办案队有没有人。"

办案队肯定有人，问题是现在能见到他们吗？至于汇报，更让人头疼。

所领导现在什么都顾不上，上去只能向局领导汇报，哪怕汇报的是很急很重要的工作，在所领导看来都是越级汇报。

韩朝阳不想跟陈秀娟一样袖手旁观，微微点点头，正鼓起勇气准备上楼，办案区传来一阵急促的脚步声。抬头一看，防盗门从里面被打开了，三个刑警押着葛宝华走出大厅，纪委和督察的人紧随其后，就这么经过门厅把铐着双手的葛宝华押上车，能想象到下一站是医院，再下一站是看守所。

押送"内鬼"的警车刚驶出院子，领导们下来了。杜局也在！韩朝阳和管稀元吓一大跳，急忙立正敬礼。

本以为两位局领导会擦肩而过，没想到杜局突然停住脚步，转身看看灰头土脸的刘所和教导员等所领导，目光又转移到韩朝阳身上："小韩，刚才出警了？"

"是！"

"听郭书记说是去捣毁一个窝点，刚才在楼上见你们带回十几个嫌疑人，到底是聚赌还是聚众吸毒？"

"报告杜局，既不是聚众赌博也不是聚众吸毒，是一个正在接受社区矫正的假释犯组织的私拍，说是人体艺术摄影，但拍的那些照片真不堪入目，有许多女模特的私处特写。而且那些参与的人也不是什么摄影家，干什么职业的都有。"

杜局同样第一次遇到，不无好奇地问："人和证据全带回来了？"

"带回来了，他们的相机和手机全在箱子里，我们还没来得及看，也没来得及询问嫌疑人。"

"建业同志，让办案民警好好看看，好好询问嫌疑人，看完之后好好

第七十七章 精明强干

研究。这虽然算不上什么大案,但在全市乃至全省可能尚属首例,我帮你们跟法制科打个招呼,让他们认真研究法律法规,看能不能办出一个经典案例。"

"是!"刘建业愣了一下,急忙应了一声是。

本以为会没法儿收场,没想到局领导会让刘所当作大案查。有人接盘,韩朝阳终于松下口气,管稀元更是欣喜若狂。陈秀娟很想提醒所长这个"案子"很麻烦,搞不好会被人投诉甚至起诉,但当着局领导面,并且局领导又明确表了态,只能站在韩朝阳二人后面干着急。

内鬼的问题基本查清楚了,花园街派出所领导班子存在的问题需要局党委研究。杜局不想再批评,不想影响士气进而影响到工作,走到门厅前又回头道:"建业同志,那个传销窝点要尽快端掉,但打击传销不是我们公安一家的事,赶紧向街道汇报,请街道工委组织协调工商和民政参与。"

"我这就给杨书记打电话,向杨书记汇报。"

"小韩同志,你的巡逻队要发挥作用,不只是打击传销,清查其他社区和行政村的外来人口也一样。"

"是。"

所里的气氛比较压抑,民警们的士气不高。

杜局想想又拍拍韩朝阳胳膊,半开起玩笑:"我刚才在楼上全看见了,巡逻队搞得不错,但你这个大队长不够称职,不是工作不称职,而是没气势。队员们称呼你'韩大',你这个'韩大'就要有大队长的样子。你这个大队长干好了,我们脸上也有光。"

花园街派出所不能因此一蹶不振,郭书记当然知道杜局的良苦用心,也一反常态地露出笑容,笑看着众人说:"我们分局的一个见习民警能担任拥有几十号人、好几辆车的巡逻队的大队长,这说明什么问题,这说明我们公安有战斗力,我们公安干警个个精明强干。"

"所以小韩你一定要好好干,干好这个大队长,替花园街派出所乃至全分局争光。"

第七十八章　绝地求生

深夜 11 点，朝阳社区居委会二楼左侧办公室仍亮着灯。

上级要求大干 500 天，在编的街道干部几乎天天要加班，这段时间苏娴就昨晚回过一次家，今晚跟往常一样住在单位。唯一不同的是搞好明天要上报的材料后并没有洗澡休息，而是在办公室里同黄莹一起吃夜宵。

"上当了，难吃得要命，还那么贵。"

"我吃着还行，比工作组的盒饭强多了。"苏娴吃完最后一口菜，放下筷子好奇地问，"今晚电影怎么样，好不好看？"

黄莹甩甩秀发，拿起手机说："烂片，看十分钟就睡着了，不然我能有这么精神。"

"其实我觉得吧，电影好不好看不重要，重要的是一起看电影的人。不是姐说你，眼光不能那么高，差不多就行了，总这么挑来挑去，不知不觉就挑成老姑娘了。"

"又来了，能不能换个话题。"

"换什么话题，谈工作？"苏娴忍俊不禁地问。

黄莹噗嗤一笑："千万别，提起工作我就头疼。"

跟眼前这位认识这么久，一起出去逛过街，一起出去吃过饭，甚至一起出去旅过游，但她从来没送过夜宵。作为一个过来人，苏娴岂能不知道她的来意。

拉开窗户朝楼下看了看，故作不快地说："这个韩朝阳，有本事别回来，回来一定要跟他好好算算账。拉我社区的人去干他们派出所的事，真把自个儿当大队长。"

第七十八章 绝地求生

黄莹果然上当，禁不住问："苏姐，他去干吗了？"

"下午带巡逻队去查酒店，人是抓了不少，既不是聚赌也不是聚众吸毒，是一帮好色之徒在酒店房间里搞什么人体摄影。听老金说那两个女的挺好看，脱得一丝不挂，摆各种姿势，甚至张开双腿让人拍，你说她们干什么不好，非要干这个。"

"我去，这么说倒霉蛋大饱眼福！"

"不光他，进去的全看见了。"

苏娴冷哼了一声，接着道："巡逻队帮他把那些人送到派出所，回来刚吃完晚饭，他又跑回来拉人去端什么传销窝点。白用我社区的人，白用我社区的车，白用我社区的油，你说我要不要跟他算这个账。"

"派出所不给钱？"

"你说呢。"

"这么下去是不行，巡逻队就是保安公司，保安公司要独立核算，要自负盈亏的。协助街道工作是应该的，协助派出所算什么。"

"所以下不为例，吃饭时我跟老金交代过，以后我不点头，他别想从我这儿调人。"

黄莹乐了，咻咻笑道："这么说他这个大队长有名无实。"

"本来就是义务的，"苏娴也忍不住笑了，边笑边说道，"其实你应该想到的，街道为什么不任命别人当这个大队长，偏偏任命他这个还在试用期的倒霉蛋，原因很简单，就因为他听话。"

从来没见过如此倒霉的人，从来没遇到过这么搞笑的事。黄莹笑得花枝乱颤，刹那间风情万种。韩朝阳那小子虽然工作不是很好，家境也很一般，但长得一表人才，为人也不错。苏娴真想撮合他们俩，想想又感叹道："听许宏亮那么一说，下午的事他确实是没办法的办法。纪委做事有时候真有那么点矫枉过正，见风就是雨，不管三七二十一就约谈，就找你了解情况，谈完了解完又不给个说法，如果他不转移话题转移视线，以后真抬不起头，在派出所的日子会更难过。"

"现在就好过？"

"至少刘建业和关远程不敢再针对他,听许宏亮说他们分局领导当着刘建业、关远程和所里好多民警的面明确表过态,让他当好我们社区义务治安巡逻队的大队长。当这个大队长肯定要常驻警务室,只要不犯错误,刘建业和关远程别想把他调走,可以说带纪委和督察回派出所抓内鬼也算绝地求生。"

黄莹托着下巴沉吟道:"天高皇帝远是好,关键这么一来只会更孤立。"

"对别人来说这不是什么好事,但对倒霉成他这样的人而言这是最好的结果。慢慢熬吧,反正他年轻,还在试用期,现在的派出所跟以前又不一样,不光所领导经常调动,民警一样调来调去,不会让一个人在一个单位干十年八年,等那些人全调走他的日子就好过了。"

正聊着,楼下传来汽车引擎声。

大部队回来了,公务车、执法车、巡逻车和一辆公安涂装的面包车浩浩荡荡开进院子。

黄莹情不自禁趴在窗台上往下看,只见韩朝阳推门跳下警车,跟几个班长交代了几句,打发队员们回宿舍洗澡休息,这才解开武装带往楼里走。

"他居然都不抬下头,苏姐,他连你都不放在眼里。"黄莹噘着小嘴嘀咕道。

"是吗?"

"我骗你干吗!"

等一个晚上,结果那小子根本没抬头看,这死丫头当然会生气。苏娴越来越好笑,关上窗户道:"不把我放在眼里倒不至于,我觉得他是累了,今天发生多少事,不光身体累心也累。再说就算知道楼上亮着灯,他一个男的也不能大半夜跑来敲我门。"

"我车就停在院子里,紧挨着他开回来的破面包。"

"可能没注意。"

"没注意,亏姑奶奶还替他担心一上午。"

"要不给他打个电话?"

"别,千万别,跟这种没心没肺的人没什么好说的,明天还要上班呢,我该回去了。"

苏娴很想挽留，想给二人制造机会，但现在确实太晚，她明天确实要上班，并且觉得韩朝阳此刻应该很累，干脆起身道："你是该回去了，走，我送送。"

正如苏娴所说，折腾了一天，韩朝阳确实身心俱疲。

忙得一身臭汗，连澡都顾不上洗，打开空调，往床上一躺，就迷迷糊糊睡着了。

再次睁开双眼已是第二天上午 7 点多，并且是被外面的敲门声吵醒的，强撑着爬起来打开防盗门，只见苏娴站在门口，一看见他就下意识举手捂住鼻子。

"苏主任，早。"

"你昨晚没洗澡？"

韩朝阳低头看看身上的警服，再回头看看床，一脸不好意思地说："好像没有，好像一躺下就睡着了。"

累死累活领导还不喜欢，真是一个倒霉蛋。

苏娴暗叹口气，捂住鼻子说："先去洗漱吧，洗个澡换身干净衣服赶紧吃饭，吃完去我办公室，有几件事要跟你谈谈。"

第七十九章　架空

"朝阳，坐，那边有杯子，自己动手，先喝口水，我马上好。"

"没事，您先忙。"

主任办公室与楼下的社区民警办公室一样，一张办公桌、两把椅子、一个长椅、一个文件柜和一张钢丝床。其实以前这也是党支部书记办公室，原来有两张办公桌，现在苏主任党支部书记和社区主任一肩挑，她又是一个女同志，考虑到加班时晚上要住单位，就把另一张办公桌撤了。

考上公务员与没考之前的想法是完全不同的，韩朝阳上大学时从未想过入党，连学生会的活动都没参加过，但现在真想入党，感觉没入党在单位像是没地位。他摘下帽子，坐到办公桌前，不无羡慕地看向苏娴别在胸前的党徽。想到大夏天人家穿得比较少，又急忙低下头。

苏娴忙着填一份表，没注意到他的目光，认认真真填完又仔仔细细检查一遍，确认没问题才放到一边，才抬起头来好奇地问："朝阳，你们所的内鬼怎么回事，问题都查清楚了？"

"人已经关进看守所，他家人已接到通知，这不是什么秘密。"

韩朝阳放下纸杯，抬头道："抓到了，是防控队的辅警葛宝华，他不光利用职务之便给辖区内的歌厅、洗浴、网吧等场所老板通风报信，还以权谋私收受违法犯罪嫌疑人及嫌疑人亲属的贿赂，甚至利用一切机会索贿，累计金额超过10万，没三五年估计出不来。"

"他不是帮着从你们所里捞过人吗？"

"是，也不是。"韩朝阳当然知道她真正想问的是什么，解释道，"他就是一个骗子，在所里干这么长时间，懂一点法，知道我们的办案程序，于是利用职务之便招摇撞骗，跟嫌疑人和嫌疑人亲属说他能疏通关系。其实他根本没疏通，收了钱之后什么都没干。"

"可我听宏亮说他确实捞出过好几个人。"

"那些人能出去跟他没任何关系，比如盗窃，追不追究刑事责任是要看案值的。大部分赃物需要做物价鉴定，即使失主刚买的东西，发票也在，但法制科一样会要求做物价鉴定，因为上个星期刚买的东西这个星期就可能贬值，需要物价部门出具具有法律效率的证明。各地对案值的标准都不一样，好像是检察院规定的。在我们燕阳，盗窃现金达到1200元，财物合计达到1500元就可以追究刑事责任，可以被刑事拘留，会被检察院逮捕、起诉。如果达不到这个标准，一般是治安处罚，行政拘留3至15天。"

苏娴反应过来，啼笑皆非地问："他懂这些，那些小偷不懂，以为没被拘留、没坐牢是钱起了作用，是因为他帮过忙？"

"差不多。"韩朝阳点点头，补充道，"还有一些要移诉的，考虑到嫌疑人危险性不大，不太可能畏罪潜逃，申请刑拘又比较困难，一般会让他们办理取保候审，而这样的嫌疑人法院也一般判缓刑。一天牢不用坐，那些人以为他帮了忙，钱给得心甘情愿。"

"就这么简单？"

"已经查实了，就这么简单，跟所里民警没关系。也不能说完全没关系，毕竟没管理好，让他钻了这个空子，造成了恶劣影响，领导他的防控队民警老胡、分管防控队的顾副所长，包括刘所和教导员好像都要负领导责任。"

"虽然一样要负领导责任，但总比查出有民警卷进来好。"

"这倒是，如果查出有民警知法犯法，那这个影响就更恶劣了。"

苏娴微微一笑又问道："昨晚那个传销窝点呢？"

"端掉了，端掉两个窝点，查获传销人员34名，他们既骗人也被骗了，一个个穷得叮当响，连饭都快吃不上，又够不上拘留，只能开导教育，现在全在救助站，由民政局统一安排他们回家。"

上级对传销也很重视，苏娴沉吟道："我们社区不能有，以后你们多留点心。"

"苏主任放心,我们会留意的。"

"扯远了,说正事。"苏娴打开笔记本,话锋一转,"朝阳,截止到昨天下午,保安服务公司在编人员已达到76人。老金和欣宜昨晚估算过,人员工资、伙食费、水电费等开支加起来一个月至少30万,保安公司不是什么全额拨款的单位,要独立核算,要自负盈亏,所以接下来我们要开源节流,精打细算。"

跟我说这些做什么,经营不是有老金和小钟么。

韩朝阳被搞得一头雾水,但还是深以为然地点点头。

"我给527厂打过电话,他们那边已经准备好了,我们的保安今天下午就能进驻。街道办事处和街道那几个单位,蔡主任也帮我们协调好了,安排在明天中午进驻。长风路有个工地,施工方同意由我们负责安保,你今天抽个时间和老金一起去见见项目经理,争取把保安服务合同签下来。"

没钱怎么养人,这确实是正事。

韩朝阳毫不犹豫答应道:"是,今天下午吧,下午我有时间。"

"再就是街道的公务车和执法车,上级要求所有公车都要装GPS定位,反正上级对公车的管理是越来越严。尽管停在我们这儿一样是为了工作,但这么下去迟早会有人说闲话,杨书记和顾主任决定成立花园街道综合行政执法大队朝阳中队,安排一个干部和两个协管员过来,两个司机和两台车也加入执法中队,这么一来所有问题都解决了。"

"领导真会变通。"韩朝阳忍不住笑道。

"没办法,不变通许多工作没法儿开展。"

苏娴笑了笑,接着道:"社区的人越来越多,管理一定要跟上,我打算在院子里竖一根旗杆,以后每周一早上搞一个升旗仪式,升国旗唱国歌。社区干部、执法中队、卫生保健室、警务室和保安公司的人员全部参加。听说527厂的老干部们搞了个乐队,搞得挺不错,跟你关系又挺好,可以请他们来演奏国歌,如果能把他们请来升旗仪式肯定会更庄严更正式。"

韩朝阳乐了,禁不住笑道:"王厂长他们天天晚上排练,打算参加区

第七十九章　架空

里组织的汇演，最缺的就是演出经验。肯定会感兴趣，肯定愿意参加，反正他们平时也没什么事。"

"那这件事就交给你了。"

"没问题。"

听话的人就是好，没那么多心眼儿，不会争权夺利。如果换作一个老油条，绝对会发现刚刚的谈话只字不提巡逻队，聊的全是保安公司，甚至把两辆车从保安公司划到即将挂牌成立的朝阳综合行政执法中队，肯定会猜到社区的真正用意，肯定会有想法。

韩朝阳丝毫没觉得被架空了，苏娴对他的反应非常满意，干脆直言不讳地说："朝阳，保安公司接管街道办事处和527厂等单位和小区的保安工作之后，我们的人手就紧张了。总共才给人家开多少工资，不能让人家没日没夜地干。更重要的是，要对雇用我们的单位和小区业主负责，毕竟人家才是保安公司的衣食父母。"

"苏主任，您说得对，服务一定要搞好，人家能炒物业公司的鱿鱼，一样能换保安公司。"

"所以接下来你和老金在工作中必须分清主次，在干好本职工作的前提下才能组织保安们在社区进行治安巡逻，才能协助工作组征地动迁，才能协助街道综合执法。至于其他事，既没那么多人手也没相应经费，更没有那个责任和义务，我们以后就不掺和了。"

原来埋伏打在这儿！韩朝阳猛然反应过来，想到局领导昨天下午的话，愁眉苦脸说："苏主任，我答应过所里，协助所里清查其他几个社区和行政村的外来人口，能不能想想办法，合理安排一下。"

"朝阳，我不是不帮忙，更不想让你言而无信，主要是我们确实没这个能力。跟你们所领导好好解释解释，如果你们所长教导员不信就让他们找老金。不过我觉得他们应该能理解，毕竟保安公司也是公司，既然是公司就要考虑到管理经营，现在生意多难做，如果管理不好经营不善，能不能生存都成问题，你说是不是？"

第八十章 不顺眼

其他事不掺和，就意味着不能跟昨天一样从巡逻队抽调人，这不是釜底抽薪吗。

最郁闷的是人家说得非常有道理，这是独立核算、自负盈亏的保安服务公司，治安巡逻队只是义务的，既然是保安公司就要按照市场规律运营，就要对雇主尤其业主负责。你不能主次不分，否则就是砸几十号人的饭碗。至于协助工作组征地动迁、协助街道综合执法，那是应该的。毕竟街道领导想方设法帮着拉保安业务，甚至不惜清退街道办事处及街道一些单位无证上岗的门卫，确切地说街道办事处也是朝阳社区保安服务公司的雇主之一。

苏主任的话有理有据，让人无可辩驳。

关键是怎么跟所领导解释，不管怎么解释他们也不会信。韩朝阳被搞得焦头烂额，甚至不知道是怎么下楼的，在警务室里默默坐了十几分钟才掏出手机拨打起电话。"师傅，我朝阳，您现在说话方不方便？"

杨涛暗想你小子连我都不信任，明知道所里出了"内鬼"却跑分局去汇报，现在当我是师傅了，现在打电话给我干吗？他犹豫了一下，还是低声道："又不是说什么见不得人的事，有什么不方便的。"

"师傅，对不起。"

"你又没举报我，对不起什么，有话快说，正忙着呢。"

看样子这师徒关系要慢慢修复，韩朝阳早有心理准备，干脆说起正事："师傅，昨晚我答应过您，带巡逻队参加今晚的清查行动。现在这边有点变化，要同时进驻街道办事处和527厂等几个单位和小区，人手确实调配不开，

第八十章 不顺眼

晚上的行动可能参加不了。"

"什么！"

"巡逻队参加不了晚上的行动，不过我、宏亮和老徐会准时回所里报到。"

昨晚说好的，当杜局面你也表过态，现在居然说巡逻队不参加，这是什么意思，这不是阳奉阴违嘛。杨涛急了，蓦地起身问："韩朝阳，你不是大队长吗？带点人去帮帮忙，就几个小时，这点事你做不了主？"

"师傅，我只是义务巡逻队的大队长，不是保安公司经理，巡逻队员又全是保安公司的保安，谁给他们发工资他们听谁的，只有在参加义务巡逻时才听我的，不管您信不信，反正我是真做不了主。"

做不了主，那昨天是谁带巡逻队去鹏程快捷酒店的？摆明了睁着眼睛说瞎话。

杨涛越想越窝火，冷冷地说："做不了主就算了，我去向许所汇报，人手不够我们自己想办法。"

韩朝阳很想再说句对不起，但手机里已传来嘟嘟的忙音。

与此同时，刘建业、关远程和副所长许启民正坐在会议室里，看着一堆刚打印出来的不堪入目的照片，同办案队民警梁东升、苗远帆及内勤陈秀娟等人一起研究案情。

"从现在掌握的情况及证据上看，赵杰在过去三个月内多次组织此类摄影，参与拍摄者、模特都是通过网上招募的，摄影地点全在鹏程快捷酒店房间，参与人数分一对一私拍和群拍两种。根据拍摄尺度，赵杰对每名拍摄者一次收费600元至3000元，模特一次收入1000元至3000元。组织此类摄影以来，先后共有上百名拍摄者、十余名女模特参与。"

梁东升举起赵杰的手机，补充道："他建了好几个QQ群，群里有281名初步推测不具专业水准的拍摄者，他平均每周组织一次私拍，并提供场地、灯光师甚至化妆师，可以说当成一项业务在经营。"

刘建业阴沉着脸问："没组织卖淫？"

"至少没证据显示他组织过卖淫，不过从QQ和微信的私聊记录上看，倒是有不少拍摄者提出这方面的要求，但无一例外被他和模特拒绝了。用他的话说违法的事不做，在组织私拍时甚至要求每人签一份保密协议。该协议约定了一些权利义务，大致有八条，其中最重要的是拍摄图片不能公开，不能上传到互联网，不能用作商业用途，只能进行私下的艺术鉴赏。"

查了一夜就查出这么个结果，刘建业很失望，想想又转身问："秀娟，你是法制员，说说你的看法。"

一桌子不雅照，而且是非常不雅的不雅照。

陈秀娟被搞得很尴尬，故作淡定地说："目前法律对'人体裸拍'好像没有禁止性的规定，被拍摄者有权处理自己的肖像权，把自己的裸体肖像提供给他人进行拍摄，在法律上并没被禁止。即使被拍摄者收了一些钱，也只能算道德问题。"

关远程一边翻看着法规，一边沉吟道："《治安处罚法》上好像有吧。"

"教导员，《治安处罚法》只规定在公共场所故意裸露身体，情节恶劣的，应给予治安拘留及罚款。《刑法》里也有制作、贩卖、传播淫秽物品罪，但这些他们都够不上，基于自身欣赏或珍藏在特定场所拍摄的人体写真，只要不进行传播就拿他们没办法。"

"真是没事找事！"许副所长砰一声猛拍了下桌子，咬牙切齿地说，"刘所，麻烦是韩朝阳找的，我们凭什么给他擦这个屁股，让他回来，让他自己想办法解决！"

楼下现在很热闹，来了三个律师，要求派出所放人，要求派出所给说法。

刘建业同样窝火，但经历过那么多事之后要比以前冷静得多，再次拿起照片，边看边说道："让他回来解决，他怎么解决？拍这些照片的人和他们请的律师可不认什么韩朝阳，只会认我花园街派出所。"

"现在怎么办，放还是不放？"

"请神容易送神难，就算让走他们也不一定走。"

"已经关十几个小时，如果再不放会更麻烦。"

你一言我一语，从案子又说到韩朝阳身上。

刘建业真不想听到这个名字，甚至不想再看到这个人，抬头道："说这些有用吗，再说这事杜局也知道，是杜局让当成案子查的。"

"要不先请示下杜局？"

能解决的尽可能自己解决，民警平时遇到点事不敢麻烦所领导，所领导遇到点事同样不敢麻烦分局领导，真要是什么事都去问领导，领导会呸你一脸，会问什么事都需要我操心还要你干吗。所里已经够麻烦了，刘建业不想搞得更麻烦，微微摇摇头："对我们来说是麻烦事，对领导来说这是鸡毛蒜皮的小事。怎么请示，难道跟领导说这点小事我们都搞不定？"

众人正一筹莫展，杨涛敲门走进会议室。

"刘所，教导员，韩朝阳刚给我打了个电话，说什么人手调配不开，巡逻队参加不了晚上的行动。"

晚上要突击清查两个行政村的外来人口，一下子少几十号人怎么查！

刘建业脸色立马变了，紧盯着他双眼问："调配不开？"

"他说他只是义务治安巡逻队的大队长，不是保安公司经理，说这事他做不了主。"

"做不了主是吧，行，我不需要他做这个主！他奶奶的，居然跟我玩阳奉阴违这一套，没有他韩屠夫，我刘建业难道真要吃带毛猪？"

"刘所，要不您给杨书记打个电话。"

"不打了，没必要。求人不如求己，大家伙辛苦点，多加几个班，一个村一个村查，一个组一个组查，搞它一个月，我就不信查不完！"

领导是真火了，杨涛没再说什么，反带上门退出会议室。

陈秀娟回头看了一眼，忍不住嘀咕道："刘所，我觉得这事应该向杜局汇报，韩朝阳太过分，昨天说好的，现在又变卦。这不是对您阳奉阴违，这是对杜局阳奉阴违。"

一个堂堂的派出所所长向分局领导告一个见习民警的状，刘建业丢不起这个人。

何况那小混蛋风头正劲，分局领导怎么看他怎么顺眼，什么"小社区、大社会；小民警、大作为"，正准备把他树立成深入社区、扎根基层的典型，如果真打这个电话，领导肯定认为你们妒忌他，是想打击报复他。

刘建业从来没如此无奈过，板着脸正不知道该说点什么，手机突然响了，一看来电显示，竟然是杜局亲自打来的。

"杜局，您好，我们正在研究案情，您有什么指示。"

"研究昨天那个拍人体的案子吧？"

"是，没有相应的法律法规，这个案子比较麻烦，我们正在研究，正在想办法。"

"有什么麻烦的？"杜局抬头看看刚汇报完工作的法制科长，举着手机不快地说，"平时让你们注意学习法律法规，结果要么搞形式主义，要么找各种理由，现在知道书到用时方恨少了。"

"是，我工作没做好，我检讨。"

"光检讨有什么用，我的刘建业同志，关键是要把组织学习落到实处。"

杜局敲敲桌子，话锋一转："具体到这个案子，其实没那么麻烦，主要是从拍摄图片的尺度、模特姿态动作几个方面来界定其究竟是艺术还是色情。你们上传的照片法制科看了，那些人对模特隐私部位作了大量特写。模特形体中，也包含着许多性抚摸、挑逗动作。根据国家对认定淫秽及色情物品的相关规定，这些都是被禁止的。"

法制科的法制民警全是学法律的人才，有几个甚至通过了司法考试，调到检察院能干检察官，调到法院能当法官，去律师事务所实习一年就是律师。

你拿法制民警的标准来要求派出所的治安民警，怎么不让法制民警去接处警？

刘建业越想越郁闷，但只能点头应是。

杜局很享受给下属指点迷津的感觉，不缓不慢地说："真正的人体摄影和地下人体摄影有本质区别，前一种是追求人体曲线、力量和生命的美感，后一种则是追求性和感官刺激，可以说正规的人体艺术摄影对模特姿态和拍摄者技术有很高的要求。

"而这种非法的地下人体摄影，模特多是单纯地裸露身体，拍摄者多不具备专业水准。并且是在条件简陋的室内进行的，远远达不到艺术的要求。

拍摄者也大多抱着猎奇、色情的目的去参与，所以拍摄出的照片不堪入目。总之，如果是面向特定的专业人员进行艺术创作和艺术研究，这未尝不可。但提供给不特定的人进行拍摄，未对拍摄者进行相应的资格审查，这就脱离了艺术，这就是花钱看裸体，不光看还拍，百分之百违法！"

不管怎么说领导给出"司法解释"是好事，至少不用再为楼下那些"艺术家"和那两个为艺术献身的女模特头疼。

刘建业抬头看看众人，举着手机追问道："杜局，关键是违反哪条法律法规，他们请了几个律师，在法律上我们不能站不住脚。"

就像刘建业怎么看韩朝阳不顺眼一样，杜局现在怎么看刘建业也怎么不顺眼。他再次敲敲桌子，用非常不快甚至不满的语气说："还能违反什么法律法规，涉嫌组织淫秽表演呗，以涉嫌'组织淫秽表演罪'从严从重查处。刘建业啊刘建业，这是最基本的法律常识，我真怀疑你是不是法盲。"

第八十一章　局领导请来位老爷爷

昨晚准备和许宏亮、老徐一起去参加清查行动，结果陈秀娟打电话说警务室不能离人，只需要许宏亮和老徐，并且听她的意思是要把许宏亮和老徐调回所里。

接下来一个月要全面彻底清查辖区内的外来人口，所里正是人手最紧张的时候。

韩朝阳什么没说，很痛快地打发二人回单位。

本以为就这么被所里遗忘了，结果今天一早又接到陈秀娟的电话，让回所里开会。

分局倒是给警务室配了一辆警车，再怎么破也比电动车快。但面包车既没空调，开回所里在别人看来又很张扬，韩朝阳干脆跟往常一样骑电动车，一进大院儿大吃一惊，门厅前竟停着两辆分局的警车，一看便知道分局领导又来了。

老徐没那么多顾忌，迎上来说："政委和杜局在上面跟刘所他们说话，看样子要等谈完才开会。"

"知不知道开什么会？"韩朝阳不想进去受白眼，干脆在车棚里打探起消息。

"不知道，"老徐显然昨夜没睡好，倦意浓浓地打了个哈欠，又低声道，"长风街派出所的顾国利跟政委一起来的，我过来时他正跟政委和杜局一起上楼，只见着一背影，吓一大跳，以为大领导来检查，后来才知道原来是他。"

顾国利，全国公安系统二级英模，全燕阳市公安系统屈指可数的穿白衬衫的片儿警!

三级警监,享受一级警长(调研员)待遇,十八岁参加工作,一直在基层干,一干就是四十一年,从来没当过领导,但比许多领导名气大,堪称分局乃至市局"爷爷辈"的民警。

韩朝阳倍感意外,下意识问:"他不是快退休了吗,他来做什么?"

"好像还有几个月退休,来做什么我真不知道。"

正准备问问昨夜的行动顺不顺,有没有收获,陈秀娟跑到门厅前,拉着脸喊道:"开会啦开会啦,除了值班的全去二楼会议室。"

"我也要去?"老徐回头问。

"民警辅警协勤全部参加,动作快点。"

同辅警协勤们一起走进会议室,在倒数第二排找了个位置坐下,取出纸笔等了大概三分钟,领导们鱼贯走进会议室。

政委和杜局坐在主席台,面对着众人。刘所、教导员、许所坐在台下,让韩朝阳更意外的是"顾爷爷"微笑着跟众人打了个招呼,也同刘所、教导员等人一样坐在下面,警衔比分局领导还高,一身白衬衫在会议室里格外显眼。之前只是听说过,从没见过,没想到他果然很老!

基层民警风里来雨里去,三天两头加班,熬夜更是家常便饭,可能年轻时吃过更多苦,看上去至少比实际年龄老十岁,矮矮瘦瘦,头发花白,额头上全是皱纹,满脸老人斑,如果换上便服走在大街上真会以为他七老八十,但精神却很矍铄。

"同志们,会议正式开始,请大家以热烈的掌声欢迎政委讲话。"

一阵热烈的掌声响起,政委清清嗓子点评起花园街派出所上半年的成绩和不足。

不出所料,成绩讲得很少,不足讲得很多,提到葛宝华时更是异常严厉地说:"通过葛宝华这件事,可以看出所领导班子在管理上存在多大漏洞!从领导葛宝华的民警,到分管防控队的副所长,到所长教导员都负有不可脱卸的责任。怎么追责,分局党委正在研究。今天要说的是,希望我们的辅警同志引以为戒，希望我们的民警尤其所领导痛定思痛，记住这个深刻教训，并自查自纠，尽快把管理上的漏洞补上。这件事也给分局党委提了个醒，局党委决定等葛宝华的案子进入审理环节，要组织全分局的辅警协勤轮流去法院旁听，接受教育。"

要追责，怎么追？

刘所是今年刚调来的，不可能这么快就调整。

这一板子要打到谁头上，难道是教导员和分管防控队的顾所。

会议室的气氛很紧张，韩朝阳不敢抬头，就这么耷拉着脑袋胡思乱想，以至于政委后来说了些什么都不知道。

"同志们，昨天下午，市局纪委和督察支队联合下发了一份整改通知，就过去一个月明察暗访发现的问题提出批评，并要求各分局整改。我们分局同样存在不少问题，有主观原因，也有客观因素，根据上级要求，结合实际情况，局党委研究决定深挖潜力，进一步优化整合资源。"

杜局接过话茬，抑扬顿挫地说："众所周知，理工大学、市六院属新园街派出所辖区，但新园街派出所距理工大学和市六院近九公里，堪称鞭长莫及。而现在的辖区是根据一街道一派出所划分的，不只是派出所，刑警队也一样，涉及户籍等一系列问题，各派出所辖区不太好调整。所以分局党委研究决定，把花园街派出所朝阳社区警务室的地理优势充分利用起来，加强警务室的力量，改善警务室的办公条件，把朝阳社区警务室建成一个综合接警平台。在原来的基础上兼顾理工大学、市六院及沿街商户的110警情、巡防及反恐防暴工作。"

提到朝阳社区警务，韩朝阳不敢再心不在焉。

刚抬起头，杜局突然点起名："韩朝阳同志，请站起来，我帮你请了一位师傅，我们分局的老民警顾国利同志。从今天开始，顾国利同志正式调入花园街道派出所，同你一起常驻朝阳社区警务室，希望你好好利用这个机会虚心学习、虚心求教，成为一名称职的、优秀的社区民警。"

我去，有没有搞错，分局领导居然会把"顾爷爷"请来当他师傅！

陈秀娟等人傻眼了，不敢相信这是真的。

第八十一章　局领导请来位老爷爷

刘建业和关远程在开会前就知道分局作出的这个决定，暗想所里有一个刺儿头已经够头疼了，现在又来一位资历深得令人发指的"老祖宗"，还让"老祖宗"当他师傅，以后别说收拾他，连脸色都不能再给。

管稀元则乐得心花怒放，不禁回头看向韩朝阳。

不能让老顾就这么退休，请他再发挥发挥余热，来个"传帮带"，帮分局带带这个很有潜力的苗子，又能解决小伙子正在试用期暂时没执法权的问题，杜局对这个安排非常得意，笑道："还愣着干什么，正式认识一下吧。"

能成为全国公安系统二级英模的"关门弟子"，韩朝阳像是在做梦，感觉这一切是那么的不真实，傻傻地看着起身回头微笑着打量他的"顾爷爷"，不知道该怎么开口。

老顾身份太超然，又没一个行政职务。

黄政委意识到小伙子可能不知道该怎么称呼，禁不住笑道："小韩同志，别紧张，杜局刚才说过，顾国利同志以后不仅是你的前辈、同事、战友，也是我们帮你请的师傅，就称呼师傅吧。中午找个馆子，摆个拜师宴，好好给师傅敬杯酒。"

突然被调离干了十几年的东风街派出所，顾国利真有些舍不得。但为了把他调到这儿来，分局领导先后打了四个电话，既要给领导面子也要服从命令，从走进花园街派出所的那一刻心态就调整过来了，觉得小伙子还行，不禁回头笑道："政委，工作日可不能喝酒。"

"以茶代酒总可以吧，小韩，快点啊。"

韩朝阳缓过神，急忙立正敬礼："师傅好，花园街派出所见习民警韩朝阳请师傅多批评多指点。"

第八十二章　接警平台

"师傅，您挤不挤？"

"都说几遍了，不挤，倒是你这样得劲儿吗？"

花园街的自行车道上，上演着怪异的一幕。一个佩戴全副单警装备的年轻警察骑着电动车，载着一个同样佩戴全副单警装备的老警察，在电动车和自行车的车流里穿梭。如果只是老警察，过往的司机和行人倒不奇怪。但坐在后面的不是一般的老警察，而是一位佩戴三级警监警衔、身穿白衬衫的高级警官。

"白衬衫"平时就难得一见，何况跟巡警一样全副武装且坐电动车出行的"白衬衫"，回头率高得惊人，甚至有人举起手机偷拍。

这个年轻的警察正是韩朝阳，生怕师傅坐得不舒服，尽可能往前靠。

人家是坐着骑电动车，他几乎是蹲着的。

顾国利被搞得啼笑皆非，拍拍他肩膀："再往后靠点儿，坐姿不舒服，骑车也不安全。"

盼星星盼月亮，终于盼到希望，苦日子终于熬到头了。能成为身后这位的"关门弟子"，韩朝阳真是欣喜若狂，往后面挪了一点点，又问道："师父，您喜欢吃本地菜还是喜欢吃川菜，我知道一家川菜馆，老板和厨师全是西川的，他家川菜最正宗。"

这小子，你不给他个答复他会问个不停。

顾国利回头看看路人，敷衍道："以前倒是挺喜欢吃的，现在年纪大了，消化不好，只能吃点清淡的。"

"清淡的，师傅，要不我们中午吃淮扬菜。"

顾国利的家就在朝阳桥西边的第二个小区，上下班都走中山路，经常从朝阳社区警务室门口过，对中山路两侧有哪些饭店并非一无所知，下意识问："警务室附近有淮扬菜馆？"

　　"警务室附近没有，其他地方有，我们可以去市里吃。"

　　"不用值班了？还有一大堆事呢。"

　　"去不了不等于吃不上，我可以点外卖。等会儿我搜搜，找一家评分最高的。"

　　提起用手机点外卖，顾国利感叹道："年轻就是好，什么都会用。能在手机上买飞机票火车票汽车票，在手机上买电影票，甚至在手机上买饭，只要生活中遇到的事好像没手机上办不成的。"

　　"师傅，其实很简单的，回头我帮您往手机里下载几个APP，保证用一两次就会。"

　　"还是算了吧，年纪大了记性不好，记不得那么多密码。"

　　师徒二人说说笑笑，不知不觉已抵达居委会大院儿。院子里很热闹，停着一辆小货车和一辆工程车。两个木工正在车棚里忙得满头大汗，似乎在改造一张不知道从哪儿拉来的接警台。电信公司的人正爬在电线杆上调试光缆信号，警务保障室的民警小牛站在警务室后门，指挥李晓斌等小伙子把保安公司的桌椅板凳往外搬。

　　"朝阳，这位是……"苏主任也在，一看见"顾爷爷"就跑了过来。

　　韩朝阳顾不上停电动车，扶着车把不无得意地介绍道："师傅，我给您介绍一下，这位是我们朝阳社区居委会党支部书记兼主任苏娴；苏主任，这位是刚调到我们派出所，以后跟我一样常驻警务室的顾警长，顾警长也是我师傅。"

　　三级警监，来当片儿警，有没有搞错！苏娴是去年底来花园街道挂职的，只跟花园街派出所打过交道，对分局情况不太了解，一下子竟愣住了。

　　"苏主任，我师傅这个警长跟我以前师傅那个警长不一样，我师傅是一级警长，享受调研员待遇！杨警长是四级警长，也就是副主任科员。"

生怕苏主任搞不清一级警长意味着什么,韩朝阳又眉飞色舞地解释道。

"苏主任,别听小韩的,什么警长不警长,我就是参加工作比较早,工龄比别人长,说到底还是个片儿警,叫我老顾就行。"

公安晋升很难,工龄长的老民警多了去了,又有几个能穿上白衬衫?

苏娴不敢怠慢,急忙道:"顾警长好,欢迎顾警长来我们社区检查工作。"

"苏主任,检查谈不上,我真是一个片儿警,还是一个快退休的片儿警。警务室设在社区,以后还要请你多关心多支持多帮助。"

"岂敢岂敢,顾警长,外面热,我们进去说。"

"苏主任,你看这儿正忙着呢,要不我先去警务室看看,先熟悉熟悉环境,等这边搞好了再去你那儿坐坐。"

"苏主任,我们今天真忙,等会儿可能还要借用一下会议室。"

招呼不打一声就跑来"大兴土木",你们是挺忙的。苏娴笑了笑,没再勉强。

韩朝阳停好电动车,跟笑脸相迎的警务保障室的民警小牛打了个招呼,陪着"顾爷爷"从后门走进警务室。

警务保障室的效率很高,里面这间已经被改造成了值班民警和辅警的休息室,摆着两张木床,中间一张写字台,靠墙处不知道从哪儿搬来一个更衣柜。外面的办公桌不知道搬什么地方去了,也不知道从哪儿搬来两套格子间似的办公桌椅,一套有两张电脑桌,一共四张,靠里侧摆放,设置成两个小办公区。靠门那一侧空着,显然用来摆放外面正加工的接警台。靠门处有几把椅子,一看便知道这几把椅子是为前来报警或办事的群众准备的,便知道这几把椅子将来要摆在接警台外面。

墙角处多了一台饮水机,墙上更厉害,竟挂着一块贴有民警照片、姓名、警号和职务的公示牌,不光"顾爷爷"和韩朝阳的照片在上面,还有一个同样年轻但韩朝阳却从来没见过的民警的照片。

没见过不等于不知道他是谁,就算照片下面没有姓名和职务,韩朝阳一样知道他是哪个单位的。现在的警务室已经不只是朝阳社区警务室,也

第八十二章 接警平台

是分局设在理工大学和市六院附近的一个综合接警平台。以前马路对面不管发生什么案件，有群众过来报警韩朝阳是不会管的，会耐心解释那不是花园街派出所辖区，会给一个地址让群众去新园街派出所报案。要是遇上老徐，如果报警人态度又不太好，老徐甚至会让人家拨打110。

变成综合接警平台之后马路对面的事一样要管，如果是现行案件要立即赶赴现场处置，如果遇到命案要立即赶去保护现场，遇到案值不大的刑事案件要了解情况要给人家做笔录，遇上治安案件那不仅要管而且能解决的尽可能在现场或在警务室解决。

花园街派出所的民警不可能帮新园街派出所干活儿，并且这涉及很严肃的案件管辖权，所以新园街派出所要派一个民警过来，公示栏上的这个俞镇川就是新园街派出所的，在所里听杜局说好像也是社区民警，并且管的就是马路对过那一片儿。

韩朝阳再次看看照片，酸溜溜地问："师傅，俞镇川是不是也拜您为师？"

"局领导这是不把我榨干不让退休，其实社区工作没他们想的那么复杂，就是要耐得住性子，不能怕麻烦，只要做到'嘴勤'、'手勤'、'腿勤'，把群众的事放在心上，按轻重缓急把群众的事当成自己的事办，就是一个称职的片儿警。"

来之前不是没打听过，不光找所里人打听过，也找朝阳社区的群众打听过。

顾国利走出警务室，一边微笑着举手跟朝这边张望的打字复印老板娘打招呼，一边笑道："俞镇川那小子到底怎么样不知道，你韩朝阳肯定没问题。干得挺好，比我年轻时强，想想真没什么好教的。"

"我刚参加工作，来警务室时间又不长……"

"别谦虚了，高兴华认不认识，他是从来不夸人的，提到你小韩却赞不绝口，能让群众满意就是一个好民警，好好干，继续保持就行。"

"师傅，您认识高主任？"

"我不光认识他，也认识王厂长，我女婿就是527厂职工，527厂车间主任以上干部没我不认识的。"回忆起往事,顾国利又回头道,"小韩,他们有没有跟你提过魏庆良?"

原来师傅认识那么多527厂的老干部,朋友的朋友就是朋友!

韩朝阳乐了,禁不住笑道:"提过,说魏前辈以前是管咱们这一片儿的,还给魏前辈取了个绰号。虽然绰号不太好听,不过对魏前辈评价很高。"

"魏麻子。"

"好像是。"

"他本来就一脸麻子,很贴切。"

正说着,又一辆工程车开了过来,警务保障室民警小牛跟"顾爷爷"打了个招呼,旋即跑到车边指着公交站牌左边的电线杆跟工人们说了几句,只见工人打开车厢,抬下一个有"公安"和"110"字样的大灯箱准备往电线杆上装。

分局领导这是生怕群众看不见马路这边有个警务室,韩朝阳彻底服了,想想又好奇地问:"师傅,魏前辈现在应该退休了吧?"

顾国利轻叹口气,回头道:"早不在了,四十三岁就死了,死了二十多年了。以前医疗条件不好,头一天说肚子疼,第二天去医院,第三天就死了,都不知道是什么病。"

第八十三章　师兄弟

接警平台怎么改造，师徒二人也帮不上忙。干脆沿着中山路，挨家挨户走访沿街商户。

看到身着白衬衫的"顾爷爷"，个个以为来了个"大领导"。得知情况之后，大家都亲切地称呼他为"白衬衫老顾"，打字复印店老板娘吴海萍、蛋糕店老板娘董丽，甚至一左一右靠在"顾爷爷"身边，把手机塞给韩朝阳让帮她们拍照。

不要问便知道她们要发朋友圈显摆，韩朝阳不知道该不该帮她们拍。

"顾爷爷"却非常好说话，不仅让拍，而且很配合地露出笑容，甚至招呼几个一看就想拍却不好意思的商户过来合影。

走走停停，说说笑笑。

商户们不管提出什么问题，不管归不归公安管，"顾爷爷"都掏出小本子记录下来。韩朝阳凑过去看了看，入眼的都是些零零散散的琐事，密密麻麻却井然有序。

"邓老板，你家招人？"顾爷爷记录完楼上空调冷凝器漏水的事，指着店门口的牌子问。

"招啊，缺两个服务员，缺一个勤杂工。"

大福酒家老板以为又要查身份证居住证，急忙补充道："您和韩警官放一百个心，我这儿没身份证的不要。只要在我这儿干，只要住我帮他们租的宿舍，不光要去卫生防疫站办健康证，一样要去社区办居住证，我帮他们办。"

"证是要办，现在干什么都要持证上岗，没证不行啊，我是想问问四十多岁的女同志你这儿要不要？"

"四十多岁,只能做勤杂工,就是帮着洗洗碗、择择菜、打扫打扫卫生。"

"多少钱一个月,帮不帮交保险?"顾爷爷微笑着问。

"试用期一个月,试用期1200,试用期满1500。顾警官,现在生意真不好做,赚点钱不够交房租,保险……保险我这儿是交不了。说出来不怕您笑话,我自己都没交保险。"

"理解理解,"顾爷爷点点头,边翻看着小本子边解释道,"我是帮以前辖区的一个妇女问的,她爱人去年遇上工伤事故,对方是个私人老板,官司打赢了,赔偿没拿到。她以前上班的厂又倒闭了,孩子正在上大学,家庭比较困难,她能吃苦,干活儿肯定没问题。"

别人的面子可以不给,"白衬衫"的面子不能不给,何况店里确实需要一个勤杂工。

邓老板权衡了一番,啪一声拍了下大腿:"顾警官,您问问她愿不愿来,如果愿意我给她开1600,不谈什么试用期。"

"太谢谢了,我问问。"

做好事不难,做一两件做一两年也不难,难的是做一辈子!

难怪"顾爷爷"能被评选为全国公安系统二级英模,难怪"顾爷爷"当片儿警都能穿上白衬衫,他真是把群众的事当成他自己的事在办。

韩朝阳很敬佩,就这么默默地跟在他身后一家一家走访。当走到东明小区北门时,李晓斌打来电话说分局指挥中心邢副主任和新园街派出所的人到了。

快步行到警务室时,只见邢副主任和新园街派出所的几位所领导正站在门口等候。

一见到"顾爷爷",新园街派出所副所长鲍永生就迎上来招呼道:"师傅,我就知道您闲不住,又去走访了吧?"

"随便转转,顺便熟悉熟悉环境。"

顾爷爷笑了笑,旋即上前举手敬礼:"邢主任好,邢主任你怎么亲自来了。"

第八十三章　师兄弟

"老顾，千万别这样，你给我敬礼问好，这不是打我邢洪昌的脸么，渴了吧，先喝口水。"

"不喝了，水喝太多总要上厕所。"

"上厕所能耽误多大会儿时间，该喝还是要喝，多喝水对身体好，尤其这么热的天。"邢副主任硬塞给"顾爷爷"一瓶矿泉水，一边陪着他往警务室里走去，一边笑问道，"老顾，对杜局帮你收的这个徒弟还满意吧？"

"小韩，小韩不错啊，挺好的一小伙子，比你当年强多了。"顾爷爷禁不住回过头，指指新园街派出所副所长，"比你当年也强，你和洪昌一个德行，耐不住性子沉不下来，人在所里心不在所里，总想着怎么才能调到刑警队去破大案。"

新园街派出所所长郜书荣忍俊不禁地说："老顾，永生现在好歹也是副所长，当着新同志的面能不能给他留点面子。"

"也是，你们现在全是领导，我要听你们的。"

师傅参加工作四十多年，别说在分局，估计在全市公安系统也找不出比他资历更深的民警，能够想象到他先后带过多少徒弟！韩朝阳猛然意识到自己今后在分局不再是一个孤零零的倒霉蛋，不仅有一位"白衬衫"师傅，还有许多当领导的师兄。暗想他刘建业和关远程看我韩朝阳不顺眼，邢主任和鲍所不可能看我这个小师弟不顺眼，有师傅他老人家罩着，在花园街派出所混不下去可以去新园街派出所。

回头打听打听，看有没有官当得更大的师兄。如果有的话，调到机关也不是没有可能。真要是能调到机关工作，不管去哪个大队，就有机会去考核你，扣你刘建业的分！

想到这些，韩朝阳乐得心花怒放。

正咧着嘴傻笑，一个身材魁梧的三级警司拍拍他肩膀，"韩朝阳吧，我俞镇川。你的名字我可是如雷贯耳，还在试用期就抓获一个抢劫嫌犯和一个杀人嫌犯，我们所领导天天拿你跟我们说事，说我们连你这个刚参加工作的新同志都不如。"

第八十四章　紧急任务（一）

"师兄好，师兄，你参加工作几年了？"

"先开会，开完会咱哥儿俩慢慢说。"

能被分局领导安排来拜顾爷爷为师的绝非等闲之辈，何况他已经是三级警司，实在算不上新人。韩朝阳不无羡慕地看了看俞镇川的警衔，暗暗打定主意以后一定要跟他搞好关系。

公安该来的全来了，但参加会议的人并没有全到齐。

陪着领导们在警务室门口等了十来分钟，等新园街道工委陶副书记，在行政区划上隶属于新园街道的桃源社区居委会彭主任、新民社区党支部书记老朱、市六院保卫科肖科长、理工大学保卫处蒋副处长等人陆续赶到，才从正在施工的警务室进入居委会大院儿。

新园街道来十几个人，光理工大学保卫处就有一位副处长和三位科长。花园街道的人同样不少，综治办蔡主任早就来了，只是没去警务室。苏主任肯定是要参加的，此外还有朝阳村委会、东明小区物业、527厂保卫科和社区义务治安巡逻队的代表。

照理说花园街派出所至少应该来一位所领导，由于昨夜清查过凤凰村的外来人口，早上又开了一个多小时的会，除了带班副所长和几个值班人员，其他人全需要休息，所以分局没要求所里再安排人来。

这个沟通协调会是分局召集的，自然由邢副主任主持会议。他先简单介绍参加会议的单位及人员，随即宣布分局在朝阳社区警务室设立综合接警平台的决定。"新园街派出所辖区发生的案件依然由新园街派出所管，花园街派出所辖区发生的案件仍然归花园街派出所管辖，看似换汤不换药,其实不然。"

邢副主任指着刚挂上的地图,微笑着解释道:"设立综合接警平台既不是警务改革,也不是搞什么形式主义,而是为更好地维护两个派出所辖区结合部的治安。这么一来,不仅能避免群众一直诟病的相互推诿,而且能最大程度上提高出警速度,能让群众少跑冤枉路。"

"这个平台设得好,早就应该设一个。"

理工大学保卫处蒋副处长是如假包换的副处级,顾爷爷虽然享受调研员待遇但没行政职务,可以说参加会议的人员中他职务最高。

也正因为如此,他说话没任何顾忌。他敲敲桌子,用带着几分不满的语气说:"论警务室,中山路上随处可见,路南有,路北有,六院有,我们学校有,但只有警务室没警察,跟没这些警务室没任何区别,真不知道劳民伤财搞这么多警务室干什么!前段时间朝阳社区警务室有了民警,可是又只管马路南边的事。我们学校陈教授的爱人前几天去六院看病,停在六院门口的电动车丢了。六院警务室只有一个临时工,还不是派出所的,一问三不知,最后只能来这边报警。结果这边的辅警说不归他们管,让陈教授的爱人去新园街派出所,人家说了几句气话他又让打110。"

蒋副处长越说越激动,又禁不住敲敲桌子:"在警务室里打110,这算什么事,你们说这是不是一个笑话,你们说这讽不讽刺!"

肯定是老徐干的事,韩朝阳被搞得很尴尬,恨不得找条地缝钻进去。顾爷爷回头看了看,什么都没说,只是微微点点头。邢副主任倒没有责怪韩朝阳的意思,因为这样的事不胜枚举。

每个单位有每个单位的分工,基层所队警力又那么紧张,别说花园街派出所不会管新园街派出所辖区的事,就算发生在门口公交车上的失窃案也不会管,不然要公交分局做什么。民警们不仅没错甚至很累,但老百姓不会这么看,会很直接地认为这是踢皮球、是相互推诿。

"蒋处长,以前是我们的工作没做好,以后绝对不会再发生这样的事。"

邢副主任笑了笑,旋即话锋一转:"但是呢,维护社会治安不只是我们公安一家的事,群策群力,群防群治,需要各单位乃至全社会参与。这方面朝阳社区做得就比较好，专门组建了一支社区义务治安巡逻队。理工大学有保卫处，有保安队。市六院一样有保卫科，有保安队。完全可以像朝阳社区一样整合资源，组建一支义务治安巡逻队，协助我们公安一起搞好校区及医院周边的治安防范。"

"让我们组织力量展开治安巡逻，那要你们公安做什么？"

蒋副处长不想没事找事，一脸为难地说："邢主任，这个提议是很好，关键我们校区那么大，教职人员和学生那么多。保卫处看上去人不少，但事实上是捉襟见肘，校内安全保卫工作都忙不过来，哪有余力协助你们公安巡逻。"

"我们六院的情况也差不多，人流量大，车流量大，既要看人又要看车，自己的门前雪都扫不过来，真顾不上别人家的瓦上霜。"

"人手不够再招几个，现在最有钱的就是大学和医院！"

邢副主任碰了个软钉子，被搞得很没面子，但对这两个连区里都管不到的单位却没辙，正不知道该怎么往下说，蒋副处长又来了句："既然是义务的，那就多招一些志愿者。"

"这个主意好，完全可以发动群众，一人发一个红袖套，这方面居委会有经验。"

"也可以跟我们学校团委、学校学生会联系联系，动员学生加入义务治安巡逻队，参与治安巡防，这也算一种社会实践。不过这又涉及一个安全问题，如果遇到什么事，学生出点什么事，学生家长肯定会找我们学校……"

蒋副处长和肖科长越扯越远，说了一大堆等于什么都没说。参加会议的街道领导和居委会干部一个个笑而不语，显然对组建义务治安巡逻队同样不感兴趣。邢副主任彻底服了，暗想就不应该跟他们提这些，正准备把老顾师徒三人正式介绍给他们，蔡主任的手机突然响了。

"好的，是，马上到！"

"蔡主任，你有事？"

邢副主任准备长话短说，准备正式介绍完综合接警平台的三个民警就

第八十四章 紧急任务（一）

宣布散会，蔡主任却不给他这个机会，放下手机急切地说："邢主任，盛海花园业主又闹事了！打横幅、喊口号，把向阳路堵得水泄不通，加上围观和被堵在路上的行人，估计有上千人。杨书记正在给刘建业打电话，不过光派出所那点人肯定不够。我先和小韩带巡逻队过去，你是分局指挥中心副主任，你帮我们想想办法看能不能从其他地方调点民警，动作一定要快，这种事可不能耽误。"

上千人打横幅、喊口号，搞不好又会像上次一样一路游行去区政府。

分局能解决的绝不能惊动市局，邢洪昌不想再跟上次一样请求市局派特警过来维稳，当机立断下达起命令："小韩，集合人员，立即出发！"

率领巡逻队去维稳这既是分局指挥中心副主任的命令，同样是应街道领导的要求，韩朝阳相信苏主任不会阻拦，立马转身道："欣宜、晓斌，通知各班轮休人员紧急集合。"

"是！"

韩朝阳前脚刚走出会议室，邢洪昌一边给局领导打电话一边又命令道："邰所，这是紧急情况，不能延误战机。鲍所和小俞先跟我去现场，你召集所里能抽出身的所有民警辅警及协勤紧急赶赴现场协助维持秩序。"

"好的，我这就打电话。"

维稳比什么都重要，邢洪昌顾不上再正式介绍顾爷爷师徒三人，跟参加会议的各单位代表道了个歉，便同顾爷爷一起走出了会议室。

紧急集合号已经吹了第二遍，夜里值班白天休息的队员带着装备接二连三冲出宿舍，开始在院子里整队集合。

韩朝阳举着对讲机不断下达命令："长生长生，我韩朝阳，有紧急任务，请你们立即归队，请你们立即归队。"

"收到收到，完毕。"

"俊峰俊峰，我韩朝阳，评估现场不需要再巡逻了，有紧急任务，请立即归队。"见老金爬上了巡逻车，韩朝阳又纠正道，"金经理去接你们了，你们不需要回居委会，你们不需要回居委会。"

这是如假包换的应急处突，邢洪昌一刻不敢耽误，指着司机刚从警务室门口开到院儿里的警车说:"小韩,兵贵神速,召集一批出发一批,到现场集合,别把时间浪费在这儿。"

"是!"

"你们的车坐不下,安排几个人坐我和鲍所的车,我这儿能坐三个,动作快点。"

"等等,还有我呢!"邢洪昌话音刚落,苏娴从门厅里匆匆跑了出来,原来她刚才是上楼换衣服的,现在不再是白衬衫黑短裙,而是一身英姿飒爽的特勤制服。

"苏主任,你上我车,我们先出发。"

"好的,我坐后面。"

人员纷纷上车,警车、电动巡逻车、综合执法车和公务车鱼贯驶出大院,新园街道工委陶副书记回头看看蒋副处长,不无羡慕地说:"蒋处长,这个巡逻队搞得是不错,其实我们可以想想办法也组建一支。"

蒋副处长对组建巡逻队丝毫不感兴趣,而是好奇地问:"盛海花园怎么回事,业主们怎么三天两头闹?"

那个楼盘虽然不在新园街道,但陶副书记对此并非一无所知,边陪着他往警务室走,边解释道:"最早的那个开发商因为资金链断裂跑路了,后来区里找过几个开发商接盘,结果因为这样或那样的原因始终没能建好。人家房贷交了好几年,却迟迟拿不房子,更不用说办理房产证。花那么多钱买了房子却搬不进去,没房产证小孩甚至上不了学,人家能不急?"

"烂尾了?"

"差不多,幸好不在我们街道,不然三天两头闹腾一次,这日子真没法儿过。"

第八十五章　紧急任务（二）

火急火燎赶到现场，刘所、关教导员他们由于离得比较近已经到了，正组织所里的民警辅警协助同样刚刚赶到的交警疏导交通，劝围观的群众不要再堵在路上看热闹。

只听见街道顾主任的声音，看不见顾主任的人，爬到执法车的车厢上才发现他和几个街道干部被业主们团团围住，身边至少围了上百人，外面的人进不去，他们在里面也出不来。

"各位的心情我能理解，街道乃至区里也一直在做工作，甚至为盛海花园的问题专门成立了一个工作组，请大家相信政府，请大家再给我们一点时间，我保证在9月1号开学前，先帮大家解决小孩就学的问题。"

"光解决就学问题，其他问题就不用解决了？"

"开发商是区里招商引资过来的，预售也是政府批准的，结果让我们等了六年，什么时候能拿到钥匙还遥遥无期，政府有没有责任，我们的损失应该找谁？"

"退钱，让银行把放款连本带息退给我们！"

"不光要连本带息，也要把这几年上涨的房价算上。"

业主们情绪激动，你一言我一语，嗓门一个比一个大，声音一个比一个高，很快就把顾主任等街道干部"淹没"了。有几个三十多岁的女业主不仅扯着嗓子要说法，甚至推搡起顾主任。

这么下去会出事的！韩朝阳转身环顾四周，只见邢副主任被堵在路边过不来，并且看不到里面的情况。

刘所他们同样拿团团围住街道干部的群众没办法，只能苦口婆心劝说。

而他们只有几张嘴，何况业主们确实有理，根本说不过人家。

顾主任的处境越来越不妙，不光被喷了一脸口水，甚至从被推搡发展到被拉扯。同顾主任一起做工作的一个女干部，被情绪激动的业主推搡来拉扯去，眼泪都急出来了！最让人担心的是外面的业主还在往里挤，售楼部大门紧锁，包括街道干部在内的里面的人退无可退。

如果再控制不住局势，极可能发生踩踏事件。

韩朝阳不敢再犹豫，俯身接过扬声器，对着人群喊道："各位业主请注意，各位业主请注意，我是燕东公安分局民警韩朝阳，为了你们的人身安全，请你们理性维权，请你们理性维权！"

喊话，这一招刚才不是没试过。

刘建业回过头，看着站在皮卡车厢上的韩朝阳暗想这小子又在出风头，关键这是你出风头的场合吗？不出所料，离皮卡较近的业主纷纷转过身，把矛头不约而同对向他这个小民警。

"理性维权，你是站着说话不腰疼，你说说怎么个理性！"

"该去的地方我们全去过，连法院都管不了，你让我们去找谁？"

上次他们闹事时韩朝阳来过，对盛海花园的情况很了解，能够理解他们的心情，举着扬声器一脸诚恳地说："你们请过律师，打过官司，非常清楚让银行退钱是不可能的，把这几年上涨的房价差价算进去更不可能，房子也不是一天两天就能建好的，让顾主任站这儿给你们交钥匙这不是强人所难么？"

"我们不管，我们就找政府！"

"顾主任都说了，政府正在想方设法帮大家解决。"

"他前年就是这么说的！"

"顾主任前年有没有说过什么我不知道，我只知道这两年街道和区里一直在想办法。三年前只是封顶的毛坯，现在又是什么样，这说明街道一直在做工作。"这么理论下去是没用的，韩朝阳不会给业主们辩论的机会，趁热打铁地说，"我请大家理性维权，不是阻拦大家维权，只是担心你们的安全。这么热的天，这么多人挤一块，有老人有小孩，这边还在拼命往里挤,挤出事怎么办?"

"别挤了,别挤了,后面的人别再往里挤。"

"挤什么挤,里面站不下了!"

里面的业主也受不了,开始把身边人往外推。

韩朝阳岂能错过这个机会,转身道:"有话可以慢慢说,现在请外面的业主往后退,让里面的业主喘口气。请大家相互体谅,请大家伙配合一下,我们从这边开始,有序地往南走,南边有树荫……"

顾国利晕车,不喜欢坐汽车,上午去花园街派出所乘坐局领导的警车是没办法,现在有电动巡逻车当然坐电动巡逻车。巡逻车速度没警车快,赶到现场见"关门弟子"正在疏散群众,立马跳下车指挥队员们引导。

"来来来,慢慢走,往前走,前面有超市,先买瓶水解解渴。小朋友也来了,听爷爷话,拉住大人的手,千万别走丢。"顾国利像交警一样打着手势,跟哄小孩一般哄着业主们往南走。李晓斌等巡逻队员则在邢主任和苏主任的指挥下拉起警戒线,每个两三米站一个人,排成两排,拉出一条通道,确保业主们不会再跑到马路上阻塞交通。

小超市门口的树荫下也站不下这么多人。邢洪昌回头看看四周,扯着嗓子吼道:"刘所,刘建业!带着业主们继续往前走,路边不是说话的地方,去前面找个地方,动作快点!"

继续往前走,去前面找地方,前面有什么地方能容下这么多人?

刘建业被搞得焦头烂额,但想到现在没什么比疏散更重要的,只能硬着头皮道:"好,知道了,老许,你负责引导,我先去前面看看。"

与此同时,韩朝阳仍站在皮卡车厢上举着扬声器喊话。

"请大家不要挤不要急,我们先找个地方坐下,然后慢慢说慢慢谈,问题肯定能够解决的,今天解决不了过段时间也能解决,我相信区里会想方设法帮大家解决。对对对,继续往前,堵在售楼部门口有什么用,开发商又不在,里面都没人,堵在这儿只会中暑。"

第八十六章　歪打正着

功夫不负有心人，刘所在前面第二个路口找到了地方。东部家具大卖场Ａ区大厅空间足够大，可容纳上千人，跟管理人员打了个招呼，立即通过对讲机向邢副主任汇报。

陆续赶来的民警和朝阳社区巡逻队员越来越多，刚被局领导任命为现场总指挥的邢洪昌稍稍松下口气，请顾爷爷和韩朝阳继续组织二十多巡逻队员规劝疏散，请苏主任和老金率领其他巡逻队员立即赶往东部家具大卖场向刘建业报到。同时命令参加维稳行动的各单位民警辅警负责维持秩序，负责把业主们一路引导去家具大卖场。几个不依不饶的女业主见"大部队"往南去了，身边的公安尤其"特警"越来越多，不敢再推搡拉扯街道干部，在顾爷爷苦口婆心的规劝下悻悻地跟了上去。

顾主任真被折腾惨了，狼狈不堪。他气喘吁吁地擦了一把汗，从韩朝阳手里接过水喝了一大口，心有余悸地说："小韩，幸亏你及时喊话，要不是你解围，我和玉玲不知道会被她们搞成什么样。"

"应该的应该的，顾主任，您先喘口气，我问问前面的情况。"

"不喝了，我去前面看看。"

这才刚刚开始，顾主任不敢在此久留，见顾爷爷和师兄已跟着最后一排业主上了路，韩朝阳干脆放下对讲机，拉开门招呼顾主任和街道干部张玉玲上车。

他们急着去前面布置，顾爷爷和俞镇川缓缓跟着"大部队"步行。俞镇川看着擦肩而过的城管执法车，禁不住说："师傅，朝阳可以啊，三言两语就把街道领导解救出来了。"

顾国利参加工作多少年,这样的事遇到的不要太多,对形势看得很透彻。

他回头看看四周,若无其事地说:"换作你,你一样能把街道干部解救出来。这不是你能不能做到的问题,而是你敢不敢做、愿不愿意去做的问题。"

"可是刘所刚才也喊过话。"

"此一时彼一时,刘所喊话时街道干部刚到,看见干部来了谁不想上去说几句?街道干部也不够冷静,就知道维稳,不想想这是不是他们能解决的事,不管三七二十一就往人堆里钻,一钻进去就出不来了。"

"朝阳的时机把握得正好?"

"我估计他根本没想过把握什么时机,就是看街道干部要吃亏不敢再等。"顾国利再次回头看看身后,边走边说道,"业主情绪那么激动为什么会听他劝,原因很简单,一是里面的业主同样被挤得受不了,二是售楼部只是他们集合的地方,三是发现来的只是街道干部,这种事找街道有什么用,他们要见的是区领导甚至市领导。"

姜还是老的辣,对形势把握得如此透彻。俞镇川佩服得五体投地,想想又忍不住笑道:"朝阳这小子运气真好,又被他来了个歪打正着。"

"运气好,我看不见得。"

"刚参加工作就抓获一个抢劫嫌犯和一个杀人嫌犯,今天又露了大脸,这运气还不好?"

顾国利虽然没真正与刘建业共过事,但可以说是看着刘建业从一个普通刑警一步一个脚印干到派出所所长的,对刘建业的为人并非一无所知。能力是有的,参加工作十几年也没少立功,就是脾气不太好,不然现在至少能当上大队长,进入分局党委班子也并非没有可能。没想到他真是江山易改本性难移,吃那么多亏还没发现自身的不足。总是先入为主,遇到一些事总是钻牛角尖,同样一件事别人干他会很欣赏甚至会表扬,韩朝阳干在他眼里很可能就是搞个人英雄主义,就是标新立异出风头。

不管怎么说这是花园街派出所内部的事,顾国利不想说太多,立马岔开话题:"小俞,你管的两个社区和那几个单位有没有挨家挨户走访?"

"几个重点单位走访过,社区一直没顾上。"

"要走访,不走访怎么掌握辖区的情况。我知道你们忙,事情多,但挤挤时间总是能挤出来的,勤于走访,勤问群众,勤记笔记,今天走访几家,明天走访几家,最多一年就能走一遍,走完之后你对辖区情况就能做到'一口清'了。"

"是,我听您的,有时间就走访。"

"走访时态度要好,要跟群众打成一片,这方面朝阳做得就不错,有空你跟他转一圈,看他是怎么做社区工作的。"

"好的,有时间一定去。"

与此同时,"先头部队"已抵达东部家具大卖场。

许多业主想继续往前走,打算去区政府,不愿意进去。但前面已经拉起警戒线,民警、辅警、协勤和巡逻队员们已排成人墙,再往前根本走不过去。

更重要的是,区信访局和房管局的领导全来了,正同街道干部一起喊话,又有几个较为好说话的业主代表带头,就这么稀里糊涂走进家具大卖场大厅。

等所有人全进去了,韩朝阳终于松下口气,放下扬声器跑过来问:"师傅,我打听过,B区也有洗手间,您要不要上厕所?"

"不用了,我跟你一起在外面守着吧。"

"我要去,朝阳,在哪边?"

"从西门进去左拐,大厅里有指示牌。"

"好咧,师傅,我马上回来。"

"去吧。"

说话间,A区的大门关上了,里面此刻肯定很热闹。

韩朝阳回头看看身后,低声问:"师傅,您说他们的事到底能不能解决?"

顾国利摸摸下巴,沉吟道:"应该没多大问题吧,只是早与晚的事,就是不知道耽误人家这么多年,会给多少补偿,这个补偿又要从哪儿出。"

第八十六章 歪打正着

"那个开发商也真是的，留下这么大一烂摊子。我想好了，要么不买房，要买就买现房，贵点就贵点，不然遇到这样的开发商别人还可以去维权，我什么都不能做，只能干着急，只能自认倒霉。"

"谁让你吃这碗饭呢。"

顾国利笑了笑，正准备开口说点什么，又来几辆轿车。

守在门口的顾主任迎了上去，一边像是在汇报，一边陪着几位领导模样的人往大厅走去。

"区领导来了，那个戴眼镜的是林副区长。"

"师傅，您认识林区长？"

"也算不上认识，只是开会时见过。"

师傅不只是全国公安系统二级英模，也是省人大代表，韩朝阳反应过来，正暗自得意，身后传来一个熟悉的声音。

"倒霉蛋，有没有看见苏姐？"

"你怎么来了！"黄莹出现在这里，韩朝阳倍感意外。

"街道能来的全来了，这位是……"刚才只顾着打招呼，没注意到倒霉蛋身边竟站着位高级警官，黄莹一下子愣住了。

挺好看的一个姑娘，听语气好像也是街道干部，看样子跟小徒弟的关系不一般。

顾国利不想给小年轻当电灯泡，抬起胳膊指指B区："朝阳，你先盯着，我也去解个手。"

"师傅，我陪您去。"

"不用了，我认识路。"

顾国利摆摆手，头也不回地往B区走去。

里面那么多领导，不知道会不会还有领导来，韩朝阳不敢擅自离岗，留在原地继续执勤，不动声色问："大姐，你来做什么？"

"拜托，我也是街道干部，办事处能来的全来了，领导发话，我敢不来吗？"

"你来能起什么作用？"

"你问我,我哪儿知道。"黄莹回头瞪了他一眼,注意力再次回到正往B区走的顾爷爷身上,"朝阳,那位白衬衫是你们局领导吧?"

"不是。"

"不是?"

"他是我师傅,跟我一样是社区民警,全国公安系统二级英模,相当于省级劳动模范。三级警监警衔,享受一级警长待遇,相当于调研员,厉不厉害?"

"我去,你小子攀上高枝儿了!"黄莹非常清楚能穿上白衬衫的公安有多牛,一脸震惊,一脸不可思议。

这绝对是今天最值得高兴的事,韩朝阳得意地笑道:"不是我上赶着巴结,这是我们分局领导安排的。从今天开始,我就是顾爷爷的关门弟子,背靠大树好乘凉,有师傅他老人家和一帮当领导的师兄罩着,以后只有我韩朝阳欺负人的份儿,没人再敢欺负我!"

"转运了,咸鱼翻身啊!"

"我早说过很快会转运的,你还不信,现在信了吧,所里那点事根本不算事。"

又嘚瑟起来了,黄莹冷不丁来了句:"韩朝阳啊韩朝阳,姑奶奶最见不得的就是你这副小人得志的嘴脸。"

"我都苦逼成那样了,好不容易熬出头,翻了身,你就让我得意一回。"

"这才刚转运就得意,你们所长来了,小心乐极生悲。"

韩朝阳下意识转过身,刘所果然阴沉着脸朝这边走来,正在琢磨是不是打个招呼问声好,他突然加快脚步从面前擦肩而过,直奔停车场入口处而去。

黄莹探头看了一眼,低声提醒道:"你们局领导来了。"

"看见了。"韩朝阳缓过神,急忙整整警服。

第八十七章　成绩背后的隐忧

　　刚才来的林副区长之前没见过，现在来的这位周副区长韩朝阳不光见过而且不止一次。周副区长兼任燕东公安分局局长，系统外的人以"周区长"相称，但在系统内一般都称呼周局。

　　老大驾到，难怪刘所跑那么快。韩朝阳不敢往前凑，急忙示意一起在外面执勤的队员们精神点。刚回过头，发现顾爷爷已上完厕所回来了，应该是从B区南门出来，沿A区绕了一大圈回来的，站在队伍里跟外面的民警辅警协勤及巡逻队们一样顶着烈日执勤。

　　外面太热，地表温度绝对超过40度，黄莹刚来一会儿就热得满头大汗，年轻人扛得住，他老人这么下去会中暑的，韩朝阳低声道："师傅，外面太热，要不您老进去，大厅里有空调。"

　　"外面清静，我就在外面待着吧。"顾国利下意识看看A区大门，注意力又转移到正往这边走的周局身上。

　　跟顾爷爷一起绕一大圈回来的俞镇川，偷看了一眼站在师弟身后的黄莹，不动声色说："朝阳，介绍一下呗，这位是？"

　　"黄莹，我们街道财政所的会计。"

　　"黄会计好，我姓俞，叫俞镇川，朝阳的师兄，不过不一个单位，他在花园街派出所，我在新园街派出所。"

　　被领导叫过来站在火辣辣的太阳下烤，黄莹热得头晕脑胀，正寻思等会儿是不是借口去洗手间再涂点防晒霜，哪有心情跟他交朋友，心不在焉地敷衍道："幸会。"

　　窈窕淑女，君子好逑。

年轻人都这样,顾爷爷觉得有些好笑,见周局没进大厅,直奔这边而来,立马干咳了一声,提醒这俩小子严肃点。

"老顾,你怎么也来了?"

"周局,我也是花园街派出所民警,刘所和教导员全来了,连新园街派出所能来的都来了,我能不来吗?"

局领导果然是专门来给顾爷爷打招呼的,韩朝阳急忙让到一边。

周局紧握着顾爷爷的手,一边环顾四周一边关切地说:"你这么大年纪了能跟他们比,中暑了怎么办,走,我们去对面说,对面有树荫。"

"周局,我还没七老八十呢,别管我了,您忙您的大事。"生怕被领导硬拉着走,顾爷爷又说道,"您放心,真要是扛不住我会自己找个地方歇会儿。"

老同志就是老同志,如果个个跟他一样队伍会多好带。

周局没再勉强,松开手转身问:"老周,这两位就是老杜帮你收的新徒弟?"

"忘了给您介绍,这是韩朝阳,这是俞镇川。"

真是背靠大树好乘凉,早上刚拜顾爷爷为师,连拜师宴都没来得及摆,中午就被他老人家正式介绍给局长,韩朝阳既激动又紧张,正准备立正敬礼,只见师兄已抬起胳膊:"周局好,新园街派出社区民警俞镇川正在执行任务,请周局指示!"

"小俞同志,辛苦了。"

周局举手回了个礼,目光转移到韩朝阳身上,饶有兴趣地问:"你就是韩朝阳吧?"

"是!"

"小韩同志,你的名字我可是如雷贯耳,刚参加工作还在试用期就成功抓获一个抢劫嫌犯和一个杀人嫌犯,干得不错,希望你再接再厉,再立新功。"

"谢谢周局鼓励。"

小伙子话不多,真有那么点不骄不躁,周局满意地点点头,**紧握着他**

手道:"小韩同志,你师傅是我们分局乃至全市局的榜样,希望你能够珍惜机会,在以后的工作中不光要好好干,也要跟你师傅好好学。"

"是!"

"好,继续执勤吧。"

这小子以前只是入了杜局的法眼,现在更夸张,居然在周局这儿挂了号,看样子分局是要把他培养成顾爷爷的接班人,是要把他树立成社区民警的典型。

刘建业看在眼里,郁闷在心里。再想到所里现在的处境,想到朝阳社区警务室从今天开始已经不只是花园街派出所朝阳社区警务室,而是同时接受花园街派出所和分局110指挥中心领导的综合接警平台,将来出了成绩一样是所里的成绩,更何况顾爷爷确实不能得罪,立马上前道:"周局,可能您还不知道,上次那起特大制贩假证案的线索也是小韩在盘查辖区外来人口时发现的,四个主犯都是韩朝阳同志抓获的。"

"是吗,真是初生牛犊不怕虎!"周局对小伙子的印象更好了,再次握住韩朝阳的手,转身道,"建业同志,作为上级,你完全有理由为有小韩同志这样的下属骄傲,小韩同志也确实干得不错,堪称累立战功。从破案角度看,花园街派出所过去一段时间的工作既存在不足同样取得很多成绩。但作为一个派出所所长,从防范角度看,这说明社区基础工作非常薄弱,已经到了非加强不可的地步,我们更要看到这些成绩背后的隐忧。"

"周局批评得是,我们的工作没做好,作为所长我有责任。"

"这个问题不只是你花园街派出所有,其他派出所同样存在。究其根由,还是警力不足,我们的社区民警都要当'多面手',既要承担社区工作,又要兼顾派出所值班备勤、执法办案等警务活动,工作任务繁杂,民警不堪重负,甚至是疲于奔命,弱化了社区工作。"

领导终于说了一句公道话,刘建业感动得不知道该怎么开口。

周局看着在会场外执勤的部下们,凝重地说:"等忙完眼前事,我要去各派出所进行一次调研,看能否再挖挖潜力,能否在现有条件下从根本上解决社区民警沉不下去的问题,让社区民警从'进社区'到'驻社区',

专心致志地做群众工作。"

挖掘潜力，怎么挖？在现有条件下根本不可能解决这些问题，除非增加编制。

不光刘建业对此不抱任何希望，连韩朝阳都认为领导也就是说说而已。

没想到周局突然话锋一转："下个月市局有一个去兄弟公安局的交流活动，原来没打算参加，看样子应该报个名，据说要去的那个公安局是警务改革试点单位，试点的正是社区工作这一块，他们将社区警务工作职能从派出所分离出来，设立独立的社区警务管理大队，下设若干个中队，体制上暂时隶属于局治安大队管理，业务上受派出所指导。让社区警务队成员享受最优厚的待遇，不参加派出所值班，不参与案件主办，没有任何指标任务。在同等条件下优先解决社区民警职级，让社区民警同时兼任社区副书记，社区民警的津补贴待遇也高于其他警种。改善社区警务室办公条件、提高社区民警待遇，解决社区民警的后顾之忧，让社区民警可以定下心来认认真真守好各自的一亩三分地。"

第八十八章　不为徒弟考虑的师傅不是好师傅

周局大发完感慨，在刘所陪同下转了一圈，始终没进会场，应该也没对盛海花园的事发表意见，确认业主们不会跟上次那样一路游行去区政府便打道回府。

警车渐渐消失在视线里，黄莹噘着嘴嘀咕道："就这么走了！"

"这又不关我们公安局的事，公安局也解决不了他们的问题，难道让我们周局跟林区长一样进去做业主工作？"陈秀娟后勤做得不错，送来几大箱水，韩朝阳俯身从脚下的箱子里取出一瓶，往她手里一塞。

黄莹真渴了，拧开盖子猛灌了一大口，擦着嘴角说："地是区里征的，开发商是区里招商引资来的，难道这就关我们街道的事？"

想想街道是挺倒霉的，卖地的钱街道没得一分，发生矛盾纠纷却把街道推在前面。

这件事闹多少年，不光省里知道，甚至惊动过中央巡视组，据说巡视组的一位副组长曾接见过去住地"举报"的业主代表。连区里、市里、省里乃至中央巡视组都解决不了的问题，让街道怎么去化解这么大的矛盾。

问题一天不解决，今天这样的事还会继续发生。更让人头疼的是，要政府帮着解决问题的不只是会场里的这些业主，还有许多材料供应商和承建的施工方。相比里面这些业主，施工方一旦闹起来会比这麻烦。人家要么不闹，要闹就带着几十乃至上百个民工打横幅、喊口号讨要拖欠多年的血汗钱，欠谁的钱都不能拖欠民工工资，全社会都会同情他们。

韩朝阳真不想面对那种情况，微皱着眉头问："大姐，这事有那么难解决吗，十几栋楼全建好了，外墙都搞得这么漂亮，区里再投点钱，把绿化搞一下，把门窗安装上，把水电接上，让人家住进去不就行了。"

"说得倒轻巧。"

"本来就很简单么。"

"没你想得那么简单！"

黄莹给了个白眼，没好气地说："你知不知道这个项目有多少债权人，包括银行在内估计有上百个，业主的利益要维护，债主的利益就不用维护了？没办房产证，产权没分割，个个有优先权，就算全搞好把钥匙交给业主，那些债主也不会让业主入住的。"

"没办法？"

"反正接盘没你想得那么简单，而且接盘的钱从哪儿出。再找开发商，但房子早卖出去了，不可能再管业主要钱，人家不光无利可图，甚至要倒贴，谁会这么傻？区里更不用指望，政府不会也不应该拿财政收入来帮失败的房地产项目擦屁股。"

"这么说我们要做好打持久战，要做好随时来维稳的准备？"

"才知道啊，你们日子不好过，我们日子更不好过，如果有机会我真想调走，真不能在花园街道干了。"

俩孩子居然聊起领导们应该操心的事，顾爷爷觉得有些好笑，冷不丁插了句："也没你们想得那么悲观，这么多群众的问题要解决，并且不能再拖了，上级肯定会想办法的。"

"杨警长，对不起，我就是随便说说。"

"这有什么对不起的，你们接着聊。"

俞镇川没心情聊这些，脑子里全是局领导刚才说的话，忍不住问："师傅，您说周局去兄弟公安局考察交流回来，会不会也跟人家一样搞警务改革？"

"什么警务改革？"

"设立社区警务队。"

"现在没设吗？"顾爷爷又反问道。

俞镇川一愣，旋即反应过来："现在是有，不过是所里的，只要社区队挂在所里，我们这些社区民警就不可能不值班备勤，不可能不办案。"

"你是说把社区队独立出派出所的事？"

"嗯。"

领导不在这儿，顾爷爷没任何顾忌，淡淡地说："不管社区的派出所还叫派出所吗？把人口管理、场所管理、信息采集、治安防范、服务群众、协助破案、化解矛盾这些工作剥离出去，派出所不成刑警队了！领导就是随口一说，你小子还当真了。"

"不可能实现？"

"真要是那么改就是本末倒置，干好自己的事就行了，别操那么多心。"

"不改最好，我可不想干一辈子片儿警。"

俞镇川如释重负，能听出他最后这句话发自肺腑。

年轻人有理想有追求是好事，顾爷爷并没有失望，想想问道："朝阳，你呢？"

"师傅，我什么？"

"你想不想当一辈子片儿警？"

这个问题竟把韩朝阳给问住了，挠挠脖子苦笑着说："师傅，我跟镇川不一样，我还在试用期，真没想过那么多，真没想过那么远。"

别人或许不相信他的话，黄莹相信。因为他前段时间太倒霉了，简直倒霉透顶。在单位混那么惨，所有人都不待见他，连能不能混下去都成问题，哪顾得上想那么多那么远，但还是强忍着笑调侃道："你是不求上进。"

"我倒是想上进，可我连党员都不是，有机会上进吗？"

"写申请书啊！"

"别开玩笑了，所里好几个民警没入党，一年就一两个名额，怎么也轮不着我。"

黄莹突然想起一件事，噗嗤笑道："不是党员，暂时又没机会入党，这就比较麻烦了。"

顾爷爷好奇地问："小黄，什么比较麻烦？"

"苏主任说杨书记要求社区义务治安巡逻队建党支部,大队长连党员都不是,这个党支部建得起来吗,就算建起来也不伦不类。"

不为徒弟考虑的师傅不是好师傅。

顾爷爷意识到这是个机会,不禁笑道:"你们聊,我去周围转转。"

"师傅,我陪您去。"

"不用了,这儿不能离人。"

见顾爷爷在大厅门口转了一圈,背着手往 A 区南门方向走去,黄莹猛然反应过来,踮起脚跟凑到韩朝阳耳边窃笑道:"你小子果然转运了,居然找到这么好的师傅。"

被同事战友们看见影响不好,韩朝阳不动声色问:"什么意思?"

"你师傅肯定是去找苏姐了,肯定是去找苏姐谈你入党的事。"

第八十九章　眼线遍布全街道（一）

"找苏主任谈我入党的事？"韩朝阳将信将疑。

"不信我们可以打赌，赌一顿饭怎么样。"

韩朝阳暗想跟你打赌我只有输的份儿，低声道："我又不是社区干部，入党的事找苏主任有什么用。"

"你是派出所的人，当然要由派出所党支部发展。苏主任是管不了你们派出所的事，但可以找杨书记！杨书记跟你们分局打个招呼，你正好又立过功，你们派出所年底的党员发展名额不给你还能给谁，我就不信你们所长教导员敢不落实分局党委意图。"

不受所领导待见，不等于不受街道领导和分局领导待见。

韩朝阳发现确实有这个可能性，沉吟道："这不成抢人家的名额，跟人家争吗？"

"什么叫抢人家的名额，不能什么事都论资排辈，该争就要争。"

所里有好几个民警没入党，其中就包括关系还算不错的管稀元。

韩朝阳不想失去管稀元这个仅有的朋友，正不知道该说点什么，手机突然响了，一看来电显示，原来是只见过一面的平头路停车位管理员霍义昌打来的。

"老霍，你好，我韩朝阳，请问什么事。"

"韩大，我看见一个收破烂的，三轮车上有一辆新电动车，那么新的车谁会当破烂卖，肯定有鬼。他正往新民南路去了，我帮你在后面跟着，你赶快过来。"

付出终于有了回报！虽然暂时无法查实是不是盗窃电动车，就算能够查实这也算不上什么大案,但这个电话充分说明发动群众起到了作用。

韩朝阳真有那么点激动,连招呼都顾不上跟师兄及黄莹打,便往A区北门方向飞奔而去,边跑边打着电话:"老霍,太感谢了,请你再帮帮忙,帮我盯死他,我们马上到。"

"放心吧,正盯着呢,他的三轮车没我车快,跑不了。"

"行,这就拜托了。"

顾爷爷带着俩徒弟和一帮巡逻队员守在前门,关远程和刘建业一样不想再搭理韩朝阳,一直同几个民警在北门守着,时不时拉门进去帮着维持下秩序。

见韩朝阳火急火燎地跑了过来,下意识问:"怎么了,什么事这么慌张?"

"报告教导员,刚接到群众举报,一个收破烂的可能偷了一辆电动车,正用三轮车拉着沿平头路往新民南路方向去了,那是老曹的辖区……"

有没有搞错,你一个常驻朝阳警务室的民警,居然管起新民南路的事!

关远程觉得有些荒唐,但想到这终究是条线索,并且他是立即上报的并没有直接带几个巡逻队员去,回头道:"明智,这儿我盯着,你带几个人去看看。"

"是!"

关远程下达完命令,顺手拉开玻璃门又走进热闹非凡的家具卖场大厅。

韩朝阳不想待在这儿受白眼,一边陪着曹明智往停车场走去,一边说:"老曹,我把报警群众的手机号发你手机上,他正帮我们跟着那个收破烂的。"

领导只说带几个人去,没说带谁。

曹明智既不想延误战机,同样不想让战友们误以为拿着鸡毛当令箭,干脆来了句:"你熟悉情况,跟我一起去吧。"

"也行,不过要跟师傅说一声。"

"快点,我去开车,开到大门口等你。"

第八十九章 眼线遍布全街道（一）

跑到南门找到顾爷爷，顾爷爷果然在跟苏主任说话，跟二人打了个招呼，看看又抽调了两个队员，跑到大门口钻进警车，风风火火赶往新民南路。

"老霍，我们快到了，那个收破烂的到了什么位置？"

"进了三民巷，你们从南边过来的还是从北边过来的。"

"南边，我们在路东。"

"在路东正好，健康药店熟不熟，药店就在三民巷口，到药店右拐，韩大，那小子绝对有问题，电动车肯定是偷的，不然不可能净走小路不走大路。"

"好，辛苦了，再坚持一下，我们马上到。"

韩朝阳对这一片不熟，曹明智很熟悉，立即打开转向灯，松开油门放缓车速。

拐进三民巷，往东开了大约六七分钟，只见一个穿灰色保安制服的中年人跨在电动车上，抬起胳膊朝前指，曹明智意识到这位应该就是韩朝阳所说的"群众"，不无好奇地看了一眼，没停留，继续往前追。

"老曹，在那儿呢，三轮车停在小店门口。"

"看见了。"

警车一个急刹，停在三轮车后面，三轮车上果然有一辆崭新的红色踏板电动车！

韩朝阳猛地推开副驾驶门，跟几乎同时从右侧推门下车的李晓斌一起冲进小商店，店里只有两个人，老板娘坐在柜台里面看电视，一个三十多岁身穿白色广告衫的男子正在一边喝刚买的冰镇矿泉水，一边享受小店空调呼啦啦吹出的冷风。

一下子闯进来三个"警察"，男子大吃一惊。

"外面的三轮车是你的？"韩朝阳紧盯着他双眼问。

"什么三轮车，我是来买水的。"男子故作镇定地跟老板娘举起喝了一半的矿泉水，似乎想说钱已经付过，旋即转身就要开溜。

居然想跑！李晓斌觉得很好笑，一把抓住他肩膀。

曹明智已堵在门口，韩朝阳干脆攥住男子右手，先把他控制住，让曹明智问。

"急什么，跑什么跑？"曹明智回头看了一眼刚跟上来的老霍，见老霍微微点点头，转过身指指店里的摄像头，"再说一遍，外面的三轮车是谁的。"

警察怎么会追到这儿来！

男子意识到赖不掉了，忐忑不安地说："我的。"

刚才居然不承认三轮车是他的，说明车上肯定有赃物，曹明智昨夜没睡好，上午又没休息成，态度自然好不到哪儿去，毫不犹豫掏出手铐将他铐上，把他揪到三轮车边，冷冷地问："老实交代，这辆电动车是哪儿来的？"

"收的。"

"收的，我看你是不到黄河心不死，你也不想想，我们为什么会这么快追到这儿！"

"警察同志，真是我收的，花五百块钱，从一个小年轻手里收的。"

"还狡辩，走，去所里说。"

第九十章　眼线遍布全街道（二）

刚把嫌疑人押上车，老霍突然举着手机朝这边招手。韩朝阳不动声色走过去，跟老霍走进一条小胡同。"韩大，我刚打听过，车是蜀香饭店一个服务员的，小丫头气坏了正在店门口骂，好像是刚买的。"

"这么快就找到失主，老霍，这次你可帮了我们大忙，今天没时间，过两天请你吃饭。"

老霍从韩朝阳手里接过烟，不无得意地笑道："举手之劳，别这么客气。再说我跟那个饭店老板关系也不错，车少的时候我经常坐他店里喝茶。对了，饭店门口有摄像头，人家调出来看了，就是这个收破烂的混蛋。"

"有监控，太好了，一起去取证。"

"我两个轮子没你们四个轮子快，我先走一步。"

"慢点啊，路上注意安全。"

送走老霍，韩朝阳回到警车边，拉开车门厉声道："胆子不小，光天化日之下，敢在人家饭店门口偷车。收的是吧，走，一起去现场调看监控，看看你是怎么收的。"男子不敢再狡辩，耷拉着脑袋一声不吭。

这情报也太精准太及时了，曹明智对韩朝阳真有那么点刮目相看，下意识问："失主找到了？"

"找到了，蜀香饭店的服务员。"

这一趟没白跑，曹明智走到三轮车边，掏出警务通拨通关远程手机："教导员，我曹明智，我们追到那个收破烂的了，已查实他涉嫌盗窃电动车，提供线索的保安说失窃现场有监控，并且已经帮我们联系上了失主，我们是先把嫌犯和赃物送回所里移交给办案队，还是直接去现场取证？"

办案队只有一个民警在所里值班,其他人不是在外面办案就是在维稳。

关远程不假思索地说:"直接去取证吧,既然是人赃俱获,那这个案件应该不麻烦,在你辖区发生的,你负责到底。"

"是!"

一小时前,周局还跟刘所说要让社区民警认认真真、心无旁骛地守好各自的一亩三分地,这才过去一个小时,以前什么样现在还是什么样。

韩朝阳越想越好笑,越想越觉得师傅说得有道理,有时候领导的话只能听听绝不能当真。让李晓斌骑嫌疑人的电动车跟在警车后面,马不停蹄赶到蜀香饭店,先调看并拷贝监控视频,再给失主做笔录。尽管所有人都证明电动车是失主的,但暂时不能归还,需要失主回宿舍找购车发票,没发票要去卖车的地方开证明,证明百分之百是她的才能归还。

韩朝阳帮着干这些事,曹明智则在车里抓紧时间审讯嫌疑人。

等韩朝阳做完笔录,拷贝好视频,跟失主交代好该交代的一切,嫌疑人也开了口,对盗窃电动车的犯罪事实供认不讳,但声称是初犯,拒不承认偷过其他东西。曹明智怎么可能相信他的话,干脆请李晓斌先帮着把赃物和作案使用的交通工具(电动三轮车)先送到所里,提出趁热打铁去嫌疑人租住的地方看看。

虽然警务通查询显示嫌疑人没前科,但事实证明他绝对是惯犯,非常之狡猾,说的落脚点完全不对,竟敢带着曹明智漫无目的转圈。直到曹明智火了,关掉执法记录仪,摆出一副要给点颜色他瞧瞧的样子,这才老实交代正确的地址。赶到嫌疑人租住的地方一看,小平房里居然有六辆电动车!这是没卖出去的,算上卖出去不知道有几辆。

案子不算大,但这不是一个社区民警能办的,曹明智再次打电话汇报,这次接电话的是刘所。"移交给办案队吧,你们先看好嫌犯,我让老梁带人过去接手。"

"是,我们哪儿都不去,就在这儿等梁队。"

看押嫌犯也很累,而且直到现在都没吃午饭,韩朝阳饥肠辘辘,干脆给老金打了个电话,请老金安排两个队员过来协助看押,顺便送点饭过来。

第九十章 眼线遍布全街道（二）

本以为苏主任给他打过招呼，不一定会安排队员过来，没想到老金很帮忙，等了十几分钟人就到了。嫌犯暂时不管，一顿不吃饿不死。

韩朝阳把嫌犯交给匆匆赶来的吴俊峰和顾长生，同曹明智一起坐车上吃。此一时彼一时，曹明智觉得不管从什么角度出发都应该跟身边这位搞好关系，吃完嘴里的饭菜，回头笑道："朝阳，你这群众工作做得可以啊，都做到我辖区来了。"

"也算不上做工作，我不是要协助街道综合执法么，跟执法队打交道比较多。老霍他们既是停车管理员也是综合行政执法队的协管员，所以都比较帮忙。"

"这么说你的眼线遍布全街道！"

"哪有这么夸张，再说人家有人家的本职工作，这是碰巧看到了给我打个电话的。"

碰巧，天底下哪有那么多碰巧的事。不过干这一行谁没几个眼线，曹明智没再追问更没拆穿，而是笑道："以后再遇到这样的事直接给我打电话，该给群众多少奖金就给多少，我打申请报告找领导签字。"

"没问题。"

"就这么说定了，下半年那么多指标，不完成真睡不着觉。"

虽然跑一下午很累，但韩朝阳心里却美滋滋的，因为今天又拉近跟一位战友的关系，只要能收集到足够多的违法犯罪线索，就不担心被各种指标压得喘不过气的战友们不搭理自己。

韩朝阳越想对未来越充满信心，暗暗决定等忙完眼前这一阵子，一定要想想办法扩大"朝阳群众"的队伍，想方设法拓宽线索来源，眼线遍布全街道就遍布全街道，这又不是什么丢人的事。

第九十一章　巧遇禁毒队

梁东升、吴伟师徒在外面办案，直到5点多二人才赶到现场。

他们只有两个人，既要查案又要处理这么多赃物忙不过来，又在现场等半个多小时，等所里的援兵到了韩朝阳才同柳亚平一起回警务室。

郑欣宜和巡逻队员康国军坐在前台，一个在电脑上考核保安们一天的工作，进行评分。一个是司法警官学院毕业，与许宏亮是同校但不是同一届，受许宏亮和陈洁鼓舞也在抓紧时间自学，准备参加明年的公考。

俞镇川正在格子间里登陆民警精细化考核系统，输入一天的详细工作情况。

格子间里的三台电脑只有民警能用，并且只能连接内网，韩朝阳掀开接警台边上的挡板，走到他身边问："镇川，盛海花园的事怎么解决的？"

"解决，哪有这么容易，区领导说市里对盛海花园项目非常重视，市里成立了工作组，崔副市长亲自兼任工作组长，正在研究正在想办法，让业主们再给一点时间，说8月1号给答复。但愿不是缓兵之计，如果8月1号给不出答复，或者给出的答复业主们不满意，我们又要受罪。"

"应该不会是缓兵之计，"郑欣宜放下鼠标，回头道，"苏主任说市保障房建设投资公司可能会接盘，现在的问题主要是银行和施工单位。"

这些是领导们应该头疼的事，韩朝阳只是问问。坐到俞镇川对面，正准备打开分局刚配的电脑，看能不能连上内网，俞镇川抬头道："朝阳，师傅回去了，我说等你回来一起出去吃饭，他说以后有机会，非要回去安排一下准备明天搬过来。"

"师傅也搬这儿来？"

第九十一章　巧遇禁毒队

"你们所里不是搞什么'住所制'么，师傅说他也是所里的一员，不能搞特殊化。"

"那我把行李搬到里面这间，把原来那间让给师傅。"

"你看着办，我就是这么一说。"

"没关系的，我住哪儿都一样，而且里面现在有空调。"

"要不要我帮忙？"

"不用了，没多少东西。"

"一起去呗，反正没什么事。"

"韩大，我也去。"康国军自告奋勇地站起身，硬要去帮忙。

就几步路，又没多少东西，多个人能搬快点，韩朝阳也不矫情，掏出钥匙一起从后门去居委会楼里收拾行李。东明小区物业的阿姨正好来送饭来，院子里全是巡逻队员，见这边在搬家个个跑来帮忙，人多力量大，一次性搬完。

请俞镇川吃了一顿保安公司的便饭，二人再次回到警务室。俞镇川提议一起出去转转，反正也没什么事，警务室又不是没人值班，韩朝阳再次佩戴上单警装备，跟他一起穿过车辆和行人川流不息的中山路，开始了综合接警平台设立以来的第一次巡逻。

"老楚，值班就要有值班的样子，以后不能再趴在办公桌上睡大觉。如果再被暗访的督察拍到，我又要挨批评，又要写检查。"

"俞警官，我打会儿瞌睡关你什么事，我又不是你们派出所的人，又不拿你们派出所的工资。"

"只要坐在我们新园街派出所警务室里就是我们所里的人，就要接受我们派出所领导，上级才不会管你拿谁的工资。帮帮忙，坚持一下，又不是天天值班。"

原来市局纪委和督察来市六院警务室暗访过，上级也真是的，不分青红皂白就批评新园街派出所。韩朝阳很同情师兄的遭遇，一边并肩往急诊中心走去，一边低声问："镇川，你们所里为什么不安排个辅警过来？"

"警力紧张不光指我们民警，辅警一样紧张，我们所辖区有好几个市场,那些警务室同样不能离人。相比那些市场,六院和理大管理要正规得多,所领导就请六院保卫科和理大保卫处帮忙,安排他们的人在警务室值班。"

"辅警不够再招几个。"

"所里也想招,关键钱从哪儿来。"

正说着,身后传来一阵骚动。

"别看了,有什么好看的!"

"让一让,对不起,请让一让!"

回头一看,只见一个同行和几个一看也是同行的便衣押着一个戴着黑头套、双手被铐着的嫌犯直奔急诊中心而来。分局送嫌犯体检一般不会来市六院,韩朝阳很奇怪,下意识让开身,顺手撩起塑料帘子,让同行们先进去。

俞镇川好奇地问:"您好,请问您哪个单位的?"

"禁毒大队,你们哪个单位的?"走在前面的二级警督亮出证件,示意三个便衣先押着嫌犯进去。

原来是禁毒大队副大队长,刑警队和禁毒队是俞镇川最向往的单位,急忙立正敬礼:"报告焦大,我是新园街派出所民警俞镇川,他是花园街派出所见习民警韩朝阳,我们正在执行巡逻任务。"

派出所晚上安排民警来医院巡逻,而且是两个派出所的"联合行动"。

焦大倍感意外,上下打量了俞镇川一眼,目光又转移到韩朝阳身上:"你就是花园街派出所的韩朝阳?"

"是!"

"前几天抓获一个杀害两人的杀人嫌犯?"

没想到禁毒大队副大队长也知道这事,韩朝阳一脸不好意思:"报告焦大,是清查外来人口时抓获的,瞎猫碰了个死耗子,纯属运气。"

同样是抓获杀人嫌犯,片儿警抓获和刑警抓获是完全不一样的,何况眼前这位还是一个见习的片儿警。

眼前这个年轻的片儿警这段时间风头正劲,焦大不禁伸出右手,半开

第九十一章　巧遇禁毒队

玩笑地说："不管是不是运气，抓到杀人犯就是本事。来，握一个，让我也沾沾你的好运。"

"焦大，您别笑话我了。"

"没笑话，你现在可是我们分局的英雄。"焦大握完手又拍拍他胳膊，旋即转身问，"小俞，六院应该是你辖区吧，跟医护人员熟不熟？"

"熟。"

"熟就好了，帮我去找找急诊室的值班领导，请他们优先安排前面那个嫌犯做 X 光，体内藏毒，不知道包装会不会破裂，如果有破裂的危险就要尽快做手术，要是确认没危险就让他在这儿把毒品排出来。"

能协助禁毒大队办案对俞震川而言真是荣幸，一口答应道："是，我这就去找。"

韩朝阳反应过来，连忙道："焦大，我帮您维持秩序。"

"好，麻烦你们了。"

第九十二章 逃脱升天

俞镇川对市六院果然很熟，很快找到一位瘦瘦高高、戴着眼镜的主任。主任很帮忙，把众人请到一间办公室，简单了解完情况就掏出笔开单子。市六院白天忙，晚上一样不闲。急诊中心大厅坐满病人家属，护士时不时跑过来问某某病人的家属在不在，要么让去走道尽头找医生谈话，要么递上一叠单子让去交费。

韩朝阳和俞镇川主动在前面开道，协助禁毒队的人把毒贩送到做 X 光的科室，插队进去先做。片子现在能不能拿到不重要，重要的是确认毒贩有没有生命危险。

在门口等了三四分钟，边上的小门开了，一个女医生探头问："谁是负责人，请过来一下。"

"我是！"

焦大挤了过去，陪亲人来检查的家属们谁见过这阵势，不约而同围过来看热闹。韩朝阳离小门最近，急忙挡在外面。没想到开单子的主任也跟过来了，地方太小，身边太挤，韩朝阳竟被稀里糊涂挤进了小房间。

不看不知道，一看吓一跳！

嫌疑人的腹部平片显示在电脑上，只见从胃到小肠、大肠、直肠密密麻麻分布着约两厘米的高密度团块，焦大似乎一点不吃惊，低声道："孙主任，您帮我看看，他有没有生命危险。"

主任俯身接过鼠标，点点看看，看了大约两分钟，回头道："问题不大，应该能排出来。"

"我们掌握的线报是 53 个，麻烦帮我们数数是不是。"

第九十二章 逃脱升天

"好的，小尤，你数数。"

女医生和她带的实习生趴在屏幕前一个数头，一个数尾，加起来果然是53个！

焦大松下口气，回头笑道："孙主任，再麻烦您帮我们找个地方，开点泻药或者想想其他办法，看能不能让他尽快把里面的东西排出来。"

"没问题，走，我带你们去。"

戴着黑布头套的毒贩被带到一个单间，一个便衣民警把他的一只手解开，铐在床边的栏杆上，旁边地上放着个便盆，两个小护士跟进房间，给毒贩扎针，给毒贩输营养液。

守在门口只会吸引更多病人家属围观，韩朝阳二人被焦大叫了进来，掏出烟让一起抽。

不一会儿，有动静了，确切地说有气味。

韩朝阳真后悔跟进来，只能捂住鼻子看着毒贩拉屎。

"小俞，帮我们去找个水桶，装满水，顺便找个篮子。"

明明臭气熏天，俞镇川居然还是那么激动，应了一声"是"又屁颠屁颠跑出去了。让韩朝阳哭笑不得的是，师兄提着一桶水、拿着一个塑料篮子刚走进房间，焦大竟掏出一个塑料袋，若无其事地说："小韩，你也帮帮忙，和小俞一起帮我把嫌犯拉出来的东西放水桶里用篮子淘干净，把东西沥干水装进这个塑料袋。"

你们来了四个人，这种事怎么让我们干？难道抽了你们的烟就要帮你们干活，而且干这么脏这么臭的活儿，这不是欺负人么！韩朝阳暗骂了一句真是好心没好报，正犹豫听不听他的，俞镇川竟毫不犹豫答应道："好嘞，我先去找两副乳胶手套。"

事实证明，今天运气确实不错。

本以为马上要帮这个坑人的副大队长从大便里淘毒品，手机突然响了。

"欣宜，什么事？"韩朝阳歉意地笑了笑，走到窗边呼吸着新鲜空气接听起电话。

"韩大，有人找，你什么时候回来。"

"谁？"

"张贝贝，说是来还钱，给你道歉的。"

不管谁找，不管有什么事，尽快离开这个臭气熏天的房间，尽快离身后这位坑人的副大队长远点是第一位的，韩朝阳欣喜若狂："我就在六院，我马上到。"

"小韩，有事？"焦大又点上支烟，笑看着他问。

"报告焦大，警务室有点事，我必须回去一趟。"

"不能耽误你的本职工作，忙去吧。"

"是！"

说走就走，跑得比兔子都快。焦大暗想这小子怕脏怕累，也只能干干社区工作，这样的人至少禁毒大队是不会要的。有了对比，焦大越看俞镇川越顺眼，回头狠瞪了一直强忍着笑的俩部下一眼,两个便衣民警反应过来，急忙戴上手套去跟俞镇川一起淘洗毒贩刚排出来的毒品。韩朝阳不知道刚才是一种试探，更没想过要往刑警队和禁毒队调，自然不会像师兄一样想极力给禁毒大队领导留下一个好印象。

一路小跑回警务室，一进门便哈哈笑道："张小姐，你来得正好，要不是你，我今晚真要被人坑惨了。还有欣宜，刚才那个电话打得太及时了，谢谢，万分感谢，你们全是我韩朝阳的恩人！"

前天公安局的人找到家门口，调查跟眼前这位的关系，盘问借钱的事。张贝贝意识到给他添麻烦了，害他被公安局纪委和督察调查，前天就想来道歉，因为一时半会儿没那么多钱，又不知道见面该说点什么，一直犹豫到今晚。总之，不当面道个歉，不尽快把钱还上，就像有一块石头堵在心里，特内疚特难受。

设想过无数见面的场景，甚至想好该怎么道歉，就是没想到他一进门居然会这样，张贝贝被搞得一头雾水，小心翼翼问："韩警官，您没事吧？"

"没事，我高兴。"

"韩大，谁敢坑你？"郑欣宜同样被搞得莫名其妙，很想伸手摸摸他额头。

"能坑我的当然是我惹不起的人，城里套路太深，像我这么单纯的人就不应该来城里。"

韩朝阳心有余悸地回头看看马路对面的市六院，忍俊不禁地说："欣宜，一定要记住，等会儿千万别让俞镇川进门，让他去后院儿洗干净换上干净衣服再进来。你不是有香水么，最好往他身上喷点，我可不想让他把警务室搞得臭气熏天。"

"他在做什么？"

"正在做很恶心很恶心的事。"一想到师兄正在做的事，韩朝阳就反胃，下意识掏出香烟点上。

郑欣宜微皱起眉头，指指禁烟标志："看见没有，禁止吸烟，要抽去外面或者去里面抽。"

"不好意思不好意思，不抽了。"韩朝阳俯身在地上掐灭烟头，刚抽一口舍不得扔，想想又掏出烟盒塞了进去。

从来没见过如此抠门的人，郑欣宜都觉得替他丢人，禁不住笑道："我说韩大，你好歹也是公务员，还是警察公务员，走到哪儿没烟抽，至于这么节俭吗？"

"公务员就有钱啊？拜托，我现在工资没你高呢。"

"试用期一满不就可以涨了。"

"那也要等到试用期满，而且试用期满我一样没钱，我要买房，要凑首付，要准备还房贷。"

张贝贝很直接地认为这是说给她听的，俏脸一红，站在一边不知道该怎么开口。

韩朝阳猛然反应过来，连忙道："张小姐，千万别误会，欣宜就喜欢拿我开涮。其实我有钱，至少现在有点钱，房子没买，又没谈对象，平时穿警服，吃饭在单位，除了抽烟买水好像没什么花钱的地方。你现在比我紧张，别急着还，等拿到拆迁补偿再说。"

"韩警官，这不只是钱的事，对不起，我给您添麻烦了。"

"不麻烦，多大点事，说清楚就没关系了。"

想到那天被盘问的情景，张贝贝心中一酸，哽咽地说："韩警官，你们分局的督察都找过我，我知道借钱的事没您说得这么轻松。对不起，我不应该管您借钱的。"

"事情都过去了，再说这些有意思么，说点别的，官司打得怎么样。"

"法院刚受理，说下周五上午八点半开庭。"

"法院一样要走程序，这是急不来的，理全在你这边，我相信你能赢。"

"谢谢韩警官。"

"又来了，坐，坐下说。"

郑欣宜嘴里不说心里想，什么好人有好报，你应该算好人好警察吧，结果还不是被人举报。同时又觉得他这个大队长见不得漂亮女人，吃那么大亏居然不长记性，又跟这个张贝贝谈笑风生。

正腹诽，张贝贝取出手机，一边用微信转账一边很不好意思地说："韩警官，我现在有钱，本来想着算利息的，又担心再给您添麻烦，先把本金还上，欠您的情以后再补。"

"没必要这么急，你现在正是花钱的时候，先用着吧，没关系的。"

"我真有钱，我妈刚给我汇了一万。"

这件事早了早好，韩朝阳也不矫情，取出手机笑道："好吧，那我就点了。"

"点吧，我转过去了。"

"正好五千，人言可畏，我得截个图。欣宜、小康，你俩看看，也帮我做个见证。"

现在知道要谨慎，早干什么去了？

郑欣宜暗骂了一句，但还是起身看了一眼手机屏幕。

张贝贝看在眼里难受在心里，越想越内疚，很想再说几句感谢的话，想到跟他走越近说得越多他可能会越麻烦，干脆什么都不说了，站起来按住领口深深鞠了一个躬，旋即转身推门而去。

第九十三章　命案（一）

既然是综合接警平台，就要有综合接警平台的样子。

确认在警务室可以登录内网，韩朝阳拿上盘查巡逻终端，让小康去宿舍叫来两个晚上睡不着的巡逻队员，把电动巡逻车开到公交站牌前，打开警灯，开始盘查起大晚上在这儿下车的旅客。六条线路的公交车在这儿停靠，平均三四分钟一辆，下车旅客有去市六院看病的，有去理工大学的，有在这儿转乘的，有住在附近的本地人，一样有租住在朝阳村的外来人员。

康国军见四个人忙不过来，又跑集体宿舍叫来几个队员。

"不要急不要挤，不会耽误大家多长时间。"韩朝阳让一个抱着孩子的妇女先走，示意一个染着黄头发、衣着流里流气的小年轻过去排队。

小康负责刷身份证，刷一个放行一个，其他人负责维持秩序，效率很高，不到半小时就盘查两百多人。尽管一无所获，参加盘查的小伙子们依然兴奋。最后一班公交车 11 点过来，韩朝阳不想让他们帮着盘查到 11 点，明天全要上班全有事做，查到 10 点就宣布收队。正准解开武装带去居委会一楼西侧的水房洗澡，接警台的固定电话响了。

"您好，这里是花园街派出所朝阳社区警务室，请问您有什么事。"这是一部录音电话，郑欣宜先摁下录音键再拿起话机接听。

"您好，我分局指挥中心，驻警务室民警在不在？"

"在，请稍等。"

以前只是所里下指令，现在变成了综合接警平台，分局指挥中心会直接下指令。

韩朝阳愣了一下，走到郑欣宜身边接过电话。

"您好,我花园街派出所民警韩朝阳,请问有什么指示。"

"韩朝阳同志,刚接到群众报警,阳观村三组26号发生一起命案,你离现场最近,请你立即赶去保护现场!"

命案,这可不是开玩笑的。韩朝阳大吃一惊,急忙应了一声"是",旋即跑到里间打开防盗门朝集体宿舍喊道:"长生,紧急任务,叫上几个没脱制服的跟我走!俊峰,你和其他人待命。"

"韩大,什么任务?"

"阳观村出人命了!"

"马上!"

阳观村在朝阳村南面,紧挨着人民路,与朝阳村只隔着一片即将被征用的麦地。村里一样有警务室,但跟之前的朝阳社区警务室一样没人,难怪分局指挥中心让朝阳警务室就近出警。韩朝阳一刻不敢耽误,冲出警务室爬上警车,安全带都顾不上系,插进钥匙点着引擎,打开警灯,拉响警笛,顾长生、康国军等五个队员一上车便猛踩油门风风火火赶赴现场。

出警既要迅速,同样要注意安全。韩朝阳顾不上也想不到给师兄打电话,挂五档,把油门踩到底,专心致志开车。后排没座位,小康跟另外三个队员只能一起蹲着。他在警校学的是侦查专业,紧抓着刚推开的车窗急切地问:"韩大,命案什么时候发生的,要不要设卡堵截?"

"指挥中心没说,也没要求我们设卡堵截。"

话说出口,韩朝阳猛然意识到指挥中心掌握的情况可能并不多,连忙道:"长生,俞警官的手机号你知道的,赶紧给他打电话。"

"是!"

韩朝阳想想又掏出警务通,举起递给康国军:"小康,帮我给所里打电话,向带班所长汇报,所里可能还没接到指令。"

"好的。"

小康话音刚落,顾长生举着刚摁下免提键的手机说:"韩大,俞警官电话通了。"

"朝阳,什么事?"

第九十三章 命案（一）

"阳观村发生一起命案，指挥中心命令我赶紧去保护现场，我正在去现场的路上。具体情况不清楚，估计指挥中心也不清楚，你赶快回警务室和俊峰一起多带些巡逻队员过来，我先进去保护现场，你们在外面封锁大小路口，盘查可疑人员。"

命案！

刚淘沥出18颗毒品的俞镇川，顾不上再等毒贩把剩下的毒品排泄出来、再帮禁毒队干活儿，不假思索地说："知道了，我马上到。"

"顺便给师傅打个电话，这么大事不能不跟师傅汇报。"

"行，我马上打，马上到。"

火急火燎赶到村口，顺大路进村。快到三组的丁字路口时，只见一条小巷子里聚满人。这么晚了还能有什么热闹可看，不要问就知道案发现场在巷子里，围观的群众也纷纷让到路边，韩朝阳放缓车速打方向盘左转弯，在一个四十多岁的村民带领下一直把车开到一个院子门口。

"谁报警的？"

"我。"

指挥中心是让来保护现场，不是让来破坏现场的。

韩朝阳不敢就这么闯进去，一边示意小钱去路口准备给即将抵达的刑警带路，让顾长生和小康拉警戒带，一边探头看着院子里问："里面什么情况，要不要叫救护车？"

刚才带路的中年人显然被吓坏了，紧张地说："秋燕死了，孩子也死了。秋燕是被人用刀捅死的，血都干了，人都臭了！孩子应该是被勒死的，死的时间也不短。"

"时间不短，家里没其他人？"

"没有，就她们娘儿俩。"

"孩子爸爸呢？"

"显宏……显宏的事我也说不清，好长时间没回来。"中年人不知道该怎么解释，急得焦头烂额。一个五十多岁的妇女凑过来，机关枪似的说"公安同志，乔显宏做生意赔了，跑出去躲债不敢回来，从去年底就没见着他人。

我问过秋燕,秋燕也不知道怎么回事,前几天我还跟秋燕说这么下去不是事,没想到她娘儿俩出事了。"

查案是刑警队的事,当务之急是保护现场。

韩朝阳又看了一眼小院儿,回头问:"你姓什么,叫什么名字?"

"乔世杰。"

"你是怎么发现她们娘儿俩遇害的?"

"显宏是我侄子,秋燕是我侄媳妇,大姑奶奶过两天八十大寿,我家要去,显宏不在家他媳妇要去,想着跟她商量商量上多少礼,电话怎么打也打不通,结果过来一看,娘儿俩全出事了。"想到侄孙只有五岁,乔世杰又痛心疾首地说,"这祸肯定是显宏招的,可就算显宏欠下多少钱,得罪过什么人,也不至于对她们娘儿俩下这毒手。公安同志,你们一定要抓到那个杀千刀的,一定要帮秋燕娘儿俩做主!"

韩朝阳不是不想追问具体情况,而是现在要分清轻重缓急,打开手电,照照院子铁门的门锁,又回头问:"乔世杰,你是怎么进去的?"

"翻墙。"

"为什么翻墙?"

"里面有灯光,喊又没人应,一点动静都没有,我担心她们娘儿俩出事,就翻墙进去了。"

"从哪儿翻的?"

"那儿。"

不等韩朝阳下命令,小康就很默契地疏散起聚集在乔世杰翻墙位置的村民。

韩朝阳掏出警务通看看时间,又问道:"除了你还有谁进去过?"

"丹凤和兰珠进去过,长贵也进去看了一眼。"

"请你们站这边来,乔世杰,再想想,除了你们四个还有谁进去过?"

"好像就我们四个。"

这时候,远处传来刺耳又急促的警笛声。不知道是所里的人到了还是分局刑警来了,韩朝阳抓紧时间问出最后一个问题:"各位街坊邻居,我

第九十三章 命案（一）

们公安破案需要勘察现场，不管手印还是足迹对破案都很重要，老乔可能不记得谁进去过，请进去过的同志主动站到我左手边来。"

"我进过院子，就往里走几步，这算不算？"

"算，过来吧。"

"公安同志，你不会怀疑我是凶手吧？"

"你不站过来就有嫌疑！"

"好吧，我过去，不过这真不关我事。"穿T恤衫的小伙子吓了一跳，急忙挤出人群站到门边。

喜欢看热闹，现在知道看出麻烦了，韩朝阳暗骂一句，又喊道："关不关你事会查清楚的，还有谁进去过，动作快点，别等我们查出来到时候没嫌疑都变成有嫌疑！"

正说着，刘所、顾所、梁队、吴伟和管稀元带着许宏亮等辅警急匆匆跑了过来。

车停在外面，显然是担心把巷子堵死会导致即将抵达的刑警进不来。

"老顾，封锁现场，在场的人暂时都不能走。

"小吴，找报警人。

"管稀元，赶紧找群众询问。"

刘建业一刻不敢耽误，边走边不断下达着命令，同梁东升一起走到门口便急切地问："韩朝阳，什么情况？"

"报告刘所，死亡两人，遇害的是一对母子，报警人说血迹已经干了，尸体已发臭，我担心破坏现场，没敢进去确认。"

第九十四章　命案（二）

事实证明，刚才没进去是对的。

刘建业探头嗅了嗅，闻到一丝"久违"的尸臭同样没进去。

梁东升的反应让韩朝阳倍感意外，他回头环顾了下四周，从裤带里掏出一副手套，戴上之后接过手电站门口往里照，仔仔细细看了四五分钟突然抬起腿，就这么一个人走了进去。

所长来了，办案队的头来了，韩朝阳很识时务地靠边站。正不知道能帮上什么忙，顾长生跑过来递上对讲机，"韩大，俞警官和俊峰他们到了，俞警官要跟你通话。"当着刘所面称呼"韩大"，这不是把老子架火上烤吗？韩朝阳被搞得焦头烂额，急忙接过对讲机走到一边。

"朝阳朝阳，我镇川，我们到了，路口太多，只能封锁几个主干道的，你那边什么情况？"

"死亡两人，死亡时间应该超过24小时，凶手肯定早跑了，没必要设卡堵截。警务室不能离人，队员们明天还要上班，要不你先带他们回去吧。"

急急忙忙赶过来，一到这儿又让回去。换作别人绝对不会高兴，但俞镇川不是别人，尽管很想去现场看看，但还是一口答应道："行，我们先回去，反正不远，有什么事就给我打电话。"

"好的，不好意思，让你白跑一趟。"

"应该的，先走了。"

通讯环境复杂，对讲机只能喊两三公里，再远就靠手机。

师兄他们一走，对讲机也就没什么用了，韩朝阳把对讲机顺手递给顾长生，把车钥匙塞给小康，他们明天一样要上班，让他们也早点回去休息。

第九十四章 命案（二）

辖区发生命案，虽然命案归分局管，但所里的日子一样不好过，接下来肯定要协助刑警大队展开排查。刘建业本就很不高兴，见顾长生和小康等人撤了，看在眼里火在心里，暗想我们一到你小子就让巡逻队员回去，这到底是什么意思？正窝火，外面警笛大作，不用去看就知道分局刑警和技术民警到了。

包括韩朝阳在内的花园街派出所民警辅警急忙疏通道路，维持秩序，闪烁着警灯的警车一辆接着一辆缓缓开了进来。刑警大队席洪波钻出警车，站在门口跟刘建业交流几句，简单了解完情况，便转身给刑警、法医和刑事技术民警布置任务。韩朝阳没资格往前凑，唯一能做的就是继续维持秩序。似乎嫌他在里面碍事，负责维持秩序的顾副所长竟让他来巷口。来就来吧，在哪儿不是维持秩序。

在巷口守了十几分钟，又来一辆警车，分管刑侦的冯副局长到了，根本顾不上看他这个维持秩序的小民警，一下车便跑进小巷。紧接着，市局刑警支队的一位副支队长到了，带着法医和技术民警来的。正琢磨着会不会还有领导来，管稀元居然出来了，躲在两辆警车中间点上支烟，呵欠连天问："朝阳，你困不困？"

"我还好，你呢，是不是很困？"

"这几天就没睡过一个好觉，你说困不困。如果有机会，我真想跟你一样常驻警务室。"管稀元是真扛不住了，靠在警车上闭目养神，想站着打会儿盹。

他昨天上一天班，夜里清查凤凰村的外来人口，今天上午开会，中午去盛海花园维稳，一直维到下午四点多，三十几个小时没睡过好觉，铁打的汉子也扛不住。

"别抽了，靠在车上眯会儿吧，我帮你望风。"想到自己虽然很累，但昨夜至少睡了六个小时，韩朝阳真有股负疚感，往右挪了两步，用后背挡住站在两辆车缝隙里的管稀元。

"谢谢。"

"这有什么好谢的。"

说话间，村口又来一辆警车，韩朝阳下意识回头看看管稀元，确认他躲这儿应该不会被发现，没想到正往这边来的警车越看越熟悉，赫然是小康刚开回去的昌河面包。

"朝阳，刑警队的人到了？"

原来是师傅，韩朝阳不再为管稀元担心，指着巷子里说："到了，全在里面呢，不光席大来了，市局刑警支队也来人了。"

怎么会发生命案，还死亡两人！顾国利戴着帽子，凝重地说："你在这儿盯着，我进去看看。"

"您慢点，巷子里的路不平。"

等了十来分钟，顾爷爷回到巷口，探头看了看躲在他身后、正靠在警车上呼呼酣睡的管稀元，像什么没看见一般也转过身。就知道他老人家不会说什么，韩朝阳暗暗为有这样的师傅高兴。

顾国利不知道他在想什么，脑子里只有市局和分局刑警们正在侦查的案子，自言自语地说："连那么小的孩子都不放过，手段真残忍。虎毒不食子，应该不是失踪大半年的孩子爸爸，也不太可能是债主。"

"师傅，您看见尸体了？"

"没有，里面正在勘察，我能进去么。"

"报警人说女的是被捅死的，孩子是被勒死的。"从未想过当刑警的韩朝阳，突然羡慕起刑警，鬼使神差掏出警务通，输入女被害人的名字，查询起女被害人的户籍资料。

顾国利冷不丁来了句："用不着这么麻烦，找几个人问问就是了。"

"也是啊，反正站这儿也没什么事干。"

阳观村几十年没发生过命案，乔显宏媳妇和孩子遇害的事惊动全村，尽管已经很晚，围观的村民却有增无减。巷口拉着警戒带，有民警和辅警执勤，未经允许谁也不让进，陆续赶来的村民们只能在巷口围观。

韩朝阳让老徐过来帮管稀元打掩护，同顾爷爷一起走到警戒线边跟几位村民热聊起来。

"秋燕人多好，两口子感情也好，结婚几年从来没红过脸，显宏在外

第九十四章 命案（二）

面躲债，秋燕既要上班又要带孩子，从早忙到晚，不可能跟谁眉来眼去，没一点风言风语，肯定不是显宏跑回来杀的。"

"凤晴，你想哪儿去了，宇宇是显宏的亲儿子！就算显宏以为秋燕做过对不起他的事，也不可能对孩子下手。"

"我就是这么一说。"

顾国利点点头，又问道："你们都说乔显宏在外面躲债，他是做什么生意的，欠人家多少钱？"

一个胖胖的妇女说道："显宏是木匠，一直在市里搞装修，平时给装潢公司干，接到活就自己当老板自己干，这也算不上什么生意，就算是生意也算不上大生意，照理说不可能欠多少钱。"

"我表弟是漆匠，以前帮他干过活儿，他不是帮单位装修，是装小区里的商品房，主家给多少钱他干多少活，材料都是主家自己买，他不太可能赔钱。"

"公安同志，我觉得显宏躲债这事有蹊跷，如果真欠人钱，不可能没人上门讨债，我一次没见过，真的！"

这是一个重大疑点，韩朝阳下意识问："既然不太可能，那你们怎么知道他是在外面躲债的？"

"秋燕说的，秋燕亲口说的。"

"她还说过什么？"

"这种事我们怎么好刨根问底，反正秋燕说显宏做生意赔了钱，不敢回家。"

顾国利沉思了片刻，转身问："她有没有说乔显宏什么时候回来，有没有给家打过电话？"

"这我倒是问过，她说不知道，说显宏没给家打过电话，一提到这事就哭。"

"她公公婆婆呢？"

"乔富贵早死了，王巧兰跟凤凰二队的杨广成过。显宏跟秋燕结婚之后王巧兰就很少回来，连孩子都不帮着带，她才不管这边的事呢。"

顾国利追问道:"不管儿子,不帮带孙子,张秋燕有没有因为这事跟王巧兰吵过架?"

"没有,秋燕是这么想的,你现在不帮我们,我们将来也不管你,跟断绝关系差不多,有点老死不相往来的意思。"

"凤凰二队的杨广成呢?"

"杨广成是个老实人,一天到晚只知道干活儿,赚点钱全交给王巧兰。"

一个六十多岁的老头补充道:"杨广成是个老光棍,没想到快五十了还能娶上媳妇,不光娶了王巧兰那个寡妇,没想到四十多的王巧兰还能生养,帮他生了个丫头,就比宇宇小一岁。"

换作二十年前,这样的家庭真不多。

但现在不是二十年前,老伴儿死了再找一个很正常,何况王巧兰的年龄实在算不上大。

韩朝阳不认为王巧兰或杨广成会是凶手,见有领导出来了,急忙回到车边准备提醒管稀元。结果领导压根儿没朝这边看,上了停在前面的一辆警车走了。

"朝阳,你第一个到的现场,说说你的看法。"顾国利不再跟村民们一起议论,和韩朝阳一样回到车边。

"师傅,我觉得强奸杀人或强奸未遂杀人灭口的可能性比较大,应该是熟人作案,很可能是村里人干的,凶手说不定就混在人群里。"

想象力挺丰富,不过也不能排除这种可能。

顾国利眯着双眼遥望着巷子深处,沉吟道:"我觉得有两个疑点必须搞清楚,一是乔显宏到底有没有欠人钱,到底是不是在外面躲债;二是张秋燕为什么不把院子里没人住的房子租出去,谁会嫌钱多,而且非常好租,她家以前也不是没出租过。"

第九十五章　扑朔迷离

凌晨3点46分，殡仪馆的运尸车来了。

车一直开到巷子里，尸体什么样，怎么抬上车的，韩朝阳一无所知。有没有发现线索、能不能在最短时间内抓获凶手，这些同样不知道。只知道运走被害人尸体，意味着现场勘查告一段落，至少现场没法医什么事，要进一步检验也要在分局设在殡仪馆的解剖室进行，意味着包括他在内的这些在外面"打酱油"的民警辅警和协勤很快可以回去睡觉。

果不其然，刚叫醒管稀元让他回他应该待的位置上，刘所快步走到巷口，一脸歉意地说："老顾，不好意思，光顾着在里面忙，不知道你来了，让你一起熬到这会儿，赶紧回去休息吧，要是把你累倒，局领导非得扒了我皮不可。"

"刘所，你这是让我搞特殊化。"

"没有没有，我们也马上撤。"

顾国利岂能就这么走，接过香烟问："刘所，刑警队有没有收集到线索，案子有没有进展？"

"哪有这么快。"

刘建业举起打火机先帮顾爷爷点上，然后给自己点上一根，猛吸一口，有气无力地说："周局指示成立'7·17专案组'，冯局亲自担任专案组长，专案组成员从各单位抽调，我们派出所是梁东升和吴伟，办公地点设在刑警三中队，他们马上过去开案情分析会，估计明天一早我们就要协助专案组排查。"

"那你们得抓紧时间休息。"

"等技术民警收拾好东西我们就撤。"

"谁留在这儿看现场？"

"都安排好了，一个辅警一个协勤。"

刚才见顾所把许宏亮和老徐叫进去，韩朝阳猛然意识到所领导是让许宏亮和老徐留在这儿看"鬼屋"。别人熬了两天两夜，他俩一样熬了两天两夜，凭什么安排他俩不安排别人。打击报复，绝对是打击报复！

有顾爷爷这个身份超然的师傅，他们拿自己没办法，于是退而求其次给许宏亮和老徐小鞋穿，可以说许宏亮和老徐是被自己连累了。韩朝阳越想越有道理，越想越郁闷，刘所一走就爬上面包车，坐在座椅被拆掉的车厢板上，掏出手机拨通许宏亮电话。

"怎么了，什么事？"

"刘所是不是让你和老徐留下看现场。"

"是啊，还给我们留了辆车，我和老徐轮着来，一人看一小时，老徐一上车就睡着了，你听听这呼噜打得抑扬顿挫，带节奏的。"

"对不起，要不是因为我，这差事也不会落你们身上。"

"你傻呀你，看现场挺好，虽然睡不成安生觉，但天亮之后也不用跟他们到处跑，说不定能补休。"尽管许宏亮故作轻松，但一听语气就知道他有多疲惫。

韩朝阳一阵心酸，同样故作轻松地说："你先盯会儿，我回去找两个人过来，让他们坐前面帮你们盯，你和老徐在后排好好睡一觉。"

"就知道你不会见死不救，我就不跟你客气了，确实扛不住，眼睛都睁不开。"

"再坚持十五分钟。"

"行，十五分钟应该没问题。"

命案不是其他案件，许宏亮和老徐更不是外人。

韩朝阳相信苏主任就算知道也不会说什么，给东明小区保安值班室打电话，让晚上值班的保安提前换班，让换下来的人去阳观村三组帮许宏亮二人盯几个小时。

与其说看现场,不如说保护现场。

谁都知道那里发生命案,谁都知道公安安排人守在外面,甚至知道公安已仔仔细细勘查过一遍,除了傻子谁会往里钻?尽管韩朝阳这么做有那么点违反原则,但顾国利却什么都没说,把韩朝阳送到警务室才让小康送他回家。

实在太累,韩朝阳又没洗澡,倒下就睡,一觉竟睡到上午9点。俞镇川不在,顾爷爷也不在,陈洁和巡逻队员小吴在前面值班。想到夜里发现的命案,韩朝阳哪顾得上去洗澡,急忙拿起手机给顾爷爷打电话。

"师傅,我躺下时忘设闹钟,一不小心睡过了。"

"没事,年轻人应该多睡会儿。"

"师傅,我起来了,再睡也睡不着,您在哪儿,在做什么?"

"我在朝阳二队陪刑警队的小龙走访询问,你先吃点东西吧,陪刑警队走访询问这种事我一个人就够了。"

"师傅,我洗个澡,换身干净衣服就过去。"

"你过来干吗,担心我不认识路?别看我刚调到花园街派出所,其实对这一片儿我比你熟。"他家住在朝阳河西边的城东新村,他女婿以前是527厂职工,想想他老人家对这一片确实很熟,但韩朝阳还是不想让他老人家顶着烈日陪刑警队的人走访询问。

夏天的警服一共配发两套,换上的那套一直没顾上洗。穿便衣执行任务肯定不行,干脆打开衣柜取出保安公司"配发"的特警制服,拿上塑料盆跑水房去洗澡换衣服。

赶到朝阳二组,果然看到一辆捷达警车。韩朝阳把电动巡逻车停在警车后面,砰砰砰敲门。

"有人吗,师傅,您在不在,我朝阳啊。"

"来了!"铁门吱呀一声从里面打开,顾国利瞪了他一眼,不快地说,"让你别来还是来了,来就来吧,还咋咋呼呼。"

韩朝阳咧着嘴嘿嘿笑道:"师傅,我是您徒弟,哪能我睡大觉让您干活儿。"

"来又能帮上什么忙,连我都只是带路的。"

顾国利回头看了看,走到门外举起手,循循善诱地说:"敲门虽然只是一个很小的细节,但这里面的门道可不少。敲门时力度不能太重也不能太轻,敲重了对人家不礼貌,敲轻了人家可能听不见。最开始的时候,我跟你一样不得要领。每次总是用拳头背面的骨节处敲,结果没几天,这儿就肿胀充血得厉害,几千户全用指结去敲,一圈下来钢铸的拳头都受不了。所以不能用指结去敲,应该用侧面的肉掌去敲,这样才不会受伤。"

"连敲门都有这么多门道!"韩朝阳觉得有些不可思议。

"敲门的门道多了,比如敲木门和敲铁门,木门用指结敲比较容易,声音脆响。铁门得用拳头侧掌,而且不能敲中间,只能敲靠近门轴处的位置,否则声音会比较沉闷。"

顾爷爷讲得很详细,时不时用肢体语言做示范,说得他自己都不好意思地挠了挠头:"好像有点啰唆了,我以前不是这样的,可能在社区待太久,总想着怎么把一件事跟群众说清、说透,久而久之就形成了啰唆的习惯。"

"师傅,千万别这么说,您这些全是经验之谈。"

韩朝阳笑了笑,探头朝里看了一眼,不无好奇地问:"刑警队的人是不是查阳观三队的那个案子?"

"嗯,这家跟被害人家是亲戚,专案组效率挺高,专门列出一张清单,跟被害人家有关系的我们辖区一共六个,这是第二家。"

刑警队正在做的是基础工作,韩朝阳不认为这家人能提供什么线索,想想又问道:"师傅,您知不知道现场勘查结果,张秋燕生前有没有遭到侵犯,现场有没有打斗痕迹?"

十个新人,九个想破大案。

顾国利早习以为常,走到树荫下说:"我刚才打听过,不是奸杀,从现场看应该是财杀,有点像入室盗窃暴露杀人灭口。法医又判断死亡时间应该是大前天晚上7点至10点,那个点儿左邻右舍全在家,前后左右全有人,就算大人没机会喊,孩子也有机会呼救,所以又有点像熟人作案。"

"张秋燕有钱吗?"

"这就是疑点,全村都知道乔显宏在外面躲债,都知道她家没钱,如果真是入室盗窃暴露杀人灭口,那也应该是流窜作案,不太可能是熟人作案。"

正聊着,几个工作组干部往这边走来。

专案组是破案的,他们是征地动迁的,想到各有各的分工,顾国利摇摇头:"不说这些了,破案这种事用不着我们操心。现在技术多发达,现场能采集到指纹、脚印和DNA,周围好多路口有摄像头,天网恢恢疏而不漏,凶手肯定跑不掉。"

"也是,用不着我们咸吃萝卜淡操心。"

见带头的干部是谷局长,韩朝阳不禁笑道:"师傅,我既要当片儿警也要协助工作组征地动迁,您在这儿喝口水,我去跟谷局长打个招呼。"

"去吧,你忙你的,别管我。"

谷局长同样看到了他们师徒,但没过来,而是举手打了个招呼,开始敲紧挨中街的那家门。韩朝阳跑到他们身边,笑问道:"谷局长,杨大姐,要征用的地评估得怎么样?"

"差不多了,周六前发放补偿,下周一施工单位进场,开始砌围墙。"

"这么快!"

"不快不行,对了,听说阳观村昨晚死了两个人,娘儿俩在家里被杀了,小韩,你有没有去?"

"去了,算起来我是第一个赶到现场的民警。"

杨大姐一下子来了兴趣,也不敲门了,搂着文件夹紧盯着他问:"现场是不是惨不忍睹?"

他刚才没吹牛,确实是第一个抵达现场的民警。

但第一个抵达现场并不意味着什么都知道,事实上折腾大半夜什么都不知道,韩朝阳被问得很不好意思,一脸尴尬地说:"这我真不清楚,我一直守在外面维持秩序的。"

第九十六章　杀熟

基层警力不足，社区民警要接处警、要值班备勤、要协助办案甚至主办一些治安案件，平时难得下一次社区，连顾爷爷这样的社区民警，想挨家挨户走访一遍辖区内的居民，也需要一年甚至更长时间。所以今天既要陪刑警队的人排查线索，一样要利用这个机会走访。

相比一星期前，村里要冷清得多。许多租住在村里的外地人搬走了，剩下的正在搬或准备搬，一路上看到好几辆搬家的小货车和电动三轮车，大街小巷随处可见的拆迁动员标语，在冷清的基础上又平添了几分紧张的气氛。

"以通情达理为荣，以胡搅蛮缠为耻；以合法补偿为荣，以漫天要价为耻；以第一奖励为荣，以丧失奖励为耻；以签约交房为荣，以上访拒迁为耻。"

韩朝阳看着应该是昨天刚挂上的标语，忍俊不禁地说："四荣四耻，太有才了，谁想出来的。"

"写得是挺好，不过做群众工作用这样的标语不行。"顾国利指指右边的标语，不无感慨地说，"'面对现实谈补偿，合理价位快交房；赖到最后一场梦，熬到最后梦一场！'这个好，念起来朗朗上口，意思也全表达出来了。"

"师傅，这个也不错——'吃透精神早签约，世上没有后悔药。等到强拆梦方醒，流泪懊丧又跺脚。'"

"嗯，写这两个标语的人有水平。"

"人家就是吃这碗饭的，所以人家能坐在办公室里吹空调。"

"羡慕？"

"谁不羡慕，不过也不能怨天尤人，只能怪自己没本事。"

"你倒是看得开。"

韩朝阳正准备自夸一下乐观的工作生活态度，手机响了。顾国利回头看了一眼，示意他接电话，旋即走到要走访的一户村民家门口举手敲门。

巡逻队员小余打来的，韩朝阳走到树荫下举着手机问："旭成，什么事？"

"韩大，上次帮综合行政执法大队送暂扣的东西去他们单位时，我见他们院儿里停好多暂扣的三轮车，有些好像都没人要了。我那几个老乡要搬家，往三里庄搬，他们全是蹲马路边上等活儿干的，干一天歇几天，一个月赚不到几个钱，舍不得叫车，您能不能帮我问问汤队，看能不能借三轮车用一下。"

"东西很多？"

"锅碗瓢勺，床单被褥，还有一些干活的工具，收拾出来真不少。"

街道和工作组上次为什么全力协助公安清查朝阳村外来人口，为什么要开出那么多罚单，不就是为了动员租住在村里的外来人员先搬么。给外来务工人员提供搬家所需的交通工具，往大处说也是有利于征地动迁。韩朝阳相信汤队长会借，一口答应道："没问题，我帮你问问。"

"谢谢韩大。"

"谢什么，举手之劳。"

电话打过去，汤队长果然很好说话，不仅答应借，甚至主动提出帮着挑两辆"车况"比较好的三轮车。

韩朝阳挂断汤队长的电话，给小余回拨过去，小余很高兴，在老乡们面前很有面子，禁不住问："韩大，您今晚有没有时间？"

"我有没有时间你又不是不知道，有什么事直说，又不是外人。"

"晚上我们老乡聚会，其实就是买点菜买几瓶酒一起吃顿饭，要不是您让建微信群我们也聚不起来，能不能赏光一起去坐坐。"

"你们老乡聚会，我这个外人去不合适吧。"

"韩大,他们见过您,在群里也聊过,算不上外人。"

发动群众不能光靠微信群,想跟群众搞好关系既要在线上聊,一样要在线下联络感情,只有这样才能拉近距离,才能跟他们成为朋友。这是个机会,也是一个扩大"朝阳群众"队伍,拓宽线索来源的好办法。韩朝阳权衡了一番,笑道:"行,既然都认识,我就算没时间也要抽时间,下班之后我们一起去。不过要帮我跟你们老乡打个招呼,谁也不知道晚上要不要出警,所以我肯定不能喝酒。"

现在公安管得严,如果酒气熏天,被群众举报,督察肯定会找他约谈。

小余能理解,一口答应道:"没问题,不喝酒可以喝饮料。"

"好,就这么说定了。"

人家赚点钱不容易,不能白吃白喝。

见路口有一个水果摊,韩朝阳走过去问:"老板,西瓜多少钱一斤?"

"韩警官,给别人一块五,给你算一块三。"

韩朝阳一边挑起西瓜一边笑问道:"你认识我?"

"认识啊,我就住在三队,我就在你们群里,"西瓜老板从藤椅上拿起手机,翻出微信群,嘿嘿笑道,"你们巡逻队的小李子是我老乡,我家离他家也就七八里,以前是两个乡,现在是一个镇。"

"李梦阳?"

"对,就是梦阳,我跟着一起叫他小李子,忘了大名儿。"

事实证明,小伙子们的工作很到位,这老乡关系拉得简直无可挑剔。

"老板贵姓?"韩朝阳把挑好的几个西瓜放到一边,让老板拿两个大方便袋。

"免贵姓王,王大山,小李子来燕阳没多长时间,我来燕阳时间长,算算快六年了。以前在新民菜市场摆摊,后来那边拆了重盖,条件是好了,摊位费也高了,算算不划算,就把摊儿摆这儿来了。"

"这儿也摆不了几天。"

"是啊,村里都没几个人了,我让我媳妇先去阳观菜市场门口占了个地方,卖水果也靠熟人照顾,让她在那边先干着,我这儿能干几天算几天。"

"阳观菜市场好像在阳观三队和四队的路口。"

"就在三队和四队的丁字路口,韩警官,你去过?"

昨夜在那儿维持近六个小时秩序,只是太晚,菜市场已收摊,没看见他老婆,甚至没看到他家的水果摊。

想到张秋燕母子被人残忍杀害在家中,想到吴伟那个小人沾他师傅光居然混进了专案组,而自己这个第一个赶到现场的民警对案情居然一无所知,韩朝阳眼前一亮,不动声色问:"王老板,阳观三队死了两个人你知不知道?"

"知道,我媳妇早上打电话说就在菜市场对面巷子里,死的是娘儿俩,孩子才五岁!"

"老板娘知道得不少啊。"

"她一天也卖不出几百斤瓜,微信、手机游戏又不会玩,整天待着干什么,不就是跟周围人聊呗。"

"王老板,你跟小李子是老乡,算起来我们也不是外人,能不能让老板娘帮我留意留意,村民们到底是怎么议论的,出事的那家到底是怎么回事。"

小李子不止一次在群里提过,让几个老乡帮着留意违法犯罪的线索和形迹可疑的人。

西瓜老板本就很八卦,听韩朝阳这么一说劲头更足,神神叨叨地问:"韩警官,你要查这个案子?"

"只要是公安都有义务查,我们就是干这个的。"

"没问题,我帮你留意,我媳妇不行,她那记性早上说什么中午就忘了,明天我去阳观菜市场,让她在这边看摊儿。"

"不会影响你做生意吧?"

"怎么可能,我在这边是卖瓜,去那边一样是卖瓜。"

"这就拜托了,我也在你们老乡群里,回头加一下,听到什么直接给我发微信。"

王老板很豪爽,答应得很痛快,一下子卖出七个大西瓜也很高兴。

韩朝阳提着两大袋西瓜回到要走访的人家门口，把西瓜放上巡逻车，顾爷爷正被一位五十多岁的妇女送出大门。之所以来她家走访，是因为她有一个患精神病的儿子。二十四岁，人高马大，整天在村里转悠，三天两头走失，她不知道报过多少次警。让人啼笑皆非的是，那小子每次走失之后总能被熟人无意中遇上或稀里糊涂找回来。

"顾警官放心，我家小伟只是智力不高，跟那些疯子不一样，不会惹事。"

"这些情况我知道，今天来没别的意思，就是担心他又走丢。到时候你急，燕阳这么大我们又不知道帮你去哪儿找。平时多关心，请左邻右舍都帮着留留意，别让他走远，这样是不是更好？"

"对对对，您说得对。"

"光关心关留意不够，毕竟这么大了，不可能像带孩子一样盯着。看见没有，去找人做一个，上面印上照片、姓名、家庭住址和你家的电话，简单注明他的情况，让他挂在脖子里。万一再走失，好心人看见牌子就会给你打电话。"

顾爷爷千叮咛万嘱咐，女主人很感动，保证看好她的傻儿子，保证下午就去打字复印店做一个胸牌。

下一站是一个列管的前科人员家，顾爷爷爬上巡逻车副驾驶，好奇地问："朝阳，买这么多西瓜干吗？"

"我不是让队员们建老乡群、帮着发动群众吗，小余跟他们老乡晚上有个聚会，非让我一起去。人家赚点钱不容易，不能白吃白喝，买几个西瓜意思一下。"韩朝阳一脸不好意思地笑了笑，又补充道，"一共七个，晚上带六个去，留一个我们自己吃。"

有点意思！

顾国利越想越好笑，忍不住调侃道："朝阳，你这个工作思路是对的，不过怎么觉得这是在做无用功。这里快拆了，他们就算现在没搬将来也要搬，不在我们警务室辖区。"

"那些群建都建了，他们将来在不在我辖区是将来的事。就算将来都不在我辖区，能提供其他地方的违法犯罪线索一样是好事。师傅，说出来您不一定相信，其实我现在的眼线就遍布全街道，街道的停车管理员，街道环卫所的清洁工，我全拜托过，全在帮我留意。"

"可以啊，就这么干，我们社区民警是做什么的，不就是为刑侦部门提供线索嘛。"

"师傅，今天这事给我提了个醒，光认识光拜托没用，还要联络感情。感情不到那一步，不把关系巩固好，谁会帮你忙。"

"对，干我们这一行就是要跟群众交朋友。"顾国利越来越欣赏这个无师自通的小徒弟，随口问道，"这些瓜买多少钱，多少钱一斤？"

"一共八十八，好像六十几斤。"韩朝阳下意识看了一眼远处的水果摊，不无得意地笑道，"老板我认识，跟我们巡逻队的李梦阳是老乡，也在我们建的那些微信群里，别人去买一块五，跟我只算一块三。"

"一块三？"

"嗯，零头还没要。"

顾国利彻底服了，禁不住笑道："一块三还便宜，你去菜场看看，八毛九毛，像这样的最多一块。"

"老乡坑老乡，坑你没商量，原来这就是传说中的杀熟！"韩朝阳看着正举手朝这边打招呼的王老板，被搞得哭笑不得。

第九十七章 专案组

下午6点23分,燕东公安分局刑警三中队会议室烟雾缭绕。

查了一天,一点头绪没有,参加第二次案情分析会的领导和刑警们神色凝重。席大回头看看前来指导侦办的刑警支队贺副支队长,又点上支烟。昨夜勘查过现场,今天一早再次带队去现场勘查过的技术中队林晓鹏中队长,偷看了一眼两位领导,捧着小本子接着道:"经过再次勘查,可以判定为多人作案,且是有计划有预谋的作案。他们入室之后同时控制住大人和小孩,把大人带到隔音较好的一楼左侧房间进行拷打。女被害人身上有24处淤伤,4处擦伤,脸部遭受过重击,肋骨断了3根,死亡前遭受过残忍的折磨。照理说凶手应该留下许多痕迹,但现场却非常干净,没提取到指纹,也没发现足迹。幸好被害人反抗过,咬过凶手,这让我们从女被害人的口腔中提取到其中一个嫌疑人的DNA。"

"这么说客厅不是第一现场。"

"不是,左侧卧室才是。"

林晓鹏递上一叠照片,转身走到白黑板前,指着用水笔画的地形图:"我们在这儿、这儿、还有这儿发现多处血迹,从这儿到客厅的血迹更多,能从血迹的分布上看出被害人是被拖到客厅的,凶手应该是杀完人清理完现场之后再翻箱倒柜,对现场进行伪装,试图误导我们的侦查方向。"

"凶手是怎么清理现场的?"贺副支队长问。

"就地取材,死者家卫生间里的东西几乎全用过,我们在洗脸池、马桶和淋浴室里发现大片血迹,只是没找到拖把和抹布之类的东西,凶手应该是清理并伪装完现场之后把那些东西带走了。"

"有没有在案发现场附近找找？"

"找过，附近的垃圾箱和死角里都没有，也没发现血迹。"

这么说扔得比较远，可见凶手具有一定反侦查意识，非常狡猾。

席洪波再次看看照片，抬头道："孩子呢？"

"勒死的，相比女被害人，死得没那么痛苦，至少没受过太多折磨。"

"对于死亡时间段的判断会不会有误。"

"不会，刘主任亲自去过现场，亲自参与解剖，刘主任也认为张秋燕母子的死亡时间应该是在15日晚7点至10点半之间。"

市局法医检验鉴定中心主任作出的判断应该不会错，席洪波微微点点头，一边示意他坐下，一边冷冷地说："同志们，技术部门做了大量工作，发现了许多线索，甚至掌握了其中一名嫌犯的DNA，接下来就看侦查的。徐伟，你先来，说说你的看法。"

"席大，我想先问问晓鹏，从女死者口腔里提取到的DNA，有没有拿到公安部前科人员DNA数据库里进行比对？"

这算什么问题！席洪波被他搞得很没面子，反问道："你说呢？"

重案中队长徐伟反应过来，急忙道："席大，我就是问问。要说看法，我觉得这个案子有许多疑点必须查清楚。首先，我们跑了一天，走访过乔张两家的四十多个亲戚，走访过乔显宏干过活儿的五家装修公司，一起干过活儿的二十多名水电工、木工、瓦工、油漆工，甚至走访过他经常光顾的一些装修材料供应商。结果谁都知道他搞装修赔了，欠下一屁股债，却不知道怎么赔的，做什么装修工程赔的，到底欠谁的钱、欠多少钱。赔了欠钱这些事，有些是乔显宏神秘失踪前亲口说的，有些是张秋燕说的，还有些是一传十、十传百这样传开的。"

欠债总要有个债主，贺副支队长觉得这是一个重大疑点，低声问："他有没有管亲朋好友借过钱？"

"没有，所以说乔显宏非常可疑，这个可疑不是指他具有杀人嫌疑，而是在欠钱躲债这个问题上可疑。既然欠一屁股债，肯定要想方设法还上。结果既没债主上门讨要，他又没管亲朋好友借钱以解燃眉之急。"

干这么多年刑警，这种情况真是头一次遇到。

贺副支队长沉吟道："或许他真欠下一屁股债，但不是搞装修欠下的，而且所欠下的债远远超过他的偿还能力，就算管亲朋好友借也还不上，干脆一走了之。如果真是这样，那么残忍杀害张秋燕母子的凶手很可能就是债主。"

"报告贺支，我们发现这些疑点之后，立马想到乔显宏有没有可能涉赌或者涉毒，但从走访询问掌握的情况看，乔显宏是一个几乎没有不良嗜好的人。可能因为他父亲死得早，以前家庭比较困难，所以他很勤劳能干也很肯干。没人见他打过牌，逢年过节亲戚们聚在一起，拉他玩都不玩，烟酒也不沾，并且很节俭，他这样的人既不太可能参赌，更不太可能沾上毒品。从这个角度上也能看出，像他这么谨小慎微的人，搞装修不可能赔本，只是赚多赚少的问题，更不可能因为装修欠下巨额债务。"

乔显宏失踪，张秋燕死了，乔显宏的母亲王巧兰早已改嫁，这个家庭到底是什么情况，居然找不到一个知情人！

领导们在前面研究分析，吴伟坐在最后一排绞尽脑汁、苦思冥想。直到梁东升站起来汇报，他才缓过神急忙坐直身体。"报告贺支，报告席大，我们这一组走访询问过阳观村214户居民，尽管案发当晚许多村民在街上乘凉，但由于租住在村里的外来人员太多，村民们没发现什么异常。考虑到租住在村里的外来人员白天要么上班，要么出去干活、做生意，我们刘所决定组织力量于今晚10点对租住在阳观村的外来人员进行一次全面彻底的清查，看能不能在清查中有所收获。"

人太多，这是一个很头疼的问题！阳观村周边的交通、治安及民用监控视频能提取的全提取了，几十号人在分局守着电脑反复分析研判视频，但视频里的人太多、车太多，结果看谁都可疑。有车牌号在，车可以查。人脸上不可能写着身份证号码，只掌握体貌特征，大晚上拍的五官又不是很清晰，而且是成千上万人，怎么将他们一一"对号入座"，怎么才能搞清他们的身份。所以遇到这种情况，最笨的办法往往是最好的办法。

席洪波觉得晚上的清查非常有必要，抬头问："警力够不够？"

"肯定不够，不过刘所会想办法的，大不了查到天亮。"

"告诉刘建业，警力不够我帮你们解决。10点是吧，我让协助你们清查的民警9点半去派出所集合。"

"谢谢席大，我这就给刘所打电话。"

"去吧。"

"是！"

"杜小连，你负责查乔显宏及张秋燕的手机通话记录，立即准备手续。杜少华，你们负责调查乔显宏及张秋燕真正的经济状况，我给经侦大队打电话，让他们安排两个经侦民警来协助你们，立即准备手续，搞好跟小杜一起送分局找周局签字。"

"徐伟，乔显宏的情况尤其社会关系要深挖细查，你们继续负责这条线。动作要迅速，工作要细致，绝不能漏掉任何蛛丝马迹。"

"是！"

领导不断下达命令，但这些命令没一条与自己有关。刚听说要被抽调进专案组，吴伟不知道有多激动，毕竟不是每个民警都有机会参与大案要案侦破的，结果进了专案组干的还是原来的活儿，白天和刑警们一起在阳观村走访询问，晚上又要回阳观村参与清查行动。

吴伟真有那么点失望，跟着梁东升走出会议室，一钻进警车就忍不住问："师傅，村里人不认识外地人，外地人一样不认识村民，顶多认识各自的房东，就算有人见过凶手也不一定觉得可疑，拉网式清查，借清查的机会走访询问管用吗？"

"不发生这起命案我们就不要清查阳观村的外来人口？"

梁东升反问了一句，系上安全带闭上双眼，呵欠连天地说："你以为案子是怎么破的，福尔摩斯那是小说，那是电影！而且办案讲究的是证据，就算谁知道某某某是凶手，没证据这个案子一样不算破。所以要多警种协同，大兵团作战，每项工作都很重要，每个人都缺一不可。"

"可是……"

"别可是了,我知道你是怎么想的,其实我们办案队原来就是刑警队,你吴伟就是刑警。只是这几年搞警务改革,改来改去,不管刑事案件还是治安案件都要管都要办。"

梁东升挪挪屁股,调整到最舒服的姿势,接着道:"你和韩朝阳是一起分到所里的,所领导喜欢你,不喜欢韩朝阳,结果那小子隔三岔五搞出点事,这对你确实有点压力。但人比人气死人,很多事是不能比的,他总能出风头也不意味着他比你能干,心态一定要好,知道吗?"

第九十八章 西瓜没白买

俞镇川上午在所里，下午来警务室。说是来警务室，其实大多时间还是在他的辖区，只有晚上真正在警务室。本想着师徒三人一起吃顿晚饭，结果计划不如变化，韩朝阳再三致歉，直到把师傅和师兄的晚饭安排好才洗澡换衣服，才同在警务室等了近半个小时的余旭成，一起骑向保安们借的电动车赶到三里庄。

小余的老乡真不少，一共十七个人。其中十一个人是蹲在马路边上、面前摆一块写有"水电木瓦油"纸板等活儿干的民工，年龄都比较大，最大的一位今年已经六十二了。剩下的六个人中有一个刚毕业的大学生，一个开网约车的司机，两个在燕兴花园酒店上班的女孩儿，一对在小饭店做厨师和服务员的夫妇。

年龄跨度比较大，所从事的行业也不同。如果在老家，他们是不太可能聚到一起的。

小余是群主，也是今晚当仁不让的主角，一一介绍完，热情招呼大家伙坐下开吃。

"韩警官，这些菜是在外面买的，这几个菜是长鸣做的，别客气，这又没外人，动筷子，尝尝长鸣的手艺。"

"去我们饭店吃，跟老板娘说一声也能打折，不过再怎么打折也没在家吃划算。"崔长鸣一脸不好意思，他们两口子租的这间房子不大，生怕老乡们太挤，又往桌角边挪了挪。

"不错，好吃！"韩朝阳吃了一口小炒肉，端起饮料问，"崔哥，你和嫂子今天不用上班？"

"韩警官，跟你们公务员没法儿比，在饭店干哪有什么节假日，今天是请假的，请假搬家。"

"崔哥，你别谦虚了，你是厨师长，一个月赚七八千，工资比韩警官高！"

"他也就这两年高点，以前没这么高，学徒时一个月只有几百。"崔长鸣的媳妇陈丽娇接过话茬，脸上洋溢着幸福的笑容。三十多岁看上去只有二十四五，身材窈窕，脸上化着淡妆，听口音跟小余他们并不是一个地方的，能想象到她和崔大厨是在饭店认识的。

两口子一年赚十来万，儿子在老家。虽然住的地方很一般，但一样是"二人世界"，这小日子过得不要太滋润，不仅老乡们羡慕，连韩朝阳都有那么点羡慕。

只要勤劳肯干，在燕阳这个人口三百多万的省会城市个个有饭吃，谁也不在乎吃喝，主要是聚聚聊聊。刚毕业的小马很活跃，酒量也很好，挨个敬完酒，眉飞色舞地说："小雨，琳琳，陈家集虽然远点，但交通挺方便的，有公交车直达，如果骑电动车上下班也就半个小时。我找好地方了，明天就搬，我那个房东家还有两间，比你们以前住的地方大，而且是新房子，很干净。"

"多少钱一个月？"

"四百五，有空调，有卫生间，还有无线。"

"行，我们明天去看看。"

搬家无疑是他们近期聊得最多的话题，人家本来就背井离乡，因为朝阳村拆迁又要颠沛流离，韩朝阳油然而生起一股莫名的负疚感，像是自己把他们赶走似的。

不知道更不好意思参与这个话题，干脆笑而不语。

"我们也找好了，我们去阳观村，说起来巧了，以前的那个房东家正好有两间空着，还记得我和老潘，挺客气的，连押金都不要。"

"我们房东也不要押金，只是要先交一个季度的租金。"

"那跟押金有什么区别，我们一个月一个月交。"

第九十八章　西瓜没白买

"有这好事，万叔，你们那个房东真不错。"

说者无心，听者有意。

想到张秋燕母子遇害的案子，韩朝阳冷不丁问："万叔，你们租在阳观几队？"

"四队，就在菜市场北边第二个巷子里，不是第六家就是第七家。"

"你们以前在那儿住过？"

"住两年多，我们对阳观村比对朝阳村熟悉，说起来都怪老侯，去年回家过年，舍不得一个月房租，就把房子退了，结果初十过来人家租出去了，只能重找地方。朝阳村离市里是近点，房租也贵，差不多的房子贵一百五，想想真是占小便宜吃大亏。"

"又说这些，老说有意思吗？"

"你说是不是占小便宜吃大亏，不光吃亏还不得安生，在朝阳村住了不到一年就要搬，麻不麻烦！"

"我哪知道朝阳村要拆迁！"

"苗叔，侯叔，谁也不知道将来的事，搬都搬了，我们说点别的。"小余可不想老乡们因为这点事吵起来，急忙打起圆场。

想到小老乡在群里拜托过的事，本就急于转移话题的老侯突然问："韩警官，晚上堵人家门锁，再贴小广告让人家打电话叫他去修，这算不算犯罪？"

这趟没白来！这顿饭没白吃！墙角里放的那六个大西瓜没白卖！

韩朝阳乐了，放下筷子说："这可能够不上犯罪，但肯定是违法，如果堵过的门锁达到一定数量，造成很大的经济损失，那就是犯罪，就要追究刑事责任。"

"我们不知道，我们不太懂法，如果早知道早跟你们说了。"

一直跟老侯抬杠的老万显然知情，抢过话茬："韩警官，朝阳五队，就是我们原来住的那个房东家有一个门面，里面电焊机、切割机什么都有，修电动车、修卷闸门，反正什么都修。以前还卖过纯净水，就是给人家送桶装的那种纯净水。开店的那小子白天搞维修，晚上就出去堵人家的锁，专门堵卷闸门的锁,用502胶水堵,把胶水挤进锁眼,干了就打不开。装卷闸门的全是做生意的,第二天一早门打不开怎么做生意,人家肯定急,就打他们贴在卷闸门上的维修电话,钱就这么来了,你说他们缺不缺德!"

"太缺德了,我们饭店以前也遇到过,库房的卷闸门晚上还好好的,第二天早上就打不开,只能打电话找人修。"崔长鸣涨知识了,一脸恍然大悟。

事实证明上次的清查不够彻底,好在亡羊补牢为时未晚。

韩朝阳很高兴,强按捺住激动问:"万叔、侯叔,你们是怎么知道的?"

"他以前从老家找了一个小子帮着干,那小子嫌钱少,干一个多月就不干了,没找到工作就跟我们一起找活干。看他可怜,还让他跟我们住了几天,结果他怕吃苦,干几天又跑了,也不知道跑哪儿去了,借常浩的钱到现在都没还。"

"跟你们一起干活儿时说的?"

"嗯,天天蹲马路边上等活儿,边等边闲聊呗。"

"开店的那个姓什么,叫什么名字?"

"姓柯,叫什么名字我忘了,我们都叫他柯老板。"

外来人口台账里他的身份证信息、租住在什么地方也知道,这些不是很难查。

韩朝阳想想又问道:"他现在手下还有没有人?"

"有一个,不知道从哪儿找的,也是个小年轻。对了,他老婆也在,他们好像没找好地方,店还开着。"

"万叔、侯叔,你们反映的这个情况很重要,我们会为你们保密,你们也不要泄露。进城打工谁都不容易,但不能干这种违法犯罪的缺德事,我会查的,不会让他逍遥法外。"

"放心吧,我们嘴严着呢,再说现在已经搬到阳观去了。"

"我就是提醒一下,来,我以饮料代酒,敬二位一杯,感谢二位对我们工作的支持。以后遇到什么难事也别不好意思,尽管给我打电话或发微信,只要我韩朝阳能做到的绝不推脱。"

第九十九章　扶上马送一程

吃完饭，再次感谢崔长鸣两口子的盛情款待，在院子外面拜托老万、老侯和老霍等搬到阳观村的民工代为打听乔显宏家的情况、代为留意乔显宏的下落，让小余和小马负责把两个女孩安全送回去，赶到警务室已是晚上九点多。

"陈洁，我师傅呢？"

"顾警长出去巡逻了，家乐刚从沿河公园回来，说在河边遇到过顾警长。"

韩朝阳走进里间，带上门，留下一道缝隙，一边换警服一边问："他一个人出去巡逻的？"

"怎么可能，"陈洁放下鼠标，伸着懒腰说，"以前是不知道，现在都知道你师傅是二级英模，他老人家要是出点什么事，不但你日子不好过，苏主任的日子一样不会好过，特意跟我们交代过，所以见他大晚上要出去巡逻，我就让永明跟着去了。"

"谢谢。"

"不客气，他老人家也确实值得我们尊敬。"

"那是，不然能穿上白衬衫，能被评为二级英模？"韩朝阳不无得意地笑了笑，又问道，"我师兄呢？"

"出警了，新民社区有条河又脏又臭，正在搞疏浚，先把河里的水抽掉，再抽河底的泥浆，要跟朝阳河一样固化河堤，然后搞沿河绿化带。这是一件好事，但施工单位为了工程进度居然晚上施工，抽泥浆的那个泵噪声特别大，住在河边的居民嫌吵，打110报警。"

"这好像不归我们公安管。"

"你们分局指挥中心也是这么说的，让报案人打环保热线，环保局的人去了，见干活的民工拿不出夜间施工的许可证，就责令他们停止施工，关掉泥浆泵。结果环保局的人一走，他们又开始干，跟环保局打游击战。"

"让报案人再打环保热线，让环保局再去。"

"让再打了，环保局值班室的人说他们无权暂扣施工设备，而且现场就几个民工，大晚上找不到负责人，说他们正在了解到底是哪个施工单位，打算搞清楚之后再给施工单位开罚单。"

韩朝阳开门走进警务室，瞪着双眼问："搞清楚之后再开罚单，今晚的事就不管了！"

这种相互推诿的事太正常不过，陈洁禁不住笑道："人家没说不管，说正在想办法，还建议报案人打市长热线。"

"市长管不管？"

"亏你还是公务员，市长能大晚上坐值班室接电话？那边肯定跟你们公安局的指挥中心一样，有好多人坐那儿接电话。接电话的人说他们会责成相关部门去了解，说会在一个星期内给回复。"

韩朝阳系上武装带，拿起执法记录仪问："然后呢？"

"然后报案人急了，又打110，说现在不归你们公安管，等跟干活的民工打起来你们公安管不管？放出话，好像还录了音，准备去拉闸断电，如果干活儿的民工不让拉闸就去砸施工设备，等打起来看你们公安出不出警，要不要负责任。"

这就不一样了，搞不好会"民转刑"。

韩朝阳彻底服了，轻叹道："那些部门也真是的，什么事都往我们公安这儿推，这不是让我们管天管地管空气么。"

"有困难找警察，你们不就是这么宣传的吗？"

陈洁噗嗤一笑，接着道："对了，你们分局指挥中心也让报案人找过街道综合行政执法大队，结果新园街道办事处的值班干部说他们既没执法人员，也没鉴定噪声的技术能力，又让报案人继续打环保热线。"

"什么都往我们身上推,这算什么事啊!"

韩朝阳暗暗祈祷自己辖区不要发生这样的麻烦事,佩戴齐单警装备,打开抽屉取出电动巡逻车钥匙,开巡逻车去沿河公园找师傅。

顾爷爷确实在,正跟527厂的一帮老头老太太谈笑风生。

"国利,小韩来了!"

"朝阳,来得正好,今晚你指挥,我们演奏,你看看行不行。"

"王厂长,我……"

韩朝阳话还没说出口,顾国利便微笑着催促道:"有什么不好意思的,再说这也是工作,社区服务站里的旗杆竖起来了,下周一要升旗,现在排练好,到时候就不用放国歌。"

"行,那我就开始了。"

"开始吧,你们演奏,我跟着唱。"

台上十分钟,台下十年功。天天晚上排练为什么,不就是为了登台演出。

老厂长和老俞他们非常乐意参加社区的升旗仪式,已经排练了三个晚上,乐队成员全部就位,捧着或抱着"中西合璧"的乐器一个比一个专注。顾爷爷更搞笑,走到合唱团里发现个子有点矮,干脆走到王阿姨那一边,看上去很是滑稽,引得众人一阵哄笑。

"乐队准备!"韩朝阳走到众人面前,看看老厂长等乐队成员,缓缓抬起胳膊。

随着他的手势,第一小节进军号般的前奏响起,王阿姨等合唱团成员在明亮雄伟铿锵有力的节奏中放声高唱。

"起来!不愿做奴隶的人们!"

"把我们的血肉筑成我们新的长城!"

"中华民族到了最危险的时候,每个人被迫着发出最后的吼声……"

527厂的老头老太太们天天晚上在沿河公园排练,但从未演奏过《义勇军进行曲》,从来没合唱过《国歌》,围观的人比刚才更多了。

年轻人看热闹,经历过那段激情燃烧岁月的老年人情不自禁地跟唱。

尽管乐队的演奏水平不尽人意,虽然这首人们耳熟能详的《国歌》每个乐句的旋律、结构都各不相同，但乐句与乐句之间衔接紧密、发展自然，上百人唱起来真是起伏跌宕、浑然一体！

"大家唱得非常好，乐队演奏得也非常好，"韩朝阳拍拍手，抑扬顿挫地说，"从刚才的歌声中我听出、我感受到我们中国人民对帝国主义侵略的强烈愤恨和反抗精神，感受到伟大的中华民族在外侮面前勇敢、坚强、团结一心共赴国难的英雄气概！很受鼓舞，又有些意犹未尽，相信大家也一样，好，我们再来一遍，乐队准备。"

朝阳社区警务室变成了综合接警平台，527厂合唱团和乐队也在发展。不仅人比以前多，装备也比以前好。有麦克风，有音响，甚至有一个不知道他们从哪儿搬来的调音台，连给音响提供电源的大电瓶都是他们自带的。

坡下排练的乐声和歌声，坡上听得清清楚楚。

再次巡视到这里的市局纪委林书记，摇下车窗看着在下面与群众同乐的俩民警，不禁笑道："老顾怎么跑这儿来了，他不是在东风街派出所吗？"

各分局整改的情况都是要上报的，领导不知道不等于下面人不知道。全市公安系统就一个穿白衬衫的社区民警，并且是全国公安系统二级英模。小吕印象深刻，回头解释道："报告林书记，燕东分局在上报材料里说他们根据实际情况把朝阳社区警务室建成了一个综合接警平台，让新园街派出所和花园街派出所各派一个社区民警进驻平台，在让社区民警干好本职工作的同时兼顾理工大学、市六院及该路段的110警情、巡防及反恐防爆工作，也想以此避免因辖区划分导致的相互推诿扯皮等情况。"

"这个工作思路不错，但也用不着把老顾调过来，老顾这么大年纪，身体又不好，马上就退休，调过来带班值班不太合适。"

"燕东分局的上报材料里提过老顾的事，说是想请老顾发挥余热，发扬'传帮带'传统，趁退休前再带两个徒弟。"

"不是好苗子不会让老顾带，看来燕东分局是想培养两个人才，树立两个典型。"

"林书记，我觉得分局的考虑能够理解。有老顾在，分局一年不知道能露多少次脸，不管老顾参加会议还是接受媒体采访，首先提到的都是燕东公安分局，可以说老顾就是分局的一张名片。但老顾终究是要退休的，模范单位出模范，肯定要抓紧时间再树立一两个典型。"

"典型哪有那么容易树立，并且老顾这个典型也不是树立起来的，是兢兢业业几十年干出来的！"

"我看过材料，老顾这个刚收的会拉小提琴的徒弟确实是个苗子，擅长做群众工作，能与辖区群众打成一片，还在试用期就抓获一个抢劫嫌犯和一个涉嫌杀害两人畏罪潜逃十几年的逃犯，事迹材料已经报到政治部，年底要评功评奖。"

林书记乐了，一边示意司机开车，一边笑道："原来有基础，再让老顾扶上马送一程，第二个典型说不定真能树立出来。"

韩朝阳跟上次一样对此一无所知，指挥排练了三遍，跟老厂长等人致歉，拉着意犹未尽的顾国利走到一边。

"堵锁眼，我以前也遇到过，没线索没办法，有线索肯定要管。但这样的案子不光要抓现行，也要有大量证据，不然他只承认干过一次，只能罚点款、只能批评教育，违法成本太低，他换个地方又会故技重施。"

"所以我打算安排两个队员盯着他，让他多作几次案。"

"不行，哪能这么干。"顾国利权衡了一番，低声道，"你先向所领导汇报，先安排两个队员盯着他，我问问周围几个派出所，看他们辖区有没有发生过类似案件。"

师傅出马，一个顶俩。他老人家虽然不是领导，但他的面子有时候比领导还大。

韩朝阳嘿嘿笑道："太好了，多收集点证据，不一定能采集到他的指纹，但他在卷闸门上贴的小广告应该还在。门上有他的小广告，门锁正好坏过，天底下哪有这么巧的事，如果能掌握十起八起，到时候看他怎么抵赖。"

第一百章 联合行动

晚上10点，花园街派出所针对租住在阳观村的外来人口清查行动正式拉开帷幕。相比前天夜里查凤凰村，今夜的阵容要强大得多。冯局从各单位抽调四十多名干警，七十多名辅警和协勤参与行动。连交警队都出动了，在阳观村周围的主要道路设卡盘查过往车辆。人多好办事！

刘建业在村里巡视了一圈，确认各组已按计划在各自负责的区域展开盘查，干脆拿起巡逻盘查终端，同守在二队路口的民警辅警们一起盘查在外面闲逛的外来人员的身份证。

"出来为什么不带身份证？"

"警察叔叔，我就住在前面，刚洗澡，刚换衣服，又不走远，带身份证干吗。"

"报一下姓名，身份证号码。"

"余晓平，身份证号码330521……"

小伙子记得很清楚，刘建业输入查询确认没问题，又问道："有没有办居住证？"

没居住证是要罚款的，余晓平急忙掏出手机，翻出前几天在朝阳村加的微信群，解释道："警察叔叔，我是刚从朝阳村搬过来的，朝阳社区服务站和警务室的人让我在这边办。房东出差了，他老婆不懂这些，非要等房东回来，房东不一起去办不了，这您不能怪我。"

房管部门前段时间重罚出租房屋没去备案登记的朝阳村两百多户村民，某种意义上推动了全街道的流动人口和出租房屋管理工作。

最少的罚五千，最多的罚两万！一传十十传百，几个城中村的村民几乎个个知道，谁也不敢贪小便宜吃大亏，只会在租房合同上做手脚，一间房子明明400块一个月租出去的，合同上只写300甚至200，试图通过这种方式少缴税。税能征收多少是税务部门的事，对公安而言只要外来人员都办理居住证，辖区内的外来人口底数清、情况明就行，这几天户籍窗口的民警辅警忙得焦头烂额，外来人口台账每天都在"更新"。

人家刚搬过来的，只是因为特殊情况暂时没办居住证。刘建业不想为难他，放下巡逻盘查终端不动声色问："你几号搬过来的？"

"15号中午。"搬家是多大的事，而且搬过来没几天，小伙子印象深刻。

"15号晚上你在什么地方？"

"在宿舍啊，收拾东西，上了一会儿网就睡了。"

"没出来？"

余晓平反应过来，惊诧地问："警察叔叔，您不会怀疑我是杀人犯吧，我知道前面有人死了，但这跟我没关系，我刚搬过来的，都不知道死人的是哪一家！"

"你知道死人的事？"

"村里谁不知道，个个在说，三岁小孩都知道。"

"你是一个人住还是跟别人合住？"

"一个人，但我有不在场证明，15号晚上跟几个同学联网玩游戏的，一直玩到两点多。"

见人就询问似乎在做无用功，就算不是无用功也是大海捞针。

但线索就是这么来的，尤其遇到棘手的命案，摸底排队等基础工作非常重要。刘建业盘问完一个又一个，正准备用对讲机问问梁东升那边的情况，对讲机里突然传来老许的声音。

"刘所刘所，能不能听到，能不能听到？"

"收到收到，老许，什么事。"

"刚才韩朝阳打电话汇报，说他辖区有一个外来人员涉嫌用502胶水堵沿街商铺卷闸门的锁眼，再通过帮商户维修被其故意破坏的门锁进行牟利，听他的口气这个嫌疑人可能作案多起，问我怎么办，要不要移交给办

431

案队。"

一提到韩朝阳，刘建业就是一肚子气，走到一边冷冷地说："这边正忙着协助专案组排查命案线索，办案队不光要协助刑警大队办案，所里也有一大堆案子要办，他这不是添乱嘛！"

"刘所，其实我也是这么想的。"

"他不是治安巡逻大队长吗，他手下不是有几十号人吗，以前是没执法权，现在有老顾在，什么案子不能办，让他看着办，有证据就抓，没证据就算。"

鸡毛蒜皮的事居然汇报，这不是给领导添乱是什么。

许副所长深以为然，一结束通话就掏出手机给韩朝阳回复。

不汇报你们不高兴，汇报你们又不高兴。换作以前韩朝阳会很郁闷，但现在不是以前，有师傅在不高兴的只能是他们。

办案队不管自己想办法，韩朝阳放下手机回头道："师傅，这虽然不是什么大案，但取证的工作量却不小。而且那小子不可能只在我们分局辖区作案，我们当回事人家不一定当回事，看样子要发动群众，要我们自己想办法取证。"

全市有多少装卷闸门的商户，想想这个工作量是不小。

顾国利沉吟道："对我们来说那小子是堵锁眼，对城管来说他是到处贴小广告制造城市牛皮癣，你不是跟综合执法大队熟吗，可以请他们帮帮忙，我们两家一起查。"

"这个办法好，他们天天在街上转，天天跟沿街商户打交道，了解这些情况不难。但汤队只负责我们街道的市容环卫，其他街道他管不了。"

"他认识人，他们是同行，我们不熟他熟。"

"也是，他们还经常联合行动，我打电话问问汤队。"

城市牛皮癣很讨厌，负责市容的汤队长比韩朝阳更讨厌到处贴小广告的。韩朝阳刚介绍完情况，他便一口答应道："我以为多大事呢，对你们来说工作量很大，对我们来说举手之劳，反正每天都要上街，顺便问一下呗。其他区我不敢保证，我们区你放心，明天一早就给他们打电话，最迟后天晚上就能摸清楚。"

"太谢谢了,我正在查那小子的手机号码,一查到他贴的那些小广告的样式就拍下来发给你。"

"谢什么谢,又不是外人,再说这也是我们的分内事。"

汤队长想了想,不禁提议道:"韩大,要不这样,我们先摸底,先搞清楚情况,如果能确认那小子作案多起,我就向上级汇报,请上级让各区各街道的综合行政执法大队协查,我们查完再把那小子移交给你们公安,追究他的刑事责任。"

公安要成绩,综合行政执法大队一样要成绩!

对公安来说这是一件鸡毛蒜皮的小事,如果能查实嫌疑人满世界贴小广告,在全市范围内疯狂作案,那么对城管而言就是一起"大案"。

有人帮忙最好,韩朝阳岂能拒绝,忍不住笑道:"行啊,汤队,名不正则言不顺,要不我先把线索移交给你们,我协助你们调查。"

"这样最好,这样我就好跟上级汇报了。你在不在警务室,我去找你,我们好好研究一下。"

换作其他民警,肯定舍不得让出主动权。身边这位刚收的小徒弟似乎没有"抢功"的概念,不过细想起来这个功也没什么好抢的。

顾国利觉得有些好笑,同时又有些感慨,不禁叹道:"群众对我们有意见,嫌我们破案率低。指责我们只知道破大案,不管小案。确实,经常发生的盗窃手机、电动车等案子破案率是很低,但他们不知道全国十几亿人只有两百万警察,负责破案的还只是其中一小部分,算下来几千个群众只有一个办案的民警。如果这几千个群众平均十年丢一次东西,平均下来就是每天发生一起失窃案。每个办案民警每天都能破一起盗窃案,不可能,不吃不喝也做不到。可这些小案又发生在群众身边,切身感受最大,所以说防范真的很重要,尤其我们这些社区民警,必须要把防范搞好。"

第一百零一章　抽查

回到警务室，韩朝阳打开电脑，登录内网，调出嫌疑人的资料。

"师傅，外来人口台账里有柯建荣的身份证信息和手机号码，但不知道他有没有第二个手机号，更不知道维修卷闸门的小广告上印的是什么号码。"

"顾警长，这个号码不太好掌握。"

不等顾国利开口，刚搞清楚什么情况的陈洁不无兴奋地分析道："虽然维修卷闸门、维修空调、疏通下水道、回收二手家电乃至搬家都是正当行业，但要是通过到处贴小广告、制造城市牛皮癣揽生意，对城管而言其性质与到处贴小广告办理假证的没什么区别。天天铲要铲到什么时候，而且铲也铲不干净。所以城管经常对这种破坏市容的违法行为进行打击，没少钓鱼执法。搞小广告的人又不是傻子，一般不会在小广告上留本人身份证办理的电话，甚至不会亲自去贴，而是以一天多少钱雇一个什么都不在乎的人去贴。接到电话也不太可能亲自露面，就算亲自露面也会先躲在暗处观察一会儿，确认是不是城管布的圈套。"

这小丫头挺能干，真希望她能如愿考上警察公务员。

顾国利暗赞了一个，捧着茶杯笑道："也就是说他怕城管，并不怕我们。"

"至少没堵人家卷闸门锁眼，没在人家卷闸门上贴小广告时不怕我们。"

"这就是了，你们上次查过租住在村里的外来人员身份证居住证，提醒过没办理居住证的人在十天内办上，完全可以再查一次。"

借查身份证居住证的机会入户"侦查",只要能找到小广告就可以不动声色拍下来,城管(综合行政执法人员)就可以有针对性地去摸底取证。嫌疑人肯定以为公安三天两头查是想逼他搬家,事实上段时间的清查乃至处罚也确实是想催他们搬。总之,他根本不会往公安已经知道他堵过人家卷闸门锁眼上想,大张旗鼓去查他也不会起疑心。

姜还是老的辣!

韩朝阳乐了,点点鼠标关掉电脑,起身笑道:"陈洁,给晓斌打电话,让他们在村口待命,等会儿一起抽查租住在村里的外来人员身份证居住证。"

"好的。"

"师傅,您早点休息,这点小事用不着您亲自出马。"

穿上白衬衫之后许多工作是比以前好开展了,但对违法犯罪人员的威慑力也成倍增长,顾国利同样认为他去不太合适,搞不好会吓着嫌疑人,欣然笑道:"好吧,我去洗澡睡觉,明天早点起来坐班,你们小心点,既要注意安全也不能打草惊蛇。"

"是。"

这几天是租住在朝阳村的外来人员搬家的高峰期,也是征地动迁工作最关键的时刻。拆迁补偿远比征地补偿高,所以动迁比征用耕地难多了。根据街道和工作组的要求,朝阳社区义务治安巡逻队24小时在村里巡逻,既要防止不法之徒趁外来人员纷纷搬家之机浑水摸鱼,也要防止一些想获取更多补偿的村民搞事。

三个班长轮流带队巡逻,今晚带队巡逻的是李晓斌。一接到陈洁电话,就带着巡逻队员们赶到村口。

韩朝阳一边招呼他们上车,一边笑道:"今晚是抽查,一个队查几户,上次是从南往北查,今晚从北往南查,走,先去六队。"

李晓斌回头看看跟上来的警车,见陈洁坐在驾驶室里扶着方向盘,禁不住笑道:"韩大,你怎么放心让她开,别看她前年考的驾驶证,其实没怎么摸过车。"

"再不摸更不会开。"韩朝阳接过烟点上,边沿着中街缓缓往里开,边笑道,"就因为陈洁没怎么摸过车,我才让她开的,我在前面,旭成在后面,立川坐边上看着,开得又不快,能出什么事?"

"这倒是,不练更不会开,不开就白学了。"

他俩原来就是一个"单位"的,现在又一起并入朝阳社区保安服务公司,一起成为朝阳社区义务治安巡逻队的骨干,韩朝阳忍不住调侃道:"晓斌,老实交代,喜不喜欢陈洁。"

"韩大,原来您还不知道,我们班长不是喜不喜欢陈姐,是跟陈姐已经好上了!"

"真的?"

"你小子,就知道胡说八道。"

"干什么,竟敢当我面体罚队员,我说李晓斌,你这保密工作做得可以啊,都已经跟人家好上了我居然一无所知。"

"韩大,什么好上了,她住女宿舍,我住男宿舍,别说那么难听。"李晓斌一脸不好意思,话说出口竟忍不住回头看了一眼。

保安公司虽然是军事化管理,但终究不是部队。就算在部队上级也不可能不许士兵谈恋爱,只是不允许士兵在驻地谈恋爱。

君子成人之美,何况这确实是一件好事,韩朝阳忍俊不禁地问:"晓斌,要不要我想想办法,给你俩找一间宿舍。别不好意思,什么时代了,同居不丢人。"

"韩大,你越扯越远了。"

"没跟你开玩笑,如果我有女朋友,我才不会等到结婚呢,有条件就同居。其实你俩挺合适,我还琢磨着给你俩创造点机会,好好撮合撮合,没想到你小子动作这么快,用不着我帮忙。可以,这方面你比我强,回头教我两招,我可不想打一辈子光棍儿。"

"你用得着我教,韩大,你是眼光高,我们跟你不一样,我们是凑合,我们是将就。"

"小伍,听见没有,等会儿我们把他这话告诉陈洁,问问陈洁愿不愿意凑合,愿不愿意将就。"

"韩大,人艰不拆,你不能这样。"

"还怪我,是你态度有问题,陈洁多好一姑娘,还凑合,还将就,好好待人家,别得了便宜还卖乖。"

"知道,不说这些了,干正事,查身份证。"

"还有一个问题,"韩朝阳把巡逻车开到路边,顺手拿起巡逻盘查终端,笑看着同样停好车迎面而来的陈洁,"晓斌,陈洁,你俩将来喜结连理摆婚宴,我到底算男方亲友还是女方亲友,到时候该往哪边坐,份子钱到底应该交给谁?"

陈洁一愣,旋即反应过来,顿时羞得面红耳赤,猛掐了一把李晓斌:"你到底瞎说了什么?"

"我什么没说,小伍,你小子别跑!"

跟他们一起玩比在所里有意思多了,看着陈洁追打李晓斌,李晓斌又想追上去收拾出卖他的小伍的样子,韩朝阳跟队员们一起哄笑起来。

"好啦好啦,查身份证呢,真不关我事。"

"小伍,你给我过来。"

"干活干活,韩大,从这一家开始,我叫门了。"小伍做了个求饶的手势,旋即一本正经地开始工作。

算上在警务室门口的公交站牌盘查,这是第三次查身份证,小伙子们已经有了经验,根本不用韩朝阳刻意交代。村民们也习惯了,大半夜被敲门,尽管不是很高兴,但还是比较配合的。查完一家又一家,很快便查到今夜真正要查的这间临街铺面。

"我们是派出所的,派出所查身份证暂住证,快点开门,我们知道里面有人。"

"动作快点,别磨蹭了。"

"来啊,正在穿衣服呢,前几天不是查过吗,怎么又查。"这间房子临街只有一个卷闸门,没有窗户,只听见里面有人说话,看不见灯光。

李晓斌跟心爱的人对视了一眼,站在门边回道:"上次是查过,但你们没办居住证，今晚是抽查也是复查。"

"不是说十天吗？"话音刚落，卷闸门哗啦一声从下往上被人从里面拉开，灯很亮，只见一个三十四五的男子穿着大短裤站在面前。

"没办？"韩朝阳打开文件夹，凑到灯光下看了看。

"房东不去让我怎么办，就算房东一起办了也没用，我正在找房子，找好地方再去其他地方办。"柯建荣打了个哈欠，转身从一张破办公桌上拿起钱包，抽出身份证递了上来。

韩朝阳一眼就看到角落里放着一个纸箱，纸箱里好像堆满没贴出去的小广告，接过身份证不动声色问："你这儿住几个人？"

"三个。"

"还有两个人呢？"

"我老婆在里面睡觉，还有个干活的出去玩了，不知道是不是去了网吧。"

去网吧，应该是出去贴小广告吧。

韩朝阳走进店里，把文件夹放在破书桌上，一边登记身份证一边说道："你媳妇就不用出来了，把你媳妇和那个干活的人身份证拿过来登记一下。"

"我老婆的有，小军的没有，他带在身上。"

"复印件总该有吧。"

"也没有，没事我要他的身份证复印件干吗。"柯建荣走到里间门口又回头强调道，"你们上次登记过，你们那儿应该有，他不是外人，跟我一个村，是我专门从老家找来的。"

"行，先拿你老婆的。"

什么登记身份证，什么查身份证居住证，你们是在故意折腾，想逼租住在村里的外地人搬。柯建荣自认为对朝阳村的形势看得很透彻，暗骂了一句，推开房门走进里间去找他老婆的身份证。

陈洁早准备好了，用不着韩朝阳提醒便掏出手机拍小广告，拍完之后又俯身拿起一张揣进口袋。

第一百零二章　棘手

炎热的夏夜是占道经营、露天烧烤的高峰期，综合执法大队晚上一样有行动。

汤均伟很清楚朝阳社区义务治安巡逻队人虽然不少但事更多，所以执法队能解决的尽可能自己解决，不到万不得已不会向巡逻队求助。带着执法人员和协管员一直搞到深夜零点，才开着执法车匆匆赶到朝阳社区警务室。

他来得早不如来得巧，韩朝阳这边刚收队，正同参加行动的队员们一起在居委会一楼会议室吃夜宵。

"汤队，饿了吧，这是你的。"

"也给我叫了外卖？"汤均伟摘下帽子，看着陈洁帮忙打开的饭盒一脸不好意思。

"知道你要来。"韩朝阳放下筷子，把刚打开的老干妈牛肉酱推到他面前，天天加班天天熬夜，吃什么都没味道，没有辣酱真吃不下饭。

汤均伟暗想自己人用不着客气，干脆笑道："行，我先去洗个手。"

"快点啊，再不吃就凉了。"

汤均伟刚走出会议室，手机突然响了，韩朝阳顺手按下免提键，问道："镇川，回来没有，到哪儿了，我给叫了外卖，快点回来一起吃吧。"

"吃不成了，我刚往回走，半路上又让回现场。"

"怎么回事？"

一个算不上警情的警情怎么会这么麻烦，韩朝阳很奇怪，陈洁、李晓斌和小伍等人一样觉得不可思议，不约而同看向手机。

"几个干活的民工挺老实,说他们是来打工赚钱的,不是来打架的,不管报案人说得多难听他们都听着,报案人拉闸断电他们也不阻拦。他们的老板不是东西,我这边调解完,刚打发报案人回去休息,那边又打电话让他们继续干,不光跟环保局打游击战,也跟我打起游击战。"

"这怎么办?"

"既不能带他们去所里,又不能没收施工设备,就这么一走了之村民又打110,我能怎么办,只能在现场守着呗!"刚赶回现场的俞镇川越想越郁闷,点上支烟狠瞪了蹲在河边的几个老实巴交的民工一眼。

对于出租房屋不备案登记的行为,房管部门想开出一张罚单没那么容易。

能承揽政府工程的施工单位谁没点背景,对于这种施工扰民的行为,环保部门想查处同样很难,可以想象到那个老板根本不怕环保。他手下的民工老老实实只可能被人打,不可能去打人,他同样不会怕公安。

这件事很棘手,韩朝阳很同情师兄的遭遇,也很想安排两个队员去现场帮师兄守着。但只能想想而已,且不说巡逻队是义务的,就算不是义务的也不可能去帮新园街道干活。

师兄天亮之后有天亮之后的工作,熬一夜天亮之后哪有精神。

韩朝阳低声问:"能不能跟他们老板联系上?"

"说是老板,其实是一个带班的。我跟他通过电话,嘴上答应得挺好,跟我玩阳奉阴违。"

"他在什么地方?"

"好像在台庄那一片儿,租的房子,全住在那儿,几个民工是骑电瓶车过来的。"俞镇川磕磕烟灰,又呵欠连天地说,"我也想去找他,关键我一个人分身乏术,我一走他们又开始干,村民又要打110。"

领导才不会想这件事有多棘手,只知道你连这点小事都搞不定,导致群众一次又一次拨打110。韩朝阳权衡了一番,沉吟道:"台庄是我们花园街派出所辖区,这件事交给我。问问民工具体位置,顺便把那个带班的家伙手机号发过来,我吃完夜宵就去帮你找。"

第一百零二章 棘手

"也行,你帮我跑一趟。"跟师弟没什么好客气的,俞镇川扔掉烟头往河边走去。

换作其他村,韩朝阳不敢打这个保票。但台庄不是其他村,而是管稀元的辖区。

跟刚坐下开吃的汤队长歉意地笑了笑,拿起手机拨通管稀元电话。

"朝阳,什么事?"

"这么晚打电话,没影响你休息吧?"

"休息,我这边刚搞完!盘查了一晚外来人口,帮刑警队一直询问到现在。"

"在阳观?"

"还能在哪儿,刚收队,正准备回去呢。"

"有没有排查到什么线索?"

"反正我们这一组没有,其他组就不知道了。"管稀元示意老胡他们先上车,走到一边点上支烟。

张秋燕母子在家中遇害的案子一天不查个水落石出,所里的日子一天不会好过,韩朝阳很想帮忙却不知道怎么帮,干脆说起正事。"那个施工队不只是不给我师兄面子,也是不给我们公安面子,不把我们放在眼里。河道疏浚,今天在这儿,明天去那儿,我估计他们十有八九没办居住证。帮个忙,一起去查查,如果确实没办居住证,就把他们全带到所里,他们不让群众安生,不让我师兄安生,我们也不让他们安生。"

跑一趟就跑一趟,又用不了多长时间。

管稀元很想跟他们师徒搞好关系,一口答应道:"没问题,我先跟许所说一声,不过我这边抽不出人,你最好带几个人一起去。"

"人我这儿有,车我这儿也有,马上出发,我们在村口汇合。"

"韩大,有行动?"韩朝阳刚挂断电话,汤均伟便急切地问。

"查几个外来人员的身份证居住证,也算不上行动。"

韩朝阳擦干嘴站起身,一边佩戴单警装备,一边笑道:"汤队,柯建荣的手下汪军这会儿应该在外面堵锁眼贴小广告,明天晓斌帮你盯着他们，看有没有人打电话叫他们去维修卷闸门，如果有的话，晓斌会全程摄像取证。他们到处张贴的小广告已经发到你手机上，陈洁还偷偷拿了一张，接下来就看你们的。"

"放心吧，有目标就好找，我倒要看看他们到底贴了多少，破坏过多少卷闸门。"

"动静别搞太大，以免打草惊蛇。"

"知道了，我办事你还不放心？"

"行，你慢慢吃，"韩朝阳戴上帽子，转身道，"长生、小伍，你们再辛苦一下，跟我跑一趟，不给那个带班的家伙点颜色瞧瞧，俞镇川今晚别想睡觉。疏浚工程不是一天两天就能搞完的，说不定明晚后晚都睡不好觉。"

第一百零三章　意外的收获

师兄一时半会儿回不来，韩朝阳干脆把帮师兄点的外卖带上车，赶到台庄村口让忙了大半夜的管稀元先吃。吃完饭干活，找到施工队租住的仓库。门口堆满施工用的水泵水管，停满脏兮兮的电瓶车，仓库大门没关，里面亮着灯，十几民工在地铺上呼呼酣睡，汗臭、脚臭和蚊香的味道掺杂在一起，很刺鼻，很难闻。

管稀元收起手电，拍拍用木板钉的桌子："起来起来，派出所查身份证！"

"快点快点，别睡了。"

"谁是带班的，这里谁负责？"

顾长生、小伍等队员跟进来，挨个儿踢民工的脚，叫他们起来。

韩朝阳没跟进仓库，注意力集中在停在门边的一辆红色电动车上，不光是全新的，而且是红色的、女式的小踏板，用的是锂电池，小巧玲珑，一只手就能提走，停在一排脏兮兮的旧电瓶车边上格外扎眼。

"我们是干活的，查什么身份证。"

"不管你们是干什么的，赶快出示身份证。"

一个工头模样的四十多岁男子，手忙脚乱穿上裤子，从枕头下取出一个包，掏出身份证一脸不耐烦地说："公安同志，我们做的是政府工程，整个燕东区的河道全是我们疏浚，有什么好查的？"

管稀元一边在巡逻盘查终端上刷身份证，一边冷冷地说："做政府工程就不用配合公安机关盘查？别说只是做政府工程，在政府上班的人一样要配合，居住证呢？"

"我们刚来的,刚来没几天。而且也住不了几天,这边的活儿干完就走!"

"住一天也要去备案登记!"

管稀元话音刚落,韩朝阳走了进来,环视着坐在地铺上的一个个民工,厉声问:"外面的红色小电动车是谁的?"

工头一愣,旋即看向坐在最里面的一个小年轻。

"你的?"韩朝阳走到他身边,紧盯着他双眼问。

小年轻心中一凛,一边翻找身份证,一边支支吾吾地说:"车……车……车是刚买的,我们老家没这样的车卖,看着好玩就买了,过几天回去送给我姐。"支支吾吾,眼神闪烁,一看就有问题。

没想到大半夜出来能有意外收获,管稀元乐了,走到门边看了一眼,回到韩朝阳身边一把揪起小年轻:"在哪儿买的,花多少钱,发票呢?"

"在……在……在向阳路买的,两千多,没发票。"

"跟谁一起去买的?"

"没跟谁,我一个人去的。"小年轻偷看了工头一眼,吓得双腿微微颤抖。

"向阳路有卖电动车的吗?"

"有。"

"有是吧,行,先跟我去派出所,天亮之后一起去那个卖电动车的店看看,问问老板是不是他卖给你的。"

小年轻吓坏了,耷拉着脑袋不敢吱声。工头早觉得这小子可疑,早觉得外面的电动车来路不明,只是碍于全是从老家来的,这两天睁一只眼闭一只眼,装着若无其事。现在公安找上门,发现电动车可能是臭小子偷的,想着不管怎么说也是老乡,而且沾亲带故,急忙谄笑道:"公安同志,我是带班的,抽根烟,我们出去说。"

"说什么?"

"稀元,没事,我在这儿盯着。"韩朝阳使了个眼色,顾长生和小伍反应过来,一人攥住小年轻一只胳膊,不管三七二一先把他控制住。

第一百零三章 意外的收获

搂草打兔子,管稀元越想越好笑。确认小混蛋跑不掉,跟着工头走进院子,推开他递上的烟:"叶老板,有什么话在里面不能说?"

工头刚才看过警察证,苦着脸说:"管警官,那车可能……可能来路不明,我们是出来干活儿的,虽然累点脏点一个月也能挣三五千,违法犯罪的事不能干。我回头收拾他,您这儿能不能高抬贵手,给他一个机会,他还小,今年才十九,不懂事。"

"给他一个机会?"

"我知道这让您为难,但不管怎么说他是我从老家带出来的,如果回不去我怎么跟他父母交代?该罚多少就罚多少,他拿不出来我给他垫,帮帮忙,求您了。"

"这么说你早知道电动车来路不明?"

"我手下二十几个人,有那么多活儿要干,那么多事要管,真不知道真没注意,如果早知道早收拾他了。"

几乎可以肯定电动车是里面那小子偷的,又完成一个指标,管稀元乐得心花怒放,指指警车:"不好意思,真要是帮你这个忙,我就要丢饭碗了。他是涉嫌盗窃,你们是没居住证,并且不知道你们是真不知道他偷车还是假不知道,甚至不知道有没有同伙,全去所里吧,去所里说。"

"管警官,我们怎么可能是同伙,再说我们也走不开,外面还有人在干活儿呢,天一亮就要去换班。"

"那是你们的事,配合点,别敬酒不吃吃罚酒。"

正说着,韩朝阳和顾长生等人已经将涉嫌盗窃电动车的小年轻押上巡逻车,正在让刚穿上衣服的其他民工上面包车。总共就来三辆车,顾不上超不超载,让他们往里挤。

工头急了,掏出手机道:"等等,我给老板打电话,我们做的是政府工程,跟你们去派出所活儿不用干了,工期不能拖!"

"去车上打,上后面的巡逻车。"管稀元可不管他们做的是什么工程,抓住他胳膊就往车边走。

韩朝阳同样没想到今晚居然会有收获,站在车边举着手机不无兴奋地说:"镇川,我们找到他们住的地方了,发现一个民工可能涉嫌盗窃电动车,不知道有没有同伙。帮帮忙,把那边的几个民工送到我们派出所,我派不出车了,怎么去你要自己想办法。"

竟然有这么巧的事!

被他们搞得焦头烂额的俞镇川比管稀元还高兴,不禁笑道:"没问题,车我自己想办法,我给所里打电话,让所里派辆车过来。"

"记得留个人看工地,万一东西丢了又是事。"

"放心吧,我知道怎么办。"

工头进了派出所,就无法再遥控指挥民工夜里干活儿。

俞镇川不认为蹲在河边的几个老实巴交的民工会是盗窃电动车的同伙,让其中一个看工地,其他人全上新园街所里派去的车,全部送到花园街派出所。韩朝阳这边帮管稀元把人和缴获的电动车送到所里,见带班所长什么没说,干脆带着顾长生、小伍等人打道回府。

第二天一早,洗漱完,正准备打电话问问电动车的事查清楚没有,工作组谷副组长打来电话,让带几个巡逻队员去迁坟现场帮忙。这是大事,分局知道都会让去的。韩朝阳跟师傅打了个招呼,连早饭都顾不上吃便叫上几个队员赶到现场。

赶到地头一看,大吃一惊。地里聚满人,朝阳村的两千多村民估计来了一大半,有人在坟头烧纸,有的正在开挖,有的棺材已经挖出来了。确切地说应该是棺材板,埋那么多年已经腐朽,一碰就碎。

最让人难以置信的是,一些村民居然用不知道从哪儿找的柴火,就地焚烧刚挖出来的先人骸骨,空气中弥漫着一股难以形容的刺鼻味,苏主任和工作组的干部们正在规劝,而他们似乎不为所动。

"你们这是干什么,连送殡仪馆火化这点钱也要省?"

"在哪儿火化不是火化?"一个五十多岁的村民,振振有词地说,"火葬场的炉子不知道烧过多少人,给的骨灰都不知道是谁的,还如在这儿火化呢。"

苏主任气得咬牙切齿,捂住鼻子解释道:"殡仪馆没你说得那么夸张,人家的管理很严的,焚化炉每次火化完遗体都会打扫得干干净净,不会搞错,更不会掺杂其他遗体的骨灰。孔金鹏,翟文明,你们不能这么干,这影响多恶劣,这污染多严重!"

"说起来一个比一个孝顺,全是孝子贤孙,结果呢,结果连这点钱都省,你们也不怕人家戳脊梁骨!"谷局长真火了,指着他们破口大骂。

这种事怎么管,韩朝阳只能让队员们原地待命,确保工作组的干部们不会吃亏。挖出来的全是埋了二十年以上的骸骨,棺材板全烂了,在挖掘过程中一些骸骨已经拼不上,已经不齐了。如果采取强制措施,到时候他们又会说把他家先人的骸骨搞丢了,别的东西可以赔偿,死人骨头怎么赔,而且这个没法评估值多少钱!

苏主任非常清楚不能让小伙子们动手,一边给领导拨打电话,一边声色俱厉地警告道:"孔金鹏,翟文明,我给你们把话撂这儿,如果再不住手,再不听规劝,迁坟的补偿你们一分拿不到!"

"你们不给,我还不想迁呢!"

"不迁了,就不迁!小兵,锹给我,来,一起动手,让你爷爷入土为安。"

挖出来又要埋下去,这是干什么!

韩朝阳彻底服了,正不知道该怎么办,李晓斌打来电话。"韩大,柯建荣来生意了,接了一个电话,就让他老婆和汪军往面包车上搬工具,上车了他上车了,他老婆没上车,汪军也没上,好像准备一个人去。"

"汪军没上车说明他应该是去修卷闸门的,毕竟汪军破坏过门锁,贴过小广告,现在许多商铺又装了摄像头,汪军要是露面岂不是此地无银三百两。"

"我也是这么认为的,我和旭成先跟着,有什么情况再给你打电话。"

第一百零四章　抢祖宗

燕阳市的空气质量并不好。

这几年为整治环境，市区及市区周边只要是有烟囱的企业，要么直接关停，要么责令搬迁，要么限期整改，只有达到排放标准才能继续生产运营。机动车尾气污染也在整治之列，大街上已经看不见几辆摩托车了，只要进市的车辆全要符合排放标准。春节期间只能在指定区域燃放烟花爆竹，连露天烧烤都明令禁止，更不用说露天焚烧骸骨。

孔金鹏、翟文明等十几个村民，态度强硬，情绪激动。

摆出一副你们不允许我们在地里焚烧，我们就不迁坟的架势。谷局长和苏主任火了，叫来综合行政执法大队，因为他们有执法权。

本以为汤队长他们可能会与村民发生争执，搞不好会发生肢体冲突，韩朝阳都做好了最坏准备，没想到领导妥协了，给谷局长和苏主任打电话，让"顾全大局"。

烧就烧吧，但不能这么烧。

如果一阵风把骨灰刮到东明小区或其他住宅小区，住在附近的居民肯定不会答应。

"孔金鹏、翟文明，你们想就地焚化先人骸骨是吧，行，去纪念堂后面焚化。"

"老张，你去买塑料布，多买点，再找些竹竿。小韩，老张把东西买过来之后你组织巡逻队搭把手，在马路沿线围一圈，用塑料布把这边挡起来。"

"是！"

"老张,等等,顺便买五十副口罩,厚点的。"

"知道了,我知道哪儿有卖。"

随着谷局长一声令下,所有人顿时忙碌起来。

汤队长更是亲自动手,帮着扑灭已点起来的柴火,组织执法队的队员们帮村民们把骸骨和棺材板往纪念堂方向运。这么处理最好,空气污染就污染吧。

韩朝阳松下口气,带着队员们跑到马路上,一边等张支书买塑料布回来,一边疏散围观的行人,刚劝走几个看热闹的,地里又传来吵闹声。

一出接着一出,谷局长被搞得焦头烂额,立马扯着嗓子喊道:"小韩,过去看看怎么回事!"

"是!"

跑到一块麦穗已经微微泛黄却等不到收割的麦地中央,只见两家人站在几个刚挖的大坑边上叫骂。第一个坑里没棺材,第二个和第三个坑里也没有,东边的坑里露出一块棺材板,韩朝阳扶着一把插在泥里的铁锹,站稳脚跟吼道:"吵什么吵,有什么事不能好好说?"

"韩警官,他连我家老爷(曾爷爷)的棺材都抢,非说里面埋的是他大老爷(曾爷爷的哥哥),要钱不要脸了,你让我怎么跟他好好说!"

"江元飞,你才不要脸呢,你们全家都不要脸!"

一个四十多岁的村民火了,指着他咆哮道:"你回去找记得事的老人问问,你家上人埋在什么地方,你家祖坟在哪儿?一个比一个忤逆,几十年不上坟不烧纸,上人(先人)埋在哪儿都不知道,连祖坟都找不到了,跑我家地里来挖,抢我家的上人,你要不要脸!"

"张云敬,你不要睁着眼睛说瞎话,棺材里就是我家老爷,什么你家地里,后来分田这块地才分给你家的。"

江元飞话音刚落,他儿子也跟着嚷嚷道:"现在不是你家的,这块地征都征了,现在是公家的!"

"是不是我家的,全村儿都知道,连祖坟都找不到的东西,有多远给我滚多远。"

"你再骂一句试试！"

"我就骂了，我还怕你啊。"

事情的来龙去脉基本搞清楚了，江家找不着祖坟，跑张家地里挖，结果真挖出一口棺材，张家说棺材里是他们家的先人，两家因为抢祖宗吵起来的。

这样的事不是第一次发生！

现在挖的全是几十年前埋的棺材，当时还是大集体还在吃大锅饭，最早的能追溯到解放前。过去几十年变化多大，先是大搞农田水利建设，后来又实行联产承包制，分田、调田，村民相互之间换田，如果没坟头，谁知道地下有没有棺材，谁知道地下埋的是谁家的先人。

俗话说远亲不如近邻，居然为了一点迁坟补偿吵成这样。

韩朝阳彻底服了，厉声道："都别骂了，有什么好吵的，现在科技那么发达，想知道棺材里到底是谁家的先人还不容易！上法院，法官会让你们带着尸骨去指定的司法鉴定机构做DNA鉴定，到底跟你们有没有血缘关系，一鉴定就鉴定出来了。"

张云敏显然底气不足，气呼呼地说："要去他去，让他去法院找法官开证明做鉴定。"

"本来就是我家上人，凭什么让我去，为什么要去！"江元飞似乎知道做DNA鉴定要花不少钱，同样不愿意去。

光征地一家就拿几十万，房子拆迁补偿更多，你们又不是缺这点钱，真是利欲熏心。

韩朝阳暗骂了一句，冷冷地说："你们都说下面是你们家的先人，又不愿意去做DNA鉴定，也就是说拿不出证据证明下面是谁家的先人，既然拿不出证据，只能作为无主坟处理。别吵了，都散了吧，收拾东西各回各家。"

"韩警官，你这不是糊涂官判糊涂案么！"

"我说了你们不听，不这么处理能怎么处理？"

"天地良心，棺材里真是我家老爷，小时候上过坟烧过纸，我有印象。"

"小时候，我去年上过坟呢。"

"又来了，还是那句话，现在说什么都没用，在没做鉴定没具有法律效力的鉴定报告之前，这口棺材既不是你家的也不是他家的。提醒你们，想做鉴定抓紧时间，施工队马上进场，人家要赶工程进度，晚了同样要当作无主坟处理。"

上级要求快刀斩乱麻，做鉴定什么的太拖时间。

刚跑过来刚了解完情况的村干部解军唱起红脸，给他们一人散了一根烟，循循善诱地说："元飞，云敬，你们从小一起玩到大的，是几十年的邻居，因为这事闹上法院也不怕别人笑话。几千块钱算什么，两顿饭的事，听我一句劝，各让一步，补偿款一家一半。"

"解主任，这不是钱的事，我是不服这口气。"

"我也不缺那几千块，是他欺人太甚。"

解主任唱红脸，韩朝阳自然要继续唱白脸，立马抬起胳膊："江元飞、张云敬，这么说你们是不愿意接受调解。行，我现在就叫人来封坟，让你们走法律程序，让你们花钱请律师打官司去！"

"韩警官，先别急，没必要，真没必要搞成这样，"配合得太默契了，解军暗赞了一个，又转身道，"元飞，云敬，因为就地火化的事谷局长已经发火了，听我一句劝，你们冷静点别再闹，千万别撞枪口上，不然对谁都没好处。"

"你们怎么说，接不接受调解？"韩朝阳掏出手机，装出一副准备打电话叫人的架势。

事情过去太多年，老爷去世时江元飞都没出生，只知道埋在这一片，到底是不是下面这口棺材江元飞心里同样没底，两家人投鼠忌器，就这么在解主任的调解下相继作出妥协。

韩朝阳回到路边，张支书正好把东西买回来了。

组织队员们一起动手，不一会儿就拉起又道两米多高、蓝白相间的塑料布墙，苏娴实在受不了纪念堂那边的味道，跑到路边喘着气问："朝阳，刚才怎么回事？"

"两家人抢祖宗,又不愿意去做DNA鉴定,最后接受解主任的调解,各让一步,平分迁坟的补偿款。"

"平分迁坟的补偿款,这跟分尸有什么区别?"

"是啊,一个个全钻钱眼儿去了。"

苏娴遥望着满地的村民,轻叹道:"还有更搞笑的,四队章志强带着俩儿子和女婿挖了五六个地方都没找到祖坟,居然跑我这儿来问没找到能不能多多少少给他点补偿。"

"给不给?"韩朝阳好奇地问。

"你以为我们是来做什么的,看不见棺材、看不见尸骨怎么可能给补偿。要说先人,先人多呢,如果连这都给,他能把祖宗十八代都给算上。"

"祖宗十八代,苏主任,他能记得祖上三四代的名字吗?"

苏娴忍不住笑道:"不是记不记得,估计他根本不知道。"

迁个坟都这么麻烦,接下来的拆迁更麻烦!

韩朝阳正暗想接下来又会发生什么奇葩事,手机响了,又是李晓斌打来的。

"晓斌,什么情况?"

"韩大,他果然在修门,"李晓斌坐在一辆黑色桑塔纳轿车里,遥望着正在马路对过忙得不亦乐乎的柯建荣,不无兴奋地说,"门锁损坏的这家店门口没摄像头,但马路这边有,好像还是高清的,要不等他修好门走了之后,你和顾警长来一趟,跟人家说说把视频调出来看看。"

监控视频不是谁去都能调看的,韩朝阳不假思索地说:"行,你把位置发过来。"

第一百零五章　可能有同伙

本打算跟谷局长和苏主任请一个小时假,同师傅一起去调看监控视频,结果情况发生变化。李晓斌打电话汇报柯建荣修好门之后没急着走,站在门口和眼镜店老板娘聊了一会儿,旋即在老板娘的帮助下拉卷尺量尺寸,量完尺寸打电话。

李晓斌觉得奇怪,让余旭成装作路人过去打探。

余旭成一直在东明小区执勤,昨晚也没参与抽查外来人员的身份证居住证,不用担心被认出来,过去转了一圈才知道柯建荣不仅赚了修门的钱,居然成功说服眼镜店老板娘把手动的卷闸门换成带遥控的电动卷闸门,已谈好价格,正不知道在联系谁把相应的材料送过来。

他的生意越做越大,拆门装门没两三个小时搞不完。

韩朝阳越想越觉得之前把事情想得太简单,戴上口罩,走到纪念堂后面的小树林里,给正在村民们就地焚化骸骨现场执勤的汤队长通报情况。

汤均伟愣了一下,走到一边问:"你是说他不太可能指使汪军疯狂破坏门锁?"

"这要看'疯狂'怎么定义,你算算,修一个门至少需要半个小时,他从朝阳村赶到人家那儿,近的需要十来分钟,远的也需要半个小时,也就是说一上午最多修三四个门。门锁坏了的那些商铺老板肯定急着开门做生意,不可能等太久,并且都集中在同一个时间段。"

"一上午只能修一个?"

"除非有同伙。"

必须承认,"韩大队长"的分析有一定道理。

汤均伟想了想又问道:"汪军呢,汪军现在在做什么?"

"刚才帮人家修电动车,这会儿躺在店门口的藤椅上睡觉。"村里有队员巡逻,韩朝阳不在现场一样能掌控全局。

远处的农田里有好多人,林子里的人更多。不是所有村民都见钱眼开的,大多村民比较明事理,他们烧完纸、磕完头,用工具撬开墓穴,小心翼翼取出葬在林子里的先人骨灰,用红布裹着准备送往东郊公墓重新下葬。

汤均伟侧身让一位捧着骨灰盒的村民过去,直到村民捧着骨灰上了殡仪馆的车,才回头道:"他到底有没有同伙很快就能知道,贴在卷闸门上的小广告不同于贴在其他地方的小广告,沿街商户早上要开门做生意,门一开就卷到上面去了,我们平时够不着也想不到去清理。而他们既然破坏人家的门锁,肯定不愿意给同行做嫁衣。如果只贴他一家的小广告,门打不开的那些商户不可能不起疑心,所以极可能多贴几个,或许上面留的号码不一样,去修的人也不一样,但他们很可能是一伙儿的。"

"有这个可能,这么说可以双管齐下,我负责盯柯建荣,你们负责查那些小广告。"

"双管齐下,就这么分工!"汤均伟回头看看四周,又叹道,"可惜遇上迁坟,我是抽不开身,如果能抽得出身,效率肯定比现在高。"

打电话请人家帮忙,与亲自去请人家帮忙是完全不一样的。

韩朝阳点点头,想想又笑道:"这又不是什么大案,柯建荣在燕阳干这么多年,他只可能换地方不可能跑,我们有得是时间,不急于一时。"

"这倒是,说起大案,阳观的命案查得怎么样?"

"不清楚,不知道。"

"跟我还保密!"

"汤队,瞒别人也不能瞒你,不怕你笑话,我是真不清楚,真不知道。"

想到公安内部是有分工的,命案肯定是刑警侦破,汤均伟没再追问,而是一脸惋惜地说:"死的那个张秋燕我认识,跟我一个村,是后来嫁到阳观去的,和我堂妹是同学,她小时候经常去我大伯家玩。你嫂子昨天还见过她爸,白发人送黑发人,想想真可怜。"

第一百零五章 可能有同伙

韩朝阳一直想了解案情，禁不住追问道："汤队，你说她会得罪什么人？"

"这我真不知道，我只是认识，跟她并不熟。我比她大好几岁，她又是个女的，上学时不可能跟她一起玩，我后来参军，在部队考学，一直干到转业，十几年没见，站面前都不一定认识。要不是她出事，甚至想不起有她这个人。"

"嫂子呢，嫂子对她了不了解？"

"我和你嫂子平时不怎么回老家，你嫂子跟她也不熟，只认识她爸。"汤均伟顿了顿，又来了句，"我堂妹小时候跟她玩得好，不过后来都出嫁了，也不知道她们之后有没有联系。"

"帮我问问。"

"行，在这儿打电话不合适，晦气，晚上回去帮你问。"

"谢谢了。"

"跟我还客气。"

正聊着，一个熟悉的身影出现在树林里。

张贝贝居然来了，韩朝阳倍感意外，想到她大舅的骨灰就葬在这儿也就释然了。

林子外面正在焚烧骸骨，林子里许多村民在烧纸、在挖墓穴，乌烟瘴气，连气氛都带着几分诡异，一个漂亮姑娘突然出现在林子里，真是让人眼前一亮。

汤均伟也注意到了，下意识问："朝阳，认识？"

"认识。"

"认识就去帮帮忙，这种活儿哪能让一个姑娘动手。"

让汤均伟倍感意外的是，韩朝阳竟苦笑道："眼睁睁看着一个女孩子干这种活儿是不太合适，但帮忙会帮出大麻烦的。说出来你可能不信，就算不帮忙等会儿也会有麻烦。"

"什么麻烦？"

"看见没有，麻烦来了。"

汤均伟顺着韩朝阳的目光看去，只见两个三十多岁看上去很彪悍的妇女，提着黄纸等祭奠先人的祭品，带着两个男的和三个老人，气势汹汹跑到左前方的两个墓碑前，指着女孩就破口大骂。

"你个不要脸的狐狸精，你来做什么，抢我的房子，还想抢我妈的骨灰？"

"滚一边去，有多远滚多远！"

就知道会有麻烦，麻烦果然来了。

韩朝阳暗叹口气，打开执法记录仪，走到她们面前问："江小兰、江小芳，怎么又侮辱他人，吃一堑长一智，怎么不长点记性？"

上次不仅没告倒他，连帮忙的葛宝华都进去了。看见韩朝阳，江小兰真有点害怕，但又不想在这么多邻居面前表现出丝毫胆怯，指着墓碑鼓起勇气说："韩警官，我来迁我妈的坟，这也犯法了？"

"迁坟不犯法，侮辱他人违法。"

"姓韩的，你是铁了心跟我们姐妹俩过不去！"

"江小芳，我韩朝阳从来没想过要跟谁过不去，我只是在履行职责，秉公执法。"韩朝阳冷哼了一声，目光转移到她俩的爱人身上，"劝劝她俩，迁坟就迁坟，不要胡搅蛮缠，不要没事找事，别到时候又怪我公事公办。"

既然都已经上法院打官司了，现在再跟公安对着干有什么好处？江小兰的丈夫不想惹麻烦，急忙把江小兰拉到一边。江小芳一向唯江小兰马首是瞻，见姐姐不吭声了，也不敢再横生事端。

韩朝阳就这么守在墓穴边，看着她们两家人烧纸磕头，看着她们两家人把骨灰盒挖出来用红布包上抱走。张贝贝始终保持沉默，直到江家姐妹和各自的家人走出树林，才给韩朝阳和一起帮她"撑腰"的汤均伟深深鞠了一躬，然后打开塑料方便袋，也跟江家姐妹刚才一样烧纸磕头。

让一个女孩子撬墓穴取骨灰盒，汤均伟实在看不下去，禁不住回头道："小张，过来帮帮忙！"

第一百零六章　偏心的师傅

迁坟是一项重要工作，工作组管饭。一闻到空气中古怪的味道，一想到那些被架在柴火上焚烧的森森白骨就反胃，结果盒饭送到现场，包括韩朝阳在内的许多人都吃不下去。

"谷局长，苏主任，下午应该不会再发生什么事。警务室那边挺忙的，要不我先回去，金经理和队员们留这儿协助你们工作。"

万事开头难，上午已迁走一大半，下午应该不会再有情况。

谷局长回头看看四周，笑道："忙去吧，有事再给你打电话。"

"谢谢谷局长。"

"谢什么，你是协助我们工作，先走也是为了工作。"谷局长很喜欢小伙子，可惜谷局长已退居二线。如果没退居二线，说不定真会想办法把他从公安局调到民政局去。然而，这个世界上没那么多如果。

苏娴觉得有些好笑，禁不住说："朝阳，再吃几口走呗。"

"吃不下，真吃不下，各位领导，先走一步。"

看着他一提到吃就想反胃的样子，众人顿时哄笑起来。韩朝阳不无尴尬地笑了笑，举起手跟他们道别。开巡逻车赶到警务室，接警台里只有小钟一个人在值班。

头发里和身上肯定沾了骨灰，韩朝阳越想越晦气，跑到里面打开柜子一边翻找干净的警服，准备去洗澡换上，一边问："钟哥，我师傅呢？"

"在六院，"小钟起身走到门边，调侃道，"朝阳，我发现顾警长对俞镇川比对你好，一大早就带着邱海洋去对面走访，先去六院，再去理大，转完回来换身衣服又去六院。他老人家是花园街派出所民警，怎么净帮俞镇川干活！"

"对面情况比我们这边复杂，再说我师傅不只是花园街派出所民警。"

"我们这边在征地动迁，一大堆事，怎么就不复杂了？"

"我们辖区事确实不少，但人口没对面多，流动性也没对面大。你想想，光理工大学就有多少人，市六院的医护人员不算多，但病人有多少，而且走马灯似的，络绎不绝。"

"我承认对面治安情况比较复杂，但那是新园街派出所辖区，属于新园街道，我们保安公司派人去算什么？"

眼前这位不只是朝阳社区义务治安巡逻队副大队长，也是朝阳社区保安服务公司副经理。作为副经理他必须精打细算，韩朝阳岂能听不出他的言外之意，忍不住笑道："你可以不派，可以让海洋回来！"

"我敢么我，领导说过，谁都能出事，唯独顾警长他老人家不能出事。"

"这就是了，一个人而已，回头再揽点业务，多赚点保安费，人员工资不就来了。"

等的就是你这句话，小钟诡秘一笑："朝阳，提起这个我想起件事，六院后面街上好像要开一个大饭店，正在装修。小饭店不需要保安，大饭店不可能不要，回头让俞镇川帮我们问问，问问饭店老板愿不愿意用我们的保安。"

之前不管多么不受所领导待见，但来警务室上任时所里至少让许宏亮和老徐一起过来帮忙。俞镇川在新园街派出所虽然混得不错，可他们所领导在工作上的支持力度太小，不仅不给他安排人，甚至跟以前一样让他继续协助办案、让他每星期回所里值一个24小时的班。他辖区治安情况那么复杂，他一个人顾得过来吗？这么下去不是事！

韩朝阳觉得这是一个办法，沉吟道："可以让他帮你问问，如果能在对面揽下几个保安业务，以后在对面执勤的保安就可以听他指挥，至少能多多少少给他帮点忙。"

"我这边没问题，就看他能不能打下几块根据地。"

第一百零六章 偏心的师傅

"这个思路好,朝阳,小钟,回头你们跟镇川好好说说。"

回头一看,原来顾爷爷回来了,韩朝阳不禁疑惑地问:"师傅,您怎么穿便服?"顾国利放下手提包,从包里取出执法记录仪,若无其事笑道:"穿警服太显眼,穿这身方便点。在医院门口转了转,在大厅坐了会儿,情况不容乐观,有倒卖专家号的黄牛,有往那些骗子医院拉人的医托,光靠医院的保安肯定不行,等镇川回来要好好研究研究。"

光一个涉嫌破坏商户门锁再通过维修牟利的柯建荣就把警务室搞得焦头烂额,想到打击黄牛和医托难度更大,韩朝阳便苦笑着问:"师傅,这些情况新园街派出所应该重视,是不是让镇川跟他们领导汇报一下,让新园街派出所组织力量打击。"

"他们又不是没打击过,关键这不是打击一次就能彻底解决的问题。取证难,处罚力度不大,那些家伙的违法成本不高,打击一次他们消停几天,风头一过他们又卷土重来。而新园街派出所又不可能把所有精力都放在这上面,所以还得靠镇川,还得靠我们。"

"好吧,什么时候行动,怎么行动,我听您的。"

小徒弟没因为不是他的辖区就推诿,顾国利满意地点点头,捧起杯子喝了一口水,接着道:"六院的问题主要是黄牛、医托和三天两头跑收费大厅浑水摸鱼的小偷,理工大学的问题主要是大学生借贷。保卫处的人反应,经常有一些不三不四的社会人员跑学校去骚扰学生,有时候还成群结队,搞得学生们人心惶惶。"

韩朝阳毕业没多久,虽然没经历过但没少见过。一个同学就因为还不上第一次借的三千元,只能拆东墙补西墙,最后利滚利变成十几万。那些债主见她还不上,天天跑学校找,甚至给老师打电话。要不是学校老师通知她父母,她父母咬着牙帮她还上,她真可能会被逼上绝路。

想到这些,韩朝阳凝重地说:"师傅,那些钻法律空子放高利贷的家伙不是东西,管那些家伙借钱的学生同样有问题。而且欠债还钱,天经地义,那些家伙只要没寻衅滋事我们就无权管,所以我觉得这事应该找学校领导,请学校加强这方面的教育。"

"学校要加强这方面教育,我们一样要做一些宣传。你们都会上网,回头收集点案例,搞个宣传材料,我去找找校领导,看能不能安排个时间,跟学生们好好说说。"

第一百零七章　白天也能搞破坏

正说着，外面传来汽车引擎声。探头一看，师兄回来了。

他工作"不稳定"，一会儿在新园街派出所，一会儿在他的辖区，一会儿来综合接警平台。交通工具也不固定，前天是跟他们所领导一起坐车来的，昨天骑警用社区电动车，今天又开这辆看上去挺新的110警车。

"师傅，您有没有吃饭？"

"没呢，你有没有吃。"

"我也没有，朝阳，你也没吃吧，要不去邓老板饭店点几个菜，让他送过来，我们在里面会议室吃。"拜师宴一直没顾上摆，俞镇川匆匆赶回来就是想请师傅和师弟吃饭的。

刚才在坟地吃不下，看见吃的东西就反胃。现在所处的环境不一样，更重要的是连早饭都没吃，一提到吃饭，韩朝阳赫然发现真饿了。

正准备说师傅不能吃辣，只能吃点清淡的，顾国利笑道："去饭店点什么菜，麻烦，还不实惠。你们等着，我进去换警服，换上警服一起去六院食堂吃。"

"吃食堂？"

"有饭吃就不错了，再说六院食堂挺好，上次老伴生病住院，我陪她在六院食堂吃过几次，菜挺多，味道也不错。"

吃饭只是一件小事，只要有钱去哪儿都有饭吃。

顾国利想着的不只是吃饭，而是综合接警平台"辖区"的见警率，想利用吃饭这个机会让群众看到身边有警察，他放下杯子补充道："现在吃饭方便，不要跟以前一样办饭卡，用手机一扫就把饭钱付了，我不会你们会。"

以后我们早上去理工大学吃,中午去六院吃,晚上随便去理工大学或者去六院。"

韩朝阳又不是傻子,岂能不知道他老人家的良苦用心。

暗想这么一来在社区工作的福利全没了,既不能跟以前一样去工作组领盒饭,也不能再在保安公司蹭吃蹭喝,但还是欣然笑道:"吃食堂好,六院有几个食堂我不知道,理工肯定有大餐厅、小餐厅和大排档,南北风味都有,各种小吃一应俱全。"

韩朝阳都能猜到师傅的真正用意,俞镇川更不可能猜不到。

一想到师傅这是在帮他,心中一热,一脸不好意思地说:"师傅,那我们就吃食堂,不过中午要让我请客。"

吃食堂能花多少钱,顾国利笑道:"行,中午吃你的,晚上朝阳的。等哪天不忙去我家,让你们师娘给我们做一顿好吃的。"

对别人来说吃饭就是吃饭。对这师徒三人而言吃饭不只是吃饭。

顾国利回社区民警办公室换上警服,佩戴上"八大件"。

韩朝阳跑水房去冲了个澡,换上干净警服也佩戴齐单警装备,同一样全副武装的师兄一起跟在顾爷爷身后,走出警务室,像巡逻一样经东边的斑马线穿过马路,径直来到位于内科大楼左侧的六院食堂。

正值饭点,食堂里坐满病人和病人家属。

一个全副武装、身穿白衬衫的"高级警官"带着两个年轻的警察走进餐厅,顿时引来无数道好奇的目光。

"没事没事,我们也是来吃饭。"

顾国利顺手摸摸一个小朋友的头,一边在窗口排队,一边微笑着提醒道:"出门在外,同志们多留点心,钱包手机银行卡一定要放好。排队交费时保管好钱包,防止小偷。吃饭或干其他事留意手机,别急急忙忙丢三落四。"

这老警察有点意思,一个干部模样的中年人举手笑道:"谢谢提醒,我们会注意的。"

"大家别嫌我啰唆,出门在外不能没安全防范意识,不光要保管好财

第一百零七章　白天也能搞破坏

物,其他方面也要注意。小伙子,你这样就不行,走哪儿都捧着手机,眼睛只盯着手机看,这是在食堂,要是在马路上你说危不危险?"

"是是是,您说得是,不玩了,不玩了。"排在3号窗口的小伙子反应过来,急忙放下手机,不无尴尬地笑了笑。

"还有带小朋友的同志,一定要看好小朋友。"

走到哪儿宣传到哪儿,顾国利已经养成习惯,目光转移到一个带孩子的家长身上,语重心长:"不知道大家有没有听说过,住院时间或陪护时间比较长的同志可能知道,前几天一个家长急着排队交费,小朋友觉得清洁工推的小车好玩,趁大人不注意钻小车里去玩,不光玩还在里面睡着了。打扫卫生的大姐不知道,就这么稀里糊涂把车锁进了杂物间。孩子不见了,怎么都找不着,你们说家长急不急?不光家长急,我们公安也急,甚至怀疑是不是被人贩子拐卖了。介绍一下,这就是管这一片儿的新园街派出所民警俞镇川同志,这是管马路对面一片的花园街派出所民警韩朝阳同志。他俩当时出的警,组织医院保卫科和附近群众一起帮着找,从上午九点半一直找到下午两点多,谢天谢地总算找到了,但如果找不到怎么办……"

他老人家语重心长,循循善诱。

在餐厅排队买饭和坐着吃饭的病人及病人家属深以为然,连连点头。

穿白衬衫的"大领导"平时难得一见,两个小民警一个比一个帅,许多人举起手机拍照摄像,几个胆大的女孩甚至跑过来要求合影。

不出韩朝阳所料,顾爷爷跟往常一样非常配合。人家让往哪儿站就往哪儿站,拍照时的笑容很灿烂,拍完之后还凑过去看看拍怎么样,觉得不好甚至提议重拍。

参加工作以来,俞镇川整天忙得团团转,哪像这样跟群众打过交道。

正在发生的一切让他很有感触,意识到师傅看似没教什么,其实是在言传身教。刚进来时有些不习惯,在融洽的警民互动气氛感染下渐渐放开了,脸上露出会心的笑容。

对几乎天天跟朝阳群众一起玩的韩朝阳而言,这一切太正常太理所当然。

点了几个菜，捧着不锈钢餐盘找到一张刚空出来的塑料桌，正准备告诉师傅师兄这儿有位置，手机突然响了，正在朝阳村带队巡逻的保安班长顾长生打来的。

"长生，什么事？"

"韩大，汪军出门了，吃饭完一个人骑电动车出门的，背着个小包，走前好像往包里塞几个工具。"

餐厅里人多耳杂，不是说话的地方。

韩朝阳急忙给师傅打个手势，快步走到餐厅外接听。

"往哪个方向去了？"

"从河滨路往南走的，我先远远跟着他，国栋和小朋回去换衣服拿车了，等国栋他们换上衣服赶过来我再回去。"

"行，你先盯着，小心点，千万别打草惊蛇，等国栋和小朋赶过去让他们给我打个电话。"

"韩大放心，我注意着呢，不会打草惊蛇。"

吃完饭，回警务室的路上。

韩朝阳给师傅和师兄介绍破坏卷闸门锁案的最新进展，俞镇川之前并不知道，师弟一介绍完便分析道："师傅，朝阳，如果没猜错，那小子应该是去破坏卷闸门了！"

"大白天去搞破坏？"韩朝阳觉得有些不可思议。

"我以前遇到这样的案例，我们新园派出所辖区不止一次发生过，刚开始那些商户老板没在意，以为卷闸门是自然损坏，后来一个老板娘无意中发现有人搞破坏，揪住搞破坏的小子，喊人打110报警的。"

"大白天怎么搞破坏？"

"现在是老式卷闸门多，还是电动卷闸门多？"

"好像电动的多。"

"这就是了，破坏老式卷闸门很容易，往锁眼里塞点东西就行了。破坏电动卷闸门一样不难，只要趁店主不注意在轨道里做点手脚。你说的那个是破坏之后门打不开,我说的是破坏之后门关不上。"

"我去,很专业啊,什么时候都能搞破坏,他们上午下午都有活儿干,早晚都有钱赚!"

"才知道,那些家伙狡猾着呢,为了赚钱无所不用其极。"

小案子一样错综复杂!

顾国利想了想,低声问:"镇川,你们辖区抓的那个后来是怎么处理的?"

"只能认定他试图搞破坏,既没偷也没抢,拒不承认修门的跟他有关系,不说住什么地方,反正跟死猪不怕开水烫差不多。所里那几天又忙,好像关了一夜,批评教育了一下就放了,连款都没罚,他身上也没几个钱,不放还要管他吃饭。"

没证据,又够不上拘留,确实拿这样的嫌疑人没办法。

顾国利摸摸嘴角,追问道:"笔录应该做过吧?"

"笔录有,要不我等会儿回去翻翻案卷,看是不是同一个人。"

接下来要帮师兄打击在长期混迹于市六院的黄牛、医托和小偷,要帮师兄去理工大学做"理性消费"不要轻易借贷的宣传,如果有可能还要查查阳观村那起死亡两人的命案。

韩朝阳一刻不想耽误,提议道:"师傅,要不我和镇川先去问问那些卷闸门被破坏过的商户老板,问问他们对修门的人有没有印象。再问问那个发现有人破坏门锁的老板娘,最后去新园街派出所调阅案卷。"

大案要破,小案一样要破。

顾国利很支持俩徒弟办案,一口同意道:"去吧,去问问,说不定能串并起来。"

第一百零八章　抢险救灾（一）

早上忘看天气预报，从新园街派出所出来，见南边的半片天响晴白日，北边的半片天乌云如墨，沿街商户忙着收东西，小贩们忙不迭收拾摊子，行人加紧往前奔，树枝树叶随着风狂舞，才意识到今天有雷阵雨。

"钟哥，我韩朝阳，我在院儿里晒了几件衣服，麻烦你帮我收一下。"

"收了，不光你的，其他人的也收了，放心吧。"

这件事很重要，如果晾在外面的警服没收，明天就没干净警服穿。韩朝阳回头看了一眼师兄，又翻出一个号码拨打过去。

"朝阳，什么事？"

"苏主任，快下雨了，你们那边搞完没有？"

刚钻进公务车的苏娴很郁闷，遥望着正从地里往路上飞奔的几个村民，无奈地说："没呢，真希望光刮风不下雨，或者少下点也行。要是下一场大的，把田里搞得泥泞不堪，剩下十几个坟不知道要拖几天才能迁完。"

迁坟工作最好是快刀斩乱麻，时间拖越久事越多。

韩朝阳能理解她的心情，但相比即将来临的暴雨，迁坟无疑是小事，急忙提醒道："苏主任，如果等会儿的雨跟上次一样大，东明小区一带的下水道根本排不过来，到时候别说地下室里的车，连停路上的车都要被淹。"

六月份下过一场暴雨，中山路沿线虽然一样被淹，但排水设施相对完善，造成的损失不是很严重。527厂紧邻朝阳河，雨水可以往河里排。朝阳村地势较高，确切地说是村民们在建房时就考虑到有可能被淹，整个村的宅基地包括村里的几条干道，整体比周围的道路高出近一米，问题也不是很大。东明小区建设时没考虑有可能被淹，也许是对排水设施太有信心，结果下一场大暴雨就被淹一次。在六月份的那场暴雨中,东明小区损失最大,停在地下停车场的四百多辆汽车"全军覆没",有的保险公司赔,有的保险公司不赔,一直闹到现在,这件事还没完呢。

吃一堑长一智,苏娴意识到要抓紧时间做点防范,脱口而出道:"知道了,我这就给张经理打电话,现在就去东明小区。你在什么位置,你过不过来?"

"我正在往回赶,苏主任,您别急,雨还没下呢,现在通知业主转移车辆应该来得及。"

"朝阳,我去组织物业和保安通知业主转移车辆,可能有些业主一时半会联系不上,你能不能管交警队找一辆拖车,请他们赶紧过来帮我们把地下室里的车往外拖。"

"我打电话问问,不过感觉希望不大。拖车不是交警队的,是停车场的,他们要么不出来,出来肯定要收费。"

"收费?跟他们说清楚,这是抢险救灾!"

"好吧,我试试。"

这边刚挂断电话,分局要求各派出所民警提醒居民注意防范暴雨、要求民警加强巡查排除隐患的短信到了。群发的,发得很匆忙。抬头改了,落款没改,还是燕东区人民政府办公室,而不是燕东公安分局。

收到这短信就可以跟上级开口了,想到警务室已"升格"为综合接警平台,既然分局指挥中心会直接给平台下指令,那平台一样可以向指挥中心直接汇报,韩朝阳毫不犹豫拨打110。

"喂,您好,这里是110……"

"您好,我是中山路综合接警平台民警韩朝阳,警号×××××,我辖区东明新村不仅地势较低,而且排水设施不完善,每次遇到暴雨,该住宅小区地下停车场都会被淹。我们正和居委会、小区物业一起联系小区居民,紧急转移地下停车场的车辆,考虑到有些业主不在家,一时半会儿联系不上,应社区领导请求,向指挥中心求助……"

分局指挥中心也是燕东区委区政府的应急指挥中心。换作平时接警员不会管这样的事，但现在不是平时，连周局都亲自赶过来坐镇指挥，问清楚情况，立马向上级汇报。苏主任说得没错，现在的是抢险救灾，只要与抢险救灾沾上边的事都特事特办。

韩朝阳刚给在527厂值班的保安打完电话，指挥中心有了回复，交警六中队的一个民警正带着拖车往东明小区赶，询问"现场总指挥"是谁，好让交警向"现场总指挥"报到。

刚汇报完，呼呼肆虐的狂风就夹着雨星，像在地上寻找什么似的，东一头，西一头地乱撞着，打得车窗玻璃啪啪作响。

紧接着，雨噼噼啪啪地下了起来，越下越大，瓢泼一样。

极亮极热的白天变成了黑夜，风在吼，雷在咆哮，近看，街上一个人影也没有，只有车灯，只有白白花的水，简直成了一条流淌的河，上面争先恐后开放着无数的水花。远看，楼房和树木都是模模糊糊的。

俞镇川参加工作时间比韩朝阳长，经历过好几场暴雨，想着他的辖区一样有可能被淹，紧握着方向盘说："朝阳，先送你去东明小区，把你送到地方我去新民社区看看。"

"也行，案子的事晚上研究，你那边有几个涵洞，一旦积水车开进去就出不来了。"

"前年还出过人命。"

"你没雨衣，就这么去？"

"顾不上那么多了，就这么去吧。"

打开警灯、拉响警笛，火急火燎赶到东明小区西门，韩朝阳冲下车先管保安要了一把伞，冒雨跑回去敲敲正在掉头的警车，拉开车门把雨伞往里一塞，再跑回保安值班室身上已经湿透了，像一个落汤鸡。

手机不能进水。

韩朝阳把警务通和自己的手机往办公桌上一放，急切地问："志虎，苏主任呢？"

"正在地下室，正在指挥业主转移车辆，全从东门、南门和北门出去，我们这的口已经封了。"

第一百零八章 抢险救灾（一）

"我先看看监控。"

韩朝阳接过毛巾擦了一把脸，跑进里面的监控室，只见显示器里的地下停车场灯火通明，苏主任、张经理和刚抵达的交警正在指挥业主有序地把车开出去，等他们把车全开走再拖联系不上业主的车辆。

果不其然，从第二、第三和第四个显示器里可以清楚地看到，雨水正沿着地面通往地下室的坡道哗哗往里流。一个女车主见坡道像小河一般往下流淌，不敢往上开，又忘了拉手刹，车居然缓缓往回退，几个保安一拥而上，在后面拼命地帮她顶住，交警一边大喊着一边拉车门……

保安公司有一半保安在下面，还有很专业的交警。

现在过去也帮不上忙，韩朝阳干脆给警务室、527厂保安值班室、街道办事处门卫室等有朝阳社区保安服务公司执勤的地方打电话询问情况。

事实证明，针对东明小区采取的措施是非常有必要的。当交警指挥拖车把最后一辆不知道停了多长时间、车上已积满灰尘的轿车拖出地下室，地下停车场的积水已经到四十多厘米了。

韩朝阳举起对讲机，命令道："俊峰俊峰，我韩朝阳，组织人员再检查一遍地下室，确认没有人员和车辆再上来。"

"收到收到，我们正在检查。"

"张经理张经理，我韩朝阳，电工到了没有，所有电梯全通往地下室，到底是全部关掉还是采取其他措施请你赶紧拿个主意，总之，安全第一。"

"韩大放心，电梯没事，从现在开始只下到一楼，不会下到地下室。"

确认这边不会有什么大事，正准备找把伞去送送交警，李晓斌打来电话。"韩大，我和旭刚到单位，国栋他们也回来了，东明小区情况怎么样，要不要我们过去。"

"暂时不需要，案子的事晚上再说，你们立即去527厂，老家属院一楼估计要被淹，你们过去看看能不能帮上忙。"

第一百零九章 抢险救灾（二）

暴雨淹城，区里启动应急预案应对城市内涝。

分局110指挥中心只是应急处突指挥中心，针对城市内涝，区里有一个内涝防治抢险应急领导小组，办公室设在区综合行政执法局（城管局）。

区长亲自兼任领导小组组长，城管局长兼任领导小组办公室主任，成员单位几乎包括所有的政府组成部门，应急响应时，住建局、城管局、财政局、水务局、国土局、教育局、民政局、卫生局、公安分局、气象局、电力公司、通信公司……全要接受领导小组办公室的统一调度、统一指挥。

韩朝阳刚陪苏主任冒雨赶到527厂，街道办公室顾主任打来电话，让朝阳社区义务治安巡逻队参与内涝防治，让二人立即返回居委会接收垃圾中转中心送去的工具和相应的抢险物资。

马不停蹄赶到居委会，院子里停着两辆货车。

顾主任尽管穿着雨衣，但雨衣几乎全沾上在身上，一看就知道里面全湿透了，他一看见二人便下达起命令。

"苏娴，小韩，这位是公厕管理中心的华副主任，区里已启动应急响应机制，环卫和保洁人员全部上路了，但人员还有很大缺口。请你们组织巡逻队员，协助华主任巡查社区内的公厕下水情况，清除雨水井口的杂物，用大扫把将积水推到排水口，全力保证雨水顺利通过排水系统排入朝阳河。"

领导语气不容置疑，现在是抢险救灾，上级连雨衣、铁锹、大扫把、编织袋、铁丝等抢险工具和物资都送过来了，也容不得讨价还价。

苏娴不假思索地答应道："请顾主任放心，我们保证完成任务。"

"你们现在能出动多少人？"

"50个人，如果把社区干部和村干部算上，60个人没问题。"

"你们这边有40个人足够了，安排20个人跟我走。"

领导真把朝阳社区当回事，不光要用朝阳社区的人，还要从朝阳社区调人。

这同样不是可以讨价还价的事，苏娴和韩朝阳对视了一眼，一口答应道："没问题，我这就抽调人员。"

人派出去要考虑到指挥问题，小伙子们血气方刚，如果指挥抢险的干部态度不太好，他们真可能撂挑子。

苏娴打电话让老金赶紧回来，韩朝阳穿上雨衣，给即将跟顾主任走的队员们打招呼。

顾主任也知道小伙子们是"义务"的，用很诚恳地语气做起动员，称抢险是有抢险经费的，任务完成之后街道会如实上报，区财政局会拨专款，不会让大家伙白干。

他们要去哪儿，去做什么，韩朝阳不知道，只知道协助公厕管理中心工作非常重要。

现在不抓紧时间清除公厕附近雨水井口的杂物，不尽快排掉积水，等积水灌进公厕、公厕里的大小便溢到路面就麻烦了。

全部冒雨上路，包括苏主任在内的所有人全部动手。

韩朝阳和余旭成等小伙子负责527厂北门西侧的公厕，中山路上的积水已漫过路牙，倾盆暴雨还在哗啦啦下，看雨情最多半个小时积水就会慢过公厕台阶，流进公厕，灌进化粪池。

"韩大，这么扫没用，下面水都齐小腿了，不扫一样往里流。"

余旭成确认井口并没被堵住，起身提议道："主要是流太慢，韩大，干脆把盖子拿掉！"

"拿掉也行，不过一定要看着，万一人栽进去车陷进去怎么办？"

"我们在这儿看着，实在不行回去拿警戒带。"

当务之急是排水，影响交通就影响交通。

韩朝阳顾不上那么多了，放下扫把说："你们把盖子拿掉，你们先看着，我回去拿警戒带，顺便把警车开过来。"

"好的，这个挺沉，春荣，搭把手。"

"韩大，干脆把那几个盖子也掀掉。"

"你们先干着，你们看着办，我马上回来。"

跑回警务室，拿上东西爬上停在门口的警车，只见顾爷爷在马路对面指挥市六院的保安，用不知道从哪儿找的沙袋、木板"搭桥"，好让在对面下车的病人、病人亲属及理大教职人员，能从公交站牌顺利抵达地势较高的人行道。

他不知道从哪儿找了件雨披，但骑电动车用的雨披根本挡不住雨，浑身全湿透。

韩朝阳很想过去帮忙，然而现在有更重要的事，把车开到路边摁了几声喇叭，跟师傅打了个招呼便再次赶到527厂北门。

余旭成居然从水里摸出一块车牌，一手拿着车牌，一手打着手势引导警车往前开。现在是逆行，路面的积水里有好几个坑，韩朝阳开得小心翼翼，直到把车开到余旭成指定的位置。关掉引擎跳下车，跟小伙子们一起拉警戒带，前面警车可以绑，后面没有，一时半会儿又找不到东西可固定，张春荣干脆把警戒带绑在身上，站在后面提醒过往的车辆不要掉进去。

几个井盖打开就是不一样，能明显地看到周围的积水全在往里流，且流速很快。

看样子不会灌进公厕，韩朝阳松下口气，擦了一把脸上的雨水，一边打着手势指挥由东往西的车辆走安全的车道，一边喊道："旭成，车牌从哪儿摸的？"

"就在井口，冲过来的。"

"韩大，我也摸了一块。"

"收获挺大么，保管好。"

让韩朝阳啼笑皆非的是，余旭成居然蹚着积水跑过来，嘿嘿笑道："韩大，外面下这么大雨，万叔他们闲着也是闲着，我给他们打了个电话，让他们过来摸车牌,顺便协助我们排水。"什么协助排水,你小子就是让他们来"浑水摸车牌"的。

巡逻队摸到车牌不好管车主要钱,公安更不用说了,群众摸到车牌可以适当地要点奖励。而且雨天从积水里摸车牌,该给摸到车牌的人多少钱,这两年已经有了"行情",一般100元一块。

韩朝阳彻底服了,正不知道该说他什么好,前面来了一辆警车。

"哪个单位的?这边怎么回事?"

市局的车,对韩朝阳而言市局的全是领导,急忙举手敬礼:"报告领导,我是花园街派出所民警韩朝阳,这边有两个下水井没井盖,可能被积水冲跑了,我们在这儿守着,防止过往车辆和行人陷进井里。"

韩朝阳考虑的是排水,巡查的领导考虑的是交通,冒雨探头看了看,喊道:"你是管这一片儿的社区民警吧,赶紧向你们上级汇报,请你们上级联系相关单位过来处理好这两个井,动作要快,不要影响交通,知道吗?"

"是!"

第一百一十章　最帅警察（一）

　　狂风骤雨终于停了，在乌云里躲了近三个小时的太阳终于露出脸，空气中弥漫着泥土的气息。抬头望去，一直灰蒙蒙的天空被洗刷得干干净净，一团团绚丽的火烧云格外壮观，人们纷纷举起手机拍摄这难得一见的晚霞。

　　雨虽然停了，路面的积水依然很深。

　　韩朝阳和队员们一边指挥交通，一边守着下水井排水，一辆辆汽车擦肩而过，尽管司机们已经很小心，但车轮带起的浑浊泥水还是不断溅到他们身上甚至脸上。

　　直到夜幕降临，直到中山路主干道上的积水排差不多了，众人才拿起扫把，把路面上的最后一点泥水扫到最近的井里，清理掉漂浮过来的所有垃圾，这才盖上井盖，卷起警戒带，拖着疲惫的身躯打道回府。

　　"我们这边没出什么事，听说城西损失很大，有树被刮倒了，砸坏一辆车，不知道车里的人有没有受伤。有个广告牌被风刮下来，连着电线飞出十几米，好像也砸到一辆车。"

　　"韩大，你师兄那边损失不大，但交通全瘫痪了。"

　　余旭成洗完澡，穿着大短裤坐在会议室里一边等饭吃，一边刷着微信朋友圈，眉飞色舞说："几个涵洞积满水，机动车道和人行道无法通过，好多人想回家只能绕行。铁路正好穿过新园街道，沿线六七个涵洞，这个道有得绕，估计要多走二三十公里。"

　　"估计堵不了多长时间，这会儿应该在抽水。"韩朝阳擦干头发，凑过来看了一眼。

第一百一十章 最帅警察（一）

"抽也没那么快，我刚才打电话问过，东明小区地下停车场用四个水泵在抽，最快也要到明天下午才能抽完。"

"积水很多？"

"一直漫到地下室房顶，幸好动作快，不然停下面的车又要泡汤，保险公司又要倒霉。"

"韩大，明天有鱼吃了！"正闲聊着，一个巡逻队员兴冲冲跑了进来说，"韩大，李班长他们在清理朝阳河的几个出水口时抓了好多鱼，说有几十斤，让我找几个桶开巡逻车去拉。"

"怎么抓的？"

"南边不是有好几个水塘好几条水沟吗，一直以为里面没鱼，没想到有好多鱼，刚才那阵雨把水塘水沟淹了，鱼全游进排水沟，李班长他们什么不用干，只要守着拦在出水口的铁丝网就能抓到鱼。"

南边的水塘是修铁路时挖的坑，水沟原来是灌溉渠，里面的鱼全是野生的，不是村民养殖的，韩朝阳不禁笑道："这样的鱼不要白不要，快去啊！"

"好咧。"

"对了旭成，方叔他们有没有收获？"

"连我们给的，好像十六块车牌，这会儿正在六院门口等车主去认领。"

"晓斌是浑水摸鱼，你们老乡倒好，居然浑水摸车牌。"

"韩大，你又不是不知道，他们赚点钱不容易。"余旭成嘿嘿一笑，急忙递上支烟。

师傅他老人家这会儿应该洗好澡换上衣服了，师兄估计一时半会儿回不来，韩朝阳站起身，正准备请师傅一起去理工大学食堂吃饭，顺便看看理大有没有漂亮的女大学生，手机突然响了，一看来电显示，居然是黄莹打来的。

"大姐，您怎么有空给我打电话，是不是被堵在路上，回不了家。"韩朝阳跟小伙子们做了个鬼脸，信步走到居委会大厅。

"回家，今晚是回不去了。"

"为什么？"

"正在防治内涝,所有人全在加班。领导还算照顾,没让我去扫大街,让我在值班室接电话。"雨停了,街道的工作依然繁重。

要清理全是泥浆和垃圾的主次干道,要检查在册的危房,要救助那些家被淹的居民,想到苏主任这会儿还在527厂忙,韩朝阳反应过来,忍不住调侃道:"还是你混得好,别说下雨,就算下刀子,跟你也没多大关系,顶多就是坐办公室接接电话。"

"什么意思,搞得像我不干工作似的。"

"没有没有,没别的意思,只是有感而发。"

黄莹也在刷朋友圈,看着这会儿正在疯狂转发的一条"新闻",禁不住问:"倒霉蛋,你难道平时不看微信?"

"看啊,晚上睡觉时看一会儿。说起看微信,说起水群,我发现真浪费时间。朋友圈全看完,再回几个信息,不知不觉一两个小时没了。不光浪费时间,还会受伤害。比如你的朋友圈就不能看,不是下馆子就是看电影,要么就是和漂亮的小姐姐一起逛街,你们过着醉生梦死的生活,我居然还要给你们点赞。"

"这就被伤害了?"

"人比人气死人,我天天被你气知道吗。不行,我得把你屏蔽掉,不然总是被伤害。"

"你敢!"黄莹笑骂了一句,兴高采烈地说,"倒霉蛋,不扯那些废话,说正事,你小子出名了,你小子果然转运了。"

"出名,有没有搞错,我又不是什么明星。"

"以前不是,现在是了,我转发到朋友圈,你自己看。"

出名,开什么玩笑。韩朝阳抱着将信将疑的态度,放下手机点开微信。

不看不知道,一看禁不住笑了,标题赫然是《"最帅警察"感动燕阳市民》,配图是刚才在中山路上一边排水一边疏导交通的几张照片。

从艺术角度看,拍得实在不怎么样。

不是拍得不帅,而是拍得狼狈不堪,有下意识抬起胳膊挡车轮溅起的泥水的,有转身提醒一位骑自行车的大妈别往机动车道上走的,提醒时后面正好有一辆大货车经过，带起一阵风和雨水，脚下太滑，一个趔趄扑倒在花坛里……

有一张正面照，不过是"五花脸"。

令人啼笑皆非的是，市民居然喜欢这样的照片，帖子下面竟有四万多人点赞。甚至有网友作了一首诗：雨水迷离了双眼，融不掉的一张俊脸，笑对浊色苍天，无需冗繁虚言，却只见，那一霎的本色出演……

韩朝阳没想到无意之举竟引起如此强烈的反响，同时又想到一个很尴尬的问题。

如果分局领导知道打电话过来问，如果好事的媒体记者跑过来采访，到时候该怎么解释？难道告诉领导和媒体记者，其实那几个井盖根本没丢，是我为了更快地排掉路面积水自己掀开的。

正胡思乱想，黄莹又打来电话。

"韩警官，现在信了吧，我去，居然成了'燕阳最帅警察'！得找找有没有跟你的合影，有的话赶紧发朋友圈，蹭蹭'最帅警察'的热度，说不定我也能跟着你火一把。"

燕阳最帅警察，帖子上确实是这么说的。

韩朝阳真有那么点飘飘然，咧着大嘴嘿嘿笑道："其实，其实我本来就很帅，只是大姐你看不上罢了。"

"不要脸的我见过，像你这么不要脸的头一次见。不过还是要祝贺你变帅了，但你一样要感谢我，我帮你转发了朋友圈和好几个群，连工作群都转发了，说不定杨书记和顾主任都看到了。"

"别，千万别！"

"已经转发了，朋友圈可以删除，转发到群里的撤不回来。再说为什么要撤，这是露脸的事，充分证明人心向善，弘扬正气的事情还是会得到群众支持，能引起人们共鸣的，等着吧，就算你们分局不宣传，区委宣传部也不会错过这个宣传正能量的好机会。"

上级真要是看到，到时候该怎么解释？

雨水把井盖冲跑了，井盖多重，说出去三岁小孩也不信。

如果说那几个井本来就没盖，负责维护市政设施的部门第一个不答应。

韩朝阳意识这不是出风头的事情，同时意识到这个风头已经不受控制的出了，苦着脸说："大姐，其实事情不是你想的那样，也不是帖子上说的那样。"

"耳听为虚，眼见为实，这不是有照片么？"黄莹糊涂了，觉得这小子脑子有问题。

"照片不代表什么，跟你明说吧，井盖是我掀开的，一共掀了四个。也就是说交通拥堵是我造成的，如果不掀井盖，就不需要在那儿守着，不需要疏导交通。"

黄莹被搞得一头雾水，追问道："你掀开的，好好的井盖你掀开干什么？"

"为了排水，不掀流太慢，而且水里有淤泥有垃圾，井盖上的孔一会儿就堵上了，掀开水直接往下水井流，直接排往朝阳河。"

"排水？"

"嗯。"

"可这又关你什么事？"

"上级让我们协助公厕管理中心负责排掉公厕附近的积水，不能让水流进化粪池，不能让公厕里的大小便溢出来，我赶到时积水已经漫到公厕台阶了，不这么排马路上全是大小便。"

黄莹彻底服了，禁不住问："这么说你是为了偷懒？"

"我也是为了尽快排掉路上的积水。"

"到底为什么不重要，重要的是你这个'最帅警察'怎么跟上级解释。我敢打赌，最迟明天下午，就会有记者去找你采访。你们公安现在特注重形象，你们领导肯定不会错过这个宣传的好机会，好好想想吧，到时候该怎么说。"

第一百一十一章　最帅警察（二）

晚饭时间到了，师徒二人和中午一样全副武装，像巡逻一般穿过潮湿的马路，并肩从市六院门口往理工大学南门走去。白衬衫上街巡逻，平时难得一见，引来许多过往的行人尤其晚上出来逛马路的学生围观。

顾国利早习惯了，微笑着跟人们点头。

韩朝阳不仅习惯，而且觉得特有面子，脸上始终挂着得体的笑容。

顾国利不仅脸上笑，心里也觉得好笑，边走边不动声色说："金杯银杯，不如老百姓的口碑。这是好事，有什么好担心的。况且你也是为了工作，如果不当机立断采取措施，公厕里的粪便溢出来多麻烦。我觉得处理得挺好，别胡思乱想，到时候实话实说就是了。"

"关键市局领导巡查时我没说实话。"

"哪个领导？"

"师傅，我连分局领导都认不全，哪认识市局领导。"

"几号车总知道吧。"

"那会儿正下着雨，天又那么暗，只看见车灯，看不清车号。"

遇到大暴雨，城市面临内涝。区里启动应急响应，市里一样会启动应急响应机制。抢险救灾首先要确保的是交通和通信顺畅，中山路是主干道，交通绝不能瘫痪，他那会儿不仅没帮助疏导交通，反而人为地制造交通堵塞，甚至跟巡查的领导睁着眼睛说瞎话，想想确实不太好。

不过此一时彼一时。

下午的雨是很大，但终究是阵雨，不像上个月那次断断续续连下三天，导致燕阳这个内陆城市到处能"看海"。当时的朝阳河不是满了而是漫了，河滨路变成了河面，沿河公园全被淹在水底，中山路也成为一片汪洋，连底盘那么高的公交车都无法正常行驶。

而这次的雨下两三个小时就停了，没造成城市内涝。顾国利相信就算市局领导知道了也能够理解，相信那么大领导不可能跟他这么个小民警计较。"你这是杞人忧天，"顾国利回头看看正忙着支摊儿的小贩，用肯定的语气说，"相信我，到时候实话实说，绝对不会有事，就算有也只能是好事。"

想到刘所，想到教导员，想到所里那些同事，韩朝阳轻叹道："人怕出名猪怕壮，如果有选择，我真不想要这样的好事。"

"什么人怕出名猪怕壮，要说出名，我比你小子有名多了，不一样该吃饭吃饭，该工作就工作。朝阳，别嫌我啰唆，这个人啊不管干什么工作，不管做什么事，心态一定要好。既不能骄傲自满，有点荣誉就忘了自己是谁，也没必要妄自菲薄。"

顾国利岂能不知道他担心什么，不仅知道而且深有感触。

白衬衫是前年穿上的，全国公安系统二级英模很早就评上了，除了二级英模之外还荣获过其他各种荣誉，当时单位同事也有想法甚至看法，反正被树立为典型，各种荣誉光环加身的压力真的很大。

顾国利越想越觉得这个徒弟跟他很像，想想又说道："别人怎么看你不重要，重要的是你自己怎么看自己，只要你问心无愧，只要你认为对得起这身警服，那么你就是一个好警察。"

"谢谢师傅提醒。"

"不说这些了，晚上吃什么。我没上过几天学，更别说大学，上学那会儿也没食堂，后来培训不能算，想想还真没吃过大学食堂。你是大学生，又是刚毕业，比我有经验，等会儿你看着点。"

"行，等会儿我们先去几个餐厅转转，哪个餐厅人多就表示哪个餐厅物美价廉，我们就在哪个餐厅吃。"

韩朝阳嘴上说着吃什么，目光却在不断扫视，甚至自然而然地拿理大女生与母校女生进行对比。结果发现，论颜值理工大学的女生真不如东海音乐学院的女生。

从南大门到大餐厅这一路上，竟然没看到一个让人眼前一亮的，韩朝阳真有那么点失望，理大的女生们却兴高采烈。几个坐在门边用餐的女生紧盯着他看，看着看着没遮没拦地笑了。一个戴着眼镜的女生甚至大大咧咧地举起手机拍照，拍完跟身边的几个女生嘻嘻哈哈地互相推搡起来。

顾国利环视了一圈大餐厅的环境，回头笑道："朝阳，这儿人多，就在这儿吃吧。"

"行，第二个窗口没几人，我们过去吧。"

刚走到第二个窗口，正探头看橱窗里到底有什么菜，一个二十多岁的小伙子走过来，很礼貌地问："您好，请问您二位是？"

"您好，我是中山路综合接警平台民警顾国利，这是我们接警平台的民警韩朝阳，我们的接警平台就在市六院对面，也就是朝阳社区警务室，以后你们遇到什么事可以直接去警务室找我们。"顾国利笑了笑，习惯性地从口袋里掏出一张警民联系卡。

"顾警官，您是三级警监！"

"是啊。"

"您这样的领导怎么会亲自接警？"

"警衔只代表资历，不代表行政职务，没跟你开玩笑，我就是一个社区民警，普普通通的社区民警。"

穿白衬衫的社区民警，小伙子头一次见，急忙自我介绍道："顾警官，韩警官，我是理大学生会主席何栖元，认识您二位很荣幸，也欢迎您二位来我们学校食堂用餐。"

原来是学生会主席，难怪这么多人就他跑过来问这问那。

在顾国利心目中，只要能当上学生会主席的大学生都是有出息的，说不定过几年就能当上领导，紧握着何栖元手笑道："何同学，认识你我们也很荣幸，跟我这个老头子你可能没什么共同语言，跟朝阳肯定有，他跟你一样是大学生，去年刚毕业，你们留个电话，加个微信，可以经常联系，也可以经常去我们警务室玩。"

韩朝阳连忙掏出警民联系卡："您好，这上面有我电话，手机号码也是微信号。"

学生会经常搞活动，认识两个警察总比不认识好。何栖元接过警民联系卡，掏出手机笑道："顾警官，韩警官，您二位先打饭，我先把号码存起来，先帮您二位找张桌子，微信等会儿加。"

"好的，谢谢了。"

韩朝阳刚打好饭菜，刚付完账，端着餐盘走到何主席帮着找的空桌前，手机突然响了。给师傅和请喝饮料的何主席道了个歉，放下餐盘取出手机走到餐厅外问："老管，什么事？"

"朝阳，看看我给你发的微信！你小子出名了，燕阳最帅警察，好几个微信群里都有人转发，我刚才搜了一下，微博上也有，市局的官方微博都转发了！"

管稀元兴高采烈，生怕刚回来的老胡听不见，又强调道："没跟你开玩笑，好多人点赞呢，你小子厉害了，有了一大波迷妹。特别是微博，好多女孩留言，说看见你天气都变好，说赶紧去中山路看帅哥警察。"

"真的假的？"韩朝阳明知故问道。

"真的，不信你自己看，已经刷爆了朋友圈，好多人正在'人肉'你，想知道你叫什么名字，在哪个单位上班。刚才分局政治处还打电话问是不是你，说看着有点像，又不敢确定。"

"问谁的？"

"陈秀娟接的电话，这么大事她不敢隐瞒，正在向教导员汇报呢。"

"教导员也知道了？"

"不光教导员知道了，刘所也应该知道了。朝阳，这是群众发的，不是分局或哪个部门搞的宣传，你小子厉害了，肯定马上会有记者找你采访，说不定连我们都跟着你沾光，回头一定要请客。"

刘所和教导员也知道了，真不知道是好事还是坏事。

韩朝阳敷衍了几句，心不在焉挂断电话。

与此同时，刘建业正在看陈秀娟刚搜出的微博，边看边喃喃地说："下

第一百一十一章　最帅警察（二）

午那么多民警冒雨执勤，尤其交警，哪个没被淋成落汤鸡？怎么光拍他，不拍别人？"

"运气好。"陈秀娟想了想，分析道，"看位置应该在理大对面，理大的学生就喜欢玩手机刷朋友圈，说不定就是理大学生拍的。"

网上传得沸沸扬扬，分局知道了，市局不仅知道了而且已在官方微博上转发。

关远程觉得这不是一件小事，摸着下巴说："有没有可能是摆拍？"

"应该不太可能，这风头不是乱出的，万一查出来是虚假宣传，自己给自己脸上贴金，他小子要吃不了兜着走。"

"可他怎么会跑中山路上去疏导交通，他又不是交警。"

"打电话问问，政治处正等着回复，到底怎么回事必须搞清楚，不然搞出乌龙连我们都要跟着倒霉。"

"问老顾吧，老顾应该知道。"

"行，现在就打。"

韩朝阳刚坐下拿起筷子，所里的电话到了，关远程打给顾爷爷的。

顾国利早有心理准备，举着手机笑看着徒弟接起电话。

"百分之百属实，怎么可能是摆拍！当时朝阳是在执行街道领导布置的任务，确切地说是执行区防治内涝领导小组办公室布置的任务，协助公厕管理中心清理527厂北门西边公厕附近的积水，防止积水倒灌进公厕导致粪便溢得到处都是……"介绍完事情的来龙去脉，顾国利强调道，"事急从权，当时积水都快漫到膝盖了，如果不掀开那几个井盖，不光中山路527厂段这会儿肯定臭气熏天，溢出来的粪便还会直接排入朝阳河，造成严重的环境污染，因为外面的公厕跟厂里的化粪池是连着的。"

情况搞清楚就行，关远程生怕顾爷爷误解，急忙道："老顾，我没别的意思，就是确认一下。政治处正在等回复呢，我先向政治处汇报。"

第一百一十二章　最帅警察（三）

东明小区，8号楼1602室。

米阿姨一边招呼刚到家的女儿吃饭，一边打着电话："宝山，芸芸到家了，你别着急，绕就绕点路，饭菜给你留着呢！"

"王厂长，我米向红，沿河公园能不能去，晚上排不排练？哦哦哦，那就休息一天。"

黎芸越想越好笑，禁不住抬头道："妈，我看您去沿河公园玩，比以前上班还积极。"

米阿姨不乐意了，放下手机坐到女儿对面不快地说："我就这点爱好，就那几个老伙伴老朋友，什么叫比上班还积极。再说你们一个比一个忙，要么不回来，回来一个捧着手机，一个抱着电脑，我连个说话的人都没有，难道真让我给你们找个后爸？"

老妈很敏感，去年因为在小区跳广场舞，几个小年轻说什么"不是老人变坏了，是坏人变老了"，气得她几天吃不下饭。

黎芸意识到说错了话，急忙道："妈，我没怪您的意思，就是跟您开个玩笑。"

"吃吧吃吧，别再玩手机。"米阿姨只会替女儿着急，怎么可能生女儿的气，又托着下巴嘀咕道，"你和宝山结婚六年，两个人都三十好几了，别人家的孩子都能打酱油，你们倒好，今年推明年，明年推后年，到底什么时候要，如果你们生个孩子，我还可以帮你们带带，也不至于整天没事干。"

又来了，最怕的就是这个。黎芸立马转移话题，举着手机笑道："妈，您看这儿熟不熟悉,好像是 527 厂北大门。朋友圈里都传疯了,说这个守着下水井指挥交通的是'燕阳最帅警察',一点常识都没有,看警衔就知道不是正式的,一看就知道是临时工。"

"什么 527 厂,什么临时工?"

"您看。"

"这不是小韩么,他是公安,不是临时工。"米阿姨乐了,生怕看错竟顺手拿起老花镜戴上。

"妈,您认识他?"黎芸将信将疑。

"我们几乎天天见,当然认识!"

米阿姨一边翻看着女儿的手机,一边不无兴奋地说:"不会看错的,就是小韩,我们社区刚来的片儿警。还说别人一点常识没有,你才没常识呢,他不是临时工,人家也大学生,去年考的警察公务员,警衔跟别的警察不一样是因为还在试用期,年底就转正。"

"您知道得挺多!"

"前面楼上不是有个女的养蛇,不是把王阿姨差点吓出心脏病吗,那条大蟒蛇就是小韩叫消防队来抓的。你们平时不怎么回来不知道,小韩跟别的警察不一样,别看人家年轻,可负责任了!要不是他和社区去年刚来的苏主任,咱楼下停车场里的车,下午又得全泡汤。"

别看在东明小区住四五年,对小区乃至社区的情况黎芸真不了解,好奇地问:"他下午做什么了?"

"见外面要下雨,就让保安挨家挨户通知下去挪车。有些人不在家,小韩就从交警队调来一辆拖车,把没人挪的车全拖外面去了。说起来都怪开发商,建房时根本没考虑地下室怎么排水,结果下一场雨淹一次,真担心总这么淹下去,会不会影响地基。"

"这楼是钢筋混凝土结构的,地基打那么深,应该不会受影响。"

想到公司里正组织员工培训,教员工怎么经营出一个有十万粉丝的微信公众号,从而达到推广公司产品和服务的目的,黎芸眼前一亮,觉得这是一个蹭热度的机会,禁不住追问道:"妈,这个姓韩的小警察,叫什么名字您知道吗？"

"知道啊，韩朝阳，老家在青山县，以前学音乐的，去年考的警察公务员，今年23岁，还没女朋友。对了，你们单位有没有合适的姑娘，小韩条件不错，虽然是农村的，但也算干部家庭。他父亲在乡里当干部，他母亲是初中教师，正打算在市里买房呢。"

难得跟女儿坐下来聊一次天，不管聊什么内容，米阿姨都很高兴。

老妈就喜欢给人介绍对象，黎芸早习惯了，把碗筷往边上一推，从包里取出笔记本电脑，一边开机一边急切地问："他是咱们社区的片儿警，那他就是在花园街派出所上班？"

"这不是废话么，路北是新园街道，路南是花园街道，你看看身份证就知道了。"

"他参加工作多长时间？"

"怎么净问这些，你又不是记者。"

"妈，我现在搞自媒体，说了您也不懂，反正跟记者差不多。您不是想帮他介绍对象么，我们公司好几个漂亮的小姑娘，要不要帮着介绍？"

"要啊，别人的闲事我才不会管呢，小韩不是外人，三天两头去沿河公园拉小提琴，给我们伴奏，跟我们一起排练，后天早上七点半我们还要一起去居委会升国旗唱国歌。"

"这么熟！"

"他在我们群里，我有他微信，有什么事直接给他发微信。说句不中听的话，他对我比你们对我还亲呢，哪天我一个人死家里，他肯定比你和宝山知道得早。"

"妈，您又来了，我们这不是忙嘛，以后我们经常回来，每天都给您打电话。"

"你们忙，谁不忙？"

微信群、微信朋友圈、微信公众号和微博里都在疯狂转发"燕阳最帅警察"，许多人都想知道小警察姓什么叫什么名字、是哪个单位的。还有人以为他只是一个辅警，只是一个临时工，有的冷眼旁观，有的甚至说起

第一百一十二章 最帅警察（三）

风凉话。

黎芸意识到自己无意中抢到了"独家新闻"，如果能尽快爆料就能够"引流"，不仅刚注册的微信公众号有人关注，连几个月没更新的微博都能火起来。

机会难得，她抢过老妈的手机："有他微信，我看看。"

"我有几十个好友，你能找到吗？"

"玩微信我比您溜。"

不得不承认，年轻人玩手机就是溜，看着她不断把小韩朋友圈里的照片往她手机上转发，米阿姨嘟囔道："这是小韩以前的，当片儿警的照片他没发朋友圈。"

"您有？"

"我没有，王厂长、俞阿姨和王阿姨他们有，他们没事就喜欢拍照。"

"妈，您帮我管他们要，让他们发群里。"

"要人家照片干吗？"

"帮他介绍对象！"

"挑两张好的不就行了，要那么多干什么？"

"要生活照，要工作照，越多越好！"

"好吧，我帮你问问。"

米阿姨接过手机，点开527厂合唱团的微信群，用语音喊了一下，不一会儿，群里出现一堆照片，黎芸乐得心花怒放，也不管是不是原图，急忙转发到刚登陆的电脑端微信，噼里啪啦地敲击起键盘，在笔记本电脑上编辑起来。要吸引网民关注就要吊足胃口，幸好"素材"够多，先搞"燕阳最帅警察揭秘之一"，附上六张照片先发到微信朋友圈、微博和所有微信群。她的这边全转发完，想想又拿起老妈的手机开始转发。

一石激起千层浪！

晚上排练不成的王厂长，正坐在电视机前玩手机。

刚才还纳闷米阿姨要小韩的照片干什么，点开黎芸刚转发到群里的"新闻"一看顿时乐了，先转发到朋友圈，再转发到所有微信群，转发完开始

487

频频打电话。

"老雷,我老王啊,看微信,看我刚给你发的微信,小韩上新闻了,第二张照片上还有我!能有哪个小韩,韩朝阳呗,快点快点,看完转发。会不会,不会转发让你孙子教你。"

"俞老师,我527厂老王,刚才我去河边看过,今晚排练不成,跟你说个事,小韩上新闻了,我也上新闻了,看看微信就知道,看完赶快转发,对对对,在下面再点个赞,就是点那个大拇指。"

一圈电话打完,老厂长突然想起好像没通知主角。

正准备给韩朝阳打个电话,微信提示音响个不停,点开一看,群里已经炸开锅,个个在喊韩朝阳出来发红包。事实上韩朝阳早注意到了,从理大食堂回来之后就坐在警务室边等汤队长过来研究案情边刷微信,结果发现"最帅警察"的事不只是引爆了微博和微信朋友圈,还在不断发酵不断扩散中。

淡定!淡定!一定要淡定!

他抬头看看虚怀若谷的师傅,不断提醒自己一定要冷静,绝不能因为这突如其来的一切而飘飘然。陈洁、李晓斌、顾长生、吴俊峰和余旭成等涌进警务室的巡逻队员则很难淡定,一个比一个激动,一个比一个兴高采烈。

"顾警长,韩大,看留言比看正文有意思。"

顾国利端起杯子喝了一小口水,饶有兴趣地问:"群众怎么说的?"

陈洁滑动着鼠标,眉飞色舞地念道:"我从上面给您念,刚留言的网友说:'这才是真正的合格的人民警察,向你们致敬!'第二个网友说:'为百姓做事,哪怕是一点小事,百姓也会感谢你、记住你、尊敬你、爱护你。'又有网友留言,这个网友说:'吹得天花乱坠,也不如简简单单的实际行动让群众感动。'"

"我这儿更多,连外地网友都留言,说'危难中人民警察为老百姓撑起了保护伞,此时的心中只有感动';有网友说'警察绝大部分是好的,燕阳警察是好样的'。"

"看我这个，这个网友说：'好事就要弘扬，坏事就要打击，我就觉得这种平凡中的感动需要表扬，这种服务精神和敬业精神需要传承！'顾警长，人家说得多好。"

"哇靠！"

余旭成再次刷新微博，确认没看错，顿时大惊小叫道："韩大，你被'人肉'出来了，人家不光知道你姓什么叫什么在哪个单位上班，还知道你今年23，老家在青山县，刚参加工作，还没对象！"

"有没有搞错，这是我的隐私，谁爆料的？"韩朝阳被搞得啼笑皆非，立马起身抢过手机。

不看不知道，一看吓一跳。不光事无巨细全被挖出来了，而且有配图。有全副武装在街上巡逻的，有坐在巡逻车上的，有在527厂走访的，甚至有在沿河公园拉小提琴的！网络太发达，手机太普及，科技太先进，真不是一两点可怕。

顾国利凑过来看了一眼，笑道："看见没有，群众的眼睛不只是雪亮的，而且无所不在，不光有眼睛还有手机。你做好事，人家看见了拍下来表扬；如果你做错事，或者处理失当，人家一样会拍下来发到网上。"

第一百一十三章　最帅警察（四）

分局政治处办公室，值班民警封海军不断点击鼠标刷微博页面，不断输入关键词检索关于"燕阳最帅警察"的新闻。几个微博的点击量节节攀升，微博下面的留言数以万计，封海军看在眼里急在心里。当网民们纷纷打听照片上的民警是谁时，分局应该在官方微博上说明一下的，但宣传有纪律，领导要研究研究，要等搞清楚情况、权衡完利弊才会作出回应，结果这么一拖，"最帅警察"被群众"人肉"出来了。

不是慢一拍，而是慢几拍！

每次都是这样，以至于许多群众以为公安局的领导全是酒囊饭袋，以为公安局的领导平时都不上网的。

现在怎么办？现在好像什么不用干了。

封海军暗叹口气，把网友留言截了几张图，先用微信发给领导，旋即拨通领导电话。

"小封，情况有没有搞清楚？"

"报告闻主任，搞清楚了，确实是我们分局今年刚分来的民警韩朝阳。他当时正在执行区防治内涝领导小组办公室布置的任务，协助公厕管理中心清理527厂北门西侧公厕附近的积水，防止雨水倒灌进化粪池……事急从权，现在看他的处置还是得当的。"

全市五个分局，又有几个分局能涌现出"最帅警察"？

而且这个"最帅警察"是群众口口相传出来的，不是分局宣传出来的。

闻主任很高兴，不禁笑道："既然确认是我们分局的民警，那就在我们的微博上证实一下。你先拟几段宣传语，拟好发给我看看，行就发到我们分局的微博上。"

"闻主任，不需要我们证实了，群众已经搜出韩朝阳同志的身份，而且非常详细。"

"这么快？"

"他是社区民警，是老顾的徒弟，天天在社区转，许多群众认识他。"

"既然群众已经帮我们证实了，那就顺其自然吧。网上顺其自然，其他该做的工作还要做，他的事迹材料不是刚搞过吗，明天一早联系媒体，借这个机会好好宣传宣传。"

"是！"

必须承认，杜局真有先见之明。能干的民警有很多，但既能干又能干出影响的却凤毛麟角。闻主任想了想再次举起手机，拨通杜局电话。

"老闻，这么晚了，什么事？"杜副局长刚躺下，最怕夜里来电话，手机一响便下意识坐起身。

"杜局，没影响你休息吧？"

"没有，我也是刚到家，刚躺下。"

"给你汇报一个好消息，你帮老顾刚收的徒弟火了，不是一夜之间火了，是在短短几个小时内成了'网红'！引爆了微博和微信朋友圈，群众纷纷转发，初步估计点击量已超过十万，网民称他是我们燕阳最帅警察。"

"有这样的事，我帮老顾收了俩徒弟，到底是哪个？"公安局露出屁股容易，想露脸真的很难，杜副局长一下子来了精神。

"你最看好的那个韩朝阳，我也转发了朋友圈，具体情况在电话里说不清楚，你自己看吧。"

"好，我先看看，看完再给你打电话。"

不看不知道，一看杜局忍不住笑了。

他爱人推推他后背，不耐烦地问："这么晚了，傻笑什么？"

"好事，老顾总算'后继有人'了。"杜副局长先转发到朋友圈，再转发到几个微信群，旋即拿起爱人的手机，一边转发一边笑道，"我先帮你转发一下，明天上班跟你们单位同事说说，也帮着转发帮着宣传宣传。"

491

"什么叫你帮我转发,是我帮你好不好?"

"行,你帮我,不过这确实值得转发,群众都自发性转发的,初步估计点击量超过十万,我们燕阳才多少人口。事迹感人,作为警嫂你应该觉得光荣。"

"什么事迹,给我看看。"

"看看,燕阳最帅警察,小伙子帅不帅?"

"长得还行,挺阳光的。"

"什么叫长得还行,你看多秀气,而且轮廓分明,鼻梁那么挺。你看看小姑娘们的留言,说他完全是从漫画中走出的花样美男!哈哈,回头分局再印宣传画,不找别人,就找他,让他当我们分局的形象代言人。"

现在的小姑娘太奔放,有小姑娘说:只想知道是哪里人,只想知道电话号码。

有小姑娘说:我的天,早知道我就不离开燕阳了!

还有小姑娘说:本来就敬佩警察,这下更爱不释手,沉迷这位颜值逆天的帅哥!

副局长夫人看得哑然失笑。

杜局不无得意地笑了笑,拿起手机道:"我得先给老顾打个电话,影响搞这么大,就算政治处不找媒体记者,媒体记者也会主动找上门。小伙子干工作还行,接受记者采访会不会怯场就难说了,让老顾给他打打气,让他有个心理准备,最好打个腹稿省得到时候不知道该怎么说。"

"瞧把你乐的,不就是一个网红吗?"

"我们公安出个网红容易么,而且他不是一般的网红。小社区、大社会;小民警、大作为;他是老顾的徒弟,是要继承老顾的优良传统,要扎根基层干出一番事业的。"

"树立典型?"

"小伙子干得不错,不用刻意树立。不过有两件事明天要跟周局和政委汇报一下。杨书记给我打过电话,说花园街道朝阳社区义务治安巡逻队要设党支部,小伙子是大队长,不能不是党员,工作表现又可圈可点,要优先发展。还有区人大代表换届，可以考虑推选他作为候选人。"

现在不比以前，上级对党建工作非常重视。

就算在政府部门工作，想入党也不是一件容易事。

杜局夫人彻底服了，暗想你们不仅打算发展小伙子入党，甚至打算推选小伙子作为区人大代表的候选人，这不是刻意树立典型是什么。

不过丈夫包括丈夫同事们的心情也可以理解，老顾这些年给分局带来多少荣誉，老顾一退休就要从头开始，树立一个上上下下都认可群众也喜爱的典型要比破一个案子难多了，既然有这个条件当然要顺水推舟。

她正胡思乱想，杜局已经拨通了老顾的手机。

"杜局，他就在我身边，知道，从八点半到现在不知道接了多少电话，有街道领导打来的，有工作组领导打来的，有527厂、朝阳村和东明小区群众打来的，也有我们分局的同志，对对对，全是祝贺，想不知道也不行。"

顾国利抬头看看一脸尴尬的徒弟，禁不住补充道："说出来您可能不信，刚才有好几拨姑娘跑警务室来问路，说是问路，其实是来看小韩的。有理工大学的女大学生，有市六院的护士，一进来就笑、就偷拍，搞得小韩躲在里面不敢出来，您说现在小姑娘胆子怎么这么大。"

"这么快就找上门了？"杜局忍不住笑问道。

"不知道谁在网上说小韩没对象，之后来的几拨没见着小韩，一个比一个失望，在门口徘徊了好久才走，反正我这儿可热闹了。干么多年警察，这样的事我还是头一次见。"

这又不是什么见不得人的事，正面影响不怕大！

杜局越想越好笑，点上支烟说："该见就要见，不要让群众失望。老顾，鼓励鼓励小韩，大方点，大气点，不要躲躲藏藏。杀人犯他都抓了，见个小姑娘算什么。先锻炼锻炼，回头有机会局里还要让他去参加一些活动，比如上电视台的综艺节目，上广播电台的法制节目，总之，既然红了，那就红到底。"

顾国利岂能猜不出局领导的良苦用心，沉吟道："杜局，您这是拔苗助长。"

"我倒是想按部就班,可是你给我时间吗?我们公安局不是人民医院,民警退休之后不能返聘。老顾,我知道你对分局有感情,帮帮忙,利用退休前这几个月好好教教,好好带带,到时候我们脸上有光,你脸上一样有光是不是?"

"好吧,我知道该怎么做了。"

"有你在,我没什么不放心的。"

顾国利一挂断电话,韩朝阳便忐忑不安地问:"师傅,杜局说什么?"

"三件事,第一是希望你能够珍惜荣誉,同时不能骄傲自满;第二是再遇到刚才的事大方点、大气点,别让群众失望,别再躲躲藏藏;第三是明天可能会有记者来采访,想想到时候该怎么说,做个心理准备,别到时候吞吞吐吐让人笑话。"

"就这些?"韩朝阳将信将疑。

"就这些,早说过不会有事的,杜局很高兴,杜局都发了朋友圈。所以说一定要珍惜荣誉,全分局那么多民警,要说辛苦谁不辛苦,许多民警兢兢业业干十几年,局领导都不一定记得名字。而你呢,参加工作才几个月,局领导个个知道你韩朝阳。"

回头想想,自己真是很幸运。

以前在所里受的那点委屈,根本算不上委屈。

面对这突如其来、铺天盖地的褒奖和赞誉,韩朝阳真被打了个措手不及,想想又问道:"师傅,如果记者明天真来采访,到时候我该怎么说?"

顾国利像举起话筒一样举起手机,忍俊不禁地说:"现在我是记者,我采访你。"

第一百一十四章 最帅警察（五）

街道干部今夜比公安忙，苏主任 11 点多回来的，汤队长一直搞到 12 点多才匆匆赶到居委会。他身上湿漉漉的，下午是被暴雨淋湿的，夜里是干活儿干出的一身汗。味道比较难闻，衣服上和脚上全是泥巴，想到仓库里好像有几套没分发的特警制服，韩朝阳让陈洁去拿一套，让他先洗个澡，换上干净衣服，再过来一起吃夜宵，吃完夜宵研究案情。

苏主任没睡，听说今晚的夜宵很丰盛，竟坐在会议室里一边等饭吃，一边刷微信、刷微博调侃韩朝阳。

"这么多小姑娘喜欢，你们看看这个头像，瓜子脸，长头发，长跟明星似的，多漂亮！"

"苏主任，现在看女孩子不能光看照片，手机有滤镜有美颜，有人嫌美颜不够美，还拿到电脑上 PS，我觉得韩大不能光看照片，要亲眼看看本人，最好看看素颜。"

"也是，现在小姑娘都生活中美颜中。没事，这个不行看下一个，咱现在跟以前不一样，咱现在是'最帅警察'，选择空间很大，可以跟选秀一样海选，选它个几轮，肯定能选到合适的，最好选个有房有车家里有钱的白富美！"

"韩大，我们给你当评委。"

"严肃点严肃点，正在研究案情呢。"韩朝阳被搞得啼笑皆非，敲敲桌子，继续心不在焉地看笔记本电脑。

苏娴禁不住笑道："别装了，摆出一本正经的样子，心里不知道臭美成什么样呢！"

"苏主任,我没装,理解一下,我现在需要冷静,需要好好想想。"

"想什么?"苏娴好奇地问。

韩朝阳顾不上女士们讨不讨厌烟味儿,下意识点上支烟,由衷地说:"我没想过会发生这样的事,一点思想准备没有,生活全被打乱了,以后日子怎么过?如果是明星,混演艺圈的,这是好事,问题我不是!人怕出名猪怕壮,出名对警察而言真不是好事,走到哪都有人盯着,抽根烟吐口痰都可能被人拍下来发到网上。"

陈洁很崇拜他这个大队长,不是崇拜警察这个职业,也不是崇拜他的什么人格魅力,而是很崇拜很欣赏他的多才多艺。一听到"明星"和"演艺圈"这两个关键词,噗嗤笑道:"这好办,韩大,你本来就是搞音乐的,小提琴拉得多好啊,趁现在人气正旺,干脆改行混演艺圈得了。"

"这个主意不错。"

李晓斌嘿嘿笑道:"去录制综艺节目,一节几十乃至几百万,开一场个人演奏会又是几十万,再代言几个产品,拍几个广告,赚钱不要太容易!当警察有什么意思,咱们去捞金吧,陈洁给你当助理,我和俊峰给你当保镖,长生给你开车。"

"这么好赚,要不我辞职给你当经纪人吧?"苏娴禁不住笑道。

"混演艺圈,开什么玩笑,我是拉琴的,不是唱歌的!"

"拉琴一样能火,有个组合叫什么奇迹的,一男一女,女的就是吹拉弹唱的;还有凤凰传奇,全是女的在唱男的在说。韩大,你现在只需要一个搭档,以你现在的人气,那些唱得挺好、长得也挺好看,但就是出不了名的三流女星肯定愿意跟你合作。"

"越说越离谱,我有什么人气?"

韩朝阳麻利地敲击键盘,点点鼠标,旋即把笔记本电脑屏幕转到众人面前,"看看,最帅警察,最帅交警,最美女警,最美协勤,最帅司机,最美护士……这两年没一百个也有五十个,就像一阵风,刮完就完了。人贵在有自知之明,之所以能帅一下,是因为我当时穿着警服,因为我是警察。"

第一百一十四章 最帅警察（五）

事实证明，小伙子并没有被突如其来、铺天盖地的赞誉冲昏头脑。

苏娴微微点点头，直言不讳说："不改行是对的，改行谁会再记得你？就算记得也不会是好印象，没出名时恪尽职守，为群众服务。一出名就辞职不干，就去混演艺圈娱乐圈，网民会怎么想怎么看？"

"所以说不能改行。"

人不为己天诛地灭，韩朝阳真想过辞掉公职重操旧业的事，但这个念头只是一闪而过。

陈洁发现她刚才出的是馊主意，正不知道该说点什么，余旭成突然举着手机道："韩大，你人气更旺了！这些照片和这几段视频绝对是朝阳村的人发的，你看这些留言，我的妈呀，一刷就是几十条。"

"我看看，还有我！"苏娴乐了，抢过手机兴致勃勃地播放起视频。

刚上传到网上的是清查朝阳村外来人员和出租屋时的照片和视频，声势浩大，场面壮观，有"最帅警察"举着对讲机下命令的，有"最帅警察"抓获抢劫嫌犯的，有"最帅警察"把杀人嫌犯往公务车里塞的……

最早爆料"最帅警察"的微博下面爆炸了，都这么晚了刷新一下屏幕就会冒出几十条留言。

"哇塞，抓杀人嫌犯哪，好有安全感哦！"

"太厉害太帅了，我家朝阳还在市六院对面的警务室吗，现在去能不能看到他？"

"别影响人家工作执勤好不好，再说他是我的好不好（一个坏笑的表情）？"

全是赞誉，全是花痴加白痴的留言，内容大多是本以为"最帅警察"是颜值逆天的小鲜肉，没想到"最帅警察"不仅不是娘娘腔而且如此厉害有如此阳刚的一面。

连朝阳社区义务治安巡逻队大队长这个街道综治办封的"官"都被爆料出来了，韩朝阳被搞得哭笑不得，正准备转移话题让余旭成打电话问问夜宵做好没有，远在城西的小师妹突然打来电话。

"玲玲，这么晚还没睡？"

"朝阳，厉害了，成了'最帅警察'！我刚转发到同学群，老宋和岚馨他们还不相信。"谢琳琳兴高采烈，语气格外激动。

"你怎么知道的？"

"许宏亮发给我的，发好几条，他朋友圈也有，刚才起来喝水才看到。"

"转发来转发去，有意思么。"

"这是好事，怎么没意思？朝阳，刚才这条上面说你抓过抢劫嫌犯，还抓过杀人嫌犯，这不就立功了么。"

"警察就是干这个的，遇到坏人当然要抓，这就跟工人上班，农民种地一样。"

谢玲玲岂能相信他的敷衍，紧握着手机说："当警察的多了，不是每个警察都能抓到杀人犯的。你忘了，郭兴旺他爸也是警察，他说他爸当几十年警察都没开过枪，都没抓过杀人犯。你肯定要立功，其实立不立功无所谓，荣誉又不能当饭吃，干这么好，能不能让你提前转正？"

"提前转正，哪有那么容易，《公务员法》上写得清清楚楚，公务员都有试用期的，试用期一年，不能因为哪一个人让全国人大常委会修改法律吧。"

"法律规定的？"

"骗你干什么，不信你上网搜搜看。"

"这么说就算立功也要到年底才能涨工资？"

"肯定要到年底，你是不是缺钱花？"

"我是缺钱花，谁不缺钱，我就是问问，没想过管你借钱。"

师妹很寂寞，虽然生活在同一个城市，平时总顾忙这忙那，竟难得跟她通一次电话。

韩朝阳陪她聊着，几个队员端着饭菜走进会议室，汤队长换上一身新制服也跟了进来。

红烧杂鱼、豆瓣鲤鱼、鲫鱼汤……整个一"全鱼宴"，食材全是李晓斌他们下午在朝阳河边抓的，做饭的阿姨下班了，这些菜也全是队员们在东明小区物业食堂自己动手做的。

第一百一十四章 最帅警察（五）

顾爷爷习惯早睡早起，休息前特意交代过不要叫他。

韩朝阳接完电话，拿起筷子笑道："汤队，别用这种眼神看我，开吃开吃！"

"最帅警察先吃，你不动筷子我们不敢吃。"汤均伟用筷子指指盘子，又忍不住调侃起来。

"汤哥，我求您了，别再开玩笑，吃完还有正事呢。"

"好吧，先吃饭，先办正事，办完正事再说说怎么庆祝成为'最帅警察'的事。"

"是啊韩大，这么大喜事必须庆祝。"

与此同时，张贝贝正躺在床上跟远在老家的闺蜜视频。

"就是这个警察借钱给你借出麻烦，差点丢饭碗？"

"就是他，人挺好的，他也算好人有好报，现在成了'最帅警察'，那么多人转发，他们领导对他应该不会再有什么看法。"

"是挺帅的，"闺蜜在手机屏幕里坏笑着问，"贝贝，人家英雄救美，你难道一点不动心？现在好男人多难找，他现在又火了，不知道有多少女孩倒追，先下手为强，后下手遭殃，我觉得你应该主动点，一鼓作气把他拿下。"

"说什么呢，我们就是认识，其实没说几句话。"

"认识就行，近水楼台先得月。"

"好啦好啦，不说这些了，说点正事。"看到那么多女孩的留言，张贝贝心里真有些酸溜溜的，生怕闺蜜看出什么，急忙岔开话题。

"离这么远，你的事我又帮不上忙。"

"能帮上，"张贝贝摸着嘴唇，沉吟道，"同样是拆迁，凭什么给我的补偿只有别人的一半，我咨询过律师，想获得同等补偿只有一个办法。"

"什么办法？"

"把户口迁过来，变成朝阳村的人。"

"那就迁呗。"

"没你想得那么容易，想迁过来也只有两个办法，要么嫁给村里的人，要么村民代表全同意我把户口迁过来，只要村里愿意接收，只要村里打个接收证明，派出所那边好说。"

"几百万呢，实在不行就嫁，找个人假结婚，到时候给他点钱不就完了。"

"不行，知人知面不知心，万一他假戏真做怎么办，到时候我叫天天不应叫地地不灵。"

"那怎么才能让村民代表全同意？"

"我想好了，从明天开始就挨家挨户求人家帮忙。但我现在是城镇户口，城镇户口往村里不太好迁，我跟我小姨说好了，现在就等她们村的村支书点头。你爸应该认识那个村支书，能不能请你爸帮我跟村支书说说，请他高抬贵手先让我把户口迁到小姨家。"

印晓珊很佩服她这个孤身一人跑燕阳继承遗产的闺蜜，能帮的当然要帮，一口答应道："没问题，明天一早我就跟我爸说。"

"谢谢。"

"不客气，对了，迁户口这么大事，你不可能不回来吧？"

"回，火车票我都订好了，开完庭就回去。"

第一百一十五章　又见"蛇美人"

吃完饭，说正事。

韩朝阳点点鼠标，指着笔记本电脑屏幕上身份证复印件说："这个臭小子叫吕兴凡，因为涉嫌故意破坏一个商铺的电动卷闸门被新园街派出所处理过。旭成的几个老乡恰好认识他，可以确认他以前在柯建荣手下干过，算起来柯建荣的犯罪线索就是他无意中泄露给旭成的几个老乡的。"

"这么巧！"

"这也不算巧，进城务工人员很多，违法犯罪的很少，干堵锁眼、破坏卷闸门这种缺德事的更少。"

"只要逮着这个吕兴凡，再抓汪军一个现行，你们就能拿下柯建荣？"

"差不多。"

汤均伟点上支烟，紧盯着电脑问："知道这小子在哪儿吗？"

"不知道，不过我师傅已经托人查了，只要他没离开燕阳，只要他办理过外来人员登记，我们就能第一时间找着他。"

有顾爷爷在，查一个已掌握身份证信息的臭小子不是难事。

汤均伟点点头，掏出手机翻出一张张照片："这是今天上午几个大队和我们街道的停车管理员帮忙拍的，我们区的主次干道沿街商户基本问了一遍，共发现139扇卷闸门上有柯建荣的小广告，共有42个商户的卷闸门坏过，时间跨度不到两年半，他们先后打小广告上的电话找人维修过。"

"找柯建荣？"

"你看看这些照片，维修卷闸门的小广告太多了，有的卷闸门上贴密密麻麻，而且时间有点长，有些商户忘了修卷闸门的人长什么样，能够确认的只有 11 个。"汤均伟顿了顿，又补充道，"这只是我们区的，只是主次干道的，如果把犄角旮旯算上，我估计肯定不止。"

"一上午他只能修一两扇门，如果他指使吕兴凡和汪军一晚上破坏太多门锁，他根本修不过来，而吕兴凡当时和汪军现在晚上出去不可能只破坏一两个门锁，所以我师傅和师兄觉得他应该有同伙。"

"有这个可能，毕竟维修卷闸门的太多，就算是他破坏的，商户也不一定会找他修，这么多小广告，到底选谁，存在一个几率的问题。"

"那我们先看看这些小广告，看有没有同时出现，并且同时出现几率最高的。"

"如果有同伙，他不可能不跟同伙联系，查查他几部手机的通话记录就是了。"

"汤队，我们办案要遵守办案程序，不是我们想查就可以查的。"

"很麻烦？"

"非常麻烦，"韩朝阳一脸无奈地解释道，"我们刘所都没这个权，要找领导审批。一是查通话记录，二是手机定位，我们平时经常遇到群众提出这样的要求。人家丢手机了，说能定位到，说你们公安有这个技术，是有这个技术，可技术手段不是谁都能用的。真要是跟领导请示，领导会呸我一脸。"

"那我们就先看看这些广告。"

"晓斌，旭成，帮帮忙，把这些电话号码先记下来。"

人多力量大，半个小时不到，同时出现在卷闸门上且几率最高的三个小广告出现在众人面前。

汤均伟乐了，不禁笑道："同一个号段，看样子真有同伙。"

"关键他们在哪儿？"

"把柯建荣抓过来审问一下不就知道了。"

"他如果死不开口，是不是再打一顿？"

"你是最帅警察，你肯定有办法。"

"又来了，说正事，严肃点。"韩朝阳权衡一番，微皱着眉头说，"证据不足,不能轻举妄动,先找吕兴凡,等找着吕兴凡再控制汪军,把两个马仔的嘴撬开,柯建荣想抵赖也抵赖不掉。"

"怎么控制汪军,抓汪军一样要有证据,不是想抓现行就能抓到现行的。"

"有证据,他昨晚出去破坏过防盗门,我师傅下午去现场调到了一段监控视频,有视频在手,想什么时候抓他就什么时候抓。"

"动作挺快。"

"不快行么,接下来有一堆事呢,这个案子必须速战速决。"

公安把能做的全做了,接下来就看城管的。

汤均伟不想耽误他们休息,指着刚上传到笔记本里的一堆照片说:"你帮我整理一下,把你们掌握的证据也给我,明天一早我搞个材料上报。我们区执法局王局长挺好说话的,而且柯建荣团伙不光疯狂制造城市牛皮癣,还涉嫌违法犯罪,王局长肯定会重视会帮忙的。"

想一举拿下柯建荣,需要大量证据。

韩朝阳岂能不答应,转身笑道:"没问题,陈洁今晚值班,让陈洁帮你整理。"

"还有,到时候人要让我们抓,你们配合,询问时也一样,我们这边搞完再移交给你们。"

"杀人犯都让你们扭送了,这又算得上什么,同样没问题,到时候我给你撑场子。"

"一言为定,我先撤了。"

"我送送你。"

"别送了,你也早点休息。"

"路上开慢点。"

"放心吧,又不远。"

早点休息,已经不早。

不光不早,因为"最帅警察"的事也没睡好,担心会有记者一大早来采访,而且起得很早。跟师傅一起去市六院食堂吃早饭,刚打好饭吃了几口,就被一个眼尖的小护士认出来了,不一会儿,来了十几个,有女医生有小护士,男医生只有两个。

"韩警官,再来一张。"

"韩警官,你太偏心了,我也要再拍一张,小慧,快点啊,记得开美颜!"

没办法,只能跟师傅一样配合。

韩朝阳露出一口白牙,微笑着跟她们挨个合影,完了还要大合影,一直是主角的顾爷爷成了配角,甚至连配角都不算,摇身一变为摄影师,接过手机帮她们拍。

"朝阳,笑一笑,我看看,这张可以,要不再一来张。"

"好好好,一起说茄子!"

"韩警官,照片全在我手机里,怎么发给您,要不加个微信。"刚拍完大合影,一个身材高挑的小护士一脸不好意思要加微信。

"你们留着吧,我就不需要了。"韩朝阳岂能不知道她到底想干什么,急忙婉拒。

"这怎么行,加一下呗!"

"韩警官,警民联系卡上的电话就是微信号吧,我手机上显示了,你通过一下。"

"韩警官,我们是邻居,以后要常来常往的,快点加一下,给点面子么。"

不让这群疯狂的丫头满意别想走,顾爷爷一锤定音地说:"加加加,加一下,再建个群,回头把镇川也拉进来,以后有什么事可以在群里说。"

"好吧,你们别急,我好友太多,要备注一下。"

"不急不急,我们坐下来慢慢加。"

燕瘦环肥,香气扑鼻,身边全是女孩儿,自认为脸皮够厚的韩朝阳,竟被她们搞得脸颊发烫,幸好刚加了一半,警务通突然响了。

"大帅哥,我陈秀娟,政治处打电话说10点半有记者要去找你采访,

第一百一十五章　又见"蛇美人"

要不要准备一下。"

"有什么好采访的，有什么好准备的？"

你小子就装吧！

陈秀娟腹诽了一句，不冷不热地说："既然没什么好准备的，那就先出个警吧，分局指挥中心转过来的，东明小区南边的临时停车场有群众因为债务纠纷打110报警，你过去看看怎么回事。"

"行，我马上到。"

"各位，不好意思，我要出警了，有时间再慢慢加，有时间再聊。"

"韩警官，小心点。"

"谢谢，谢谢各位关心。"像逃跑一般狼狈不堪跑出食堂，身后传来一阵哄笑。

顾爷爷要淡定得多，专门跟疯狂的丫头们道了个别，小跑着跟了上来，边走边问道："什么警情？"

"好像是债务纠纷。"

"那得快点，万一债务双方情绪激动打起来就麻烦了。"

师徒二人横穿马路跑到警务室门口，爬上警车打开警灯火急火燎赶到现场。

这是一片刚整理出来不久的空地，附近没车位的车主喜欢把车停这儿，昨天下午东明小区地下停车库被淹，车主们也把车挪到了这儿。本着对业主负责的态度，金经理还专门安排保安在这儿值了一夜班。拐进这个算不上停车场的停车场，只见两帮人围着一辆红色宝马轿车对骂，车很眼熟，站在车边的女子也很面熟，韩朝阳愣了一下，猛然想起她就是养大蟒蛇的那个女人！

"吵什么吵，怎么回事？"

"谁报的警，谁打的110？"

"韩警官，我报的警，我打的110。"

陶慧像看见救星一般挤出人群，跑到韩朝阳二人面前，指着一个大光头咬牙切齿地说："韩警官，我根本不认识他们，根本没借过他们的钱，甚至从来没借过钱，刚才来开车，他们居然围着我不让走，说车是他们的，这不是抢劫吗？"

"公安同志，您看看这个，她不认识我，她老公认识，她老公从我这儿借走二十万，白纸黑字写得清清楚楚，还不上就把车抵给我，还摁了手印！"

"什么我老公，我没老公，我单身！"

"假离婚，我见多了，不就是想赖账想不还么，躲在小区里我拿你没办法，有种你别出来！姓陶的，这车我今天肯定要开走，欠债还钱，天经地义，打110也没用。"

"别激动，慢慢说，一个一个说。"顾国利把他推到一边，走到车前看了看，回头问，"你叫什么名字？"

"陶慧。"

"车是谁买的，行驶证上是谁的名字？"

"我的，车是我买的，在跟朱振兴那个王八蛋结婚前就买了，警察同志，我有发票，发票有日期！"

"我管你什么时候买的，我只知道朱振兴管我借钱时你们没离婚，这辆车是你们夫妻的共同财产，行驶证上是谁的名字都一样。"大光头拨通一个电话，把手机递到顾国利面前，"警察同志，我不是黑社会，更不是放高利贷的，我开厂，做正经生意，因为这事我请了律师，不信您跟我律师说。"

第一百一十六章　骗子

　　大光头情绪激动，和他一起的人纷纷跟着起哄。"蛇美人"也不是省油的灯，指着他破口大骂，她叫来的人也跟着起哄，双方摩拳擦掌，形势一触即发。

　　"干什么干什么，想打架是不是？"韩朝阳只看过《治安处罚法》和《人民警察法》两本法律书籍，搞不清这辆车到底属不属于夫妻共有财产，也不知道到底谁有理。但有一点非常清楚，这属于债务纠纷，想说理去法院，不归公安管。当务之急是控制住局势，别让他们打起来。

　　"别嚷嚷了，吵什么吵，你，还有你，把胳膊放下！"韩朝阳给闻讯而至的小区保安陆新使了个眼色，走到两帮情绪激动的众人中间，厉声道，"既然吵架打架能解决问题，那你们打什么110？当着我们面大吵大闹，甚至要动手动脚，你们眼里有没有公安，你们知不知道这是什么行为？"

　　"韩警官，是他们要动手的！"

　　他们要动手，你也不是吃素的，不然能叫来十几个人，其中一个胳膊上还有文身。韩朝阳对养大蟒蛇的陶慧实在没什么好感，拿起笔打开文件夹回头道："身份证有没有带？"

　　"您上次不是登记过吗，姓名、身份证号码、电话号码，您那儿全有。"

　　"上次是上次，快点。"

　　原来你们认识！

　　大光头很直接地认为警察会帮陶慧，非常不服气，正准备说点什么，正在接电话的顾爷爷突然大声问："颜律师，您在哪个律师事务所执业？"

　　大光头本以为律师会跟穿白衬衫的老警察把事情说清楚，结果电话通了不到三分钟,老警察把手机递到他面前,"你请的律师挂电话了,建议你去律师事务所问问到底有没有他这个人,他到底是不是律师。"

"警察同志,您这话是什么意思?"

顾国利虽然不是很精通法律但见过太多债务纠纷,一些法律常识还是很清楚的,把他叫到一边,循循善诱地说:"郑进东,从欠条上看你确实不是放高利贷的,借钱给朋友,朋友却不还,而且这是二十万,不是两千两万,我能理解你的心情。但做事不能冲动,要搞清楚情况。你可以回去看看新婚姻法,上面写得很清楚,婚前财产不算共同财产。以前还要搞什么婚前财产公证,现在不需要,只要是婚前的都不算,所以这辆车你肯定是不能开走的。"

请的律师是骗子?郑进东反应过来,想想又急切地说:"警察同志,但欠条上也写得很清楚,这辆车是朱振兴抵押给我的,他们那会儿没离婚!"

在处理这个问题上的态度,顾国利跟小徒弟截然不同。

韩朝阳态度明确,这不归公安管,让他们去法院通过法律途径解决。顾国利不想看到再发生这样的事,更不希望矛盾激化,耐心地解释道:"借钱时把车作为抵押物,这是朱振兴的问题,不是陶慧的问题,可以说你郑进东也有问题。当时你应该看看行驶证,应该搞清楚车主是谁,应该让他们两口子一起签字。现在陶慧说不知道,说朱振兴是瞒着她借钱,瞒着她把车作为抵押物的,她跟你一样是受害者。这就相当于我管别人借钱,拿你郑进东的东西抵押给别人一样,肯定不行。"

"警察同志,她不可能不知道!"

"关键人家说不知道,退一步讲,就算她知道,就算车是在结婚之后买的,是夫妻共同财产,你也不能就这么把人家的车开走。一样要经过法院,要先保全,然后再走程序。不是吓唬你,你们这么干跟抢劫没什么区别。"

"朱振兴跑了,电话都打不通,难道这二十万就不要了?"

"你说你这么精明的人怎么在这个问题上犯糊涂呢?俗话说冤有头债有主,借出去的钱要不回来,当然要找借你钱的人。除非你能找到他们是

第一百一十六章 骗子

假离婚,能找到他们有夫妻共同财产的证据。"顾国利回头看看,又提醒道,"搜集证据可以,但不能违法。今天这样的事不能再发生,更不能发生其他扰民、寻衅滋事等行为。考虑到你是初犯,也确实是受害者,今天的事就算了,不对你进行处罚。如果再有下次,我们只能公事公办。"

"警察同志,我讨债还要被处罚?"

"对你来说或许只是讨债,但在法律上这就是在公共场所寻衅滋事,违反了治安处罚法,你说要不要接受处罚。"正说着,在东明小区执勤的保安到了。吴俊峰带队,一下子来十几个!郑进东意识到再闹下去没好果子吃,只能在顾国利提醒下去韩朝阳那边接受询问。

按程序做笔录,让双方在笔录上签字摁手印,打发他们各回各家,给值班室打电话汇报处理结果,见陶慧站在车边欲言又止没回去的意思,顾国利轻叹口气,走过去问:"陶慧,怎么还不走?"

"顾警官,他们要是再来怎么办?"

原来你也怕!韩朝阳腹诽了一句,站在边上一声不吭。

顾国利一边示意吴俊峰带保安们回去,一边意味深长地说:"不管怎么说,朱振兴是在跟你离婚前管人家借的钱,当时你和他确实是夫妻关系,如果你们有共同财产,那么你就有偿还的义务。二十万,不是小数字,换作谁,谁也不会善罢甘休,你自己好好想想,最好能联系上朱振兴。"

"我跟他有什么共同财产,我也被骗了,被那个王八蛋骗走三十多万!"提起朱振兴,陶慧就是一肚子火,竟啪啪啪拍打起轿车引擎盖。

"你也被骗了?"顾国利将信将疑。

"顾警官,事到如今我也不怕丢人,那王八蛋真是个骗子。说起来也怪我,有眼无珠,居然相信他那个骗子。"

"怎么骗的?"韩朝阳忍不住问。

"我们是在一个朋友的婚礼上认识的,他说他是警察,在公安厅上班,说是什么处长。加了个微信,微信朋友圈里有他穿警服的照片,朋友们也都以为他是警察,我信以为真,就……就……就跟他结婚了。他一会儿说跟朋友一起做生意差一点本钱,一会儿说跟哪个县的公安局长合伙搞房地产,反正就是变着法管我要钱。"这无疑是她的伤心事,说着说着泪流满面。

对韩朝阳而言,省厅太遥远。对顾国利而言,对省厅虽然算不上有多熟悉,但厅领导、各总队总队长政委和各处一把手还是知道一些的,怎么也想不起来有姓朱的处长,不禁追问道:"后来呢?"

"后来发现不对劲,就跑公安厅去打听有没有这个人,门卫说没有。"

"再后来呢?"

"我再傻也明白遇到骗子了,本来想去报警,我的几个朋友突然找上门,才知道他背着我管人家借了十几万。他是不是真警察放一边,我跟他结婚是真的,不知道他在外面还借过谁的钱,我不敢再拖,就拉着他去离婚。"

肯定是假警察!

顾国利跟韩朝阳对视了一眼,追问道:"你要离,他就同意离?"

"我跟他说得很清楚,不离就报警。"

"他借你朋友的那十几万有没有还?"

"还了,他还的,我叫了十几个朋友,如果他不把钱还上我就报警,就把他送公安局。"

"你的三十万呢?"

陶慧犹豫了一下,擦干眼泪忐忑不安地说:"也还了,没还全,算下来就被他骗了四五万。"

顾国利沉吟道:"既然你们结过婚又离了婚,对他的情况应该很了解,以前没报案是不对的,现在不能再不报案。跟我去所里吧,把事情说清楚,早点找到他,你也能早安生,不用像现在这样提心吊胆。"

"好吧,我跟您去。"

"朝阳,我跟陶小姐去所里,你先回警务室。"

"师傅,您坐她车去,到时候怎么回来。"

"坐公交车,挺方便的,别管我了,早点回去吧。"

冒充警察,招摇撞骗。这样的案子别说警务室,或许连所里都没管辖权,可能去所里做个笔录就直接移交给刑警队。韩朝阳没再说什么,警务室一大堆事也没想过要管这样的案子,目送走师傅和"蛇美人",爬上警车打道回府。快到警务室时，只见门口站着几个人。

记者果然来了，一个很漂亮穿得很时尚的大美女，分局政治处的封干事正陪着她说话，韩朝阳急忙停好车下来敬礼问好。

"钱记者，杨记者，这位就是你们要找的'最帅警察'韩朝阳同志。小韩，认识一下，这位是《燕阳晚报》的钱记者，这位是《燕阳日报》的杨记者。"

原来警务室还有一位记者，人家似笑非笑，韩朝阳被搞得很不好意思，连忙再次敬礼。

"别拘束，我们进去说。"

"请，二位里面请。"封干事像主人一般热情邀请两位记者进警务室。

郑欣宜、李晓斌等人早有准备，强忍着笑端茶倒水。

引爆微博和微信朋友圈的"最帅警察"果然很帅，钱娜娜举起相机先拍了几张照，旋即把相机放到一边，掏出采访本问："韩警官，相信你也看到了关于你的微博微信爆料，许多网民仍在转发，请问你有何感想？"

韩朝阳感觉像是在做梦，感觉这一切是那么地不真实。急忙定定心神，一脸不好意思地说："钱记者，实不相瞒，网上发生的一切让我感到很惭愧。昨天下午，许多同事战友都冒雨坚守岗位，有的指挥交通，有的排查隐患，个个都是浑身湿透。我师傅今年已经六十岁，一样在市六院门口冒雨执勤。我只是在履行职责，只是做了应该做的事。"

"其实不止我们公安，街道干部，环卫工，保洁工，全在路上。我们朝阳社区义务治安巡逻队五十多名队员，全在防治内涝。我们治安巡逻队教导员、朝阳社区居委会党支部书记苏娴同志一直搞到深夜11点，我们花园街道综合行政执法大队同志们，一直干到12点……"

第一百一十七章　花痴加白痴

昨夜在单位值一夜班，今天又是周末，黄莹终于可以休息，终于可以跟几个闺蜜一起逛街了。男人怕跟女人一起逛街，其实女人逛街一样累。三个人说说笑笑找到一家馆子，放下刚买的衣服开始点菜。

"莹莹，我不能再吃辣的，上个月长七斤肉，也不能再点荤的，你也不许点。"

"你怕胖我不怕呀，我们吃你看着不就行了。"

"不行，看你们吃我也想吃。"

"莹莹，别逗她了，今天全吃素。"在一家科技公司上班的荀诗涵抢过菜单，一连点了四个素菜，想想又点了一个汤，把菜单顺手递给服务员，一锤定音地决定中午吃什么。

黄莹其实也不敢再吃肉，捧着手机问："吃完饭去哪儿，千万别说看电影，进了电影院我就想吃爆米花。"

"我去做头发，你们去不去？"

"没钱，你去的地方我去不起。"

"下午的事吃完饭再说，先说说你昨天转发的'最帅警察'，"荀诗涵抬头看看四周，一脸坏笑着问，"莹莹，你平时很少转发这些的，怎么回事，是不是认识。"

"认识啊，不认识我能转发。"

提起"最帅警察"唐晓萱立马来了兴趣，俯身问："真认识？"

"骗你干吗，"黄莹一边刷着朋友圈，一边不无得意地窃笑道，"那个倒霉蛋是我小弟，跟我混的！网上那些花痴加白痴想去看他，想跟他合影，甚至想倒追。对本姑娘来说，他是招之即来，挥之即去，你们想不想见他，要不要我给你们介绍。"

"招之即来，挥之即去？"

"当我吹牛？"

"叫他来，现在就打电话。"

在混得一个比一个好的闺蜜面前显摆的机会可不多，黄莹诡秘一笑："打就打，我不光要叫他来，还要让他来买单。"

"行啊，快点快点，让他赶紧过来！"

"嘻嘻，没想到我也能看到最帅警察，诗涵，你坐对面去，等会儿让帅哥坐我身边。"

"你想干什么？"

"你说呢，记得给我俩多拍几张照。"

"凭什么！"荀诗涵不乐意了，起身要跟正在拨打电话的黄莹换位置。

唐晓萱岂能错过这个跟帅哥警察坐在一起的机会，冷不丁来了句："我下周去日本，想不想让我代购化妆品？"

荀诗涵果然妥协了，很不情愿地坐到黄莹身边，悻悻地说："好吧，反正他是莹莹的小弟，反正以后有得是机会。"

"有我在，你还有机会吗？"

"你们没见过男人啊，也不怕别人笑话，"黄莹笑骂了一句，急忙做了个嘘声的手势，旋即大大咧咧地说，"倒霉蛋，姐在兴隆百货后面的饭店吃饭，忘了没带现金，这里又不能手机支付，赶紧给姐送点钱来。"

刚接受完采访，刚把封干事和记者送走的韩朝阳被搞得啼笑皆非，一边跟刚赶到警务室的师兄点头打招呼，一边问："大姐，我正在值班呢，走不开。要不你跟别人商量商量，看能不能套点现。"

"找人多麻烦，再说又不认识。"

"找我就不麻烦？"

"这不是当你是自己人么，给句话，到底来不来。"

手机声音很大，俞镇川听得清清楚楚，不禁来了句："朝阳，有急事就去呗,这儿有我。再说谁没点私事,今天又是周末。"

想到在燕阳的朋友就这么几个,韩朝阳沉吟道:"好吧,你发个定位,我马上到。"

"这就是了,快点啊。"

"等等,你下的什么馆子,吃了多少钱?我也没多少现金,如果你下高档馆子,吃万儿八千,我不光要去银行取钱,还要去找人借钱。"

黄莹猛然意识到帅哥警察不只是倒霉蛋也是一个穷光蛋,不禁笑道:"没多少,真要是大饭店人家不可能不接受手机支付,带两三百就行了。"

"这我就放心了,你别着急,慢慢吃。"

穿警服去显然不太合适,韩朝阳急忙跑到里换衣服,换上衣服拿上钱包,跨上郑欣宜的电动车火急火燎往兴隆大厦赶。

有手机定位,大姐大用餐的饭店很好找。赶到饭店门口,锁好电动车,走进餐厅看到吧台上摆着的手机支付二维码,韩朝阳顿时意识到上当受骗了。

"朝阳,这儿呢!"

顺着声音望去,只见黄莹一脸得意地招手,她身边和对面还有两个看上去既陌生又有些熟悉的大美女正笑盈盈朝这边看。想起来了,在她的微信朋友圈里见过。

韩朝阳再傻也猜出怎么回事,快步走到她们面前,苦着脸说:"大姐,这个玩笑一点都不好笑,我正在上班呢,要是被领导查到擅自离岗又要挨批评。"

"今天是周末好不好。"

"你能休息我不能啊,我要24时值班备勤的。"

唐晓萱很心疼帅哥警察,义愤填膺地说:"你们公安局怎么能这样,天天上班,还24小时值班备勤,要不要遵守《劳动法》!"

"遵守《劳动法》,别开玩笑了,我们领导说了,干警察就要奉献,你不愿意干有得是人愿意干。"

"不说这些了,来都来了,先坐下吃饭。"黄莹指指面前的空座,嬉笑着介绍道,"她俩照片你肯定见过,正式认识一下,这位就是你天天念叨的小姐姐唐晓萱,这位是荀诗涵。"

"大姐,饭可以乱吃,话不能乱说,我什么时候天天念叨了!"

让来就来,黄莹很有面子,又忍不住调侃道:"你昨天下午还念叨呢,说什么我们醉生梦死,你还要给我们点赞。"

韩朝阳被搞得很尴尬,唐晓萱和荀诗涵看着他尴尬的样子笑得花枝乱颤。

"帅哥,认识你很高兴。"

"服务员,拿菜单,我要加几个菜。"

"帅哥,你喜欢吃什么?"

能与"燕阳最帅警察"共进午餐,这样的机会可不多。

唐晓萱和荀诗涵热情得无以加复,韩朝阳更尴尬了,想到他正处于舆论的风口浪尖,黄莹急忙道:"自己人,别这样。晓萱,诗涵,今天只吃饭只聊天不许拍照,刚才偷拍的不想删也可以,但绝不能发朋友圈,不然朝阳又要倒霉。"

"为什么?"

"我们跟你们不一样,我们身不由己,宣传有纪律的,如果造成不好的社会影响,不光朝阳要倒霉,连我都要跟着倒霉。"

"好吧,不发朋友圈,我私人珍藏,留着慢慢欣赏。"

都是些什么人啊!

韩朝阳被搞得焦头烂额,端着杯子说:"谢谢二位理解,我先干为敬,喝完这杯饮料我就回单位。莹莹刚才都说了,我们是自己人,以后有得是机会,你们慢慢吃,吃好喝好。"

"刚坐下就要走,还没聊呢。"

"今天真不行,我师傅去所里办事,师兄在帮我盯着,万一我师兄要出警,警务室就没人了。"

想到朝阳社区警务室确实不能离人,再想到他现在又被网上舆论推到了风口浪尖,黄莹不禁后悔起把他叫来的决定,连忙道:"行,你先回去,今天的事不好意思,等哪天有时间我请你吃饭,我们好好聚聚好好聊聊。"

"下次我请,谢谢啊,不好意思。"

韩朝阳真不敢在此久留,喝完杯子饮料再次致歉,致完歉匆匆离去。

看着他的背影,唐晓萱喃喃地说:"莹莹,你这个小弟不光帅,还有责任心。好男人不多,你不下手我就不跟你客气了。"

"是挺好的,还会拉小提琴,想想就有情调。"

"你俩真没见过男人,他有你们说的这么好?"黄莹怎么看怎么觉得韩朝阳很普通,一脸不可思议。

"感觉挺不错,彬彬有礼,最重要的是确实帅,确实有颜值,"唐晓萱喝了一小口饮料,咻咻笑道,"既然你不喜欢,那本姑娘就不跟你客气了,把他的微信推送给我,等会儿做完头发就去找他。"

"有没有搞错,这也太饥不择食了。"

"这叫先下手为强,诗涵,不许跟我抢啊。"

"晓萱,别祸害人家了,他只是一个片儿警,只是稀里糊涂被炒作成什么'最帅警察',这阵风一过他还是小民警。他那点工资不够你买化妆品的,而且工作时间不正常,三天两头加班,没见刚才连吃口饭的时间都没有,你当不了警嫂,他不是你喜欢的类型。"

"本姑娘的胃口变了,就喜欢这种类型。"唐晓萱情不自禁捧起手机,看着刚才偷拍的照片,眉飞色舞地说,"工资低无所谓,我又不用他养,我甚至可以养他。最重要的是帅,而且有安全感。"

没想到她也变成了花痴!

黄莹正不知道该说她什么好,苟诗涵居然也捧着手机看着"最帅警察"的照片,狡黠地笑道:"晓萱,看在这么多年闺蜜的份上,我让你先上。如果你搞不定,拿不下,我就不跟你客气了。"

"怎么可能,等着瞧,最多半个月,我就能让他死心塌地,就能跟莹莹一样招之即来挥之即去。"

第一百一十八章　投奔韩朝阳

入夏之后，每下一场雨气温就会高一点。早上还湿漉漉的阳观村大街小巷，中午就被似火骄阳烤得干干的。一点风都没有，树梢上的枝叶纹丝不动，早晚热闹非凡的中街看不见几个人，只听见知了在树上拼命地叫唤，挂在民房外的空调外机在嗡嗡作响。

许宏亮已经跑了一上午，本以为吃完饭可以休息一会儿。没想到刚放下碗筷，吴伟就提出继续走访。人在屋檐下不得不低头，领导让今天协助他走访，只能硬着头皮跟上，这才走出小饭店不一会儿就热得汗流浃背，而且不知道像这样的走访什么时候是个头。

"宏亮，前面那家装了摄像头。"

这家离命案现场隔两排民房，许宏亮不认为提取这家的监控视频对破案有什么帮助，但还是说道："过去看看吧。"

吴伟同样觉得这是在做无用功，可这是专案组布置的任务，回头看了一眼许宏亮，快步走上去敲门。"有人吗，家里有人吗？"

"谁啊？"

"我们是派出所的，想过来了解点情况。"

"为乔显宏家的事吧，你们已经来几回了。"

铁门吱呀一声开了，一个矮矮胖胖的中年妇女抱着孩子让开身体，一边招呼二人进去，一边嘟囔道："他家在三队，我们这儿是四队。别看离得不算远，其实平时不怎么打交道。公安同志，你们别把工夫耽误在我们这儿，我什么都不知道，真不知道！"

确实来过她家几回。今天是第三次，但跟前两次目的不一样。吴伟没进去，而是抬起胳膊指指装在头顶上的摄像头："您好，我们想调看一下您家的监控视频。"

"调看？"

"是啊，我知道这很麻烦，但还是请您配合一下，协助公安机关办案也是每个公民的义务。"

中年妇女乐了，不禁笑道："这个是我儿子装着玩的，以前能在电脑上看见外面，后来坏了就没修。就算没坏也调看不到，听我儿子说这个只能在电脑上看，不好存。"

"实时监控，没有存储？"

"对，好像就是什么实时的，不信你们进去看，电脑就在他房间。"

"既然坏了就不用看了，不好意思，打扰您了。"

"别急着走，案子到底有没有破，杀人犯有没有抓到？"

"抱歉，这个需要保密，我们不能瞎说。"

每敲开一家门都会被问一次，吴伟总是这么回答。

尽管跟着跑了一上午，但案子破得怎么样许宏亮真不知道，他没问，吴伟一样没说，就算问估计也不会说。不过这么热的天，跑到村里来调看村民家装的监控，能想象到案件侦破的进展不大。

"老吴，歇会吧，抽根烟，喝口水。"许宏亮不想再走了，站在树荫下掏出烟。

吴伟愣一下，回头道："这才走了一家！"

"要走你走，我是走不动了。"

"好吧，先喝口水。"

对眼前这位先上警校、再去当兵、退伍回来再考政法干警，再上两年警校，搞到三十岁才穿上警服的警校前辈，许宏亮实在没什么好感，递上支烟笑道："这是在阳观村，如果在朝阳村，哪用得着这么费劲儿，朝阳一句话，治安巡逻队倾巢而出，谁家装了监控半小时就能掌握。"

"他是大队长，他手下有人。"

"他不光是巡逻队的大队长，现在还是'燕阳最帅警察'，老吴，没想到吧？"

确实没想到，不过已经知道了。这么大新闻，想不知道都不行。

吴伟非常清楚他和韩朝阳的关系，岂能听不出他的言外之意，若无其事地敷衍道："朝阳本来就挺帅的，你也可以，我们所就你们两个大帅哥。"

"我哪能跟他比，既没他帅，还是个临时工。"

"明年考上不就行了，你学习成绩比我好，平时又那么用功，肯定没问题的。"

"但愿吧。"许宏亮笑了笑，禁不住问，"老吴，朝阳上次帮他师兄去典尚咖啡厅救场刘所和教导员是怎么知道的？我一直想问一直没机会，这里没外人，没什么不好意思的，就算告诉我，我也不会乱说。"

就知道他们会耿耿于怀！

吴伟暗叹口气，紧盯着他双眼反问道："宏亮，现在问这些有意思吗？"

"有意思，细想起来朝阳应该感谢你。要不是你，他不会被安排到朝阳社区警务室，也就没机会当上朝阳社区义务治安巡逻队的大队长，没机会抓抢劫嫌犯杀人嫌犯立功，更不可能变成燕阳最帅警察。"

"这么说你们全知道了，既然已经知道已经认定了为什么还问？"

"我想听你亲口说。"

咄咄逼人！换作别的辅警，肯定不会、也不敢这样。

他的情况跟其他辅警不一样，不光家里有得是钱，根本不在乎这份工作，想不干立马就可以辞职，而且人缘非常好，在所里地位跟民警差不多。

吴伟沉默了片刻，淡淡地说："你可以告诉韩朝阳，他去典尚咖啡厅弹钢琴的事是我告诉刘所和教导员的。对你们来说这是打小报告，但我不这么认为，我是在维护警察形象。如果再遇到，我还会向领导汇报。"

打小报告都打得如此理直气壮，许宏亮彻底服了。

"烟抽完了，想问的也问了，现在可以干活了吧？"

"老吴，你是好警察，你知道我最佩服你什么，一是佩服你为实现当警察的梦想坚持不懈的决心和毅力，二是佩服你这份光明磊落，我许宏亮自愧不如。"

"别阴阳怪气。"

"没有,你是我学习的榜样,我对你佩服得是五体投地。"

居然没完没了,吴伟脾气再好也受不了这样的冷嘲热讽,猛地转过身:"宏亮,我知道你和韩朝阳是铁哥们,知道你想替韩朝阳打抱不平,但你这么做我不认为是为韩朝阳好。想干就好好干,不想干就辞职回家一心一意准备参加明年的公考。"

"你这话什么意思,难道我还能害朝阳?"

"他现在是顾爷爷的关门弟子,是燕阳最帅警察,我们个个要向他学习。你俩的关系人尽皆知,你不好好干不是在给他拖后腿,不是在往他脸上抹黑吗?"

必须承认,这番话有点道理。被调离朝阳社区警务室这几天,许宏亮越干越没劲儿,工作表现可想而知,略作权衡了一番,不禁笑道:"三天两头加班都没时间看书,总这么下去明年肯定考不上,你说得对,没必要再耗。明天就辞职,不,等会儿回去就打辞职报告。"

"真辞?"

"我又不指着这点工资活,为什么不能辞。"许宏亮诡秘一笑,"再说工作又不是很难找,临时工也一样,朝阳社区保安服务公司正在招人,我就不信老金不要我,去他们那儿干几个月,边干边准备公考,工资甚至比在所里干高。"

去投奔韩朝阳!

吴伟猛然反应过来,猛然发现自己的人缘好像连韩朝阳都不如,在所里貌似干得还可以,所领导挺器重的,可是出了派出所,真不认识几个人,想办点事真难。

被一语点醒,发现有更好"出路"的许宏亮则兴高采烈,竟掏出手机拨打起电话。"兄弟,不是说你变帅的事,你这是运气好,你再帅还能有我帅?是这样的,我打算辞职去投奔你,铁打的派出所流水的辅警协勤,想辞就辞,我想走谁拦得住,对对对,就这个意思,我跟老金什么关系,用得着你跟他

第一百一十八章 投奔韩朝阳

说,就是告诉你一声,我自己给他打电话。"

"金经理,我许宏亮,上次喝酒时不是跟你开过玩笑么,现在不是玩笑了,我打算投奔你,下班就去给你送简历,真不开玩笑。陈洁要考,好几个人要考,过去有学习的氛围,谢谢了,没问题没问题,当不当班长无所谓,反正就几个月的事。"

"苏主任,我宏亮……"

一个电话接着一个电话,听口气那边好像答应了,而且答应得非常之干脆。

换工作跟换衣服一样,这边还没辞下家已经找好了,甚至能想象到他过去之后不仅能立即上班并且能混得如鱼得水。

吴伟目瞪口呆,直到许宏亮打完电话揣起手机才似笑非笑地问:"许少,晚上要不要给你搞个欢送宴?"

让他倍感意外的是,许宏亮竟深以为然地点点头:"怎么说也同事一场,是应该吃顿散伙饭。"

"怎么搞?"

"我来呗!"

许宏亮又掏出手机,又兴高采烈地频频拨打起电话。

"教导员,我许宏亮,跟您汇报件事,我打算辞职,是是是,我就是这么想的。感谢领导理解,感谢领导这几个月对我的关照,晚上有没有时间,晚上能不能赏光一起吃顿饭,刘所那么严肃,我不敢给他电话,您帮帮忙,谢谢谢谢,就这么说定了,找好地方我把位置发给您。"

"陈姐,我宏亮,我不干了,晚上一起吃顿饭,当然我来,哪能让你请,刘所和教导员也去,对对对,好,就这么说定了。"

第一百一十九章　汤姐提供的情况

"韩大，宏亮哥真要来？"

"金经理都答应他了，这能有假。"

好兄弟要"回归组织"，韩朝阳很高兴，登录内网点开平台一边看这个月还有什么任务没完成，一边调侃道："以后你们就可以互相激励一起学习，但有一点必须说清楚，考上警察公务员之后你可不能当陈世美，晓斌人多好，对你真是一往情深，你要是敢伤害他，我跟你友尽！"

陈洁噗嗤一笑："说什么呢，瞧他现在的嘚瑟样儿，我还怕他当陈世美呢。"

"什么叫嘚瑟，那是苏主任和金经理栽培，保安公司的摊子越铺越大，管理不能跟不上，他现在是班长，过两年就是副经理，就是公司高管。"

"还高管，管好他自己就行了。"陈洁嘴上这么说，心里却美滋滋的。

朝阳社区保安服务公司表面上是居委会的实体，事实上是街道办事处的公司，相当于国企！背靠大树好乘凉，又是服务业，有街道背景永远不会倒闭。

汤队长前几天还说综合执法大队要扩编，再招协管员会优先从保安公司挑。协管员不是临时工，是社会公益岗位，如果能成为协管员就有机会考事业编制。如果从收入的角度出发，留在保安公司比去综合执法大队当协管员更有"钱途"。

总之，前途一片光明。

他们这对情侣对未来充满憧憬，甚至跟韩朝阳一样打算在市里买房。

韩朝阳刚才只是开玩笑，不知道她是怎么想的，盯着电脑显示器沉吟道:"差点忘了,这个月有禁毒任务,我们辖区没吸毒人员,这个毒怎么禁。"

"搞个禁毒宣传怎么样?"陈洁下意识问。

"我说的是打击任务。"

"这就麻烦了,上次盘查到的那个有吸毒前科的女的搬走了,不然可以找找她,看看能不能收集点毒案线索。"

任务完不成是要扣分的,尽管这段时间加分不少,但韩朝阳还是不想被扣分,摸着下巴说:"我们辖区有三个旅社,晚上去突击检查一下,看有没有旅客入住没登记。这个口子堵起来,以后只要有吸毒人员入住,我们就能第一时间知道。"

"现在管多严,他们应该不会不登记。"

"有可能登记不全,开房的人登记,后来去房间的没登记,或者访客没登记,所以场所管理这块我们不能掉以轻心。"

"行,我跟金经理说一声,晚上留几个人参与行动。"

守株待兔太被动,韩朝阳托着下巴斜看着门外沉思了片刻,突然笑道:"还有个优势要利用上,看样子我要去对面转转。"

"对面?"

"去六院,拜托拜托医护人员,吸毒的身体都不太好,据说有的吸毒人员指甲掉了身上都烂了,真要是有吸毒人员去看病,经验丰富的医生应该能看出来。"

"这个主意不错,男医生会不会帮你忙我不知道,女医生和小护士肯定会帮忙。"

"什么意思!"

"韩大,你要发挥优势,你现在就靠脸吃饭。"

什么靠脸吃饭,全是"最帅警察"惹的祸。

韩朝阳被搞得啼笑皆非,点点鼠标关掉电脑,起身道:"不跟你扯了,我先去完成另一个任务,有什么事给我打电话。"

"什么任务?"

"扶贫。"

"怎么扶？"

"先跟帮扶对象见个面，面对面沟通交流，了解他们的家庭、住房、耕地、收入情况，掌握他们生产、生活中面临的问题和实际需求。再问问村委会和居委会，有没有社会救助方面的资金。如果确实困难，就捐两百块钱，我就这个能力。"

陈洁越想越好笑，追问道："韩大，人家以前是贫困户，现在不是。地征了，先人的坟迁了，现在比你我有钱，用得着你去扶吗？"

"他们现在是比我有钱，跟他们一比我才是贫困户。关键他们刚拿到钱没几天，上级部门关于他们的材料还没更新，在摘掉低保户、贫困户帽子之前依然是扶贫对象。"

"去一趟，谈一谈，就算完成任务了。"

"差不多，其实应该反过来想，他们有钱是好事。如果没遇上征地拆迁，如果他们一直没钱，我就要真扶，到时候让我怎么扶，难道房子不买了，对象不找了，日子不过了，把每个月工资全捐给他们？"

"对，是好事，你赶紧去吧。"

这绝对是上任以来最轻松的一项任务，根本不用做任何工作就能完成。想到区委办的单副科长正在郊县的一个偏僻的小山村扶贫，那些扶贫对象一天不脱贫他一天别想回来，韩朝阳就觉得自己很幸运，刚微笑着走出警务室，手机突然响了。掏出来看看来电显示，居然是一个陌生的号码。会不会是冲着"最帅警察"来的，不接又不好，想想还是摁下通话键。

"您好，请问是韩警官吗？"

果然是女的，韩朝阳深吸口气故作淡定地说："是，我是花园街派出所民警韩朝阳，请问您哪位，有什么事？"

"韩警官好，我姓汤，叫汤均梅，我哥叫汤均伟，是我哥让我给您打电话的。"

自作多情了，原来是汤队长的堂妹。

韩朝阳反应过来，急忙道："汤姐好，汤姐好，没想到汤哥把我的事一直放在心上，谢谢您，也谢谢汤哥，谢谢汤姐给我打这个电话。"

"韩警官，又不是外人，您千万别这么客气。"

"好，不说那些客套话了。汤姐，听汤哥说您和张秋燕是小学和初中时的同学，以前关系特别好，后来您和她还有没有联系，对她出嫁后的情况了不了解。"

"我跟她是小学和初中同学，我们两家离得又不远，小时候玩得挺好。后来我上高中，她上职中，联系就少了，就是放假时能聚聚。再后来我上大学，好像我上大三时她就嫁人了，逢年过节能见上，平时几乎不联系。就算过年时遇上，话也不是很多，她可能有点不好意思。"

这能够理解，一起玩到大的好姐妹，人家考上大学，自己上完职业中学就嫁人就相夫教子，肯定有点不好意思。

韩朝阳想了想，追问道："汤姐，您见过她丈夫吗？"

"见过，前年春节时还见过，姓什么叫什么名字我忘了，看上去挺老实的，反正我觉得他不善言谈，我和秋燕聊天，他一声不吭，坐在一边傻笑。"

"你们见面时一般聊什么？"

"聊近况呗，聊一些家长里短，她说得最多的是她婆婆，四十好几不光改嫁还生了个孩子，不管他们，他们也不想管婆婆。虽然婆媳关系很僵，但只是面和心不和，好像没撕破脸皮，没吵过架。"

"她有没有说过她丈夫？"

"说过，说得不多，做木匠，有手艺，搞装修，辛苦归辛苦，钱好像没少赚。楼房就是他们两口子赚钱盖的，不光盖了一栋二层楼，还装修了一下。我能听出能感觉到她很满足，甚至很幸福。"

"没说别的？"

"没有，也有，就是邀请我去她家玩，我哪有时间。"汤均梅的语气突然黯然了，很痛心很惋惜地叹道，"她还没三十岁，孩子才五岁，怎么会发生这样的事，这种事怎么会被她们娘儿俩遇上。"

"汤姐，她们母子遇害，我们也很痛心。"

"对不起，我知道得不多，帮不上忙。"

"汤姐，这有什么对不起的，您能打这个电话我已经很感谢了。"

从小一起玩到大的好姐妹就这么没了,据说死前还受到过残忍的折磨,汤均梅这几天心里一直很难受,昨晚甚至做过一个噩梦,想想又说道:"韩警官,我知道得不多,但其他人对她可能比较了解,要不您去问问纪兆君,也是我们同学,秋燕不止一次在我面前提过她,她俩一直保持联系,好像关系还不错。"

　　"汤姐,您有纪兆君的联系方式吗?"

　　"没有,她家住在长堡村,不,她应该也成家了,她娘家住在长堡,初中毕业之后就没见过她,更不用说联系。"

　　"长堡不远,这应该不难查。"

　　"对了,秋燕好像说过纪兆君在兴隆百货后面的华艺卖场卖衣服,不是给人打工,是自己当老板,您也可以去华艺问问。"

　　"行,我会去的,汤姐,您提供的这些情况对我们非常有帮助,谢谢了。"

　　"不客气,这是我应该做的,希望能帮上忙,希望你们能早日抓获凶手。"

　　中午刚去过兴隆百货,难道要再跑一趟。

　　跑一趟是小事,关键不管什么案件都存在因果关系,专案组首先要做的是调查被害人的社会关系,既然张秋燕跟这个纪兆君有联系且关系很亲密,那么专案组不可能没掌握。

　　去,还是不去。

　　韩朝阳一时间竟拿不定主意,正琢磨着这不管怎么样也算一条线索,是不是直接向所领导汇报,手机又响了,低头一看,又是一个陌生号码。

第一百二十章　扶贫，抓赌

"韩朝阳，你不看手机不看微信吗，我加了六次，你怎么不加我！"

电话刚接通就是一通劈头盖脸的质问，韩朝阳被搞得一头雾水，下意识问："您好，请问您哪位？"

唐晓萱坐在美发厅的转椅上，一边等着美发师过来给她做头发，一边噘着嘴嗔怪道："真是贵人多忘事，我唐晓萱，莹莹的闺蜜，中午刚见过的，我的声音都听不出来了？"

"原来是唐小姐，不好意思，我正在外面执勤，外面有点吵，真没听出来。"韩朝阳不仅没听出来，甚至搞不清中午见过的两个大美女哪个是唐晓萱，哪个是匋诗涵。只知道自己跟她们不是一个世界的人，这一点从名字上就能体现出来。什么晓萱，什么诗涵，像是港台电视剧里的名字。

"声音听不出来，我头像总该认识吧，为什么不加我好友？"

果然是大小姐，脾气挺大。韩朝阳爬上巡逻车，扶着方向盘解释道："拜托，我在执勤，哪有时间玩手机刷微信。不信你问黄莹，白天我一般不看微信的，真顾不上，只能在晚上睡觉前看一下。"

"不是故意的？"

"怎么可能是故意的，你能主动加我，是我韩朝阳的荣幸，高兴还来不及呢。"

"我加你，你很高兴？"唐晓萱嬉笑问。

"很高兴，欣喜若狂，非常高兴。"

"高兴就行，你几点下班，晚上一起吃饭。"

这也太生猛了吧！韩朝阳被打了个措手不及，想到跟她这样的大美女吃饭要花不少钱,而跟女孩子一起吃饭又不能让人家掏钱,急忙道:"唐小姐,不好意思,我们所里警力紧张,我要在警务室24小时值班备勤,根本没所谓的上下班。"

"能不能别一口一个唐小姐,听着怪别扭的。"

"行,那我叫你唐姐。"

"堂姐,还表姐呢,我是比你大几个月,但我看上去有那么老么,没老都被你叫老了。"

"那怎么称呼?"

"跟莹莹一样叫我萱萱。"

萱萱,多肉麻!

韩朝阳被搞得啼笑皆非,但还是笑道:"好的,以后就叫萱萱。"

"这还差不多,说正事,你下班没点,但不可能不吃饭吧,你平时在哪儿吃,吃饭一般要花多长时间?"

"以前在单位吃,现在要么在市六院食堂,要么去理大食堂,吃饭要花多少时间没算过。反正在马路对面,离警务室就几步路,吃快点吃慢点问题不大。"

"医院食堂不能去,那儿全是病人,万一被传染上怎么办。朝阳,晚上一起去理大食堂吃吧,你这一说我突然怀念起上大学的时候,而且理大我从来没进去过,一直想进去看看。"

有没有搞错,真看上我这个小民警了!

韩朝阳觉得有些荒唐,将信将疑地问:"萱萱,你真打算过来?"

"你认为我是在开玩笑?"

"难道不是吗?"

"下午就知道了,不许跑远,如果去警务室找不着你,我就打110。"

中午虽然只看了几眼,但那几眼就能看出她很有钱!身上的衣服什么牌子不知道,反正很高档。手机是最新款的,包是LV的。她们几个点的是素菜,喝的却是几十块钱一大杯的鲜榨果汁,再结合黄莹在朋友圈晒的那些照片，几乎可以肯定她是一个如假包换的白富美。白富美谁不喜欢，但你也要有资格享受这飞来艳福。韩朝阳不是没谈过恋爱的愣头青，之前谈的也是一个家庭条件比较优越的女朋友，结果还不是劳燕分飞。

不能在同一个地方跌倒两次，韩朝阳暗暗告诫了一下自己，意味深长地说："萱萱，别拿我这个小片儿警寻开心。我这边一大堆事，不光下班没点儿，连吃饭都没点儿，等下个月发了工资我请你们，我知道一家很不错的川菜馆，不光菜做得很正宗，而且很实惠。"

唐晓萱岂能听不出他的言外之意，噗嗤笑道："哭穷？"

"不是哭穷，我是真穷，就这样了，我正在执行任务呢。"

"谁在乎你穷不穷，我就是想跟你一起吃顿饭……有没有搞错，居然挂我电话！"听着手机里嘟嘟的声音，唐晓萱气得咬牙切齿，坐在一边的黄莹早料到是这个结果，实在控制不住笑得花枝乱颤。

一个大美女主动约饭，约完饭说不定还能约点别的。就这么挂断电话，韩朝阳心里也非常不是滋味儿。淡定！一定要淡定！

师傅他老人家说得对，不管遇到什么事一定要把持住，一定要有一个好的心态。韩朝阳点上支烟，不断告诫不断提醒自己，直到把烟抽完，直到平复完情绪才拧钥匙驱车赶往朝阳村。

第一个低保户住在朝阳六队，五十多岁的老两口带着一孙子，本来是一个很幸福的家庭，结果儿子因为酒驾造成车祸，小两口同时身亡。老两口是农民，没有退休工资，而且他儿子生前因为包工程有一些债务，人死债没消，能偿还的都偿还了，这几年日子过得很清苦，家庭确实困难。

征地拆迁对老两口来说真是一场及时雨，总算有了盼头。

陪着二老聊了一会儿，听完他们对于未来生活的规划，韩朝阳没什么不放心的，再次劝慰了一番赶到第二家。

这一家的情况让人比较头疼，韩朝阳看着趴在床上看电视的小胖墩问："你爸爸呢？"小家伙一点不怕警察，紧盯着电视里动画片很不耐烦地说："在麻将馆。"

"在哪个麻将馆？"

"不知道,反正在村里的麻将馆,墙上有电话。"

这个李正天,就知道打麻将!因为不务正业,整天打麻将,媳妇跟人跑了,不仅不思悔改,反而因为没人管变本加厉。有钱时玩大的,没钱时跟老头儿老太太玩小的,这些年不知道换了多少份工作。

十赌九输,甚至能想象到补偿款在他手里捂不了几天。

韩朝阳暗骂了一句混蛋,回头看看一片狼藉的客厅,低声问:"你有没有吃饭?"

"吃了。"

"在哪儿吃的?"

"在街上吃的,我有钱,我爸给的!"小胖墩打记事起就没过过几天好日子,随着征地拆迁,生活突然发生翻天覆地的变化,竟从枕头下摸出几张钱,一脸得意。

单亲家庭,而且是赌棍家庭,能把这小子培养成什么样可想而知。

韩朝阳暗叹口气,提醒道:"有钱也不能乱花,知道吗?"

"知道了。"

"行,你继续看电视,别乱跑,别光顾着玩,有时间也看看书,做做老师布置的暑假作业。"

"知道了,我不会乱跑的。"

朝阳村的村民现在是要拆迁,将来要回迁,也就是说李天正那混蛋不会因为征地拆迁变成其他警务室辖区的居民。

人家是因病返贫,因孩子的教育返贫。他完全可能因为赌博返贫!他好不容易脱贫,可不能因为赌博再变成贫困户,不然到时候又要给他扶贫,韩朝阳觉得应该管,走出院子,爬上巡逻车,拿起对讲机呼叫在村里巡逻的队员。

"长生长生,我韩朝阳,去几个棋牌室看看,五队的李天正在不在。"

"收到收到,我们马上去。"

在门口等了十几分钟,对讲机响了,只听见顾长生喊道:"韩大韩大,几个棋牌室都没有,没看见他人。解主任就在我身边,解主任刚才帮我们打听过，一个村民说李天正可能在二队韦海成家打麻将。"

"走，去二队，你们先去堵住前门后窗，我马上到。"

"是！"

韦海成，辖区的重点人口之一。因为赌博不止一次被花园街派出所处理过，只是不知道是这两年老实了，还是运气好，没再被抓过。李天正以前穷得叮当响，是没资格跟他一起玩的。现在跟他搞到一块，只有一种可能，他们是在聚赌！

韩朝阳岂能错过这个机会，刚才是扶贫，现在变成抓赌了，猛踩"电门"赶到二队路口，顾长生等巡逻队员已经到了，可能担心乡里乡亲的被知道不太好，村干部解军没来。

既然是抓赌，自然不能敲门。

韩朝阳使了个眼色，早做好准备的顾长生往墙根下一蹲，双手托着一个队员往上一捧，小伙子爬上墙头翻进院子，刚从里面打开铁门就听见有人嚷嚷道："干什么干什么，你们这是干什么？"

"不许动，往哪跑！"

"长生，控制住他，其他人跟我来。"

韩朝阳带着队员冲进客厅，见客厅里没人，两侧卧室也没人，直接上楼，在楼梯上就能听到楼上一阵骚动。

"韩警官，你们这是干什么，我们玩得不大，就是打发打发时间！"韦海成出现在门前，挡住楼道谄笑着解释，显然是在给里面的人打掩护。

"让开！"

抓赌是一件很严肃的事，不是请客吃饭。

韩朝阳把他往里一推，只见李天正等两个村民正手忙脚乱往大衣柜里藏东西，可能被打了个措手不及，自动麻将桌上还有钱，全是百元大钞，估计有两三千。

第一百二十一章　细微的变化

"哥，韩哥，这钱我是准备拿去办事的，不是赌资！"

"谁是你哥，再说我还没你大呢。"韩朝阳把李天正递上的烟推到一边，示意顾长生继续清点赌资。

韦海成前几年三天两头去派出所，连拘留所都去过，如假包换的老油条，不是很怕警察，只是心疼钱，又凑上来哀求道："韩警官，我们玩得真不大，我们是一边打牌一边谈事，这些钱是准备合伙做生意的。帮帮忙，给个面子，以后有用得着我们的地方直接说话。"

"是啊，韩师傅，我们不是在聚赌，我们是在谈事。"一个村民连连点头，就差赌咒发誓。

刚才是"哥"，这会儿又变成"师傅"。

让韩朝阳更啼笑皆非的是，刚才去院儿里上厕所被逮着的村民蔡庆竟急切地说："报告政府，我们确实是在谈事，在麻将桌上谈事，跟在酒桌上谈事是一样的！我们遵纪守法，怎么可能去赌。我们拥护政府，征地迁坟我是第一个签字的。"

"我是警察，不是政府！"韩朝阳狠瞪了他一眼，冷冷地说，"别狡辩了，有什么话留着去所里说。"

"去什么所里，韩警官，你看着罚，大差不差就行了，我们不要发票。"

"你以为这是去商场买东西，还发票，那是罚款收据！"

韩朝阳意识到不能再拖泥带水，不然他们扯着扯着就能把供串上，当着他们面清点完在自动麻将桌上缴获的和在房间里搜出来的钱，把三万多赌资装进从角落里找到的一个塑料袋，厉声道："走吧，一起去所里，不许交头接耳,不许废话。"

"韩哥,求你了,我儿子还在家呢。"

李天正又愁眉苦脸地叫起"哥",看见他这副装可怜的样子韩朝阳就是一肚子火,一把攥住他胳膊,一边攥着他往楼下走,一边问:"现在想到你还有个儿子,早干什么去了?你说你都三十好几的人,怎么没一点上进心,没一点责任感。以前没钱小赌,现在手里有点钱开始大赌,想不想过日子了,总这样怎么娶媳妇,怎么把孩子培养成人?"

"哥,我错了,以后不赌了,求求你高抬贵手,给我一次机会。"

给你机会也没用,再说这不是给不给机会的事。

韩朝阳铁了心给他点教训,让他长长记性,走到院子外把他往巡逻车上一塞,回头问:"长生,晓斌他们什么时候到?"

"出发了,马上到。"

"韦海成,蔡庆,蔡二桂,给我听清楚了,都给我老实点。"见韦海成媳妇闻讯飞奔回来,正准备撒泼,韩朝阳又抬起胳膊警告道,"人赃俱获,不许胡搅蛮缠,谁敢没事找事就是妨碍公务!一个个都是几十岁的人,干点什么不好,非要赌,社会风气就是这么被搞坏的,不处理他们处理谁!"

"韩警官,都是自己人,不能大水冲了龙王庙,一家人不认一家人。"

"是啊韩警官,你看我们都配合政府工作,征地签字,迁坟签字,过几天拆迁又要签字,我们配合你们,你也要体谅我们。"

居然把治安处罚与征地拆迁挂上钩,韩朝阳彻底服了,见李晓斌把警车开了过来,一边示意她们靠边,一边冷冷地说:"征地拆迁是征地拆迁,聚赌是聚赌,一码归一码。再说就算是自己人,你们也不能违法犯罪,我一样不能徇私枉法,让开,都让开,不要妨碍公务。"

朝阳村就这么大,抓赌的事传得很快,转眼间,几个聚赌人员的七大姑八大姨全来了,连李天正家的小胖墩不仅过来了,甚至站在巡逻车边紧抱着他爸胳膊,气呼呼地盯着众人不让带李天正走。

不能让这小子一个人在家,不然出点事怎么办,韩朝阳拍拍他肩膀,"李小宝,你们老师平时怎么教你的,小朋友要有一点是非观念,你爸错了就是错了,既然错了就要去面对。坐前面去,跟叔叔一起去派出所,等把问题搞清楚,再跟你爸一起回来。"

"警察叔叔,我爸去一下就能回来?"

"你不希望他回来?"

"希望。"

"这就是了,听话,把手松开。"

"您保证我不抓我爸!"

"他又没杀人放火,只要积极配合,主动交代,只要态度好罚点款就能回来,快点,别磨蹭了。"

这边连哄带骗搞定了小胖墩,顾长生和李晓斌等队友也把韦海成等另外三个参赌人员押上了警车。

考虑到村里人现在手里全有点钱,过几天拿到拆迁补偿钱会更多。几百万,谁一下子见过这么多钱,这样的事有可能会再次发生。韩朝阳决定拿他们当反面典型,打开警灯,拉响警笛,在前面开道。纷纷跑出来看热闹的村民交头接耳,议论纷纷,一直目送巡逻车和面包警车消失在视线里。

赶到所里,请今天值班的老徐带小胖墩去辅警值班室,把韦海成、李天正四人关进羁押室,然后打开办案区的防盗门上楼向带班所长汇报,再把缴获的赌资移交给办案队,把执法记录仪拍摄的视频存进陈秀娟的电脑。

抓赌,在朝阳村是一件大事,村民们个个跑去看热闹。

在派出所太正常不过,包括顾副所长在内的所有人全没当成什么大不了的事。该接手就接手,接手之后按程序处罚。

"陈姐,我师傅呢?"收起往电脑拷贝完视频的执法记录仪,韩朝阳下意识问。

"哪个师傅?"陈秀娟不冷不热地反问道。

韩朝阳反应过来,不无尴尬地说:"现在的师傅。"

"顾爷爷办完事跟刘所和教导员聊了一会儿,在所里吃完饭就走了,你没给他打电话?"

第一百二十一章 细微的变化

"没顾上。"

"应该回警务室了，要不你打个电话问问。"

"等会儿打吧，对了，我师傅上午送来的那个女的，后来是怎么办的。"

细想起来朝阳社区真是个好地方，总能查到有价值的犯罪线索，陈秀娟放下材料，抬头道："骗钱骗色的骗子身份搞清楚了，根本不是警察，更不是省厅的什么处长，不光是骗子，还有前科。刑警队忙着侦破阳观村的命案，顾不上这样的小案，让我们所里侦办，老丁和大壮负责。"

"那个朱振兴的下落搞清楚没有？"

"这我哪知道，想知道打电话问老丁。"

尽管不冷不热，但态度比以前好多了，至少没再冷嘲热讽。

今天回所里，韩朝阳能明显感觉到从领导到同事对自己的态度都发生了细微的变化，能想象到这跟有了一位身份超然的师傅以及一夜之间变成"燕阳最帅警察"有关。不管因为什么，这是一个好的变化，或许不久的将来就能真正得到他们的认同。

韩朝阳真有股咸鱼翻身之感，想想又问道："陈姐，阳观村的命案查得怎么样？"

不是谁都有机会成为"最帅警察"的，虽然这两年全国各地接二连三涌现出不少"最帅"，但在燕阳乃至全省身边这位是第一个！

刚才看过手机，不光市局的官方微博转发了，连省厅的官方微博今天早上都转发了。

不夸张地讲，他不只是给所里争了光，也让分局露了一次脸。而且这阵风仍在刮，《燕阳日报》《燕阳晚报》和燕阳交通广播电台等官方媒体接下来会持续报道。

陈秀娟虽然摆出一副不冷不热的样子，但事实上越看韩朝阳越顺眼，觉得他以前也不是那么不堪，又抬头看了他一眼，轻叹道："到底查得怎么样我不知道，不过从梁队和吴伟这两天的脸色上能看出进展应该不大。"

"梁队和吴伟回来了？"

"也不算归队，他们好像负责在村里继续摸排线索。"

韩朝阳暗想所领导总觉得自己喜欢搞个人英雄主义，下意识说："陈姐，我打听到一个情况，不知道算不算线索，不知道有没有价值，你说应不应该立即向顾所汇报？"

"这是命案，死亡两人的命案，有线索当然要立即汇报，不管有没有价值！"

"好吧，我再去一趟顾所办公室。"

陈秀娟知道他有点怕，有点不愿意见所领导，立马站起身："走，我跟你一起去。"

"谢谢陈姐。"

匆匆来到副所长办公室，敲开门，顾所正在跟办案队民警季川研究另一起案件的案情。见韩朝阳去而复返，顾所疑惑地问："小韩，还有什么事？"

不等韩朝阳开口，陈秀娟便急切地说："顾所，朝阳打听到一个关于阳观村命案的情况，不知道算不算线索，不知道有没有价值，拿不定主意，不知道该不该汇报。"

侦破"7·17案"是分局现阶段最重要的工作，顾所不假思索地说："有线索总比没线索好，说说，什么情况！"

"报告顾所，我在跟街道综合执法队汤队长闲聊时，听说他堂妹汤均梅和被害人张秋燕是小学、初中同学，两家离得不远，二人小时候玩得很好，就拜托汤队长联系他堂妹。今天中午，汤均梅给我打了个电话，说她上大学之后跟张秋燕就没怎么联系，但每年春节回来时都会跟同样回娘家的张秋燕聊聊。她对张秋燕的近况不是很了解，不过她不止一次听张秋燕提过另一个叫纪兆君的同学，能从语气上听出张秋燕和纪兆君一直保持联系且关系不错。这个纪兆君应该已出嫁，娘家在长堡村，现在好像在兴隆百货后面的华艺商场有一个服装摊位，专门卖服装。"

第一百二十二章　有没有价值

三天过去了，组织警力走访询问过上千人，不仅没排查到有价值的线索，反而随着对被害人家的情况了解越深入，越觉得案情错综复杂。侦破工作陷入僵局，席洪波心情烦躁。正打算出去抽根烟透透气，周局又打电话询问进展。

"周局，让您失望了，这个案子比预料中更棘手，尽管被害人张秋燕的婆婆改嫁，甚至人到中年还跟现在的丈夫杨广成生了一个孩子，但这依然是一个很普通的家庭！乔显宏失踪失联确实可疑，但在失踪失联前的现实表现并不可疑，几乎可以肯定他和张秋燕既不可能涉赌，也不可能涉毒，更不可能涉黑。"

刑警大队长压力大，局长压力一样不小。周局摸摸嘴角，举着电话问："有没有可能是民间借贷或其他经济纠纷引发的，死者丈夫不是出去躲债了么。"

"周局，这正是我们百思不得其解的疑点，我甚至可以断定只要这个疑点能够解开，这起命案就能真相大白。个个说死者丈夫出去躲债了，可我们直到现在都没查到他欠谁的债，对因为什么欠的、到底欠多少钱，这些一无所知。"

席洪波看着白黑板上的人物关系图，看着图上贴的一张张照片，紧锁着眉头道："而且我们想尽办法，采用了一切手段，都没查到这个乔显宏的下落。没通话记录，没旅馆酒店住宿记录，没购买火车票、汽车票和机票的记录，他有可能去的几个省市公安机关没他的外来人口备案登记，像是人间蒸发了，我甚至怀疑他是不是也已遇害。"

如果真是这样，那这就是一起死亡三人的命案，就是一起影响极为恶劣的灭门惨案！

周局倒吸了一口凉气，追问道："可以确认他不是凶手？"

"我们调看过案发现场周边的所有监控视频，没发现乔显宏的身影。并对从女被害人口腔里提取到的生物检材与从孩子身上提取的检材做过亲子鉴定，结果显示两份检材的所有人不存在血缘关系。我们也提取过乔显宏母亲王巧兰和王巧兰现在的丈夫杨广成的DNA，同样没比对上，而且二人没作案时间，可以排除他们的嫌疑。"

"支队和总队的领导是怎么看的？"

"贺支一直在指导侦破，一起熬了几天几夜这会儿刚休息。省厅刑侦总队范总昨晚听完汇报就走了，请来的三位专家没走，冯局上午陪他们去殡仪馆看尸体，这会儿正陪他们去看现场。"席洪波顿了顿，补充道，"中午吃饭时我们简单交流过，三位专家认同我们关于被害人死亡前遭受的折磨是拷打逼问的观点。但被害人能知道什么，会有什么是凶手想要的？所以我们觉得问题应该出在被害人丈夫乔显宏身上，只要能搞清乔显宏为什么失踪失联，只要能搞清乔显宏下落，那么所有的问题都能迎刃而解。"

"查，不惜一切代价追查，就算掘地三尺也要把这个乔显宏找出来！"

"报告周局，我们已调整部署，正在双管齐下，老鲁负责追查乔显宏躲债这件事的疑点及其下落，我负责组织力量继续排查乔显宏及张秋燕在我市的社会关系。"

"好，辛苦你们了，等你们的好消息。"

侦查部署是调整了，关键该查的已经查过，并且要查的两个人一个像人间蒸发了，一个已经死亡，让人无从下手，有劲儿也使不上。席洪波点上支烟，紧盯着人物关系图看了十几分钟，正准备给重案中队长徐伟打电话，手机突然响了。

"东升，什么事？"

"报告席大，我们派出所民警韩朝阳同志了解到一个情况……"梁东升简明扼要汇报完，又不无忐忑地补充道，"如果这个情况属实，那就应该有张秋燕与纪兆君的通话记录,可是张秋燕的手机通话记录里没有,乔显宏失踪失联前的手机通话记录里一样没有。"

不仅没相应的通话记录,在过去几天的走访询问中也没掌握这个情况。

换言之,张秋燕与一直没被纳入视线的纪兆君之间的关系应该没"燕阳最帅警察"所说的那么亲密,新鲜出炉的"燕阳最帅警察"提供的这条线索没什么价值。

但此一时彼一时。在没有其他线索的情况下,就算没什么价值的线索也要去查查。

"东升同志,既然这个情况是你们所里民警了解到的,就由你负责查实,赶紧去,了解完之后立即汇报。"

"是!"

这是命案,不是一般的刑事案件,时间拖越久越难破。梁东升一刻不敢耽误,放下手机钻进警车,点着引擎打开警灯,火急火燎往兴隆百货方向而去。

赶到华艺商场,拉住一个商场保安问了问,乘扶梯来到二楼,果然看到一个二十八九岁的老板娘正跟一个买衣服的小姑娘讨价还价。

梁东升暗想那个运气好得爆棚的小子提供的情况不管有没有价值,但至少准确性没问题,一找就找到了,没跑冤枉路。考虑到人家在做生意,再急也不急于这几分钟,他远远地看着,直到小姑娘用手机支付完货款,拿上包装好的衣服离开柜台,才走上去出示证件。

"你好,我是燕东分局花园街派出所民警梁东升,请问是纪兆君吗?"

老板娘一愣,看看警察证再看看他,一脸疑惑地问:"是,我是纪兆君,梁警官,您找我干什么?我以前住花园镇,现在是花园街道,但早搬了,连我爸我妈都不住那儿。"

"别紧张,我就是找你了解点情况,这里不是说话地方,要不我们去保安办公室。"

"行,您等等。"

纪兆君被搞得一头雾水,但还是很配合地拿起钱包,跟旁边的一个售货员打了个招呼,请人家帮着看一会儿摊儿,安排好一切跟梁东升一起来到货梯边的保安办公室。

"梁警官,您想了解什么?"

梁东升没直接回答她的问题,而是笑看着站在门边一脸好奇的保安,保安反应过来,悻悻地笑了笑,急忙顺手带上门。不能让保安知道,纪兆君更紧张了,扶着桌沿小心翼翼地问:"梁警官,到底什么事,您到底想知道什么?"

梁东升从包里掏出纸笔,一边示意她坐下,一边不动声色问:"纪兆君同志,你现在住什么地方?"

"兴达花园,离这儿不远,就在商场后面。"

"什么时候搬过来的?"

"七八年前了,房子是结婚时买的,装修好就搬进来了,我老公是东广人,公公婆婆不在身边,没人带孩子,我爸我妈就跟我们一起住,帮我们带孩子。长堡离市区远,不像朝阳、凤凰、阳观和陈家集几个村儿,那边的老房子租不出去,一直空着没人住,都快塌了。想着城市在往东发展,那边早晚要开发,正打算花点钱翻建呢。"

难怪之前没掌握,原来全家都搬到市区来了。

梁东升没急于道明来意,又不动声色问:"你爱人做什么工作的?"

"做生意,我们在新达批发市场还有个摊位,他在那边批发,我在这儿零售。"

"你爱人叫什么名字,记不记得他的身份证号码?"

"梁警官,我老公烟酒不沾,天天待在市场连牌都不打,就喜欢喝点茶,他能有什么事?"

"别紧张,别激动,我就了解一下。"

了解完他们两口子的基本情况,用警务通进行查询,确认她和她老公都没前科,只有她名下的轿车有两个违章没去交警队接受处理,梁东升不再绕圈子,冷不丁问:"你认不认识张秋燕?"

"认识,我们是初中同学,秋燕怎么了?"一会儿问这个,一会儿问那个,问的全是些莫名其妙的问题,纪兆君有些不耐烦。

原来她还不知道,而且看上去不太像是假装的。

梁东升觉得这一趟市区是白跑了,边做着记录边追问道:"你和张秋燕关系怎么样,平时联不联系?"

难道张秋燕出事了,可是张秋燕出事刚才问我老公干什么!纪兆君越想越糊涂,不快地说:"我跟她就是同学关系,算不上有多好,平时不怎么联系,您看我整天忙成这样,根本顾不上联系。您这一说我突然想起来了,好像连她的手机号都没有。"

"你们平时见不见面?"

"见,她以前经常来我这儿买衣服。她很省的,自己买得少,都是给她儿子买,我这儿不卖童装,就介绍她去三楼,让三楼的几个老板娘给她打个折。每次来都跟我聊会儿,如果赶饭点,就叫她和孩子一起去前面兴隆百货一楼的小吃排挡吃个饭。"

"她最后一次来是什么时候?"

"上上个月,对,就是五月份。"

纪兆君不耐烦归不耐烦,但还是有问必答。

现在可以确认的是张秋燕平均两个月来一次,有时候一个人来,有时候带孩子来,每次来市里都会找纪兆君这个老同学聊一些家长里短。

让梁东升倍感意外的是,乔显宏是去年底出去躲债的,张秋燕在乔显宏失踪失联后来过几次,每次和纪兆君聊的时间不短,第二次甚至一起吃过饭,居然自始至终没提其丈夫出去躲债的事,并且纪兆君也没发现她有什么不对劲,不像是一个丈夫跑了娘儿俩相依为命的人。

看似没收获,其实有收获,而且收获很大。

梁东升几乎可以断定张秋燕不是村民们所描述的那么简单,她肯定知道什么。

梁东升略作权衡了一番,直言道:"纪兆君同志,想必你也猜出来了,我是为张秋燕来的。前几天晚上,她和孩子一起在家中遇害,现场惨不忍睹。她跟你一样大,她的孩子才五岁,对于她们母子的遭遇,相信你跟我们一样痛心,请你再回忆回忆,她生前还跟你说过什么,有没有什么异常？"

"秋燕死了！"

"嗯,孩子也死了。"

"她老公呢？"纪兆君大吃一惊,不敢相信这是真的。

"她老公失踪失联,说是做生意赔了出去躲债,但我们没发现他做过赔钱的生意,甚至不知道欠谁的债,欠多少债。"

"什么时候跑出去躲债的？"

"去年底,她居然从没跟你提过,你不觉得奇怪吗？"

"不应该啊,不可能啊！"

"为什么？"梁东升追问道。

纪兆君想了想,喃喃地说:"她老公怎么可能欠人钱,我记得她好像说过打算在市区买房,对,就是她说的！不光说过,还问我市中心哪儿有房卖,房价贵不贵。我当时还纳闷,她老公干装修一年能赚多少钱,市中心房价多贵,她买得起么！"

第一百二十三章　互相帮助

驱车回到警务室，只见顾爷爷站在邓老板饭店门口仰头往上望。

顺着他老人家的目光看去，原来是一个维修工挂在外墙上修空调，帮邓老板解决楼上空调总是往店门口滴水的问题。工具掉下来会砸到行人，并且修空调本来就是一件比较危险的事，制冷剂易燃易爆炸，操作不当引发爆炸事故的新闻屡见报端，他老人家不看着不放心。

韩朝阳刚跳下车，陈洁突然走出来笑道："韩大，出去转一圈就能抓个赌，你这运气真不是一两点好。"

"别瞎说，"韩朝阳使了个眼色，回头道，"小宝，下来，外面热，里面有空调还有水，这是陈阿姨，跟陈阿姨进去。"

所里太忙，暂时顾不上处理四个涉嫌聚赌的家伙，同时也为了给他们点教训，让他们长长记性，顾所让先关着，晚上再处理，估计要到明天才能放。

老徐等会儿下班，把小胖墩交给别人又不放心，就这么让他回去更不放心，韩朝阳干脆把他带到警务室。小家伙很不高兴，跳下车气呼呼地说："你说过不抓我爸的，你骗人！"

"脾气挺大。"

韩朝阳一把抓住他胖乎乎的小胳膊，边拉着他往警务室里走，边笑道："这不是抓，这是留置，你爸最迟明天中午就能回来。你下半年都要上四年级了，小大人，应该明事理。不管小朋友还是大人，做好人好事要表扬，做错了事就挨罚。你不做作业老师会不会让你罚站，会不会罚你多做几遍？这个道理是一样的，你爸不务正业，跟人赌博，不光败家还违法，所以警察叔叔要罚他，让他知道这是不对的，让他以后不会再犯。你也不希望你爸沉迷赌博是不是，我们是在为他好，也是在为你好。"

原来是李天正的儿子！

陈洁反应过来，看着这虎头虎脑的小子禁不住笑道："小宝是吧，跟阿姨进来。"

穷人家的孩子早当家，李小宝不只是穷人家的孩子，也是单亲家庭和赌棍家庭的孩子，并且十一岁了，懂很多事，想想觉得警察叔叔的话有一定道理，没像刚才在巡逻车上一样闹，耷拉着脑袋垂头丧气地跟陈洁走进警务室。

老徐带孩子很省事，把手机给这小子玩，根本不用操心的。

但手机上的那些游戏真是"毁人不倦"，韩朝阳不想让小胖墩沉迷游戏将来误入歧途，跟进来问："小宝，你出来时有没有锁门？"

"锁了。"

"钥匙呢。"

"门边的墙上有个洞，我把钥匙放在洞里，我爸平时也把钥匙放那儿。"

以前穷得叮当响，父子俩吃了上顿没下顿，家里除了一台大屁股的彩电几乎没什么值钱东西，大门不锁也没关系。现在跟以前不一样，谁知道李天正有没有把钱放家。

韩朝阳转身道："晓斌，你带小宝回去一趟，帮他去拿暑假作业，记得把门窗关好，把钥匙带回来。"

"好的，看什么，跟我走吧。"

这警察管得真多，还要做暑假作业。小胖墩最不喜欢做作业，忍不住冲韩朝阳做了一个极其丑陋的鬼脸，很不情愿地跟李晓斌走出警务室，再次爬上电动巡逻车。

"这熊孩子！"陈洁越想越好笑，禁不住问，"韩大，李天正如果晚上回不来，这熊孩子你打算怎么办？"

"他爸回不来，就让他住集体宿舍。等会儿记得督促他做作业，做完帮他检查一下。"

第一百二十三章　互相帮助

"我又不是老师。"

"你不是老师，但你将来会做家长，现在家长多重视孩子教育，孩子学的家长都要学一遍，从幼儿园的课程一直学到小学甚至中学，学习一下，体验一下，对你有好处。"

"你怎么不学，你怎么不体验？"

"我这不是忙么。"韩朝阳诡秘一笑，转身推开玻璃门走出警务室。

陈洁最不喜欢带孩子，竟跟小胖墩刚才一样也冲着他背影做了个极其丑陋的鬼脸。

不知道是维修工技术好，还是空调的问题不大，韩朝阳走到饭店门口，空调已经修好了，住在楼上的业主正趴在窗台上跟顾爷爷说话。

"顾警长，打开了，漏不漏等会儿就知道。"

"不好意思，耽误你一下午。"

"说不好意思的应该是我，一直没顾上，给邓老板添麻烦了。"

"没关系，修好就行。杨老板，要不下来喝杯茶，今年的新茶，我朋友专门给我捎的。"

"不客气不客气，我单位有点事，等会儿还要回单位。"

"顾警长，我们进去喝吧，看把您热的，这点小事还让您操心。"

"我也不用了，你忙，马上就是饭点，忙去吧，做生意要紧。"群众的问题解决了就行，顾爷爷婉拒邓老板一起进去喝茶的好意，跟众人道别。

市六院是安全防范的重点，师徒二人很默契地并肩穿过斑马线，来到挂号、划价、拿药的门诊大厅。

刚才在外面站了近半个小时，顾国利真被热坏了，站在空调出风口下看着几个窗口外排着的长队，不动声色问："朝阳，你们中午抓了个赌？"

"无意中发现的，本来是去扶贫，结果扶贫对象不在家，孩子说去打麻将了。征地款几十万，接下来的拆迁补偿更多，我担心扶贫对象好逸恶劳，把补偿款败光，想找他谈谈，结果发现他在聚赌。"

"李天正嗜赌成性，是应该盯着点。"

"师傅，您知道他？"韩朝阳倍感意外。

顾国利回头看了他一眼，轻描淡写地说："我一样是社区民警，辖区情况不能不了解，还准备这几天叫上你一起去他家走访，没想到你抢了个先。"

"师傅，您刚来几天，连他都知道！"

"我们辖区又不大，打听一下就知道了。朝阳，别嫌我啰唆，这个赌抓得是很成功，不过也暴露出一个问题，我们的人口管理尤其重点人口管理存在不足。韦海成聚赌肯定不是第一次，他有前科，是列管对象，结果我们到现在才知道，而且是无意中知道的。"

本以为师傅会表扬，结果师傅竟总结起教训。

别人说这番话韩朝阳听着或许会觉得刺耳，但这是师傅说的，并且师傅他老人家在过去的工作中确实能做到对辖区情况"问不倒"、"一口清"。

韩朝阳很虚心很诚恳地接受批评，正准备保证以后一定勤去重点人口家走访，顾国利又说道："上午刘所和教导员找我谈了一会儿工作，说是谈工作，搞得跟汇报似的，上下级关系全乱了。不过他们也确实不容易，所里警力紧张，各项工作又千头万绪。作为所里的一员，我们能多分担点就应该多分担点，没跟你商量就跟刘所提出再管一个村，刘所和教导员同意了，决定从明天开始把阳观村纳入我们警务室辖区。我过几个月就退休，工作主要还是靠你去干，从明天开始你既是朝阳社区的社区民警，也是阳观村的社区民警。"

光管一个朝阳社区就忙得焦头烂额，再加上一个阳观村岂不是连饭都会忙得吃不上，而且阳观村刚发生一起命案！换作以前，韩朝阳肯定会一肚子意见。但现在不是以前，"燕阳最帅警察"就要有"燕阳最帅警察"的样子，并且经过这段时间的锻炼对当片儿警多少有了一点经验。更重要的是就算加上阳观村，相比其他社区民警辖区面积也不算大，辖区人口也不算多，这一点跟师兄一比就能体现出来。

韩朝阳不仅没意见，反而觉得这是一个大展拳脚的机会，笑道："没问题，明天一早我就去阳观村转转。"

没叫苦叫难，顾国利很满意，回头看看正往这边掌握的几个小护士，接着道："中午回来时遇到苏主任，她说市里明天下午召开流管工作会议，还有一个表彰仪式。花园街道流管办、朝阳社区居委会被评为流管工作先进单位，蔡主任、她以及你被评为流管工作先进个人，明天要去参加，去接受上级表彰。"

参加工作几个月就能评上一个先进，这无疑是一件好事。

韩朝阳真有那么点成就感，忍不住笑问道："师傅，除了精神奖励有没有物质奖励？"

"当然有，你们上次不光开出几百万罚单，对全街道、全区乃至全市的流动人口和出租房屋管理工作也起到很大促进作用，上级不可能没点表示，但给你个人的奖金估计多不到哪儿去，立个三等功才多少，给单位的奖金应该不会少。"

"居委会也有？"

"街道肯定会雁过拔毛，所以你明天要把握机会跟杨书记和顾主任诉诉苦，帮苏主任多争取点奖金。街道领导对你印象不错，而且这是第一次开口要钱，要的还是本来就属于居委会的奖金，应该不会让你白开这个口。"

保安公司现在是勉强维持运营，没盈利，居委会依然没钱。没钱许多工作开展不了，想想这笔奖金对居委会确实很重要。再想到师傅不会无缘无故说这番话，韩朝阳不禁笑道："我们帮苏主任要钱，苏主任就要支持我们工作，以后再调巡逻队员去其他地方协助我们执行任务，她不会再说什么。"

这小子，一点就透，顾国利点点头，微笑着确认道："我们想干好工作离不开居委会支持，居委会想干好各项工作一样离不开我们，所以我们要互相帮助。"

第一百二十四章 宠辱不惊

在大厅站了一会儿，去急诊中心拜托医护人员代为留意枪伤、刀伤和疑似吸毒的病人，相互留电话，加微信，时间过得飞快，走出医院已是5点多。

正准备打电话问问俞镇川过不过来一起吃饭，俞镇川开着警车到了。

同样是社区民警，对韩朝阳来说社区工作是最主要的工作，对俞镇川而言社区民警相当于兼职，平时不是值班备勤就是接处警，要么协助办案甚至主办一些治安案件，下社区真是忙里偷闲。每个所的情况都不一样，韩朝阳非常清楚相对于大多社区民警，像他和顾爷爷这样能够把精力放在社区的并不多，不夸张地讲师徒二人在全分局乃至全市局的社区民警中属于"另类"。

正因为如此，师徒二人很理解理应常驻综合接警平台却总看不见人影的俞镇川。不光理解，只要有时间还会帮着照看他的辖区。总是"离岗"，俞镇川却很不好意思。

把警车停到警务室门口，佩戴齐"八大件"，跑过来一脸歉意地说："师傅，不好意思，中午装饰材料市场几个商户因为生意上的事大打出手，这边叫人那边也叫人，二十几个人打得头破血流，所里能去的全去了，一直搞到现在。"

"群殴，严不严重？"

"没缺胳膊断腿，全是皮外伤。"

派出所的权力看似挺大，其实很小。如果有人缺胳膊断腿，那就是刑事案件，就不是派出所能管的。

第一百二十四章 宠辱不惊

顾国利点点头,一边带着俩徒弟往理工大学走前,一边追问道:"全逮着了?"

"跑掉三个,不过跑得了和尚跑不了庙。有家有业,这事说小不小说大也不大,所里安排人去他们家了,应该很快会去所里自首。"

"生意再难做也不能动手,这么干不是欺行霸市么。"

"其实市场里那些商户的生意都不差,主要是冲动。"俞镇川轻叹口气,从腰包里取出一副墨镜,转身笑道,"朝阳,我觉得你现在需要这个,戴上试试,合不合适。"

有人在网上爆出几十张照片,不光有照片,甚至有好几段视频,韩朝阳甚至怀疑有没有村民把下午抓赌时的照片和视频发到网上。

出名是好事,也是一件麻烦事,不管走到哪儿很容易被认出来。

韩朝阳不无感激地笑了笑,戴上眼镜问:"挺清楚,哪儿来的?"

"我入警时买的,开始说要把我分到交警队,以为要天天上街巡逻,结果被分到派出所,没什么机会戴。"

"让你费心了,多少钱买的?"

"一副眼镜,还跟我谈钱。这个也拿着,里面有块擦镜片的绒布。"

"谢谢。"这是师兄的一片好意,韩朝阳也不矫情,大大方方收下。

俩徒弟相处融洽,顾国利很高兴,正准备说以后吃饭要把账算清楚,韩朝阳突然想起一件事:"师傅,镇川,要不你们先过去,李天正的儿子还在警务室。忘了跟谭阿姨说多做一份饭,我去把他接过来一起吃。"

保安公司实行的是分餐制,一人一个饭盒,而且食堂不在居委会,让谭阿姨跑回东明小区再打一份饭菜过来太麻烦。小徒弟把辖区群众放在心上,顾国利很欣慰,停住脚步笑道:"不急,我们在这儿等,你去接吧。"

"好咧。"

跑回警务室,小胖墩趴在里面的办公桌上很痛苦地做作业,陈洁正一脸恨铁不成钢地批评。字写得歪歪扭扭,作业本上不知道用橡皮擦过多少次,有几个地方都擦破了,做一道题错一道题,脾气再好的人也受不了,韩朝阳觉得有些好笑,拍拍他肩膀:"没做完的晚上再做,收拾一下跟我去吃饭。"

"晚上还要做？"

"晚上不做，你打算什么时候做？"

小胖墩收拾着文具，嘟囔道："暑假长着呢，明天可以做，后天也可以做。"

带孩子、尤其带这样的熊孩子真不是人干的活儿，一会儿走神发呆，一会儿到处乱翻东西，一会儿东张西望，好不容易督促他做几道题，做一道错一道，陈洁被搞得快崩溃，拧着他的小耳朵气呼呼地说："明日复明日，明日何其多！你就是懒，就是不爱做，要是由着你，估计到开学都做不完。"

"阿姨，疼！"

"好啦好啦，先吃饭。"

"韩叔叔，吃什么，去哪儿吃？"提到吃饭，小胖墩顿时来了精神。

"去理工大学食堂，那里有好多菜，想吃什么就点什么。"

"好啊，我们走吧。"

"陈洁，一起去？"

"你们去吧，我这儿有饭。"

她是想跟李晓斌一起吃，正在热恋中，只有跟心上人在一起才吃得香。

韩朝阳也不强求，带着小胖墩刚推开玻璃门，只见一辆白色奔驰轿车打着转向灯拐了过来，正琢磨着沿街商户没这么豪华的车，车窗突然缓缓降了下来，一张既漂亮又有那么点熟悉的面孔出现在眼前，兴高采烈地说："韩朝阳，是不是在等我，帮我看着点，我先把车倒上来。"有没有搞错，说来就来！

韩朝阳被打了个措手不及，就这么眼睁睁看着她把车很霸气地停在新园派出所的110警车边上。

"韩大，这位是？"好漂亮的一个女人，陈洁真有那么点自惭形秽。

"黄会计的朋友。"

"什么黄会计，黄莹就黄莹呗，"不速之客打开后门拿起包，甩甩秀发款款走到二人面前，嫣然一笑，"朝阳，这位是你同事吧？"

"嗯，陈洁，我们治安巡逻队的内勤，"韩朝阳抬头看了一眼正在对面的师傅和师兄，又介绍道，"陈洁，这位是黄莹的闺蜜唐晓萱，我们是中午刚认识的。"

原来中午就是给她们送钱去的，陈洁反应过来，急忙道："唐小姐好。"

"你好，认识你很高兴，朝阳，这小家伙是？"

"小宝，我们辖区一个居民的孩子，他爸今天有点事，我帮着带一下。"

警察也要帮人家带孩子，唐晓萱不只是意外还有些失望，暗想有这个小胖墩在晚餐就浪漫不起来了，正不知道该说点什么，韩朝阳抬起胳膊指指对面："萱萱，来得早不如来得巧，我们正打算去吃饭，我师傅和师兄在对面等着呢，你不是想去理大看看吗，一起去吧。"

不只是小胖墩，还有什么师傅师兄！

唐晓萱没想到会面临这样的情况，但还是笑盈盈地说："好啊，好久没吃食堂了，真有点怀念。"

来了就是客，不这么办还能怎么办，韩朝阳牵着小胖墩的手，招呼道："走吧，这边请。"

小徒弟回警务室带孩子过来的，结果不光带了一个孩子还带来一个如花似玉的大姑娘。

基层民警三天两头加班，平时难得休息，找对象比较困难，顾国利觉得这不是什么坏事，韩朝阳一介绍完，便把小胖墩拉到身边，微笑着说："欢迎欢迎，小唐，别不好意思，吃饭么，人越多越热闹。"

刚才帅哥警察说有个师傅，没说是什么样的师傅。

唐晓萱是见过大世面的人，当能不知道能穿白衬衫的警察意味着什么，真有点拘束，真有点不好意思，很乖巧地跟在韩朝阳身后，边走边很礼貌地说："谢谢顾警长，谢谢俞警官。"

"又不是外人，别这么客气。"

"是啊唐小姐，我也认识黄会计，真不是外人。"先是黄莹，现在又是唐晓萱，俞镇川很羡慕师弟的桃花运，禁不住大献起殷勤。

街道财政所的黄莹眼光太高,听苏主任说好像小徒弟没什么机会,既然没机会就不能在一棵树上吊死。顾国利觉得这个倒追的不错,暗想凭什么警察不能找既漂亮又有钱的对象,谈对象这种事主要谈的是感情,决定帮小徒弟一把,不无兴奋地说:"朝阳,刚才接了个电话,冯局亲自打来的,说你下午给专案组提供的线索非常有价值,表扬你,表扬我们警务室,也表扬我们花园街派出所。"

"师傅,您是说阳观村的那个案子?"

"还能有哪个案子,"顾国利回头看看二人,抬起胳膊指指俞镇川,"接电话时镇川也听见了,冯局非常高兴,说你提供的线索能够为接下来的侦查工作确定方向。如果案子能顺利破获,抓获凶手,你又能立一大功。"

真是好事连连,韩朝阳咧嘴笑道:"其实立不立功无所谓,关键是能帮上忙。再说阳观村从明天开始就是我辖区,为刑侦部门提供线索也是我的工作。"

"宠辱不惊,干工作就需要这样的心态。"顾国利很难得地表扬了一句,旋即话锋一转,"小唐,你是做什么工作的?"

"我,我在我舅舅的公司上班,我家在公司有点股份。公司总部在市里,工厂在开发区,生产化工材料,主要是出口,我和莹莹是大学同学,我跟她一样搞财务,在集团财务部上班。"

第一百二十五章　不要锦上添花

集团公司，产品主要出口，听上去就高大上。她家在公司有点股份，说得轻描淡写，但一看就知道股份再少也少不到哪儿去。韩朝阳暗想别说我在你面前是穷人，估计即将暴富的朝阳村村民跟她家一比都是穷光蛋。如假包换的大小姐，绝对是闲着没事干过来寻开心的。

顾爷爷的想法跟韩朝阳不一样，对于谈对象这种事的观念还停留在他那个年代，觉得小徒弟和小姑娘情投意合就可以。唐晓萱很清楚帅哥警察这个穿白衬衫的师傅不简单，不仅不敢摆出哪怕一丝大小姐的架子，反而很礼貌很乖巧，给顾爷爷留下非常好的印象。

"顾警长，怎么放暑假了还有这么多人？"

"镇川，理大是你辖区，你最熟，你给小唐介绍介绍。"小徒弟没对象，大徒弟一样没对象，难得遇到一个如此漂亮又懂事的姑娘，顾国利觉得肥水不能流外人田，连大徒弟一起"推销"，不管跟谁成都是好事。

韩朝阳很清楚自己和这个不速之客不是一个世界的人，不仅不吃醋，反而刻意放缓脚步。俞镇川不无感激地看了他一眼，陪着唐晓萱并肩往食堂方向走去，边走边微笑着解释道："以前一放暑假就没人，现在升学和就业压力大，好多学生暑假不回家，有的住校备考，准备考研；有的辅修双学位，好像理大的双学位课程都安排在暑假上课；有的在市里找单位实习锻炼，还有学生在市里打工，勤工俭学。"

走进幽静的校园，唐晓萱仿佛回到了学生时代，由衷地说："理大这方面做得挺好，不像我们学校，一放假就不让住宿舍。"

"也是这两年刚开放的，以前不开放。"

提起暑假期间住校，韩朝阳突然想起一件事，低声道："镇川，以前租住在朝阳村的学生，主要是一些已经毕业的学生，有好几个回来租床位住。用他们的话说，在学校吃得便宜实惠，住得安全。除了空间小点，其他各方面都比外面强。"

这涉及人口管理！俞镇川大吃一惊，下意识问："有这样的事？"

"这不是什么新闻，好多大四学生最后一年没什么课，也没打算毕业之后留在燕阳，觉得床位空着挺浪费，租出去还能补贴一下学费，就在网上打广告出租。租金也不贵，就是一年的宿舍费，好像1600元，一次付清。"

"宿舍一般四到六个床位，一人出租，肯定影响其他人，别的学生没意见？"

"我在群里问过，他们说学弟学妹大多不排斥校友租住。按规定留守生要向学院申请，需要宿管中心批准，但暑假期间学校管得不是很严，很多学生没按规定申请登记。虽然宿舍楼下面都有刷卡电子门禁，但没卡一样能进，他们都是校友，都认识宿管，宿管也认识他们，不好意思拦。"

这不是一件小事，顾国利回头道："镇川，明天保卫处应该有人上班，你要找找保卫处。宿舍床位到底能不能出租我们管不着，但只要住在学校里就要备案登记，尤其已经毕业的学生必须去办居住证。"

"好的，明天开完会我就来。"

唐晓萱觉得帅哥警察是没事找事，禁不住说："这样不太好吧，人家刚毕业，房租那么贵，如果一个月只有三四千工资，房租就是一大笔花销，住学校就是想省点，赶人家走不是让人家多花钱么。"

"我们没想过要赶谁走，我们只要他们去办外来人口备案登记。"

"这跟赶人家走有什么区别，韩朝阳，你有没有同情心。"

"小唐，这不是有没有同情心的事，这是很严肃的外来人口管理。"

顾国利停住脚步，耐心解释道："大学生素质都比较高，但也有极个别的大学生违法犯罪，朝阳前段时间就抓过一个，涉嫌持刀抢劫！如果我们视而不见，不把这个漏洞堵上，如果有涉嫌违法犯罪的大学生躲在学校里，到时候怎么找，怎么抓？而且这只是藏匿，如果他在学校里继续作案怎么办？"

平时总烦派出所去查公司职员的身份证居住证，听顾爷爷这么一说，唐晓萱意识到外来人口管理是挺重要的。正一脸尴尬不知道该说点什么，韩朝阳的手机响了。

"师傅，萱萱，你们先进去，我接个电话。"

"我们先进去，等会儿你自己点自己的。"

目送众人走进餐厅，韩朝阳摁下通话键，举起手机问："王厂长，您老有什么事？"

"两件事，第一件事明天早上不是要去居委会升旗吗，我们打算晚上再排练一下，7点准时开始，你一定要过来。"

升旗仪式是大事，韩朝阳一口答应道："好的，我吃完饭就过去。"

老厂长已经到了沿河公园，一边指挥老伙计们拉电线支点灯，一边说道："小韩，你记不记得有个臭小子总划个皮筏在河里电鱼，老雷总算猫着他了。姓丘，叫丘志民，家住在安北新村，今天在北边电的，电了几十斤，在他们小区门口吆喝着卖，他没认出老雷，还说明天要来咱们这儿电。"

对韩朝阳来说这是一件小事，对527厂的老爷子们而言这是一件大事！

几十岁了，被一个臭小子指着鼻子骂，奇耻大辱。而且为保护朝阳河的生态环境，老爷子们已经不在朝阳河钓鱼了，岂能容忍那小子再划皮筏过来电鱼。不帮老爷子们出口气，老爷子们以后就不会再提供线索。

韩朝阳暗想不能不管，沉吟道："王厂长，上次我们是没准备，现在有准备，他只要敢来肯定跑不掉，我这就给街道综合执法大队打电话，明天我们联合行动，设个埋伏，给他来个人赃俱获。"

"行，这事就交给你了，逮着之后一定要多罚点，不光要罚他的款，还要没收他电鱼的工具和皮筏！"

"您老放心，我处罚不了他，综合执法大队可以。"

"那就这么说定了，你快点吃饭，吃完快点来。"

与此同时，"7·17"专案组正召开第六次案情分析会。

省厅刑警总队副总队长、市局刑警支队支队长、分局周局长、冯副局长等领导全来了，席洪波指着白黑板上刚贴上的纪兆君的照片，不无激动地汇报道："纪兆君反映的情况，验证了我们之前关于张秋燕生前被拷打逼问的推测。现在基本可确认乔显宏夫妇手里有一笔巨款，这笔钱足以在市中心买一套房子，几乎可以肯定凶手是冲着这笔钱来的。"

"洪波同志，乔显宏失踪失联，我们都找不到，凶手想找到他更难，他们杀害唯一知情的张秋燕岂不是搬石头砸自己脚？"

"报告范总，如果凶手已经拿到钱了呢？"

"张秋燕经受不住折磨或为了孩子，供出了钱的下落？"

"也可能供出了乔显宏的下落。"

范副总队长点上支烟，微皱着眉头说："想找到凶手看来要从这笔巨款上着手，现在的问题是这笔巨款是怎么到乔显宏夫妇手里的，只要搞清楚这些就能顺藤摸瓜查到凶手身份、就能组织力量抓捕。"

"报告范总，我们也是这么认为的。"

席洪波回到会议桌前，继续汇报道："现在有两个方向，顺着这两个方向追查肯定能查出蛛丝马迹，第一方向是乔显宏装修过的那些房子，我们怀疑那笔巨款是他在装修时无意中发现的，天降巨款，欣喜若狂，想占为己有，结果成了他老婆孩子的催命符。

"第二个方向是曾租住在他家的外来人员，他家共有 7 间平房可供出租，并且建成之后一直租给人家住，但在乔显宏失踪失联前两个月，突然借口翻修不租了，让租住在他家的房客搬走。他失踪失联之后张秋燕又以丈夫不在家、怕人说闲话为借口不出租，村里丈夫不在家妻子把房子租出去的多了，有钱不赚这是一个重大疑点。"

冯副局长补充道："这笔巨款不管是在乔显宏装修过的房子里发现的，还是在他租给人家的房子里发现的，之后发生的一切都表明这笔巨款本身就有问题，我们可以断定案中有案！"

"到底是毒资还是其他违法犯罪所得的赃款，现在绞尽脑汁也想不出来。当务之急是找到人，不管案中案到底是什么案，我们要紧抓战机一鼓作气给他们来个由人到案。"

"是!"

"行动吧,我手机24小时开机,如果需要省厅协调,可以直接给我打电话。"

"谢谢王总支持。"

搞了几天,投入那么多警力,花掉那么多经费,总算有了点眉目。

周局虽然算不上如释重负,但也稍稍松下口气,送走范副总队长等领导和专家,走到车边问:"老冯,这条线索谁查到的?"

"花园街派出所民警韩朝阳,就是杜局前不久帮老顾收的那个徒弟。"

"原来是最帅警察,哈哈哈,这小子,不声不响又放一颗卫星!不得不承认,老杜看人还是有眼光的,用慧眼识珠来形容不为过。"周局想了想,又说道,"这小子先是抓获一个潜逃多年的杀人嫌犯,紧接着又稀里糊涂变成最帅警察,是个好苗子,也正因为是好苗子更要好好锻炼好好培养,不能拔苗助长。再说为刑侦部门提供线索本来就是社区民警的工作,所以'7·17'案破获之后不要搞什么锦上添花,不能让他翘尾巴,不能让他飘飘然。"

照理说提供这么重要的线索,案件破获之后是要评功评奖的,至少一个嘉奖跑不掉。局长说不要搞什么锦上添花,就意味着将来的评功评奖名单里没小伙子了。

在别人看来这对小伙子似乎不公平,但在冯局看来对小伙子绝对是一件好事,全分局那么多民警又有几个能被局长记得名字、能在局长这儿挂上号的。更何况压压是为他好,他风头正劲,又那么年轻,不压压真可能得意忘形。

第一百二十六章 就喜欢听他胡说八道

黄莹回到家已是晚上九点多,本来下午要陪旬诗涵一起去看房,结果被小姨一个电话叫去相亲,吃完饭又非让一起去看电影,一直搞到现在。

"怎么样,你小姨介绍的这个行不行?"

"不合适。"

"怎么又不合适,"黄妈靠在门边,不解地说,"你小姨给我发过照片,小伙子挺精神的,在银行上班,工作又好,家庭也不错,他家有两套房,连这都不合适,你到底想找什么样的。"

现在不光女的用美颜,连男的都开始用美颜。

真人比照片差的不是一两个等级,再说在银行上班有什么了不起,一晚上就听他夸夸其谈,黄莹对今晚相的那个实在没什么好感,一边收拾内衣睡衣准备洗澡,一边有气无力说:"妈,我才二十四,又不是三十四,您着什么急,晚上这个真不合适,真没感觉。"

"不着急,不着急你转眼就三十四了!"

"知道了,我会抓紧的,您早点休息,我也要早点休息,明天上班呢。"

老妈摇头叹气回了主卧,黄莹如释重负,忙不迭关上门洗澡。换上睡衣把空调定在27度,舒舒服服躺在床上正准备玩会儿手机,旬诗涵突然打来电话。

"莹莹,亲相得怎么样?"

就知道她会问,黄莹盘起双腿,笑道:"不怎么样,其实早预料到了,二十八九岁的人,说起来家庭和工作都不错,居然要别人帮着介绍,居然要相亲,你说能好到哪儿去。"

"你不一样要别人介绍吗?"旬诗涵噗嗤一笑。

"我用得着别人介绍,这是给我小姨面子。"

"这么说今晚两边都没戏。"

"什么两边都没戏?"

旬诗涵把手机换到左手,右手点点鼠标,看着电脑笑道:"我刚给萱萱打过电话,她回去了,她晚上过得也不是很愉快,应该说不是不愉快是很失望。"

提起倒霉蛋,黄莹乐了,禁不住问:"怎么个失望?"

"帅哥警察一点不浪漫,晚上一点情调都没有,带着一个脏兮兮的熊孩子,跟一个老警察和另一个小警察一起带她去理大食堂吃饭,吃完饭又去跟一帮老头老太太吹拉弹唱,就差跟老头老太太跳广场舞。问帅哥警察平时有什么爱好,喜欢去什么地方玩,结果人家根本没什么娱乐活动,最想做的事居然是睡觉,想舒舒服服睡一觉,睡到自然醒。"

基层民警三天两头加班,花园街派出所现在好像还推行什么"住所制"。

连刘建业和关远程不管有没有事,每周都要在所里住五天,每周只有两个晚上能回去陪老婆孩子。倒霉蛋刚参加工作,用领导们的话说新同志应该多干点,在可预见的未来要以单位为家,平时能有什么娱乐活动。

"她现在知道了吧,警嫂军嫂不是什么人都能当的。"黄莹实在控制不住,笑得花枝乱颤。

"整天看不见个人,一起吃顿饭的时间都没有,再帅又有什么用?"旬诗涵对"最帅警察"也没什么兴趣了,想想又不无惋惜地叹道,"长那么帅,还是学音乐的,干什么不好,偏偏当警察,真是女怕嫁错郎男怕入错行。"

"人各有志,再说现在工作多难找,警察辛苦归辛苦,怎么着也是公务员。"

"莹莹,其实我觉你俩挺合适的,都在政府部门上班,又在一个街道。"

"不开玩笑了,我要是想在体制内找还能等到现在,要是对他有感觉还能把他介绍给你们。"

"你会不会是因为不想在体制内找,先划下一条红线,所以不管他多帅对他都没有感觉。莹莹，千万别先入为主，好男人不多，错过这个村就没那个店了，你上网看看燕阳论坛，又是他，又有好多照片，下面全是小姑娘的留言。"

"他又上新闻了？"

"上了，是转发的《燕阳晚报》的新闻，我给你念念，标题是《坚守的背后有更多'最帅警察'》，近日有网友在微博上晒出一组图片，在中山路上网民拍到年轻帅气的警察小伙，这些图片让不少花痴女隔空赞叹并流口水，他被网友们称赞为'燕阳最帅警察'……"

又不是没电脑，用不着听她念。

黄莹爬起来从书桌上拿起平板电脑，打开搜索燕阳市的门户网站，在门户网站的论坛上果然看到关于"最帅警察"的新闻报道。相比网友爆料，《燕阳晚报》的报道里倒霉蛋只占三分之一篇幅。不仅提到倒霉蛋，也提到花园街派出所，提到燕东公安分局，甚至提到朝阳社区义务治安巡逻队，从一个"最帅警察"变成了更多"最帅警察"，但下面好几页的留言谈论的依然是倒霉蛋。

不管因为什么"走红"的，宣传了公安民警的光荣形象，正面积极和谐，充满正能量，连他们派出所乃至分局都跟着露了脸是一个不争的事实。公安是最注重荣誉的集体，替单位赢得荣誉，他们领导今后应该不会再给他小鞋穿吧。

黄莹把平板电脑放到一边，关掉灯躺在床上辗转反复就是睡不着，脑子想的全是这些，情不自禁拿起手机，翻出韩朝阳的号码拨打过去。

"大姐，这么晚了，有什么指示？"

"能不能好好说话？"

一向尖酸刻薄的人居然让别人好好说话，刚从沿河公园回到警务室的韩朝阳倍感意外，停住脚步问："行，好好说，到底什么事？"

"没事，就是打个电话。"

没事打什么电话，韩朝阳被搞得莫名其妙，用脖子夹着手机点上支烟，靠在电动巡逻车上调侃道："是不是精神空虚，想找人聊天？"

第一百二十六章　就喜欢听他胡说八道

"什么意思，你精神才空虚呢！"

"我一点都不空虚，整天忙得焦头烂额，想空虚都没机会，只有闲着的才会空虚。你这症状不算严重，还知道给我打电话，说出来你可能不信，有些人闲得慌，空虚到极点，居然打110找接警员聊天，把110接警台当声讯台了。"

不知道为什么，黄莹突然喜欢上听他一本正经地胡说八道了。

舒舒服服地躺在被窝里，她闭着双眼问："朝阳，唐晓萱下午去找你了？"

"来过，没想到她说来就来，请她去理大食堂吃了顿便饭，带她去沿河公园玩了一会儿，她可能觉得没什么意思，接了个电话就走了。"

"唐晓萱那么漂亮，家里又有钱，感觉怎么样？"

"别开玩笑了，我跟她不是一个世界的人，可能她以前没怎么接触过警察，只是对我们这个职业觉得好奇。我没想过癞蛤蟆吃天鹅肉，估计她一样看不上我这个小民警。"

"我说韩朝阳，这可不是你的作风，你不是应该越挫越勇么，怎么会知难而退。"

"越挫越勇，那要看什么事！"

不怕不识货，就怕货比货。至少在做人、在对待生活这个问题上，晚上相亲的那个跟他真没法比，黄莹不想再聊这个话题，随口问："你那边挺吵的，你还在外面执勤？"

"在警务室门口，刚从沿河公园回来，明天一大堆事，今晚不能熬夜，等会儿就洗洗睡。"天天熬到深夜十二点，中午又没时间睡午觉，韩朝阳真困了，控制不住打了个哈欠。

别人不知道他有多辛苦，黄莹知道，连忙道："早点睡吧，我也睡了，明天还要上班呢。"

打电话问了下所里，李天正等四个赌鬼晚上是回不来了。

韩朝阳先去集体宿舍看了一下正呼呼酣睡小胖墩，然后拿衣服去水房洗澡，洗完澡回到警务室里间躺下就睡。平时总是"离岗"，俞震川很不好意思，刻意交代在外面值班的巡逻队员，夜里有群众报警或指挥中心让出警别叫师弟，所以夜里发生一起警情，韩朝阳竟一无所知，一觉睡到早上六点半。

"老金，准备得怎么样？"刚吃完早饭，就见苏主任穿着一身很正式的职业装站在院子里和老金说话。

"我们这边全安排好了。"

据说街道杨书记等会儿都要来参加升旗仪式，老金很兴奋很负责，一边比画着一边介绍道："旗手和护旗手等会儿从那边过来，走到第一个方块踢正步，一直踢到旗杆下面。队员们在这个位置列队，苏主任，您等会儿和杨书记站这儿，其他人全站在你们后面……"

准备得挺充分，不等苏主任开口，韩朝阳便掏出手机笑道："苏主任，您别急，我打电话问问王厂长，问问他们什么时候到。"

"快七点了，赶紧打。"

"苏主任，其实我做了两手准备，进行曲和国歌全下载好了，王厂长他们赶不上也没关系，升旗仪式不会受影响。"

苏娴甩甩短发，微笑着解释道："老金，这不只是伴奏的事，王厂长他们全老党员老干部，我们要利用这个机会组织一些活动，不然把三楼收拾出来干什么。"

三楼要做老年活动室，没老同志过来能叫活动室吗？

老金反应过来，连连点头道："是，这个机会是要好好利用上，527厂都倒闭多少年了，他们的组织关系也早转到我们居委会党支部，结果他们一直认为自己还是527厂的人，对居委会没什么归属感。"

"好的开端是成功的一半，只要他们愿意来，慢慢就会有归属感。"

第一百二十七章　提醒

事实证明，老厂长他们很守时。

昨晚约的是七点二十到，结果七点十分全到了！

老厂长今天是乐队兼合唱团总指挥，也是第一次带队出来参加活动，很激动很兴奋，组织老伙计老姐妹们排好队，回头笑问道："苏主任，七点四十才开始，还有二十分钟，要不我们再现场排练一次？"这几天忙得团团转，一直没顾上去沿河公园看他们排练。

没领导没关系，等会儿领导要来，今天的升旗仪式绝不能搞砸，苏娴正想请他们先排练一次，当然不会反对，"好啊，我们先排练一次，老金，让旗手和护旗手也走一次，旗不用升，升了再降再升不好，其他全按程序来。"

"是！"

"朝阳，你的小提琴呢，快点快点，就差你了。"

"王厂长，你们演奏得挺好，我就不用参加了吧，我等会儿唱。"

"没你我们心里不踏实，快点快点，别耽误时间。"

细想起来还没见过他拉琴，苏娴禁不住笑道："朝阳，听王厂长的。"

"好吧。"

527厂的老头老太太们真当回事，不仅提前十分钟全来了，而且统一着装，上身穿保险公司送的白色广告T恤，下身黑裤子或黑色裙子，脚上全穿着白色运动鞋。人全是你叫来的，人家很当回事，你不能不当回事，韩朝阳不无尴尬地笑了笑，跑回去拿起小提琴走到乐队中间。顾爷爷也认为升旗仪式很有意义，跟527厂的老朋友聊了几句，竟去问陆续过来开门的沿街商户愿不愿意过来参加。

一大早没什么生意,有热闹为什么不看。

结果一下子来了二三十个,打字复印店老板娘不仅兴高采烈,甚至打算等会儿一展歌喉。

"同志们,请静一静,排练即将开始,乐队准备,国旗护卫队准备!"随着老金一声令下,所有人都不再交头接耳。

李晓斌扛着卷好的国旗,在两个巡逻队员的护卫下,在雄壮的进行曲中踩着鼓点从东南角缓缓走来,快到作为标志的第一个方块时,像电视里的三军仪仗队一样踢起正步……

他们在部队在警校全练过,而且对动作的要求也不是很高,至少在众人看来像模像样,有那么点意思。乐队同样如此,演奏水平怎么样放一边,至少能把解放军进行曲和《义勇军进行曲》完整地演奏下来,苏主任很满意,唱完国歌第一个拍手鼓掌。

时间掌握得恰到好处,这边刚现场排练完,杨书记和顾主任到了。

"同志们早,老厂长早,哎呀,来这么多人。"

老厂长平时总说街道领导算什么,连区领导都算不上什么,但真见到街道领导态度发生一百八十度变化,紧握着杨书记手兴高采烈地说:"杨书记,我们以后不光每周一都要来,还要参加区里组织的演出活动,歌唱比赛,广场舞比赛,只要是比赛全参加。"

"参加活动好,精神文明建设和经济建设一样重要,老厂长,各位大叔大妈,我预祝你们在演出和各项比赛中取得好成绩。回头我们街道也要组织一些文艺活动,到时候肯定要请大家参加。"

"杨书记,顾主任,只要你们请,我们肯定去!"

升旗仪式八点前要搞完,不能影响领导工作,苏主任急忙提醒道:"杨书记,顾主任,老厂长,顾警长,时间差不多了,我们开始吧。"

"开始,开始吧。"

刚排练过,这次是轻车熟路。

李晓斌等三名队员在解放军进行曲中护卫着国旗踢正步走到旗杆前,

第一百二十七章 提醒

麻利地系好，像电视上一样大手一挥，甩开国旗，《义勇军进行曲》响起，杨书记、顾主任和苏主任等街道和社区干部不约而同行注目礼，不约而同唱起国歌。

顾国利则抬起胳膊敬警礼，跟众人一起唱国歌。

光巡逻队员就五十多人，527厂合唱团和乐队七十多人，再加上社区工作者、社区网格员、社区卫生保健室的医护人员和看热闹的沿街商户，共有一百多人参加。

巡逻队统一着装，合唱团和乐队统一着装，整个升旗仪式很隆重很庄严。

杨书记没急着走，站在车边不无感慨地说："苏娴同志，老厂长，这方面你们社区真是走在我们街道前面，办事处一样升国旗，结果全是门卫升，从来没搞过仪式，街道干部几乎不参加。这么下去不行，等有条件也要搞，至少每个月一号要搞一次。"

作为党委政府的派出机构，是不能总不把升国旗当回事。

顾主任提议道："杨书记，要不这样，下个月一号是建军节，我们组织街道干部事业干部和能联系上的转业、退伍及复员军人在办事处搞一个升旗仪式。到时候这边先升，我们可以把时间定在八点整，等老厂长和小韩这边搞完，再组织合唱团、乐队和巡逻队过去参加街道的升旗仪式。"

"这个主意不错，小韩肯定没问题，老厂长，你们这边行不行？"

"我们也没问题，就怕上下班高峰期，挤不上公交车。"

"交通问题我们解决，车辆我们安排。"

"有车接就行，送都不用你们送。"

"那就这么说定了，小韩，刚才拉得不错，八月一号你必须要去，不许请假。"

"是！"

看到小伙子，杨书记又想起一件事，不禁笑道："苏主任有没有通知你，中午一起去市政府招待所参加流管工作会议，就算苏娴同志忘跟你说，你们派出所也应该接到通知。市委市政府对流管工作非常重视，市政法委丁书记等好几位领导出席。"

"报告杨书记，接到通知了，苏主任通知过，所里也通知过。"

"通知过就好，中午吃完饭一起去，坐我们的车，到时候我们来接你们。"

"谢谢杨书记。"

下午既是流管工作会议也是表彰大会，想到有奖状和奖金拿韩朝阳心里美滋滋的。

送走街道领导和527厂的老头老太太们，师徒二人驱车赶到所里参加周一的例会。可能是工作太多，所领导长话短说，一个小时会就开完了。不知道是看顾爷爷面子，还是因为"最帅警察"的事，刘所没像以前一样拉着张脸，开完会之后甚至刻意让韩朝阳等一下再走。

"小韩，你师傅身体不好，不管是社区工作还是综合接警平台的工作，能多干点你就多干点，绝不能让你师傅累倒在岗位上。"

"是。"

分局领导的意图很明显，不管基层派出所警力有多紧张，至少要有一两个派出所的社区工作要做到位，在社区工作上不能没亮点。以前是长风街派出所，现在变成花园街派出所。所里人手是紧张，但有他没他真无所谓。与其让眼前这个刺儿头三天两头搞事，不如让他常驻社区。退一步讲，他如果能干出成绩一样是所里的成绩。

刘建业想通了，点上支烟接着道："让你兼顾阳观村，也算是给你压担子。总的来说如果不是发生一起命案，阳观村的情况不比朝阳村复杂，至少一两年内不会征地拆迁，没那么多矛盾。"

"是。"

除了"是"，韩朝阳也不知道该说什么。

刘建业不想再跟他绕圈子，直言道："再过十来天就是月底，上级对盛海花园的问题到底是怎么考虑的一点消息都没有，有些业主当时是全款买的房，大多业主是贷款买的，贷款交六七年，却迟迟拿不到钥匙搬不进去，业主们心里有怨气，如果这次再无法解决，肯定会闹，而且是大闹。"

第一百二十七章 提醒

杨书记和顾主任早上为什么参加居委会的升旗仪式,其实就是为这事去的。

见巡逻队员,跟几个班长亲切握手,走前又把自己和师傅拉到一边提到盛海花园的问题,明确要求警务室尤其义务治安巡逻队要做好维稳准备,最好拿出一套预案。

要么不闹,闹起来就是总爆发!

这是一件大事,韩朝阳不敢再说什么"是",连忙道:"报告刘所,早上杨书记和顾主任也提过这事。"

"杨书记和顾主任是怎么说的?"

"要求我们做好维稳准备,苏主任已经要求保安公司那几天取消休假。"

街道领导考虑的是维稳,刘建业不仅要考虑到维稳而且要考虑更多,紧盯着他双眼,很认真很严肃地说:"小韩,你不只是社区义务治安巡逻队的大队长,更是公安民警。人是你带去的,你不光要对自己负责,一样要对他们负责。如果业主情绪激动,巡逻队员又血气方刚,双方控制不住发生肢体冲突,被业主或围观的群众拍下来发到网上,到时候你韩朝阳就会从现在的'最帅警察'变成'最坏警察'。希望你能够带好队伍,跟队员们说清楚,维稳时不管业主们情绪多激动,一定要做到打不还手骂不还口。"

不管领导是出于什么考虑,但能提这个醒已经很不错了,韩朝阳重重点点头。

刘建业犹豫了一下,想想还是补充道:"作为一个公安民警,哪些命令应该执行,哪些命令不能执行,你心里应该有个数。所以到现场之后一定要保持冷静,不管形势有多混乱,不管哪个领导下命令,你都要好好想想然后再决定执不执行,怎么执行。"

第一百二十八章　追查

警务室不能离人，顾爷爷搭去中山路办事的顺风车先回去了。

之前管阳观村的社区民警老鲁正等着办交接，韩朝阳不能急着走，要接手相应的台账，了解重点人口情况，一直搞到10点多才下楼。

"李天正，你可以回去了？"

"刚，刚搞好。"一夜没睡好，又被罚了款，李天正无精打采。

韩朝阳回头看看身后，问道："他们几个呢？"

李天正刚被处理过，不敢油腔滑调，耷拉着脑袋说："我是第一次跟他们玩，也是第一次玩这么大。他们以前玩过，跟别人玩的，不说清楚暂时回不去。"

不管刑事案件还是治安案件，不可能只处理被抓现行的这一次。没被逮着算他们运气好，被逮着办案民警肯定要深挖细查，给他们来个新账老账一起算。

没想到他这个赌鬼居然是"初犯"，至少玩这么大是第一次。

韩朝阳倍感意外，走出门厅指指警车："上车吧，正好顺路。"

八千多元本钱和赢的三千多元被没收不算，还要交五千元罚款，简直倒霉透顶，李天正恨死他这个小民警，哪会上他的车，不假思索地说："不麻烦了，我坐公交车回去。"

"让你上车就上车，哪来这么多废话？"韩朝阳拉开车门，转身道，"小宝还在警务室呢，昨晚跟我们这一块的，一起走，正好把你儿子接回去。"

"韩哥，小宝在您那儿？"

"让他一个孩子在家我们能放心？"韩朝阳反问了一句，催促他上车。

罚那么多钱，还假惺惺帮着带孩子，李天正暗骂了一句，很不情愿地拉开门爬上副驾驶。韩朝阳知道他心存不满，示意他系上安全带，一边扶着方向盘开车，一边借这个机会规劝起来。"李天正，赌资被没收，还要交罚款，损失不小，是不是很不服气？我告诉你，别不服气，这么处理算轻的，要不是念你有个孩子没人照应，像你这样不思悔改的直接送拘留所，换以前劳教都有可能。"

损失不是不小，而是很大。李天正想想就心疼，嘀咕道："韩哥，我以后不赌了。"

"韦海成以前被处理时也说不赌了，结果江山易改本性难移，没过几天手就痒了，又开始赌。李天正，搞清楚，你情况跟他不一样。他能赚到钱，他两个儿子都已经结婚生子，就算赌得倾家荡产，倒霉的就他跟他老婆。你呢，你儿子才多大，就算你不想讨老婆，要不要把儿子培养成人，要不要帮你儿子娶老婆？"

被他盯上了，以后肯定不能再赌，至少不能再玩那么大。不然输没输得倾家荡产，罚都要被罚得倾家荡产。李天正是真怕了，急忙道："韩哥，我保证不赌，再赌我剁手指头！"

"我不是不相信你，主要赌博是有瘾的，这会儿赌咒发誓，过几天又心痒痒手痒痒。所以要找点事干，找份工作，不能总游手好闲，也不能三天打鱼两天晒网。可能你觉得地征了，马上又拆迁，有得是钱。告诉你，有钱人多了，你李天正真排不上号。"

韩朝阳回头瞪了他一眼，接着道："远的不说，光我们花园街道就有好多有钱人。人家也是征地拆迁的，拿的补偿款不比你少，结果人家都百万富翁了还去当清洁工，天天开着轿车去扫大街。清洁工一个月才多少钱，人家在乎那点钱吗？"

"明天就去找，随便找个工作，保证不赌。"

"什么叫随便找个工作，想好好过日子就好好找，找到工作就好好干，要好好规划下将来的生活。比如征地拆迁款怎么花，这次是现金补偿，回迁的房型、楼层让你们这些拆迁户先选，比外面人买还便宜两百块一平米。

你才三十出头,不可能真不找老婆,最好要两套,现在住一套,另一套留给小宝将来娶媳妇。"

"韩哥,您说得对,钱不能乱花,先要两套房子。"

"钱是你的,怎么花是你的事,我只想告诉你别身在福中不知福。不是跟你哭穷,我韩朝阳干一辈子警察也不一定能在市里买得起两套房,所以你要珍惜这来之不易的生活。"

"我珍惜,韩哥,您看我以后的表现,我保证洗心革面重新做人。"

"我会看着的,不光看着还会盯着。"

循循善诱、苦口婆心,一直规劝到警务室。

韩朝阳觉得自己已经够"啰唆"了,但还有更"啰唆"的!

顾爷爷没急着让他带小胖墩走,又叫住他语重心长规劝,一直唠叨到许宏亮办完辞职手续过来找老金办入职手续,又拿许宏亮作为榜样教育了一番,才打发他们父子俩回去。

"顾警长,您老给个面子,中午我请客。"

"你小子,刚说有钱不能乱花,现在就乱花了。好意我心领了,没必要,真没必要,中午各吃各的,我和朝阳去六院食堂,你在保安公司吃,你现在是保安公司的人,谭阿姨肯定做了你的饭。"

"宏亮,别这么客气,又不是外人。"

"好吧,我就在这儿吃。"跟好兄弟和好兄弟的师傅确实没必要客气,许宏亮不再坚持。

本来想着上午去阳观村转一圈的,今天显然是去不成了。韩朝阳把从所里拿回来的台账锁进保险柜,转身道:"宏亮,王厂长说上次电鱼的那小子今天可能会过来,我跟汤队说好了,他已经联系过渔政部门,还专门从环卫找来一条清理河里垃圾用的小船,就停在沿河公园边上。我下午要去开会,镇川下午不知道来不来,我师傅也不知道下午要不要出警,电鱼的这件事交给你,如果那小子真来,就带几个人去协助汤队长他们法队。"

对许宏亮而言这真算不上什么事,不禁笑问道:"知不知道那小子什么时候来,要不要安排个人在河边盯着?"

"不知道他什么时候来,也不用专门派人去蹲守,王厂长和雷大伯他们憋足劲儿要逮着那小子,他们会帮着盯,那小子一来他们就会给我们打电话。"

"打哪个电话?"

"我跟他们说好了,打座机。"

"行,交给我了,你们去吃饭吧。"

与此同时,梁东升和吴伟刚赶到城西一个外来人员较多的城中村。

去年的外来人口暂住记录显示,一个叫庞子成的人曾在乔显宏家租住过五个月,当时登记的手机号已经换了,但在这边办理过居住证。先后在乔显宏家租住过的房客不少,现在能找到的、能联系上的只有他一个,所以要紧着能找到能联系上的来。

"庞老板,我们到了,我们在春生商店门口,你在什么位置?"

"我就在巷子里面,我出来接你们。"

现在骗子太多,光凭一个电话庞子成无法确认对方身份,抱着将信将疑的态度跑到巷口一看,果然有一辆警车,车里果然坐着两个警察。

"您好,请问是梁警官吗?"他定定心神,上前敲敲车窗。

"你好,我就是梁东升。"

"梁警官,这里不是说话地方,前面有个饭店,我经常去吃饭,我们找个包厢坐下来谈吧。"

"不用这么麻烦,我们就是了解点情况,庞老板,你住在哪一家?"

"后面第三家,梁警官,我那儿太乱。"

"没关系。"

"好吧,二位请。"

只要在被害人家租住过得全有嫌疑,不来看看梁东升不放心。师徒二人锁好车,跟着庞子成来到其租住的民房。记录显示他是销售维修工厂行车的,房间里堆满行车用的零配件和钢丝绳之类的东西,门口的面包车里有企业的宣传册和名片,车里也有一堆零配件,一看就知道是做正经生意的，吴伟觉得这一趟白跑了。

纪兆君的事让梁东升感触很大，暗想眼前这位没嫌疑不等于从他这儿收集不到线索，婉拒了庞子成递上的烟，从包里掏出纸笔开始询问。

"庞老板，你去年在阳观村三组租住过一段时间，对房东一家有没有印象？"

"梁警官，那家怎么了？"

"不好意思，请你先回答我的问题。"

"对不起，我只是好奇，"庞子成一屁股坐到床边，回忆道，"房东一家早出晚归，我一样早出晚归，熟谈不上，印象多少有点，毕竟住了半年。"

"有印象就行，先说说你知道的。"

"房东是木工，在市里搞装修，女房东不知道在哪儿上班，总穿着件蓝色的工作服。房东挺能吃苦的，每天都干到天黑才回来。女房东也能干，又要上班又要带孩子，为人都不错，水电费这些从来不斤斤计较。"

"你有没有发现过他们两口子有什么异常。"

"异常？"

"比如有没有人去找他们，或者陌生人去打听他们的情况。"

"没有，反正我没遇到过，要不是他家后来要翻修，我真不想搬，不为别的，就图住那儿清静，他家人少。"

时间过去这么久，何况他只是一个房客，记不得或不知道很正常。

梁东升微微点点头，追问道："庞老板，你对租住在他家的其他房客熟不熟，有没有印象？"

第一百二十九章 露头了

吃完饭，和苏主任一起在警务室等了半个多小时，杨书记和蔡主任果然来了，坐蔡主任的私家车一起去市政府招待所开会。

全市流管工作会议，各区各街道流管办主任几乎全来了。

流管办和综治办合署办公，两块牌子一套班子，来的既是流管办主任一样是综治办主任。分管治安的市区两级公安机关副局长兼任流管办副主任，所以穿警服的也不少。

苏娴和韩朝阳有那么点像"打酱油"的，被会务安排在最后一排。

市政法委书记、副市长兼公安局长、市流管办主任等领导讲的东西跟二人也没什么关系，就这么昏昏欲睡地坐了近两个小时，直到主持会议的市流管办方主任宣布进入下一个议程，对全市流管工作的先进单位及个人进行表彰。

点到名，在热烈的掌声中上台拿奖状和证书。鞠躬敬礼感谢台上台下的领导，跟领导一起合影，仪式既隆重也简短。市委市政府带头落实八项规定，压缩各种开支，能省就省，中午不管饭，晚上一样不管饭，表彰仪式一结束就宣布散会。

没饭吃就没饭吃，有奖金拿就行。说是奖励1000元，也没说什么时候发放，怎么发放。韩朝阳不好意思问，但不能不问，至少要问一下给居委会的5万元奖金。

街道不是雁过拔毛，街道是抠门到极点，不仅对居委会的经费卡得很死，甚至每个月扣社区工作者20%工资，把本来就属于人家的钱作为年底的绩效奖金，搞得社区工作者们怨声载道。苏主任一个劲使眼色，韩朝阳只能硬着头皮道:"杨书记,刚才市领导只说有奖金,没说什么时候发!"

"小韩,你急着用钱,就缺这1000块钱?"

"不是,我就是好奇。杨书记,不怕您笑话,我从来没拿过奖,从来没拿过奖金。"

刚参加工作,没拿过奖很正常,杨书记侧头看了一眼他手里的荣誉证书,微笑着解释道:"这要看上级的办事效率,快的话,下个月就能打到你们分局,和工资一起发放;慢的话,可能会拖三五个月。"

"三五个月,这效率也太慢了吧。"

"对你来说是大事,对领导机关来说是小事,你急,领导不急,反正又不会少你的,就是早一天晚一天的事。再说表彰主要是精神奖励,主要是荣誉,总想着物质奖励说出去人家笑话,甚至会以为你觉悟不高。"

"催要个人奖励不太好,催要单位奖励没问题吧,我又不是为个人利益,我是为了工作。"

"催要,亏你想得出来!"杨书记被搞得啼笑皆非。

机会难得,必须趁热打铁。韩朝阳摸摸鼻子,苦着脸说:"杨书记,我们社区义务治安巡逻队是搞起来了,但经费到现在还是没着落。您别看保安公司摊子铺挺大,各项开支一样不少,如果保安公司都维持不下去,治安巡逻和协助综合执法根本无法开展。"

原来埋伏打在这儿!杨书记紧盯着他双眼看了三五秒,注意力转移到坐在副驾驶的苏主任身上,不动声色问:"苏娴同志,居委会是不是也缺钱?"

"杨书记,我们不是缺,是非常缺,没钱许多工作真开展不了。"

要让马儿跑,不能不给马儿草。

杨书记权衡了一番,笑问道:"等奖金发下来,给你们两万怎么样?"

"两万够干什么,杨书记,我们朝阳社区跟其他社区不同,要开展的工作那么多,您不能一刀切,要区别对待。"

朝阳社区的情况是比较特殊!

其他社区居委会的党支部书记和主任都是由社区工作者,既不是事业

第一百二十九章 露头了

编制更不是公务员，之所以出现这种情况，主要是"村改居"改成了夹生饭，需要一个过程，需要一个有能力的干部把朝阳村和现在的朝阳社区居委会整合成一个真正的朝阳社区居委会。

等征地拆迁工作完成，等朝阳村正式并入朝阳社区，等村民们全变成市民，再选举产生朝阳社区居民委员会委员，再选举居委会主任。

工作是很多，情况是比较复杂，而且朝阳村只是开始。

随着城市在不断往东发展，花园街道的各个行政村全部要变成社区，村委会全部要变成居委会，可以说这是未来两年最重要也是最棘手的工作之一。

想到具体工作要有具体人去干，不能让干工作的人寒心，杨书记拍拍大腿："行，我慷一次他人之慨，不跟你们讨价还价，五万全给你们怎么样？"

"谢谢杨书记理解，谢谢杨书记支持。"

"钱可以给你们，工作一定要干好，早上升旗时说的那件事要放在心上，要做好相应的准备。"

又是盛海花园那个烂尾项目，提起这个韩朝阳就头疼，禁不住说："杨书记，我们再有准备也只能治标不能治本，可能连标都治不好。这不是一颗定时炸弹，而是一颗随时可能引爆而且会不断爆炸的炸弹，光靠我们巡逻队解决不了问题。"

何止光靠巡逻队解决不了问题，街道乃至区里都解决不了。

遇到这样的倒霉事，杨书记比韩朝阳更郁闷，深吸口气，面无表情地说："市里正在想方设法解决，好像有几套方案，方案甚至报到省里了，早晚会解决的。但在解决之前，该我们做的工作依然要做，不仅要做，而且要做好，事实上蔡主任已经在做了。"

能怎么做，不就是混入业主群分化瓦解么。如果因为业主质疑工程质量或对物业公司不满，这一招或许管用。关键盛海花园的问题不是分化瓦解能解决的，业主们堪称"同仇敌忾"，除非你能拿出数百乃至上千万"收买"，但这显然不可能。

韩朝阳也知道领导同样为难，正准备岔开话题，手机突然响了，竟是顾爷爷打来的。

"师傅，什么事，我刚开完会，正在回去的路上。"

"朝阳，吕兴凡露面了，没离开燕阳，刚在燕北街的一个网吧上过网。小余的老乡认识他，我让小余接上他老乡一起燕北街找，你给汤队长打个电话，让他们赶紧派人过去。"

曾帮柯建荣贴过小广告，破坏过卷闸门锁的臭小子露头了！

韩朝阳欣喜若狂，急忙道："好的，我这就联系汤队长。师傅，有没有那个网吧的具体位置？"

"我不会弄，小陈在我身边，我让小陈给你发定位。"

顾国利很想去协助城管去抓曾到处贴小广告、疯狂破坏门锁的吕兴凡，但实在抽不开身。

一个抱着孩子来市六院看病的妇女在公交车上遇到小偷，放在挎包里的钱包和手机被偷了，直到去医院排队挂号才发现，现金虽然没多少，但身份证和银行卡全在钱包里，而且手机上的支付软件绑定了银行卡，急得团团转，在保安指引下来警务室报案。

"先别急，小偷一时半会应该解不开你手机上的锁，搞不清你手机上的支付密码，钱存在哪家银行你肯定知道，身份证号码应该记得，我们先打电话挂失。"

"记得。"

"记得就没多大事，用这个电话打。小郑，帮着抱小朋友。"

"好咧。"

该采取什么样的应急措施，警务室有预案，失主在郑欣宜的指导下挨个打电话挂失。

顾国利则用警务通手机拨通公交分局电话，帮失主报案，请公交分局反扒队的民警赶紧去调看几辆102路公交车上的监控。

第一百三十章 移交

回到警务室，顾爷爷正协助同样刚赶到警务室的公交分局反扒队便衣给失主做笔录。

失主的银行卡已经及时挂上，手机支付软件里的资金也已及时冻结，但手机能不能找回来就要看运气。韩朝阳帮不上忙、插不话，又不知道反扒队等会需不需要警务室协助，干脆把荣誉证书送进里间，打开柜子取出单警装备佩戴上。

"洪楚凤同志，情况我们都知道了，已经立了案，接下来会组织力量侦查，等抓到小偷追回手机，我们会及时联系你。"老便衣拿起警务通看看时间，接着道，"你爱人应该快到了，帮孩子看病要紧，这边停车不太方便，你可以去医院大厅等，如果你爱人等会儿打这个电话，警务室的同志会让他去对面找你。"

失主犹豫了一下，抬头问："黄警官，能找到吗？"

"你是说手机，这个我不好打保票，但我们会尽力的。"

"我刚买的，6000多！"

"我知道，案值不小，只要能逮着小偷就能追究他的刑事责任。"

最怕遇到这样的案子，群众期望很大，你却有心无力，只能让人家失望。

顾爷爷和反扒队黄警官刚把失主送出警务室，韩朝阳便忍不住问："欣宜，6000多的手机肯定是苹果，不可能没定位，你不也是苹果手机么，刚才为什么不上官方网站帮她看看。"

"关机了，你也不想想，小偷多精明。"郑欣宜下意识看看她老公花一个多月工资帮她买的手机,又补充道,"而且她不光没设置定位,还记不得序列号。"

"所以不能买好手机,像我这个,充话费送的,丢了也不心疼。"

"警务通你丢了试试看。"

"警务通不一样,不执勤我都不带身上的,往保险柜一锁,省心。"

正说着,顾爷爷陪黄警官走了进来。

虽然不一个单位,但人家是老同志,韩朝阳急忙上前敬礼问好。

"朝阳,认识一下,这位是反扒队的黄队。"

"不用自我介绍,认识认识,我们燕阳的最帅警察么。"

"黄队好,什么最帅警察,让黄队见笑了。"

"本来就很帅,"黄队紧握着他手,不禁开起玩笑,"小韩,帅有帅的好处,但我们这些不帅的一样有不帅的长处。比如干反扒,你就不行,一上公交车小姑娘小媳妇个个盯着你看,你往哪儿看人家也往哪儿看,小偷没法儿下手,也就抓不着现行。"

"黄队,你别拿他开涮了,不过朝阳也确实干不了反扒。"

"干什么都一样,这是在这儿说的,干反扒真没什么前途,还风里来雨里去三天两头加班。"

"干什么都不容易,对了黄队,你今天怎么来这么快?"顾国利递上支烟好奇地问。

"正好在附近,一接到值班室电话就来了。"黄队凑过去点上烟,歉意地笑了笑,掏出手机给部下打起电话,"卢栋,已经查了几辆车,监控调到没有,好,行,我马上到。"

不管归哪个单位管辖,失主终究是来警务室报的案。

顾国利笑问道:"黄队,怎么样,有没有进展?"

"监控是调到了,确实是在公交车上失窃的,从监控视频上看应该是一个小团伙,两个打掩护,一个动手,在三中下的车。我过去调看三中附近的监控视频,看他们往哪个方向去了。"

"有没有前科,以前有没有被你们处理过?"

第一百三十章 移交

"我们反扒队的卢栋面生说以前没见过,作案手法很熟练,应该是惯犯,可能是流窜过来的。但只要露了头,只要他们敢再作案,落网是早晚的事。"全市有多少辆公交车,有多少条公交路线,反扒队总共那几个人,就算全部在车上蹲守也是大海捞针。

顾国利沉吟道:"黄队,我们警务室门口就是站牌,要不给我们几张监控截图,我们这儿24小时有人,可以帮你们盯着,一看见相貌相似的就给你们打电话。"

别人说可能只是一句空气话,但眼前这位不是别人。

黄队重重点点头,紧握着他手笑道:"求之不得,回头就让人给发几张过来。"

"行,我送送你。"

"老顾,别这么客气。小韩,再见,有时间去我们反扒队玩。"

送走黄队,正准备跟师傅说奖金的事,汤队长突然打来电话,在电话里兴高采烈地说:"朝阳,我汤均伟,吕兴凡逮着了,臭小子在一家饭店打工,网管认识他,我们是在饭店逮着他的。"综合执法队有行政处罚权,但没有抓人的权力。

韩朝阳禁不住问:"接下来怎么办,要不要我们过去?"

"不用了,那臭小子不觉得贴小广告堵锁眼是什么大不了的事,而且是受柯建荣指使的,我就交代了一下政策,给他念了几段法规,他就老老实实承认了,交代了许多情况。我向我们局领导汇报了一下,结果弄巧成拙,他打了几个电话,最后决定把案子移交给市局的直属支队。"

"市城管局有直属支队?"

"有啊,跟你们市公安局的城管支队在一个地方办公。朝阳,不好意思,听我们局领导的口气,这个案子要由直属支队和城管支队一起查,接下来也没我们大队什么事。"

城管支队接受市公安局和市城管局双重领导,他们一样是公安,一样有执法权,主要工作是给城管"撑腰",防止和打击影响市容市貌的无证摊贩和违建人员暴力抗法。

既然是公安，谁不想破案。"

韩朝阳反应过来，苦笑着说："汤队，这么搞不太合适吧，他们有任务指标，我们一样有，况且线索是我们发现的，前期工作也是我们做的。"

汤均伟坐在车里一边等市城管局直属支队和市公安局城管支队的人过来，一边倍感无奈地说："朝阳，我知道这么做不讲究，但我们局领导已经跟市局领导说了，说到底是我考虑不周，我欠你个大人请，回头我摆酒赔罪。"

"我们什么关系，还欠我个人情！移交就移交吧，接下来的取证工作量太大，侦办起来他们比我们有利。"

"谢谢理解，那我们就这么说定了。"

"这既是理解也是顾全大局，你问问他们，什么时候来抓柯建荣，抓捕时要不要我们协助。"

"肯定要，去你辖区抓人怎么能不跟你打招呼。"

"好，你先忙，我等你电话。"

顾国利听出了个大概，不禁笑道："有人愿意接手最好，如果城管支队不接手，我们接下来要跑断腿。痛痛快快移交，他们还欠我们个人情。"

"师傅，跑几趟我倒是不怕，关键我既没执法权也不会办案，我跑没什么用。镇川忙不过来，所里又抽不出人来管，难道让您去跑？"

"我跑几趟也无所谓，主要这个案子他们办确实比我们有利。"

几个拘留指标是没了，但麻烦也没了。

韩朝阳算不上有多高兴，也算不上有多不高兴，见许宏亮穿着一身特勤制服从后门跑了进来，好奇地问："宏亮，干什么去了，搞得满头大汗。"

许宏亮接了一大杯水，一饮而尽，擦着嘴角说："凤凰村有村民违建，让我们过去协助拆违，老金和晓斌也去了，刚拆完，刚完事。"

想到现在的多重身份，许宏亮觉得很好笑，放下杯子从裤兜里掏出综合执法协管员的红袖套。他们一人有两个红袖套，一个是治安巡逻，一个是综合行政执法协管员，协助公安执行任务时戴治安巡逻的红袖套，协助城管执法时戴协管员的红袖套，不戴红袖套时就是保安。

第一百三十章 移交

马上就是建军节,据说区武装部要组织民兵预备役训练,预备役全是转业军人和退伍士兵,人家个个要上班,个个要赚钱,对这事不是很感兴趣。各村的民兵和之前的义务治安巡逻队一样,材料上有现实中没有,也很难召集齐。

如果不出意外,他们接下来又会多一重身份,将会成为花园街道的国防后备力量。

既是保安员,也是治安员,既是协管员,马上又要变成民兵预备役。

韩朝阳也觉得好笑,想想又问道:"王厂长他们没打电话,电鱼的那小子今天没来?"

"我不知道,反正没给我打。"

"韩大,没打,我一直在这儿守着,可能电鱼的那小子没来。"

郑欣宜话音刚落,她手边的座机响了,她摁下录音键,拿起听筒,正准备开口,就听见527厂老厂长在电话里喊道:"警务室吗,出事了,出大事了,小韩有没有回来?"

"王厂长,您老别急,韩大就在我身边。"

"让他接电话,快点。"

"王厂长,什么事?"

"我们不是在河边守着看那小子来不来吗,左等不来右等不来,等一天都没等到,总不能守在这儿等一夜吧,我就和老雷顺着河边往北找,看他在不在北边电,结果你知道我看见什么了,看见皮筏,看见皮筏上的电瓶,就是没见那小子,皮筏漂在河中间,东西全在,人没了,会不会出事!"

第一百三十一章　电鱼把自己电死了

老厂长和雷大伯是在理工大学河段的河岸上发现不对劲的,那是师兄的辖区。就算不是师兄的辖区,群众报案也不能不管。燕阳这边有没有人因为电鱼不慎掉河里或防护措施没做好把自己电死不知道,老家每隔一两年总会发生一两起,韩朝阳不敢大意,急忙道:"王厂长,您别急,我们马上到。"

"快点,你们赶快过来,我再帮你们找找。"

皮筏在,人不见了,而且皮筏漂在河中央。

顾国利也意识到问题的严重性,拉开玻璃门说:"朝阳,我和宏亮开警车过去。河里发生的事,站在岸上干着急没用。你去后面叫两个人,去沿河公园开船过去。"

"好咧。"

"电鱼器有电,电压挺高,注意安全。"

"放心吧,我会小心的。"

服务群众是社区民警的工作之一,对社区民警而言这同样是警情。

韩朝阳一刻不敢耽误,叫上刚协助拆违回来的李晓斌和小康,"征用"街道综合行政执法大队朝阳中队的执法车,火急火燎赶到沿河公园,停好车,冲下坡,跳上小船,打开电动引擎开关,在河面转了好几圈才勉强掌握开船的技巧,以最快速度往北驶去。

"晓斌,竹竿是不是潮的?"

"下面半截潮的,上面是干的。"李晓斌当然知道他担心什么,一边举着前端带捞网的竹竿在河里划,帮着调整方向,一边说道,"放心吧,就算电鱼器开着,只要我们不碰水应该没多大事。"

"等会儿先上皮筏,先把电源关掉。"小康提议道。

"对,先关电源。"韩朝阳扶着方向舵,看着河面上漂浮的雨后没来得及清理的垃圾和水草,又提醒道,"注意点,看着河面有没有异常,把执法记录仪打开。"

"好咧。"

"看着呢。"

正说着,电动车已缓缓驶过朝阳桥,能依稀看到漂在河面上的皮筏,看到沿着河边往北搜寻的师傅、老厂长和许宏亮等人。

韩朝阳看看往北缓缓流淌的河水,猛然意识到如果人出事了那应该是往北漂。

"朝阳,这边没发现,我们继续往北走,你们小心点。"

"好的,我们会注意的,处理好皮筏我们沿西岸往北找。"

挂断师傅的电话,皮筏近在眼前。

听着皮筏上电鱼器嗡嗡的电流声,见电鱼用的同样带捞网的竹竿漂在后面,要不是电线连着早漂走了,韩朝阳心里咯噔了一下,几乎可以断定那小子出事了!

"慢点慢点,晓斌,皮筏不是船,一定要掌握好重心。"

"没事没事,我不上去,只要能够着就行。"

李晓斌趴在船上,在小康的帮助下小心翼翼地过去关掉电源,想想不太放心,又把连接电瓶的两个夹子摘下,这才捞起电鱼竿,用船上的绳子把皮筏系到船边。

"韩大,那小子不可能不关电源就上岸,更不可能飞上岸,八成是被他自己电死了!"李晓斌一屁股坐在船头,看着缓缓流淌的河水心有余悸。

简直是要鱼不要命,韩朝阳看着皮筏里活蹦乱跳的鱼,紧皱着眉头说:"先找找,如果找到海西桥还没找到就向上级汇报。"

正说着,手机响了,顾爷爷打来的。

韩朝阳探头望着右前方,举着手机问:"师傅,我这儿没找到,您那边有没有发现什么?"

"看见了,在这儿呢,漂在水草里,我们够不着,你们赶紧过来,看有没有救。"

就算没被电死也被淹死了,韩朝阳暗叹口气,调整方向往斜对过驶去。

不管河里的人之前干过什么,不管他是不是咎由自取,但人命关天,顾国利一刻不敢耽误,先打120叫救护车,再打电话向指挥中心汇报,完了让许宏亮叫几个队员过来维持秩序。

韩朝阳三人驾驶电动船赶到一堆水草和垃圾边,果然看到上次跟527厂老爷子们对骂的家伙被缠在一堆水草里,一动不动。电动船空间太小,只能两个人一起动手,韩朝阳举着执法记录仪摄像。李晓斌和小康一起用劲儿,把身体已僵硬的丘志民拖上船,把躯干拖到船边时他的嘴突然张开了,吐了一大口水,喷了小康一脸,吓了二人一跳。

"朝阳,有没有呼吸,有没有救?"顾国利在岸上急切地问。

"师傅,我们先看看。"

"没救了,"李晓斌帮小康擦擦脸,抬头道,"刚才是肚子里的水,搁在船边被挤出来的。"

脸上都出现了尸斑,能活过来那就真见鬼了。

想到今天还想抓他,韩朝阳担心将来说不清,干脆来了个死马当活马医,把执法记录仪交给小康,蹲下身鼓起勇气帮着做起人工呼吸,只是按压胸脯,不会傻到跟一个死人"口对口",一直摁到救护车赶到才同李晓斌、许宏亮一起把尸体抬上岸。

"早死了,一看这样子就知道已经死亡好几个小时,还做人工呼吸。"急症医生检查了一下,缓缓站起身,"警察同志,我们只救活人不拉死人,我们先回去,你们给殡仪馆打电话吧。"

"不好意思,让你们白跑一趟。"

"没事,再见。"

送走医生,韩朝阳回头问:"师傅,现在怎么办?"

"等,等上级来处理。"

王厂长再次看了一眼尸体,轻叹道:"年纪轻轻干什么不好,非要电鱼,连命都搭进去了,为那几斤鱼值当吗?"

老雷心情很复杂,在此之前对丘志民是恨之入骨。人死为大,现在怎么也恨不起来。

他挠挠脖子,低声道:"王厂长,不看了,看了晦气,我们回去吧。"

"回去,老顾,小韩,我们先走一步,有什么事打电话。"

"王厂长,要不您再等会儿,等分局的人来做个笔录,不然他们又要去找您。"

"等会儿就等会儿,我们上去等。"年纪大了就不愿意看死人,王厂长又长叹口气,在许宏亮的搀扶下爬上坡。

不一会儿,新园街派出所和分局刑警大队的人到了。

俞镇川等新园街派出所的民警辅警负责维持秩序,法医检验尸体,刑警找韩朝阳、王厂长等人了解情况,到底是电死的还是溺亡从尸表上检验不出来,但可以肯定不是一起刑事案件。刑警和法医们在河边搞了两个多小时也走了,新园街派出所的领导给殡仪馆打电话叫运尸车,做刚被所里民警找来正蹲在尸体边嚎啕大哭的死者亲属工作。在做人工呼吸时,韩朝阳同样被喷了一身水,越想越晦气,刚才顾不上,现在有时间赶紧在河边洗,洗了一遍又一遍。

"朝阳,不好意思,如果我在,这些事就用不着你来。"

"有什么不好意思,既然干这一行迟早会遇到这种事。"韩朝阳从师兄手里接过烟,探头看看他们所领导低声问,"现在我们可以撤了吧?"

"走吧,这儿有我呢。"

人的生命很宝贵,也很脆弱!

一个前段时间刚见过的人就这么死了,再想到悲痛欲绝的孤儿寡母,韩朝阳心里很不是滋味儿,回到警务室洗完澡连晚饭都不想吃,躺在床上辗转反侧怎么都睡不着。

"朝阳,在干什么呢?"正胡思乱想,昨晚莫名其妙打过一通电话的黄莹又打电话来了。

"晚上没什么事,躺在床上呢。"

"这么早就休息了?"

"都说了晚上没什么事。"

"那怎么不看微信?"黄莹觉得很奇怪。

"不想看,我本来就不怎么玩手机。"韩朝阳心情真不好,语气带着几分敷衍。

黄莹听出他的语气不太对劲,禁不住问:"又怎么了,你今天应该高兴才是,被评为全市流管工作先进个人,有奖状还有奖金,这是市级的,很厉害,我干这么长时间也没能评个先进。"

"今天朝阳河里死了个人。"

"怎么死的?"

"电鱼把自己电死的。"

"咎由自取,这跟你有什么关系?"

韩朝阳点上支烟,凝重地说:"我认识他,他上次来我们辖区电鱼,因为没船我没能逮着他,回头想想当时也没当回事。昨天又接到群众举报,说他今天又要来电鱼,还特意管环卫借了条船准备抓他个现行,结果人没逮着,反倒从河里捞出一具尸体。"

"你捞的?"

"嗯,不光捞,还试着做人工呼吸,看能不能救活。"

捞死人,而且捞的是一个认识的人,难怪他心情不好。

黄莹坐起身,靠在床头劝慰道:"你已经尽力了,要说死人,哪天不死人,有正常死亡的,有非正常死亡的。你这是当片儿警,要是去交警队事故科,真可能天天见到死人,而且死相一个比一个惨。人就这么回事,想开点,尤其干你们这一行。"

"我不是怕死人,是觉得这件事我有责任。如果上次逮着他,把他交给渔政部门,没收电鱼的工具,罚他的款,他就不会再电。上次他在河里,我在岸上,确实拿他没办法,也能算情有可原。这次不一样,昨晚就知道他是谁,掌握他家住哪儿,如果不等着抓现行直接去找他,就不会发生这样的悲剧。"

"你是公安,你只是一个小片儿警,不可能什么都管!"

"我是'河长',他在我管的河段电过鱼,我应该管的。"

真是近朱者赤近墨者黑,黄莹几乎可以肯定他之所以胡思乱想是受顾爷爷影响的,要说责任,当事人的责任最大,明明不让电鱼,他偏要去电,真是咎由自取。

再就是渔政部门,怎么也轮不着他这个小民警对此负责。

有了一个英模师傅,又稀里糊涂变成"最帅警察",连思想都跟着变了,黄莹不知道该夸他还是该说他,立马转移话题:"不说这些了,说正事,你不是要买房吗,我有一朋友要去东海工作,准备把去年买的今年刚装修好的房子卖掉,锦绣前程,5号楼21层,三室两厅,128平米,南北通透,精装修,家电家具全是新的,260万应该能拿下。"

"260万,太贵了!"

"拜托,你要看地段,锦绣花园在市区,离在建的地铁站不到300米,你以为是我们街道的那几个楼盘。"

"大姐,我知道那个地段好,关键没那么多钱,我家的预算最多150万,位置偏点就偏点,贵的买不起。"

"机会难得,个个知道锦绣前程会升值,不是有钱就能买到的,你先打电话问问你爸你妈,你家三个人赚钱,都有公积金,只要能凑上首付,还贷压力不算大。"

"好吧,我先问问,谢谢了,谢谢你把我的事放心上。"

"想买就搞快点,人家要去东海买房,不可能等太长时间。"

图书在版编目（CIP）数据

朝阳警事.1/卓牧闲著.-上海：上海文艺出版社.2018.8
ISBN 978-7-5321-6745-6
Ⅰ.①朝… Ⅱ.①卓… Ⅲ.①长篇小说－中国－当代
Ⅳ.①I247.5
中国版本图书馆CIP数据核字(2018)第144017号

上海市新闻出版专项资金数字出版领域资金扶持

发 行 人：陈　征
策　　划：林庭锋　侯庆辰　李　霞
责任编辑：望　越
网络编辑：李晓亮
美术编辑：钱　祯

书　　名：朝阳警事.1
作　　者：卓牧闲
出　　版：上海世纪出版集团　上海文艺出版社
地　　址：上海绍兴路7号　200020
发　　行：上海文艺出版社发行中心发行
　　　　　上海市绍兴路50号　200020　www.ewen.co
印　　刷：常熟市华顺印刷有限公司
开　　本：890×1240　1/32
印　　张：18.375
插　　页：2
字　　数：527,000
印　　次：2018年8月第1版　2018年8月第1次印刷
ＩＳＢＮ：978-7-5321-6745-6/I·5385
定　　价：59.00元
告 读 者：如发现本书有质量问题请与印刷厂质量科联系　T:0512-52605406